掌心

秦北 著

北京联合出版公司

图书在版编目（CIP）数据

掌心 / 秦北著. -- 北京：北京联合出版公司,
2025.8. -- ISBN 978-7-5596-8406-6
Ⅰ.I247.5
中国国家版本馆CIP数据核字第2025TH9205号

Copyright © 2024 by Beijing United Publishing Co., Ltd.
All rights reserved.
本作品版权由北京联合出版有限责任公司所有

掌心

作　　者：秦　北
出 品 人：赵红仕
责任编辑：孙世燕
封面设计：柒拾叁号

北京联合出版公司出版
（北京市西城区德外大街83号楼9层　100088）
北京联合天畅文化传播有限公司发行
北京飞达印刷有限责任公司印刷　新华书店经销
字数434千字　880毫米×1230毫米　1/32　15印张
2025年8月第1版　2025年8月第1次印刷
ISBN 978-7-5596-8406-6
定价：69.90元

版权所有，侵权必究
未经书面许可，不得以任何方式转载、复制、翻印本书部分或全部内容。
本书若有质量问题，请与本公司图书销售中心联系调换。电话：（010）64258472-800

目 录

第一季
中关村东路
- 001 -

第二季
不远的将来
- 089 -

第三季
轮到你出牌
- 195 -

第四季
向自己致敬
- 319 -

第一季
中关村东路

一

任大任的目光，像一架反复折叠了许多次的纸飞机，飘飘悠悠地，乘着还没暖透的气流，从东升大厦十六层的落地窗一跃而下，顺着中关村东路径直朝南扎去。

飞机是用 A4 纸叠的。那纸大概率是从外面那台时常离线的打印机里抽出来的。纸上打着不多的几行字，有感谢也有不得已，当然还有忐忑，否则也不能来回叠了许多次。

"我也真心祝愿公司在任总您的率领下，继续蒸蒸日上，早日成功上市……"

老板桌那头儿的声音拽回了任大任的目光，他的双眼重新落在对方身上，注视中多了审视。

邝斌是任大任亲自招揽进公司的第一人。

或者说"挖"更准确。因为任大任当时确实拿出了 Pre-A 轮融资（A 轮融资之前的融资阶段）之后他所能给到的最高薪，才让邝斌从一家已然上市的国内 IC（集成电路）设计公司改换门庭来到他这儿。那薪水即便跟那些上市大公司比都不怵。这样的初体验令任大任畅快了好几天。

撬动邝斌的不只是钱，任大任还把芯片设计这块业务都交给了他，让他做了部门主管，虽然当时整个芯片设计部总共才十个人不到。但是，随后又招进来的那十几个人，就全是邝斌一个人拍板定夺的了，不管用什么人、给多少钱，到任大任这儿都一律 OK。

可纵是如此，也依然没挡住邝斌转正才半年多，就递交了辞职信。

"也祝你今后一帆风顺。"任大任像在跟面试邝斌那天的自己说再见。

肯定会再见，没准儿还很快，他心想。

像邝斌这么老成务实的人，绝不可能没找好下家就贸然辞职，更不会离开 IC 设计这个目前势头正猛的风口行业。但令他琢磨不透的是，他都允诺给邝斌 Pre-A+ 轮融资（Pre-A 轮之后、A 轮之前的融资阶段）之后他所能给到的最高薪了，为什么邝斌还是婉拒，去意还是如此决绝？

"你到底为什么辞职？"邝斌准备起身告辞，兀地又被任大任这句话拽回椅子上。

同样的问题，任大任又问了一遍，但这遍一点儿都不震惊，单纯只是好奇，如同三伏天攥着瓶冰镇的北冰洋汽水，眼巴巴望着手握瓶起子的邝斌来给他把瓶盖起开。

邝斌卡顿似的静止了几秒，最终还是揣起了"瓶起子"，又掏出来刚才那一套：住得太远，开车太贵，地铁太累，年纪大了……

"真的吗？我不信。"任大任大失所望。

"真是年纪大了，跑不动了……"邝斌肩一塌，一脸爱莫能助。

"年纪大了"，邝斌总爱把这话挂嘴边儿，张嘴闭嘴"我们八〇后都老了"。八〇后确实不年轻了，但任大任自己也是八〇后，还是八五前。

他把管人力资源的宋琳琳叫到办公室，这姑娘自己也才过试用期。

宋琳琳微胖，不笑腮帮上的酒窝都不浅。

任大任请她关上门，但他青石板一样拉长的脸还是让她脚下小心翼翼。宋琳琳不由自主地嘬紧肉嘟嘟的两腮，生怕笑模样儿从酒窝里淌出来。

他告诉宋琳琳，邝斌刚跟他辞职了。宋琳琳没有惊讶，只问什么时候给邝斌办手续。

"一会儿就办吧。"

"执行《竞业禁止协议》吗？"

"天要下雨……"任大任望着窗外。

宋琳琳回头瞥了眼窗外。阳光明媚。她回过头来，一脸茫然。

"不执行。"任大任不得不交代明白。

"下午还俩应聘的，还让邝斌面试吗？"

"我来吧。"被一堆事儿紧压着的任大任，又给自己揽了件事儿，跟个肩膀上扛多少都能咬牙挺住的苦力似的。

"把邝斌那职位也挂网上。"他又交代。

宋琳琳的笑模样儿随即从酒窝里淌了出来，说正好昨天她刚跟 BOSS 直聘签完合同。

真成 BOSS 直聘了，任大任苦笑。面试官辞职，面试的人还能长干吗？还有邝斌招来的那拨儿人，甚至包括刚离开他办公室的宋琳琳……

任大任眉头更皱巴了。邝斌来公司虽然一年不到，但身上担着的事儿可不少，着实替他卸下不少担子，让他少操很多心。也正因如此，邝斌突然请辞才打了他个措手不及，要是不能尽快找人接替邝斌，后续的设计和验证进度如果无法按既定的 roadmap（路线图）走，那跟投资人可就更不好交代了。何况他还向投资人保证年底新一轮融资之前，公司的员工总数就算达不到一百也能达到八十，可这才刚冲上五十就又退回到四十九，缺了的那个"一"还是个骨干……

不知什么时候又拿在手上的辞职信，此刻被他叠成了纸飞机。落地窗的窗玻璃也不知何时开始被雨点子噼噼啪啪地敲击起来，一声声的，跟方才邝斌敲门时一模一样。

窗外猛地一闪，雨点子咔嚓一下便串成了线，连成了片，给整面落地窗挂起了雨帘。没开灯的办公室晦暗下来。

雨帘模糊了窗外的一切。任大任也不再能看得清那条他时常凝望的中关村东路。

春雨贵如油，这会儿却是火上浇油。这雨又似一杯挂壁的苦酒，再难喝，他任大任也得仰脖子咽下去，苦涩也只有天知、地知，以及他知。

纸飞机嗖的一声被掷了出去，抛物线平滑，如箭如矢。也如一饮而尽的酒杯，骤然砸向被大雨浇注得更加厚实的玻璃窗，誓要冲破那窗玻璃似的。

二

东升大厦附近有两家连锁咖啡店，一家是旁边写字楼里的星巴克，另一家是号称要取代星巴克的本土品牌，就在东升大厦的一层底商。

自从任大任的公司在东升大厦租下办公室，他就再没喝过星巴克，而是每次进电梯之前，都从这家本土品牌咖啡店买一杯焦糖拿铁带上楼。他觉得这样很有仪式感，也能激励自己，因为他要做的，跟这家本土品牌咖啡店是同样的事情。

或许是心理作用，这家的焦糖拿铁在任大任嘴里总感觉比星巴克的更是那味儿，而且还便宜。这家本土品牌咖啡店自创立之初就对标星巴克，宣称要比星巴克品质更好、价格更低。

任大任觉着，品质是不是更好见仁见智，但价格更低却是实实在在的，扫码可证。而他也要用实实在在的低价格和高品质去对标他那个行业的"星巴克"——TADI 公司。

这就相当于玩游戏第一次开档就选了世界级的难度，因为 TADI 公司可是全球 DSP（数字信号处理器）行业的龙头老大、扛把子，全世界一半以上的市场份额都攥在它手掌心里。

这家公司在中国也树大根深，早在二十世纪八十年代初就很有眼光地来华设立了办事处，那年刚好任大任出生。

随着中国的发展，TADI 也跟着发展。现在中国市场流行的大部分 DSP 芯片都打着 TADI 的 logo（标志），而中国市场的营收也占了 TADI 总营收的六成多。于是，TADI 对中国的重视程度与日俱增，就差把全球总部搬中国来了。

TADI 在华设立的第一家办事处如今已是中国区的双总部之一，就坐落在任大任大学母校的大门边上，中关村东路 1 号的清华科技园里。

硕大的 "TADI 大厦" 立在被它一家占去大半栋楼的写字楼楼顶，金字招牌在阳光下熠熠生辉，没太阳都晃眼，吸引着一拨儿拨儿进出校门的学子。总有人跟拍"三体"家的智子一样将它收入手机,仿佛在给自己未来的工作单位拍求职照。

任大任当初也没少向这块招牌行注目礼。学他这专业,教材但凡讲 DSP 就几乎全以 TADI 的产品系列当案例,样片和开发板也大都从 TADI 申请,就连面试,问的都是熟不熟悉 TADI 的东西。

用 TADI 就这样自然而然成了习以为常,行业惯例。任大任很清楚,要实现对 TADI 的国产替代,就不光得超越它的产品性能,还得打败用户对它年深日久的使用习惯。

他的大学舍友束弘庚笑话他所做的事情是蚍蜉撼树,不自量力。可任大任却很认真地反驳,他不是要撼树,而是也要长成一棵大树。

"那就祝你早日长成参天大树,Mr. 树。"束弘庚已经入职 TADI,他在大树底下乘着凉,讲着风凉话,"拿 RISC-V(一种新兴的精简指令集)做 DSP,也就卖给高校、研究所,教教学,搞搞科研。"他仍不忘给任大任才栽上的小树苗浇冷水。

"这么瞧不起 RISC-V 吗?"任大任嗤之以鼻,"ARM(目前最流行的精简指令集)要不拿知识产权卡客户,RISC-V 还真可能成不了气候,问题是知识产权已经武器化了,谁不怕大棒砸到自己头上?这就生生给 RISC-V 砸出一片蓝海来,你们瞅着不眼红吗?"

"我们眼红什么?我们有自己的指令集!"束弘庚揉揉眼睛。

"你们是有自己的指令集,可你们不是'中国芯'啊!"

树下那次"互撑"给任大任额外增添了动力。他的导师很早之前就常讲,中国人搞芯片绝不能被卡脖子,连卡脚脖子都不行,因为中国人要走自己的路。所以从几年前 RISC-V 乏人问津那会儿,通过设计超大规模 SoC(系统级芯片)积累了丰富经验的任大任就开始了 RISC-V 的研究,还跟大神 RISC-V 基金会的创始人 David A. Patterson 教授有了交情,不然他也没底气放下研究所里安稳的工作和项目,带着一群志同道合的兄弟姐妹出来创业。

在圈内知名度越来越高,市里调研本市 RISC-V 发展和生态建设,他也受邀作为青年企业家代表去给主要领导做了报告。领导当时问他，东西出来了吗？他说快了。股东和投资人也经常问他，进展如何？他也说快了。客户隔三岔五就追着他问，东西到底什么时候能出来？他还是说快了。

这一句"快了"顶了大半年，任大任就快顶不住了。

而今终于真的快了，第一批快封的工程批样片今天就将寄到公司，没准儿这会儿已经到了公司附近的快递站点，甚至已经在配送途中了。

焦糖拿铁在嘴里又焦又甜。

他在员工面前还得强自淡定。

负责供应链的卫辰纲兴冲冲地来办公室请他去给样片拆封时，他正按捺着兴奋听邓肯讲一件他做梦都想不到的事情。

邓肯说他刚接了个电话，还以为是骗子，差点儿给挂了。

能骗邓肯的骗子不多，他是公司的联合创始人兼COO（首席运营官），管着生产、销售和融资，当初拉他入伙，就是相中了他能聊到骗子反过来给他打钱的社交能力。当然还有他的人脉。在产品、产能双双没到位的情况下，他就已经给公司拉来了七八家客户。

但是连邓肯自己都没预料到，全球最大乘用车公司UVW集团的中国子公司UVW中国能主动打电话来咨询他DSP芯片的事情。

通常都是骗子才爱拿跨国公司的大名忽悠人，所以邓肯在感谢垂询之余，故意在话里掺了好几个特别专业的术语，对方居然全明白，一点儿交流障碍都没有。

即便这样，邓肯也没完全放心。在对问询对答如流的同时，他还悄摸拿他另一部手机百度了一下来电的座机号码。

果然是UVW中国！

邓肯说，他当时血压就飙升了，看东西都有残影儿了，但他脑子没乱，心也没慌，喜悦之情溢于言表地跟对方透露说，公司第一款芯片的工程批样片将在今天如约而至。

对方估计是被他忽悠上头了，跟他深入浅出、东拉西扯、天南海北地聊了一个多小时。临了，对方说要申请样片。邓肯忙说："别呀，费那事干吗？必须当面奉上！"所以，他跟对方约好了过几天专程去登门拜访。

一直旁听的卫辰纲，本就瞪大的眼睛此刻更如车灯开启了远光。

任大任也心潮澎湃，但也深感遗憾地念叨了一句："可惜咱还没做车规认证……"

"没关系！拜访又不需要车规认证。"

任大任忽然有个疑问："他们是怎么知道咱们的？"

"你忘啦？去年年底的RISC-V年会啊！他们听了你的演讲，还从咱们展位上拿了资料。"

原来如此！那演讲时段买得真是太值了！任大任很振奋，难掩意气风发。"接下来你更得忙了，市场要全面铺开了！"他给邓肯压了担子。

"必须的！"邓肯豪迈地灌下一大口咖啡，如同痛饮壮行酒。

他的咖啡也是焦糖拿铁，也是一层底商买的。

"走，'开芯'去！"邓肯一个勾手，稳稳将空纸杯投进了废纸篓。

三

这次寄来的样片有一万多颗，这是一片12英寸晶圆切割出来的芯片数量。

任大任对上一次MPW（多项目晶圆）的结果非常满意，样片所有模块的基本功能全都达到预期，所以这次NTO（首次全掩膜工程产品流片），他信心十足，按顶格标准下了单，一口气做了二十五片晶圆的全掩膜。这样切割出来的芯片数量就能达到二十五万多颗，在foundry（晶圆代工）产能紧张的情势下，他也能多些样片可用。

二十五万多颗花了一百多万人民币。这二十五万多颗本身对一款准备在公开市场销售的芯片而言不算什么，甚至不够大客户一个月的订单量，但 NTO 的芯片主要是用作小批量的市场推广,所以这次顺利流片(芯片试生产),很及时地为接下来真刀真枪去市场上拼杀准备了充足的"弹药"。

"弹药"的试用装就摆在会议室的长桌上。

十五平方米的小会议室里挤满了人,抬胳膊都不容易,可谁都不愿错过这值得纪念的时刻。

副总乔劭旸举着手机对准正在拆包装的任大任说:"师哥,你以后可以给公司带货了,绝对是 IC 设计行业的颜值担当。"

任大任笑了笑。只剩一层包装没拆,他朝师弟举了举,说:"见证奇迹的时刻。"

收纳盒的盖子终于揭开,嵌在一个个小方格里的样片如同等候检阅的部队,军容齐整,整装待发。

任大任取出一颗,捏在指尖,黑色的封装衬托得四边银闪闪的引脚更显锋芒,表示型号的一连串字母与数字组成的白色代码也格外醒目。

任大任当初决意要找全球最大的晶圆代工厂晶益电子来承制公司的首款芯片,从 MPW 直至量产,这样做不仅是为了提升芯片研发的成功率,更是为了以最高品质对标 TADI 的同型号产品。这也很符合任大任的个性,不鸣则已,一鸣惊人。

然而,晶益电子的产能供不应求,全球缺"芯"更是抬高了进入晶益电子生产排期的门槛,也把等待排期的时间拉得更长。任大任谈了好几家专为 IC 设计企业提供 foundry 流片服务的平台公司,都没谈拢。那段时间他焦灼得嘴角起泡。无法从晶益电子流片这第一款芯片,被他视作重大挫折,不符合他力求完美的倔强性格。

就在他一筹莫展之际,有位叫柴火旺的朋友给他介绍了一家平台公司——中关村芯愿景。

这家公司也在中关村东路上,跟任大任的公司只隔了几个门牌号。

"这人能帮你,他也是我的好朋友。"柴火旺把中关村芯愿景老总的微信推给了任大任,让他自己去联系。

中关村芯愿景跟晶益电子是合作多年的老伙伴，任大任终于如愿以偿地在晶益电子 MPW 和 NTO 了。

后来柴火旺对他说："你不能再像从前一样只闷头搞研发了，因为你的身份已经不只是研究员，更是企业家，所以你得学会交朋友，交更多的朋友。"

这是创业给任大任上的重要一课。

柴火旺后来成了任大任公司的重要投资人，还给他拉来了更多的投资者，从 Pre-A 轮开始陪着他一路走来。

"一会儿要给老柴打个电话。还得找老曲。"任大任在心里给自己排好工作任务。

老曲就是中关村芯愿景的那位老总，任大任还得再拜托他帮忙推动接下来量产的事情。

一想到量产，任大任的头围就缩小了一码，仿佛有人给他念紧箍咒似的。不过那是下一步，而非此刻。

任大任将芯片置于掌心，仔细端详，像在端详襁褓中的婴儿，他从这颗芯片上仿佛看到了儿子当年刚出产房时的模样。

想儿子了。任大任心头一热，虽然儿子调皮捣蛋，经常把他搞得很恼火，但从创业那天起，他就没再管过孩子，儿子从吃喝拉撒到上学放学，再加上课外辅导，全都由家里人操心。哪怕儿子就读的小学离他的公司只有几百米，任大任都从没送过，也没接过。

他很愧疚，对父母妻儿。他恨不得立刻把手里这颗凝结着心血和智慧的芯片拿给他们看，甚至希望他们此刻就在现场，和那些跟他从所里出来创业、奋斗的兄弟姐妹们一起，共同分享这初战告捷的喜悦时刻。

"任总，摆个 pose（姿势）！"邓肯大声招呼。

任大任很配合也很自然地将托着芯片的那只手攥成了拳。

芯片被握在掌心的感觉很真切。

掌握核心科技，这是他给公司起名叫作"掌芯科技"的由来，也是他们这个团队要实现的一个宏愿。

在即兴演说的最后，任大任用力挥了挥拳头，话锋一转，就把这简短的庆功会开成了动员会、誓师会。

芯片仍然被紧紧攥着，他动情又满怀激情地说："这款价值百万的'拳头产品'马上就将全力打入市场，这二十五万多颗芯片将像相等数量的种子一样，撒向广阔无垠的大地，然后等待它们早日破土、茁壮，结出累累硕果，长成参天大树！"

任大任没把那颗芯片放回收纳盒，而是单独收好，之后又从收纳盒里另外取出一颗芯片，装进了衣兜。

接下来还要对样片进行测试，这部分工作将由软件研发部完成。所以，芯片设计部的人全都回去继续为即将MPW的另一款芯片做准备，其他部门的人也都回到各自工位，各忙各的。

一切都有条不紊，按部就班。这也是任大任的行事风格。

连接成功。

烧写成功。

测试顺利展开，任大任放下心来。

回办公室路过芯片设计部的工区，他停下了脚步。下一款芯片的流片已经进入倒计时，这会儿正是这个部门最紧张忙碌的时候。

任大任也紧张，虽不像第一次MPW的时候那样夜不能寐，但闭眼前、睁眼后琢磨的都是这事儿，连睡觉都梦见他亲自把MPW完的样片背回了公司，结果到公司才发现背回来的全是裸片，一颗都没封装。

邝斌走了快一个月了，这个部门的主管还没招到，任大任不得不继续暂代。

四下里望去，这片工区也快坐满了，他这一个月内就招进来五个人，可人手仍嫌不够。

有一个还是刚出校门没多久的大学生，任大任此刻就站在他身后，像老师在检查作业。

任大任当初考虑是否录用这孩子时，也曾犹豫过，但他目光中对于求职的热切，还是为他争取到了这个工作机会。

他回头瞅了任大任一眼，略显紧张地叫了声任老师。

任大任更喜欢别人叫他"任老师"，跟他从所里出来创业的兄弟姐妹们至今还保持着这个称谓，但邝斌来到公司之后，叫他"任总"的人就越来越多了。

想到邝斌，任大任稍感不快。也不知道现在在哪儿高就呢。许是他的语气里带出了心中的不快，小伙子答话的声音有些发颤。

任大任意识到了这点，便想轻松地聊几句，缓和一下气氛，于是他就给这位正盯着后仿真的后端工程师讲他从前碰上过LVS（版图对比电路原理图验证）报告没问题，结果流片依然失败的惨痛经历。他是当笑话讲的，可小伙子却是当"教训"听的，不仅没笑出来，连鼠标都点不利索了。

任大任拍了拍小伙子的肩膀，笑话被当成训话，他也很无奈。

董事长办公室紧临芯片设计部，是用隔断搭成的独立空间。这是专属于任大任的一方天地，虽然才十来平方米，却也足够他从老板的角色里走出来了。

任大任换上奶奶亲手给他做的那双"千层底儿"。还是这鞋舒坦，接地气，就算在十六层楼高的地方也能接着。

随后，他从柜子里取出一个做工精细的锦盒。锦盒一尺见方，风格复古，盒身是孔雀蓝色的细纹织布，盒面用了象征祥瑞的刺绣云锦。轻拨开仿象牙的骨针搭扣，一块晶莹剔透的长方形水晶置于锦盒当中。公司logo居中刻在水晶上部，水晶的下部则以隶书镌刻着"掌芯科技首款DSP芯片流片成功"的字样以及该芯片的具体型号"ZHX320F28016"。中部不细瞧都发现不了，还有一个正方形凹槽，由淡淡的细线勾勒出四边，才食指的指甲盖大小。

任大任取出水晶，随手一扭，水晶就分成了上下两片。他从衣兜里掏出那颗特意装起来的芯片，来回吹了吹，又在袖口蹭了蹭，把它正面朝上放进了凹槽，将两片水晶重新合而为一。

他拿眼镜布仔细地擦净了上面的指纹和灰尘，将水晶几乎纤尘不染地放回到锦盒里。那颗小小的芯片如同一颗黑色的钻石，被红色锦缎映衬得更加夺目，闪烁着晶莹剔透的光。

任大任满意地合上锦盒，扣好搭扣。此时，一缕春风拂面而过，在他脸上留下了一丝暖意，还有一丝得意。

湛蓝的天空也似织了云锦，舒展在中关村东路上。那是他每天的必经之路。这条路，他来回走了十多年，他这十多年的人生，也一直都在这条路上。

当初公司扩大，寻址搬家，任大任特意找到东升大厦。这座大厦的大名，任大任久仰多年。二〇〇〇年年初，也是他刚考来北京之际，东升大厦里云集了众多创业的IT（信息技术）公司，俨然中国互联网圈的地标建筑。

后来，这里果真走出了两家至今声名显赫的互联网企业，可其后的许多年，却再未有其他公司追随那两家公司的脚步。就这样，这座大厦慢慢归于沉寂，尤其是在周边新建的写字楼一座座拼乐高似的拔地而起之后，更是湮没在了岁月和回忆里。

不过，任大任还是将公司的新家安在了这里。他选这里，并不全是因为它相对便宜。当时有两个选项，他就放弃了楼层更低、价格也更低的那个。

这对一家初创公司来说可不是一个理性的选择，尤其是芯片这个大把烧钱的行业，哪怕刚刚拿了大笔投资，都没人敢说自己手头儿富裕。况且，租赁中心的人还特意提醒他，这栋楼一共二十层，如果选十六层，上下班高峰可能一趟电梯就得等二十来分钟。

可任大任还是执意选了十六层。因为从这里，他能看到自己大学时的母校，而他也曾发誓，有朝一日一定要让母校看到他。

风还是有点儿凉，任大任起身关上了飘窗。

窗对面的墙上挂着幅字："宠辱不惊，看庭前花开花落；去留无意，望天上云卷云舒"。字迹洒脱中透着苍劲，一点一画都不落凡俗。这字是他导师亲笔题的，亲手裱的。

见字如面，任大任的手不经意间轻轻地按在了锦盒上。

四

任大任的手轻轻地按在了门铃上。

没响两下，对讲器里就传来师母的声音。听出是任大任，和蔼中立刻又多了慈爱跟亲近，随即啪嗒一声，安全门打开了。

这门是新换的，应该也换了有段日子了。任大任上一次来导师家，还是去年五一假期之后，他专程来送从老家带回的梭子蟹和皮皮虾。

楼道里还是老样子。

这楼也是"八〇后"。外墙体的红砖由于风吹、日晒、雨淋，使它要比后面那几栋外立面抹着水泥的"九〇后"更显老。楼道内的台阶也像年岁大了的牙齿，大多边沿已经磨得很滑溜甚至有缺口，即使那些完整无缺还有棱角的，也是由于水泥修补过的缘故。

许是红砖楼越来越少，物以稀为贵，这几栋年久未失修的"八〇后"忽然一夜之间就成了"网红"，每天都有校内外的大学生慕名跑来打卡，也通过抖音或者快手，向住在这些楼里的老教授、老专家们问好和致敬。

任大任拾级而上。导师的家在顶楼。这种年代久远的老建筑几乎都有一种独特的静谧，而这栋楼里的静谧要更独特一些，任大任每次上楼和下楼，心都格外沉静。

导师家的门也还是老样子。门上贴着导师亲笔写的对联，仿佛导师早已在此等他。任大任知道导师不在家，他下午刚给导师发了微信，导师回复"正在外地开会"。

"那改天吧。"任大任有些失落。

"去看看你师母，她想你了。"过了一会儿，导师回复说。

任大任敲开门。师母的皱纹更深了，银丝也更浅了。

他很亲热地叫了声师娘。

在导师的众多弟子中，师母最疼他这个关门弟子，读研那会儿总是喊他来家里吃饭，那七年时光，这里俨然就是任大任在北京的家。

毕业之后，任大任到了所里工作，也总是隔三岔五来，偶尔还有个和他同一课题组的哥们儿跟着他来蹭饭，美其名曰向导师讨教学术问题。可后来这哥们儿来"讨教学术问题"的频率越来越高，有时候任大任不来他都来，再后来他就娶了任大任的小师姐卢苒，成了任大任的师姐夫。

师母细细端详着任大任，一会儿说"你胖了"，一会儿又说"你瘦了"。胖了是跟读研那会儿比，瘦了是跟上次见比。

任大任说："您没胖也没瘦，越来越年轻了。"

"都是这头发显的。"师母抚了抚新烫的发型，说这是为拍金婚纪念照特意烫的。

"啊呀，我都忘了，都没祝贺您和老师！"任大任拍了拍记性越来越差的脑袋，像在惩罚它。

"不用，不用，知道你们忙，就谁都没告诉。"师母笑眯眯的，问任大任公司怎么样，是不是比在所里还要忙。

任大任把锦盒从手提袋里抽出来，请师母验收他的最新成果，说刚好拿这个当作她和导师的金婚纪念礼物。

师母的面庞有了水晶光泽，钻石般的"中国芯"令她眉开眼笑，乐得合不拢嘴。

任大任被师母的由衷开怀感染了，也感动了。在他心里，导师和师母就是他的亲人，是家人。

"留下来吃饭吧。广延今天难得有空儿，带孩子游泳去了，游完也过来。你们俩很久没一起吃饭了吧？"

"改天吧。"任大任说。

他告诉师母，马上又有芯片要 MPW，最近天天加班，今天是专程过来才特意早下班一次，正好也回家吃顿晚饭，家里都准备好了。

师母没再挽留，把任大任送到门外，还在跟他讲："你们这个岁数，正是忙事业的时候，好好干，多给国家做贡献。但是也要注意身体，别累着。广延从前就总是加班，这两年当了副所长，连个正经周末都没有了……"

"是啊，头发也快没有了。"任大任下楼的时候心想。

站在楼下，仰头望去，阳台的炉灶边似乎有了师母的身影。任大任也仿佛闻到了饭菜香，味道还跟许多年前一样。

任大任又回头望了一眼。那几栋红砖楼退隐在暮色里，没有一丝喧嚣能够将它们烦扰，它们成了校园里最淡然的存在。

出了清华，重入繁华。

正是下班时间，清华科技园的一栋栋写字楼华灯初上，估计许多还得挑灯夜战。TADI 也点亮了招牌，居高临下的"TADI 大厦"望上去更具压迫感。

任大任的车不断礼让着行人。行人们行色匆匆，谁的时速都比他快。

妻子刚刚打过电话，问几点到家。任大任估算了一下，说半个小时或者二十分钟。虽然他家离这里才不到三公里，五个红绿灯。

任大任心里也挺堵。下午给老曲打电话，一是感谢他从 MPW 到 NTO 帮了不少忙，另外也拜托他继续帮忙推进量产的事情。老曲依然很豪爽，让任大任别客气，其他芯片的 MPW 以及将来的 NTO 他肯定都接着给好好整，但量产这事儿，真的不好弄。

"不是钱的事儿，人家不差钱儿。"老曲也很无奈，"晶益电子的人早就说过，除非是他们特别感兴趣的制程，否则很难排上期。"

F28016 所需的 180 纳米 eFlash（嵌入式闪存）工艺显然不在此列。但任大任不肯轻易放弃，仍说："我需要的不多，每个月给我五十片 wafer（晶圆）就行。"

"五十片不少了，兄弟。切出来得有五十多万颗，一年六百多万，你有那么大出货量吗？"

"那就二十片，起码今年先这样。"

"你跟我讨价还价没用，兄弟。能帮你老哥肯定帮你了，咋可能不帮你呢？"

"当初不是说能在他们那儿量产吗？"

"当初是当初。"

"那我直接联系他们呢？"任大任不服气，也有些赌气。

老曲在电话那头儿咳嗽了两声，说："那他们可能连账户都不给你开。"

任大任长吁一口气。中关村东路和四环路交叉的那个路口，红绿灯更长。他从车里朝上望，能望见东升大厦十六层的那排窗子全都亮着。

芯片设计部的人在最后冲刺，软件研发部的人也在赶测试进度。没能搞定产能，任大任有些失落……

老柴要是知道了，肯定也得失落。

任大任下午先给老柴打的电话，当时的兴致也跟老柴一样高。

虽然叫老柴，但他的年纪其实跟任大任差不多，只稍长几岁。老柴从四川大山里考进了名牌大学，毕业之后又进入国际大投行，工作多年之后，跳槽到国内某知名私募股权基金当了合伙人。

老柴讲起话来一股绵长的豆瓣酱味儿，大笑起来更是一股上头的牛油火锅味儿。任大任特爱跟老柴聊，因为这两种味道都是他的心头好。

老柴还懂风水，第一次来公司参观，就说任大任歪打正着租的这个大开间财位特别正，肯定招财进宝。

"您也是财神爷。"任大任顺嘴恭维了一句。

老柴连说不敢当不敢当，说他顶多就是个送财童子。他还想给任大任送更多的财，所以 F28016 顺利 NTO，他特别兴奋。这是他从投资 IT 转型投资 IC 之后的第一个战例，不光要赢，还要赢得漂亮。截至目前，任大任都令他很满意。

"搞投资，宏观上要跟着国家走，微观上要跟着感觉走。"老柴甚是得意地说，"知道我为什么投你吗？因为我第一眼见你，就感觉你是个很踏实的人，不好高骛远，不像那些整天拿 PPT 来忽悠我的人，虽然你来找我时也是拿着 PPT。"

老柴的豆瓣酱味儿打住了，又散发出了牛油火锅味儿："你当时那个 PPT 啊，是我见过最差的，哈哈，IC 行业整体的 PPT 水平比 IT 行业差了不是一个数量级，哈哈哈……"

"量产也得跟上，晶益电子那边没问题吧？"牛油火锅味儿还没散尽，老柴就问任大任。

"可能会有一些难度，我尽力克服。"任大任不是很有底，没把话说满。

"让老曲想办法，他肯定有办法。量产搞定了，咱们年底 A 轮就安逸了。争取明年 B 轮，后年 C 轮，大后年科创板——巴适得板，哈哈哈哈……"

科创板……任大任感觉好远，就像他当初遥想创业。但又感觉很近，就像他家，不堵车的话，几脚油门就到了。

"庆功宴"早已摆好，有一道菜还是儿子亲手剥的橘子瓣，拼成了个大大的"牛"字。

任大任把整头"牛"都吃了。

带回来的芯片转眼就被儿子抢了过去，谁都不给多看一眼。

"别弄丢了！"他冲儿子喊。

"喝一杯吧？"父亲问他。

任大任举起杯，敬全家。鲜啤一入口，绵密的麦芽便生出根来，板结在身上的疲累立时开裂，掉落了很大一块在地上。

"爸也敬你！"父亲又单独和任大任干了一个，打着酒嗝儿说，"真不容易，走到今天。"

酒有点儿上头，快溢出眼眶了。"是啊，走到今天真不容易，就跟当初下决心迈出第一步一样难。"任大任放下酒杯，好些事儿又全都涌上来了。

"肯定越来越好，越来越顺！"母亲也单独跟他喝了一个。

母亲当初可不是这个态度。

任大任那会儿也是在饭桌上宣布他离岗创业的决定的,当时母亲的筷子就像失去了重力一样悬停在那盘色香味俱全的麻婆豆腐上,震惊地问:"不准备当所长啦?"

"谁说我要当所长?"

"研究所可不将来就当所长?"

任大任没答话。

"当那破玩意儿干吗?操心受累挨人骂。"父亲接过话茬儿。

任大任把他的创业构想用老两口能听懂的语言讲了一遍。讲完,母亲说折腾,父亲说折腾挺好。

"为啥好好工作不干,非要创业呢?"母亲担忧地问。

"这不你们给我立的人设吗?"任大任说,"不干点儿大事都对不起你们,谁叫你们给我起这名字呢?"

"你爸起的。"母亲埋怨地瞪了父亲一眼。

"你当初还说起得好呢!"父亲不服。

"你也支持他自己干?"母亲扭过头,问一直没吱声的儿媳妇。

"我不反对啊。"妻子给孩子搛着菜,轻描淡写地说。

"我也不反对!"孩子突然举起手,跟课堂上抢答问题似的。

"你咋不反对呢?"母亲一愣,又着急地念叨任大任,"放着好好的工作不干,所长都不准备当了……不行,你不能离岗创业!"

"申请书都交了。"任大任也急了。

"交了也得要回来!"

"要回来也没用!已经批了,都办手续了!"

"气死我了!你咋不拦着呢!"母亲埋怨起儿媳妇。

"委屈你了。"夜里,任大任安慰妻子。

"没事儿,我没往心里去。当妈的肯定都担心儿子,换成你儿子,我肯定也得反对……其实我也担心……但是你真想干,我也不能拦着你,不管你干成干不成,干成什么样儿,我都支持。"

"庆功宴"持续了将近两个小时，两斤啤酒下肚跟喝了两斤白酒似的。

父亲志得意满地说要把芯片收藏起来，任大任就让儿子把芯片给爷爷。

儿子支支吾吾，半天才承认，芯片丢了，找不着了。

任大任顿时火冒三丈："不是告诉你别弄丢吗？"

儿子哇的一声哭了。

父亲赶忙说："我去找，在咱家，丢不了……"

"让他找！"任大任没好气地吼道。

"别跟孩子喊！吓着孩子了！"母亲立刻赶过来护住孙子。

"你大吼大叫干吗？"妻子也从厨房里走出来。

"我管儿子！"任大任借着酒劲儿，说得很大声。

"平时你怎么不管？"妻子也提高了分贝。

"那我不管了！你管！"任大任气冲冲地"离家出走"了。

好好一顿饭，不欢而散。

任大任的头像灌了铅。因为喝了酒，不能开车，他就扫码开了一辆共享单车。小蓝车挺好骑，骑起来很治愈。

当年任大任也有一辆二六自行车，蹬起来很费劲，但他驮着妻子来往在中关村东路上，也骑得很欢乐。有时候还骑到中关村南大街上去，那边曾有不少有意思的"吧"，可以喝喝酒、听听歌。

来到公司楼下。

刚锁好的车就被人骑走了。骑车的也是加班的。

任大任低头跟门卫大爷打了声招呼。

大爷正攥着手机闷头儿追剧，老侠客似的头也没抬就问："又加班啊？"

"加班。"任大任闷声完成了他俩之间的对答。

从互联网的"黄金时代"就开始守护这里的这位门卫大爷，来去之间见证过无数个"青铜"，也见识过真正的"王者"。

进到公司，芯片和软件两个部门还在各自忙活。

软件部离门近，先发现了来"探班"的任大任。守着测试的乔劭旸叫了声师哥，有点儿诧异地问他："不是说不过来了吗？"

任大任什么也没说，手搭住师弟的肩膀。他俩都是国科大的博士，但导师不是同一个人。

乔劭旸汇报起测试进展，说什么问题都没发现，顺利的话，很快就能全部搞定。

任大任低落的"海平面"升高了一些。样片回来要做三十几项测试才能入库，他下午还叮嘱乔劭旸得抓紧，因为市场翻脸比翻书还快，给客户寄样片不能一拖再拖。

乔劭旸果然没让他失望。任大任欣慰之余，又有点儿过意不去。他让乔劭旸早点儿回去，明天继续。乔劭旸说，时间还早，再测几项。

这小师弟虽然是八〇后的"尾巴尖儿"，从前在所里也没管过人，但当起头儿来有模有样，手底下人也全都很听他的，他让干啥就干啥，从不抱怨。他们也从不管乔劭旸叫乔总，而是叫他"乔帮主"或者"帮主"，甚至还有女生背地里戏称他"小乔"。

样片入库，一个项目就算正式结束。任大任提醒自己，明天别忘了让财务准备好给大家发奖金。

他正要去芯片设计那边转转，却被乔劭旸笑嘻嘻地拉住。乔劭旸说他想买TEGGER（虚构的全球知名数据库公司）家的emRun（运行时库）。

"用得着吗？"任大任知道emRun不便宜，而且都是圈子里那些"大家伙"们在用。

"早晚得用，早用早享受。"乔劭旸又拿出插科打诨的劲儿。

"你先询个价吧。"任大任不好驳了师弟的面子，但是总有出项、少有进项，也让他花起钱来越发理智和审慎。

转到芯片部门，任大任低落的"海平面"又升高了一些。又一款从RTL（寄存器转换级）到GDS（电路版图的一种文件格式）的"作品"即将完成，这边的人情绪都很亢奋，如同等待着扬帆出海，去乘风破浪。

任大任也拿了包小零食，跟他们一起等后仿真的结果。最后一步如果也没问题，整个设计流程就彻底 sign-off（确认设计数据达到交付标准之后的签发），接下来便是导出 GDS，给到 foundry，然后静候 MPW 完成。

负责测试的小伙儿一直在闷头刷手机，瞧手速应该是在聊天，看表情应该是在和女生聊天。大概率是女朋友，虽然任大任没听说他有女朋友。有女朋友也正常，任大任在他这岁数，也是在国科大的校门口，一眼就相中了一个同样脉脉含情望着他的女生。

时间过得真快，眼瞅半辈子过去了，那女生也嫁给他十几年了。然而时至今日，她都不肯承认跟他是一见钟情，总说她那天没戴眼镜，瞧谁都得目不转睛才瞧得清。

任大任吃方块酥吃出了笑意，像"隐藏款"咀嚼在嘴里。妻子就是这么个犟脾气，他能怎么办？

方块酥还剩点儿渣渣，任大任也倒进了嘴里。才倒完，后仿真就完成了，结果跟前仿真一模一样。

方块酥渣渣嚼都没嚼就咽了下去。原来不嚼就咽下去这么拉嗓子。

一般来说，后仿真的结果跟前仿真有所差别才正常，一点儿差别都没有反倒不正常了。

肯定是哪里出了问题。

所有聚过来的人都在七嘴八舌，纷纷猜测和分析"事故"原因，负责测试的小伙儿则陷入了重围，一动都不敢动。

任大任一脸茫然，脑袋空空，这样的事他也从没遇见过。眼瞅着 MPW 的"班车"就要发车，如果真有什么差错，那版图就必须返工修改，改完版图重新生成 GDS 文件之后，还得把 DRC（设计规则检查）、LVS 重跑一遍，然后又是抽取寄生参数，再来一遍后仿真……每一步都得耗费不少时间，可"班车"不等人！

所有人都在等他发话。任大任咽了口唾沫，把方块酥渣渣冲得离喉咙远了一些，立即要求大家分头去查资料、想办法，一定要尽快找到"事故"原因。

他自己也回到办公室，打开了电脑，却发起呆来。

方寸有点儿乱了，很像酒驾撞见了交警。

长呼口气，任大任逼自己尽快镇定。这种情况书本上没有，老师也没教，只能去工程师聚集的论坛上碰碰运气，那里尽是各种长知识的技术帖，包括五花八门的疑难问题和实操性很强的解决方案。

然而，上遍了那几个知名技术论坛都一无所获，"度娘"和"婢应"也一点儿有用的信息都给不了他。酒劲儿又上来了。白天剩的半杯咖啡还在桌上，凉冰冰的，被他拿去浇了干巴巴的喉咙，可火苗忽又从他心头蹿起，火焰径直烧向那个叫迟志恒的臭小子。

任大任后悔把他招进来了。这家伙既不是985、211，又没工作经验，还总是心不在焉，有事没事就刷手机。这么个人干这么重要的活儿，能不出错吗？

幸好还在试用期，还没转正……走人，让他走人！任大任刚动了辞退迟志恒的念头，迟志恒便送上门来。

任大任运着气，盯着他，看他到底是来认错还是来辞职。

迟志恒的脸通红通红，不知是兴奋、着急还是愧疚。他竟说他找到解决办法了。

这么快？怎么可能？我都没找到，他能找到？任大任难以置信，将信将疑地看迟志恒递过来的手机，手机里是他从一个技术博主那里扒来的帖子，那帖子讲述的状况跟刚刚发生的一模一样。

任大任来回确认了好几遍。

"走，去外面！"他立刻起身。

帖子里说，之所以后仿真结果跟前仿真一样，是因为操作时漏按了一个按键。那位博主还用截图一页一页演示了操作步骤和结果。

"真是这么简单就能解决的问题吗？"有人提出质疑。万一是别的原因呢？一次后仿真得好长时间，要是还不行，那时间又白白浪费了。

"应该是……"迟志恒有些支吾，说他的确是少按了那个按键。

所有人的目光又都集中到了任大任身上。

任大任不能只听一面之词，但直觉告诉他，这个办法可行。

试错的成本如同南墙一样，冷眼望着任大任在那儿纠结到底撞还是不撞。

任大任决定赌一把，他让迟志恒按照帖子里说的去做。

迟志恒轻点鼠标，在 Virtuoso（一种芯片版图设计软件）的 ADE（模拟设计环境）窗口先点了 Simulation（仿真）菜单下的 Stop（停止）键，然后才点的 Run（运行）键，开始了新一次的后仿真。

"还有这种操作。"有人嘀咕了句，语气里夹杂着不屑与不满。

任大任也无论如何都想象不到，没 Stop 就直接 Run 会导致结果无效，这不就跟抢跑犯规一样吗？

其他人三三两两地打卡下班了，脸上多少都带着懈怠和疲惫。

迟志恒主动留下来值班，他要确保后仿真顺利运行下去。

任大任回到办公室，关上门，也关上了灯。脚搭在茶几上，人倒在沙发里，劲头儿顷刻像从身体里卸载了一样。

隔壁写字楼的十六层，灯也黑着。那间办公室此刻是不是也有一个人，像他一样疲惫，又惴惴不安？心中刚燃起火焰，就又被阵风吹凉？

如果有，那个人是不是也把工作当成了生活，把公司当成了家？

他想和那个人通话。只要接通就好，无须说话。

已经快十二点了，身体都跟他说别再动了，眼皮也急于再次合上，但他还是撑着起来，双脚重新落回到地上。

地毯和脚都软绵绵的。明天还要去所里开会，介绍创业的成功经验。如果不是必须回家换身衣服，今晚肯定就在办公室睡了。

他打了个嗝，喷出来的酒气连同胃里的胀气钻入鼻孔，熏得他一阵恶心。衬衣穿了两天，已经有了汗味儿。按照妻子的标准，衬衣是每天都得换的，现在超标了一倍，她洗衣服的时候肯定又要唠叨。

任大任瞧了眼手机，妻子没给他打电话也没给他发消息。他灌下一瓶矿泉水，还是感觉浑身上下哪儿都不对劲。

公司除了他，就只剩迟志恒。小伙子还在那儿盯着电脑，连姿势几乎都没变。

"你住哪儿？"任大任问。

"挺远的。"迟志恒迟疑了一下，才说。

"你怎么回去？都这点儿了。"

"不回去了。"迟志恒说。

"我怕再出问题。"他忙又解释。

任大任也略微迟疑了一下，点了点头。"不用一直看着。"到了门口，他又回过头说。

"再见，任老师！您路上慢点儿！"迟志恒朝他挥手。

电梯快得不像话，估计是想赶紧把打搅它休眠的人给送走。平时都延迟两三秒才开的电梯门也快门似的一闪即开，门边不知是杨絮还是柳絮滚成的毛球趁机蹿进了电梯里。

电梯门在身后咣当一声合拢，犹如猛然打了个喷嚏，那响动竟跟任大任小时候住过的平房院门关闭的时候很像。

一晃三十几年了，时间久得让人恍惚。

那套院子给任大任家换来两套楼房，爷爷奶奶家一套，他自己家一套。搬进楼房着实让还是孩子的任大任欢天喜地了好一阵子，甚至连那棵跟他同岁、他总是爬上爬下的香椿树都被他丢到了脑后。可近来他口中时常泛起从那棵树上摘下来的香椿芽的味道，那味道是从大棚里栽的、超市里买的香椿那里找不到的。

外面的毛球更多，也更讨厌，不眠不休地到处滚着，仿佛四处游弋的精灵。

楼下的共享单车都被共享光了，网约车也都跑到西二旗那边去接单了。这会儿的中关村东路很适合夜跑。当然不能抢跑，任大任等变了绿灯才过的四环。

这个时间的中关村东路也适合独行，所以路边即使有了共享单车，他还是把它留给了明早上班的人。

不对,是今早,新的一天已然开始,这一天又有许多事要处理。

也不知道这次后仿真的结果如何,任大任想将它抛诸脑后,可它却始终在脑海里扑腾,时不时溅起朵朵浪花。

如果创业也能仿真就好了,那样他就能知道自己的选择是对是错。今天上午的会,他要介绍创业的成功经验,可他现在算成功吗?到底怎样才算成功呢?

心底袭来的困意又困住了他的身体,步子渐渐沉重起来,眼皮比步子还重。

家人都已入睡,但灯还为他亮着。

被子又被儿子踹到了脚下,贴墙放置的小床也不够大了。任大任给儿子盖好小被子,掖紧在腋下。儿子枕旁还有一张从练习本上撕下来的田格纸,撕得一点儿都不整齐,被小枕头的一边压着。纸上写着一行铅笔字,歪歪扭扭,仿佛儿子在亲口对他说:爸爸我错了。芯片找到了,我自己找的,找了好久……

字迹越来越模糊,铅灰融进了白里。

任大任俯身亲了亲儿子,儿子攥着的小拳头朝他微微张开,掌心露出一角镶着银边的黑色。

任大任躺到床上,妻子背对他睡着。他转过身去,从后面抱住了妻子,他的手也找到了妻子的手。妻子的发香很快就令他沉沉睡去,他梦见一滴温热,轻轻坠落在他的手背。

五

上午的会临时改到了下午,原定两个小时也开了将近三个小时,这多出来的将近一小时,成了任大任的专场报告会。

任大任一点儿准备都没有，虽然也专门修改了被老柴 diss（鄙视）过的那个 PPT。

他早晨不到五点就醒了，心里装的全是后仿真的事儿，生怕半夜里又出什么意外，所以来回烙了几下饼，还是把微信语音通话打了过去。

迟志恒不到五秒就接了，含混的声音里夹杂着惊慌失措。

任大任过意不去地问："吓着你了吧？"

那头儿迟滞了两三秒才说："没事的，任老师。"

后仿真还在正常跑着，迟志恒说他会一直盯着，让任大任放心。

任大任稍感安心，对迟志恒的不满也没那么大了，于是嘱咐他抓紧时间再眯会儿。他自己也贴近妻子，又睡了个回笼觉。

再醒就是被儿子摇醒了。儿子朝他晃着失而复得的芯片，让他猜是在哪儿找到的。

"咱家！"任大任将儿子抓进怀里，连夜冒出来的胡子楂儿扎得儿子又躲又乐。

上午还是按正常点儿去了公司。临出门，父亲叮嘱他以后别总跟媳妇儿吵吵，母亲也难得地说了句："你爸说得对。"

任大任开车门的时候，被毛毛呛到了嗓子眼儿里，直到公司都还没把它给咳出来。

乔劭旸问他怎么没去开会。

任大任咳嗽着说："所长临时有会。"

乔劭旸赶紧汇报，说他和 TEGGER 的销售经理聊到快天亮，人家最终同意打三折把 emRun 卖给他。

任大任以为自己听错了，这种打折方式和降价幅度很少出现在高科技界。他问乔劭旸怎么聊那么晚，连觉都不睡了。

乔劭旸说没办法，对方人在地球另一边，所以人家上班，他就得加班。

他又解释说，人家之所以肯"跳崖价"把东西卖给他，主要是因为 TEGGER 之前做的都是 ARM，RISC-V 这块才刚起步，所以想让客户尽快多起来；另外也是觉得一个初创企业还肯花大价钱去买他们家东西，这本身就是一个很好的营销案例，对他们开拓中国市场很有帮助，因而也乐于促成这笔生意。

"当然，打折这事儿人家不让我往外传，所以咱对外还得说是正价买的。"乔劭旸叮嘱了一句。

任大任刚张开嘴，嗓子眼儿就又痒了起来，他不得不使劲咽了口唾沫，把话也咽了回去。

乔劭旸问他咋了。

"痒痒。"任大任指指自己喉头，声音喑哑地说。

"我给你拿瓶水去。"

任大任摆摆手，又指指自己办公室。

回到办公室，他发现最后一瓶矿泉水昨晚已经被他喝掉了。于是，他不得不又找乔劭旸要了一瓶，结果乔劭旸把整提矿泉水都给他拎了过来。

买 emRun 这样的超前消费虽然花了钱，其实也省了钱，因为价格的确诱人，"双十一""618"都不可能比这更便宜，因此买就买吧。

不过，即便打三折也是笔不小的支出，对公司现阶段而言也是种奢侈的"享受"。

任大任问财务账上还有多少钱。财务告诉他除了上一轮的融资之外，公司目前就一笔中关村给的流片补贴和一笔市经信局给的科技型小微企业的研发支持资金算是大额的收入。

日子还过得下去，任大任暂时不必为钱发愁，却也得精打细算，尤其是发奖金，不光关系到员工的个人收入，还关系着公司的薪资结构。

财务很早之前就找他定分配方案，他挠头了好久，反复斟酌哪些人该多发，该多发多少。现在招人本就很不容易，还得防备同行挖墙脚，那些开始搞 IC 的 IT 公司也跑来添乱，一个个都挺财雄势大，出手比地主家的傻儿子还阔绰。因此，公司发展前景、个人发展空间这些就只能拿来当开场白，吸引人、留住人靠的还是真金白银。

另外，邝斌出走也给公司带来了不小的冲击，让他担忧这件事的连锁反应。

他前些天就在楼道里偶然听见有员工同其他公司暗通款曲，不过那员工截至目前还没提出辞职，不知是条件没谈妥还是在等着发奖金。

大概率是在等奖金。所有相关人员都在等，特别是最初追随他出来创业的那批人。这批人当初定的薪资都比较低，跟后来招入公司的人员存在不小的差距。他们当中就有人拿着BOSS直聘上的招聘启事来找任大任，要求同工同酬。任大任好言安抚，保证绝不让兄弟姐妹们吃亏，年底一定重新调整薪资结构，但眼下只能暂时照旧，先在奖金上给大家找齐。

然而，如此也可能按下葫芦起了瓢，给这拨儿人奖金定高了，后招进来的那些人又该不平衡了。

不患寡而患不均，收入落差势必造成心理落差，心中有了落差，再往后就难以心往一处想、劲儿往一处使了。而且，薪资上涨还会带来个税、社保、公积金的增长，这些加在一起也不是小数目，都会把用人成本垫得更高。

所以，任大任已经很能做到跟所长换位思考了。

所长在会上也把他当成了表扬重点，说他的公司是所里这些创业企业中第一个跑出量来的，所里必须第一个表示支持。

这个"第一"顿时就让大家看他的眼神不一样了。

任大任连忙低头记笔记，就跟他第一次也是唯一一次在课上被点名批评时一样。

丁所长很高兴，当场拍板先采购一万颗芯片意思一下，也连带利用所里的关系帮忙推广。

他问坐在长桌远端的任大任："有折扣没有？能给打几折？"

"成本价，成本价。"任大任连说两遍。他的脸红半天了，答话时更像是熟透的草莓。

在座的虽然全是关系不错的同事，但个个也都是专利压身甚至等身的行业专家。有些人要么资格比他老,要么创业比他早,要么两者兼备,所长单把他拎出来夸,虽然夸的是事实,但事实往往更令人尴尬。

可丁所长不管这些,仿佛有意刺激大家似的,继续脱稿讲话:"大家都要加速产业化,还没产品的尽快把产品推出来,靠 paper(论文)打天下的公司都是纸上谈兵,没有实战能力。当然靠 paper 打天下也比靠 PPT 打天下强,起码还能在论文数量上给国家做贡献,但国家现在更需要的是能到市场上冲锋陷阵、敢打敢拼的企业和企业家,大任和他的公司就是很好的例子,给大家树立了榜样,所以在座的各位都要虚心向他学习,力争有所超越……"

前面的人都说要向任大任好好学习,轮到任大任介绍经验,他使劲往回找补,丁所长连说好几次"别谦虚,要实事求是"。

"实事求是地讲,由于我们赛道进入得相对早一些,并且用 RISC-V 基础指令加我们自己写的专用指令设计了具有自主知识产权的 DSP 内核,所以投资人和市场反响都比较好。"任大任再次刻意回避,把"第一"换了个说法。

"你们上轮融了多少钱?"有人打断他。

"三千万。"

"美元吗?"

"人民币。"

"估值多少?"

"四亿左右。"

"投前投后?"

"投后。"

"下一轮估值呢?"

"七八个亿吧。"

"投前投后?"

"投前。"

连珠炮似的一串提问之后,那人不再吭气。

任大任往下介绍说:"我们的 DSP 能和友商的同型号产品实现 pin to pin(引脚对引脚)替换,IDE(集成开发环境)界面也和友商没太大差别,代码移植几乎不用改动,这样可以大幅降低用户迁移成本,提高使用意愿。"

"你说的友商是哪家? TADI 吗?"此时又有人插话。

"是的。"任大任说。

"代码一点儿不用改吗?"

"如果是 C 语言(一种程序设计语言),99.5% 的代码都不用动,只改几个寄存器配置就行。"

"汇编呢?"

"汇编的改动量还是比较大的,不过用户还是使用 C 语言的居多。"

"那你们的 IDE 还是有局限性嘛!"那人终于挑着根刺儿。

"国内有几家自己做 IDE 的?大任他们这样已经非常难得了,这才是真正对标国际大厂的做法!"丁所长讲了句公道话。

任大任感激地望向自己的老领导。

"我们继续努力,力争做得更好!"他说。

除了融资,大家最关心的就是实际性能,除了跑赢 TADI 的那几个主要参数之外,还问了很多其他指标的实际表现。也有人不认可 RISC-V 架构本身,认为这架构跟 ARM 比差距还很大,还有人认为 DSP 竞争不过 MCU(微控制器)和 FPGA(现场可编程门阵列),本就不大的市场还得被继续挤压和蚕食,任大任于是又耐心解释他们是如何弥补差距的,以及 DSP 自身的优势在哪里。

"你应该找机会请大伙儿去你公司参观参观。"丁所长又让任大任明天先送一套芯片和核心板过来,因为马上要有院领导来视察,正好趁这个机会推一推,争取得到院里的支持。

"芯片也拿你定做的那个水晶块块装着,那个做得很不错,很显档次。"紧挨着丁所长的汪广延也发话,跟大家说任大任前几天给他岳父送去的样片装得可精致了，跟工艺品一样。

后来有人问什么时候能量产，这一下戳中了任大任的痛处。

任大任据实相告，晶益电子那边产能很紧张，想量产有难度，他还在想办法推动。

"真是因为产能紧张吗？"有人冒出来一句。

"全球都紧张，你不看新闻啊？"丁所长半开玩笑地给撑了回去。

会后有人找任大任拷贝走了PPT，说是要拿回去好好学习。

丁所长特意把任大任拉到一旁，说："你别怕人质疑，别人越不服气，你越要让人服气。你走产业化、市场化这条路，将来肯定有更多人质疑你，尤其是同行，更得拿着放大镜找你毛病，所以你要经得起同行检验，就先得经得起同事检验，如果连同事检验都经不起，那你这东西拿到外面去也不会有啥竞争力。"

从所里出来已经快六点半了。

临出来前，汪广延找他晚上一起吃饭，就去他俩原来常去的那家烧烤店，说是那家烧烤店要搬家了。

汪广延还特意说："没别人，就咱俩，我买单。"

任大任说："改天吧，昨晚后仿真出了点儿问题，我得回公司处理一下。"

汪广延问什么问题。任大任说不是啥大事儿。

公司其他人都下楼吃饭了，只有迟志恒还在电脑前盯着。确实是盯着，眼睛都不眨的那种。任大任觉得他可能是有心事。迟志恒说他白天回了趟家，把铺盖拿来了，他这几天就住在公司，直到后仿真结束。任大任本想说不用这样，可为了以防万一，他还是把这话咽了回去。

这小伙儿要比看上去有责任心得多，真是人不可貌相。

任大任看人向来不准，总爱把人往好处想，对人没防备。汪广延当初就告诫过他："你要再这样，将来肯定得吃亏。"后来任大任果然吃了不少亏，幸好他从小接受的都是吃亏是福的教育，才保持着比较平和的心态，一直到现在。

任大任现在心态的确平和许多，也不再纠结看人不准这事儿了。人都是复杂多变且多面的，像丁所长那样阅人无数的人，不也连他都没看准吗？

丁所长后来跟人讲，他万万没想到任大任会找他申请离岗创业，因为任大任在他心里一直都是那种"两耳不闻窗外事，一心就想搞科研"的人。

任大任对这样的评价并不陌生，上大学的时候就有人说过类似的话。

他还被戏称为"自习室里的花朵"，这个绰号是束弘庚给他起的，久而久之，"自习室里的花朵"就简化成了更加朗朗上口的"室花"。

任大任不介意别人这样叫他，他觉得"孤芳自赏"挺好，因为他确实喜欢一个人安安静静地看书，与世无争，除非别人不爱惜他的书他才会生气。后来只要有人朝他借书，他都直接把书送给对方，然后自己再买一本。

束弘庚是唯一朝任大任借书，任大任不送的人。他俩是出了名的"好基友"。虽然考进清华的都是人尖子，但束弘庚跟班上其他同学比起来，尤其是跟任大任比，就显得不那么拔尖了。大学四年他的主要精力都放在了各种社团和学生会上，每次临考试都找任大任帮他突击，尤其考研之前，更是跟任大任形影不离。

任大任当时听说束弘庚要考研，很是高兴，因为束弘庚从前说过一毕业就要找工作赚钱，任大任感觉那样挺可惜的。

他自己肯定要继续读研，而且导师也有意把唯一一个保研名额给他，所以他帮束弘庚复习的时间跟他预习研究生课程的时间一样多。结果"推免生"的名单下来了，得到那个保研名额的不是他，是束弘庚。

六

F28016之后的另一款芯片ZHX320F28023赶在最后一刻搭上了MPW的班车。

整个过程可谓"有惊有险",但既锻炼了队伍,又培养了新人,掌芯科技也向成为一家更成熟的IC设计公司前进了一大步,所以在任大任看来,一切都挺值得。

他对迟志恒的态度也扭转了。

这小伙儿为了确保后仿真万无一失,在公司吃住了将近一星期。虽然他自带了铺盖,公司也有折叠床给他睡,但他好几天没洗脚、没洗澡,也忘了拿剃须刀,到最后,他旁边工位的兄弟都说他身上有馊味儿了。任大任瞧他那张脸也觉得像鲁滨孙,充满荒岛求生的欲望,想必他自己肯定也难受得很,也是在强忍着。

后仿真一完活儿,任大任就特批了他一天带薪假,让他回家休整,主要是把澡洗了,把胡子刮了。

这样的人值得给他一份转正申请,虽然他的学历和技术能力与其他人比起来相对弱一些,但是责任感这东西就跟天赋一样,有些人天生平庸,有些人很差甚至没有,而有些人则天赋异禀。

那个差错,任大任现在也不觉得是多大事儿了,甚至认为那是成长路上必须交的一笔"过路费"。毕竟老家雀都是小菜鸟熬出来的,任大任自己年轻的时候也没少走弯路、刷里程,而且那个失误还给大家扫除了一个知识盲点,不光吃一堑长一智,还活到老学到老了。

还有一个"重大地理发现",也让任大任好像新大陆遇上了哥伦布。

他前些天安排卫辰纲去直接联系晶益电子,卫辰纲开始还有畏难情绪,接连几天都没进展,可是忽然一天跑来跟他汇报,说晶益电子联系上了,他们华北区的办公室就紧挨着中关村东路!

任大任兴奋得直拍桌子,邓肯也激动得搓着手说这就叫"山重水复疑无路,柳暗花明中关村",也叫"踏破铁鞋无觅处,得来不太费工夫"。

他们让卫辰纲赶紧约时间去拜访,量产绝不能再等了,得赶紧推进。

上次NTO的那批样片抽测全部合格,邓肯已经开始给客户"群发"。虽然要样片的客户络绎不绝,但是每家的量都不太大,从几颗到几十颗不等,所里那一万颗目前还是最大的一笔订单，而第二大的订单是任大任的小师姐卢苒带来的。

卢苒也是国科大的教授，她那天专门打来电话，说听汪广延讲，所里准备采购一万颗芯片支持一下。她说她手里没那么多经费，只能采购一千颗聊表寸心，刚好学生们也需要样片，尤其还是RISC-V架构的。

任大任充满感谢，说礼轻情意重。

卢苒反问："你觉得礼轻吗？"

任大任连忙改口说："不轻不轻。"然后又说他可以买一送一，再附赠十套开发板，也算他给母校做贡献了。

除此之外，就没有其他上K（千）的出货了。邓肯为此想了个办法，跟任大任提议说，他跟一家在线分销商的老板关系不错，可以拉来入伙，成为公司的小股东，这样在市场推广上就会实打实地帮忙做，也能够很大程度纾解公司销售力量不足的现实困难。另外，他还建议把突破重点放在华南市场，虽然那边的老板们都不太懂技术，甚至连DSP是什么都不清楚，但只要东西便宜好用，他们才不管是不是TADI的、是ARM还是RISC-V。

"没量产真是个大问题。"邓肯又强调了一遍，"市场对咱这东西是真感兴趣，很多人都来找我问，但是一问'你们现在一个月产能多少'，我就立马没词儿了。人家一看你连量产都没量产，说什么都是白搭，就没兴趣继续往下谈了，很多很多家都是这种情况。所以量产咱是真等不起了，市场翻脸比翻书还快，今天可能还邓总、任总地叫咱，明天就可能连咱是谁都忘了。"

"是啊，希望卫辰纲那儿能有好消息……"任大任眉头紧锁。

这种情况下，他真不太愿意跟束弘庚去打球。可束弘庚约了他好几次，他一次也不去，又怕显出他故意躲着，束弘庚那么鬼精的人肯定又得琢磨为什么。

打壁球的场地在清华科技园某栋大厦的地下一层，这里人几乎不断，订场地堪比摇号。

束弘庚一见他就问:"最近怎么忙得连球都不打了?"

任大任当然不会实话实说,因为束弘庚是TADI中国区的业务发展和产品市场总监,所以他含糊其词地回了句"啥都忙",说:"不像你们兵强马壮,干活儿的人多。"

"我们也缺人手,也得招人。"束弘庚率先发球,球路刁钻。

他俩打的是黄点球,束弘庚水平接近专业选手,任大任勉为其难,但束弘庚就是不换球迁就他,还挤对他说:"你不是爱对标吗?那你就得跟得上我的脚步,接得住我的球。"

保研之后,两人虽没断交,但也来往甚少,这种状况持续了好几年。

束弘庚对那件事的解释是,他也不知道是怎么回事儿,可能因为他是学生会干部,也可能因为老师觉得任大任即使自己考也没问题。

任大任没求证,也没考本校,而是选择远走中关村东路上的另一所大学。

后来,他们偶遇在中关村东路。那时束弘庚已经硕士毕业,进入TADI工作好几年了,任大任也马上博士毕业,准备去研究所工作。

迈上不同人生路也增长了不少阅历的两个人,狭路相逢一笑,一起吃了顿烧烤,喝了几罐啤酒,从前的不快就随风飘散了。

不过,任大任创业之后,"好基友"就又变得"亦敌亦友"。

束弘庚对任大任创业是很反对的,总说他更适合在研究所待着,不适合出来闯。可他分明也嘲笑过任大任进研究所,不敢像他一样去外企,去PK。

"人各有志。"任大任这样回答过两次。

"你也可以出来创业啊。"他又反将了束弘庚一军。

束弘庚的击球更狠辣了,每一球都极力为难着任大任。

任大任很快就气喘吁吁,疲于奔命,好几次都堪堪将球击中,也好几次差点儿被球击中。

"要不要歇歇?歇歇吧?"束弘庚嘴上给任大任泄着气,手上却更来劲了。

可任大任就是不歇息，再狼狈也要把球打回去，直到打不回去。

那球没接着也是有原因的，任大任的手机铃响让他分了神。电话是一个陌生的手机号码，从上海打来的，任大任喘着气接听之后，差点儿没喘过气来。

是晶益电子打给他的。他高兴得快要跳起来了。可对方找他说的是MPW，不是MP（量产）。

那人听口音也是上海的，起码是江浙沪包邮区的。他说他 IP merge（知识产权模块合并）的时候发现 RDL（重分布层）有部分没连，和 database（数据库）里的图形不一致。

任大任打了个激灵。对方是在告诉他，F28023 的 GDS 文件有问题！他浑身的热汗瞬间倒流回体内，仿佛每一个毛孔都注入了冷却液。他强迫自己镇定，哪怕接了半天球的手臂微微颤抖，手机也冰块似的从手上往下滑。

"您稍等，我找人处理一下，一会儿打给您。"任大任挂掉电话，很自然地又打给了迟志恒。

迟志恒刚从公司出来，听任大任讲完，他说他马上回去。

任大任这会儿才反应过来，晶益电子之所以给他打电话，是因为他现在兼着邝斌的工作，联系方式留的是他的。

又是邝斌！

等了好一会儿，迟志恒的电话才打回来，还喘着粗气，他说电梯太慢了，他爬的楼梯。

任大任告诉了他该怎么做。迟志恒检查之后说，确实缺了块金属，他分析可能是因为属性不对，在做最后一次 ECO（工程改动要求）绕线的时候给优化掉了。

补上金属重新导出 GDS 再上传肯定来不及。任大任背靠球场的木墙壁盘坐在木地板上，腿脚也是木的，可意识却在脑回路上疾速飞驰，找寻着解决办法。

一旁的束弘庚坐姿写意得多，惬意地啜饮着运动饮料，脸上似笑非笑。

"没事儿吧？"他明知故问。

任大任无暇也无心作答。球场的灯光似乎比先前暗了，少掉的那部分亮变成了追光，打在滚到球场另一侧的黄点球上。那球上的小黄点猛然灵光一闪，瞬间击中了任大任的印堂穴。

对啊！缺的不就是那"一小点儿"金属吗？把它补上不就得了？这不就跟随便找个球，在上面点个点儿一样简单吗？

同理，现在缺的就是那块金属的信息，信息量非常之少，仅是一个多边形以及层次的信息而已。那么，最佳也是最简单的解决办法，就是把这块金属的 GDS 单独导出、上传再并入。

任大任让迟志恒赶快用 TCL（工具命令语言）把金属形状写出来，然后新建一个空数据库把写好的命令读进去。这些完成之后，剩下的就都好办了，他放心地交给了迟志恒处理。

又是一起有惊有险、又惊又险的突发事件。虽然包场时间还没到，但任大任已经丝毫没有了打球的兴致，哪怕束弘庚一个劲儿撺掇他再来几局。

束弘庚像发现了什么隐秘，追着任大任问："怎么这种事儿还得你亲自出马？公司没其他人吗？你们官网前阵子还在招设计主管，后来招聘信息就不见了，但是 BOSS 直聘上还挂着，人到底招到没招到啊？是不是不好招啊？"

"要不你来我公司？"任大任不胜其烦地说。

"我去可以，但是也得有用武之地呀！你们出货量现在多少？有大客户吗？不会就卖给高校和研究所吧？我打交道的客户可都是几 KK（百万）起……"

直到 TADI 大厦楼底下，任大任耳根子才清净。

束弘庚说他顺路，要开车送任大任。

任大任说："不，你不顺路。"

束弘庚去而复返，叫住没走出几步远的任大任。任大任以为他还有什么遗言没交代干净，他却从爱马仕包里掏出份请柬来。

"你要再婚了吗？"任大任问他。

"我再婚你不还得随份子？"束弘庚说，"这是咱们学校集成电路学院成立仪式的邀请函，石老师特意让我转给你，要你务必参加。"

仪式就在后天。

"到时候看吧。"任大任收起请柬，兴致不高。

恰在这时，一个很像邝斌的人从TADI大厦里快步走出来，朝着另一个方向匆匆而去。

七

卫辰纲很快拜访了晶益电子的华北区办公室。

晶益电子并没像老曲说的那样，连个账户都不肯给开。对方还很惊讶，说一个月要五十片晶圆，产能已经不小了，怎么不直接联系他们？

卫辰纲慢条斯理地转述，不疾不徐。

"那他们能给咱们产能吗？"任大任急切地问。

"人家没说能，也没说不能，就说咱们如果不着急，可以等等看。"卫辰纲依旧娓娓道来。

"能不着急吗？"邓肯猛插了一句。

"我也说了，咱们非常急。人家也说了，他们排期已经排到了后年年中，除非中途有企业撤单。但是，排队等着替补的公司一大把，他们也得按顺序来，不可能让咱们加塞，所以等还是不等，全看咱们自己。"

见卫辰纲看着自己，任大任无奈地说："再等等吧。"

"他们也说了，当初要是直接联系他们，或许还能给想想办法，那时候产能还不像现在这么紧张。"

"别听他们的。"邓肯把话驳了回去，"他们那么挑客户，就算当初直接找他们，他们也未必瞧得上咱们。这是现在了，看咱们各方面都不错，才这么说。"

邓肯这话有理。别说晶益电子,就连任大任自己当初都不敢看好自己,更别提张口就管人家要五十片晶圆的月产能。这也就是东西出来了,市场反馈积极,他才有了自信,敢开这个口。

可如果当初直接联系一下呢?万一……

"要不咱找找关系?五十片量虽然不小,但是也不大,万一能协调出来呢?"邓肯又说,"卫辰纲联系的就是个普通销售,手里肯定也没这权限,要是能联系上个说话管事的就好了,最好是直接管产能的。"

"能联系上当然好,可是上哪儿找那样的关系呢?"近水楼台不得月,任大任在会场里独自坐着,独自愁着。

集成电路学院的成立仪式邀请了官产学研的各界宾朋。束弘庚来得比任大任早多了,而且一直没闲着,不是请安、问好,就是换名片、套近乎,还不负光阴地抽空儿找现场服务的小姐姐们撩几句,任大任连问他几句话的工夫都没有。

任大任就这样坐着,看着,跟周围鲜有交流。一个挺漂亮的小姐姐过来给他送了瓶矿泉水,他才说了句谢谢。

老柴说了,得多交朋友。这种场合最适合社交,说不定能帮忙的人就在这群人里。可是一想到跟这么多人应酬也不一定有收获,他就又没有起来的动力了。

还是束弘庚把他拽了起来。

石老师刚有空儿,从任大任看见他,他就忙前忙后地招呼着、接待着。任大任毕业之后就没再见过他,他现在是集成电路学院的副院长,当初以浓茂著称的头发,如今已荒疏了许多。

但却让人一点儿觉不出疏远来。他还亲切地叫着"大任",怪任大任这么长时间都不来看他。

任大任反倒不好意思起来,说:"以后一定常来看您。"

"听说你自己创业了?量产了吗?"

"还没有，刚刚 NTO。"

"得抓紧量产。"石老师语重心长地说，"现在创业的设计公司很多，真正形成产能才能真正站稳脚跟。"

任大任连连称是。当着束弘庚，他没多言语。

石老师很热情地攥住他的手臂说："我跟院长请示过了，学院准备从你的公司采购一万颗芯片、一百套开发板，这样既是支持我们自己的学生，也支持了'中国芯'。"

所有来宾的发言也都围绕着"中国芯"，都强调人才培养的重要性，都说作为表率的集成电路学院任重道远。

任大任感觉他同样任重道远。

越来越多的人知道他的公司正在用 RISC-V 架构做国产替代，如果没有成功，丢的就不仅是他任大任的人，还有"中国芯"的脸。尤其不能成为束弘庚嘴里的"反例"，就他那张嘴，多扎人心窝子的话都能当玩笑开出来。

所以，任大任也是犹豫再三，才决定来参加这场盛会，来见多年未见的故人。

在院长和校长之前发言的，是同芯半导体的联合 CEO(首席执行官)赵用心。任大任直到此刻才知道，这位业界名人还有一重身份是微电子系八四级的老学长。

"老赵现在可是红人。"束弘庚在任大任耳旁嘀咕。他已经跟赵用心换了名片，也加了微信。

还有更多校友通过视频送来了祝福，他们也都是半导体业界有头有脸的人物，束弘庚很惋惜这些人没来现场，没被加进他的朋友圈。

赵用心说他们 14 纳米工艺良率已经 95% 以上了，受新能源汽车的推动，28 纳米工艺成为目前最赚钱的制程，虽然面临着非常大的困难，但企业仍然会继续向前发展，在缺少设备的情况下，也坚决不放弃对先进工艺的研发……

这位赵师兄的发言激起了任大任心中的共鸣与共情，他和他的公司又何尝不是在负重前行？他们这些胸怀"中国芯"的人，每一天都不只是在奋斗，更是在战斗。

"阳光总在风雨后。不经历风雨，怎么见彩虹？"赵用心以两句歌词作为结语，还号召大家携起手来，互相扶持和鼓励，一起奔赴"芯"的未来。

任大任心里忽然一动。

仪式结束之后，他正要去找赵用心加微信，却被束弘庚一把拉去跟石老师道别。石老师要送一位嘉宾，让他们等一小会儿，先别走，但就这一小会儿的工夫，赵用心就消失不见了。

很快，石老师回来了，还带了两个姑娘，其中一个就是给任大任送矿泉水的漂亮小姐姐。

她们都是石老师的硕士研究生，他让束弘庚和任大任帮两位师妹安排一下实习岗位。

束弘庚说，正好他那儿要招实习生，就主动加了她们的微信。

任大任出于礼貌，也加了微信，但他不认为有谁会放着TADI不去而去他的公司。

"就说RISC-V的东西适合高校和研究所吧？你们所里采购了多少？"往回走的路上，束弘庚调侃任大任。

任大任斜了他一眼。

"咱们学校姑娘的颜值可提高了不少啊，当年要是这么高，你也不用去别的学校找对象了。"

"这我可得谢谢你，要不是你，我也遇不见我老婆。"

"所以你才不恨我了，对吧？"

"邝斌是不是去你那儿了？"

"谁？"

"邝斌。"

"哦……他呀。"

"你主动联系的他吗？"

"我联系他干吗？我知道他是谁啊？"

"对呀，你怎么知道他是谁的呀？每一个去你们公司的人你都认识吗？"

"正好他到我手下工作，我才认识的他。"

"到你手下工作，你不得先面试吗？他的简历你不看吗？怎么不提前告诉我一声？"

"凭什么提前告诉你？我招谁用谁还得跟你汇报？再说人家想去哪儿那是人家的自由，咱谁都无权干涉。"

"你这是挖我墙脚呢！"

"你搞国产替代不也是挖我们墙脚吗？"

"那不一样！你就是这么对朋友对兄弟的吗？"

任大任指地呵斥，声音盖过了束弘庚，然后头也不回地跨过了成府路。

余怒未消的任大任进电梯忘了按楼层，不得不坐到二十层再走消防通道下到十六层。

二十层把着电梯口的也是一家新成立的公司，做互联网金融的。任大任上次坐错楼层，这公司还人丁兴旺，午间吃饭总是呼啦啦啦一大帮人，此时却是人已去楼未空，门上绕着铜锁铁链，门里办公桌椅还在，不知道生意是做大了还是做没了。

消防通道里黑漆漆的，还有烟味儿，抽烟的人应该是没瞧见墙上有"禁止吸烟"的标识。任大任也没瞧见过，他偶尔也抽烟。

下到十七层，有人在说话，声音不敢太大似的，像是迟志恒。

通道里没有灯，只能借着每一层楼门里透进来的光才能有点儿亮。

果然迟志恒就在通道与楼层的接合部那儿，乍见任大任，他像做了什么错事被老师抓到的小学生，怯生生地叫了声"任老师"。任大任应了句"在这儿呢"，迟志恒身旁还有个人，立在暗影里，看不太清。

才进门，邓肯就张着双臂滑翔过来，朝任大任比出一对胜利的手势。

任大任有点儿蒙，一向"石佛"一样沉稳的邓肯从没这么雀跃过，不知是不是也跟他一样受了刺激。

"刺激大了！"邓肯说，"UVW 中国的人过几天要来公司考察。"

"这么快？是不是你上回忽悠得用力过猛，人家把你当骗子了，才想赶紧过来实地考察一下？"

邓肯哈哈大笑，说他也没想到才拜访完一个星期，人家就来回访，所以去深圳出差跟这件事冲突了，他约了一长串客户要去拜访又没法改行程。

"我要是能回来，就咱俩一起接待，我要是回不来，呸，我要是赶不回来，就只能你单独接待了。"

"行，你放心去吧，但是咱俩得先对对词儿，别你忽悠的跟我说的对不上。"任大任又难得地开了句玩笑。

"咋叫忽悠呢？我吹出去的牛，咱们哪个没实现？"

没顾上吃午饭，邓肯就拉着行李箱奔赴机场了。年过四旬的他曾经说过，上一次互联网的风口错过了，这一次半导体的机遇他一定要抓住。

任大任下楼点了碗牛肉面，还点了五个烤串，这是他吃兰州拉面的标配。他上次去兰州故意问当地人哪儿有兰州拉面，人家没把他当傻子，而是好客地告诉他，遍地都是。

午饭吃得很熨帖，回来本想踏实地眯一觉，没想到迟志恒敲门来找他。

迟志恒支支吾吾地说："跟您商量个事情，能不能预支我半年的薪水。"

任大任一听，立刻睡意全无，问为什么，干吗使。

迟志恒不肯说，呆呆站着，目光也呆呆的，像是很绝望，却又不肯放弃希望。任大任对他已经很有好感了，但还没到轻易就能预借他十万八万的地步，何况他还没转正。

"对不起了，任老师，就当我没说。"迟志恒转身就走。

"你等等。"任大任叫住了他。

八

邓肯还是没能在 UVW 中国的人来考察之前赶回来，但他故作神秘地预告说，这趟深圳之行，他有可能捞到一条 big fish（大鱼）。

"有多 big？"任大任问。

"前所未有的 big。"

任大任对接待 UVW 中国的考察很是重视，特意请大家整理一下各自的工位，也注意一下当天的着装。

迟志恒的工位依旧空着，物品还是他上次下班时的样子。任大任让宋琳琳帮忙收拾了一下。

钱到账的第二天，迟志恒就再没来上班，也没有请假，已经连着四天了。给他打电话不接，发微信不回，宋琳琳问任大任要不要报警，任大任于是亲自给迟志恒打了电话。迟志恒终于接了，一上来就跟任大任说对不起，说他有不得已的原因，才不告而别。

"你这已经是诈骗了，知道吗？是犯罪！如果我报警，警察是会抓你的！"

"我知道，任老师，求您别报警，我不是有意骗您，真的是逼不得已……"迟志恒竟然痛哭起来，"请您一定相信我……钱我一定还……"

任大任也不清楚自己当时为何心软，可能是迟志恒一直叫他老师，他也真把迟志恒当成了学生。

还这么轻信人，学费还没交够吗？任大任嘲笑自己。

财务问他这笔钱怎么记账。他说："你随意。"

UVW 中国一行三人，统一的黑西装和黑皮鞋，统一的双肩背和行李箱。双肩背和行李箱全都是万宝龙的，精细地绣着 UVW 的银白色 logo，无处不体现着这家公司的低奢气质。

任大任这次没用被老柴 diss 过的那个 PPT，因为那个 PPT 已经被邓肯上次拜访的时候用过了。他拿的是 FAE（现场技术支持工程师）专门做的

PPT，介绍重点也跟 PPT 一样放在了产品上，从具有自主知识产权的 ZHX 内核，到数学函数支持能力、实时控制接口、软件开发环境以及可靠性和环境适应能力，尤其是跟 TADI 同型号产品的全面比对，不管是 PPT 上的参数对比表，还是三套应用方案的现场对比演示。

采用 F28016 的步进电机控制系统、无刷直流电机控制系统和矢量变频伺服控制系统，都依次跟 TADI 家的对应方案打了擂台，也很争气地每次都比对手转得更快也更稳。这些肉眼可见的战果同样从示波器的屏幕上得到了印证，采用 F28016 的方案波形都非常规则，且如德芙巧克力一般令观者"纵享丝滑"。

UVW 中国的向经理肯定是被甜到了，咂了咂嘴说："听邓总讲，你们这 016 已经启动 AEC-Q 100（车用可靠性测试标准）的认证了。"

"啊……"任大任一时语塞，这词儿邓肯没跟他对过。

邓肯虽然经常顺嘴跑火车，但这次跑的是高铁，经停了向经理，然后飞驰到他眼前。

没想到"高铁"自己改道了。向经理紧接着又说："我看你们的工作温度是 -40℃ 到 125℃，这已经达到 AEC-Q 100 的第 1 级标准了，虽然跟最严格的第 0 级标准还有差距，第 0 级最高温度到 150℃。"

另一位姓项的经理也说，他们现在不严格要求供应商一定都是经过车规认证的了，只要产品性能和可靠性达标，就在他们考虑范围之内。一般这种非车规芯片也不会用在涉及驾驶安全的地方，而且他们做系统设计也会想办法降低对芯片性能的要求，一个保护措施完善能够将芯片失效对系统影响降至最低的设计，也能使用非车规芯片做出更好的产品来。

"当然，我们毕竟是传统车厂，不会像友商那么激进，全车 99% 的高算力芯片都不是车规级，要么工业级要么消费级。"他还不忘 diss 一下竞争对手。

剩下那名姓田的采购工程师补充说："像你们公司这种本土供应商正是我们需要的，我们内部也有一个完全国产化的目标，尤其你们还不存在被'卡脖子'的风险。"

"连'卡脚脖子'的风险都没有。"任大任保证。

田工从前也是搞开发的,所以对 IDE 工具格外感兴趣,他一边试用一边感叹:"不能说跟 TADI 的毫无差别吧,简直就是一模一样!"

"面儿上是没差别,为了照顾用户的使用习惯。但是我们的 IDE 有 emRun,TADI 的没有,这是巨大差别。"乔劲旸略显得意地介绍。

田工甚为惊讶,说:"没想到你们这么舍得投入,emRun 也就那几家大公司在用而已。"

"我们将来也会成为大公司的!"乔劲旸和任大任相视一笑。

"什么时候能量产?"向经理忽然问,"邓总上次跟我说是今年 Q3(第三季度)或者 Q4(第四季度),跟晶益电子那边敲定了吗?他们家产能可不好拿,有市无价了已经。"

"还在谈,确实很难拿。"任大任勉强讲了句半真半假的话,"我们也在和同芯半导体谈,多管齐下。"他又加了句真的假话。

"同芯半导体的东西我们用不了。"向经理说。

"您放心,我们给客户肯定都合规供货。"任大任的喜悦没了踪影。

不知道供货问题会给双方合作蒙上多大阴影,这道坎儿有时像城墙,有时像壕沟,总是横亘在面前,不得不面对,也不可能不攻自破。

不过,UVW 中国那边的反馈倒是挺积极的。事后邓肯专程给向经理打了个电话,向经理说他对考察很满意,还说他们很快就会启动供应商的认证工作。

"不是在应付你吧?"任大任不是很有信心。

"应该不是,老向那人说话挺直的,不行肯定就跟我说不行了。"邓肯回答,但听得出他底气也不是很足。

旋即,他又找回了自信,说,他跟泰格电子谈得很顺利,F28016 正是他们国产替代所需的产品。

泰格电子就是邓肯从深圳捞回的那条 big fish,是深圳当地一家非常知名的上市企业，国内外很多大的家电品牌都由它OEM（代工生产）。任大任不敢想象，这样一家公司会一上来就给他一份每月二十万颗芯片、共计一百万颗的超级大单！

"这对人家就是毛毛雨，可对咱是及时雨。"邓肯信心十足地说，"拿下泰格电子，局面就算真正打开了，其他大客户也会一个个跟着来，这就是示范效应。"

"可是拿啥给人家交货啊……"任大任又发愁了。为了产能的事情，他没少托关系，酒没少喝，客没少请，然而求过的那些人不是没办法，就是没回音。

"咱要换一家呢？"邓肯提议。

"那又小半年出去了。万一有点儿什么问题，时间更没谱儿了。"

"老向说，你跟他说咱们也在跟同芯半导体谈。"

"我那是应付他的。"

"咱倒真可以找同芯半导体谈谈，听说他们家40纳米eFlash工艺还可以。"

"前几天开会，我还见着他们CEO来着，他也是清华毕业的。"任大任说。

"赵用心吗？"邓肯眼中瞬间有了光。

"对，他八四级的。"

"那是你师兄啊！这一下格局就打开了！"

任大任却乐不起来，说："我也考虑来着，问题是找他们做要冒风险，万一牵连咱们怎么办？而且也没法给老向他们这样的客户供货。"

邓肯眼里的光暗了下去。"没关系。"他只能安慰说，"反正泰格电子测样片还得段时间，而且交期我也说了，可能会比较久，他们说没问题，能等。"

"问题是能等多久……"任大任推开飘窗，让暖融融的风多进来一些。中关村东路上的车停停走走，人也来来往往。应该每个人都有心事吧？

不管开心的，还是烦心的。任大任不愿将他的心事冲着人，但是冲向阳光，暖洋洋的。

敲门声打断了他的"日光浴"。

宋琳琳正冲着他笑，酒窝里又斟满了酒。她说她招到了一个清华的实习生，还是硕士研究生，仿佛她也捞到了一条 big fish。

还确实是条"大鱼"。任大任有点儿意外。清华的学生肯来实习，不说纡尊降贵，起码也是自降身价，将来找工作没准儿还得解释为什么要到这样一家小公司实习。对啊，为什么来实习？因为近吗？TADI 可比这儿还近啊。

接过简历，免冠照片里的人有点儿面熟。谢雨霏？

这姑娘真挺有意思，石老师都打好招呼了，她还自己投简历，也不提前说一声，哪怕发个微信呢。任大任琢磨，她是有什么想不开，才放着 TADI 不去而要来这儿实习吗？还是束弘庚那儿没职位了？没职位也可以去别的公司啊，清华的实习生哪儿不抢着要？

他让宋琳琳把面试安排在了隔天下午两点。

谢雨霏到得很准时。

宋琳琳先把她带到会议室，然后来叫任大任。

任大任当时正在跟一家科技咨询公司的老板通电话，这家公司搞得他挺恼火。

之前他跟这家公司签过一份为期三年的框架协议，由这家公司负责代理十二项科技计划或基金的申报工作，这家公司则按每笔拨款实际到账金额的18%一次性收取代理服务费。可是协议执行了一年有余，除了没有资金支持的，这家公司一个项目都没申报下来，有些明明符合条件的，也不知道究竟卡在了哪里。

昨天晚上，市经信局的廖处长给任大任发微信，提醒他"专精特新"已经改为敞口申报了，每个月可以申报一次。

这位廖处长跟任大任是在市里那次 RISC-V 调研会上认识的，当时任大任表现很好，被市领导点名表扬，廖处长从此之后隔段时间就会主动关心一下公司的发展情况。

廖处长跟任大任强调，一定要抓紧申报，因为后续很多扶持政策都会跟"专精特新"挂钩，所以任大任才专门给咨询公司的老板打电话说这件事。对方答应得很痛快，但是提出要再签一份补充协议，不光要求收取两万块钱的代理服务费，还要求把后续国家级专精特新"小巨人"企业的申请也交给他们，到时候他们再按对他们有利的方式收费。

"哪有这种稳赚不赔的买卖？"任大任没好气地问，"能保过吗？"

"这谁也不敢保证，咱又不是卖瓜，敢保熟保甜。"那老板腔调油滑地说。

"你可没少自卖自夸。"任大任反问，"收钱了还不保过？那我跟你签协议干吗？"

"协议肯定得签啊，万一我们干完了，您不给钱，我们不白干了？而且这钱我们也不白拿，只要没通过，协议就一直有效，这个我可以向您保证。"

怎么想怎么亏。任大任说他再考虑考虑。

"您也别考虑太久，趁现在'专精特新'还不多，抓紧把'小巨人'申请下来，往后肯定越来越难申请。"

如果不是当初不懂行，也苦于没有专人做这件事，任大任才不会签那份协议，还一签三年。又吃一堑长一智。

要不还让邓肯干？之前中关村那两笔钱就是邓肯申请下来的。可邓肯现在忙着跑客户，飞得比乔丹还勤，他也不好意思再给邓肯安排这种"琐事"了。

"师兄。"才进会议室，一阵风铃般悦耳的声音响起。谢雨霏起身望着他，笑吟吟的。

"坐。"任大任让她别客气。他也给她拿了瓶矿泉水，提前拧开了瓶盖。

谢雨霏淡施粉黛，很雅致，衣着也说不出的别致，背了个做工精致的包包，是 PRADA 的，这牌子难得任大任认识。

她投的是芯片设计工程师，这职位自邝斌走后到现在还没招到合适的人，任大任又说宁缺毋滥，所以实习生来了只能他亲自带。

任大任没问太多跟专业相关的问题，清华的学生专业肯定没问题，他更好奇谢雨霏为什么要来他这儿实习。

谢雨霏貌似预先就想到了任大任会问到这个，所以很从容也很坦然地告诉他，因为她毕业之后也想像任大任一样创业，自己开公司。

任大任哑然失笑，他也不清楚自己究竟是被这个答案惊到了，还是单纯觉得好笑。

"开公司可没你想的那么简单，与其毕业就创业，不如先就业积累资源。"作为过来人，也作为师兄，他还是善意地给出了他的建议。

"我有资源，缺的只是经验，所以才来您这里学习。"

任大任这次确实是被惊到了，初生牛犊不仅不怕虎，简直就是只披着牛皮的虎啊！他瞥了眼简历，九八年的。现在的年轻人都这么生猛吗？没学会走，就想要飞。当然，人家没准儿还觉得他这种一步一个脚印的人是outman（自造词，与奥特曼谐音，意为过时的人）呢，superman（超人）不都是那种一跺脚就能飞出大气层的非人类吗？

任大任忽然感觉自己老了，但他还生怕对方"不听老人言"似的说："开公司不光懂技术、有投资就行……"

"我在学校听好多人讲起过您，都说您很厉害，所以我要向您好好学习。"谢雨霏忽然收起了野心和抱负，"如果您不要我，那我就只能去束师兄那里试试了……"

"正好有个事儿，你可以帮我。不是技术方面的。你可以登录市经信局的网站先了解一下……"任大任把申报"专精特新"的事情安排给了谢雨霏。

他让她坐到迟志恒的工位上，那个工位已经被宋琳琳提前收拾出来了。

有清华美女要来实习的消息肯定提前走漏了风声。单身的小伙子们今天都格外振奋，着装也比 UVW 中国来考察那天走心。

任大任也挺开心，他希望公司以后还能有更多管他叫师兄的人来，他希望能将这些人都留住。

九

那位向经理果然不是应付，也没食言，UVW 中国没两天就发来了供应商的认证文件。

一共五份，要填的内容不少，很多都涉及公司的具体经营状况，但任大任还是把这项工作交给了谢雨霏，让她有不清楚的就来问自己或去问邓肯。

通过申报"专精特新"，他发现谢雨霏做事很细致，也有条理，而且头脑灵活。她的人际交往能力还很强，完全不像"理工女"，没两天就跟财务和出纳两位大姐都混熟了。财务和出纳都不厌其烦地给她提供资料，她也请教了许多专业问题，能看出她的确是在用心学习，并且一点就通。

"企图心真强，真不是一代人了。"任大任不由得感慨。

"她家里估计挺有钱的。"鲜少议论人的乔劭旸也感慨，"衣服全是香奈儿的，都没重过样儿。"

"你连自己穿什么都不关心，关心人家穿什么干吗？"任大任取笑师弟。

"我就是奇怪。"鲜少脸红的乔劭旸竟然脸红了，"她跟我说她穿的是假香奈儿，包也都是高仿的，你说奇不奇怪？"

任大任疑惑地盯着乔劭旸，好笑地问："难道你怀疑她是商业间谍，来咱们公司刺探机密？"

"那倒不至于。"乔劭旸没顺着谍战小说的思路往下梳理，"我就是觉着奇怪，如果说真有钱吧，那肯定就不会买假货；可如果假有钱，那也肯定不会承认自己买假货。"

"还是你更奇怪，突然就变柯南了。"任大任对真假没兴趣，他也不担心谢雨霏泄密，因为实习协议里也有保密条款，更重要的是，他相信谢雨霏不是那样的人。

给泰格电子的样片已经寄出，一共五百片。这五百片如果测试通过，供货协议将正式生效。希望一切顺利。任大任还是挺紧张的，毕竟这关系到一百万颗芯片的订单，也不只关系到一百万颗芯片的订单。

邓肯如他之前所说，拉来了那家名叫联大电子的在线分销商的老板。老板姓冷，潮汕人，对人热情得像潮汕火锅，说话行事也跟吃潮汕火锅一样，不管涮牛肉还是煮牛丸，火候都把握得极好，所以双方相谈甚欢，很快就达成了代理和入股协议。

冷老板也很关注量产问题，说他好几个汽车行业的朋友最近都在找他帮忙扫货，因为大家的芯片都快断供了。他说这对他们是挑战，但对掌芯科技这样的新公司却是机遇，只要手里有货，就有机会打入从前铁板一块的供应链体系。

跟冷老板谈完，任大任第一时间就把会谈结果告诉了老柴。

老柴从一开始就乐见其成，他的原则是众人拾柴火焰高，大家一起把掌芯科技这热灶给烧得越旺越好。不过，他的站位要比冷老板更高一些，说全球供应链、产业链都在调整，这就不仅仅是机遇，更是千载难逢的历史机遇。谁能把握这历史机遇，乘势而起，谁就有机会成为中国的 TADI 甚至 Inletam（虚构的全球最大的半导体芯片公司）。

"所以量产这事，时间点你一定得把握好。这拨儿错过了，就真的错过了。你当初怎么跟我承诺的，我就怎么跟别人承诺的，咱可不能让人说咱是大忽悠。"老柴最后又叮嘱说。

任大任听出这话里有敲打他的意思。他也有苦难言。谁知道代工产能会变得这么吃紧，让全世界都跟着闹"芯"？他是个言出必行的人，甚至一条道走到黑……

天还没黑，然而已经过了放学时间，任大任猛然想起他今天得去接孩子！

要了亲命了！妻子那气势汹汹的模样令他心惊肉跳，一出门就跟正巧来办公室找他的谢雨霏撞了个满怀。

谢雨霏要找他给 UVW 的供应商认证文件签字盖章，任大任心急火燎地说："你先放我桌上，等我回来再说……"

"您干吗去？"谢雨霏追问了一句，她可能也没见任大任这么惊慌失措过。

"回来再说……"任大任冲到电梯间，电梯还在一楼，不知上来还要多久，等不及的他火急火燎地冲入消防通道。

几乎是小跑着下到一层，他的小腿已经酸软难耐，然而还得争分夺秒地撒开腿继续跑。好久没跑了，从前慢跑的爱好也跟他那双两千块钱的专业跑鞋一起闲置了一年有余，这会儿猛然快跑起来，胸腔炸裂一样疼，口腔也不断泛着酸水。

接孩子放学是他请缨的，他小时候有一回放学家里就接晚了，让他孤零零在校门口等到了天黑。

幸好老师拖堂，虽然迟到了几分钟，但是刚刚好。

排队出来的儿子大老远就冲他挥手，像在展示什么，到近前才看清原来是手里攥着瓶涂改液。儿子说，这是他数、语、英考三百，老师奖励的。

"爸爸也奖励你！"任大任又激动又感动。儿子学习这么好，除了老师，全是家人的功劳。

他拉起儿子的小手。

儿子问："爸爸，你刚才喘什么啊？"

任大任说："爸爸锻炼来着。"

儿子又说："书包我自己背吧，老师让自己的事情自己做。"

任大任说："还是爸爸背吧，爸爸也想背了。"

"为什么啊？"

"因为爸爸好久都没上小学了呀……"

日渐西斜,父子俩聊了几百米远。这一小段路比来的时候又短了很多,不过他们爷儿俩的身影全都留在了这段路上。

这是任大任第二次带儿子到公司,上一次,公司还没搬家。

很多人都放下手里的工作来夸少东家。乔劭旸也特意过来跟小侄子打招呼,他喜欢孩子,可惜还没结婚。

任大任问他问题解决得怎么样了。

乔劭旸耸耸肩:"下午做测试,发现程序在 RAM(随机存取存储器)运行没问题,可是一烧写到 flash(闪存)就不能正常运行。"

"没事儿,别急。"任大任安慰他。

办公室光线稍微暗了点儿,任大任开了灯。儿子一屁股坐到老板椅里,跷起二郎腿,有模有样。任大任小时候去父亲单位写作业,也是坐在父亲的椅子上,可是那把粗重的木头椅子即使垫着厚厚的棉垫,也硬硬的,硌屁股。

谢雨霏这时给孩子捧来一大堆零食。

"我还没看。"任大任对谢雨霏说。

"没事,不急。"谢雨霏跟小朋友聊了几句便走了。

任大任惦记着乔劭旸那边,就让儿子老实吃零食,写作业,不许动电脑。儿子痛快地答应了。

出去的时候,他不禁回头看了儿子一眼,如果有朝一日能把一家成功的上市公司交到儿子手里,那么现在无论付出多少都值得。

乔劭旸跟负责嵌入式软件研发的工程师还在寻找着问题的成因。

任大任问:"是不是 CMD 文件(链接器配置文件)配置不正确?"

乔劭旸说:"不是。"

"编译选项呢?"

"也没问题。"

"检查 flash 寄存器配置了吗?"

"还没有。"乔劭旸指了指电脑屏幕,"先确定函数调用没问题再说。"

问题还真出在了函数调用上,原来是一个定义在 RAM 里的函数没在 flash 加载程序之前复制到 RAM 里运行,才让程序跑飞,放飞了自我……

"你陪孩子去吧。"乔劭旸说,问题找到了,剩下的事儿他来搞定。

任大任的确有点儿不放心儿子自己待在办公室,但是刚走出两步,就又被邓肯给叫住了。

邓肯把他拉进办公室,关上门,唉声叹气,说:"晶益电子给咱开不了账户了,卫辰纲刚跟我汇报。"

"为什么呀?"任大任一惊,椅子都没坐稳。

"因为咱们股东里有涉及敏感业务的。"邓肯又叹了口气。

"你说尹灼华?"

邓肯愁眉苦脸地点点头。

虽然开了账户也不一定能量产,但连账户都开不了更让人泄气。

"连个账户都开不了吗?"任大任既是在发问,又是在发泄心中的闷气。

"除非老尹退股。"邓肯试探地说。

"那不可能。"任大任立即否决,顿了顿,又说,"老尹可是先登科技的董事长,当初天使轮就是人家投的,打钱非常痛快,咱现在干起来了,怎么能过河拆桥,把人家一脚踢开呢?"

"在商言商。"邓肯劝道,"老尹这时候退出也少赚不了,比他当年投的价格得翻好几倍了已经。"

"那也不行。"任大任态度依旧坚决,"这会儿让老尹撤出去,咱以后还怎么在圈子里混?再说,老尹也不可能咱让撤他就撤,他怎么可能听咱的?"

"价钱合适可以谈嘛……"

任大任陷在椅子里纹丝不动,目光飘忽着,到了天边的那片火烧云上。

良久,他问:"就算价钱合适,老尹的股谁来接?有些话一旦说出口,事情就完全不一样了。"

邓肯也从椅子里往下出溜了一些。那晶益电子这边就只能通过老曲了，可是"曲"径不通幽啊……

两人的神色随天色一同暗沉下去。

妻子这时打来电话，催任大任赶紧把孩子送回家。

任大任一晃在邓肯办公室待了快一个小时，他匆忙赶回自己办公室，没想到小家伙儿已从办公室里出来，正跟谢雨霏愉快地玩手机呢。

任大任让儿子把手机还给谢雨霏，问她："下班了，怎么还不走？"

谢雨霏双眸亮闪闪的，提示灯一样，说："等您签字盖章呢，我答应UVW那边今天就扫描给他们发过去。"

"马上！"任大任重重一拍脑袋，仿佛里面的存储器也出了毛病。

孩子送回来晚了，作业也没写完，妻子一晚上都没给任大任好脸色。

等孩子写完作业也睡了，她才愠怒着上了床，一个都不放过地削着手机里的瓜果梨桃。

按惯例，接下来就该进入任大任认错和批评与自我批评的环节了。可任大任迟迟不开口，哪怕妻子咳咳咳地清嗓子给他提示音，他都置若罔闻，一点儿也不害怕的样子。

一颗桃子在指尖一分为二。

"你是聋了还是哑了？"妻子忍无可忍，靠着床头发起飙来。

任大任猛然一阵"推背感"。他侧靠着床头，以背示妻，继续装聋作哑，不为所动得如同四两棉花。

"怎么了你？"妻子火儿更大了，质问开"斗气车"的任大任，"你是想气死我娶小老婆是吗？"

"没怎么。"任大任这才开口，回过身来，侧对着妻子。

"没怎么你怎么不说话？"

"累了，不想说话。"任大任还两眼盯着手机，却没在看。

"别看了！"妻子一巴掌拍在他手机上，"你到底怎么了？是不是公司有什么事儿？"

"公司哪天没事儿？"任大任熄屏，不再看手机，但也没看妻子。他无意间发现屋顶上有几条细细的裂纹，弯转曲折，仿佛附着在上面的蛛丝。

"那你怎么这么反常？"

"我就是累了，我不能累吗？"

"为什么累？"

"累就是累。"

"昨天怎么不累？"

"昨天没这么多事儿啊。"

"那今天有什么事儿？"

"你别问了……"任大任烦躁起来，像棉花被搓成了火捻儿。

"不行！我是你老婆，我就得问！"妻子毫不退让地说。

"你怎么不当警察去呢？"任大任掐灭了"火捻儿"，被逼无奈，只得老实交代了晶益电子开不了账户，除非尹灼华退股的事实。

"就为这事儿？"妻子将信将疑。

"你还想有啥事儿？这就够我头疼的了。"

"我给你揉揉。"妻子讨好地靠过来。

"不用！"任大任扒拉开妻子的手，"你这发脾气的功夫越来越炉火纯青了，也忒收放自如了吧？"

"我不是心疼你嘛，再生气也得忍住啊。"

"快拉倒吧。你还心疼我？你整得我心疼！本来就够烦的了，你还没完没了地嘚嘚我。"

"不嘚嘚了，你也别烦了，车到山前必有路……"

"哪儿有路啊？都快无路可走，眼瞅着就进死胡同了。"

"那就换条路走呗，找其他家代工不行吗？"

"你说换就换啊？有eFlash工艺的就那么几家，除了晶益电子，别人家的产能也都是满的，这时候谁能腾出产能来给我？而且跟晶益电子都耗这么长时间了，时间也是成本啊！"

"那要找老尹商量商量呢？"

"怎么商量？我怎么开得了口？那不一下就把老尹得罪死了？"

"别烦了……"妻子也没了主意，有气无力地拿起了手机。

"睡吧。"任大任又背过身去。

妻子从后面贴了上来，温温软软的，说："哪件烦心事儿你没解决好？这件事儿肯定也没问题。"

第二天一睁眼，任大任眼皮就跳个不停。别人眼皮跳还分左右眼，到他这儿不管左眼跳还是右眼跳，都肯定没好事儿。

果然，一到办公室，屁股还没坐稳，邓肯就攥着手机一脑门子官司地来找他。邓肯说，向经理刚才打电话过来特别生气，质问怎么给他的文件被涂得乱七八糟的，让他挨了上司一顿骂，还是中外双语。

这又唱哪出儿啊？任大任心中近乎绝望。

邓肯给他看手机，手机里是《制造商调查表》的扫描件。这也是供应商的认证文件之一，上面许多地方都被涂盖住了，有长方形也有正方形，全部横平竖直、工工整整。

任大任太阳穴猛跳了两下，像他儿子在里面调皮捣蛋。这小子又惹麻烦了！

他有点儿头晕，坐椅子里半天没言语。晕眩好一阵儿才缓过来，他稳了稳情绪，告诉邓肯："你现在给老向打个电话，我跟他解释。"

能听出向经理在尽量克制，但有些话说得还是挺刺耳。任大任忍耐着向他道明原委，承认是自己疏忽了，对给向经理造成的麻烦感到非常非常抱歉、非常非常过意不去。

向经理听罢，没再深究，但还是埋怨了一句，说这么重要的文件，怎么能落到孩子手里？他还说他会把任大任的原话如实向上司转述，上司接不接受就不是他能决定的了。

"麻烦您了。"任大任又补了一句，连他自己都听出了低声下气。

他把手机还给邓肯。

邓肯握着手机，欲言又止。

任大任也欲言又止。虽然很让人恼火，然而也不能全怪到孩子身上。如果他看一遍文件再盖章，如果谢雨霏看一遍文件再扫描，如果向经理看一遍文件再发给上级，那这件事就能在成为麻烦之前得到解决，甚至避免。

可能是早点吃得不舒服，任大任有点儿烧心。他让谢雨霏重新打印文件，然后签字盖章发给向经理，谢雨霏也没敢问他因为什么。

打印机又私自离线，不知脱机去了哪里。

任大任的怒火再也压制不住，炽焰从他口中喷薄而出，响彻了整个公司："把它扔了，换个新的！"

十

能穿短袖了，肉就藏不住了。任大任把新T恤升了一个尺码，穿起来才不那么显身材。

F28023的MPW样片虽然回来了，但是F28016的量产仍旧没有着落。

"你可得抓紧，这条赛道上不可能永远只有你一家在跑。"老柴开始"警告"任大任。

他对任大任的不满表达得愈发直接，干柴距离烈火可能就只差个小火星儿。

任大任也心火旺盛，那股火还总往鼻头上蹿，时不时就夺占五官的制高点，盘踞多日不去，任谁都能瞧出他内心的焦灼不安。

他起泡的嘴上对外说不考虑其他代工厂是嫌重做光罩时间太长，但其实他等候晶益电子的这段日子，也快够找其他foundry重做一套光罩了。当然，晶益电子的工艺最好、良率最高，迭代也最快，确实也是他至今不忍放弃的最主要原因，他创业至今凭借的就是这份无论什么都要做到极致的信念，他怕他妥协了、凑合了，这信念就没了，气就泄了。

然而，这也还只是表面原因，他微妙的心理也如光罩一样分层，更深层的原因其实还是他的好胜心。或许称之为虚荣心更确切一些，因为这已不仅是不服输、不服气的问题，一定要找晶益电子代工到现在更像是买奢侈品，不管拎手里还是穿身上，更多的还是为了显示给别人看，尤其是束弘庚。

任大任也清楚是这种心理在作祟，但就像父亲那套《王阳明全集》里讲的那样，"破山中贼易，破心中贼难"，这股劲只要过不去，他就会一直如宿醉之后一般难受。

再难受也得给奶奶祝寿，任大任开车带全家回了趟老家。

老太太也跨入"九〇后"了，除了背又驼了一些，跟真九〇后区别不大。尤其手捧着任大任给她定做的水晶寿桃时，虽然不知道里面"中国芯"的桃核到底是个啥，但只要知道是她大孙子做的就够了，她快乐得也更像真的九〇后。

奶奶依然心明眼亮，一眼就瞧出了孙子心里的"难受"，她偷偷拉着任大任的手，悄悄地问他。任大任不太想说，也不太好说，但他还是当陪奶奶聊天，给她讲了个大概。

奶奶可能连个大概都没听懂，但却不妨碍她一直笑眯眯地边听边点头。最后，她言简意赅地来了句："活人还能让尿憋死？"

奶奶口音极重，却余音绕梁，回味无穷。是啊，活人还能让尿憋死？当任大任从海里冒出头儿来的时候，他忽然想通了。

游出来五六百米了，密匝匝的人群已经完全没了喧嚣。此刻的宁静专属于他，连海鸥都尽量不来打扰，只偶尔召唤几声，叫他别再往深处游了。

的确还想再往远处游游，海天一线总是牵引着他再游近一点儿，即便他知道那是永远都不可能游到的天边。

任大任后仰身体，整个人松弛下来，海水给他扣上了降噪耳机，耳机里只有咕咚咚的海水声，像在聆听自己的心跳。

与海重合,与天平行,他终于也有了"望天上云卷云舒"的心境。天高任鸟飞,天也是鸟儿的大海。任大任合上眼,蔚蓝的天与湛蓝的海瞬时融为一体,他也仿佛悬在了空中。

差一点儿睡着猛然将他惊醒,他连蹬几脚才控制住身体,四下里张望,发现回头是岸。还是脚踏实地的感觉更好,任大任远远望见妻儿都在使劲儿朝他招手,他抡起臂膀,游得更带劲儿了。

旺盛的心火被家乡的海水熄灭。

任大任让邓肯和卫辰纲重新联系其他代工厂。之前都是对方一回复说没产能,他就没了继续沟通下去的兴趣。

然而联系一圈下来,仍旧一无所获。能量产的 foundry 本来就那几个,各家产能更是早就被吃了晶益电子闭门羹的企业分了个干净,排期最近的也得到今年年底、明年年初。这下退而求其次都无路可退,任大任仿佛游了场冬泳,倒希望身体里还能有点儿火有点儿热。

因而卢莴来找他聊合作,他都情绪低落,让她误以为他没有兴趣。

"不是的。"他连忙向小师姐解释,"你说的这个'一生一芯'计划我非常希望参与,也肯定会大力支持,这才是解决人才短缺的根本之道。"

"那你还意兴阑珊的?上赶着不是买卖是吧?"

"不是……"任大任在卢莴的伶牙俐齿面前再度词穷。

"什么事儿啊到底?"卢莴是个急性子,任大任越磨叽,她越着急。

"你要是缺钱,我可以借你!"她迫不及待地说。

"不是钱的事儿。"任大任哭笑不得,"钱能解决的问题就不是问题了,问题是我现在有钱也花不出去。"他将到处找不到产能的困窘和盘托出。

"找我们家老爷子了吗?"卢莴问。

"没有。"任大任说。

"这事儿你怎么不找他呢?"

"我不想给他添麻烦。"

"他是你导师。你找他天经地义,他帮你理所应当。"

"问题是他未必能帮上忙,还得让他为我去求人。"

"所以求人不如求己是吧?"

"老师说,自己的事情自己做。"任大任想起儿子那天的话。

"小学老师才这么说呢。"卢苒白了任大任一眼,"好歹他是院士,认识的人多,没准儿能帮上你呢?你要不好意思跟他说,我跟他说去。"

"别!"任大任赶忙阻拦。

"你别管。怎么感觉你越来越生分了?"

"不是生分……"

"那是什么?我就觉得是生分了。也不来我们家吃饭了,留你你都不吃,放下东西就走。"

"改天……"

"又是改天,你都改多少天了?一年三百六十五天够你改吗?"

"闰年三百六十六天。"

"你再跟我贫?"卢苒瞪了任大任一眼。

任大任忙拱手。对这位更像小哥哥的小师姐,他只能说谢谢。

"还跟我说谢谢?再说又不是白帮你,你不也得帮我吗?"卢苒的话题回到了正题。她说她带的这帮学生都很聪明,理论扎实但缺乏实践,所以希望任大任的公司能变成他们的第二课堂,让他们既能动脑,更能动手,手脑并用,将来毕业工作了,才能成为真正的可用之才。

"你其实也是在帮我,本来我也要招实习生,尤其是高素质的实习生。"任大任说,"唯一影响合作的因素,就是工位快不够了。"

"工位不够就换个大点儿的地儿啊,活人还能让尿憋死?"

过了没两天,导师就给任大任发来了微信。

手机当时不在身旁,任大任过了四十多分钟才看见有新消息。微信内容很简短:你可联系同芯半导体赵用心总,他愿帮忙。下面紧跟着的,就是赵用心的微信名片。

见字如面。导师一向简洁明了,多余的话不说,多余的事不做,多余的字当然更不写。他帮人也从不喜欢被感谢被感激，然而这次不只是帮忙，简直是救命，他却依然这么轻描淡写，一笔带过。

任大任当即把电话打了过去，导师没接。听卢莘讲，老爷子最近出差比从前更频繁，各地都请他去指导工作，他发挥余热的热情也更加高涨，说终于等到了奋起直追的一天，"中国芯"一定能够证明自己不弱于人。

阳光终于冲破乌云打在墙上，像在墙上开了一扇窗，金灿灿的，瞧着心里就亮堂。任大任写好问候语，把添加好友的申请给赵用心发了过去。

心情舒畅的任大任小解回来心情更加舒畅，还兴致勃勃地凑到隔壁健身房门口看了一眼。

"哥，您是想健身吗？"门口柜台后面一个年纪与他相仿的大哥一眼就瞧见了他，立刻问他。

"我就看看。"任大任忙说。

"现在办卡便宜，七五折。"

"我就看看。"任大任又重复了一遍，感觉有点儿不好意思。

"您隔壁的吧？瞅您眼熟。"

"我是隔壁的。"任大任说。

"隔壁的还能便宜，都是邻居，给您六五折。"大哥也很豪爽。

"我考虑考虑。"任大任讪笑着，落荒而逃。

"啥时候想健身您就过来……"大哥的声音在走廊里回荡。

倒的确想健身了，如果有时间。

等待总能把时间拉长，就像楼下那位做拉面的师傅，当你以为面条已经被他拉得足够长、足够细了，结果他又将手里的面条对折，继续拉长，拉得更细，这面条仿佛有使不完的弹性，只要他想，就可以永远地拉下去。

任大任忙到很晚才吃了一碗拉面之后又再次感觉到饿了的时候，赵用心通过了他添加好友的申请。

这漫长的等待已让他起初的兴奋归于平静又陷入了纠结。顾虑重新笼罩了他的心头。他还是担心即将引入的不确定性有可能为将来埋下隐患，造成风险，而他至今所做的一切都是在规避所有隐患和风险，努力将没有任何使用顾虑的产品交付到客户手中。

夜越深陷得也越深。手机屏忽地亮了一下，随即便熄灭，是任大任看了眼时间。怎么都睡不着。凌晨三点多正是深夜的谷底，他踽踽独行，仿佛蒙着眼睛踏上了独木桥，脚下虽然有了路，但却唯恐稍有不慎便从这万丈深渊之上的唯一出路上跌落下去。

还有工艺本身的问题。如果良率不够高、迭代不够快，那么即使有了出路，这条路也会走得很慢，很难……

flash 寿命？功耗？漏电？还是别的什么？更多的担忧接二连三地跳了出来，哪一个都有可能变成拦路虎，任大任越琢磨越睡不着。他摸到了妻子的手，攥住，这是他此刻唯一能够抓住的确定性，而妻子睡得很香，没被他弄醒。

他不知道自己是几点睡着的，被闹铃强行唤醒之后，也没感觉来到了新的一天。

去见赵用心，任大任心里稍有点儿忐忑，毕竟人家是风云人物，而他连个人物都还不是。

赵用心比他所担忧的要平易近人得多，甚至还有种亲近感。并不全然因为他们毕业于同一所大学、接受过同样的熏陶，有些东西就是天然的，油然而生的，才能够一见如故。

这令任大任轻松许多。

虽然不断有人来敲门，也不断有电话打进来，但每一次赵用心都能把被打断的谈话无缝衔接起来，仿佛他们之间的谈话要远比那些事情重要得多。

赵用心说他非常敬重卢院士，所以听卢院士讲完任大任这边的情况，他就立刻答应下来。不过，确实要费些力气，因为同芯半导体的 40 纳米 eFlash 工艺已经被国内那几家汽车电子厂商吃得差不多了，他得亲自去协调才能拿出产能来给任大任。

"好在你量不算大，再大我就也没办法了。"赵用心语气平常，不像是对初次见面、求上门来的小客户，而像是在跟自己的小兄弟说着交底的话。

"太感谢您了！"任大任的感激发自内心，他很清楚做汽车电子芯片的生意要比做DSP更赚钱。不过，他还是问了句："制作mask（光罩）需要多久？"

"一个半月，我说的是进厂时间。跟晶益电子比还有差距，但差距不大。"

差距确实不大，才只差半个月而已。任大任暗自惊喜，对同芯半导体的制作能力有些刮目相看。

赵用心似乎察觉到了他面部的细微变化，又微笑着主动说："良率差距也不大，已经缩小到2%左右了。"

同芯半导体的成熟工艺很能打，任大任对此早有耳闻，却没想到已经这么能打。他忽然为对方感到一阵惋惜，如果不是受限，同芯半导体先进工艺的追赶速度肯定更快……

"听说还可能有进一步的限制？"任大任脱口而出，随即便意识到自己可能失言了，心中十分懊悔。

"你担心受影响是吧？"赵用心没有表现出不快，"大家都担心，包括我们自己有不少人也担心，可是担惊受怕有用吗？该来的总会来，只要你还继续追赶，还想变强大。"他语气淡定，双眸却显露了锋芒。

"只要是中国企业，就可能遭受这样的刁难，包括你的公司，将来如果做大做强，在你的领域领先了，就也可能被针对。这很不讲道理。"赵用心嘴角轻蔑地一翘，"我们被限制并不是我们做错了什么，唯一的理由就是我们追上来了，变强大了。只要我们继续追赶，越来越强，他们就会继续给我们制造困难，直到我们追上他们甚至超过他们，只有强大到任何限制都对我们无效的时候，这些蛮不讲理的手段才会停止，所以我们没有任何退路，必须将我们的事业进行到底……"

当然要进行到底，谁也不愿半途而废。所以兵来将挡，水来土掩。任大任的车驶离同芯半导体，心情也坦然下来。

他在车上给老柴打了个电话。量产终于有了着落，虽然导入尚需一段时程。老柴高兴坏了，赵用心亲自出面更令他喜出望外。他说他早就知道任大任能搞定，非要叫任大任过去跟他一起吃牛油火锅庆祝一下。

任大任把车开回公司。大厦前的花坛里栽着月季，这花不似玫瑰那样时常被人捧着，却依然不改颜色淡定地开着。

"改天我请您吧，尝尝铜锅涮肉，地道老北京，就在中关村东路上。"任大任对老柴说。

十一

虽然从同芯半导体拿到了产能，也有其他平台公司给出了更优惠的报价，任大任还是把 F28023 的 NTO 按顶格标准交给了老曲去做。

这笔钱花出去之后，账上资金减少了一位数，任大任身上的压力也随之增加了一位数。

老柴给他约了红石资本的高管谈融资，任大任越往后翻 BP（商业计划书），对方看他的表情越不对劲。

他还以为这位夏总也跟老柴一样嫌他 PPT 做得不够精致，但是对方忽然打断他说："不好意思，任总，您这 PPT 我见过，有人拿过一个几乎一模一样的来找过我。"

任大任吃了一惊，老柴更是一脸错愕。任大任问心无愧地迎着夏总质疑的目光，还没说什么，老柴就骂骂咧咧地说那人绝对是抄袭，之前的版本他手机里还有，说着就找出来证明给夏总看。

"您瞅瞅，从前的更不美观，任总就是个干实事的人，不屑于把时间花在做 PPT 上。"老柴跟夏总打着哈哈，打消了他的疑虑。

夏总念了句"三字经"，说："还真是任总的知识产权被侵犯了。"

"不算侵犯，借鉴而已。"任大任轻描淡写地一语带过。

夏总眼里多了丝敬佩，当他听老柴说赵用心是任大任的师兄，产能是赵用心亲自出面给解决的，眼里的敬佩就更多了。

不久，红石资本便与掌芯科技签订了NDA（保密协议），开启了尽职调查。

老柴说，这轮由红石资本领投，他再拉其他投资人进来就更容易，融资规模肯定破亿，然后就可以大展拳脚，不用再束手束脚。他还告诉任大任："老夏说你大气，做企业先做人，看来你已经领悟了真谛。"

有钱才是真的，任大任做梦都想这上亿规模的融资尽快到来。未来需要砸钱的地方越来越多，不光产品线要铺开，公司架构也要完善，许多新职位都要设置，起码得先物色一名比邝斌高好几个档次的人来当CTO（首席技术官）。

他把配合尽职调查的工作交给了谢雨霏。

上次申报"专精特新"，谢雨霏一次通过，连廖处都说："你们效率够高的，这轮融资之后，你们就可以继续申请'小巨人'和'独角兽'了。"

不过，配合尽职调查可比申报"专精特新"烦琐得多，不光要提供企业团队、业务、市场、技术、财务、法务等方方面面的资料，还得回答投资人大量的各式各样的问题。

谢雨霏虽然是新手上路，却一点儿畏难情绪都没有，也从未抱怨总给她安排这种事务性工作。任大任发觉这姑娘确实有做企业的天分，对公司业务熟悉起来以后，本就行事干练的她变得愈发老练，调动起其他人来也很有一套，完全看不出她只是名实习生，反而更像是从创业伊始就追随任大任的公司元老。

任大任仔细查看谢雨霏整理好的尽调资料，资料比上一轮融资时翔实许多。当初画的饼都一张张"烙"了出来，尤其是有了那两颗芯片打底，不要说画更大的饼，就算让他画比萨，他都一点儿不虚。

他也确实不用虚，泰格电子反馈相当不错，让他心里的石头终于落了地。

泰格电子有自己的检测部门，但还是把样片交给了一家有长期合作关系的第三方专业机构去做更全面的分析检测。检测报告显示的结果跟任大任他们提供的测试报告相一致，各项数据也都基本吻合，没有太大偏差，接下来就可以把样片放到泰格电子的产品上试用了。

泰格电子也是 TADI 的老客户，要用一家名不见经传的新公司取代 TADI，虽然只是替代个别产品，在公司内部还是有不少反对声音。好在推进国产替代是老板亲自过问的，主抓的总工程师也对供应链安全非常重视，所以整个过程才得以持续推进。

这些都是邓肯告诉任大任的，任大任为此专门打电话给那位姓章的总工程师表达谢意。

章总工说："也感谢你们给了我们国产替代的机会，像你们这样拿 RISC-V 做 DSP 并且成功量产的供应商真的非常难得。"他希望双方的合作可以持续下去，F28016 之后接着 F28023。

看完资料，任大任把他认为存在问题的地方标了高亮，发给谢雨霏去修改，然后给老曲打电话说发票的事情。

他俩之间的不快已经因为 F28023 的 NTO 订单"一笔勾销"。老曲不知从哪里打听到任大任他们自己联系晶益电子却开不了账户的事情，便跟任大任说："老哥没骗你吧？你们自己真是连账户都开不了。"

这话挺添堵的，好在任大任知道老曲不是那种得便宜卖乖的人，而且能办的事儿也绝不推托，所以他问老曲能不能把 F28023 的 NTO 发票提前开出来。老曲立刻就答应说没问题，然后才问为什么这么着急。

任大任解释说是申报市里的首轮流片奖励要用。"相当于是给你申请的，早晚还得进你口袋。"

"哎哟，那我可得让财务赶紧把发票给你们开出来，哈哈！"

落实了发票，任大任把剩下的工作也交给了谢雨霏。

他怕谢雨霏忙不过来，就让卫辰纲配合她，卫辰纲对流片业务更熟，具体的事情都是他经手办的。

任大任怕卫辰纲不听谢雨霏使唤，便特意把他和谢雨霏都叫来办公室，让两人分好工，但是没想到卫辰纲挺乐意给谢雨霏打下手，就像这工作是他分内之事似的。

申报窗口开放两周时间，谢雨霏只用两天就基本备齐了申报材料，唯一缺少的是与代工厂之间的相关合同。由于掌芯科技是通过公共服务平台流片，因此不光要提供公司跟平台之间签订的合同，还要提供平台跟代工厂之间的委托合同，这样逻辑链条才完整，申报也是这样要求的。

跟老曲之间的合同是现成的，老曲跟晶益电子之间的合同就只能再让老曲提供。老曲一听就犯了难，说："不是老哥不帮你，主要这里边牵涉到商业机密。"

"啥商业机密？不就是中间商赚差价嘛，这还算机密？"任大任对老曲说，"你放心，赚多少钱都是你应得的，我保证不对外泄露你的'商业机密'。"

老曲嗯嗯啊啊了半天才说行，但是又说得先问问晶益电子，征求一下人家意见，毕竟里边也有人家给他的报价，那是人家的商业机密，他不能随意泄露。

任大任说："没问题，你问吧，我等你消息。"

然后老曲就没了消息，也不发朋友圈了，也不到处点赞了，就跟没注册微信或者把微信注销了一样。

等了一周实在等不及了，任大任又把电话打了过去，老曲好半天才接，一接就说："老哥这次帮不了你了，晶益电子坚决不同意。"

"凭啥不同意？"任大任着急地说，"我跟客户签的合同都能提供，都不怕报价泄露出去，他们的报价已经是公开的秘密了，至于捂这么紧吗？何况我是把材料提交给政府，又不四处乱给去，他们有啥不放心的还？"

"话是这么个话，理儿也是这么个理儿，我都说得明明白白了，但是人家就是不同意，咱还能有啥办法？"

"那以后不从他们那儿做了！"任大任赌气地说。

"这咱可威胁不了人家，人家最不缺的就是客户。"老曲给出了个主意，让任大任去跟廖处商量商量，看能不能通融通融。

实在没有办法，任大任把情况反映给了廖处。

廖处也很为难，说不合规矩肯定不行，审计和专家都只认材料不认人。

"那算了。"任大任不得不放弃，窝火了好几天。

谢雨霏从楼下给他带了超大杯的冰拿铁，他不顾已经喝了咖啡，把冰拿铁当灭火剂似的几口就倾泻了进去。然后他就感到了心慌、没劲儿，瞅啥都像调高了亮度，连自己说话的声音都像从很远的地方飘进耳朵里，听的人和说的人都觉得有气无力。

谢雨霏来找任大任汇报尽职调查的事情，问他怎么了。任大任说没事儿，可能是咖啡喝多了，有点儿低血糖。谢雨霏赶紧出去捧回来一大堆零食。

"不知道您爱吃什么，"她自责地说，"都怪我了。"

"不怪你。"任大任拆了包奥利奥，咔嚓嚓地紧嚼。

谢雨霏怕他有事儿，一直守在他对面的椅子上。任大任也靠在座椅里，眼神飘忽，聚焦不到一起。

无论考清华还是开公司，都是为了出人头地，当初出人头地是为他自己，现在来看还是为了孩子。那个调皮捣蛋的淘小子前两天又把他惹火了，但慑于妻子强大的压迫感，他没敢发作，不得不跟刚点上的烟一样赶紧把火儿给掐灭了。

妻子也挺奇妙的，他不管孩子她也不管他，他一管孩子她就管他。可能男人在女人眼里永远都是孩子吧，不管多大年纪。

母亲也总跟小时候一样说他："别总跟孩子生气，哪家孩子不淘气？长大就好了。"

是啊，长大就好了，任大任这个当爸的也还在长大。上次儿子拿涂改液"搞破坏"，他回去不就只是批评教育了一番，没朝孩子发脾气吗？

对了，涂改液……纷乱的思绪被任大任一把抓住，散乱的目光随之聚焦。手脚也忽然有了力气，任大任兴奋地抓起手机，谢雨霏连忙问他："是要叫救护车吗？"

"不是，找老曲！"他中气十足的声音让谢雨霏一脸惊讶。

老曲也很惊讶，问他："又啥事儿呀？"

"还是那件事儿。你看这样行不行，你把你认为是商业机密的地方都盖住，在扫描件上，怎么弄都成，只要露着甲乙方和公章，能证明是你们两家签的就成。"

"我这儿没问题。"老曲听了不怎么兴奋，还是说得先问问晶益电子同意不同意。

"赶紧问吧，没两天了。"任大任催促他。

谢雨霏提醒说也得问下廖处，任大任急忙又给廖处打电话。

廖处把电话摁了，过会儿打了过来。任大任就把想到的法子告诉了他。

廖处说："可以，你们企业认为敏感的信息都可以处理掉，我们也不看那些。"

任大任松了半口气。时间确实很紧迫，周五中午十二点之前申报窗口就将关闭，从此刻开始满打满算也就剩二十四个时辰而已。

到傍晚，老曲给他发了两条语音，每条都够六十秒，声音听着也欢实许多。他说他昨晚喝了顿大酒，今天一天都跟坐海盗船似的，还说他已经跟晶益电子说了，那边得请示之后才能答复，他会盯着。

第二天下午，晶益电子的答复来了，说可以，但是处理之后的扫描件得先给他们确认。然后他们就又确认了半天，周五早上任大任让老曲继续催促，他们才说 OK 没问题。

余下的时间得以小时计算，谢雨霏要先把申报书的 Word 版、申报明细表的 Excel 版和盖章扫描版打包发送到指定邮箱，再把四份合同的扫描件和其他证明材料合成一个 PDF，编好页码、目录之后打印三份，并且装订成册。其中一份在装订之前还要先盖章扫描，因为扫描出来的 PDF 要跟打包的那三份文件以及申报书的盖章与不盖章版刻到一张光盘里，连同那三份装订成册的申报材料面交到指定地点去。

幸好换了新打印机,不仅能自动扫描,打印速度也不慢。

然而一份材料就三百多页,盖章、扫描之后又连打两份,还是耗费了不少时间。谢雨霏快十一点时才去打印社装订,再给任大任发微信已经过了十二点,内容就一个单词:Done(完成)。

起了个大早,赶了个晚集,但好歹赶上了。

任大任跟着紧张了一上午,一放下心来顿感格外地饿。他问谢雨霏想吃啥,他请客。谢雨霏居然说想吃铜锅涮肉,要去的还是任大任跟老柴提起过的那家。任大任随口念叨了句:"中午吃火锅有点儿赶。"

"那就算了,吃什么您定吧。"谢雨霏说。

"不,就吃火锅。"任大任说。

三十多度的天儿在空调房里涮火锅的确很解压,任大任说他先去占位,让谢雨霏坐车直接过去。

谢雨霏是跟束弘庚前后脚进门的,束弘庚身后还紧随着许久未见的邝斌。

这家火锅店的牛羊肉都是从锡盟专程运过来的,所以老饕盈门,生意奇好。除了任大任这桌没点菜外,其他桌都满满当当吃半天了,等号的队伍也已经排到了店外。

冤家路窄没想到"狭路相逢",任大任若无其事,大方招呼束弘庚和邝斌过来一起拼桌。

束弘庚和邝斌脸上的尴尬虽然程度不同,但都不约而同地把干笑堆在了尴尬之上,说起话来也跟生怕被铜锅子烫到似的,时刻注意避开那令人尴尬的过往。

谢雨霏似乎察觉出了异样,于是主动承担起气氛组的工作,不断张罗这三个男人吃这吃那,还适时地抛出避免冷场的各类话题。

所有话题束弘庚都能接住,稳如谢雨霏特意扔给他的飞盘。他不失时机地展示着自己的风趣幽默以及他这个年纪男人的魅力,虽然和人家才第二次见,却熟得比涮肉还快,还力邀谢雨霏过段时间再去他那里实习,说TADI的实习证明可比掌芯科技的值钱多了。

"掌芯科技的也很值钱啊,"谢雨霏说,"我们在全球范围内都是RISC-V DSP(基于 RISC-V 架构的数字信号处理器)赛道的第一名。"

"那跟 TADI 也没法比,"束弘庚说,"有 TADI 的实习经历才更容易进入 TADI 工作,校招的也比社招的更受重视。"

一直沉默寡言的邝斌从旁赔笑,筷子间的手切羊肉在沸滚的高汤里变了颜色。

"人家实习可不是为了就业,是为了创业。"任大任告诉束弘庚。

"你准备一毕业就自己开公司?"束弘庚的反应跟任大任当初一样。

"比尔·盖茨和扎克伯格没毕业就创业了。"谢雨霏说。

"IT 跟 IC 没法比,搞 IT 有天赋就行,搞 IC 没经验不行。"束弘庚语重心长地教导她。

"那就找有经验的人来搞呗。"谢雨霏一脸云淡风轻。

"到时候你可以去给她打工,她肯定不会亏待你。"任大任抢白束弘庚说。

束弘庚抿嘴微笑,表情有些复杂。他让服务员再拿一碗麻酱蘸料过来。谢雨霏见任大任碗里也没麻酱了,就让服务员再多拿一份。

服务员端来两碗麻酱,给了束弘庚和谢雨霏。

谢雨霏问任大任:"葱花和香菜都要吗?"

任大任说:"我自己来吧。"

谢雨霏说:"没事儿,我帮您弄。"

她还示意束弘庚:"您先来。"

"你先。"束弘庚又展示了他的绅士风度。

谢雨霏也没客气,纤细的手指捏着瓷白的汤匙扣了一小勺葱花又扣了一小勺香菜,然后拿了双一次性筷子搅拌好,轻轻放到任大任面前。

任大任不好意思地说了声谢谢，谢雨霏只莞尔一笑。

束弘庚视若无睹地伸手捏了一大撮葱花又捏了一大撮香菜，撒进自己的麻酱碗里，搅啊搅，一会儿顺时针，一会儿逆时针，一不小心就将沾了麻酱的葱花搅到了他修身的纯黑色衬衣上。

纯黑色的衬衣上原本只有一只金色小蜜蜂，这小蜜蜂栩栩如生，刚才束弘庚和谢雨霏热聊的时候，都仿佛能听到它嗡嗡嗡地振动翅膀的声音，像要急于飞离它周遭这片枯燥的黑色，飞到谢雨霏那盛开着五颜六色花朵的T恤上面。可现在，它不仅没飞出去，衬衣上还多了个黏糊糊的麻酱点子，这麻酱点子又恰好盖住了它的小脑袋，这下连它眼前的一切也都黑乎乎了，它懊恼地想甩却怎么都甩不掉。

这衬衣肯定不便宜。任大任心想，他知道束弘庚从不穿一千块钱以下的衬衣。

束弘庚懊恼地拽过两张餐巾纸，小心翼翼地想将麻酱点子揩拭干净，可这家的麻酱过于真材实料，即使仔细得如同清理出土文物，却还是在金色的小蜜蜂身上留下了暗黄色的印渍。

不知从哪儿飞进来一只大个儿的绿头苍蝇，嗡嗡嗡的，看热闹一样在他们这桌盘旋来盘旋去，然后落到了束弘庚的筷子头儿上。

邝斌赶忙轰走苍蝇，给束弘庚换了副筷子。

趁任大任不注意，邝斌又偷偷把账给结了。

人家又买单，又得干洗衣服，任大任特别过意不去。

谢雨霏下午有课，吃完饭就直接回了宿舍，剩下三个人汗流浃背地步行至TADI大厦楼下，一路几乎都没说话。

束弘庚停下脚步，问任大任："聊几句再走？"

邝斌向两人点点头，识趣地先回了公司。

"往前溜达溜达吧。"束弘庚提议。

成府路的路对面有家小超市，他俩还上大学那会儿，这家店就已经开了好久。束弘庚本想请任大任喝北冰洋，结果只剩芬达、美年达。这次任大任坚持要扫码付款。

束弘庚选了芬达。午后的太阳毒辣辣的,能把人晒化在地上,束弘庚还像从前一样躲到了大树底下。任大任以为大树的阴凉和芬达的冰凉又得让束弘庚冒出什么风凉话,束弘庚却出乎意料地主动承认,的确是他先联系的邝斌,在去年的 RISC-V 年会上。

"邝斌也确实想来我们公司。"他强调。

这就说得通了。美年达让任大任打了个嗝,吐出一口羊肉味的二氧化碳。在年会上碰见束弘庚,他还挺惊讶,问:"你一个做 ARM 的跑 RISC-V 的会上来逛啥?"

"刺探军情。"束弘庚当时说。

还顺带完成了策反工作。任大任这时想。

"为啥跟我说这个?"他问束弘庚。

"你不也说了嘛,咱俩这么多年兄弟,虽然各为其主,我也不应该挖你墙脚。"

"良心发现了?"束弘庚的坦诚认错居然让任大任有点儿小感动,"其实无所谓了,你不也说了嘛,人家想去哪儿那是人家的自由,咱谁都无权干涉。"

束弘庚没接话,而是仰起头,望着 TADI 大厦,指点着说:"你看那一道道的,跟梯子似的。"TADI 大厦每层窗户下面都有一整道探出来的窗台,横亘在墙体上的确很像梯子的踏板。

"我现在在那儿,从前在那儿,将来……"束弘庚忽然很疲惫地垂下手,手里的饮料向下淌出,仿佛从天而降的激流,冲走了正往树上爬的蚂蚁。

"还他妈得继续往上爬,要不就被人踩脚底下了。"他扭头问任大任,"你懂吗?"

任大任没说话。

"肯定不懂。"束弘庚自说自话,"我要是能像你一样就好了……"

"像我一样有什么好?我也有压力,我也经常睡不着觉。"

"但你有事业了啊,我这,就是个职业。"

两个中年男人像两个中学生,一边喝着甜水,一边吐着苦水。聊完,束弘庚看上去舒服多了。

任大任一路走回了公司。前面的背影很眼熟,竟是卫辰纲跟宋琳琳。俩人肩挨得很近,手指还不时地相互触碰。卫辰纲的衣品从前很不稳定,难怪最近变稳定了。任大任故意放慢脚步,不去惊扰。只要不误正业,他才不愿拿公司规定去干涉员工的恋爱自由。

楼下便利蜂有北冰洋,一口下去清清凉凉,格外甜也格外爽。任大任连喝了一个多星期,直到审计联系谢雨霏说流片奖励的申报材料出了问题。

也不是什么大问题,只要能证明 DSP 1.0 和 ZHX320F28016 是同一款产品就行。当初跟老曲签合同,由于是首款芯片,命名还不规范,所以任大任就听了邝斌的,MPW 和 NTO 的合同上写的全是 DSP 1.0。老曲和晶益电子又根据他们各自的规范给项目命了名,结果三个名字一起出现在他们两家之间的代工合同上,却没有一个写的是 ZHX320F28016。

F28023 就不存在这样的问题,因为后来命名规范了。任大任找老曲开证明,把情况做了说明,可审计认为不充分,要任大任再提供晶益电子的证明。于是老曲又不得不去找晶益电子,这回晶益电子回复得很快很明确——证明开不了,他们没开过也不会开这种证明。

十二

丁所长升到国科大去当领导了,汪广延的排序也前提了一位。

新所长把离岗创业的相关工作都交由他负责,汪广延因而又成了任大任的主管领导。

任大任给丁所长打电话表示祝贺,丁所长说,他听说任大任支持"一生一芯"计划的事情了,这个计划肯定是他未来主抓的重点,所以希望任大任帮他把工作做好,他对任大任肯定也会不遗余力地支持。"

"小汪在我面前说过你不少好话,所以肯定也会继续支持你。"丁所长让任大任放心,说他从前最看好的就是任大任和汪广延,认为任大任最适合搞科研,反倒是汪广延更适合离岗创业,到外面去闯一闯。结果两个人选择的道路都出乎他的预料,不过成绩也都超出了他的预期,他希望自己亲手带出来的两个人今后都能发展得更加顺利。

任大任对丁所长是很感恩的,也希望这位老领导能越来越好。

没过多久,所里就又召集所有离岗创业人员开会,会议由汪广延主持。

上次拷贝走PPT那位老兄私下里跟任大任嘀咕说:"这是新领导给自己办的就职典礼。"

任大任问他,融资融得怎么样了,他才不好意思地谢谢任大任让他学到很多。

汪广延在会上说,今后将加大对离岗创业人员的支持力度,推动科技成果更加快速有效地完成转化,不过具体有哪些措施他没有透露,所以会后又有人担心新领导口惠而实不至,就是开会的时候说说而已。

这些议论任大任一点儿都没听进去,倒不是他不关心,而是会议中途他出去接了个电话,接完电话就整个人都不好了,心思也完全离开了会议室。

汪广延会后又叫任大任留下来一起吃晚饭,还是没别人,就他俩,他买单。任大任只能再次推辞说真不行,改天吧,公司真有事儿,他得赶紧回去处理。

"你不舒服吗?脸色不太好。"汪广延问。

任大任下意识地摸了把脸,真有点儿烫。他说:"没事儿,可能有点儿中暑,吃个藿香正气就好了。"

他可能的确是中暑了,接完电话头就一直晕晕的,连发脾气的力气都没有。他的手还有点儿抖。泰格电子的章总工在电话里说,他完全没想到任大任公司的芯片这么不堪用,五台替换成F28016样片的洗烘一体机竟有三台不能正常工作,他已经让人把失效的三颗样片连同其余那四百九十七颗一齐打包寄回来了。

邓肯也接到了章总工的电话，章总工跟他通话的时候可能火儿更大。他和任大任相对无言地在办公室里呆坐了好半天，才清了清嗓子，嗓音干涩地说："怎么别人家的样片都没事儿，偏就他们家的样片出事儿了呢？"

任大任依旧无言，他最郁闷的也是这点。这批样片被打回，事关的不只那一百万颗芯片的订单，还有邓肯所说的示范效应。掌芯科技刚刚在业界树立起来的口碑，可能因此毁于一旦。

"那么多测试、检测都没测出来。"邓肯苦笑又好笑。像芯片失效这种事情，有可能发生在从设计到制造的各个环节，甚至经常是出货之后才出现，任大任他们碰到的就是这种情况，也是最糟的情况。

马上再给泰格电子发一批样片。任大任拿定主意，一片一片地测，就算不睡觉也得测完。

"是得这么干。"邓肯立刻赞成，"章总工也顶了不小的压力，咱这是让他打脸了，他才那么生气，所以这脸咱必须帮他找回来。"

任大任也要把自己的脸找回来。他去找乔劭旸，乔劭旸正好也要找他。

"你什么事儿？"他问师弟。

乔劭旸少见地面露愁容，连声音都降了调值，踌躇地说："我离岗创业不是马上就满三年了嘛，所里催我赶快决定，到底是回所里还是跟所里解除劳动关系。"

任大任又被突如其来地撞了一下，恍惚间身体似乎在晃动，耳鸣也更尖锐更刺耳。"你怎么打算？"他问乔劭旸。

乔劭旸叹了口气："我肯定是想继续干下去，但是忽然就让我放下所里那些，说实话，我心里也挺不得劲儿的。"

"人之常情。创业有风险，不如稳定的工作保险。"任大任体谅地说。他心里不禁也叹了口气，连他自己都没底，又怎么劝人家放弃一切、放心大胆地继续跟他干呢？

"没事儿，你好好想想再做决定，就算你回去，我也不怪你。"任大任安慰乔劭旸。

"我不是这意思，师哥……"

"这个回头再说，现在有件着急的事儿。"任大任让乔劭旸赶紧安排人手，从库存的芯片里再测试五百颗没有任何问题的出来。

"必须一颗颗地测，一颗都不能漏过。"他一字一顿，像要把每个字都敲进乔劭旸心里。

乔劭旸认识到了事态的严重，但他人手不够，不得不从别的部门调人。

谢雨霏自告奋勇地参加了。

可能真中暑了，任大任还觉得天旋地转，就下楼去买藿香正气。

藿香正气胶囊已经售罄，他拒绝了藿香正气水而选择了藿香正气滴丸。回来时，楼里电梯又不能用了，一部正在养护，另一部停在十六层一动不动，不一会儿"16"就变成了"ER"（错误）。

消防通道又有人抽烟，任大任忽然很厌烦。地上的烟头令他脚底一滑，黑暗中向后趔趄了几级台阶，险些从楼梯上栽落下去。

他连忙扶住了墙，无力地靠在墙上，仿佛紧贴着绝壁，稍微动弹就会坠入万丈深渊。

他喘着粗气，心口咚咚咚地在这片黑寂之中捶出巨大的声响，每一声都转瞬就被不见底的深渊所吞噬。

这深渊能吞噬一切，包括他，所以他已没了退路，包括他的人生。

创业对所有人而言都是冒险，但对有些人来说，是冒着生命危险。

他和乔劭旸一样，也跟所里签了离岗创业协议，只不过乔劭旸是三年，而他是五年。可不管三年还是五年，他能像乔劭旸一样拥有另外一种选择吗？

不，没有，从创业开始的那一刻起，他就已没了退路。

必须向上，向前，哪怕再难，再累。任大任又迈开脚步，每一步都踩得很结实，一步一个台阶。

乔劭旸他们已经动手做了。既然芯片是通电之后失效的，那么就用最笨的办法，把每一颗芯片都焊接到板子上，上电，检测，没问题再拿热风枪把芯片卸下来，用洗板水清洗干净。

每一道工序都至少一个人在忙，乔劭旸带领的这支"突击队"被临时组装成一条"流水线"。"流水线"刚开始运转还不顺畅，乔劭旸边忙手里的活儿边调试。作为唯一的女生，谢雨霏被安排在了检测环节，她得确认电压和电流都没问题才行。

没多久，"流水线"就运转顺畅了，效率也高了不少，空气里到处弥漫着焊锡的味道，有点儿像战场上的硝烟。

任大任不必亲自上阵，但也得留下来督战，跟大家一起奋战。这真是一场战斗，甚至是攸关生死存亡的决战。虽然挑灯夜战早已是家常便饭，但是这个场景还是熟悉得任大任又有点儿恍惚，他说不清是跟从前太像了，还是他确曾经历过。

也可能是药吃多了，他一顿吃了四个成年人的量。毕竟药不是饭，吃多了不仅有不良反应，还不顶饿。晚饭他没吃，但给大家订了吉野家。消夜他想换个样，就上美团、饿了么找他和汪广延原来常去的那家烧烤店。

那家店应该是已经搬走了，两个 App 里它都已暂停营业。任大任咂咂嘴，忽然有点儿想念那家的肉筋和烤翅，但嘴里残存的却只有藿香正气的辛辣和苦涩。

妻子打来电话问任大任几点回家，任大任说肯定得明天了。

熬到后半夜，实在是撑不住了。乔劭旸看他眼皮子一直打架，就让他回办公室睡会儿，反正已经测完一百来颗，还一颗坏掉的都没碰见过。

脑袋里像塞了棉花，听觉也下降许多，唯有耳鸣听得真切，然后任大任就倒在办公室的长沙发里什么都不知道了。

肯定是做梦呢。不知过了多久，他的意识清醒了，虽然他自己还没苏醒。意识决定存在是错误的。任大任告诉自己。他在体育课上学过的函数知识让他懂得了做人必须言而有信的道理。肯定是做梦呢。他又提醒自己一遍。

如果不是做梦，月亮不可能贴到窗户上还没开美颜，而且他清楚记得窗帘是他亲手拉上的，上面还画着PPT版的《清明上河图》。

啊，PPT……居然自动播放着老柴那上头的笑声。铜锅子里牛油滚沸，手切的羊肉载浮载沉。谢雨霏把整盘芯片都下了进去，还说"七上八下"就能吃了。这让束弘庚和邝斌都笑得很开心，嘴角咧到了耳根子后面。接着，很多人都跟着他俩笑了起来，这些人任大任都认识，最后连任大任自己都笑了，笑容比谁都狰狞……

"怎么哭了？做梦了吧？"有个声音疼惜地问。这声音也是梦里的吗？任大任感觉脸被温温的掌心贴住，指头在他眼下轻轻擦拭。

他的手找到了那双手，还吻了一下，感觉随即变得更真实。"声音大吗？"过了会儿，任大任才问，才睁眼，妻子正脉脉深情地望着他。

"不大。"妻子说，"门关着，外面听不见，但你的表情挺吓人的，是做噩梦了吗？"

"不记得了，乱七八糟的，睁眼就忘了。"任大任问，"你怎么来了？"

"给你们买了早饭。饿不饿？起来吃吧？"

任大任不想起。他往里挪了挪，让妻子往里坐了坐，然后将妻子搂到了怀里。

"这回有点儿难办。"他把昨晚在电话里不方便讲的都跟妻子讲了一遍。

妻子听完之后说："不怕。"

"该怎么办怎么办，剩下的交给老天爷，老天爷肯定会保佑你。"她声音不大，却很坚定。

任大任抱紧妻子，向窗户那儿瞄了一眼。窗帘没拉上，玻璃上映着旭日的红光。

"你确实是我第一眼见就喜欢上了。"妻子的呢喃细语也涂了一抹晨曦的颜色。

"你不是眼神儿不好吗？"任大任终于乐了。

"不，我眼光很好。"妻子咬了下他的耳朵，他感觉又像两人第一次一起醒来时那样疼了。

五百颗新样片都测完了，被退回来的也快递到了，全部一千颗芯片还是只有那三颗是坏的。

"科学已经无法解释了，只能靠玄学。"邓肯又开起了玩笑。这两天有点儿消沉的他终于重新乐观起来，说他这就去给章总工打电话，也着人尽快给泰格电子重新发货。

任大任在邓肯之后也给章总工打了个电话。章总工语气缓和许多，还说类似的事情他们当初也碰到过，气得老板把样机全给砸了。

坏了的样片还要送到检测机构去做失效分析，所以不能砸。任大任让卫辰纲联系晶益电子，请代工厂也帮忙做一下剖片分析。

过了没两天，汪广延忽然打来电话，问任大任什么时候有空儿回所里一趟。任大任说下午正好有空儿。汪广延说那就下午。两人约好时间，任大任没问找他干什么，汪广延也没说。

听任大任说要去所里，乔劭旸笑嘻嘻地说，他和所里解除劳动关系的手续已经办妥了，以后他在公司就是全职不是兼职了。

任大任没想到师弟能在患难之中做出这样的决定，既深为感动，又深受鼓舞，去见汪广延也多了份底气。

办公室还是那间。汪广延临时有事，让任大任等了一会儿。等他风风火火从外面回来，一进门就直奔文件柜，从里面取出两份协议递到任大任手上，才找毛巾擦了把脸，抱怨说今天实在是太热了。

这一式两份的协议跟专利所有权有关。任大任没往下看，而是看着汪广延。

"看我干吗？看协议呀！"汪广延拿了两瓶矿泉水，给任大任一瓶，又说回去再看也行，反正也不用现在就签。

任大任还是简单翻了翻，这份协议明确了离岗创业人员在创业期间所获专利的权属，原单位将不再作为专利权人……

"为了鼓励你们多申专利,不用有后顾之忧。"汪广延说。

他的话听起来推心置腹,任大任万万没想到丁所长在的时候都没批的事情,竟能在汪广延手中通过。

"不满意怎么的?这可是帮你们增加无形资产呢!"

"满意!谢谢!"任大任除此之外也不知该说什么。

"行,那这事儿过了,咱们接下来说正事儿。"汪广延忽然换了领导的语气。

任大任一愣。

汪广延笑了,问:"什么时候一起吃饭啊?再一再二不再三,你可不能再找借口了。"

任大任不是个爱找借口的人,因而也不许其他人找借口。他要求相关人员一定要把样片失效的原因查清楚,虽然新样片重新试用之后没再出任何问题,章总工也很满意。

剖片分析报告比失效分析报告先给了回来,报告认为芯片失效是 EOS(过度电性应力)损伤造成的,需要检讨电路设计。卫辰纲说不管是不是设计问题,报告肯定都这么写,为了规避责任,避免纠纷。任大任当然希望不是设计问题,他跟设计人员一起复盘,从前端到后端每个环节都认真检查了一遍,也没发现设计方案存在什么缺陷。

检测机构的失效分析报告随后证实了这点,报告上说芯片内低压 MOS(金属氧化物半导体场效应晶体管 MOSFET 的缩写)器件栅遭击穿,从而触发 Latch-up(闩锁效应)才是芯片失效的肇因,建议采取措施降低 Latch-up 发生的可能性。

任大任问卫辰纲要之前做过的 Latch-up 检测报告。卫辰纲说报告不在他手上,那家检测机构是邝斌直接联系的,检测报告也没给他备份。任大任不得不亲自到邝斌交接工作的文件夹里去找,结果一无所获。他不想联系邝斌,就让卫辰纲找其他检测机构重做一份。

目前来看，只有那三颗样片发生了Latch-up。也许真就只有那三颗，任大任可以把它当作小概率事件，每次出货都像上次那样一颗颗地检测一颗颗地过。

还有一个办法就是采用外延片工艺再做一批。采用外延片当衬底能够显著降低Latch-up发生率。最初的工艺方案由于芯片内部的多电源设计原本也计划使用外延片，但邝斌说采用外延片从前比较普遍，现在如果设计没问题，就没必要再用。

还是太信任邝斌了。任大任当时正忙于找钱融资，邝斌看过的他都没再看，邝斌说没问题的他就也认为没问题。

然而，采用外延片工艺再做一批也同样会有问题。这笔本不需要支出的费用可能会引起股东不满，也可能导致投资人对创业团队不信任，这些任大任都不得不考虑，毕竟他是法人，是创始人，是第一责任人。

问过财务账上还有多少钱，任大任又多了一重顾虑，但也多了一个说服自己的好理由。尤其是红石资本的投资就差临门一脚，任何理性的选择似乎都是确保融资万无一失。

可样片更得万无一失，每次出货都一颗颗地检测一颗颗地过，也不是一家对标TADI的公司该有的样子。

任大任天人交战了好几天，是否重新再做一批，如同拔河一样来回将他拉扯，心理的天平也反复地倾斜。

这天，他看到儿子暑假作业画的手抄报，上面的他手拿着芯片，高高地举着，他和那颗芯片都闪着光。

既然是法人，是创始人，那他就得真正对公司负责，就得有他该有的作为和担当。任大任让邓肯先暂停给客户发货，说没有外延片衬底，他心里还是没底。他又让卫辰纲去问晶益电子和同芯半导体，如果使用外延片工艺是否需要修改电路设计。两家都回复说，不用。任大任拿定主意，再做一批。

"那这批怎么处理？"邓肯还有些恋恋不舍。

"可以捐出去，留着教学用。"那批样片教育了任大任，让他交了创业至今最为昂贵的一笔学费，他也不想浪费。

儿子转眼又开学了，任大任终于实现了送孩子上学的愿望。父子俩在校门口击掌约定这学期一起努力，望着儿子飞奔向教室的背影，任大任也有了跑步的动力。

当晚他就蹬上了那双专业跑鞋出门夜跑，从家跑到公司，又从公司跑向中关村东路的尽头。那晚他躺到床上就睡着了，连做梦都在跑步，可终点却忽远忽近，模模糊糊。

老柴没过两天就给他打来了电话，一上来就说："红石资本的投资你不用想了。"

任大任心里咯噔一下，忙问出了什么状况。

"什么状况都没出。因为 OK 了，所以不用想了。"任大任的手机闻起来都一股牛油火锅味儿了。

过了一段时间，泰格电子竟然表达了投资入股的意愿，不久就发来了尽职调查的文件清单。

隔壁的大开间从一开春就装修，每天都叮叮咣咣的，电钻与电锯协奏，让任大任不胜其烦却又有苦难言。

这大开间是他租下来的，而且还是从开健身房那大哥手里转租过来的。

那天，健身房大哥忽然出现在他办公室门口，把他吓了一跳，心想为了让我办张卡都找上门来了？

健身房大哥说："不是为了让您办卡，这不我不想干了嘛，所以过来您这儿问问能不能把那间房转租给您。"

任大任当时正在为扩大办公场地的事情发愁，这楼里要没合适的，就只能去别的楼看看了，所以上午健身房大哥来问他要不要租，他下午就跟人家把合同签了。

"得上 CRM（客户关系管理系统）了今年，还得在深圳和上海设立办事处，配备专门的销售人员和 FAE。"邓肯向任大任建议，希望把这两项工作也尽快提上日程。

"是得抓紧。"任大任对邓肯说,"你抽空儿先去深圳和上海考察考察,看看办公室。"

而他自己也得先去院里开个会,一个重大课题找到他,掌芯科技有希望获得参与的机会。

这座楼的电梯又临时停运了,但消防通道的灯都恢复了。许是看到了墙上"禁止吸烟"的标识,地上已经找不见一个烟头。任大任比上次下楼从容许多,也比上次爬楼轻松许多,在"半山腰",财务给他打来了电话。

财务说,账上收到一笔汇款,十一万整,不知道是谁打的。

任大任想了想,笑了,说:"甭管谁打的,收着就好了。"

财务问他这笔钱怎么记账。他说:"你随意。"

天还有点儿凉,任大任系上风衣的两颗纽扣。车在楼下的露天停车位停着,没有停在地下停车场的固定车位里。

门卫大爷在抽烟,俩人打了招呼。

"又租了间办公室?"门卫大爷问拉开车门的任大任。

"是啊,人多了,地儿不够了。"

"将来把那一层都租下来!"门卫大爷大手一挥,风卷残云似的说。

"必须的!"任大任大笑着上了车,关上车门。

天上的云都被门卫大爷卷走了。

一架纸飞机在蔚蓝的天底下飘飘悠悠地从车顶上方掠过,乘着还没暖透的气流向四环方向飞去。

任大任望了一眼,像要追赶那架纸飞机似的,利落地把车开上了中关村东路,顺着同样的方向快速驶去。

第二季

不远的将来

一

邓肯一大早就从南山赶到坪山，网约车给他送到地方还不到七点四十。南山那边的酒店已经退了，他准备这边谈完就直奔机场，所以随身拖着行李箱。

达比特工业园的大门造型酷似哈德良拱门，邓肯抬头仰望，深切感受到人类在宏大建筑面前的渺小。这片园区是达比特公司的总部所在地，也是它全球最大的研发中心，还建有整车碰撞实验室、模拟碰撞实验室、行人保护实验室、EMC（电磁兼容）实验室和NVH（噪声、振动和声振粗糙度）实验室，等等。占地将近三百万平方米，六万多员工在园区里要么开车要么乘轻轨，俨然一座高科技小镇，连它门前的柏油路都被命名为"达比特路"。

邓肯约见拜访的是达比特的一名采购人员，这次拜访本不在他的行程单上。像达比特这种市值近万亿的国内电动汽车龙头企业，有的是厂商想进它的供应链，所以即便是普通采购人员也不是想见就能见到的。

多亏长力电子的老板陈长力帮忙，他和达比特的这名采购人员是同乡加同宗。这位陈老板跟邓肯也是昨天才认识。他是邓肯小学同学路通介绍的新代理商，也是路通的老板，路通在他手下担任客户总监。

很难想象这位桌上摆着三足金蟾、门口供着关二爷的陈老板从前竟然是名历史老师。邓肯很好奇，怎么一个教历史的干起电子元器件代理生意来了？陈长力悠然地展示着他的茶艺功夫，辩证地告诉邓肯："这是历史的偶然，也是历史的必然。"

这位酷爱工夫茶的陈老板是佛山人，二〇〇〇年年初那会儿，他堂哥开电容器厂找他借钱，他就掏了三十万入股。本来想着这钱能回本就不错了，没承想他堂哥干了十来年，买卖不仅干起来了，还干成了知名品牌。于是他毅然辞掉历史老师的工作，找他堂哥合伙开了这家代理公司，不光代理他堂哥的产品，还代理国内外其他牌子的电子元器件。

陈长力又给他"独钓寒江雪"的茶宠淋了"一蓑烟雨"，说："如果我堂哥没开电容器厂，没找我借钱，如果我没借给他钱，他生意没做起来，那我大概率也不会干这一行，这是历史的偶然。但是广东沿海是最先改革开放的地区，国外那些大牌子都是先在广东组装完再出口，所以在这边做电子元器件生意大概率能赚到钱，想赚钱的人也大概率会像我堂哥一样干这一行，这是历史的必然。"

"对你来说也一样！"陈长力呷了口腾着热气的乌龙茶，俨然焕发了重执教鞭的风采，对邓肯说，"要不是咱们今天认识了，要不是你提起达比特，要不是我刚好跟达比特有关系，你可能还见不到达比特的人呢，这也是历史的偶然。但是像你们这么出挑的公司，有真正属于自己的东西，达比特肯定迟早也会看到你们，这就是历史的必然，当然这段历史要多久就不好讲啦。"

这位戴着玳瑁框镜的老兄当年一定是位很受欢迎的历史老师，因为他说话不像是讲课更像是讲评书，还时不时把茶杯往茶桌上一蹾，但就是不"且听下回分解"。邓肯昨天一下午都泡在陈长力的办公室，喝着他的鸟嘴茶，听他侃侃而谈。

"天下苦 TADI 久矣！"陈长力将喝干的紫泥坐禅杯用力蹾在乌金石和火山岩制成的干泡茶盘上，响声异常清脆，听得出是发自肺腑，"现在一颗 TADI 的 016 都贵成什么样子了，十几年前的东西，翻了四五倍价钱还拿不到货，所以我坚决支持你们替代掉他们！"

"听说有不少人囤货？"邓肯趁机打听。

"是有人囤货，发不义财。我是决不会干这种事的，这种事只会把供求关系搞得更乱，下游没货开不了工，早晚反过来影响到上游订单，做代理生意的也得跟着倒霉。"

"您现在手里还有多少 TADI 的库存？"

"都出掉啦,价格已经见顶,不可能再涨啦!补货至少要等七八个月,这对你们倒是个大好机会。"

"是有不少追着我要货的,但是我有单不敢签啊,怕给不了那么多货。"一提起这个,邓肯就很郁闷,"去年有一家客户,刚做完测试就找我要货,人家也没多要,就要九万片,我当时手里样片总共才二十万片,所以拖着没给发货,结果人家炸了,说你们公司是不是骗子?我们下单,你们为什么不接?哎呀,就这事儿,我被电话追着骂了一个多月。"

陈长力哈哈大笑,说:"哪有这样的骗子?他们倒是有可能从你们手里拿货再高价转手。"

邓肯听闻过这种操作,继续说:"去年为了供应链,可把老任和我给愁坏了,后来老任亲自出面搞定了同芯半导体。同芯答应每月给我们八十片12英寸晶圆,但是他们自己的 mask shop(光罩工厂)满产了,只能到外面做,结果 mask 又 delay(延迟),搞得我们直到上个月才拿到样片。所以去年年底我们就只能先做一个 Pre-A++ 轮融资(介于 Pre-A+ 轮和 A 轮之间的融资阶段),让红石和联大进来补充一下公司财务。"

"我和联大的冷总关系很好,如果不是小路,我也会请冷总介绍咱们认识,但是有了小路这层关系,咱们不就更近了吗?"陈长力笑眯眯地盯着邓肯。

"那肯定。"邓肯随声附和。

"你们 A 轮打算什么时候做?"

"年内吧,本来是想去年年底做来着。"

"到时候带上我们!"陈长力双眼眯成一条线。

邓肯不好答应,又不好推辞,便说:"A 轮怎么做,老任那儿还在琢磨……"

"那有机会请你们任总来深圳,我请你们吃海鲜,咱们一起琢磨。"陈长力两眼又圆溜溜的了。

人家投桃定然是期待着报李,不然干吗当场就给达比特的人打电话,帮忙约见面？邓肯拉着行李箱，在达比特的接待室排队，等候进入园区。

"都提前把身份证给拿出来啊！"有个年纪大些的保安口音浓重地大声吆喝。

昨天电话里跟达比特的那位陈工约的是上午九点，邓肯想提前进园区到处转转，参观参观。他把身份证交给工作人员，工作人员拿邓肯的身份证在她设备上扫了一下，然后礼貌地对邓肯说："不好意思，先生，您没有预约。"

"预约？"邓肯瞪着设备屏幕，上面的确显示未预约，"没和我说要预约啊……"

"所有访客进入园区，都要通过 App 提前一天预约。"工作人员抱歉地说。

"什么 App？"邓肯问。

"您可以扫那边的二维码下载，但是要有邀请码才能预约。"

"邀请码怎么弄？"

"您联系一下您要见的人，请对方发给您。"

邓肯拉着行李箱退到一旁，郁闷地把位置让给后面有预约的人。

"先生，您可以到那边坐一下。"保安过来彬彬有礼地给他指示休息区。

"不用，我出去抽支烟。"邓肯拉着行李箱又回到他下车的地方。

他没那位陈工微信，这点儿人家应该正在路上，打电话肯定也不合适。邓肯捏爆爆珠，点着烟，用力吸了一口，然后将烟雾吐得尽可能远，又抚了抚已感潺热的脑门儿。

两根烟的工夫，邓肯连着数了十多辆驶入园区的汽车，有 SUV 也有普通轿车，不管新款还是老款，都是达比特的。刚才他乘坐的那辆网约车也是达比特的，还是新款，坐起来是挺舒适，后排空间还大，内饰也显档次。前阵子有朋友想买这款车，拉他去达比特的 4S 店，4S 店的人跟他们说早就没现车了，因为缺芯，提车得等至少一个月。

真闹"芯"啊，一边是有钱拿不到产能，一边是有钱拿不到产品。这次如果能跟达比特搭上线，那么车规认证就要马上提上工作日程，可每月几十片晶圆的产能怎么拿得出手？到时候要 foundry 配合认证，人家都不一定重视，没准儿还得老板亲自出马去求人。

又抽了两根烟，邓肯把烟头儿都捡起来扔进了垃圾桶。时间差不多了，他打电话给陈工，拨了两回，对方才接，说刚进办公室，问邓肯在哪里。

邓肯说他在园区大门这边，因为没预约所以进不去。

"哎呀，不好意思，昨天事情多，没想起提前预约。"陈工说，"现在预约肯定来不及了，要不您去附近的 KFC 等我，我们在外面碰面？"

"那也好。"邓肯望门兴叹，参观达比特总部的心愿只能留待下次实现了，"去 KFC 该怎么走？"

"要不您搜一下？这附近就一家 KFC。"

邓肯拉着行李箱，步行了将近一公里。虽然 KFC 装修风格都是一样的，但这家 KFC 看起来不那么高级的样子。也难怪，这地方本来就偏，能有地儿吃饭就不错了，对装修要求那么高干吗呢？

邓肯点了两个香辣鸡腿堡、一杯中可乐。本来不饿，走这一公里也把他给走饿了。他狼吞虎咽地吃着汉堡，其实倒也没那么饿，主要是他想赶在陈工到之前把早餐解决掉，不然初次见面不太好看。

桌子上还有汉堡残渣，邓肯又用餐巾纸捻起来，丢进了垃圾箱。餐桌已经清理干净，可以用来当洽谈桌了，但陈工迟迟未到，刚加的微信也没消息，邓肯忍不住发消息问他到哪里了。

陈工过了一会儿才回："实在不好意思，邓总，刚才有事，马上出门。"

"好的，没关系，您慢点儿。"邓肯回完微信，去点了两杯咖啡回来。

他的咖啡是冰的，杯壁上挂着凉沁沁的水珠。邓肯只喝了一口，润了润嗓子，然后左手指尖轻捏着杯子，右手指尖轻敲着桌子，目光洒向店外。

天气预报说，午后有雷阵雨，但此刻晴空万里，不知这场雨降下来得调集多少云来。想成个事儿不也得如此吗？到处拉资源、找门路、碰机会，哪怕这事儿也跟天气预报一样大概率能成，但只要有一步没走到位，随便缺了哪块云彩，这雨就下不来，积再多云彩也没用。

可这雨下来，飞机估计就得晚点。邓肯预订的是下午五点飞北京的航班。

都快十一点了，那位陈工还没来。邓肯忍不住又给他发了条信息，问他："您到哪里了？"

陈工又好半天才回，说："不好意思，临时开会，开完会联系您。"

"好的。"邓肯灌下一大口咖啡，咖啡都快常温了。古代求雨，皇帝上阵都不一定管用，求人一点儿不比求雨容易。

从行李箱中取出笔记本电脑，邓肯问店员 Wi-Fi 密码。店员说，没密码，但是也没 Wi-Fi，因为路由器坏了。

无奈，邓肯开了手机热点。这地方 5G 覆盖，信号居然还是满格。

公司邮箱又进来十几封邮件，邓肯挨个儿点开，有的需要回复，有的看看就行，有的看完就皱起了眉头。

纪程远发了封邮件给任大任，抄送给他和乔劲旸。这是纪程远的习惯，所有工作相关的事项，他都要体现在邮件上。

这位公司新聘请的 CTO 是日本回来的博士，跟任大任又是高中同学，所以很受器重，也很被信任。

纪程远首先在邮件里说，F280036 的所有研发难点都已攻克，下月即可上线。这件事，他写得很简短，就好像对他来说很简单，不值得浪费笔墨似的。

接下来才是重点。他建议下一步研发 F280050 而不是之前规划好的 F28024。这两款芯片差异较大，瞄准的领域也不相同，F280050 针对的是电动汽车市场，F28024 则是为光伏逆变市场设计的产品。

他给出的理由很充分，洋洋洒洒写了一大段，总结来说，一是电动汽车是大势所趋，全世界都在普及电动汽车，市场空间巨大；二是电动汽车行业缺芯严重，推出新产品有利于快速打入供应链；三是拥有针对电动汽车的产品之后，更有利于公司未来融资，拉抬估值；还有就是，他对此类芯片设计更驾轻就熟。

若是抛开现实因素不谈,这里面任何一条理由,邓肯都举双手赞成,但现实是他之前已经谈好了两家光伏逆变器的客户,其中一家还是该领域的头部企业,而电动汽车这块则一家客户都还没有。

也不能说没有,万一达比特谈成了呢。邓肯很矛盾,他当然希望能跟达比特达成合作,但那两家客户那儿又该如何交代?本来讲好了F280036一搞定就立刻上F28024,现在忽然变卦要改roadmap。理由是什么?难道说公司认为电动汽车市场比光伏逆变市场更重要?那光伏逆变市场就干脆别做了!

何况光伏逆变市场跟电动汽车市场本来就同等重要,都是大势所趋,也都是在全世界占优势、处于领先地位的行业,按照原有roadmap先做F28024再做F280050,研发更有连续性,也更符合研发逻辑。要怪只能怪研发实力还是不够雄厚,一个team(团队)当两三个team来用,就像邓肯自己手底下的FAE一样,也是每一个人都多个客户并行处理,然后各种撞车,甚至跟研发那边还发生过"剐蹭"。

认为成年人不做选择题的一定不是成年人。邓肯抓着后脑勺的秀发,没想好到底是该赞成还是该反对。这个纪程远也固执得很,任大任的话,他也不全听,邓肯实在没把握说服他,让他接受自己的意见。

愁云都飘到天上去了,刚才还无孔不入的阳光此刻已跑了个精光。深圳这天气就跟这地方的市场行情一样瞬息万变,但市场预判可比天气预报要困难得多。

陈工这时发来微信,说会还没开完,见面得下午了,或者再约时间。邓肯回复说:"没关系,我等您。"

"实在不好意思。"陈工又说。

已经有航班显示晚点,邓肯估摸了一下时间,把飞机改签到晚上八点。KFC的餐桌成了他的办公桌,给陈工买的咖啡也被他喝了。

同样是咖啡,味道可差远了,成年人不做选择题只有一种可能是因为没的选。邓肯硬着头皮干的事儿多了去了，虽然没成的不少，但起码头发没咋掉，脑壳也结实了许多。

不能改 roadmap，他拿定主意。最简单的道理，凡事得讲个先来后到，连门口卖早点的都知道，哪怕排前面的就只买一根油条，也不能揭过人家去，先做后面五十根油条的生意，何况这俩要的"油条"数量还不相上下。

杯子空了，肚子满了。一点来钟的时候，陈工给他发消息说，刚散会，吃完饭就过来找他。他又跟人家说，慢点儿，不急。然后快三点了，陈工还是没过来，他有点儿急了，问陈工："出来了吗？"陈工回复说："刚吃完饭。"

邓肯只回了个"OK"。

天色越来越暗，每一次抬头，铺天盖地的乌云都浸饱了墨汁似的，又絮了厚厚一层，眼看就将承受不住那巨大的重量，随时都有可能从天空中拍落下来。

雨将倾未倾，人说来未来。邓肯不再抱希望，他决定等到五点，不来的话，他就回北京了。

二

百叶窗从上向下数第三十六条叶片别扭地半转着，并未如其他叶片那般严丝合缝地并拢在一起。它保持这个姿势已经快一周了，这让它在百叶窗整齐划一的队列里显得很不合群。

它也不想这样，这令它尴尬，甚至有些自卑。直到那道光出现，像一幅薄如蝉翼的画卷在昏暗中由它徐徐展开，明丽的画卷里一切都被光影重新勾勒出轮廓还原出本色，寂静地铺展在凌乱的桌面上。

已经靠得足够近了，它屏住呼吸，悄无声息，不让任何一丝气流向它的猎物通风报信。它追捕它已经半个多小时了，它有翅膀而它没有，但它一点儿都不急,并且非常自信,因为它是它的天敌。

那只饿了快一周的蚊子最终没能逃脱壁虎闪电般的致命一击,虽然它很早之前就隐然觉察到了危险,但是危险却从未给它目睹的机会。

壁虎心满意足地舔着嘴角,它的猎物也是它的玩物,所以它的快乐加倍。墙壁大地一般匍匐在它的脚爪之下,它居高临下,观察着那道光,目光渐渐迷失在光里。

光慢慢移动,偶尔的尘埃像零星飘落的雪片在光里轻坠,寻找到属于它的优雅和美。每一粒尘埃也都像明星一样被对待,桌面如同专为它们搭建的舞台,静候舞者飘然而下,向唯一的观众致意。

壁虎不能鼓掌。它目不转睛,一动不动,心中却有了冲动。

它羡慕它们能在光中起舞,而它却永远只能在暗影里旁观。

门忽然开了,沉甸甸的背包如同小行星撞击在桌面上,冲击波掀起巨浪向周围推去,裹挟起波及的尘埃将它们抛向空中,抛向远处。躲藏在地毯内的尘埃也在一片地动山摇中四散奔逃,百叶窗唰啦一声向上收拢,第三十六条叶片与其他叶片交叠在一起,那道光和它的观察者随之骤然消失在满室刺眼的阳光当中。

一周没进办公室,除了原本满着的纸篓被清空并重新套上垃圾袋外,一切都保持原样。

邓肯想歇歇,小睡十分钟,可他前脚才踏入办公室,销售吕明正后脚就敲门来找他。

"你容我喝口咖啡。"邓肯把电脑和电源线从包里掏了出来。

吕明正帮他把插头插好,问:"您昨天几点到的?"

"不是昨天,是今天。"邓肯纠正说,"半夜一点多才落地,到家都三点多了。"

"那您也没睡几个小时啊!"

邓肯打了个哈欠。笔记本电脑昨天耗没电了,迟滞了一两秒才开机。他喝下几口咖啡,又愣怔了一小会儿,也才勉强"开机"。

"什么事儿？你说吧。"邓肯靠在转椅里，胸前端着补充元气的冰咖啡，将椅子转向吕明正。

"恒时科技，一早上就给我打电话，说他们中试完成了，管我要芯片，问每个月400K能不能给他们？"

"400K？"邓肯瞪大还在泛酸的眼睛，"怎么一下要这么多？"

"是啊，我一听也蒙了，就跟我说着急要，说TADI的芯片快用完了。"

"那也不能这么玩儿啊，哪有连反馈都不反馈，不上小批就直接要上大量的？"

"是啊，我也没见过这样的，感觉跟开玩笑一样。"

"他们开玩笑，咱们可不能陪他们开玩笑。芯片这东西，测试用跟量产用那可是两回事儿，万一有问题不是砸咱们牌子吗？"邓肯轻摇着楼下买的"瑞纳冰"，掂量着，冰块发出哗啦哗啦的声响。

"是啊，我担心的也是这个，不知道他们怎么考虑的。"

"甭管他们怎么考虑。"邓肯喝了口咖啡，在嘴里含温乎了才下咽，"咱们自己得琢磨清楚，不能为了业绩就不讲原则。你再给他们打个电话，好好说一下，该做的验证他们一定都得做完，咱们才能跟他们签。"

"好嘞，我这就打电话！"吕明正得令而去。

吕明正是公司唯二的销售人员，另一名销售是邓肯自己。邓肯给公司设计的销售体系是自有销售外加代理商和分销商，但自有销售这块由于还没太多客户，也出于成本考虑，就一直没加强，虽然也让人力在深圳和上海物色合适人选，但人员始终没到位，邓肯也没催。

这次去深圳又看了几处办公地点，距离上一次去深圳已经过了好几个月。好容易出的这趟差效率极高，不到一周时间就拜访了十三家客户，完成率92.86%。邓肯一张张翻看这些天换回来的名片，客户横跨工控、光伏、储能、通信、家电等各个行业，既有存量市场，又有增量市场，他把光伏和储能客户的名片单拣出来，拈在指尖来回摩擦，像在思考这牌该怎么打。

"没多睡会儿啊？还以为你得下午过来呢。"任大任这时立在门侧，肩上挎着崭新的邮差包。

"睡不着，满脑子都是事儿。包漂亮啊！"邓肯不由得赞叹。

任大任摸了摸挎包说："媳妇儿买的，一个包三万多，得卖多少芯片啊！"

"哎呀，你这啥都换算成芯片，真是……"

任大任放下包，人也坐了下来，说："达比特那边还得继续接触，新能源汽车实在太重要了。"

"有微信，我线上继续跟他聊。"邓肯揣摩着任大任的话说，"达比特眼瞅着市值上万亿了，要是能拿下，新能源汽车市场咱一下就能站住脚跟。我这几天也琢磨，咱们往后重点就要放在这种重要行业的头部客户身上，比如像映天，在光伏赛道那也是前三名的存在，再加上征日，也是前十，这两家客户维护好了，那光伏这条赛道咱就跑起来了，而且还是领跑。"

任大任似乎听懂了邓肯的言外之意，说："待会儿开个会，一起讨论一下接下来的产品路线。"

"程远真厉害，0036这么快就搞定了！"邓肯夸赞说，"TADI最赚钱的七款芯片，咱们现在拿下仨了，全部拿下指日可待啊！"

"还需要再签代理商吗？有一家就够了吧？"任大任面无表情地问。

邓肯赶忙解释说："老冷他们优势在线上，长力这边优势是线下，工程师也多，正好他俩互补。"

任大任不置可否："有些客户如果太费精力，本身量也不大，就几百几千片，还整天这事儿那事儿，这样的客户以后就不要做了，没意义。"

"确实太耗精力，搞得颍川他们焦头烂额。不过，有些小客户还行，跟咱们配合度很高，反馈也及时，还是挺有价值的。刚才吕明正就过来跟我说一事儿，都把我惊着了。"

"什么事儿？"任大任眉头微蹙。

邓肯一摆手，说："也不是啥大事儿，就是恒时科技，刚中试完，连小批都不做就要直接上大量，管吕明正每个月要400K。"

"他们这是想搞啥？"任大任眉头更皱，"这要真出问题还不得算咱们头上？绝不能松口，原则该坚持就坚持，不能因为他们量大就好说话。"

"我跟吕明正也这么说的，让他打电话跟恒时那边说清楚。"

任大任点点头，挎起包说："十点过来开会。"

望着他的背影，邓肯徐徐关上了门。任大任比从前敏感了，也少了好些笑容，A轮融资推后让他背负的压力实在是太大了。不过看得出，他也憋着一口气，这A轮融资不仅一定要做成，还要做得漂亮。

邓肯回到转椅里，找了个最舒服的姿势，然而已经运转起来的大脑却让他睡意全无。

A轮融资的关键还在于产品落地，所以刚才他提起F280036，任大任依旧意兴阑珊，因为再好的东西不量产出来就没法证明产品逻辑是通的、市场是认可的。

去年接触的那几家产业方包括正在接触的，他们的态度基本一致，都是既看好，又观望。看好的方面很多，观望的只有一个，就像一层窗户纸，需要捅破，但也就是这么一层窗户纸，想捅破怎么这么难？

邓肯十指插进油乎乎的头发里用力向后拢，一瞅时间，已然差五分十点。

任大任办公室有一张双人沙发和两张单人沙发，围着茶几对称摆放。公司的高层会议通常都在这儿开，因为公司高层除了任大任就是乔劭旸和邓肯，如今又多了个纪程远。

纪程远入职后的第一次高层会议，因为去得早，所以占了原本邓肯常坐的那张沙发。邓肯倒也无所谓，便拉了把折叠椅坐到了任大任对面，从此座位就这么固定下来。

纪程远座位冲外，邓肯一进门便瞧见他正捧着块西瓜在啃。

"这才几月啊，就有西瓜吃？"邓肯笑着坐到椅子上，把笔记本和冰咖啡放到了茶几上。

"快来一块儿，小宋买的，贼甜！"乔劭旸捧着西瓜招呼。

邓肯拣了块小的。

"拿那块儿大的呀！"任大任指了指。

"这块儿就行。"邓肯咬了一口，"嗯，真甜！"

"纪桑，日本西瓜真那么贵吗？"乔劭旸吃完一块，又拿一块。

"贵，日本人买西瓜都一片一片买。"

"那吃着多不过瘾，难怪日料那么精细。我看日本还有方西瓜，还撒盐吃？"

"是有，那个更贵。"

"为啥撒盐吃？"

"因为甜度不够，撒盐可以增加甜度。"

"日本倒是不缺盐。"邓肯调侃。

一个红麒麟瓜总共也没多大，剩最后一块，乔劭旸说："纪桑，你把它消灭掉。"

"你们来吧，我吃好几块儿了。"

"你来，你来，你得把你在日本少吃的那些西瓜都给补回来。"乔劭旸催促。

纪程远不好意思地恭敬不如从命。他说："我在北京发现一家真正日本人开的日料店，非常正宗，改天我带你们去吃。"

"我就理解不了，日本人为什么那么爱吃生东西？"乔劭旸问。

"民族习性吧。"纪程远说。

"这事儿我琢磨过，"邓肯说，"可能是因为日本那地方自古就缺煤缺木柴。你想，日本岛本来就是从亚洲大陆分出去的，那边边角角的地方能有多少资源？而且就那么大点儿地儿，种粮食还不够呢，哪儿还有地儿种树当劈柴烧？"

"好像是这个道理，能源结构决定饮食习惯。"任大任受到启发说，"你们看咱们中国人炒菜做饭，煎炒烹炸蒸煮炖每一样都离不开火，而且越高档的料理能源消耗越高，就为那么一小盅汤，能在火上煲好几个小时，这也就咱们这种地大物博的国家才敢这么奢侈。"

"你们说的确实有道理,所以之前日本押宝氢能源汽车,不看好电动汽车。"纪程远说。

"看好也没用,没电搞什么电动汽车?也就琢磨琢磨 H_2O。"乔劭旸说。

"日本确实电力紧张,主要还是供给不足。"纪程远擦了擦嘴,又擦了擦手,开始逐项分析,"煤电就别说了,本身就缺煤,烧煤又污染,天然气也得依靠进口,太阳能需要大面积铺设电池板,日本也没那么大地方,虽然可以开发海上风电,但是风力发电不稳定,核电就更一言难尽,所以他们搞电动汽车真是先天不足。"

"对,所以当初他们不看好的电动汽车在咱们国家搞起来了。"任大任接过话去,"咱们本身煤电就强,超临界发电几乎零污染,光伏发电也全球领先,风机都建到田间地头儿上去了,核电就更别说了,从前连英国人都找咱们建核电站。还有一个水电,这是任何国家都没法比拟的,包括美国,别看他们是一望无际的大平原,但是地势太平,不像咱们水源在西部,然后西高东低,这妥妥就是一台超巨型的永动水力发电机啊,简直就是老天爷赏饭吃。"

"不,是喂饭吃。"乔劭旸插话。

"所以电动汽车市场一定要先下手为强,尽快把主打产品做出来,然后做车规认证。这么一算,留给咱们的时间真不多了,必须得抓紧,一点儿不能浪费,所以咱们要修正一下产品路线,F280036 之后先做 F280050,再做 F28024。"纪程远急切地亮出观点,然后询问地望着其余三位。

三人谁都没吱声,尤其邓肯,还拿冰咖啡把嘴给堵住了。

办公室一下子安静下来,如同玻璃鱼缸。纪程远的目光游来游去,终于沉不住气,直接点名问:"大任,你觉得呢?"

"老邓,你觉得呢?"任大任"击鼓传花",把问题传给了邓肯。

邓肯咽了口咖啡,清了清嗓子说:"程远的焦虑我也有,不只是电动汽车,光伏逆变也一样,眼瞅着巨大的市场着急进去,生怕被别人抢了先。"

"光伏逆变和电动汽车的市场规模还是没办法比。"纪程远说。

"这个我们可以估算一下。"邓肯笑了笑,"电动汽车我们国家就按每年新增三百万辆计算,每辆车大概用三到五颗DSP,每颗DSP平均参考价格三十元,这样电动汽车能有大概三到五亿元的市场规模。目前,电动汽车主要还是做国内市场,不像光伏逆变已经是全球市场。就按我看到的数字,光伏逆变每年大概一亿五的需求量,每颗DSP的平均参考价格就按十块钱计算,那么每年光伏逆变的市场规模大概就有十五亿,还是挺大的。"

"那是相当大了。"

"你不能这么算,不是看这个市场有多大,而是看你手里的市场份额有多大。"乔劭旸的帮腔似乎令纪程远有些气恼,他反驳的语气加重了,调门也拉高了。

邓肯依然笑呵呵地说:"我们这两个的市场份额都是零,所以只能看市场本身的体量。"

"既然都是零,那就应该看哪个市场更有潜力、客户体量更大。"纪程远两手比画着,像在给自己加油一样,"这还只是做国内市场,达比特的市值就快上万亿了,光伏逆变行业没有这样的客户吧?如果拿下达比特这样的客户,对公司发展得有多大加成? A轮融资都能因为这个变容易!"

"是,你说得对,达比特要是能拿下,肯定对公司发展和融资都大有帮助。"融资是任大任的痛点,拿这个说事儿更能获得他的支持,但邓肯还是坚持二鸟在林不如一鸟在手,A轮融资的另一个重要逻辑就是要让产品尽快在客户那里落地。

"我听说你这次去深圳没有见到达比特的人,是吗?"纪程远忽然故意揭短似的问邓肯。

邓肯不由得面热起来:"是没见到,正好人家当天特别忙,后来还下了大雨。"

"要是咱们有针对性的产品,人家肯定再忙也抽时间见了,风雨无阻。"纪程远乘胜追击,又问,"我听说之前UVW中国来公司考察过,后来没合作,也是因为没有针对性的产品吧？"

邓肯面对着纪程远，瞧不见任大任的表情。他感到了不快，但仍心平气和地解释说："UVW 中国当初说工规也可以，只要不涉及驾驶安全。"

"那怎么就没下文了呢？"纪程远不依不饶地追问。

任大任忽然发话："没下文就没下文呗，我们又不强买强卖。"

纪程远顿了顿，仍旧针对着邓肯："照你这么讲，那 016、023 和 0036 也都可以用在光伏逆变上啊。"

"016、023 和 0036 都没有快速关断，而且 023 和 0036 价格太高，厂商得考虑生产成本。"

"那这三个芯片也都没有 CAN（控制器局域网）和 CAN FD（具有灵活数据速率的控制器局域网）啊……"

散会出来，外面的人都有意无意地看他们。

争论半天也没争论出个结果。任大任始终不肯表态。不过，就纪程远那架势，就算任大任表了态，只要不是赞成，这态也是白表。

邓肯有点儿受挫。从前他跟任大任俩人商量就能决定的事儿，如今却要以这种低效率但是高消耗的方式来处理，还处理不了，难道这要成为公司以后的常态吗？

有那么一刻，邓肯心想，算了，就按纪程远说的办，还不影响团结。可他心里始终有股劲儿在那儿别着，怎么掰都掰不过来。

他摸不透任大任的心思。任大任也和他一样，是个痛恨低效率的人。他俩从前虽然也有争论，但事儿都是越争论越清楚。他俩也都干过争论过程当中忽然顿悟然后自己打脸的事情，还都"不以为耻，反以为荣"地张罗去喝酒庆祝，或者最终被对方说服，然后也去喝酒庆祝一下。

至少态度是鲜明的。但这次截然相反。任大任就像躲进了雾里，让旁人看不清他，还是说他真的坠入五里雾中，每一步迈得都谨小慎微，都要思前想后，反复权衡？

还是 A 轮推后带给他的压力太大了吧？

产品路线分歧犹如分岔路，不管沿着哪条路线走，都不确定到底会遇见什么，也不确定到底会错过什么。也许他更偏向纪程远的想法？或者纪程远更接近他的想法？可不管什么想法，他怎么一点儿意见都不表达？他又不是乔劭旸，立场可以超然一些。甚至连乔劭旸都似乎不太支持改变产品路线，毕竟当初制订 roadmap，他也是参与者之一。

邓肯脑壳里也进了一些雾，影影绰绰，连人都看不清楚。下午，吕明正又跑来跟他汇报，说恒时科技那边还是坚持要货，说出了问题他们自己负全责。"行吧，先这样吧，拖着，反正也没货。"邓肯也懒得发脾气了。

过了会儿，乔劭旸也寒气逼人地过来找他，抱着肩膀，哆哆嗦嗦地问："你那薄羽绒服能借我穿穿吗？"

"怎么了，冻成这样？"邓肯受到传染，跟着打了个冷战，却也清醒许多。

"我那屋空调坏了，不知道谁把温度给调低了，怎么都调不回去，冷风呼呼照我头顶吹，都快成冰墩墩了。"

"有点儿脏，你自己拿。"邓肯指着在墙上挂了快一年的薄羽绒服说。

套上冬装，乔劭旸缓了过来，腮帮子解冻了，上下牙也不打架了，说："我刚才瞧见纪桑又跑老板屋里去了，估计是开会没说够吧？"

"他那么健谈吗？"邓肯说，"也可能是有别的事儿。"

"他那么执着的人。"乔劭旸捽了捽袖子。

邓肯没再言声。如果任大任也觉得产品路线有必要修正，那他就不再坚持。谁的意见谁负责，不用负责挺好。他今天想早点儿下班，半夜才到家连行李箱都没来得及打开，更没好好抱抱儿子，女儿跟他也总闹别扭。他忽然觉得自己像个猎手，而猎手是不能空手而归的。

"有空儿吗，聊两句？"任大任今天第二次出现在门侧，那个崭新的邮差包没有同他一起。

疲惫像沙尘暴过后的浮土，盖住了他的脸，他面色暗沉无光，嗓音也喑哑许多。门在任大任身后关上。落座，沉默，他似乎在休息，又似乎在等邓肯先开口。

"恒时还是着急要，说他们负全责。"邓肯也没拖延，如果任大任是来当说客的，那他想赶快把话给引出来，然后早点儿收工回家。

上午那股激愤之气不见了，这话甚至都没被任大任听进耳朵里。他毫无反应。邓肯也没其他话可说。

"程远刚才又找我说半天，他还是不肯放弃他的想法。"任大任忽然开口，开门见山。

"他说的确实挺有道理，就按他说的办吧。"

惊讶一闪而过，任大任问："你同意他了？"

"只能说不反对，我保留我的意见。"

"别跟他计较，他这人心直口快，有时候一根筋，搞得我都下不来台。"

"我没计较，大家都是为工作，为公司好，我也是，对事不对人。"

"那就好。接下来还是024，你盯住映天和征日。"

"不做0050了？"这次换邓肯惊讶了。

"做，等024完事儿之后。"

"程远同意了？"

"我已经和他说了。"

邓肯没再多言。任大任语气坚定而果决，又像他从前了。

三

公司最近一个多月进人速度明显加快，差不多隔两三天就会多一张新面孔，来的还都是有不错学历背景或者工作经历的，就是分布不太均衡，入职软件研发和FAE部门的要比芯片设计部的人多。

邓肯在高层例会上开玩笑，说得给宋琳琳和她手下那俩HR（人力资源）

小姐姐加鸡腿儿。纪程远也开玩笑说，加也只能加一条腿，因为瘸腿了。

眼瞅着工位又不够了，结果，隔天斜对门那家公司就说租期快到了，他们不准备续租，任大任立刻派人过去把房间接了过来。

"想什么来什么真是。"邓肯随口念叨了一句。

"我想别的，怎么没见来呢？"任大任没好气地说。

"肯定会来的，没准儿已经在路上了。"邓肯宽慰他。

他俩此刻正在回公司的路上，并且是堵在路上。下午来后厂村这边见的投资方是家IT大厂——果动科技，据说要自己造车。虽然任大任也常用他们家App，但如果不是红石资本的夏总引荐，他大概率不会来见，他对想要投资的产业方还是挺挑剔的。

果动科技也挺挑剔。本来是三个人见任大任和邓肯，一个投资总监加两个投资经理，结果总监只讲了个开场白就借故闪人，剩下俩投资经理轮番打断任大任，虽然态度都很客气，但总感觉像在面试不像在谈合作。

某种意义上讲，面试倒也没错。不过面试分两种，一种是主动求职来的，一种是猎头推荐来的，任大任遭受的，更像是前一种。

邓肯真替他捏把汗，生怕他突然笔记本一合就"老子不干了"，所以每当那俩人的问题让任大任沉默下来时，邓肯都立刻把话接上，好赖将这次"面试"体面地维持了下来。

不过，也难怪任大任这么抵触，连邓肯都怀疑他们是在故意找碴儿。可能是真想投资吧，所以为了压价才上来先把人埋汰一顿。这种行为很市侩，但他们最让人反感的一点是，对掌芯科技的芯片设计人员数量格外感兴趣，甭管直接问还是兜圈子，非要摸清到底有多少IC前端设计工程师才肯罢休。可轮到任大任和邓肯问他们的造车计划时，他们就变得含含糊糊，语焉不详，也不知是不屑细说，还是不能细说。

"你不觉得这俩人很奇葩吗？见了这么多投资方，就没见过这样的！"任大任的愤恨从出了果动科技的门一直延续到进了他自己汽车的门，又延续到那条前后左右将他死死困住的柏油路上。

一连等了七个红绿灯，都没拐过前面的十字路口。还不断有车加塞，将整条左转道变成一段乱码。

道旁虽然就是枝繁叶茂的绿化带，但娇艳的花儿和翠绿的叶儿丝毫没令任大任少安毋躁。左转向哒哒哒，仿佛在倒计时车里这枚"炸弹"何时爆炸。任大任一扬手，将转向杆拨回原位。

车肃静了。数落了半天加塞车辆，他又数落起那俩投资经理："你说他们是何居心？一个劲儿打听咱有多少前端设计干吗？又没签NDA，我凭啥告诉他们？"

邓肯虽然也有不满，倒没任大任这种被害妄想，他说："他们就是当甲方强势惯了。"

"就是被惯的。跟这种公司八字不合，投再多钱我也不要。"

"是，拿他们钱也是找罪受。"

碰上这种堵车也是受罪。车半个轱辘半个轱辘地往前挪，终于挪到能望见堵点，原来是直行道的车压实线撞到左转道的车，左转道上的后车又追尾了前车。

三辆车的司机倒都挺有素质，谁也没跟谁吵，就任凭经过的车辆朝他们按喇叭，他们该刷手机刷手机，还有个把笔记本电脑摆车顶移动办公的。

任大任也不解气地按了几下喇叭，又引发了一串共鸣。转向杆被他拨向右侧，车里的"炸弹"又开始哒哒哒地倒计时了。

"别着急。"邓肯一看任大任有开斗气车的苗头，赶忙劝他抑制住冲动。

右侧直行道那辆银灰色的美系纯电动车故意展示自己良好操控性似的，前方稍有缝隙便立刻迎头顶上，就是不给任大任任何机会并线。

任大任不得不让过它，在它后面并入直行道。可能是被从任大任这儿收获的胜利喜悦冲昏了ADCU（自动驾驶域控制器），它竟然连大公共的路都敢抢。与大公共抢路无异于与虎谋皮，纵有白驹过隙的爆发力，这辆美系纯电还是跟身大力不亏的大公共撞在一起，前车盖登时支棱起来。

路彻底堵死，任大任这会儿反倒平静了，可能是没想好该笑还是该骂。

"我带烟了，下车抽两根儿？"邓肯开起玩笑。

那辆美系纯电的司机可能也带烟了，他的车子很快便冒起了烟。

完了！任大任连忙下车从后备厢里取出灭火器，冲到那车跟前一通狂喷。

"离远点儿，小心炸了！"邓肯也从车上下来，把任大任往回拽。

任大任往后退了退，跟他一起喷的人也多了几个。那司机像惊恐的鸟儿从笼子里飞出来，眼瞅着爱车腾起火焰……

"车不是谁都能造的。"眼见为实还是很有冲击力，这话直到第二天任大任还在念叨。

邓肯当晚做了个梦，梦见他在湖边买了幢别墅，他跟闺女儿子在湖边钓鱼，可那鱼不老实，总是跃出湖面变成鸟。他又带俩孩子去旁边森林里抓鸟，结果鸟又全都跑出林子，扎进湖里变成了鱼。

空手而归的他回到别墅，发现别墅旁边建起来一座庞大的汽车工厂，不断有光头强砍树往工厂里运，但工厂里熊大熊二红红火火忙活半天，造出来的不是木头轮船就是木头飞机，任大任又跟他叨咕了一遍："你瞧，车不是谁都能造的。"

"车不是谁都能造的。"邓肯把他和任大任的亲身经历给出差回来向他汇报的吕明正讲了一遍，临了被传染了一般也来了这么一句。

"是，真不是谁都能造，就靠攒方案，再敲个壳子装四个轮子，即使造出来也绝对跑不远。"吕明正说他新认识一家做OBC（车载充电机）的客户，是达比特的子公司，说也许能从这客户这儿入手试试，想办法跟达比特搭上关系。

"那你盯住了。"邓肯说，"不光这家客户，OBC这个行业也很有搞头儿，解决里程焦虑一个是靠电池续航增加，另一个就是靠OBC充电效率提高。"

吕明正绝对是员得力干将，这也是邓肯不急于扩充销售力量的原因之一。很多重要客户都是他牵好线，再交给吕明正去跟。这点邓肯很放心，吕明正从没跟丢过客户，有些本来他自己都没抱多大希望的客户，吕明正居然也跟了下来。

因此，他前阵子把振兴通讯也给了吕明正，这家企业是国产数字电源市场的标杆，拿下它相当于在这块阵地上也插下一杆大旗。这家企业国产替代意愿极其强烈，也是吕明正跟得好，所以不到一个月就走完了全部的供应商认证环节，也创下振兴通讯供应商认证的最快纪录。

振兴通讯的芯片测试工作进展也很迅速，这回出差，吕明正专程去公司拜访，带回来的反馈很积极，只有一个问题，就是能否在F28016里加上CLA（控制律加速器）模块？

F28016是定点架构DSP，如果不加CLA，虽然也有IQMath（一种函数库）这个伪浮点函数库，但是很多工作依然无法胜任，CLA就是为了弥补定点内核算力不足而专门加设的。

这事儿不难，甚至简单极了，如果跟让纪程远去干这事儿相比。邓肯愁得太阳穴疼，就好像CLA模块安到了他脑袋里。但这模块一点儿算力都没给他增强，他怎么盘算都盘算不出让纪程远接下这活儿的法子，他倒宁可CLA是安到他脑袋里来，起码他说了能算。

"你这样，你先去找纪总，说一下这事儿，别说跟我汇报过，更别说是我让你去找他。"逼不得已，邓肯不得不给吕明正出此下策。

事实证明邓肯多虑了，他考虑半天考虑出来的这个办法，一句"我没时间"就被打了回来。

倒也在意料之中，邓肯也没觉着在下属面前没面子。"我再想想，振兴那边儿先别回。"他不忘嘱咐吕明正。

思前想后，这次只能他豁出脸亲自去求纪程远，如果被打脸能换来他想要的结果，那左脸打完还有右脸。

纪程远有个习惯，如果他在办公室，那办公室门一定关着；如果他不在办公室，那办公室门一定开着。

他办公室门这时候关得死死的，应该是里面的人算准了邓肯会亲自出马，所以提前拿焊枪把门给焊死了。

指节像敲在电门上,里面传来声音时,邓肯心中一颤。

"请进。"这声音非常职业,没有任何好恶。

邓肯让笑脸走在了他前头。"哎哟,打搅你了吧?"他一进门就说。

"不打搅,有事吗?"纪程远仍没表现出好恶,脸上一点儿对邓肯的好感都没有。

"就是吕明正跟你说的那事儿,他刚才来跟我汇报……"

"我已经答复他了,没有时间。"纪程远不等邓肯把话说完。

"我知道你忙,所以过来跟你商量……"

"没什么可商量的,我不可能放下 024 给你干这个。"

"不是让你放下,其实也不是多难的事儿,本来 016 不也要改版嘛,就提前把这事儿干了,顺道再加个 CLA。"

"你说得轻松,能干事的一共就这几双手,哪双手也没闲着,我不放下怎么干?而且,这是说放下就能放下的吗?你炒菜也不能炒一半然后倒出来,等把新菜炒完再接着炒吧?"

邓肯像被菜堵住了嘴。他低估了纪程远。没想到讲了那么多年日语,纪程远母语依然还能组织得如此优秀。

"你这比喻真是太精彩了!都赶上作家了!"邓肯反手一个马屁拍了过去,"你放心,菜出问题绝不赖厨子,锅我背!"

"你背得动吗?我知道你会不会甩锅?"纪程远冷笑,犯起了驴脾气,"只要出了问题,第一责任人就是我,我得对任大任负责,对股东负责,对投资人负责,对客户负责,对客户的客户负责,而不是对你负责。"

邓肯想说,我也是股东,虽然股份不多,但他憋住了,继续把纪程远当顺毛驴儿一样摩挲。"我知道你责任重大,说实话,我们在外面就算吹上天去,回头不还得指着你来给我们落地吗?所以要真是特别麻烦的事儿,我肯定也不会难为你……"

"怎么不是难为我?我说 roadmap 要改,你说不改,好,那不改,就按你说的来,结果你又跑过来跟我说要改,你到底想让我怎么干?还是你想让我怎么干，我就得怎么干？"

"不是我想让你，是公司需要。"邓肯依旧赔着笑脸。

"那你告诉我哪个是公司不需要的？是024、0050，还是016？"

门又被纪程远焊死了。

任大任过来问有些意志消沉的邓肯："咋了？你俩说啥来着？"

"没说啥，就交流业务，比较坦诚。"邓肯把来龙去脉跟任大任讲了。任大任瞄了眼紧闭的"城门"，对那座"堡垒"流露出畏难情绪。不过，他还是说他去跟那位"堡主"交流。

"先别去，渗几天。"邓肯说，"现在去，他百分之一万不会答应。"

任大任点头，给邓肯看他手机里的新闻："知道那俩人那天为啥一个劲儿打听咱有多少前端设计吗？你瞅这个。"

那家叫果动科技的IT公司不光造车还要造芯！邓肯很认真地往下看，招聘的岗位从前端到后端、从硬件到软件无所不包，不管x86、ARM还是RISC-V所有架构全都要。

"倒是不挑食，能划拉就划拉。"他看完讽刺说，"估计最后还是从ARM那儿买IP（知识产权）然后包装一下说成是自主研发。"

"上次他们绝对居心不良！"当被害妄想成为现实之后，任大任变得更加警惕，他凝视着埋头苦干的男男女女，一定在认真思索怎么才能确保这些宝贵资产不流失到外面去。

女人的尖叫忽然打断了一切。那尖叫仿佛骤然吹响的尖厉哨音，从乔劼旸办公室里传出来，把所有人都吓了一跳。所有人也都迷惑地望向那间敞着门的狭小房间，不知里面正在发生什么。

邓肯确认这尖锐得几乎失真的声音必属谢雨霏无疑。很多人都离开座位过去一探究竟，任大任也冲了过去，邓肯不得不小跑着跟上。

乔劼旸正抢着邓肯那件薄羽绒服跟空气作战，他的双肩被人从身后死死抓住，头紧紧抵着他后肩，片刻不敢抬起。

一个黑乎乎的不明飞行物一下子闯入邓肯视野，划出一条诡异曲线之后又逃出他的视线。邓肯一激灵,起了一身鸡皮疙瘩,他知道这是什么玩意儿,他打小就害怕这玩意儿。

能在这么小的空间里跟乔劭旸过这么多招而"片叶不沾身",绝对是高手中的高手。邓肯大喊:"快关上门,别让它飞出来!"

"不行!别关门!"谢雨霏又在乔劭旸身后尖叫,已经带了哭腔。

任大任一筹莫展,恨不能有一颗地对空导弹。

那黑乎乎的小玩意儿似乎听得懂人话,又或者跟乔劭旸玩儿累了,一闪身便从办公室里蹿出来,掠过人们头顶,在一片尖叫声中展翅翱翔向更广阔的空间。

偌大的办公区彻底乱套。所有女生都抱住头,有的甚至蹲到地上。面无惧色的男生们找家伙什儿追着那小玩意儿乱打,像极了放学之后在教室里撒欢儿的小学生。

"蝙蝠拿棍子打不着,得用衣服!"邓肯又喊了一嗓子。

那蝙蝠挑衅一般绕着棍子飞,贴着脑瓜顶飞,虽然瞧不见它是否面带嘲笑,但单凭一己之力便把一帮灵长类戏耍得团团转,就已足够它回巢挂起来以后跟同伴吹牛了。

"打着啦!"不知谁喊道。

邓肯还没从刚刚的电光火石中回过神来。蝙蝠在他脚边一动不动,他手背上还残留着毛茸茸、湿漉漉的感觉。又起了一身鸡皮疙瘩,但他装得跟事了拂衣去的大侠一般,不屑一顾地招呼男生们:"这玩意儿应该是晕了,你们谁把它弄出去,别弄死,放生就行。"

"您是不是练过啊,邓总?手刀怎么劈那么准?"有人过来打扫战场,顺便拍了他一句马屁,"您瞧,还没醒呢!"那男生用硬纸板把蝙蝠撮起来,还端给邓肯看。

"快弄出去,再磨蹭它就醒了!"邓肯很厌烦地催促,赶紧找人要了酒精湿巾,使劲擦他那只英勇的手。

只不过是蝙蝠朝他飞过来时,他本能地手掌一挥,却歪打正着令他成了战胜蝙蝠的勇士。谢雨霏垂着头,捂着脸,一声不响地快速逃离了这大型社死现场。邓肯刚好瞥见,她那没被完全遮住的绯红都快滴答到地毯上了。

乔劭旸也跟了出来,不晓得他难为情是因为没打着蝙蝠还是别的什么。

办公室这么一闹腾,大家都无心工作了。"怎么回事儿?"任大任板着脸问。

"我那空调前阵子不是坏了嘛,"乔劭旸瞅了眼邓肯,像是求他给自己作证,"我找人来修,结果出风口挡板又给我弄坏装不回去了。刚才雨霏来找我问'看门狗'软件复位的事儿,正好那蝙蝠从出风口掉下来,掉她肩膀上了。"

"赶紧叫物业,想办法给装上。"任大任不耐烦地说。

"物业不管,得自己找人修。"乔劭旸说。

"不管找谁,赶紧弄好。"

"这楼还是太老了,"邓肯说,"上市之前咱一定得换个地儿。"他又拍拍乔劭旸,笑嘻嘻地说:"你请我们吃这瓜可够甜哒!"

外面这么热闹,可自始至终,纪程远的门都没打开过。扒着门缝能瞧见吗?邓肯回他自己办公室试了试,他们的门都是一样的。他发现"门缝里看人"这歇后语不对,他没用的知识又增加了。

最近一直在做无用功,所有工作都推进得很慢,只有白头发冒得有点儿快。白头发总比没头发强,邓肯又这么安慰自己,但他视频会议开摄像头的次数的确越来越少了。

没什么露脸的就懒得露脸了。虽然还隔三岔五有投资人找他交流,但都跟买不买东西先询个价一样,他的热情也如发际线渐渐消退。

跟纪程远的紧张关系令他沮丧。一家公司如果 CTO 和 COO 不和,那这家公司多半得如腹股沟拉伤一般很难继续往下走。他跟纪程远的矛盾并非难以调和,本来就是市场、研发两条腿走路,但根子在于到底先迈哪条腿,也就是谁在公司的话语权更大。

邓肯其实不很在意话语权,他只想做对的事情,所以只要事儿做对了,哪怕不是他说了算都可以。但如果他说了不算,事儿就不能做对,那他就不妥协、不退让了,因为试错成本太高,创业路上一旦跌倒,不仅没人扶,还得有人踩。

或许不该再叫任大任去跟纪程远谈 F28016,那样更像是在拿任大任压他,使纪程远跟自己的关系雪上加霜。邓肯宁可往后让一让,有得有失才能维持平衡。

恰恰也是得失最容易使人纠结,比如有的人只想得到不想失去,还有的人患得患失。邓肯在考虑得失之前会先权衡利弊。所谓利弊得失,古人的处世哲学充分体现在这四字箴言当中,既是世界观,更是方法论,于是他又权衡起任大任出面干预的利弊。

有那么一刻,他意识到自己睡着了。那时候天还没黑,而他却懒得醒来。再下一刻,他感觉到手臂湿漉漉、凉酥酥,还滑滑腻腻的,这感觉似曾相识,就好似……

邓肯猛然惊醒,眼睛还没睁开,另一只手就下意识地往那条胳膊上一扫。

灯开了,他惊惶中先望向通风口,看挡板是不是还在,有没有损坏。再之后,他又把上下前后左右包括犄角旮旯都看了个遍,看那黑乎乎、毛嘟嘟的小东西是不是挂在哪儿或者藏在哪儿,伺机扑向他,找他一雪前耻。

哪儿都没有,可邓肯依然不敢在这屋里待了。外面好些人都还在加班,有人碰见他说:"看您那屋黑着,以为您早走了。"

这点儿换在平时也算是早走了,起码这会儿到家,孩子们应该都还没上床睡觉。从楼下望见家里的灯光,总有一种难以言表的喜悦,家庭和睦,儿女双全,仅是这些就已值得他付出一切来回报。

一进门,女儿正号啕大哭。邓肯忙问:"怎么着了这是?"

"你儿子干的。"妻子把一只掉了尾巴的米菲兔拿给邓肯,又无奈地瞥了眼那干了坏事儿还在他姥姥怀里呵呵傻笑的宝贝儿子。

"我当是啥事儿呢！"邓肯过去安抚宝贝女儿说，"让姥姥给你缝起来不就行了？"

"我不要缝的！我要原来的！他给我拽坏了，缝上也跟原来不一样了！"

"姥姥保证缝完了跟原来一模一样。"邓肯的岳母说。

"不一样，就是不一样！我要原来的！"

"宝贝儿，你长大了，得懂事儿了。"邓肯搂住女儿，但语气严肃起来，"不就是个毛绒玩具吗？不能这样又哭又闹。"

"那是你给我买的！"女儿一字一顿，嘴咧得大大的。

"爸爸再给你买个新的。"邓肯心忽地软了，将女儿搂进怀里。

"不要，我就要原来那个……"女儿柔顺而悲伤。

儿子跟妻子睡着了，女儿也跟姥姥睡去了。邓肯在阳台上抽完本日的最后一支烟，回到沙发上，等待困意来袭。十几公里外，一只壁虎才刚刚吞下它今晚捕获的第一只蚊子，属于它的一天才刚刚开始。

四

行李箱的万向轮在大理石地面上焦急地转动着，轧出列车在铁轨上飞驰的声响。这声响稍一减弱便又立刻增强，但已比之前吃力不少，也沉重不少。

一双牛津底的羊皮商务鞋被当作跑鞋一样驱驰，可它们却没有跑鞋的抓地力，因而在转弯时打了个滑，险些令邓肯侧趴在光滑的大理石面上。

"小心地滑"，黄色塑料提示牌一旁矗立着，被来往的行人不断遮挡，不摔趴在地上真很难注意到。气喘吁吁的邓肯喘了口气，将上气跟下气重新接上。列车飞驰的声响又在他身后响起，他必须跑在这趟列车前面。

从公司打车到北京南站花了两百多。正常情况下用不了这么多钱，正常情况下也用不了这么长时间。司机人很好，车在进站口一停就立刻下来帮忙拿行李。邓肯比他先一步拿到行李，来不及说谢谢便挤入进站的人流当中。

队伍前进得比刚才堵车还慢。左腕的智能手表振动了一下，提示邓肯自动扣费已经完成。绝大多数人都是给这些App公司送钱，只有极少数人才有资格从他们手里拿钱。

任大任却执意不愿成为那极少数人中的一员，即便红石的夏总给他打了一个多小时电话，劝他接受果动科技的投资。老柴知道后，问任大任为啥这么犟？任大任说："不是你告诉我的吗？宏观跟着国家走，微观跟着感觉走，果动科技给我的感觉很不好。"

邓肯的感觉也很不好，肺都快炸了。但好赖赶上了驶往上海的高铁，就在列车的自动门缓缓关闭前十几秒。

还有个跑在他后面的人紧随他上了车，杵着已经关闭的列车门陪他一起大口喘粗气。真是同呼吸、共命运了，邓肯心想着瞥了那人一眼。那人平时一定一丝不乱的头发此刻没有一丝不是乱的，胸前的汗渍在深蓝色T恤上摊开，形状像极了邓肯今早打在煎锅里的那只荷包蛋。

邓肯拖着行李箱进入他所在的八号车厢，车厢里凉爽宜人，宛如天堂。座位靠窗，平添了几分压哨上车的惬意和快感。他歪靠在窗边，放眼窗外，眺望着这趟行程将要面对的任务。

这任务仿佛雨后的蘑菇，忽然就冒了出来。一家上海的大型家电企业，邓肯从前还给他们家寄过样片，但由于这家企业是TADI的老客户，所以样片寄出后便石沉大海，邓肯连打几次电话，对方都回复说还在测试评估。

本以为又打了水漂了，可就在前两天，这家企业居然主动打来电话，邓肯当时就预感会有事情发生。果然，对方问邓肯能不能来上海一趟，他们想好好聊一聊合作的事情。

"016您那边测试评估觉得怎么样？"邓肯别有意味地问。

"挺不错的，不过我们需要的不是016这样的芯片。"

邓肯又把F28024、F28023、F280036和F280050挨个儿介绍一遍。对

方听得很认真,问得也很仔细,但最终还是说:"你们这些都不是我们想要的。"

都不是你们想要的,还叫我过去谈什么?邓肯心中不爽,嘴上却还是耐着性子问:"那您那边需要什么?"

"这个没办法在电话里讲,所以请您过来详谈。"

神神秘秘的。夜幕降临,亲手给车窗外的一切都刷上神秘色彩。他们想怎么合作?他们为什么要跟我们合作?他们为什么不找 TADI 合作?会不会又是竹篮打水一场空?……邓肯打了个哈欠,他猜谜猜困了,并且谜团越猜越多。还要两小时左右才到上海,这已足够他好好睡上一觉,全程一千三百多公里也只要不到四个半小时,这相当于他每天的睡眠时长。

才眯了一个钟头便被身体叫醒,邓肯又抱歉地叫醒邻座靠过道的乘客。他路过上车的那道自动门,随他一同上车的那位乘客还在门旁边站着。回来又路过的时候,他顺便问了句:"您没座吗?"

对方显然没料到邓肯会同他讲话,反应了一会儿才说:"我有。"

但他行李箱就在一旁立着。

"那您怎么在这儿站着?"邓肯纳闷儿,又多问一句。

那人赧颜:"我的座位不在这节车厢,上来之后才发现车厢之间不是通的。"

"您几号车厢?"

"九号。"

原来八号车厢和九号车厢是不连通的,有用的知识又增加了。"到我那儿坐会儿吧?"邓肯发出邀请。

那人面带谢意,说:"不必了,很快就到南京了,到南京以后我换下车厢。"

从北京到南京要三个多小时,从南京到上海只要一个小时。邓肯希望这一个小时能缓解这位仁兄整个旅程的疲劳。

幸运地,他给自己订的酒店很解乏。虽然只有三星,但枕头不高不低,床不软不硬，出差在外他对啥都不挑，唯独睡觉，这可是他的 100 瓦特氮化镓快速充电器。

所以第二天他是满格电量去的迪威乐普。和他联系的杜杨是迪威乐普小家电部门的技术总监。一深聊，他们居然还是毕业于同一所大学的校友。虽然所学专业不同，但邓肯高七届，因而捡了个师兄当。可谈起公事来，杜杨却一点儿没把他当师兄，姿态是标准的甲方对乙方。

杜杨说他要做一款划时代的微烤一体机。之所以划时代，是这机器能自动识别放进它里面的东西，不管是鱼是肉，还是比萨、面包，或者地瓜、玉米，甚至连肉的种类都能区分，然后根据重量加温、烘烤，到时间就自动停机。

"简直神了！"邓肯由衷赞叹，他问杜杨，"这功能怎么实现？"

"用我们自己的智能算法，加上比较器。"

"几个比较器？"

"八个。"

邓肯略感吃惊地一张嘴："那确实，我们现有产品是满足不了。"

"所以请您过来详谈。"杜杨一瞬间又像个师弟了。他说，他们也找过 TADI，想请 TADI 帮忙，虽然只是增加几个比较器的事，但却被 TADI 一口回绝，因为 TADI 只会根据行业定义产品，不可能根据客户定制产品。

"店大欺客。"邓肯少见地踩了脚同行，又问，"你们没找国内其他厂商吗？这个 MCU 也能办到，比如芯传微电子，不也是你们的供应商吗？"

"他们用的是 ARM，自己改不了内核。如果用其他方法实现，又 cover（覆盖）不掉成本。"

"你们希望一颗控制在多少钱？"

"两元左右。"

"那是 cover 不掉。"

"你们能做吗？"杜杨盯着邓肯。

"要多少颗？"邓肯问。

"这款一体机准备设计五个型号,每个型号按两百万颗算,预计要一千万颗。"杜杨说完看着他,像垂钓之人盯着鱼儿绕着鱼钩游,看它咬不咬钩。

邓肯没立即回答。

迪威乐普是一家市值四千多亿的老牌上市公司,在上海繁华地段还有一幢自有产权的总部大楼。大楼外墙上的巨型LED(发光二极管)屏滚动播放着他们销往世界各地的各式家电,邓肯在进楼之前,仰望大屏幕站立良久。

杜杨眼中有期待,但又不那么期待。不对,如果他不期待,就不会有今天的谈话了。何况他刚才也说,这划时代的微烤一体机是他力推的新品,不仅已经立项,他还在老板面前拍了胸脯,现在却卡在主控芯片这一环,没有趁手的芯片,一切都是空谈。

邓肯判断着对方,也盘算着己方。直觉告诉他,这生意有利可图,可这利到底在哪儿,他还没想清楚,但肯定不在那两块多钱上。

如果做,那就又要增加一个计划外的产品型号,还得配合人家的产品进度,这样的任务,纪程远能接受吗?难道再压到任大任身上?为给F28016升级加CLA,他已经亲自上阵,这几乎占据了他全部的业余时间。

"这对你们来说很容易,就是几条指令的事。"杜杨恭维了一句,也是在催促邓肯给他答复。

邓肯笑笑,说:"技术上肯定没问题,但我得回去和研发商量一下,他们现在工作排很满,另外也得核算一下成本。"

"我懂。"杜杨又问,"你们foundry跟哪家合作?"

邓肯心里一紧。虽然这生意不一定能成,但他也不愿在客户面前露怯,便故意大剌剌地说:"流片是在晶益,量产找的同芯。"

"没找其他家吗?"

"没有。"

"联创半导体联系过吗?我大舅哥是联创的销售副总,如果有需要,我可以介绍你们认识。"

"可以啊！"邓肯脱口而出，这真是意外之喜，求之不得。

杜杨略显诧异，也略显得意："我把他电话给你，你直接和他联系，我会先和他打好招呼。"

这话听着耳熟，兴奋从邓肯脸上退去一半："他们产能还挺紧吧？"

"是很紧，所以我才说有事可以找他，他是我亲大舅哥，我太太是他亲妹妹。"杜杨把他大舅哥手机号发给邓肯，又说，"于公于私我都希望咱们能成功合作，我们量还是很大的，产品线也宽，合作肯定不会就这一款产品。"

"那当然。"邓肯明白这位师弟的用意。市场上目前还找不到第二家掌芯科技这样的公司，掌芯科技是他最佳也是唯一的选项。无论他介绍关系还是畅想未来，都是为促成合作增添砝码。

他有他的难处，邓肯也有邓肯的苦衷。不过，迪威乐普食堂的蟹粉狮子头倒真非常好吃，用料也足，邓肯吃了一个，还想再吃一个。但当听说杜杨大舅哥下午有会，会后给他打电话，邓肯就没什么胃口了。

迪威乐普大厦离邓肯住的酒店不远。邓肯顶着大太阳溜达了回去。上海的晒跟北京的晒又不一样。北京是干晒，有多少水分都能给晒干。上海则不同，晒之前先要刷一层酱汁，再加温，烘烤。

和那划时代的微烤一体机倒有几分类似，这火力仿佛八个比较器比较来比较去，为邓肯量身设定的。可能比较器觉得他是块不太好嚼的肉，生怕这不到两公里的路烤不透他，一上来就急火猛烘，热浪一浪胜过一浪。

邓肯不知道别人的火候怎么样，反正他已经外焦里嫩，鲜嫩多汁了。

踏入酒店就像从一体机里被端出来一样，温度瞬间就下去了，但他感觉还在一体机里，还在转啊转。

酒店一共十层，邓肯住在九层。昨晚隔壁太折腾，要不是床给力，他肯定睡不好。上午出去他还想，回来先到前台把房换了。可刚才前台问他中午好他都没想起这事儿，这会儿已经到门口了，他懒得再折腾，没准儿隔壁已经退房，或者他一会儿就退房了呢。

门锁嘀了一声，门却没开。邓肯又刷了一遍房卡，门锁还是嘀，门还是没开。他把卡在裤兜上蹭了蹭，还是不管用。难不成消磁了，还是被一体机烤坏了？他让房卡缓了缓，然后又刷了刷，然后就放弃了。

真是不想什么来什么。电梯也等好半天才上来，还大变活人似的，从里边变出一队穿文化衫的旅游团。他们呼呼喝喝，挥舞着小旗，有如来到了新景点。

一出电梯就没好气，邓肯把房卡往前台一拍，说："我这卡怎么刷不开了？"

"别急，先生，我帮您看下。"前台的男服务生操着沪普，语调轻柔，犹如微微打开的花洒。"先生，您的卡没问题。"服务生告诉他。

"没问题怎么刷不开？难道门有问题？"

"应该不会。"服务生礼貌地微笑，"要不这样，我帮您重做一张，您再试试。"

邓肯揣着重做的房卡上了楼，房门依旧怎么刷都不开。他更生气了，身后旅游团还总有人来回走动，谁打他身旁过都感兴趣地瞅他，仿佛他也是游览项目。

光进个门就折腾十来分钟还没进去，这家酒店在邓肯心中的形象一落千丈，至少他不会再习惯性地给好评了。

虽然床挺舒适，早餐也不差，但服务行业就这样，十件事做好九件，哪怕就一件没做好，前面九件也全都白费。

还得下楼，周围也没个能叫人的电话。邓肯又挑出一处服务不周的地方。贴的壁纸也让人眼晕，尤其走得快的时候。走廊拐角突然拐过来一辆保洁推车，毫无准备的邓肯险些一头栽进去。

邓肯拦住车，说："你帮我开下门，我的卡怎么都刷不开！重做也刷不开！"

"好的，先生，请问您住哪个房间？"

"九零一六。"

"先生,这是八层……"

进房间后,邓肯把脑袋塞在两个枕头中间。说落荒而逃还不至于。他逃离的社死现场不如谢雨霏那天场面大,但保洁知道了基本全酒店就都知道了。不过也不一定,那保洁瞧着人不八卦,心眼儿也不错,看他奔电梯去了,还提醒他这会儿电梯忙,上楼可以走楼梯。

不能把希望寄托在别人身上。只要自己不尴尬,尴尬就跟自己没半毛钱关系。做好心理建设之后,邓肯的脑袋重新枕到枕头上。但枕头好像不是今早那个了,床也没昨晚舒服。怎么躺都不得劲儿,邓肯翻身坐起,可坐着还不如躺着,他又躺了回去。

空调调低了十度,风速也调到了最大,还是没法将心浮气躁给冷却掉。那两块钱左右的芯片塞满脑袋,如同密密匝匝的 M&M 豆里倒进可乐,又喷涌出许多想法来。

两块钱左右的芯片的确没什么赚头儿,公司最便宜的 F28016 最低也能卖到七块多钱,可乐涨脑袋才会撂下贵的干这便宜的。

但这颗看似廉价的芯片却有它的独特之处,因为它更近似一颗 MCU。

在邓肯的规划里,公司迟早要进军 MCU 市场,这也是公司做大做强至关重要的一步,甚至是里程碑。

DSP 和 MCU 都能被当作控制器使用,不同之处在于,DSP 算力、算法和可靠性都更强,因而被更多应用在工业领域。相对而言,在不那么强调性能跟可靠性的民用市场,尤其是消费电子和小家电市场,则是 MCU 的天下。

MCU 市场规模远远大于 DSP,当然竞争也更激烈。国际巨头自不用说,光国内这帮新崛起的 MCU 厂商就没一个吃素的,何况人家出道也全都比掌芯科技早,早就都找准定位,占据了最拿手的细分赛道。

肉多狼更多。所以创业之初,邓肯跟任大任的共识也是避开 MCU 这片红海，先一猛子扎进 DSP 这片蓝海，把泳技练好，把市场占住，到时候再去见见更大的风浪，跟高手们比试比试。

难道是我膨胀了？邓肯拍着肚皮，肚皮的确更厚了，下巴也成双了。但膨胀的只是肉身，他内心还是很澄明很透亮的，清楚自己几斤几两，也清楚自己到底有没有那金刚钻。

所以他不会明火执仗地高调闯入 MCU 市场，但仍可变通地假装还是 DSP 去试试水。更何况这个芯片真要一炮打响，还能把出货量给跑出来，让股东瞧着高兴，投资人掏再多钱也都心甘情愿。

更可遇不可求的，这还是一种全新尝试。

直到目前，公司所有业务还都是对标国际友商，实现国产替代。可如果能跟迪威乐普合作成功，公司业务模式就将发生重大变化，掌芯科技就将不再只是做国产替代的芯片设计，而是能用事实证明自己已经有实力去跟行业头部客户共同定义产品。这不仅能让公司向前发展一大步，更能为整个芯片设计行业闯出一条新路，给潜在客户和广大同行打个样儿。

当然，机遇与风险并存。邓肯掐指一算，依照公司目前的毛利率水平，迪威乐普的用量真得上千万，这两块钱左右的芯片才不亏，否则就只能赔本赚吆喝。

赔本买卖是买卖吗？那得看算什么账，怎么算账。当然，没人做买卖奔着赔本去，可万一这款产品达不到迪威乐普预期，人家半路撤梯子了呢？

说到底还得凭本事吃饭。

邓肯承认纪程远是个有本事的人，但有本事的人通常脾气也大。可能还有点儿更年期综合征，或者在日本待久了，思维方式多少有点儿被同化。认死理儿，不变通，这是邓肯对他最直观的印象，在研发上这是好品质，但做生意，这就是绊脚石。

而且这人现在又跟自己较起劲来。不缓和关系就始终埋了颗雷在他们中间，指不定哪天就炸了，殃及池鱼……

酒店前台打来电话询问是要退房还是续房，邓肯有点儿犹豫。也不知道杜杨的大舅哥靠不靠谱儿,如果还像深圳那次,那他就直接打道回府。

还是别抱太大希望,像这种企业高层,追着他要产能的肯定大有人在,打发人的功夫也一定修炼得炉火纯青。但是杜杨说给使劲儿绝对也是真的,至于有没有效……唉,考验他们郎舅关系的时刻到了。

邓肯从 App 上查到五点整正好有一趟高铁,回北京只比来时多十五分钟。他先把票买了,然后退房去了高铁站。

给他办房的还是那个男服务生,小伙子全程自然流畅,除了礼貌,没有任何多余表情或异样眼神,临了还期待他再次光临。再不再次再说吧。邓肯给了这家三星酒店五星好评,还把来的时候欠那网约车司机的好评给补上了。

从从容容进站候车,又好整以暇地在星巴克跟投资人开了场视频会。这位投资人可从来没这么笑容可掬、亲切备至过。换从前,邓肯一定受宠若惊。但今时不同往日,这类财务资本他已经接触太多,被红石领投之后更没啥稀罕的了,何况接下来 A 轮要找的也是有丰富"双链"资源的产业方,不仅是钱。

邓肯啜饮着曾经的最爱,离检票上车还有些时间,终于能无所事事一会儿了。杜杨的大舅哥在干啥?是开完会了,还是还在开会?他又忍不住琢磨起了正事儿。

真要能在联创半导体量产也是极好的。虽然联创的工艺节点跟产能和同芯还有差距,但他们家 eFlash 工艺有 110 纳米和 40 纳米两条线,40 纳米线比同芯建成还早,良率也不比同芯低。卫辰纲去年跟他们联系,他们说这两条线都是满的,排期得等一年,不过可以提前锁定产能,但要预付一笔巨款。

那会儿还预付不起这笔巨款,任大任又一门心思非摽着晶益电子,联创半导体这儿便没再跟进。也不知一年过去了,他们产能松快点儿没有,还是像自己身上这件衬衫一样依然紧绷?

就算人家不打电话来,他也要厚着脸皮把电话打过去。邓肯用力噇了一大口沁人心脾的"星冰乐",一小口儿一小口儿地往下咽。

手机忽然响了,一个不认识的号码。邓肯被没咽完的冰咖啡呛得咳嗽不止,他拍着胸口,想止住咳嗽再接电话,却又害怕电话随时挂断。

"喂……"邓肯嗓音低哑,一下子老了好几十岁,还跟着几声咳嗽,像极了几十年后的他。

"是邓总吗?"那边过了几秒才问。

"是我。"邓肯嗓音恢复一些,"您哪位?"

"我是聚源电子的刘庆春,早前在展会上跟您聊过。"

"啊,刘总,您好!"邓肯很亲热地问候,即便想不起聚源电子跟这位刘总到底是干啥的,是在哪个展会上认识的。

"不好意思打搅您啊,您方便说话吗?"

"方便,您讲。"

"是这样啊,我简短说一下啊……"

原来刘庆春手里有一批掌芯科技的 F28016,这批芯片用起来倒没啥问题,但是刘庆春发现密码区有八个 unit(单元)全部是 0x0000。正常来讲,这应该是彻底锁死的芯片,然而通过 SCI(串行通信接口)更新固件却又完全正常,即使把 flash 全部擦除,那八个 unit 依然全部是 0x0000。

他不死心,又尝试写入未加密固件以及密码不全为 0 的加密固件,结果读出来的那八个 uint 也始终全部是 0x0000。刘庆春说,照他的经验,这些 unit 应该全是 F 才对,所以他想跟邓肯确认一下,这个问题到底是设置错误导致的,还是买到假芯片了?

邓肯问他芯片是从哪里买的。他说:"从长力电子拿的货。"

"这样,我现在在外面出差,我把我们 FAE 同事的电话给你,让他给你确认一下到底什么问题。"邓肯把韩颖川的电话给了刘庆春,挂掉电话,刚才的悠然自得全不见了。

长力电子一共从公司拿过两批货,一批走的是销售渠道,发的是同芯版的 F28016;另一批走的是非销售渠道,发的是之前晶益电子流片的那批样片，免费给长力电子举办大学生设计竞赛和校园推广使用。这两批货量都不大，长力电子想多要，邓肯没多给，因为刚开始合作，他要先看一下成效。

过了一会儿，邓肯给韩颖川打了个电话，韩颖川说他刚挂了刘庆春电话。

"你觉得是什么问题？"邓肯问。

"不好说，我得找几颗016测一下。"韩颖川回答。

"从晶益电子那批样片里也找几颗，但是这事儿先别往外说。"

韩颖川说他明白。他又向邓肯汇报说，有客户问他，F28016之后的芯片里会不会加入锁相环失效情况下触发不可屏蔽中断的功能。

这么具体的问题，邓肯也回答不了。"这你得问纪总或者他手底下人，"邓肯想了想，"他手底下人也未必知道。"

"问纪总……"韩颖川听着有点儿怵。

"行吧，我回去问。"邓肯烦心地说。

广播开始检票，他匆匆收起电脑。检票口前排起长队，邓肯跟在队尾，像传送带上的产品，一动一动地向前挪动。

快轮到他检票了，邓肯却无意间瞥见一家米菲兔的专卖店正远远朝他招手。他想视而不见，却忍不住又瞧了一眼，然后拉起行李箱快步离开队伍。

脚步越迈越快，羊皮商务鞋没几步便又化作跑鞋，行李箱的万向轮也焦急地在大理石地面上转动起来，再度演奏出列车飞驰的交响。

邓肯像抢匪一样闯入专卖店，吓了门旁边的女店员一跳。他飞快地来回搜寻。难不成老款卖没了？热汗流进脖颈，正犹豫是再找找还是马上离开，惊喜蓦然出现了。

有点儿脏。邓肯问女店员："还有吗？"

"就这一个了，先生。"女店员说。

邓肯抱着兔子，焦急地等待结账，然后冲出专卖店，像没付钱一样。

检票口前已经没人，刚歇下来的闸机又不情愿地为他开合一次。

真是来也匆匆，去也冲冲。邓肯快行至站台，手腕的智能手表忽然急速振动起来。

又是个陌生号码。邓肯不得不停下脚步,先接电话。

"请问是邓总吗?"话筒里的男中音颇有磁性,在得到确认答复之后,电话那头儿自报家门说,"你好,我是联创半导体的聂长青。"

五

邓肯到家,女儿已经睡着。岳母见他买了只新米菲兔说:"我都已经缝好了,你还给她买新的干啥?"

邓肯拎着新兔子进屋看女儿,旧米菲兔被女儿搂在怀里,依偎得很亲密。

女儿从前也总是这样依偎在他怀里,要是先醒了,还会翻到他肚皮上把他拍醒。邓肯把新米菲兔也搁到一起,让它紧挨着旧的那只。

她早上醒来一定会惊喜吧?邓肯也有些惊喜。人生总有惊喜,但更要学会接受不完美。有时候接受了不完美,惊喜也随之而来。

"明天还得出差。"他走出卧室,告诉妻子。

"又去哪儿?"

"还是上海。"

"怎么还去?"

"别提了。"

邓肯一晚上没睡踏实,翻来覆去琢磨迪威乐普和联创半导体的事儿。

那位聂总打电话也是冲他妹夫面子,电话里找了各种理由想让邓肯知难而退。好容易抓着这么根救命稻草,邓肯哪肯撒手,他将语言组织的能力发挥到极限,硬是没让对方找着任何挂电话的机会,一直从上海跟他说到了南京,他才感觉杜杨这大舅哥被他说动,还答应后天上午见一面。

见面肯定又是一道考验。相当于人家终于收下简历,同意给个面试机会。一面即终面。

一早醒来,女儿跑过来给了邓肯一个大大的拥抱。邓肯一把将女儿从地上抱起。女儿来回亲他脸,还说昨晚梦见她有了一只新米菲兔,结果一睁眼,梦想真就实现了,她以为还在做梦呢!

"爸爸钻到你梦里去了,你没发现爸爸吗?"

"你躲到哪儿了呀?"女儿将信将疑,这种话快骗不住她了。

邓肯亲了口女儿:"等爸爸出差回来告诉你。"

女儿不乐意了:"怎么又出差啊?"

邓肯有些歉疚:"因为爸爸忙啊。"

"早点儿回来……"女儿搂住他脖子,喃喃耳语,"把我的兔子藏起来,不让弟弟找到,好吗?"

邓肯昨天已在电话里跟任大任约好,今天上午要开一个高层会,讨论一下迪威乐普跟联创半导体的情况。他故意卖了个关子,没一起说,而是一上来先讲了他跟杜杨谈得如何。

任大任听后没多兴奋,除了也觉得是个不错的机会外,更对能否盈利甚至收支平衡感到疑虑。

"收益跟风险肯定成正比,但这事儿我觉得收益比风险大。"邓肯说。

"得好好想想,别我们忙活半天,最后搞了一个亏损项目,那样更得被投资人 diss,影响我们下一轮融资。"

"那我再跟你说个情况吧,你听了肯定高兴。"邓肯便把他联系上联创半导体销售副总的情况给任大任讲了。

任大任果然高兴得像要从电话里蹦出来:"那你还回来干吗?怎么不直接去和他谈呢?"

"这么重要的事儿,我肯定得先回来向你汇报啊!主要联创这事儿跟迪威乐普是绑在一起的,联创那销售副总,叫聂长青,是杜杨他大舅哥,是杜杨让人家给我打的电话。"

"还拐了这么个弯儿啊？"任大任的情绪也拐了个弯儿，"那是得好好研究研究。"

所以会上他先让邓肯把来龙去脉跟另两个人讲清楚，他则双臂交叠在胸前，开启了静音模式。

果然，纪程远一听又要修改 roadmap，立刻就炸了："你要这样，我工作没法干了！哪有 roadmap 一天一变的？如果这样，还要 roadmap 干吗？干脆你怎么说，我就怎么干得了！"

"息怒息怒，不是这意思！"邓肯连忙安抚，"roadmap 是咱的既定路线，咱该咋走还咋走，但是你看那导航软件，不也根据路况重新规划路线吗？"

"司机也可以拒绝修改路线啊，难道要被导航牵着鼻子走？"

"不是牵着鼻子走，而是放着最优路线干吗不走？"

"你确定你这是最优路线吗？两块钱连成本都打不平！"

"我已经让卫辰纲成本核算去了。成本打不打得平，主要还看量，只要量上去，打平成本甚至盈利都不成问题。"

"你怎么保证量？人家给你承诺了？"

"只要产品达到预期，量不用愁。"

"你看，锅都提前甩给我了！好了是你的功劳，不好是我设计没做好，是这意思吗？"

"没这意思。不管好坏，肯定都大家一起担。我也相信设计这块不会有问题，能有啥问题？"

"我可没你乐观。"邓肯一再忍让，纪程远没那么强硬没那么强势了，但仍然不肯罢休，"如果量身定制，那其他客户就用不上，就只能给他们一家用，万一哪天他们这产品停产，这芯片不就白费了吗？你看 TADI 的芯片，十几年前研发的，现在各行各业还在用，你见 TADI 给哪家客户专门定制过？不是异想天开吗？"

纪程远的话听上去言之成理，任大任和乔劭旸不便插话，也似乎想看邓肯如何反驳。四个人讨论又成了两个人对线，邓肯感到疲惫，但他此刻绝不能败下阵来。

他告诉纪程远,TADI 芯片里的 CAN FD 就是应客户要求加进去的,相当于为客户定制。只不过由于 TADI 的客户是头部,TADI 自己也是头部,所以定制产品就成了定义行业,引得其他厂商跟进效仿。

"对呀,问题是我们和迪威乐普能跟人家比吗?你觉得两家加一起就能定义行业了?"

"至少在微波炉、电磁炉、烤箱这一块,迪威乐普是绝对意义上的头部。虽然我们自己不是头部,但也恰恰因为我们还不是头部,就更需要证明我们有和头部一起定义行业的能力和实力,万一哪天有你所说的那种头部客户找上门来呢?机会永远属于有准备的人,想揽瓷器活儿就得先证明自己有金刚钻也让人家知道你有金刚钻不是?"邓肯顿了顿,"而且,迪威乐普和联创这两件事儿是捆绑的。我们现在最缺的是什么?是产能!退一万步讲,就算一分钱不赚,甚至赔钱,只要能从联创拿到产能,那这钱赔得也值!"

纪程远一翘嘴角:"你准备赔多少?是几百万还是几千万?你觉得公司承担得起这样的亏损吗?到时候股东和投资人怎么看?他们是更相信财务报表,还是更相信你?人家能认可你的解释吗?"

"要不股东会讨论一下?"邓肯忍无可忍。

"开什么股东会!"任大任一摆手,又问乔劭旸,"你觉得呢?"

"我觉得……"乔劭旸舔舔嘴唇,"产能绝对是当务之急,迪威乐普的项目其实可以进一步谈一下,争取更多有利条件,起码保障咱不亏本。只要这点能保证,我觉得就可以做,如果纪桑顾不上,我可以顶一顶,好赖我也是学芯片设计的,在所里干的也是芯片设计。"

"那你们研究吧,我还有工作要做!"纪程远愤然离席。

"老纪!"任大任叫了一声。

纪程远充耳不闻。门半敞着,屋里的火药味儿散到了外面。乔劭旸嘀咕了一句。之后,三个人集体陷入沉默。

好半天，任大任瞅了眼时间，问邓肯："几点的车？"

"五点，还是上次那趟。"邓肯回过神来，神情有些木讷。

"别管老纪，我去和他谈。迪威乐普那边你再谈谈，尽量跟联创分开，两件事儿别相互牵扯，我们可以多给钱，花钱不是问题，亏钱……"

邓肯当然明白花钱和亏钱的不同。乔劭旸跟他一起出来，嘀咕说："至于吗？"邓肯示意他别再说了，矛盾归矛盾，没必要暴露在众目睽睽之下。

韩颖川紧随着来他办公室，向他汇报聚源电子的情况。韩颖川说，刘庆春早晨一上班就问他怎么样了，他说还没顾上检测。

"到底怎么回事儿？"邓肯问。

"两种芯片我都测了，同芯版没任何问题，全都是 F，晶益版的确全都是 0。"

"什么原因？"

"不知道，从没遇见过。"

"他手里的确定是晶益版对吧？"

"确定，我让他给我拍照了。"

韩颖川经验丰富，连他都搞不清楚，说明情况属实罕见。邓肯让韩颖川尽力搞清楚，不过他在意的并不是这个，而是晶益版 F28016 流入市场这件事情本身。

如果不是没心情，他一定立刻就把电话打过去质问路通为什么会发生这种事情。其实不打电话也知道，因为大概率不是发错芯片的问题。

"您问纪总了吗？"韩颖川问。

"问他什么？"邓肯脑瓜仁儿被敲了一下。

"就是客户问的锁相环加中断……"

"没顾上。"邓肯脑瓜仁儿又被敲了一下。

"我看他刚才气冲冲就出来了。"

"他研发压力大……"

怕重蹈覆辙，邓肯比上次出门早很多，路却比上次顺畅，他不仅没迟到，还早到了不少。

候车大厅满眼都是人，人声嘈杂，人来人往，却比办公室更清净、更令人平静，也更容易冷静思考。纪程远的抵触、任大任对于风险的敏感，邓肯都能理解，换他在他们的位置上，他的反应可能一样一样的。

然而，搞芯片本身就是一个风险项目，富贵险中求。

还是那句话，风险和收益成正比，只要战略目的能达到，一切战损都在可承受范围之内。

邓肯更坚信跟迪威乐普合作是正确的了，即便不牵扯联创半导体。

那王八蛋！他又有了骂人的欲望，把电话打给了发小路通。

路通秒接。

邓肯劈头盖脸就骂："你他妈搞什么？怎么连晶益版的样片都敢给客户发？"

"没有啊，我哪给客户发了？"路通矢口否认，居然还敢用无辜的口吻。

"再狡辩！客户都找上门来了，问我们 FAE 密码区有八个 unit 全部是 0 是因为什么。"

"啥？啥意思？"

邓肯没心思给他培训："再这么搞，以后别合作了！"

"搞啥了啊？你告诉我哪家客户，我查一下出货记录。"

"聚源电子，你现在就查。聚是聚会的聚，源是源头的源。"

能听见敲键盘的声音。不一会儿，路通嘿嘿笑着说："还真发错货了，我们库管把两种片子搞混了，你别生气啊，我回头骂她。"

"骂人家干吗？该骂的是你！"邓肯才不信路通这套说辞，"我反复跟你强调，晶益电子的样片一定要发给学校发给学生，别发给客户。本身这片子就有问题，要不我们也不会废掉，而且你给了客户，客户也是直接拿着去套现成方案，出毛病还得找事儿；不像给学生，学生是真会认认真真去做设计、写方案，跑出 bug（错误）来相当于替我们做测试了，我们这钱也没全白花。好在这次聚源电子用是没啥问题,就是人家细致,发现不对劲儿,害怕是从骗子手里买了假货。"

"咋可能是假货呢?你们家的芯片,仿都仿不出来,谁有那技术啊?我手里的客户,没打几个电话就全给订光了……"

"所以你就拿晶益版的片子出来充数儿哈?"

路通又嘿嘿笑了:"你再给我发一些嘛,就那么几片给我,够干什么的呀?"

"等我回北京再说吧,我马上要出差。"

"去啥地方?"

"上海。"

"咋不来深圳?"

"我怕我忍不住削你。"

邓肯一路都在睡。到了酒店,晚饭都没吃,又继续睡。也不知道为什么这么困,他一个自认为是"天生少眠体质"的人头一回感觉到这么缺觉。

上海的"酱汁"比前两天更黏稠了,一早上就开始刷,生怕人不入味儿似的。进联创半导体不用预约,就登记一下访客信息。从大门到大楼才几百米,邓肯的汗就止不住地流,在前胸和后背都摊出了"荷包蛋"。

前台小姐姐确认了邓肯的来访预约,把他请到会客室,说聂总马上就来。

不一会儿,一位头发一丝不乱的中年男人推门进来,邓肯一抬头,两人都愣住了。

"是你?"中年男人脱口而出,神色里带着惊喜。

"哎呀,没想到,真是缘分!"邓肯连忙起身握手。

偶遇在同一节车厢的两个人又相遇在同一间会客室,世界真的好小。

"所以你上次来上海,就是去见杜杨?"聂长青笑着与邓肯换了名片,接待员为他俩斟好茶。

"是啊,所以说缘分呢,没想到杜总和您是亲戚,他和我是校友。"

茶香氤氲，伴着热气袅袅腾起，舒展漫散。邓肯浅呷一口，润了润唇齿。

"我妹妹其实也是你学妹。"又寒暄了几句私谊，聂长青导入正题，"我详细了解了一下你们公司，确实不错，我听说 Inletam 正在投 RISC-V，找过你们吗？"

"找过，很早之前就谈过，跟他们一直都有联系，他们也一直在关注我们。"

"他们要是投你们，你们可就厉害了，晶益电子也得给他们面子。"

"那是。"邓肯说。但这也是个先有鸡还是先有蛋的问题，他心想。

"听说你们有一款芯片在晶益流片了两次？是有什么问题吗？"

忽然问到这个，邓肯没想到。这人在圈子里的人脉可够深的，都能打听到晶益电子去。心思飞快地原地转了几转，然后他一五一十把经过讲给了聂长青。

聂长青听得十分专注，目光像极了监考老师。邓肯讲完，他的表情如收卷或者结案了一样轻松下来，还感叹："为几颗芯片就把整批芯片都作废了，你们可够有魄力的！"

"也肉疼啊！"邓肯龇了龇牙，"但是做芯片要看良率，更要凭良心。我们砸自己牌子不也是砸'中国芯'牌子吗？这种风险绝对不能冒。"

聂长青欣赏的眼神里又多了几分尊敬："你知道吗？一年有两百多家客户找我们，我们只接二十来家。我们只做优质客户。注意哦，是优质，我们看质不看量。即使量再大，如果不是我们认为的优质客户，我们也不会做。我们看重的是客户的成长性，我们希望能够帮助真正优质的客户成长壮大，这样优质客户也会和我们建立起更牢固的纽带，这样的关系才能长久，才不会轻易打破。"

"那我们算优质客户吗？"邓肯笑着问，他心中已有答案。聂长青态度的转变以及冥冥中的天意，都令他轻松许多。

聂长青大笑着回答："我现在确实没太多产能给你，不过我保证，只要有产能出来，第一个联系你。"

"需要锁定吗?"邓肯又问。

"如果你非要锁定,我也不能拒绝,但是我觉得你们肯定有更需要花钱的地方。"

"真是太感谢您了!"

"我也得感谢你。"聂长青说,"那天要不是你带着我跑,我肯定上不去车。"

六

第二趟上海之行带回的成果并不完全令人满意。联创那边算是搞定,不光拿到了产能,邓肯还跟聂长青建立起私人关系,聂长青说就冲他的让座之举,他这朋友就值得交。

聂长青这朋友也果真够意思,没几天就给邓肯打来电话,说刚空出来每月 1K 的 12 英寸晶圆产能,问邓肯要不要。

"咋一下空出来这么多?"邓肯当时正跟乔劲旸在楼下抽烟,忽然被天上掉下来的馅饼砸到,感觉特不真实。

聂长青说,是一家做蓝牙耳机的客户砍单了。

"1K 我们吃不下还。"邓肯硬把"中彩票"后的狂喜抛到脑后,琢磨了琢磨说,"一半应该没问题,具体我们商量一下再回您。"

聂长青让他尽快,说尽量给他留着。

最终,掌芯科技要了八百片。这数量邓肯觉着有点儿多,其实六百片正好,七百片充裕,但任大任非再加一百片才感到安心。

陡然而富的快乐传遍公司上下,连纪程远都像焯熟了的刺身,对邓肯都不那么冰冷了。

从始至终,聂长青一个字都没提他妹夫。他将公私分得很清,不想把两件事儿扯到一起。如果扯到一起,多多少少都会带些胁迫的意味。邓肯对此很领情，但也很头疼，两者没关系了，他就更不好说服公司了。

而且杜杨也没让步。邓肯上午去了联创半导体，下午又去了迪威乐普。杜杨还是说预计需要一千万颗，只多不少，但只肯签框架协议，不许诺采购量。

项目就这么搁置下来，像退潮后浅滩上挣扎的鱼虾。杜杨几次问，他都说公司还在内部讨论。杜杨被拖得不耐烦了，讲话也不再客气。邓肯自觉欠他人情，每次都说好话、赔不是，却始终没法给杜杨想要的东西。

眼瞅杜杨快一个月没再和他联系，邓肯反倒没了底。八成是凉了，不仅买卖没做成，仁义也不在了。不晓得杜杨日后在圈子里怎么说掌芯科技，说他邓肯这人。过河拆桥？邓肯宁可跳河里去当那浮桥，何况他还在桥上，还没真正过河。

这天，卫辰纲一脸憔悴地来找邓肯，说联创的工作推不下去了，人家做了股权穿透，发现掌芯科技有一家股东涉及敏感业务，如果这样，那他们就没法给掌芯科技开设账户了。

忽然感觉勒得慌，邓肯抻了抻领口，还是不得劲儿。

"我知道了。"他的声音低得像高抬腿之后轻轻落下的脚步，还给卫辰纲减压，"和你没关系。"

卫辰纲依然像举着杠铃不肯撒把的选手，问他："怎么弄啊，邓总？"

邓肯右手的中指抠着拇指的指尖，想了想说："我和任总商量一下，你先别联系联创了。"

"还有个事儿，新日月说月底报告就能出来。"

邓肯点点头，却高兴不起来。新日月是掌芯科技的封测供应商，卫辰纲所说的报告是F28016量产的测试报告，这个报告一出来，F28016就可以大规模出货了。

右手的拇指又开始抠中指上的倒刺。股东的问题老早之前就和任大任讲了，可碍于面子，也还没逼到那份儿上，任大任就一直拖着没处理。然而，躲得过初一躲不过十五，该来的总会来，不像量子，不理它，它就一直叠加着，存有侥幸的可能。

该来的总会来。才打通没几天的通道一下子坍缩在眼前，但这条走不下去的路仍然还是最近的路，也是唯一的路。指甲缝儿猛地疼了一下，邓肯龇了龇牙。倒刺根部已经露出了嫩肉，不感觉到疼就还以为没事儿，这是通病。

想找指甲刀把倒刺剪掉，指甲刀却不在它该在的地方。办公桌一团乱，抽屉里更乱。邓肯记不起上一次用是什么时候，更记不得放哪儿了。

他用拇指将倒刺摁了回去，轻按着。这痛感令他振作了些许，身子也坐直，离开了椅背。

在同任大任商议之前，他要先探探聂长青的口风。虽说他不认为聂长青是挟私报复，但，谁敢打包票呢？

聂长青的声音不太像他，鼻音很重，他说他得了重感冒，在家休息。邓肯问他接下来怎么办。聂长青说："只能你们先把股东涉及敏感业务的问题解决好，咱们再谈。"

撂下电话，邓肯叹了口气。聂长青说他无能为力，说比他更大的人物也无能为力。理性上，邓肯相信聂长青讲的是真话，但感性上，他宁可聂长青是替妹夫出气。

宋琳琳正在任大任屋里汇报工作。她红光满面，不但身材苗条了，皮肤也比从前更有光泽了。

"深圳和上海招到人了吗？可能一边还得再招一个 inside sales（内勤销售）。"邓肯对宋琳琳说。

宋琳琳笑脸相迎，说："没太合适的，有几个还行，回头我发您看下。"

邓肯扭头跟任大任解释，新日月的报告月底就出来了，所以人员得赶快到位，包括代理商和分销商，也得增加。

任大任显得很轻松，交代宋琳琳，北京这边再招一个前台，没有前台还是不像那么回事儿。

"什么要求？"宋琳琳问。

任大任被问住了。

"勤快会说话，形象气质佳。"邓肯替任大任回答，又对任大任说，"刚才卫辰纲来找我……"他瞧瞧宋琳琳，不再讲了，宋琳琳知趣地起身离开。

"卫辰纲来找我，说联创那边没法开账户，因为老尹的先登科技。"

任大任的轻松消失不见了，表情瞬时沉重起来。

"前两天老谭还给我打电话，说老尹问咱们 A 轮融资的情况。"他告诉邓肯。

老谭叫谭耀祖，是先登科技的 CEO 兼总经理，董事长尹灼华的得力干将，当初掌芯科技的天使轮融资就是他极力促成的。

"必须得处理了。"邓肯表情凝重，"先找老谭？你要不方便就我找他。"

"你先找他吧。"任大任沉吟片刻，又问，"会不会是因为迪威乐普？"

邓肯摇摇头："我给老聂打电话了，长臂管辖，谁都没招儿。"

任大任爆了句粗口。

邓肯也想骂人，但他更可能被骂。又一件"过河拆桥"的事儿，虽说有客观原因，但并不是谁都通情达理，好说好商量。

他办公室的采光今天格外好，窗玻璃仿佛换成了透镜。邓肯拉下百叶窗，窝在转椅里漫无目的地刷着手机，如同一摊晒化了的糖稀，迟迟不跟谭耀祖联系。

什么都不想干，邓肯从没这么消极这么怠工过。向来冲锋陷阵的他竟然也有冲不动的时候，甚至连脑子都不愿动一动，去琢磨该怎么开口。

怎么才能既解决问题又不伤和气？根本无解，想都不用想。换谁愿意现在就被请出去？哪怕回报已经翻了好几番。何况尹灼华当初表示过，他投资不为赚钱，纯粹因为看好 RISC-V 这条技术路线，希望掌芯科技能够闯出来，未来给先登科技的业务提供支持。

可这翅膀还没硬呢，就想要飞了，尹灼华能善罢甘休？就尹灼华那脾气，他可是真上过战场，真冲锋陷阵过的……

手指也懒得动了，手机倒扣在肚皮上。眼皮渐渐合拢，却始终无法闭紧，因为有一道光，在负隅顽抗。

　　较劲了几个回合，眼皮败下阵来。困意退去，邓肯这才看清那道光是从百叶窗泄进来的。

　　其他叶片都规规矩矩、严严实实，就那条叶片，别扭地半转着，像个不服从命令、特立独行的另类。

　　邓肯注视着那道光，打量着，并未因睡意被打搅而着恼。那道光舒展且平顺，浑浊又明亮，掠过办公桌上的杂乱与纷扰，径直照向目光鲜少触及的角落。

　　角落亮了，明晃晃的，甚至不再狭小，变得宽敞。光里有颗粒在浮动，飘飘落落，有的落在桌上，有的落在地上，有的堆积在角落。

　　如果不是光，邓肯一定不会注意到这些尘埃，虽然他时常纳闷儿桌上哪儿来的灰尘。他懂得这是丁达尔效应，上次去深圳他就目睹过，当万丈光芒穿过雨后残云照向人间时，他被震撼了。

　　人真的很渺小，同这大自然的奇景相比。难怪原始人会心生敬畏与膜拜，将这些奇景视为神迹。科学的昌明祛除了魅惑，却无法剔除这近乎本能的激动。原始人久远的记忆并未被时间的长河冲淡、冲散、冲得更远，而是化作了永恒的密语，仍然留存在现代人的基因里。

　　人真渺小啊，不就如这光里的尘埃？在光里短暂地存在，又从光里永远地消失。尘归尘，土归土，一寸光阴一寸金，可寸金却难买寸光阴。

　　肚皮在震动，赘肉也跟着颤。邓肯翻起手机，赫然是杜杨打来了电话。

　　难道真是他和聂长青在耍手段，先给颜色，再谈条件？不然这电话怎么早不打晚不打，偏偏这个时候打？心中忽然升起希望，"糖稀"又恢复了原有的形态。邓肯清了清嗓子，挪了挪屁股，以最舒服的姿态和最平常的语气接了电话。

　　杜杨的声音居然是热情洋溢甚至有意讨好似的，师兄也叫得倍儿亲热，完全不像前几次，更不像来谈判或是下通牒的。邓肯一时间竟不知这位师弟葫芦里卖的到底是药还是糖，抑或是药裹了糖？

杜杨问他和任大任下周四是否有空儿来上海。邓肯回答得有些迟疑，说他可以，任大任得确认一下。他紧接着问："什么事儿？"

"我们集团下周四举办成立二十五周年庆典，厉董事长特意委托我邀请您和任总参加。"

"哦……"邓肯颇感荣幸，但也在心中画下更大的问号，为了那两块多钱的芯片，至于董事长亲自出马吗？

"还有件事儿，是厉董事长想亲自跟您和任总谈的，我们老板想要投资你们公司。"

这才是重点！邓肯心中的问号被拉直成了叹号，但他始终没表态，哪怕杜杨说要是真能成为股东，往后的合作肯定就不成问题了。

邓肯望着百叶窗，思忖着，只有那一道光从窗外透进来，给这暗室增添了亮色。屋外的话音树叶般沙沙作响，屋内反而愈加静谧，仿佛置身林间，心境亦随之宁静、淡然。

谭耀祖的咆哮如呼啸穿林的狂风，卷起落叶，也刮起沙石，都拍打在邓肯脸上。邓肯觉得疼，却没有遮挡，他仍旧睁大眼睛，迎着怒号的风，倾听着，凝视着，等待着。

等风停。

当所有叶片都被扫落之后，风才停歇。谭耀祖挂断电话，邓肯的脸火辣辣的。他将手机扣在桌上，用力按着，生怕它翻转过来。手机很烫。

事已至此，已经没法读档重来。谭耀祖充分表达了他的意见，归纳起来就四个字：忘恩负义。

的确，当初没人看好 RISC-V，即使看好，也不看好就凭他们几个人几条枪就能成事儿。没有谭耀祖的牵线搭桥，就不会有尹灼华的真金白银。机会不等人，若不是这笔及时到位的启动资金，他们当初可能就错失先机甚至坐失良机了。

邓肯个人的负疚感更重。谭耀祖大他十几岁，他还是个普通销售经理的时候就跟谭耀祖认识，谭耀祖在业务上没少关照他，一直把他当小兄弟。没承想这小兄弟有朝一日竟撤了大哥的梯子，说背后捅刀子还不至于，但绝对是当着谭耀祖老板的面打了他的脸，让谭耀祖既难堪又难办。

所以谭耀祖才骂他骂得那么狠，恨不能把十几年的交情都拽断、撕碎，然后直接摔邓肯脸上。邓肯很珍惜这份情谊，他把所有碎片都捡了起来，收好，还妄想有一天能够完好如初。

可这无异于痴人说梦了吧？邓肯揣起手机去找任大任。任大任说让谭耀祖先消消气，也消化消化，过段时间他再打电话，也许还有转圜余地。

"希望吧……"邓肯说谭耀祖告诉他，先登科技计划收购一家欧洲做汽车电子的半导体公司，尹灼华还想交易完成之后让两家公司合作，这下没戏了。

"老尹对咱确实够意思。"任大任流露出了遗憾，"其实就算不是股东了，也不影响未来合作。"

"这话我也说了，老谭说，合作？还合作个屁！"

"唉，老谭也是个暴脾气。"

"是啊，要不能跟老尹对脾气？主要还是让他坐蜡了，就更不可能绕过他直接去跟老尹谈了。"

"实在不行，就只能找老尹了。"任大任凝重地说。

邓肯也凝重地盯着任大任，假若真到了那一步，真不知该如何收场。"还有件好事儿，忘了说了。"这话在他脸庞上触发了丁达尔效应，光彩冲破了阴霾。

任大任阴郁的脸上映出了光，问："什么好事儿？"

"迪威乐普的老板厉永明邀请咱俩下周四去上海，参加他们集团成立二十五周年庆典，重要的是，他想投咱们，想跟咱面谈。"邓肯没有喜形于色，虽然面带微笑，但尽量语气平淡，不显露出任何倾向。

"厉永明亲自找的你？"任大任果如邓肯所料，并没有多兴奋。

"不是，是杜杨，我还以为又是芯片呢，结果跟我说了这个。"邓肯顿了顿,"他还问我估值,下一轮额度多少,都有谁,谁领投,这些我都没告诉他。"

任大任没说话,如同一颗高速运算的CPU(中央处理器)没有任何声响。邓肯等着他发话。

"那就去一趟吧,谈谈看。""CPU"给出了运算结果,沉默了一会儿又问,"你觉得呢?"

"我也觉得应该去一趟。"邓肯这才说,"迪威乐普也投过一些半导体公司,上下游资源都还可以,重要的是消费电子和家电这些起量快,对掌芯科技有帮助。"

"那芯片就得继续往下推了。"任大任说。

"我也琢磨来着。"邓肯有些头大。

任大任忽然笑了,促狭地说:"叫老纪跟咱一起去。"

"啊?"邓肯着实一惊,苦笑着说,"他能跟咱去?去了还不给搅黄了?"

"不会,我了解他,"任大任说,"他就喜欢大场面,可以调动他积极性。"

"那……你告诉他?"邓肯还是有些犹豫。

"不,你告诉他。要是我告诉他,他肯定得以为是我想让他去。"

"本来就是你想让他去啊……"邓肯心想。又问:"劲旸呢?也一起去吗?"

"不,让他看家。"任大任说。

七

清早还灰蒙蒙的天空,此时湛蓝得一望无际而又深不见底。越是深不见底,便越想穷尽目力,想要见识那天外的天,更深邃的蓝。

天空与太空、地面繁华的世界与头顶寂寥的宇宙相连相通,浑然一体之感甚为强烈,仿佛随时会有来自地外的星舰从天而降,悬浮在空旷的蓝幕中央。

蓝幕下方是上海中心大厦,与天空垂直,卓然傲立,如同一艘迎来绝佳发射窗口的星际飞行器。邓肯和任大任昨晚就下榻在那里。与之相比,一旁的"瓶起子"明显要矮上一截,金茂大厦也像雨后春笋,仅仅冒了个尖儿而已。

邓肯端坐在迪威乐普总部的会议室内,眺望窗外,"外滩三高"尽收眼底。快十分钟了,他和任大任在等候厉永明。俩人没有交谈,任大任同样目光远眺,应该也同他一样在凝神静气,准备迎接马上到来的交锋。

从前只在电视上见过厉永明,时间可以追溯到邓肯读高中那会儿。迪威乐普的规模虽然比不上它的知名度,就像这座大厦远不如外滩那些摩天大楼高大,但二十多年来能一直在上海滩屹立,这本身已足令厉永明成为商界的一个传奇。

邓肯从没想过能和这样的传奇人物面对面坐在一起,更没想过能够成为谈判桌上的对手,或许将来还能成为"队友"。略感紧张的他猛然意识到了自己的提升,这一瞬,他像被注入了某种能量,这能量不仅使他在谈判桌前的姿态更加挺拔,也充盈了整个房间,为他敞开成功的大门。

厉永明从门外进来,步履矫健,紧随他的几个人甚至有些跟不上他。任大任和邓肯起身迎上前去同厉永明握手,厉永明没有轻轻一握便收回手去,他的手掌如同大闸蟹的蟹螯,毛茸茸的,被他握住,感觉就被钳住了、捕获了,他不松手就别想挣脱。

"久等啦,临时有事。"厉永明语速偏快,口音比昨晚的本邦菜还正宗。他比电视上看着个儿大,但侧面看更扁一些,也没像上电视那样西装革履,仅在白色衬衣外套了件有些松垮的淡青色开衫,头发也不再乌黑,奶奶灰的发色,拢着偏分,发缝间的灰褐更近于白。

如果街上碰见,邓肯绝认不出他就是厉永明,这样子更像是赶第一拨儿去菜市场的退休老大爷,即使带鱼买一条或是芹菜买两根也得好好讨价还价一番。

没剩几张空白页的笔记本摊开在桌上,厉永明笑呵呵的,透过黑色的半框眼镜打量着两名后辈,仿佛这俩人是新鲜的带鱼和幼嫩的芹菜。

"感谢你们来呀,肯赏光。昨晚休息好了吗?"厉永明和蔼可亲地问,又指着窗外的上海中心说,"那边条件还可以,离会场也近,就是订晚了,房间不够,所以只能把重要客人安排在那里。"

"感谢您的盛情邀请和精心安排!"任大任亲和有礼地应答,"昨晚睡得特别好,外滩的夜景也特别美。"

厉永明满意地点点头,说:"前段时间刘瑾恭来拜访我,他那个联盟最近很活跃,想邀请我当理事,就说起了你们,说你们在行业内风头正劲。我说真巧,我们跟你们正好有合作,所以借庆典的机会请你们过来,见一见,聊一聊。"

"刘理事长给过我们不少帮助,RISC-V 生态这两年发展这么快,联盟起了很大作用。"

"是啊,他说他那个联盟主要工作就是推动上下游企业合作,一起把生态做起来。我很赞同他的工作思路。我跟他讲,合作嘛,一方面是把产品用起来,另一方面也要把资金用起来,这样你中有我、我中有你,合作不就更紧密了吗?所以他就把你们推荐给了我。"

厉永明笑吟吟地望着任大任,任大任报以微笑,说:"感谢您和刘理事长,其实我们也很乐意跟合适的产业投资方合作,也有不少产业方找我们谈这个事情,我们也都在积极接洽当中。"

"都有谁找你们谈了?"

"还都在谈。"任大任说。

"不光是产业方,很多财务投资机构也找我们,都被我们婉拒了。"邓肯接过话头,"相对而言,我们的资金需求不是很大,没那么烧钱,所以我们更看重的还是投资方在'双链'上对我们的拉动。"

"听说你们对用在微烤一体机上的那颗芯片有顾虑是吗?"厉永明问。

这个问题邓肯和任大任昨晚已有共识。任大任说："也不能说是顾虑，主要是那款芯片的性价比非常高，您也知道，开发一款芯片成本也是很高的，尤其对我们这种初创型企业来说，花着投资人的钱，不得不谨慎。其实只要需求能够达到一定量级，不需要赚多少钱，只要能把成本打平，我们就很乐意做。"

"小杜跟你们要多少颗？"

"一千万颗。"

"他太保守了！"厉永明两道秤杆一般的眉毛微微一垂，"那只是我们国内市场预计的出货量，海外市场起码还要翻一番。不瞒你们讲，我们从五年前就开始把更多的销售力量投放到下沉市场，国内已经下沉到五线城市，国外像东欧、南欧、南美、拉美还有北非，甚至中东，都有我们的分公司或者代理商、经销商，所以一千万只是一个保底数，绝不是最终的量。"

"那可真是……"任大任赞叹地应和，话锋一转，"要是有这个数给我们保底，协议可能早就签了。"

"没问题！协议可以改，一千五百万颗，也得让你们有钱赚，根据销量我们还会追加。"厉永明的眉毛又秤杆一样挑了起来，斤量给得高高的。

双方都喜笑颜开。邓肯留意到任大任交叉在一起的双手，拇指一下下轻轻地相互触碰着，这是他在放松状态下的习惯动作，不知他自己是否意识到了。

跟厉永明的第一回合较量轻松结束，这位商场老手这么好相与吗？他这样身份地位的人，一言既出，驷马难追，任大任应该也获得了不小的满足感吧？

难题如此轻易化解，还有额外收获，邓肯同样很享受这意外之喜。

介绍掌芯科技的时候，任大任变得更加自信，也更放得开，面对迪威乐普一众人侃侃而谈，每一页BP都讲得很细致，对方一些不太好回答的提问他都从容应对，对答得体。

他新买的黑色西装是修身的版型，完美贴合因跑步和节食而及时恢复的身材。西装下的白色衬衣同样崭新，领口束着的宝蓝色窄领带笔挺地垂于胸前，左手腕上的运动手表也换成了玫瑰金的江诗丹顿，在袖口处时隐时现，将任大任的一举一动都衬托得倍显精致。

邓肯不由得收了收肚皮，将目光专注在PPT上。

厉永明停下笔来，打断了任大任："听说联创因为先登科技，不能给你们做代工了，你们准备怎么解决？"

老爷子听上去若无其事地一问，却像慢慢举起了蟹螯。邓肯冷不丁被这"蟹螯"给夹到了，任大任也没了声音，方才的对答如流一下子断了流。

这时候不能沉默，沉默越久便意味着困难越大。邓肯和任大任几乎同时开口，任大任回复说："也不能说不给我们代工了，确实遇着点儿问题，我们各方正在协商解决。"

任大任的回答很官方，说了等于没说，但底气明显已没刚才足，他到底还是个老实人，不善于掩饰。

"我和先登科技的尹总是老交情，帮过他一些忙，如果需要我出面，可以告诉我。"厉永明慈眉善目地点中要害，又说，"本来这次也邀请他了，可惜他和谭总都要到欧洲出差。"

任大任没有接话，双手交叉着，一动不动。

"听谭总讲了，他们有个新项目在那边。"邓肯又把话接了过来，"供应链这块儿其实大家都有困难，也不光我们。我们供应链还算好的，任总和同芯半导体的赵用心赵总是师兄弟，所以产能方面还是有保障的，我们也准备增加在同芯的投片量。"

"我和赵总也很熟，还一起打过球，他球技相当不错。"厉永明告诉邓肯，又对任大任讲，"有同芯半导体作后盾，难怪你们底气这么足。"

任大任略显尴尬地笑笑，没有着墨于他与赵用心的私交，而是继续把BP讲完，有些潦草地收了尾。

"好啊，感谢任总给我们介绍，这么详细、全面，听完之后，我更确信我们之间是高度互补，大有可为的啦！"

厉永明显得诚意满满，主动透露了他的投资基金盘子有多大，还特意强调 LP（有限合伙人）是他们自己，请客人们对资金来源放心，还说将来要是科创板上市，他也能助一臂之力，因为他在各个口儿都有一些管事的朋友。

然后，他让负责投资的祁孝先把迪威乐普的情况也介绍一下。祁孝先就着他的话，先从之前投过的项目开始娓娓道来。

半导体芯片这条赛道他们已经投了十几家公司，这些公司都是各条细分赛道上的翘楚，有些已经成功上市，看得出在这个领域他们的确眼光独到，不是随意出手。

然而，令邓肯吃惊的是迪威乐普投资领域之广、版图之大，很多貌似跟主业八竿子打不着的行业也都有涉猎。但细一琢磨，这些投资并非什么热就投什么的跟风，而是有其自洽的内在逻辑，甚至一些一看就不是谁想投就可以投的领域也能投进去，能够这样"面面俱到"，就不仅仅是财力雄厚那么简单了。

邓肯不由得对眼前这位老者生出一丝敬畏，虽然把他当传奇一样敬仰却还是看低了他。迪威乐普可能只是厉永明商业帝国的一隅，他的商业触角也不仅像蟹螯一样有力，还像八爪鱼一样长长的，伸向四面八方。

会谈结束，厉永明抱歉说中午不能陪吃饭了，要祁孝先好好招待。

任大任和邓肯先去找纪程远。他俩来见厉永明前，把他留在了杜杨那里。

纪程远从昨晚开始就黑着脸。本来在高铁上他还兴高采烈的，一改往日对邓肯的冷言冷语，热乎得像盘刚出锅的天妇罗。可到了酒店就风云突变，纪程远问怎么来上海中心了，不是丽思卡尔顿吗？任大任说："就是上海中心啊，J 酒店，101 层。"纪程远翻出短信通知，他的入住信息的确是丽思卡尔顿酒店。

"会不会搞错了？"邓肯马上联系杜杨，杜杨又马上联系负责接待的同事，同事让在上海中心的工作人员找到邓肯他们解释，说没有错，上海中心安排的是VVIP，VIP在丽思卡尔顿。

然后纪程远的脸就拉长了，长得能从101层的酒店大堂一直拖到地下5层。邓肯问工作人员，能不能改到上海中心来？工作人员特抱歉，说房间都是安排好的，这边也没多余的空房。邓肯又找杜杨，杜杨也无能为力。

"咱俩换一下，我去那边住，你住这边。"邓肯对纪程远说。

"不用！"纪程远严词拒绝，仿佛这屈辱是邓肯给他造成的。

邓肯怕纪程远拉着行李回北京，就忍辱负重地说："那我陪你过去。"

"不用！"纪程远又严词拒绝，不过他也识大体顾大局地没闹着回北京。

"能安排车把我同事送过去吗？"邓肯问工作人员。工作人员说摆渡车在丽思卡尔顿，可以过来接。

"我自己打车！"纪程远拉着行李箱气哼哼地走了，像极了抱起足球就回家的小男孩。

晚上任大任叫他出去一起吃饭，说有代理商请客。他说没空儿，吃完饭还得加班。

"加什么班啊，他连电脑都没带。"挂了电话，任大任对邓肯说。

他俩应酬完，去找纪程远。

纪程远说："你俩再晚来一会儿我就睡了。"

任大任喝得有点儿多，随口来了句："你不加班吗？"

"加完了！"纪程远嫌弃地问，"你俩喝了多少？这一屋子酒气，我还怎么睡觉？"

"你去我那儿睡。"邓肯又诚心诚意地提了一次。

纪程远没理他，直接开启了吐槽模式，说没有这么办事的，仨人一起来，给安排在两个地方住，说自己不是非得住上海中心的江景房，就是觉得这么安排太不尊重人了。

纪程远是他请来的，迪威乐普又是他的关系，所以邓肯替东道主赔不是，说这么安排的确欠妥，那边房间不够，就应该全都安排到这边来。

纪程远冷笑："房间不够，你也信？肯定是那边贵，不愿意多花钱。"

"不至于吧？"邓肯说，"这边也不便宜啊，能贵多少？"

"多少也是贵！"他瞄了任大任一眼说，"谁不想少花钱多办事？"

任大任貌似不耐烦了，岔开话说："老纪，明天你得把具体需求都了解清楚，这事儿咱肯定不能亏本干，而且只要做，就一定要成功，做成了就是咱们又一个里程碑，你是最大功臣！"

"绝对是！这相当于带领公司又闯出了一条新路！"邓肯也拍马赶到，跟任大任一唱一和，把纪程远来公司以后的所有"丰功伟绩"都颂扬了一遍。

戴高帽的话从微醺的嘴里吐出来，酒气都不那么讨人厌了。

纪程远的脸色原本已跟这天色一样风和日丽，初见杜杨也是相谈甚欢，哪承想一听说去见厉永明又不带他，纪程远脸上的和煦立刻消失，现出极大的克制来。

邓肯怕纪程远把气撒到杜杨身上，一出杜杨办公室就提议："要不带上老纪？"

"没必要，他有他的任务。"任大任脸色也不好看。

果然再进杜杨办公室，纪程远和杜杨都在埋头刷手机。明眼人一望即知，这俩人是在用这种方式来避免没话找话，像极了两个谁都没看上谁，却又不得不待在一起的相亲对象。

"聊得怎么样？"邓肯故意喜气洋洋地问，打破了一室尴尬。

"挺好的。"杜杨的笑脸重新挂牌营业，"你们谈得怎么样？"

"谈得很好，厉总当场拍板，一千五百万颗，已经敲定了。"

"是吗？"看得出杜杨有些惊讶。

"有个问题，"纪程远板着脸，故意唱反调似的说，"杜总要求14兆的ADC（模数转换器），我们的ADC是4兆的，这已经是国内顶配了。"说完，他瞅着邓肯和任大任，仿佛事不关己。

"必须用14兆的ADC吗？"任大任问杜杨。

杜杨说:"我们希望能够对标 TADI,他们有 14 兆的 ADC。"

"回头再研究,先吃饭,祁总在楼下等着呢!"邓肯将话题拦住。

"你们吃吧,我回酒店,昨晚没睡好,床不舒服。"纪程远又给起了脸色。

"走吧,吃饭去吧!"邓肯硬拉着纪程远,"一样的床,晚上不舒服,白天就能舒服了?"

太阳刚刚下了地平线。所有目光和灯光都聚焦在一起。

台上正向来宾致辞的厉永明,此刻已从不修边幅的老大爷,变身为气度不凡的老太爷。他的头发染得乌黑锃亮,西装三件套走的老钱风,一看就很高档,大概率是定制的,既合身又扬长避短,鞋大概也是定制的,隐蔽地令他比上午高了几分,更被人仰视。

邓肯和任大任、纪程远独占了一张高脚桌。纪程远一个人取了两杯红酒。这红酒据服务生用法语介绍说是一九九八年的"大拉菲",和迪威乐普同年。纪程远很享受这美酒,一杯已快见底,他说这酒他从前喝过,不过比他在日本参加公司酒会喝到的口感要好。

"敞开了喝,喝多了我俩扛你回去。"邓肯笑着调侃。

纪程远回敬说:"别的酒不敢讲,红酒我还真没醉过。"

邻桌的妙龄女子蛾首一转,朝这边瞧了一眼,一双剪水的秋瞳波光潋滟,纪程远中箭似的挺起了胸脯,拿起圆桌骑士的派头来。

这时,迪威乐普的代言女星也被请上台去。这位女明星近几年已不怎么露面,连综艺都不上,传说是有了更赚钱的门路,但仍牢牢把持着迪威乐普全球代言人的位子。她个子比厉永明高了一头,却一点儿不显突兀,无论讲话还是仪态都极有分寸,浑身上下的珠宝也像是捧月的众星,为了将厉永明衬托得更加灿烂辉煌。

纪程远说那女明星是他女神。

"你换女神了?"任大任问。

"你前女神是谁?"邓肯也问。

纪程远将杯底的酒倒进嘴里。

厉永明邀大家举杯，女明星巧笑倩兮地从旁陪伴。邻桌的美女也端起酒，与同桌的男士们挨个儿碰了碰，还不经意朝邓肯他们这桌美目盼兮地惊鸿一瞥，然后浅饮一小口酒，朱唇更加红艳。

这一切都被邓肯看在眼中。他也喜欢看美女，并且是大大方方看，不像纪程远，偷偷摸摸，生怕惊走了猎物似的。不过，这美女在邓肯眼里已减色不少，她方才目不转睛地盯着台上，善睐的明眸中尽是羡慕、嫉妒，还有欲望。

有欲望的人才会成功吧？邓肯仰脖喝下一大口酒，任这九八年的"大拉菲"在口中逛荡，冲撞，然后奔流进喉咙，泻入不见底的深渊。

很多人都过去给厉永明敬酒。邓肯问："咱们过去吗？"任大任说："人太多了，等会儿再说。"

邻桌美女很快结束了与同桌男士们的交流，端着酒过来，婷婷袅袅地打了个招呼，声音悦耳得仿佛枝头的啾鸣。

美女说她叫 Ruby。邓肯认识好几个 Ruby，这无疑是最漂亮的那个。Ruby 和三个人都加了微信，却对任大任情有独钟，这让跃跃欲试了好半天的纪程远失落不已，虽然 Ruby 近在眼前，他却硬是把脸扭到了天边。

从交谈里得知，这位 Ruby 也是北京来的，是一位小有名气的广告模特，给迪威乐普拍过好几支广告，这阵子正在上海这边的商学院深造读 EMBA（高级管理人员工商管理硕士）。她年纪应该不大，不过一看就很有阅历，也很会拿捏，听说任大任是芯片设计公司的创始人，三两句话便把她对芯片行业的崇拜、憧憬全都像 BB 霜一样敷在了情真意切的小脸上。

任大任在这种穿低胸礼服的社交名媛面前还有些拘谨，放不开手脚，甚至对视一小会儿，眼睛就要左右望望风，透透气。

Ruby 说她见过不少老板，没几个像任大任这么帅身材又这么好，她问任大任，是不是经常健身？

任大任说他坚持跑步，偶尔还跑个半马。

"我也跑步！"Ruby 甚是欢喜，"等回北京，我约您一起跑？"

美女的主动邀约像枝玫瑰，被纤纤玉手插进了任大任胸前的口袋里。低低头，便能瞧见花的艳，又能闻见花的香，可任大任不为所动，只含糊了一句，没正面回应。

对于 Ruby 这样的女子，任大任只是她今晚要发力的一个点，她还得抓紧时间去结交更多的点，才能织成网，网罗更多的人。就在她即将奔赴下一个点之际，厉永明的助理径直来找任大任和邓肯，说是董事长有请。

大厅前排，厉永明正与几位大佬模样的人物有说有笑，围成了个小圈子。这样的邀请着实令人倍感荣幸，驻足观望的 Ruby 也流露出惊异的眼神，一定是没想到任大任能有这样的面子。

纪程远肯定也没想到，因而面子上又挂不住了。邓肯拉他一起，他甩开邓肯说："又没请我。"

确实没请他，所以助理没敢多言，只说了句："董事长等两位呢。"

"等我们会儿。"任大任神情尴尬地对纪程远说。纪程远端起酒杯，挡在他与任大任之间。

邓肯拍拍纪程远，替他那接连挨扎的小心脏疼得慌。

助理在前引路，任大任紧紧随着，Ruby 也顺势加入，以一个恰到好处的距离从旁"伴飞"——这距离外人瞧着会以为她跟任大任是一起的，而任大任自己则会觉得人家本来要飞的就是这条"航线"。

邓肯生怕踩到 Ruby 那露背到腰际的曳地长裙，因而故意放慢脚步。任大任和 Ruby 先他几步进了那小圈子，他也没上赶着往里凑，如同局外人一样站到了圈子外面。

厉永明给圈中一位略显年纪的男士引荐任大任，不吝溢美之词，旁人不由得为之侧目。各式各样的目光落到任大任身上，有的对他好奇，有的高看他一眼，有的则打量了他几眼，并没有把他当回事儿。

那位略显年纪的男士同样打量着任大任，礼节性的微微笑意背后是一丝不易察觉的戒备。瞅着眼熟。邓肯很快便认出他是颜宗白，芯传微电子的创始人，国产 MCU 行业的一哥。这位老哥不太上相，本人比视频和图片显得体面多了，身材管理得也好，一点儿肚子都没有，难道是因为娶了个小他二十来岁的舞蹈演员当老婆吗？

颜宗白这段陈年韵事，邓肯也是听人给他讲的，虽然他不八卦，但他同样也给任大任、乔劭旸、纪程远、吕明正、韩颖川以及他老婆讲了。

他老婆问他："羡慕吧？将来你也娶一个？"

邓肯说："法律不允许，只能一夫一妻。"

他老婆说："我可以让位。"

邓肯说："臣不敢。"

颜宗白现在贵为千亿上市公司的大老板，人长得又排场，对他想入非非的女人肯定不在少数，至今没再听说他有其他绯闻，真挺难能可贵的。

更难能可贵的是，他能从国产芯片不招人待见的那段艰难岁月里熬过来，熬出头，即使那么些年一直没赚几个钱，赚了钱也大都用在给研发人员发工资上了。后来还闹出过股东撤资以及起诉他的事情，有好几次都听说芯传微电子快要挺不下去了，可结果那口气就是不断，一直没断。

那段时期，邓肯正在整机厂商给国外芯片公司当甲方爸爸。他这"父爱"不是不想给国内的芯片设计公司，实在是有外来和尚从旁比着，人家也真的会念经，什么经都会念，就算邓肯提议试试国产芯片，也会被他领导一句"你敢用吗"给打回来。

所以好些事儿啊，就是得逼一下，真到了被逼无奈、逼入绝境那份儿上，反倒绝处逢生了。说起这个，很多人都拿颜宗白和芯传微当例子，也有很多人拿他当榜样，这其中就包括邓肯和任大任。

如果没有榜样在前，他俩任谁都不敢撂下稳稳当当的工作不干，去干那越来越没人爱干的半导体芯片。正是颜宗白的造富故事让他俩终于意识到在国内搞 IC 也能成亿万富翁了，于是踩着这个物极必反、否极泰来的历史节点下了场，在平平淡淡和轰轰烈烈过一辈子之间勇敢地赌了一把。从这个意义上讲，他俩都得感谢颜宗白。

邓肯忽然觉着眼前的画面很有喜感。颜宗白对任大任说久闻大名，任大任也对颜宗白说久仰大名，他们看上去惺惺相惜，一团和气，可背地里却都惦记着对方口袋里的东西。

邓肯就听说芯传微电子正在与台湾一家做 IP 的公司谈合作，想从对方手中拿到 RISC-V 核的授权，这样颜宗白的手就能伸进任大任口袋里了。然而他一定想不到，任大任也正在预谋把手伸进他的口袋里，并且是和他的好朋友厉永明"合谋作案"。

厉永明很享受他的"朋友圈"，时不时吐两句字正腔圆的洋泾浜英语，乐此不疲地穿针引线，把有合作可能的朋友们缝在一起。

他这圈朋友里有不少是金融口的大亨，银行、保险、证券、私/公募门类齐全。做基金的几个对任大任颇感兴趣，问他到哪轮了，估值多少？还问厉永明，是不是也准备投？厉永明笑而不语。这时做证券的两个又插话进来，都要给任大任将来 IPO（首次公开募股）当主承销商。厉永明替任大任解围说："到时候你们 PK，肯定是谁费用低给谁当嘛！"

站得离任大任恰到好处的 Ruby 几次插话讨好厉永明，想引起他的注意，厉永明都是轻轻一瞟甚至瞅都不瞅一眼。也难怪，有大明星了，哪还瞧得上她这小模特？

不过，Ruby 也并非一无所获。虽然厉永明对她无动于衷，她却成功勾起对面一名青年才俊的浓厚兴趣。那人即使高谈阔论的时候，脸也总是冲着她，即使他一脸膜拜地倾听大佬们高谈阔论的时候，眼也总是瞄着她。

Ruby 一定很享受，尤其当她得知那人也是搞芯片的，并且融资规模和企业估值都远在任大任公司之上时。

这同样给了邓肯不小的冲击，创业以来逐渐在他心中积累起来的成就感、优越感被大大打了折扣。

小巫见大巫了，跟人家比。邓肯不知此刻任大任心里什么滋味儿，应该也不好受吧？任大任梦寐以求却求之不得的晶益电子被人家随口道来，仿佛在晶益电子做代工是件很稀松平常的事情。那人还说韩国的银河电子

5纳米工艺良率也赶上来了,他准备分一部分订单给银河电子,不能把鸡蛋全都放在晶益电子一个篮子里。

对于投资芯片的热度没有维持多久,大佬们的话题很快就转到了美联储下一轮加息上。有大佬认为美联储不可能再加七十五个基点了,它美国要抗通胀也要抗衰退啊!

一位此前没怎么吱声的银行业大佬忽然撇撇嘴,很深沉地说他在达沃斯跟美联储的人聊过……

邓肯听人称呼那位青年才俊焦总,才想到他应该就是大名鼎鼎的智云科技创办人焦鸿炼。邓肯百度过他,他在华尔街顶级投行工作过十二年,然后拉了投资回国创业。这圈金融口的大佬都跟他很熟,他跟他们也很有共同语言,聊起华尔街的逸闻和秘辛都是轻车熟路。

邓肯有些落寞,回头去找纪程远。纪程远不见了。邓肯以为他赌气回酒店了,却发现纪程远正排队等着跟他女神合影。

人和人真大不同。那位女明星出道即是 C 位,各种顶级资源。还有这焦鸿炼,"常春藤"的高才生,华尔街的精英人士,如今又成了半导体圈的新贵,浑身上下散发着强烈的大西洋气息,显得特高级、特自信;相形之下,任大任和邓肯这种没在国外念过书的"土鳖",就显得格格不入了。

邓肯仰起脸。倒金字塔形状的水晶灯高悬于头顶,映出一条条人影。有些人在塔尖,有些人在塔底,有些人可能在塔下面吧?邓肯不知道哪条影子是他。

他去找服务生要了杯酒,一个人独自啜饮。

会场里的男男女女、老老少少似乎都因酒而变得兴奋,变得热烈,不停地有人举杯,不停地有人欢笑和欢呼,仿佛他们只有欢乐,不欢乐的人就不被允许留在这欢乐场里。

邓肯的肩膀被人拍了一下。

"邓总,找您半天了!"RISC-V 生态联盟的理事长刘瑾恭端着酒杯,面色红润地对他说。刘瑾恭的嗓音如平日里一般干哑,可见今日的美酒并没能滋润他的喉咙,却令他的精神格外抖擞。

"我也在找您!"邓肯忙同刘瑾恭握手寒暄,感谢他在厉永明面前美言。

"小意思!应该的!"刘瑾恭的笑也干哑,"主要还是你们干得好!我对厉总讲,这些做RISC-V的企业里,数你们做事最扎实,最有技术含量!"

"啊呀,您太过奖了!"邓肯大笑,愉快地与他碰了杯。

刘瑾恭将剩下的半杯酒一饮而尽,招呼服务生过来给了他杯新的。"您也干掉!"他让邓肯把酒喝净,给邓肯也拿了一杯。

"您都不知道你们现在多有名,尽是找我打听你们的。"刘瑾恭告诉邓肯。

"打听我们什么?"邓肯问。

"方方面面。还有人打听您。"

"打听我什么?"

"没什么,就是想了解您。您在业内可是响当当的人物了。我和他们讲,您对掌芯科技来说至关重要,没有您就没有掌芯科技的今天。"

"不能这么讲,不能这么讲,您可别这么说!"邓肯否认三连,"公司能有今天,全是任总带领我们大家干出来的。"

"那是,肯定离不开任总。不过,单凭任总肯定也干不成,比较来说,任总还是更适合搞技术,不如您懂经营。"

邓肯说:"任总是技术、经营一把抓,我们公司大小事情都是任总拍板定夺。"

刘瑾恭这番"进攻"型恭维让他有些消受不起。他方才就见刘瑾恭满场游走,与人把酒言欢,此时讲起话来已经不着边际,他可不想这些话有一天传到任大任的耳朵里。

邓肯的顾虑似乎被刘瑾恭觉察了,他一副应该喝多但又没喝多的样子,告诉邓肯:"您放心,我不会乱讲,我是真觉得和您投缘,所以才和您有啥说啥。"

他一条胳膊搭住邓肯,声音也低了些许,听上去不那么亢奋了:"像您这样,完全有能力自己干了……"

"我不行,我不懂技术。"邓肯也有啥说啥,并且希望他啥也别说了。

刘瑾恭笑笑,指着厉永明的小圈子:"您看了吗?那边那位焦总,焦鸿炼,他也不懂技术,公司不照样干得风生水起?马上C轮了,离上市就差一步!"

一眼望去,焦鸿炼依然在高谈阔论,任大任也依然在侧耳倾听。

"不像前两年了,搞RISC-V的少,"刘瑾恭又讲了起来,"现在大厂都开始自己搞RISC-V,上海和深圳也冒出来好几家做RISC-V的,当然核不是他们自己的,都是授权来的。可是芯传微也拿授权啊,也不是自己搞啊,所以有没有核心技术,其实没那么重要,重要的还是市场,是产能,这些东西可不是坐电脑前就能自己跳出来的。"

邓肯干笑两声,说:"还是得有核心技术。"

"不愧是最扎实、最有技术含量的公司!"刘瑾恭也干哑地笑了。他没再讲其他的,又和邓肯闲聊了几句,便去了别处。

酒有些不是味儿了。邓肯咂巴着。厉永明的小圈子终于散了,纪程远也终于拿到了他跟女神的合影。

"拍得挺好,真像结婚照!"邓肯夸赞。

"可别让你老婆瞧见了,我可不给你当证人。"任大任说。

纪程远对两人的调侃充耳不闻:"这不比Ruby美多了?那Ruby一看就是整容脸,胸肯定也是整的,屁股和腿说不定也是。"

"行吧,打住,再说就成人造人了。"任大任说。

邓肯目光检索了一下,Ruby正同焦鸿炼站在一起。俩人已经超过了正常的距离,不知这貌美如花的姑娘能"恰"到什么好处。

从会场出来,纪程远的兴奋之情仍未平息,非要去看看江景。

任大任累了,不太想去。邓肯劝他:"去吧,吹吹风,在里面都待缺氧了。"

江边的风是舒爽的,夜是静谧的。江边没有强颜欢笑,没有虚与应酬,可以安心地将自己放软，如同江面的落叶，随波逐流。

纪程远将自己放软在带扶手的藤椅里，像个还没学会坐的婴儿。

本来准备在江边走走就回去了，结果他又说没吃饱，没喝尽兴，所以他们就找了个露天餐厅，开始了下半场。

"多美啊！"纪程远又像个诗兴大发的李白，伸手朝江畔的灯火辉煌瞎比画，"把公司搬上海来吧，省得你们一趟趟往上海跑。这边工程师多，离工厂也近，不比北京环境好？"

"敢情你老婆孩子在日本，你在哪儿无所谓。"任大任侧眼瞧他。

"我这可绝对是出于公心！我是为公司长远发展着想！"

"咱们马上要在上海设办公室了，将来可能还要设分公司，但是总部还是在北京，哪儿都不去。"任大任给他解释说，北京就好比人的大脑，上海是手，广东是脚。这大脑是设计芯片的，手是造芯片的，脚是跑市场卖芯片的，这样全身上下，从头到脚，就全都利用上了。

纪程远说："还是你对人体理解得深刻。"

任大任说："你对人体理解得更深刻，都把Ruby鉴定成全身造假了。"

"那Ruby，指甲那么长，瞧你跟玉兔精瞧唐僧肉似的。还是我的女神好。"纪程远又宝贝一样打开手机，喝着啤酒，就着他跟女明星的合照。

"你前女神是谁啊？"邓肯旧话重提。

纪程远白了他一眼，憋了半晌才说："他知道，你问他。"

任大任说："你前女神，问我干吗？"

纪程远说："你不也暗恋她吗？别以为我不知道。"

"我哪儿暗恋她了？瞎特么说！"

"你怎么没暗恋？没暗恋，你网名叫'清欢'？"

"真土。"邓肯心想。

"我叫'清欢'怎么了？"任大任似乎有些心虚了。

"细雨斜风作晓寒，淡烟疏柳媚晴滩。入淮清洛渐漫漫。雪沫乳花浮午盏，蓼茸蒿笋试春盘。人间有味是清欢。"纪程远瞪着任大任，慢悠悠吟出一首词来。

邓肯就听过"人间有味是清欢"。

他还笑话过苏轼嘴上说"人间有味是清欢",却弄出个"东坡肘子"。不过,他仍旧不理解,所以问纪程远:"你苏轼附体了?"

"晓寒,清欢,这不是向杨晓寒表白是什么?"

任大任不语。

"喝酒,喝酒。"邓肯张罗。

餐厅响起"往事不要再提,人生已多风雨"的歌声。

纪程远像叛逆期了一样,越不让提越提,对任大任说:"当年考上清华的人应该是我!"

任大任脸色更加难看。

邓肯说纪程远:"你喝多了。"

纪程远说:"红酒我从来没喝多过!"

"你这喝的不是啤酒吗?"

"我喝的是啤酒呀!"

"所以你喝多了呀!"

"我也没喝多少呀!"

纪程远手指比量着酒杯里被他喝掉的部分,将剩下的五分之四一口灌了下去。

然后他就睡着了,还打呼噜,邓肯怎么扒拉他都不醒。

"去那边待会儿。"任大任头也不回。

江边,两个红点亮了又暗。半支烟的工夫,任大任说:"高中我们仨一班,他,我,还有杨晓寒。"

"杨晓寒长得很漂亮,总爱找老纪和我给她讲题,不过找老纪次数更多,因为他是年级第一,我才年级前十。"

"前十也很牛了。"

"我们学校不行,每年顶多一两个考上清北的。"

"唉，我们学校也是。"

任大任继续说："因为杨晓寒找他次数多，班上就传他俩谈恋爱。那会儿其实挺朦胧的，学校管得也严，但是老纪这个人认真，而且好面子，同学都说杨晓寒是他女朋友，杨晓寒再找我讲题，他就不乐意了，后来杨晓寒就也不找我了。"

"然后呢？"

"然后就高考了，我考了年级第一，老纪才第九。"

"杨晓寒考咋样？"

"考挺好，也是超水平发挥，考的广东那边的大学，后来去了香港。"

"那他俩呢？"

"他俩异地恋了一段，就分了。"

邓肯回头望了一眼纪程远。

难怪他意难平。如果当年考上清华的是他……

"都是多少年前的破事儿了。"任大任掐灭烟蒂，掏出他的烟，给了邓肯一支。

"今天焦鸿炼挺出风头的。"他说。

"是挺嘚瑟，眉飞色舞的。"邓肯说。

"唉，人家也有的可说。搞的东西比咱高级，将来科创上市都更容易。"

"咱搞的也不低级。DSP就好比关节，全身上下大大小小哪个关节不好使能行？能说关节不如心脏、大脑高级，就不爱护它了吗？"邓肯使劲朝江心吐了口烟。

"是得爱护，我这膝关节就明显不如以前了，真得悠着点儿跑了。"任大任舒展了些。

"Ruby还想跟你约跑呢。"

"拉倒吧！"任大任一摆手，不小心把烟甩进了江里，于是又点燃一支，"我跑步也是为了缓解压力，要不太愁得慌。"

"愁什么？"

"愁公司啊！优势转化不成胜势，眼看后面追兵上来了，前面还有TADI堵着，我能不愁吗？"

"先登科技那边，要不请厉永明帮忙说说？"

"他能白帮咱？欠他人情就被动了。再说，谁知道他说话管不管用？"

江里还有渡轮穿梭。黄浦江是长江入海前的最后一道支流。

"浪奔，浪流，万里滔滔江水永不休……"

邓肯小声哼哼着。

"小时候我特迷《上海滩》迷许文强，"任大任说，"我妈给我买了件风衣，我立着领子，叼着我爸的烟，装许文强。"

邓肯笑笑，没有告诉任大任，他小时候也有件风衣，也崇拜许文强。

两岸灯火倒影，波光粼粼。江水滔滔奔流至很远，但离海仍然很远。

"是喜，是愁，浪里分不清欢笑悲忧……"

回到酒店快一点了。邓肯躺到床上就不愿再起来。

像陷进了云朵，像裹进了襁褓。很快他便睡着了，也打起了鼾。

他还做了个梦，梦见在黄浦江边，许文强给他点了支烟……

八

同芯半导体量产的 F28016 终于到货。这批货量不大，主要用于测试和给客户送样片。

邓肯乐得满公司转，端着冰咖啡，一会儿到软件部门看看测得咋样了，一会儿又去生产运营部门询问大规模发货的流程理顺没有。

麻雀虽小也总算五脏俱全。

上次去一家重要客户，人家对样片不满意，直接问，你们生产运营部门几个人？邓肯想说仨人来着，结果任大任如实说还没成立生产运营部门，目前只有一个人负责这方面工作，落得客户一顿数落。

憋了一肚子气的任大任回去就让宋琳琳赶紧招人。于是算上卫辰纲终于凑齐了仨,卫辰纲也如愿当上部门负责人。任大任讲过卫辰纲和宋琳琳在谈恋爱,所以邓肯提醒,俩人都当部门经理是否合适。

任大任说没啥不合适,谈个恋爱有啥?宋琳琳勤勤恳恳,卫辰纲任劳任怨,总不能因为谈恋爱就不公平对待吧?

听任大任这么讲,邓肯便没再多话。

邓肯催手下人尽快和之前入库的一批合格代理商签订代理协议。偏偏这时候有一家重要客户向任大任投诉,说长力电子这代理商不负责任,只卖货,不管技术支持,找了几次都一拖再拖,迟迟不派人上门。

任大任听后很生气,让邓肯尽快处理。邓肯活剐了路通的心都有,在电话里大骂路通,办公室外面都能听见。

路通委屈地说:"我只管销售,不管技术支持。我们也不是不派人,是没人可派,因为 FAE 都派出去了。而且这家特别着急,第一天打电话第二天人就得到,我们派人都得排单,排不到就只能等。"

"我不管!"邓肯说,"必须马上派人过去!"

路通说:"那就只能找陈总了,要不你给陈总打个电话?"

"你直接找不就行了?"

"我找不管用啊!"

邓肯无奈,只得给陈长力打电话。打了三回才接。

陈长力之前也找过邓肯三次,都是问下一轮融资的事。他的投资意愿邓肯已经转达。任大任不乐意让他投。邓肯只得一再敷衍陈长力,但也没把话说死。

陈长力特会卖人情,上次邓肯等了一下午都没见着他那位同宗加同乡,到他嘴里却成了"哎呀,邓总,可惜你太着急回北京了"。

邓肯就这样欠下陈长力双份人情,不给派技术支持可能跟这多少有点儿关系。所以陈长力跟邓肯推三阻四,还说他清楚那家底细,说那家是把国产芯片当备胎,不会上大量。

"技术支持跟不上，人家当然不会上大量。"邓肯笑着对陈长力说。

陈长力大笑，说："既然邓总指示了，我马上协调人员。"然后就把话题扯到了下轮融资上。

邓肯只好又施展太极拳法应付了过去。可等了一个星期，长力电子的技术人员依然不见踪影。

邓肯骂了娘，直接把韩颖川派去客户那里。没想到韩颖川在那儿上了不到一个月的班，竟然拿了张 200K 的单子回来。这可让邓肯和任大任大喜过望——FAE 还兼具销售属性。

邓肯说："干脆以后别招销售，都招 FAE，就去客户那儿上班！"

他把这事儿告诉了路通。路通说："我们公司好几个 FAE 都嫌活儿多、钱少、总出差，干脆你把他们收了吧？"

邓肯说："收，有多少收多少！"

路通又说："干脆你把我也收了吧，我也想去原厂混。"

邓肯去找任大任，说路通给拉这一票人过来，自己在长力肯定就没法混了。

任大任听后，很爽快地说路通来没问题，他欢迎一切志同道合的兄弟加入。

就这样，路通带着长力电子的 FAE 加入了掌芯科技，直接把掌芯科技的华南销售中心给支棱了起来，他自己也顺理成章当上了区域负责人。

陈长力得知后果然兴师问罪，邓肯依然太极拳接招，动之以利，晓之以理，好说歹说，才把陈长力给摆平。

销售这边的问题妥善解决，F28016 却在这期间测出了问题。

任大任让乔劢旸赶紧解决。乔劢旸很郁闷地告诉他解决不了，因为 Bootloader（引导加载程序）代码当中一个数值写错了，只能找代工厂想办法。

任大任急了，质问乔劢旸："代码谁写的？"

乔劭旸说:"姚乐萌,她也是不小心。"

"她是不小心,还是不走心?你怎么不盯紧她?"

邓肯赶忙出来打圆场。

任大任没再斥责乔劭旸,叫来卫辰纲让他去联系晶圆厂,从硬件层面想办法。

卫辰纲联系完晶圆厂,回复说问题可以解决,得加钱。

"加多少?"

"四百万。"

"够流一次片了!"任大任拍了桌子。

可该花的钱还是得花。

"架势都拉开了,忽然又肚子疼想上厕所,你说拉胯不拉胯?泄气不泄气?"

邓肯也觉着泄气,但也很感慨。

搞颗主控芯片真他妈不易!TADI凭什么领先?人家那些芯片都是一颗颗磨出来的,都是一次次掉坑里摔出来的。问题是像这样还做不到不犯错。他们有些型号的芯片,勘误手册里就写明了有bug,有风险。所以想追上人家啊,别的不说,先得随时准备掉坑里,指不定将来还有多少坑……

"唉,道阻且长,行则将至。"他又宽慰任大任。

令人欣慰的是,芯片研发那边倒是进展顺利。又招来了两个水平挺高的设计工程师,都能挑起大梁,独当一面,所以研发进展陡然提速,该流片流片,该后端后端,数箭齐发。跟迪威乐普合作的那款芯片也顺利立项,不过,与当初预想的不太一样。

从上海回来之后没两天,迪威乐普管投资的祁孝先就把NDA发了过来。

本想着等芯片合同签完再签这个,可合同迟迟不过来,据说是在走内部流程,这个祁总又总催,还亲自打电话说:"厉董事长能过问到具体芯片这个层面,说明对你们公司相当重视。"

人家话讲得客气,但言下之意就是你们别不识抬举。于是便先签了

NDA，让迪威乐普开始做尽职调查。

没多久，芯片合同也发了过来。虽然厉永明亲口许诺的一千五百万颗总数没变，但是杜杨给的这份合同却设置了苛刻的触发条款，只有满足条款要求，才能最终达到这个数目。

邓肯说："太他娘老奸巨猾了！这不是阴咱们吗？要这么搞，就别合作了，投资也别谈了！"

任大任也很憋闷，虽然觉得厉永明是只老狐狸，可他更投鼠忌器。如果真闹掰，保不齐将来上市，厉永明会使什么绊子。

俩人一总结，要怪只能怪自己经的不够多，见的还太少。商场如战场，使诈本来就是再寻常不过的战术手段，况且也不能说人家使诈——NDA又不是人家逼你签的，你也没事先问那一千五百万颗附带了什么条件。

"既然已经这样，干脆就让厉永明去跟老尹说说。"

"那这轮就得答应让他当领投了。"任大任说。

上次祁孝先发来NDA，同时要求成为A轮的领投方，说这是厉董事长的意思。任大任在NDA上做了妥协，但领投方这事儿始终没松口。他希望还能有比迪威乐普更好的选择。

还能有更好的选择吗？

"我给老谭打电话，老谭都不接了，微信也不回。"邓肯只能干着急。

任大任这见了兔子都不撒鹰的性子，有时着实让人搓火。邓肯这一点恰恰与任大任相反，他是恨不能把鹰全都撒出去，去给他满世界找兔子。虽说也不能像他这么心急，但见了兔子都不撒鹰，万一兔子跑了呢？鹰见了兔子也着急啊！

急也白急。

还有更让人着急的。

这天，任大任告诉邓肯，说同芯半导体想要投资，赵用心请他过去详谈。

邓肯一听就乐开了花："同芯半导体从前可没投过IC设计，这要是成了，老尹就不用退股了，产能也彻底有保证了。"

"有利有弊吧，我去谈谈看。"任大任说。

邓肯清楚任大任心里想什么，他还是不愿跟同芯半导体绑得太紧。可还有比这更好的选择吗？哪儿还有那么多选择？

任大任从同芯半导体回来，说赵用心很热情，他头一个想到的就是掌芯科技，掌芯科技也是赵用心的第一选择。

"你怎么说？"邓肯迫不及待。

"我说要先征询一下股东意见。"

"那就征询吧。"邓肯心里叹了口气。

股东们都没意见。

球又回到任大任脚下。

是传是射成为任大任需要思考的问题。邓肯能感觉出来他的倾向。

"现在咱们有两条路，"邓肯开始摆事实讲道理，"一条路是接受同芯半导体投资，这样老尹不用退股，咱们产能也有了保证，将来上市肯定也更有优势；另一条路是拒绝同芯半导体投资，首先这就把赵用心得罪了，起码会惹他不高兴，将来产能再求他就不好开口了，他很可能也不管了。另外，咱还得继续死磕老尹退股这事儿，目前来看无解，而且就算老尹退股了，咱在联创量产了，万一哪天联创不能在大陆做代工了，怎么办？"

"你说的情况太极端，不会到那一步。"

"万一呢？"邓肯反问，"就算到不了那一步，老尹退股你说怎么办？真拿到股东会上撕破脸逼他退？那这事儿可就大了！传出去对谁都不好！"

"那你说怎么办？"

"我哪儿知道？"

邓肯被任大任搞得肝火旺盛。这也不成，那也不成。他自己在上海的时候还焦虑前有强敌后有追兵，怎么到事儿上又前怕狼后怕虎了？

要突围就得当机立断。战机稍纵即逝。风险是未知的，好处是已知的。无论是两害相权取其轻，还是两利相权取其重，最终的选择都显而易见，可他就视而不见一样。他就那么怕受牵连吗？要是换成我……

邓肯的情绪如同粉刺冒了尖儿，连上厕所瞧见任大任先进去了，他都宁可憋一会儿再上。

可任大任迟迟不出来。

邓肯快憋不住了。

蹲大号呢？他心里琢磨。

他准备冲进厕所速战速决，这时任大任却忽然兴冲冲地出来了，迎面撞上他更是情不自禁，一把抓住他的胳膊说："Inletam要投咱们！"

任大任的手是干的。

邓肯打了个激灵，起了一身鸡皮疙瘩。

"我说我不方便，一会儿打给他。走，去我办公室！"任大任拉着他。

邓肯使劲挣脱，说："你等我先方便一下！"

任大任开着外放，在办公室拨通了Inletam联系人的电话，说他现在方便了。

Inletam的联系人是Jeremy Zheng，中文名叫郑文杰。

邓肯早就认识，公司成立之初便和任大任拜访过他，也是让他俩吃瘪吃得最饱的一位投资人，纪录至今无人打破。

可郑文杰此番却换了老友寒暄的口吻，问问题也仿佛朋友之间随意闲聊。他还要来公司看看，此前可是求他他都不来。

第二天他就来了，背着绣着Inletam的双肩包，上身冲锋衣，下身速干裤，脚上一双低帮战术靴，完全不像商务人士，倒像个出门旅游的观光客。

郑文杰说他二十四小时待命，随时准备出差看项目。

任大任和邓肯先陪他在公司转了转，给他介绍各个部门的情况，而后将他领到任大任办公室开始谈正事儿。

郑文杰很直接，说："我们只投赛道头部，如果不想投你们，我也不会来。我知道你们产能有问题，不过我不在乎，我只在乎基本面。但是有一个障碍，你们有一个股东涉及敏感业务，这个问题不解决，我们就没法投。"

任大任面露难色。邓肯怕他又把实话说出去，忙抢先回答："这事儿你放心，我们一定搞定。"

"咱们咋搞定？"任大任事后责怪他。

"那也不能说咱们搞不定吧？"邓肯说，"只有请厉永明出面了。"

任大任逼不得已，只得同意。厉永明却又"失联"了。

这老爷子没微信，只发短信，可任大任发短信他不回，电话也不接。任大任只能打座机。座机是秘书接的，说董事长在休假，有事她可以转告。

任大任留了姓名、电话，请厉永明方便的时候打给他。

邓肯说："这哪儿是休假，这是闭关修炼呢！"

任大任说："我觉得他是故意躲我，不知道又打什么算盘。"

果然，一个星期过去了，都没等来厉永明的电话。

"要不你联系一下祁孝先？"任大任说。

邓肯给祁孝先打电话。祁孝先也说厉永明在休假，有事他可以转告。邓肯便把请求告诉了他。祁孝先让邓肯等消息。然而，消息又像石沉大海了一样。

邓肯不得不再给祁孝先打电话。

祁孝先说他还没收到回复，让邓肯再等等。

又等了两天，祁孝先打来电话说，厉董事长说他可以帮这个忙，但是先登科技退出来的老股要转给迪威乐普，并且A轮要迪威乐普领投。

任大任说："我就说他不会白帮忙吧？如果老股给他，再给他新股，那他股份就太高了。"

邓肯也觉得不妥。以厉永明得寸进尺、斤斤计较的为人，这么高的股份落他手里，的确是件有风险的事。

可是不请他帮这个忙，又没有其他办法。

任大任说："把股份往下压一压，老股不能全给迪威乐普。"

他找六合创投和红石资本这两家最有实力的股东合计了一下，老柴和夏总都表示愿意接先登科技的老股。

接下来就是通过祁孝先跟厉永明讨价还价。厉永明坚持要全部的老股。任大任说如果这样,那迪威乐普入股在股东那儿就有阻力了。

等了两天,厉永明做出让步,但咬定80%的老股,不能再少了。

任大任和邓肯算了一下,如果给厉永明80%的老股,迪威乐普大概率还是能够一跃成为二股东,必须压到50%才安全。

于是邓肯告诉祁孝先只能给50%的老股,结果被厉永明一口否决,说这样就别谈了。

祁孝先也埋怨邓肯,说:"厉董事长都亲自出面了,你们怎么还这么小气,斤斤计较?"

邓肯问任大任怎么办。

任大任也骑虎难下。真和厉永明谈崩,这人也就彻底得罪了,遗患将来。可是满足他这么大胃口,谁知他会不会越吃越饿?

任大任踌躇了好几天,最后决定给厉永明62%的老股,不能再多了,因为也要给其他股东留一部分。

邓肯微信上转告祁孝先,两天都没收到回复。邓肯打电话过去,祁孝先没好气地说:"你们转个老股小里小气,尽职调查也不配合,管你们的人要资料磨磨蹭蹭不想给一样,我觉得你们一点儿诚意都没有,干脆你们也别转了,我们也不投了,大家都轻松!"

祁孝先历数种种不是,把邓肯给拿捏住了。

邓肯只好先找财务经理了解情况。财务经理跟他吐槽迪威乐普资料要得有多离谱,给它台账,它要合同;给它合同,它要财务凭证、发票和银行回单;这些都给了,它又让按年度、按产品、按领域计算订单、营收、出货量的每年、同比、环比增长数和增长率,再线性回归分析之间相关性,并预测未来趋势……财务经理说,还有更离谱的,他考研都没这么难。

"难也没办法,就当是考验吧。"邓肯说,"拿自己钱投资抠得都细,要什么就尽量给什么,给不了的来找我。"

接着，他又去找任大任，说 62% 的老股肯定不行，想往下推进还是得适当涨一涨。

"涨多少适当？"任大任反问。

"我不知道多少适当。"邓肯也有点儿赌气，"还是那句话，两害相权取其轻，两利相权取其重，准备获得多少利益，就得准备付出多少代价。"

任大任掂量了一天，说只能给 66%，不行就算了。

邓肯如实转告，虽然他认为这数字也满足不了厉永明。

这次祁孝先回复很快，说 76% 的老股，不行就算了。

任大任很生气，他也不喜欢被拿捏。可是带鱼和芹菜有给自己讨价还价的资格吗？

"新股我们再往下压。"邓肯安慰他。

"你觉得压得下来吗？"

最终，厉永明的"无理"要求得到满足。

签订协议之后，任大任很快便给尹灼华打了电话，尹灼华答应了见他，说会让人安排。

一只靴子落了下来，心里既踏实又不踏实。Inletam 尽调的快速推进不断推升了这种不踏实感。

之所以快是因为没抠那么细。就像郑文杰说的，只看基本面，所以经营上仅抽查了几份比较大的合同，以确认是否存在弄虚造假，而重点还是放在了公司技术层面，对存疑的技术点刨根问底，每位高管都跟过堂似的被郑文杰做了访谈，还写了好几份答疑给他备忘。

在进行完这些之后，郑文杰邀请任大任一行去 Inletam 会见他们亚太区的投资主管。

难以想象，Inletam 亚太区的投资部门总共才六个人。这个部门的主管是个华裔，叫 Thomas Hsiao，中文名叫萧衍庆，五十来岁看着像四十来岁，据说还是登山高手，光珠穆朗玛峰就上去过三回。

这次会面比较务虚，谈的都是形势、政策、趋势层面的问题。萧衍庆说 Inletam 总部对于 RISC-V 这个架构非常重视，CEO 让他们满世界搜罗有潜质的 RISC-V 公司投资，在其他地方已经有了投资案例，在中国还没有，掌芯科技是他们选中的第一家。

任大任说真的太荣幸了，然后把郑文杰狠狠地赞美了一通。

萧衍庆说：“投资进度还得加快，要赶在那个《CHEAPS 法案》（虚构的芯片法案）通过之前。”

任大任问通过概率大不大。

萧衍庆说：“很大。如果通过，你们这个 case（案子）就 shut down（关闭）了。"

当天晚上，萧衍庆就向总部做了汇报。半夜十一点多，郑文杰在群里问任大任和邓肯，明早六点能不能跟他们总部的人开个视频会？

任大任说可以，没问题。

但是有个问题。邓肯私下提醒，得有人翻译。

任大任说：“我口语不行。”

邓肯说：“我英语不行。”

这大半夜去哪儿找翻译？

"对了，谢雨霏！她英语不错，口语也可以。"

任大任立刻联系了谢雨霏。

早上五点半，谢雨霏就已经在公司了，她连夜翻译了 PPT 和全部文档。

和他们开视频会的是 Inletam 主管全球投资的主管。会议进行得很顺利，如果不是先登科技的问题还没解决，双方就隔着屏幕握手成交了。

"怎么还不见咱们？"任大任有些沉不住气了，转股还有一套手续要办，也需要不少时间。

一连等了三天，任大任实在等不及，就让邓肯给谭耀祖打电话。

谭耀祖这次接了，声音还带着冰碴儿，说尹总出差了，上午刚走。邓肯问得出差多久。他说两星期吧。

"去哪儿去这么久？"

"商业机密，不便透露。"

又过了两个多星期，谭耀祖来了电话，说："尹总明晚请你俩喝酒。"

上次跟尹灼华喝酒还是刚拿到先登科技天使轮投资没多久，这一晃就要分道扬镳了，难免让人唏嘘。

"老尹这顿酒是要跟咱好聚好散，还是恩断义绝？"邓肯见任大任不吱声，又说，"上次跟他喝完，我缓了三四天这酒才彻底醒。他怎么那么能喝？挺大岁数了都！"

"他年轻的时候肯定更能喝。"任大任说。

第二天傍晚，他俩按照谭耀祖的共享位置打车到一条胡同口。这条胡同比较宽，汽车能单向行驶，但邓肯随任大任下车，步行进到胡同里。

胡同两侧都是民居，左边是正门，右边好些是自家开的小门。有一家门口堆着沙子，小孩拿铲子在沙堆边上玩儿，家长在旁看着。

因为是下班时间，胡同里往来的汽车、自行车、电瓶车、三轮车、三蹦子比较多，居然还有走街串巷卖糖葫芦的，时光一下子倒回三四十年前。

他俩在一座广亮大门前停下。看门牌号应该是这里。

朱漆大门紧闭。门前是三凳的青石台阶。两下里的圆形抱鼓石像是老物件。砖檐下的门簪、檐枋和花板已不那么鲜艳，却和面貌也已不那么清晰的墀头、雀替、垂珠更相得。门楼以及两侧院墙的青砖灰瓦不疏不密，越看越从容，越看越大气，整座四合院的立面仿佛工笔勾勒，一笔到底。

这是什么私家菜吗？瞧着不像对外营业的场所。

邓肯给谭耀祖打电话，说："我们到门口了。"

不一会儿院门由内敞开，身着便装的谭耀祖请他俩进院。

影壁墙上雕着锦簇的花团，居然还有花香。绕过影壁即是开敞的院心。院心修葺得很规整，没做什么装饰，只在大块方砖铺就的步道两侧栽了两棵枝叶繁茂的桂花树，树冠上翠绿间镶着鹅黄，树下也鹅黄点点。

也不像是私人会所。生活气息和桂花香气一样浓郁。

谭耀祖将他俩带进正房堂屋，请他俩在西首的老式圈椅上落座，然后轻敲东屋的隔扇门说："尹总，他们到了。"

邓肯来回摩挲着包浆的椅圈，打量厅堂内的陈设，不论家具还是瓷器、字画，包括谭耀祖刚刚敲过的那扇镂空雕花的五抹格子门，应该没一件出自今人之手。

隔扇门开了，尹灼华从东屋出来，也是很休闲的装束，面上却很严肃。

"路上堵车吗？"他来到厅堂正中的八仙桌旁，在东首的太师椅上坐定，谭耀祖在下首陪坐。

"我们提前出来的，不算太堵。"任大任赶忙回答。

"公司还在那个地方吗？"尹灼华又问。

"还在。"

"快容不下你们了吧？"

"容得下，我们把一整层都租下来了。"

尹灼华长长哦了一声，说："你现在面子很大呀，都能请动厉永明来给你当说客了。"

"不是说客，就是想见您一面，当面向您解释清楚。"

"还解释什么？我已经很清楚了啊，你是希望我退出，不要妨碍你发财。"

"不是……"任大任正待辩解，一个瘦巴巴保姆模样的老妇人提着开水壶来给沏茶。

尹灼华黑着的脸色浅淡了些，和缓地对老妇人说："让老高少炒两个菜，他腰还得养，不能累着。"

"他乐意，甭管他。"老妇人干脆利落地倒着茶，头也不抬，很随意地回着话。

茶沏了一圈，热气腾腾。老妇人拎壶下去，厅堂里又冷了。

"是这样的，尹总，我真的非常感激您当初的支持，没有您就没有掌芯科技没有我的今天，我真是把您当恩人，您永远都是我的大恩人……"

任大任一定事先准备好了一整套的说辞，所以滔滔不绝。尹灼华一眼都没瞧他，先是端起盖碗茶，拿茶盖轻轻拨弄茶水，浅呷之后又将茶放下，目不转睛地凝视着厅堂外。

一套说辞完毕，尹灼华无动于衷，任大任不得不换另一套说辞。

几次讲完，又几次无奈地继续讲。

如坐针毡，如芒在背，如履薄冰，如鲠在喉，这些感觉一定轮流在给任大任上刑，邓肯都替他难受，可该遭的罪总要遭，谁也代替不了。

实在讲无可讲，任大任停了下来，像脱了层皮，脸色白了不少。

尹灼华这才瞧瞧他，说："我刚从欧洲回来，知道我干什么去了吗？"

邓肯猜是为了那个项目，但他和任大任谁都没接话。

"我是去签约的。"尹灼华自问自答，然后冷笑，"没想到我人都到了，第二天就签约了，结果人家把合同撕了，告诉我交易黄了，谈好的收购协议不算数了！知道这是什么吗？这是言而无信，是背信弃义！什么他妈的契约精神，全都是放屁！"

"因为什么？"任大任问得小心翼翼。

"因为他们要听美国人的！"尹灼华不屑地，像吐了口痰。

"我们和 Inletam 也是，"任大任诉苦，"都谈得差不多了，Inletam 说要等您这边先有动作，他们才能投。"

"动作？"尹灼华冷笑，"什么动作？"

任大任张口结舌。

"愿意等就让他们等吧，等着看我有什么动作。"

没人讲话了，气氛又冷又尬，邓肯生怕尹灼华端茶送客。

这时一个瘦高老头儿从外面进来，跨过门槛就问："都弄好了，端上来吗？"

"端上来吧。"尹灼华起身，径直朝西屋走去。

谭耀祖也站起来，什么都没说，示意邓肯和任大任赶紧跟着。

西屋里摆了张圆桌，四把椅子，尹灼华让谭耀祖再给老高加把椅子。

不一会儿，应该就是老高的瘦高老头儿和刚才那老妇人端着大盘小盘上来了，四冷八热摆了一桌。

"你也坐。"尹灼华招呼老高。

"你们谈正事儿，我就不坐了。"

"坐吧，正事儿谈完了。"尹灼华说。

老高不好意思地坐下，嘿嘿笑着跟任大任和邓肯点头打招呼。

老妇人给老高拿来碗筷。谭耀祖从外面抱了箱茅台进来，一人给发了一瓶。

"哎呀，你来就有茅台喝！"老高乐呵呵地拧开瓶盖，给自己倒上。

"我不来你也可以喝啊，那么多箱呢！不是跟你说了吗？"

"我可舍不得！"老高嘿嘿笑着，"你嫂子也不让。"

酒是好酒，菜也是好菜。听口音，老高应该是个淮扬厨子。每次都在公司楼下的淮扬会馆招待客人，邓肯都快吃吐了，但老高这淮扬菜做得有一手，再正宗的会馆也吃不着他这味道。

尹灼华果如他所言，绝口不再谈正事儿。邓肯和任大任交换眼色，只能干瞪眼。不过，尹灼华心情倒是好了许多，甚至有了笑模样，跟他俩唠家常，给他俩讲从前。

好汉不提当年勇，除非上了年纪。同样的故事已经听过一遍，但这次尹灼华加进了老高，一下子有了新意。

尹灼华说老高是他老班长。

老高说："炊事班班长。"

尹灼华说："我能吃饭，他能做饭，所以我俩关系最好。"

但这还不是他俩关系这么好的真正原因。真正原因是尹灼华的命是老高捡回来的，是老高冒死把负伤的尹灼华从阵地上背了下来。

"他当年可是又高又壮，没这体格也背不动我。"尹灼华说，"但是他站着背我目标太大，也不能跑直线，就猫着腰蛇形走位，结果腰累出了毛病。"

"哪是因为背你？那是回老家种地累的。"

尹灼华一米八五朝上的大个儿，虽然上了年纪，但仍黑铁塔一样壮实，邓肯一直觉得面对他很有压迫感，背他的人肯定更有压迫感。

"过命的交情。"邓肯感慨了一句。满桌人为这句干了杯。

"知道我为什么爱喝茅台吗？不是因为贵，是因为我跟我好多战友最后一次喝的就是茅台。"尹灼华有些动情。

"炮兵轰，步兵冲，炮兵轰完步兵冲……"

尹灼华讲着，仿佛炮火依然在耳畔轰鸣。

"第一个冲出去的总是你。"老高说。

"刚开始可不是，我也厌，是真害怕。但是冲锋号响起来，身边战友都冲出去了，那时候脑袋嗡的一下就空白了，完全是本能，就是跟着冲，往前冲，什么都不怕了，去他奶奶的……"

任大任和邓肯一起敬了他和老高。

邓肯刚刚还想把话题扯回到正事儿上，这时候酒有点儿上头，他也心想，去他奶奶的，爱谁谁吧。

尹灼华像又重披戎衣，豪情大发，说："你们不是想让我退股吗？行，只要你们能把我喝倒！"

"是一起跟您喝，还是轮流跟您喝？"任大任问。

尹灼华乜斜着眼睛说："随便。"

邓肯心想，是爷们儿肯定不能合伙欺负人，可是，他俩加一起都未必能喝过尹灼华，所以当君子不如当孙子，用兵法不如打乱仗……

任大任逮着个由头就敬尹灼华，邓肯也见缝就插针。老高果然是好战友，每次他都陪一个，陪完还朝他俩亮杯底。谭耀祖相对就比较鸡贼，他负责监酒，任大任和邓肯差一滴倒不满，他都得给抹平。

两个"小家伙"对上两个"老家伙"，瓶子里的酒很快都一滴不剩。

"子弹打光了，他奶奶的。"

尹灼华让谭耀祖又搬来一箱"弹药"。

"管够,有的是……"

邓肯将新"子弹"上膛,但酒已经对不准酒盅,洒了好些在桌上,被眼尖的谭耀祖发现。

"不能耍滑头!"谭耀祖说。

"不能浪费酒!"尹灼华也说。

邓肯嘴贴着桌子,把洒了的酒吸进嘴里。他抹抹嘴,像蹭干嘴角的血。

很快菜也光了。老高说他再去炒俩。尹灼华说再炒盘花生米,拍个黄瓜就行。

尹灼华酒兴正浓,谈兴也正浓。任大任已经不给他敬酒,开始自斟自饮,一边喝一边大骂那只专门卡人脖子的黑手。

"它有手,咱也有手,咱和它掰手腕,看谁骨头硬,坚持到最后!"尹灼华拍着任大任肩膀说。

"看看我的手,再看看你的手,都是白手起家的手!咱们这个国家也是白手起家!"尹灼华给任大任斟满酒,也给自己斟满酒,"我当初办企业,咱们还在山脚下,仰攻太难了,不像现在,已经攻到了半山腰,所以得发起冲锋了,往山顶冲,你,我,咱们都得跟着一起冲!"

"冲!"任大任一饮而尽,然后就趴桌子上起不来了。

"该我了!"邓肯端起酒杯,向尹灼华这座高峰发起冲锋。

"还行吗你?"尹灼华没事儿人似的问。他竟然一点儿醉意都没有,那些酒不像喝进了他嘴里,而像倒回了酒瓶里。

"我可以,我没事儿,我去趟厕所。"邓肯打着酒嗝,摇摇晃晃去,又摇摇晃晃回。

谭耀祖怕他摔了,就陪他一起,还在厕所告诉他:"尹总好久没这么痛快了。"

不一会儿,老高端来了花生米和拍黄瓜。花生米贼香,拍黄瓜贼脆。

尹灼华说酒盅不过瘾,要换成碗喝。

碗来了,一人一碗。幸亏他只带头儿喝了小半碗。

"尹总，我敬佩您，我和大任……一直把您……当榜样，我们希望……掌芯科技……有朝一日……也能……像……先登科技……一样成功……"

邓肯磕磕绊绊把话讲完，却换来尹灼华一句"没出息"。

尹灼华生气地教育他说："把公司干得像我一样算什么本事？你们得让掌芯科技超过先登科技！我当初给你们投钱，也不是想从你们身上赚回来，你们给我赚的那点儿钱，还不如我买这小院儿赚回来的多！"

"我投你们不是为了赚钱，那钱我不要都行！我是把你们当战友，希望你们能真正干起来，跟我一起冲！冲锋的人越多越好，漫山遍野都是人，就总有人能冲上山顶去，不管那人是不是我，是不是你！"

"一代人要比一代人强，我早晚有冲不动的一天，所以我给你们吸引火力，你们继续冲锋！"尹灼华忽然哽咽了，让谭耀祖把酒给他倒满。

"你咋了？"老高问。

"我想老瘪、顺来他们了，没他们我活不到今天，赚不到这么些钱，所以钱对我不重要，真不重要……"

"你喝多啦……"

"我没喝多……我想他们……"

邓肯给自己倒满酒，陪尹灼华把酒喝干。

他忽然对这房间，对这房间里的人，甚至对他自己，都生出一种抽离感。他像从身体里出来了，仿佛在现场，又仿佛不在。眼前的一切如同放电影，或者放纪录片。他看到他们的嘴在动，但声音不像同期声，却像画外音，而且这声音越来越轻、越来越远……

九

邓肯是被渴醒的。他眼珠干涩地转着，打量着陌生的房间。

房间有古意。他躺在架子床上,帷幔挂在挂钩上,窗帘透进来幽微的光。

我没回家？这是哪儿？

他大脑也干涩地转着,费了好大力气,才回想起昨晚跟尹灼华他们喝酒,但却无论如何都记不起自己是怎么到这屋里来的。

身上盖着毯子,衣服也没脱,鞋已不在脚上,手机就在床头。

邓肯瞅了眼手机,还不到五点。

都快五点了？

我在外面睡了一宿？

他赶紧又看手机。昨晚十二点多有跟老婆的通话记录。

电话是老婆打来的,时长二十多分钟。看来是跟家里详细汇报过了,但到底有没有报备晚上不回家？他不确定。

嘴里干干黏黏,嗓子眼儿像熄了火的灶膛。邓肯起来找水。小冰箱里有矿泉水。冰凉的水下肚,燥热瞬时消减,但手脚还绵软无力,连只鸡都逮不住。

喝断片儿可真糟糕,不知有没有丢人现眼。不过,这茅台可真是好酒,喝么多都不头疼,不想吐。

是马上回家,还是睡到天亮？邓肯攥着矿泉水在床头发呆。

屋外有响动。开关门的声音。

邓肯没听见脚步,开关门也轻手轻脚。他下意识地以为是小偷,平房很容易翻墙进院。

怎么办？他有点儿紧张。小偷肯定比鸡还难对付。

但转念一想,就算是小偷也不怕,这院儿里这么多人呢,还有俩退伍老兵,大伙儿一拥而上,肯定能把小偷拿下。

不一会儿,院心里有了声响,是在冲马桶。原来是起夜。邓肯放下心来,忽然也有了尿意,便穿好鞋出去上厕所。

他在院心碰见了任大任。任大任说他被尿憋醒了。

"喝断片儿了。你们又喝了多少？"

"不记着了。"邓肯说。

他撒完尿出来，任大任还在院心，仰头望天。

天已蒙蒙亮，星星还没打卡下班。

"干啥呢？"邓肯问。

"站会儿，透透气。"

空气是挺好，含氧量也高，还是桂花香型。邓肯深呼吸，感觉又舒畅了些。

俩人呆站着。

任大任忽然说："我想好了，答应赵用心，让同芯半导体进来。"

邓肯问："你酒醒了吗？没说醉话吧？"

任大任瞅了他一眼，说："没开玩笑。"

"我以为你已经拒绝了。"

"没有，我说还在考虑。"

"你可真能考虑。"

"不考虑好能行吗？哪一步走错，都可能前功尽弃。"

"让同芯半导体进来，不怕跟 Inletam 和联创冲突吗？"

"怕，但是咱们更需要战友，真到那一步，需要的就不只是合作伙伴，更是真正跟咱们在一个战壕里的同志。"

"你昨晚上到底喝没喝多？我看你动都不动了，怎么老尹说什么你都知道？"

"我身体动不了，不代表我脑子动不了。"

"我们可没说你坏话啊！"

"那当然，咱们是战友嘛！"

天的亮度又被调高了些。星星们不见了，月亮也卸了妆。

太阳该出来了。

好久没在二环内看日出。上一次还是二十多年前，邓肯初中毕业，他爸妈带他来北京看升旗。

邓肯陪着任大任，朝着日出的方向。天边渐渐泛红，国旗也要升起来了吧？

"起得真早你俩！"尹灼华立在堂屋门口，背着手，脸上泛着朝阳一样的光。

"待会儿吃完早饭，咱们一起出发。"他说。

邓肯这顿酒又醒了三四天，不过这酒喝得通透，酒醒后有种豁然开朗的感觉。

尹灼华竟然"言而无信"，虽然邓肯和任大任没把他喝倒，但他还是同意了退出掌芯科技。

没几天，先登科技在欧洲收购受阻的新闻就出来了，邓肯和任大任都有了同仇敌忾之感，尹灼华那天的难受劲儿，他俩也能感同身受了。

又过了一个星期，谭耀祖来电话说，先登科技董事会已经通过了退出掌芯科技的决议，转股可以启动了。

邓肯第一时间就通知了郑文杰，郑文杰也第一时间汇报给萧衍庆，萧衍庆说事不宜迟。

于是，A轮融资和转股同时启动。除了Inletam、迪威乐普和同芯半导体，还有做光伏逆变的映天和征日。阵容一下子这么强大，真让人始料未及。想当初任大任还为A轮融资发愁，可如今他依然发愁。

发愁的内容不一样了。之前是愁没有合适的投资方，现在愁的则是每一家投资方的额度怎么分配。映天和征日要求不高，同芯半导体也好商量，主要矛盾集中在Inletam和迪威乐普身上，这两家都要当领投方。

只能耐心做工作。Inletam对领投依然很执着、很坚持，强调掌芯科技是他们在中国投资的第一家RISC-V企业，一定要拿到领投才好向总部交差。

这边工作做不通，又去做迪威乐普的工作。迪威乐普更不退让，说A轮领投早就讲好了，不能办完事儿就不认账。

相对来讲,迪威乐普态度更强硬。一是它自觉占理,另外也是算准这轮融资要赶在《CHEAPS法案》通过之前,掌芯科技和Inletam谁都拖不起。

最后还是Inletam做出让步,对他们来说,能不能投已经比是不是领投更重要了。为了加快进度,有问题随时视频磋商,任大任、邓肯、谢雨霏这三人组一连几天睡在公司,白天才抽空儿回家换衣裳。

眼见协议马上敲定,就差签字画押,却等来《CHEAPS法案》被通过的噩耗。

连日来的辛劳全部付诸东流,任大任窝火、窝囊成了第二个尹灼华。

"塞翁失马,焉知非福。失之东隅,收之桑榆。"邓肯嘴上劝任大任,心里却也如同彩票开到最后一位才发现没中一样沮丧。

得知Inletam不投了,六合创投和红石资本相继表示这轮要跟投。

迪威乐普、同芯半导体、映天、征日再加上这两家,这轮看上去也挺壮观,可任大任力求完美的强迫症又犯了,总感觉还差点儿什么。

"你就是胃口被吊起来了,要是没Inletam这档子事儿,你肯定也不会这么觉得。"邓肯劝他说,"已经很不错了,知足吧,多少公司现在都拿不到投资了呢!"

"咱们不一样。"任大任就是不满足。

可能是"念念不忘,必有回响",就在A轮融资都谈差不多的时候,夏总忽然来电话说:"达比特主管投资的负责人想见你们,想和你们谈投资。"

真的"失之东隅,收之桑榆"了!任大任兴奋地问邓肯:"你嘴开过光吧?"

邓肯也兴奋得直揉嘴。前几天达比特市值刚刚破万亿,他还为没能搞定达比特而着急上火呢。

"咱们去深圳见他吗?"邓肯问。

"不用,他来北京。"

"哪天来？"

"后天。"

达比特要投资的消息在公司内不胫而走，虽然八字还没一撇，但并不妨碍纪程远拿这事儿"问责"邓肯。

"我说先做0050，再做024，你不同意，这下好了，达比特找上门来了，咱们连个现成的东西都没有，万一因为这个达比特不投咱们了，这个责任你负吗？"

纪程远这样讲属于夸大其词、危言耸听。达比特如果真想投资，也不会因为没有现成产品就不投了，可要说一点儿影响都没有，似乎也不大可能。

这责任撇不清了，邓肯暗暗叹了口气。

不过，他并没有替自己辩解。经纪程远这么一闹，任大任看上去也不怕一万就怕万一了。他问纪程远："马上开始呢？"

"马上开始，马呢？哪有现上轿现扎耳朵眼儿的？我当时要先做0050，你不也不赞成吗？现在我忙0040，也是你们定的，所以没时间，做不了！"

纪程远越说越气，越气越像河豚。

F280040是为迪威乐普量身定制的那款芯片，也很重要，的确不能停，所以任大任问："郭凯文和冯壮呢？他俩有时间吗？"

他们就是新招来的那俩挺厉害的设计工程师。纪程远迟疑了一下，说："他俩也没时间，还是我做吧，其他人都指望不上，都不靠谱！"

任大任立即召集相关部门负责人开会，说为了配合融资，要给F280050这个项目最高优先级，要求各部门全力支持。

纪程远也开了他部门的内部会议，从其他项目组抽调了人手，专司F280050的研发。

约好的当天，达比特主管投资的负责人在夏总陪同下来到公司。

夏总说："本来是想安排你们晚上一起吃饭见面来着，结果钟总非要马上过来,一刻都不想耽搁。"

这位钟总名叫钟铭铨,是一个挺壮实、讲广普的中年男人。他给人的感觉也很实在,说:"吃饭不重要啦,谈正事重要。"

"吃饭也重要,晚上我们安排。"邓肯忙说。

任大任给钟铭铨介绍融资情况和研发进展,讲到 F280050 的时候显得有点儿怯,说这款芯片已经在研发了,因为前期工作量大,人手不足,所以还没设计完成。

钟铭铨只是点头,没什么特别表示。

任大任说,做芯片是个精细活儿,不可能很快,一颗芯片得反复打磨,经过多次迭代,才能趋于成熟,稳定运行;从芯片出来,到大规模量产,再到厂商导入,大规模商用,又是一个漫长过程。他说他也很着急,但是没办法,要看到营收、看到盈利,就只能艰苦努力,耐心等待,所以不管做芯片还是投芯片,都没办法赚快钱,想赚快钱就别涉足芯片行业。

任大任这些肺腑之言,钟铭铨深以为然。他说:"任总你说的很对,这个我深有感触,真正一颗芯片用到我们车里,测试、验证都是一关关一道道,反复确认没有问题才 OK。所以,我们不着急用你们的芯片,我们这么大公司不缺钱,投你们也不是为了赚钱,我们看中的是你们完全自主的知识产权,这对我们开拓全球市场非常重要。"

听钟铭铨这样讲,邓肯和任大任都松了口气。任大任顺势说这轮融资可能来不及了,因为都谈差不多了,但是可以在这轮结束之后马上为达比特专门开一个 A+ 轮。

钟铭铨说:"A+ 轮很好,没问题。但是这轮我们就想进来,不然我也不会这么着急来北京。"

他的态度很坚决,充分展现了万亿级上市公司说一不二的霸气。这可让任大任作了难。任大任说:"如果这轮就进来,那额度可能就比较低了。"

钟铭铨说:"只要别太低就行。"

谈完之后,又领着钟铭铨在公司转了一圈。转到纪程远那儿,纪程远立刻撂下手头儿工作当起了讲解员，也不管钟铭铨听懂听不懂，就给人家讲 F280050 的设计思路、设计进展和技术细节，甚至有些不能说的技术机密也说了。还说这颗芯片虽然刚刚开始设计，但是凭借他在日本汽车电子大厂工作多年的丰富经验，一定能够在最短时间内拿出让人满意的产品。

所以当晚在楼下的淮扬会馆招待钟铭铨，故意避开了也准备下楼吃饭的纪程远。

钟铭铨夸赞淮扬会馆的菜正宗。邓肯说："前阵子我们吃的比这家还正宗。"

钟铭铨不见外地问道："那怎么不带我去？"

邓肯大笑，说将来有机会，然后就给他讲起老尹、老高还有那四合院。

钟铭铨听得津津有味，说："没想到尹老板这么传奇，还这么讲义气，下次一定引见我和他认识，我对他仰慕已久，也想顺便尝尝他老班长的手艺。"

酒酣耳热之际，钟铭铨透露说，芯传微电子的 MCU 已经上车了，现有车型和新车型都会用。

任大任一听就有点儿急，连忙拜托钟铭铨先帮忙推动一下产品上车，不要等到投资完成以后。邓肯也向钟铭铨保证，掌芯科技 DSP 的性能绝对不比芯传微电子的 MCU 差。

钟铭铨答应帮忙，但也说在他们内部投资和生产是两条线，他也就是送一下样片，干涉不了生产部门用还是不用。

"没关系，送到就行。"邓肯忙又拜托。

第二天一早钟铭铨就回去了，第三天盖了达比特公章的 NDA 就寄到了。

不着急赚钱却着急花钱的 NDA 拿着更压手。不得已，A 轮融资又重启协商，希望各方都能匀出一些额度来给达比特。

然而，并不是所有投资方都好说话，迪威乐普依然没得商量，同芯半导体因为已经过会，所以也没办法。倒是映天和征日很给面子，每家都让了一点儿空间出来；红石资本因为本身是达比特股东，所以也很痛快；六合创投就更不用说了,老柴从来都善解人意,成大事不拘小节。

可好容易凑出来的份额,钟铭铨却嫌少,说就给1%像从牙缝儿里抠出来的,讲出去让人笑话。

本来也是从牙缝儿里抠出来的。任大任找夏总和老柴商量。这两位一合计,说:"我们可以再让一些出来,但是你也要再拿出来一些,而且A+轮我们还要继续跟投。"

任大任接受了这个方案,又释放出1%的投资额度,加上六合创投与红石资本让渡出来的部分,一下让达比特的持股比例占到了总股本的2%以上。

投资额度的事情总算告一段落,只要达比特完成尽调,这轮融资就可以顺利结束。然而,达比特的尽调又是一个漫长而又折磨人的过程,他们的尽调团队在技术上较真得像Inletam,在财务和法务上比迪威乐普还有过之而无不及。

几拨儿人轮番轰炸,好几次夜里十一二点,达比特的人还给邓肯发微信、打电话,他妻子忍不住问:"又有外国公司想投你们?"

这样的煎熬持续了将近一个月,终于也告一段落。可是尽调结束后,连着一个多月都没人再主动联系邓肯和任大任,这事儿就像从没发生过,他俩就像被世界遗忘了一样。

任大任沉不住气了,让邓肯联系钟铭铨,问怎么回事。钟铭铨告诉邓肯不要着急,说投资建议书已经交上去了,还要等老板过目。

时间越久,就越让人心里没底。别的投资人也不停在催,心烦意乱的邓肯开车在地库出口拐弯时,不小心刮坏了左侧的后视镜。

后视镜耷拉着,垂头丧气。钟铭铨偏偏这时候打来电话,邓肯忽然有种不好的预感。

他将车开出地库,找地方停好,随即把电话打了回去。钟铭铨说:"这周五过会。"

"太好了!"邓肯没忍住,泛出了泪花,耷拉着的后视镜里泪光闪闪。

"过会的一共有十五件案子,到底投哪些,还得老板定。"

"没事儿,能过会就好!"

邓肯当即把这个喜讯告诉了任大任,任大任也喜不自胜。

可转过天来,任大任又犯起了嘀咕,问他:"达比特已经用上芯传微了,你说会不会对咱们有影响?"

"应该不会。"但是邓肯也没十足的把握,毕竟能拿到达比特创始人纪维纶面前的,没有一件是不值得投的。

这才周二,离周五还有四天时间。这四天过得很不踏实,吃饭不踏实,睡觉不踏实,连坐马桶上也不踏实。这个会偏偏还是下午六点才开,好容易等到周五,还要再挨到天黑。

一过六点,任大任就开始问有消息了没有,邓肯说哪儿那么快?

可到了七点依然没消息,他俩就都有点儿坐不住了。

希望是好事多磨,但也别照着铁杵磨成针那样磨。邓肯给钟铭铨发消息,钟铭铨没回他,直到七点半都杳无音信。

"要不先去吃饭?"邓肯问热锅上的任大任。

"吃什么饭啊?哪儿吃得下去啊?"

到了八点半,钟铭铨才把电话打过来,说:"刚散会,敲定了,下周一就给你们发 TS(投资意向书)。"

"这万亿级的大公司,可真是静若处子,动若脱兔!"邓肯又来了逗哏的劲儿,拉着任大任下楼,拉面、烤串加啤酒,狠狠炫了一顿。

投资意向书果然周一发出来周二就到了。

钟铭铨说:"给你们五百万先花着。"

任大任抚摸着意向书说:"你瞅瞅,这纸像不像是再生纸?"

邓肯一瞧,还真是,纸面蓝汪汪的,又薄又软。

"这才是有钱用在刀刃上啊,"任大任感慨,"咱得向人家学习。"

再有一周就过春节了,雪花在窗外飘飘洒洒,邓肯敲下最后一个按键,完成了今年的年终总结。

他靠在椅背上,盯着自己码的这么多字儿,回想今年干了这么多事儿,强烈的自豪感油然而生。

真特么牛!邓肯攥紧咖啡杯,灌下一大口冰咖啡。能干到这一步,就已经战胜了全国 96.63% 的同行,剩下那 3.37% 就留给明年的自己吧!

他要好好歇歇,利用这春节假期,就好比小组赛出线进入淘汰赛之前,都要好好歇息一番。

亲亲闺女,抱抱儿子,再带姐弟俩去趟环球影城。女儿说她一定要亲口教育一下那个讨厌的威震天。

这个愿跟孩子们许了好久,不能再留给明年的自己。而且,春节前去环球影城肯定人少,邓肯十分讨厌排队。

他给妻子打电话商量。妻子说:"那就明后天吧,已经订好回去的机票了。"

"那我得请年假。"邓肯说。

"你还有年假呢?"妻子问。

邓肯去找任大任请假。任大任说他也想休假,可惜还得陪着研发加班。

"你得做好表率。老板要撤了,手底下人肯定就都摸鱼了。"

邓肯开了几句玩笑,出来又帮行政贴了几张福字,过年的气氛一下子就有了。

瑞雪兆丰年。不断有雪花扒着窗玻璃往里瞧,它们一定是好奇怎么其他楼层都空了,就这层还这么多人,还这么忙碌?

一想到提前撤,邓肯又有点儿不好意思了。明年的任务更加艰巨,想在三年之内成功上市,明年就必须把销售收入做起来。B 轮的融资逻辑同样如此,想要拿到更高估值,也得有实打实的业绩做支撑。

妻子手真快,已经买好了后天去环球影城的门票。"晚上你跟你闺女说吧。"妻子把给孩子惊喜的机会让给了邓肯。

邓肯难得勤快,收拾了一下办公桌。桌面上趴了一年的灰尘也飘飘然了，一些调皮捣蛋的还钻入他的鼻孔，让他连打好几个喷嚏。

喷嚏把任大任给招来了。邓肯擤完鼻涕讲不出来话，感觉喷嚏还没打完。

"甭休假了，明天得出差，纪维纶要见咱们。"

邓肯果然又打了两个喷嚏，鼻子囔囔地问："见咱干啥？老钟跟你说的？"

任大任点头说是。

"啥重要的事儿？马上就过年了。"

"没啥重要事儿，就说要和咱当面聊聊。"

"达比特没放假吗？头一个月我就听路通说，深圳好些工厂都已经放假没人了。"

"他们得年三十。"

"可真拼。"

"老板做表率，能不拼吗？"

虽然纪维纶不是谁都能见到，可邓肯实在不想春节之前再专门飞一趟深圳就为了跟他见一面，更想不出该怎么跟孩子说环球影城又泡汤了，因为爸爸要出差。

雪落在路面上半化不化，车堵在路面上半走不走。不愿堵车，又不愿很快到家，邓肯不停地摁喇叭。

车子在引桥上打了个滑，惊出他一身冷汗。他本能地急踩油门儿又急点刹车，车轮才分毫不差地从泥泞的冰水混合物里冲到尚有摩擦力的地方，否则不是追尾顶上前车，就是溜坡撞上后车。

到家已经快九点了。一进门，女儿就扑住他问："爸爸，我们后天是去环球影城吗？"

邓肯瞧了妻子一眼。妻子抿嘴一笑："对不起，没憋住。"

轮到邓肯说对不起了。他抱歉地告诉女儿："爸爸明天得出差，咱们春节回来再去好不好？"

女儿一言不发地走开了。儿子喊着他要打威震天，跟在姐姐屁股后面。

妻子埋怨说:"怎么又出差?马上就过年了。"

"我也不想啊,忽然就让我和老任过去,达比特的大老板想见我俩。"

"协议不是年后才签吗?"

"所以年前要见面聊聊。"

"那你哪天回来?"

"后天吧,下午回不来,我也肯定坐晚上的飞机回来。"

"要是还有其他事儿呢?"

深圳比北京热三十多度,一下飞机身体就放松了,心情也松快下来。

路通开着路虎来接,把殷勤献到了极致,问怎么突然过来,是不是有要紧事?

邓肯说:"任总来视察工作,看你有没有偷懒。"

"我可不敢偷懒!"路通顺势把年终总结写过的内容又详细汇报了一路。

晚上接风,才告诉路通明天要去达比特见纪维纶。路通立即问:"能带上我吗?"

"下次吧。"邓肯说,"去达比特得提前一天预约。"

邓肯没忘给路通"拧螺丝",说明年至为关键,分配下去的销售业绩必须完成,过完年所有销售人员包括他自己都要签"军令状",如果完不成,年底就要服从公司安排。

"你不说,我肯定也全力以赴。深圳这边公司产品化速度都特别快,咱必须得把市场先占上,所以领导一定得大力支持啊!"路通向任大任敬酒。

任大任用满满一杯回应了他。

"我明年肯定也经常来深圳陪你。"邓肯给他俩倒满酒。

酒精和冷气让邓肯夜里睡得很沉,醒来之后神清气爽,仿佛蛰伏了一冬的种子,终于破土发芽。

酒店就在达比特附近,步行只用了八分钟。

将近一年,邓肯再度站到了达比特门前。达比特工业园的大门依然宏大，只不过这次，他已不再渺小，不再微不足道，他凭本事站到了这里，他是这座园区主人的客人，被钟铭铨派来迎候的人接了进去。

会不会碰见那位姓陈的采购经理？邓肯心想。哎，碰见了也不认识，我连人家面都还没见到过呢！

第三季

轮到你出牌

一

透过大巴车的前挡风玻璃,已经能够望见凯宾斯基酒店的主楼,也就是传说中的"日出东方"。

太阳光很好,看什么都透亮,蜿蜒的柏油路在蓝天、绿草衬托下也格外油亮。

"我怎么觉得像烧饼呢?"姚乐萌忽然大嗓门儿地对邻座说,说完还咯咯咯地笑,笑声很洪亮。

"萌姐,你中午没吃饱吧?怎么能像烧饼呢?"

"那你说像啥?"姚乐萌问完又大声地笑。

"我看像贝壳。"付昊说。

"哪像贝壳啊?"姚乐萌一转头,"帮主,你说像啥?"

乔劭旸正在出神。

"那酒店,像啥?"

乔劭旸想了想,说:"像香水瓶。"

"你还喷香水呢?"姚乐萌大声问,前半车厢的人都听见了。

谢雨霏回过头来,与乔劭旸目光相碰。

车停了。

人到了,酒店却没空房,说是三点以后才能入住。宋琳琳和前台交涉,姚乐萌凑到跟前听,回来大咧咧地抱怨说:"还不如中午多吃会儿,烤羊排最后才给上,根本没吃几口,全浪费了。"

"那你怎么不打包呢?"付昊问。

"我怕你们笑话我。"姚乐萌说。

宋琳琳跟前台交涉无果，黑着脸招呼大家，说可以在大堂休息，也可以去健身房活动，或者把包存起来，到酒店周围转转，散散步。

乔劭旸看任大任找地方坐去了，他又不想健身，便不情愿地冒着倒春寒，跟自己部门的一拨儿人去外面溜达。

酒店后面沿着湖有一条弯弯曲曲的水泥步道，湖那边是山。如果是夏季，这里倒真是个依山傍水、避暑休闲的好地方。然而此刻刮着阴冷的风，乔劭旸的冲锋衣虽然没被打透，却也被吹得紧贴在身上。

步道上有麻雀飞来飞去，蹦蹦跶跶。这伙人也叽叽喳喳，七嘴八舌。姚乐萌的嗓门儿比村口电线杆上的大喇叭还大，顶风都能传遍十里八乡。

她问乔劭旸："咱公司啥时候上市？上市给我们分股票吗？你有多少股份？现在卖也值不少钱吧？"

"我为啥现在卖？"乔劭旸瞪她一眼。

"萌姐，你似不似洒（是不是傻）？"付昊取笑她。

"你就会笑话我。"姚乐萌又咯咯咯笑了，"万一上不了市呢？那股份不白搭了？"

"你不想干了吧，萌姐？"付昊说，"公司上不了市，咱们都得失业。"

"肯定能上市，现在半导体这么受重视。"他俩的部门领导、副经理贺超说。

画饼不是乔劭旸的强项，他也没法打包票，便说："你们都好好干，公司肯定不会亏待你们。"

"先给我们涨涨工资吧！"姚乐萌说，"咱们的人挣得明显没人家芯片中心多。"

没等乔劭旸说话，付昊抢先道："你可别给帮主出难题了！咱能跟人家芯片中心比吗？人家是公司的核心资产，公司全指着他们呢。"

"我们干活儿也不少啊。他们加班，我们也加班啦！我们对公司不重要？公司不指着我们？"姚乐萌抱怨，腮帮更鼓，更像发面烧饼。

"你工资多少啊，萌姐？"付昊趁机问道。

"你多少？"姚乐萌反问。

"我个应届生，肯定没你多。"

"多少钱？你说！"

"打住啊！公司规定，同事之间不许讨论工资。"乔劭旸叫停，脸冷冷的。

他说，涨工资的事儿，公司会统一安排，预计是下轮融资之后。

付昊赶紧问："下轮融资啥时候？"

乔劭旸没理他。

付昊高高壮壮，脸蛋胖乎乎。就这么个看似憨直的胖小子，前两天却害得乔劭旸被任大任狠批了一顿。

乔劭旸问他："你工资不够花吗？"

"不够花呗。连还花呗都不够！"

"干吗了都？"

"哎呀，领导，我得吃得喝吧？得交房租吧？我还得往家里寄，供我弟上学。"

"还新交了个女朋友，刚花六千多给人家买了个新手机。"别的同事替他补充。

"都是刚需。"付昊苦着脸给乔劭旸看。

"想涨工资就先把工作做好。"乔劭旸还窝着火。前两天，任大任怒冲冲地来找他，火冒三丈地问，怎么能跟客户说凑合用？

这没有上下文的责问把乔劭旸搞蒙了。

"什么事儿你都不知道？"任大任问，"平时你是怎么教导下属的？连最起码的业务素质都没有！客户电话找过来，说IDE有问题，那个付昊，让人家先凑合用！能这样跟客户讲话吗？得给客户解决问题！这态度以后谁还搭理你？谈个客户那么容易呢？口碑全都给败坏了……"

任大任一顿猛烈输出，让乔劭旸认识到了问题的严重性。他送任大任出门，随即把付昊叫进办公室。

付昊挺冤枉，说："咱官网上的 IDE 是老版本，更新 IDE 又不是我一个人的事儿。而且我也跟我领导说了，我领导说没空儿弄，我就只能告诉人家先凑合用。"

"除了你，还谁负责 IDE？"

"文思亮，他回学校了，得毕业才回来。"

"他不回来，你就不做了？"

"帮主，真做不过来！我又画板子，又写例程，编译器的事儿也找我，我哪儿有时间？"

乔劭旸让付昊把贺超叫来。工具链这些工作都是贺超部门负责，贺超这部门也是软件中心人最多的一个。

可贺超仍说人不够用，说 IDE 真顾不上。

现在不是 IDE 的问题，是客户的问题。客户的问题永远是第一位的。乔劭旸告诉贺超，不管手里有什么要紧的活儿都立刻放下，先帮付昊把 IDE 更新了。

"你们记住，只要面对客户，就是站到了销售第一线，你们的一言一行，都会对销售造成影响。"

步道比预想的要长，走出去很远，才来到景区入口。付昊和另外几个人走得快，等其他人赶到，他们已经买好了门票。

景区内都是水上项目。湖水比丰水期至少下降了一米。

"你们进去玩儿啥？"乔劭旸说。岸上都这么冷了，水面肯定更冷。

付昊眨眨眼，瞅瞅他，又瞅瞅湖面。"我把票退了去。"他立刻说。

"人家给你退吗？"姚乐萌大喊。

"我试试。"付昊把脸堵在了售票窗口。

乔劭旸嫌冷，直接折返。酒店还没腾出空房。

任大任他们正在打牌，公司一帮人围观。乔劭旸找了个不显眼的沙发坐下，很快便被邓肯发现，非招呼他过去。

"替我打两把,我去洗手间。"邓肯迫不及待地起身,让乔劭旸坐他那儿。

谢雨霏也在,她和纪程远是对家。

"我不会。"乔劭旸推辞。

"瞎说!'跑得快'你不会?上回玩儿,属你跑最快。"乔劭旸被邓肯摁在沙发上。

任大任洗完牌,让纪程远发牌。纪程远依次发牌给乔劭旸、谢雨霏、任大任,一边发一边念叨:"邓肯这家伙,坑完队友就跑,一把好牌打那么臭,得好好洗洗手!"

牌发完,乔劭旸攥着一把10以下的自然数,左看看,右看看,又抬眼看看正专注捋牌的任大任。

"哎呀,帮主,你这牌……"姚乐萌在他身后又要开始广播。

"闭嘴!"乔劭旸回头喝止了她。

"抓啥好牌了?"纪程远给自己发的牌似乎不错,"黑桃3在谁手?"

乔劭旸抽出黑桃3亮了亮。

"黑桃3先出。"纪程远说。

乔劭旸不疾不徐,甩出一把顺子。

"3,4,5,6……"纪程远一直数到10。他问谢雨霏:"能管上吗?"

谢雨霏将牌扣在腿上,摇摇头。

轮到任大任。他扔出三张K。

"哎呀妈呀,上来就炸,连自己人都炸,有魄力!"纪程远拍手说。

"要吗?"任大任问他。

"不要。"纪程远说。

"你要吗?"任大任盯着乔劭旸。

乔劭旸犹豫了一下,说:"不要。"

"我也不要。"谢雨霏说。

任大任出了张3。

纪程远立刻出了张 6。

乔劭旸依然不要。

"6 都不要?"纪程远问。

乔劭旸没理他。

谢雨霏出了张 8。

任大任出了张 10。

纪程远跟了张 J,对乔劭旸说:"该你了。"

"不要。"乔劭旸说。

"你剩的啥牌?"纪程远问。

乔劭旸没理他。

谢雨霏出了张 A。

任大任出了张 2,没人要,他又出了张 7。

纪程远出了张 8。

乔劭旸不要。

"还不要?"纪程远问。

乔劭旸没理他。

谢雨霏出了张 K,没人要,她又出了对 6。

任大任和纪程远跟着出了对 7 和对 9。

乔劭旸不要。

"你是一上来就把能打的牌都打了吗?"纪程远问。

乔劭旸没理他。

接着几圈,乔劭旸仍没出牌,直到纪程远甩出一副三张牌的小顺子,手里只剩下一张牌。

"炸。"乔劭旸扔出三张 2。

"你是憋着炸我呢是吧?"纪程远瞪大了眼。

乔劭旸依然没理他。没人要。乔劭旸扔下对 5,先跑了。

"你还几张?"纪程远问任大任。

"多着呢。"任大任说。

该谢雨霏借风,她出了对7,也跑了。

任大任不要。纪程远也不要。

"又剩咱俩PK了,你出。"纪程远对任大任说。

任大任出了张J。

纪程远立刻把手里那张Q拍了上去:"又堵你了!"他拍手大笑。

任大任干笑几声,找人替他玩儿。他也要去洗手间。

重新洗牌、发牌。

纪程远吐槽乔劭旸给他发了一把烂牌,又问黑桃3在谁手。

乔劭旸亮了亮。

"怎么又在你手?作弊了吧?"

"那给你,咱俩换。"

纪程远没客气,接过黑桃3,乔劭旸抽走他一张7。

"真会抽,拆了我一对7,不过呢……"纪程远得意地甩出一把顺子。

乔劭旸笑笑,甩出三张7。

"又炸我!"

"你送给我的。"

"我不送了,黑桃3还你。"

乔劭旸没理他,问谢雨霏:"你要吗?"

谢雨霏眼睫毛呼扇两下,轻轻吐出"不要"二字,乔劭旸的心像片纸,飘起又落下。

那俩人也不要。乔劭旸出了张手里最小的牌。

他有意放谢雨霏,拦纪程远,让谢雨霏先跑。接下来几把同样如此。

任大任和邓肯从外面抽烟回来,纪程远憋闷地跟他俩吐槽,说:"这小子变护花使者了。"

任大任看看乔劭旸。

乔劭旸说:"下一把你俩来吧,师哥。"

"你们玩儿。"任大任说。

乔劭旸有些心不在焉，也没有再让谢雨霏。

不一会儿，宋琳琳通知大家办房卡，众人一哄而散。

乔劭旸排着队。宋琳琳招呼他去前面，不用排。他说没事儿，排会儿就到了。谢雨霏排在他身后，至少一尺的距离，他却仍能感觉到她。

就像那天。

这么久了，肩头还有被紧紧抓着的感觉，她的头抵在他的背上。乔劭旸真希望这一刻能够停下来，可惜队伍太短，前台手脚太麻利。

乔劭旸办好房卡，在电梯口拖延着，盯着手机屏幕。等谢雨霏跟同屋姓展的姑娘朝他走来，他才刚回完微信，摁下电梯。

"包好漂亮啊！华伦天奴的？不是您风格啊乔总，女朋友送的吧？"小展问。

"哪儿有女朋友？我自己买的。"乔劭旸说。

"给您介绍个女朋友？我有个师姐，北工大的博士。"小展说。

谢雨霏笑眯眯地望着乔劭旸。

乔劭旸说："谢谢，我女朋友不让。"

"您不是没女朋友吗？"小展睁大了眼睛。

乔劭旸笑着走进电梯。

他摁了15层，小展摁了16层。

"您哪个房间？"

"31528。"

"我们31628！"

"真巧。"乔劭旸说。

31528是间山景房，也可以叫作湖景房，因为山水相连。从这个高度欣赏这山水，感受大不相同。

乔劭旸撂下背包。床铺得没有一丝褶皱。一躺下，整个人就被抻平，四肢恣意伸展。

公司今年给副总也都安排了单间。去年他和邓肯同屋，听了邓肯两宿呼噜，邓肯也说他夜里说梦话。"我说啥了？"乔劭旸问。邓肯笑而不语。

虽然他俩关系不错，经常一起下楼抽烟，客户那边有难题，邓肯也常拉他一起出差，但乔劭旸还是怀疑 IDE 的情况是邓肯汇报给任大任的。因为任大任不直接面对客户，客户都是邓肯在联系。

就算不是客户直接告诉邓肯，也可能是邓肯手下的销售先告诉了他，他又告诉了任大任。或者是哪个 FAE？乔劭旸忽然想到。去年年底，公司调整组织架构，FAE 部门从邓肯手中划归软件中心。也许有 FAE 对此不满？如果有，那这人肯定不敢直接向任大任汇报，肯定是私下里报告给邓肯。

为什么不直接找我？办公室紧挨着。难道真是故意给我穿小鞋？乔劭旸蹬掉鞋，又蹬掉袜子，思忖良久。应该不是。希望不是。

如果不是还要开会，乔劭旸就直接睡到晚宴了。昨晚又没睡好。连着加了三个星期班，每天十一二点到家，躺床上总睡不着，吃褪黑素都睡不着，都神经衰弱了。就这么一个难得的放松机会还要开会，中高层挨个儿向老板述职。乔劭旸一算，人可不少呢！

开会地点不在同一栋楼，找会议室费了些时间。会场布置得很正式，还摆了桌牌。乔劭旸坐到公司领导的位子上，那些中层桌上摆的是部门负责人的桌签。

开场，任大任先讲了几句。他的气质跟从前不同了，越来越有董事长的样子。然而训自己的时候倒还像从前带课题组时一样，乔劭旸心想，可能因为是自己人吧？

述职从芯片中心开始。前端设计和后端验证两个部门的负责人先后汇报各自部门情况，然后由纪程远做整个中心的工作汇报。

芯片中心汇报的基调就是强调"快"，"快速""很快""非常快"，不绝于耳。尤其纪程远，眉飞色舞地讲述他们是如何在人员不足、工作超负荷的情况下，按时甚至超前完成研发任务的，去年年底才立项的新项目，现在就已经拿去流片了。

任大任点评。先是称赞芯片中心确实不容易，人员少、时间紧、任务重，克服了不少困难。还表扬纪程远加入公司后进入角色快，不光带来经验，还很好地适应了公司文化，并且带来了新的企业文化。

纪程远立刻抖擞起来，开始大讲他从前在日企，日本人如何敬业、日本芯片公司如何严谨以及他刚来公司的时候如何不适应。

任大任打断他。他讲得太多了，已经超时。"我最后再提一点希望。"任大任说，"虽然芯片中心各个项目的研发进度都很快，但是我希望设计一颗芯片就是一颗芯片，不要东西很快拿出来，然后发现问题又要返工，或者迭代之后才能交付客户，这样一来一回浪费的不只是钱，更浪费了时间。"

原本是领导常规性地指出不足，纪程远却黑了脸色。他争辩说："不是设计快就会出问题，有问题是必然的，没问题才是偶然的。哪有一颗芯片刚设计出来就完美无缺？肯定要拿去给客户测，发现问题再修正、再迭代，才能真正达到客户要求。而且，一些芯片要迭代并不是设计本身存在问题，而是前期市场调研没做好，产品定义没做好，没有真正从客户需求出发，才导致芯片功能和客户需求不匹配，必须迭代加入新功能才能满足客户需求。"

纪程远不仅反驳了任大任，还把市场经理和产品经理都捎上了，甚至连邓肯脸上都不好看，因为很多客户需求信息都是他带回来的。

乔劭旸下意识地动了动桌牌，纳闷地想，纪程远平时挺懂人情世故的，怎么一被提意见，他就沉不住气？

任大任皱着眉头，当老板的被下属这么撑，还是少见。在座的中层们表情都不太自然。

"你别激动。"任大任用语气压制住纪程远，"没说不能出问题，是希望尽量少出问题。这个不是针对你们，对所有部门我都希望如此。我们这样的初创公司肯定存在各种各样的问题，这都很正常，只要能发现问题、解决问题,就不怕问题。"

"我也不是否认我们有问题。"纪程远说,"起码我们出的问题没给公司造成过重大损失。我说这个也是就事论事,不是针对谁。"

有几个中层有意无意地瞥了眼乔劭旸,又赶快收回目光。

纪程远内涵的就是姚乐萌写错代码那件事儿。

最后虽然解决了,但是让公司平白多花出一大笔钱。任大任为此很生气,要处理姚乐萌,乔劭旸苦苦求情,才把姚乐萌保下来。

今天纪程远把这件事儿翻出来,他是想……乔劭旸的眉头也皱了起来。

乔劭旸笑了笑,说:"老纪,你忘了?你们硬件出的那些问题,可是我们在软件上给找补回来的。"

纪程远一龇牙:"你别误会,我不是说你。"

"老纪,你是不是打牌被打郁闷了?"邓肯"警告"他,"别忘了今晚上还喝酒呢,就你那酒量,小心被'围殴'。"

"你们'围殴'我,我就跑!"纪程远说。

会场里终于响起一片笑声。任大任没有笑,他示意软件中心继续。

乔劭旸的四名部门经理依次汇报,每个人的时间都很短,加一起也没超过二十分钟。轮到乔劭旸,他狠狠地将自己部门的人表扬了一遍,尤其强调软件中心在过去一年完成了无感FOC(磁场定向控制)解决方案的开发,这在业内仅次于TADI。未来新型号芯片搭配无感FOC算法,又可以进军新的市场领域。

他停顿了一下,然后意有所指地说:"我们软件中心也是人手不够,工作超负荷,人员工资还不如其他部门。"

"哎呀,劭旸,你也学我发牢骚,这样不好。"纪程远又跳出来"活跃气氛"。

任大任既肯定了工作,又指出了不足,依然是先扬后抑。他说软件中心作为公司核心技术部门之一,要比其他部门更接近客户,所以工作中更要有服务意识,坚持客户导向,不能对客户有丝毫敷衍、应付。

"我就不说是谁了。客户说 IDE 用着有问题,我们的某位同事居然告诉客户:凑合用。"任大任的话引来哄堂大笑。

乔劼旸正襟危坐,心里很不舒服。这是为了一碗水端平吧?谁叫我是自己人呢……

他不失风度地笑了笑,说:"我已经批评教育了。"

"我插两句。"邓肯接过话来,"从客户给我的反馈,对我们软件中心相关同事评价还是很高的,整体也很满意。工作有疏漏在所难免,年轻人,有时候说话技巧不够,这些都可以通过训练培养、加强。"

"你找时间给大家做个培训,一些必要的客户沟通技巧还是要掌握的。"任大任扭头对邓肯说。

轮到营销中心述职。华东和华南两个地区的销售负责人以及市场部负责人分别汇报之后,邓肯进行了总结:"去年,我们的业绩受产能影响很大,已经完成小批的客户迟迟无法大规模供货。工业领域也不像消费领域,本身客户验证周期就长,产能爬坡也慢,这对我们提升销售业绩都是很大制约。"

邓肯拿起面前的矿泉水,喝了一口,继续说:"好在任总和我去年已经把产能问题彻底解决,这方面再也没有后顾之忧。光伏、储能、新能源汽车这些热门赛道的头部客户我们也都完成了送样,快的甚至已经开始验证,所以今年大家全力以赴,按照去年年底任总设定的目标全速前进,拿下这些行业头部客户,我们就绝对能够完成预定目标!"

邓肯的话很振奋人心。任大任的热情也被调动起来,兴奋地鼓舞大家:"我们今年就全力以赴做大客户!和头部共舞,我们自己才能成为头部!我给大家透露一个好消息,0040 已经开始验证了!迪威乐普一旦起量,速度会非常快,大家要随时做好应对大规模出货的准备!"

大家鼓起掌来。邓肯脸上顿时有了光彩,这个客户是他拉来的,这个项目也是他力主的,他肯定是想用这个大手笔,书写公司历史。

接下来的述职,乔劼旸都没有认真听。虽然也偶尔在本子上画几笔,但画出的却是专属于某人的下颌线。

述职会开到快七点，每个人从会议室走出来都兴高采烈的。晚宴会场外铺了红地毯，立了签名板，很有仪式感。乔劢旸头一回走红毯，也是头一回在背板上签名。背板中心的位置空着，留给公司高层。乔劢旸等任大任、邓肯签完，又谦让纪程远。纪程远一点儿也不谦虚，名字签得龙飞凤舞，数他最显眼。乔劢旸在靠边一些的位置签下名字。

宴会大厅里，华丽的水晶吊灯瀑布一样倾泻，乔劢旸不由得联想起水晶鞋和圆舞曲。

显然让大家久等了，路过软件中心那几桌，姚乐萌大声问："你们怎么开这么长时间啊？饿死我了！"

"那你就多吃点儿。"乔劢旸乐呵呵地说。

任大任坐在主位，两旁是邓肯和纪程远。乔劢旸挨着邓肯坐。其他位子安排的是受领导重视的公司中层。

乔劢旸这会儿也饿了。但任大任此时处于非常松弛和亢奋的状态，上台滔滔不绝讲了十多分钟，把公司各方面的最新进展都和大家分享了一遍，激励大家为了梦想埋头苦干。

他终于回到座位，晚宴正式开始。乔劢旸提前瞧了瞧菜单，貌似没什么硬菜。

没多久，华东和华南的两位销售负责人便开始打圈儿敬酒。华东的销售负责人抢先敬了任大任。他名叫丁惠民，一看就很聪明的样子，话也说得漂亮，任大任眉开眼笑。华南的销售负责人路通没拔得头筹，便举杯先敬乔劢旸，说"以后欢迎乔总多莅临深圳指导工作"。

"以前不欢迎吗？"纪程远插嘴道。

"欢迎！以前也欢迎！"

"指导工作不敢，配合你们销售，做好支持服务。"乔劢旸很谦逊，三钱一个的酒盅，一饮而尽。

路通也干了，然后恭维道："乔总好酒量。"

"我不行，啤酒一斤，任总才是千杯不倒。"

"少给我挖坑啊。"也干了一杯的任大任说，"今晚你们多喝，别再灌我了。"

上次团建在古北水镇，大家轮番敬酒，任大任喝得找不着北，结果是乔劭旸和邓肯把他架回了房间，路上还把房卡丢了。

乔劭旸趁他们打圈儿，赶紧多吃了几口菜，他预感到今晚会有一场恶战。丁惠民很快就转到了他这儿，又把无感 FOC 大夸特夸一番，说这么短时间能搞出来真是太牛了，秒杀全国 99.5% 的同行。

"剩下那 0.5% 呢？"纪程远又找碴儿说。

丁惠民顿时一愣，竟然语塞。

乔劭旸举了一下杯子，解围说："约等于 100%。"

丁惠民竖起大拇指，同乔劭旸碰杯，酒盅压得极低。

这时，邓肯转过头来，对乔劭旸说："咱俩干一个。"

喝完酒，他搂住乔劭旸的肩膀，小声说："那天我在老任办公室，聚源电子的刘庆春突然给我打电话，说咱们老版 IDE 有问题，还说咱们的人敷衍他。刘庆春这人挺讨厌的，之前也是，有事儿就直接打给我，像这种问题，和技术沟通不就行了？干吗是个事儿就找我？"

"跟你很熟吗？"

"不熟，就见过一面。我都想不起怎么认识的了。"邓肯无奈地说，"老任问我，我也不好不告诉他，要不显得我有啥瞒着他似的。"

"没事儿，理解，我已经安排解决了，这也是我们该干的。"

"唉，咱哥儿俩就不多说了。"邓肯又跟乔劭旸干了一杯，然后他忽然压低声音问，"车上怎么样？有啥进展吗？"

乔劭旸一头雾水。

邓肯看向邻桌的谢雨霏，对乔劭旸说："我故意跟小谢换的座，说跟老任有事儿要谈。"

乔劭旸恍然大悟。那时他还觉得奇怪，谢雨霏应该跟芯片中心的人在另一辆车上，怎么跑到他们这辆车来了？

"够意思吧？打那天我就觉得你俩般配。"

邓肯说的是他把飞进乔劭旸办公室的蝙蝠赶出去，"一击封神"的那天。从那之后，邓肯就总拿蝙蝠调侃他俩。乔劭旸每次都让他别瞎说，可他每次都不长记性。这么大年纪了还嗑CP，八卦的瘾是得有多大？

乔劭旸闷头吃饭，仰头喝酒，目光总不经意地往谢雨霏的方向瞟。

他们的目光终于再度相遇。

主持人安排了抽奖环节。任大任抽一等奖，邓肯和乔劭旸抽二等奖，纪程远抽三等奖。

三等奖抽三个，纪程远抽上来的都是软件中心的人。芯片中心的人起哄，他安抚说："我这是为了把大奖的机会留给你们！"

现场气氛变得活跃，大家开始自由活动，来给领导敬酒的络绎不绝，将任大任围得水泄不通。

宋琳琳敬完酒，从人群里挤出来，找到乔劭旸。她拎着分酒器，酒窝和酒盅里都盛满了酒。

"哎哟，宋总！"乔劭旸先发制人。

"乔总，您又逗我。"宋琳琳酒窝和酒盅里的酒都快洒出来了。

喝完酒，宋琳琳问："上次您面的那人，能用吗？"

"不如上上次那个，宁缺毋滥吧。"

"唉，真对不住您，连着让您面了三个，都没让您满意。"

"不是啊，上上次那个我挺满意，是人家嫌工资低，不满意咱。"

宋琳琳惋惜地说："这个也真没办法，公司给各个部门定的工资标准就这样，我们只能照着执行，不可能为某个人打破天花板。"

"我明白，天花板打破了还得重新装修。"

"您太逗了！"

"我不逗，卫辰纲才逗呢，上次给我讲了个笑话……"乔劭旸把他从网上看的一个职场段子给宋琳琳讲了一遍，宋琳琳的笑容越来越尴尬。

很快到了抽二等奖的时间,邓肯和乔劭旸互相搀扶着上了台。礼仪小姐捧着抽奖箱,这两位副总推来推去,都让对方先抽。最后还是邓肯先抽,抽中一个营销中心的人。

"看咱这手气,肥水不流外人田!"邓肯向台下的纪程远炫耀。

轮到乔劭旸,他把手伸进抽奖箱,扒拉来,扒拉去。

"磨蹭什么呢?"邓肯催他。

"找我们软件的人呢。"

乔劭旸终于选中一张名片,抽出来,定睛一看,却张不开嘴。

"谢雨霏!"邓肯替他把名字喊了出来。

芯片中心一片欢呼。

纪程远朝台上抱拳。乔劭旸忽然心跳得厉害。

谢雨霏神情自若地和另一名获奖者上台领奖,只是在乔劭旸将奖品递到她手中时,才不易察觉地害羞了一下。

主持人让颁奖者和获奖者合影。两位获奖者并肩而立,颁奖者站在两人身旁。

合完影,刚要撤,邓肯又叫住摄影师,说再分别给获奖者和颁奖者拍张照片。

邓肯先跟他的人拍完,闪到一旁看热闹。乔劭旸手脚有些慌乱,不知该往哪里放,也不知该往哪里站。

"靠近一点儿——"摄影师指挥。

乔劭旸不得不又往谢雨霏身旁挪了挪。

"茄子!"邓肯促狭地喊了一声。单反相机咔咔咔咔,镜头闪动。在众人的注视下,乔劭旸完成了他与谢雨霏的第一张合照。

晚宴后安排了唱歌。乔劭旸是被邓肯硬拉去的,他本想回房间睡觉。任大任的状态已经从"我喝多了"更新为"我没喝多",到了包房,他又让服务生上了两打啤酒。

谢雨霏也在，中间隔了好几个人，离得有点儿远。乔劭旸还没摆脱合影的尴尬。

任大任先唱了他的主打歌《男儿当自强》。乔劭旸听过很多次了，任大任的水平一直很稳定。邓肯跟着吼了几句，便被纪程远夺走了麦克风。纪程远的声音盖过任大任，唱到最后一句"比太阳更光"时，仿佛踩了半夜打鸣的鸡脖子。

而他却不自知，意犹未尽地点了首《极乐净土》，打鸡血一样边唱边跳。完全听不懂他在唱什么，倒是卡点儿卡得很准，每个动作都慢一拍半。

任大任换到乔劭旸身旁，跟他碰了一个，脸上洋溢着醉醺醺的微笑。

"宋琳琳告诉我，你对招的人不满意？"

乔劭旸心头一动。宋琳琳正投入地晃着沙锤。没想到这么快就汇报了。这两年，有些人跟任大任比他这个师弟关系还亲近。

"也不是不满意。"乔劭旸说，"新来那几个校招都挺勤奋，让加班加班，让干啥干啥。我是跟宋琳琳说，能不能招几个有经验的，这样整个软件中心的实力才能提升，不能就靠那几个老人儿，时间长了肯定都疲沓了。"

任大任双目微觑，像要睡着，又像在盘算。宋琳琳安静了，不再晃沙锤。

任大任问："最近不也面了几个社招吗？没合适的？"

"也有，但是人家嫌咱给的工资低。"

纪程远又点了首《直到世界的尽头》，他的激情似乎没有尽头。

"招人，也不能全靠钱，只看钱的人肯定留不长。"任大任从果盘里拿了一颗提子给乔劭旸，"现阶段，还是以内部挖潜为主，以老带新。年轻人成长快。当初在组里，我带你们，你们不也成长很快吗？年轻人有更多锻炼机会，才能独当一面。"

纪程远终于"消失在世界的尽头"了。

又有人唱起了儿歌："在小小的花园里面，挖呀挖呀挖，种小小的种子，开小小的花……"

既然任大任没有重新"装修"的意思，乔劭旸也没必要再费力捅天花板了。他把提子放回果盘，拿酒堵住嘴，心里哼着儿歌，再假装不经意地瞟向别处。

"我在大大的花园，种大大的花，你的笑脸就好像它……"

谢雨霏拿起麦克风，下一首是她的《知否》。

这首歌是对唱。邓肯递过来另一个麦克风。乔劭旸正要伸手，麦克风被任大任接了过去。

包房里都是鼓掌、欢呼的声音。乔劭旸又拿了瓶酒，靠到沙发上。

谢雨霏唱歌很好听。任大任依旧难掩万丈豪情，像辛弃疾和李清照对唱。真希望纪程远能再掺和一下。这哥们儿却睡着了，还张着嘴。

谢雨霏唱完就出去了。隔了两分钟，乔劭旸也跟了出去。

洗手间在走廊的尽头，七拐八拐，问了两个服务生才找到。

"寻寻觅觅寻不到活着的证据……"旁边的人边哼歌边放水，还扭头瞅乔劭旸。

乔劭旸闭上眼，长舒一口气。整个人轻松多了。

"星星点灯照亮我的前程，用一点光温暖孩子的心……"那人带着他的歌声走了。乔劭旸默立了一会儿，也去洗手。

谢雨霏先他几步从洗手间出来。乔劭旸快步赶上，一把拉住谢雨霏的手。

好软，柔弱无骨。

谢雨霏被吓一跳："谁让你拉的？我还没答应呢。"

乔劭旸攥得更紧，不许她把手抽回。

"会被看到的！"谢雨霏说，却不再用力。

"被看到？被全公司、全世界看到才好呢。"乔劭旸就不放手。谢雨霏默默跟着。慢慢地，十指相扣。

七拐八拐还是拐少了，不够曲折。为什么不是十四拐十六拐或者一直拐下去？

乔劭旸攥着谢雨霏的手像攥着全世界。

直到世界的尽头,他才终于松开手。

二

团建周六就结束了,才在外面住了一晚。大巴将众人拉回公司,已经太阳下山。

路上,任大任给乔劭旸发微信,说有客户反馈 F28023 用离线烧录器烧不进程序,让他赶紧解决。

乔劭旸回复说,周一一上班就解决。

任大任立刻电话打了过来:"等什么周一?客户正等着呢!到公司就联系!我说响应客户要快,你当我说着玩儿呢?"

乔劭旸没有争辩,反正平时周六也加班。他叫韩颖川跟他一起上楼。不一会儿,任大任和邓肯也上来了。客户那边的技术人员正在吃饭,等吃完饭回到公司,才建了个腾讯会议,共享了烧录器的操作界面。

任大任和邓肯中途撤了。搞到快十一点也没搞完。韩颖川让对方周一改一下电源芯片再试试。

乔劭旸让韩颖川打车回去,他自己骑了辆共享单车。沿着荷清路往北骑,再向东拐上成府路,然后再向北拐到王庄路上。这一带不甚热闹,这个时间甚至有些冷清。

乔劭旸把单车停在小区门口。他在这儿租了套不到四十平方米的一居室。楼虽然是"老破小",但租金一点儿也不便宜,逓交一年还得押一个月房租。

小区里最近水管改造,近路挖了条沟,回家不得不绕远。汽车把消防通道都给占了,流浪猫时隐时现,有的在垃圾桶旁找夜宵。

乔劭旸边走边发消息,问谢雨霏睡了没有,说他快到家了。谢雨霏问他饿不饿,家里有吃的没有。乔劭旸说饿也不吃了,太困了,到家就睡觉。

不知从哪儿传来一声幽微的猫叫，声音稚嫩得像咿呀学语的婴孩儿。乔劭旸停下脚步。路灯下，一只瘦小的狸花猫正贴着墙根儿眼巴巴地望着他。

还没只耗子大。应该是只小奶猫。但却营养不良，四条腿像火柴棍儿，支撑着皮包骨的头和身。

乔劭旸扭头，小猫又叫了两声。他回头。小猫停下脚步，没再靠近。

这种没有大猫照顾的小东西，投喂肯定抢不着，垃圾估计都轮不上。但乔劭旸没有多余爱心，也没那闲心。这小区有爱心、有闲心或者兼而有之的大有人在。

乔劭旸走了，身后不再有猫叫。

楼道漆黑。他刷着手机上楼。手机屏幕亮度有限。黑暗中隐约传来一声幽微而稚嫩的猫叫，他以为是错觉，但仍停下脚步，侧耳听。

又叫了，声音在空寂的楼道里很真切。像呼唤。不知怎么就动了恻隐之心，乔劭旸又从四楼下到一楼，瘦小的身影果然在那儿。

乔劭旸蹲下，拉近了他与这小家伙的距离。小猫踯躅不前，等了一会儿，才试探着靠近，蹭他的鞋。

肚子瘪瘪。脊骨凸显。家里倒是有能喂的东西，但拿下来再喂，小猫可能就离开了。乔劭旸试着摸了摸它的后颈。毛儿都擀毡了。他把它拎起来，掌心托着，它居然没抗拒也没逃跑。

乔劭旸将它带回家，放在餐桌上。小猫怯生生地打量四周，又大眼睛水汪汪地追逐着乔劭旸，生怕他消失一样。

这小奶猫应该还没断奶。冰箱里正好有鲜牛奶。乔劭旸去厨房热牛奶，将牛奶倒进小锅，拿手指试着，稍微温热便从火上端下来，倒入小碗。

他把碗端到小猫面前。奶香诱引着小猫。但小猫仍望着乔劭旸，像在征得他的准许。

"吃吧。"乔劭旸对它说。

小猫试探着靠近小碗，忽地一头扎进去，就再也抬不起来了。

乔劭旸很小时候也有过一只猫，也是刚落生没多久。那猫是他从姥姥家的邻居那儿要来的，邻居家里的大猫下了一窝小猫。但要回来之后，家里大人说"好男不养猫，好女不养狗"，他有两天没去姥姥家，小猫就不见了。姥姥说可能是被大耗子叼走了。乔劭旸难过了一整天，拎着姥爷的洛阳铲满院心找耗子洞，掘地三尺也要把那大耗子挖出来。

童年阴影有些模糊了，但眼前这小猫却像是从阴影里走出来的，那耗子洞连通的也仿佛是那天和今天。

乔劭旸又倒了一碗底牛奶，他想让它吃饱，又怕它吃撑。他拍了张照片，发给谢雨霏，说他捡了只猫。没想到谢雨霏直接把视频电话打了过来。

"你给它喂的牛奶？"谢雨霏很着急。

"是啊，怎么了？"乔劭旸第一次见她穿着睡衣、完全素颜的样子，心跳不由得加快了。

"小猫不能喝牛奶，得喝羊奶，要不拉肚子。"

"为啥？"

"喝牛奶乳糖不耐受，别让它喝了。"

"它都喝一碗了。"

"一碗？"

"一碗底儿。"

"家里有别的能给它吃的吗？"

"有我吃剩的鱼罐头。"

"它这么小吃不了鱼罐头。"

"那没别的了。"

"鸡蛋有吗？"

"有。"

"喂它吃蛋黄，别喂蛋清儿，不消化。"

乔劭旸去冰箱拿鸡蛋，还剩仨。

"煮熟了，别给它吃生的。"

乔劭旸将鸡蛋煮上。手机的后置镜头接替前置镜头开始工作。

没奶喝的小奶猫可怜巴巴地抠着前爪，可能以为是自己太贪吃了，美味才被拿走。

"你要不捡回来，它可能就饿死了……"

"我没想捡，是它主动跟着的。"

"你还挺招猫喜欢。"

"只是招猫喜欢吗？"

谢雨霏轻声笑了："一会儿给它好好洗洗，小心身上有跳蚤，明天再去宠物医院检查一下，看有没有传染病。"

"一起去？"

"我有事儿。"

"唉，算了，太麻烦了，我还是送救助站吧。"

"别。"

"要不你养？"

"我妈不让。你养。我出猫粮、猫砂。"

"算咱俩共同抚养是吧？"

"说什么呢。"

乔劭旸将镜头切了回来。

因为平时周六加班，所以乔劭旸周日通常都睡到自然醒，然后起床吃个早午饭。他昨晚睡得很累，一直做梦，还梦见猫叫，直至他意识到真有猫在朝他叫。

小猫爬到他床上来了，圆溜溜的大眼睛正盯着他。见他醒来，小猫乖巧地叫了两声，像在问好，还拿小脑袋蹭他。

乔劭旸轻轻按了按猫头。毛茸茸的，很顺滑。身上的毛也蓬松了，不像昨晚洗澡之后，脑袋以下都贼细，突显得脑袋贼大，眼睛也贼大，耳朵发射器一样支棱着，模样怪异得不似地球生物。

它后腿上还有伤，没有结痂，挺长一道口子，难怪有点儿瘸。乔劭旸给它洗完，用毛巾擦干，然后处理它的伤口。家里没有碘酒，乔劭旸找了两粒阿莫西林，拧开胶囊，将药面儿均匀撒到伤口上。小猫扭头去舔，乔劭旸说不能舔，它果然不舔了。

它这会儿舔上他的手指了，咬住手指头使劲儿嘬。痒痒的，犬齿有点儿扎。乔劭旸很享受。他昨晚是可怜它，现在才觉出它可爱。

平常周日醒了都会再赖会儿床，但有了这么个小家伙，他就得爬起来给它弄吃的。快十点了，难怪它饿。乔劭旸也饿了。他煮了一个鸡蛋，又煮了包方便面，把最后一个鸡蛋打了进去。

如果长久养，要买的东西还很多。昨晚，小猫被安置在纸箱临时搭成的猫窝里，箱底铺着卫生纸和毛巾。这会儿临时猫窝已经不能闻了，小猫把它当成了临时厕所。还得教它拉屎撒尿，乔劭旸想想就头疼。

他把剥下来的蛋清儿放到泡面碗里，把蛋黄捣碎在小猫碗里。他俩都闷头吃。这么久了，他终于不再是一个人吃饭。

还剩几根面条，乔劭旸挑了根短的给小猫。小猫嗅了嗅，居然吃了下去，然后朝他叫，似乎还要吃。乔劭旸就又夹了一根。剩的几根面条都给小猫吃了。乔劭旸瞧着它吃。莫名其妙就成了这小猫的依靠，他挺感慨。

微信电话响了，是少房东关良打来的，问他起床没有。乔劭旸说起了。

关良说："成，我马上到了。"

乔劭旸问："你来干啥？"

关良说："给你灭蟑螂啊，你不说你那儿闹蟑螂吗？"

没多久，有人敲门。乔劭旸在屋里喊："放门口就行，谢谢！"

外面喊："放他妈什么门口？快开门！"

门开了，关良进门说："你丫把我当送快递的了？"

乔劭旸笑。

"你养猫了？"

"捡的。"

"哎哟喂,让我稀罕稀罕!"关良把猫抓起来把玩,小猫很抗拒。

"抓伤你别赖我。"乔劭旸说。

关良将猫放下,但仍凑近逗弄说:"来,叫哥哥。"

小猫躲到碗后面去了。

"还挺害羞。"关良直起腰。

"那是害怕。"乔劭旸说。

"瞧我这头型怎么样?"关良指着自己脑袋。

很潮的碎盖儿头,像顶着一蓬有层次的蒿草。倒是很配这张有点儿细长又有点儿洼兜儿的脸,也很搭这一身瞅着眼熟却叫不出名字的潮牌。虽然两耳戴着大号的黑水晶耳钉,但脸白净人就显得文静,何况五官雕刻得也算精细,细眉细眼,嘴唇还红润,再配上一副能够提升文化水平的眼镜框,整体感觉……

"挺娘的。"乔劭旸说。

关良骂了句"滚",然后说:"我给你带蟑螂药了,巨管用,是我托朋友找人开的偏方。"

"这么大一包?你是药蟑螂还是药狼啊?"

"不是。"关良笑嘻嘻的,解开帆布包,从里面掏出报纸裹着的一个大家伙。

报纸裹了许多层,都扒开才现出一圆墩墩的青铜物件来。这物件周身上下厚厚的不是锈就是土,左右都有把手,盖子上仨圆环呈三角形分布,下面三足鼎立,腿儿粗粗的,立在桌上很稳当。

"你给瞅瞅,啥时候的?"关良揭开盖,里面同样不是锈就是土。

"一眼假。"

"怎么可能?我爸说是西汉的。"

"那就西汉的吧。"

"说真的!"

"说真的,就是个假货。你自己瞅,那俩耳朵,里边包浆都没做到位,锈一揭哗就下来。不信你试试,都是贴上去的。"

关良试着刮了刮,果然掉下一大块。

"胎也不对。"乔劭旸补刀说,"过去谁这么使铜啊?败家子儿吧这是?太厚了。"

关良咣当把盖扣上,吓了小猫一跳。

"给你喂猫吧。"

"猫不吃这玩意儿。"乔劭旸问,"多少钱收的?"

"别问了。"

乔劭旸一笑。

"笑屁啊!"关良说,"当时那卖家告诉我爸,这东西被一韩国人定了,定金都交了。我爸一听,不能落外国人手啊,尤其不能落韩国人手里!他就给买了,还求了那卖家半天。"

"不禁忽悠。"

"就说呢。"

"假的也好,这要真的,你爸后半辈子都得踩缝纫机了。"

关良又骂了句"滚"。

"劝劝你爸。钱存银行不香吗?将来都是你的。"

"没戏!我爸说了,房子他都给我留着,钱让我别惦记,他花到死,剩多少是多少。"

"你妈不管你爸?"

"管啊,不让他找娘们儿。"

"那你妈管你吗?"

"管啊,让我赶紧找爷们儿。"

"你老大不小是得抓紧找了。"

"关你屁事儿?你不也没找吗?"

乔劭旸不语。

关良敏感地问:"你找女朋友了?"

"关你屁事儿？"乔劭旸把假古董给她重新包上。

三

乔劭旸第二天把猫带到了公司。这也是没有办法的办法。为了它，他昨天一下午都在外面跑。先是带小猫去了趟宠物医院，然后又去了宠物商店。这小猫让他挺感动，因为小猫对医院的环境有些恐惧，尤其打针的时候，更是又扭又叫。乔劭旸帮医生安抚它，握住它的小爪，它居然不叫了也不躲了，即使挨了针，也只泪汪汪地盯着乔劭旸。这是什么？这是无条件的信任。乔劭旸更觉得他不能辜负这信任。

办公室的门刚关上，姚乐萌便推门进来，一屁股坐到椅子上，扯着大嗓门儿说："帮主，你得给我涨工资！"

乔劭旸正准备给猫冲羊奶粉，航空箱在他桌上。姚乐萌看见小猫，又一屁股从椅子上弹射起来，弹到桌前问："你养猫啦？"

"捡的，流浪猫。"乔劭旸试了试水温，将温水倒入奶瓶，来回晃动。

"这小狸花真漂亮。"姚乐萌把手指伸进航空箱。

"你喜欢给你养吧？"

"我可养不起，我连自己都快养不起了。"姚乐萌退回椅子上，开始诉苦，说她来公司以后就涨过一次工资，还是随大溜儿，比她晚来的起薪都比她高，就连刚入职的毕业生都比她工资高了。

"谁？"

"付昊啊！他给我看他工资条了。"

"不是说不让你们私底下讨论工资吗？"

"为啥不能讨论？不讨论我还不知道我工资这么低呢。我去相对象，人家一听我在芯片设计公司，还以为我挣多少钱呢，结果我一说，再约人家就不见了。"

"不见不一定是因为钱。"

"就是因为钱！我岁数也不小了，家庭条件又一般，长得还不好看，再没个好工作，人家凭啥看上我？"姚乐萌越说越气，"凭啥我跟别人干一样的，挣的比别人少？就因为我来得早？不能同工不同酬吧？不能欺负老实人吧？"

"来得早还更容易拿期权呢。"

"那都是将来的事儿，将来我在不在公司还不一定呢。我不管，我要涨工资，凭啥不给我涨？"

乔劭旸被姚乐萌的胡搅蛮缠闹烦了，瞄了眼时间说："你帮我喂它，我先去开会。"

任大任的办公室又换了一棵发财树，之前那棵叶子都掉光了。那俩人还没来。乔劭旸坐到自己的位子上。他见任大任脸色不好，便没言声。任大任也没和他说话，旁若无人地沏茶。

不一会儿，邓肯和纪程远来了。任大任让他们一人拿一杯，说是新下来的明前龙井。

新茶果然一股子清香。纪程远喝完一杯，又续一杯。

任大任也又喝了一杯，才说："0060 也要 delay 了。"

"delay 多久？"纪程远问。

"说是七月底。"

"太不靠谱了吧？"纪程远咋呼呼的，"一下就仨月！咱不是加急了吗？加急也 delay？"

"不加急得十月底。"邓肯说。

"进两步退一步是吗？"纪程远问，"你没找聂长青？"

"找也没用，适配 IP，硅验证还没做完，只能等。他们人也不够使现在。"

"今年压力还是非常大的，"任大任继续说，"一转眼 Q1（第一季度）就过去了，这都已经 Q2（第二季度）了，时间不等人。既然现在我们手里能出货的只有三颗料,那我们就集中力量卖这三颗料!另外,要迭代的也不能等迭代回来再推,客户那儿先送旧样片,先互动起来,让客户帮我们测,测得多了才能最大限度发现问题。"

"我插句话啊,"邓肯说,"超群的王总告诉我,他们在劭旸协助下,已经把迭代回来的016测完了。经过ADC补偿之后,开关电、电机抖动或偏差都明显减少,已经不影响使用。在硬件相同条件下和TADI对比测试,虽然仍有距离,但是距离已经非常小,可以忽略不计,芯片功耗也明显降低。"

"这说明016迭代之后进步显著啊!"纪程远立刻自我表扬,又问和TADI仍有距离指的是什么。

"是说断电一瞬间从3.3V降到2.7V,ADC变化在可控范围之内。"邓肯说,"这点TADI做得不错,我们也不差,其他同类芯片还没有相应设计。"

纪程远长长地"哦"了一声。

邓肯说:"这些非功能性的安全保证设计,是除了产品定义以外对应用理解的关键,这些要么从客户那儿学到,要么吃了亏自己悟。"

"0040测得怎么样了?"任大任忽然问乔劭旸。

乔劭旸忙说:"ESD 8000V所有测试都过了,说明0040抗干扰性真挺好。"

"这就放心了。"纪程远很得意。

任大任也点头,说:"这玩意儿体现的是整体效果,过了就是过了,如果测试过不了也没办法改。"他又问邓肯:"迪威乐普那边测怎么样?"

"还在测,没说有啥问题。"

"感觉他们不像从前积极了,不会有啥问题吧?"

"我这周去一趟。"邓肯说,"我先去趟映天。段海亮帮我约了他们生产厂的厂长,映天用什么料,这人是关键。段海亮管投资,对厂长没啥影响力,能不能搞定只能靠咱自己,所以这趟得辛苦劭旸跟我一起去。"

"能去吧?"他问乔劭旸。

乔劭旸答应得有些犹豫。

"征日不去吗？"任大任问。

"先不用去，"邓肯说，"征日盯着映天，映天用了，征日就用了。其实咱们现在就缺一个大客户打样，但凡有一个大客户起量，局面就立马不一样了。"

"你跟客户确认了吗？"纪程远问邓肯，"242 的 ADC 需要十六位吗？如果需要，我得提前订制 IP。"

"还没回我，"邓肯说，"开完会我盯一下。"

"0050 这周能 sign-off 吗？"任大任问纪程远。

"这周悬。徐立垡离职了，鲁彬华临时接手，估计做不完。下周应该可以。"纪程远补了一句。

任大任懊恼地问："一个月走仨，到底什么情况？"

"先前那俩没说，小徐说他要回老家考公务员。谁知道真假。"

"也不排除。"邓肯说，"现在九五后这帮孩子在北京，要没家里资助，挣再多买房也费劲。"

"甭说九五后，我这八五后还没买房呢。"乔劭旸自嘲。

"我这八五前也没买呢。"纪程远说。

"你日本有房啊！"

"你老家没房？"

"先别说房子了。"任大任显得有些不耐烦，"一个月之内走了三个人，这很反常。到底因为什么？是待遇不行，还是公司环境不行，还是工作压力太大，还是别的什么原因？"

纪程远说："咱们公司环境挺好的，工作压力虽然不小，但这行也没压力小的呀。除非公司不行了，手里没活儿干。"

"你是说待遇不行？"

"待遇吧，那得看和谁比。和那些本土大公司、外企比，肯定是有差距。同样的岗位，芯传微的工资区间就比咱们高一万五，更别说外企，人家还有其他福利。"

任大任没接茬,而是问乔劭旸:"你那儿怎么样?有人反常吗?"

"反常……倒没有……"乔劭旸斟酌着提不提姚乐萌要求涨工资的事儿,但想想还是算了,这种事儿不宜在这种情况下讲。

会通常都开一上午,但今天纪程远说他没吃早饭又喝了好几杯茶,有点儿低血糖,便提前散会了。

纪程远可能真低血糖了,摁电梯的时候手直抖,可他还是小声跟乔劭旸吐槽:"一次 hot-run(加急)三四百万,也没见快多少啊。"

"可能是太热了,所以 run 不快。"乔劭旸说。

"你觉得热吗?"纪程远眨眨眼睛。

乔劭旸确实觉得热。他办公室的出风口不出风了,一人一猫的小房间又闷又热。热就容易心烦。小猫时不时喵喵两声,仿佛在问乔劭旸,你出差,我咋办?

刚才他不在,一屋子人挤着逗猫,等他回来,问有人愿意帮他养几天没有,结果一个个都耗子一样溜走了。不知谁走漏了风声,任大任闻讯而来,又把他数落一顿:"怎么能把猫带公司来呢?你岁数也不小了,有养猫的时间,好好谈个恋爱把婚结了不行吗?"

乔劭旸说这是他刚收养的流浪猫,实在太小了,放家里生活不能自理。他保证不影响工作,以后不往公司带了。

任大任还是很不满,说:"下午就有投资人来公司,看见猫得怎么想?"

"我一定藏好。"

乔劭旸一下午都没敢开门。不知姚乐萌怎么喂的奶,把小猫给吃不对付了,拉的便便极臭,还尿了好几次。乔劭旸怕味儿散出去,不敢把屎尿往外拿,这浑浊的气味便在闷热里充分发酵,熏得来撸猫的谢雨霏没撸几下就赶快撤了。

乔劭旸问她能不能帮忙养几天,谢雨霏说拿家去不行,放公司倒是可以。乔劭旸说:"那不成,咱师兄不让。"

熏得头疼和愁得头疼双重折磨着乔劭旸,令他无法集中精神工作,他那少房东偏又在这时冒出来,问他在公司不在,说有急事儿找他。

这么个不用上班的"拆二代"能有什么急事儿?乔劭旸懒得理她,结果她把电话打了过来,说就在楼下,问乔劭旸,是他下去还是她上来。

乔劭旸忽然灵机一动……

不一会儿,前台小姐姐把关良领了进来。开门的一瞬间,小姐姐眉头一紧,强颜欢笑着对关良说:"您请进。"

关良对屋里的气味倒没任何反应,等小姐姐把门关上,她还说:"你们这儿小姑娘可以啊,素质挺高。"

"你妈让你找老爷们儿,别总盯着小姑娘。"乔劭旸不耐烦地问她,"有什么着急事儿?"

关良又从包里掏出一个报纸包。这次报纸包的物件是扁的,但包的层数一点儿没减。等报纸全揭开,她拿出一面包浆的铜镜来。

关良将铜镜递给乔劭旸:"你给瞧瞧。"

乔劭旸接过铜镜,正面瞧瞧,反面看看,来回反复好几回,然后问关良:"哪儿踅摸的'风月宝鉴'?"

"别扯淡,先说真假。"

乔劭旸又沉吟了一下,才说:"看着吧,像北宋的,但如果真是北宋的,那它应该在博物馆,不应该在这儿。"

"什么意思?"关良被绕蒙了。

乔劭旸没回答,又问她:"这铜镜哪儿来的?"

"还是从那古董贩子那儿收的。"

"令尊怎么不吃一堑长一智呢?"

"你听我说呀……"关良给乔劭旸讲了起来,说她爸拿着那个假铜锅子去找古董贩子兴师问罪,古董贩子反问,老哥您从前玩没玩过古董啊?淘古董哪有光捡漏不打眼的?他说,我就是个中间商,赚的是差价不是全价,您要被骗了那我肯定也被骗了，咱俩都是受害者，但是我吃这碗饭就算吃亏了我也认，我收了假货那是我学艺不精怪不得旁人。

关良她爸说，你少废话，赶紧退钱！不退钱就报警！

古董贩子说，老哥您看，您本乡本土，有家有业，犯不上为这种事儿坏了规矩。说实在的，真要有啥事儿，您找不着我，但是我绝对能找着您。

"这不威胁你爸吗？"乔劭旸说。

"是啊，我爸不想惹事儿，寻思算了，结果古董贩子又忽悠我爸，说要补偿他，便宜给他个绝对真的。我爸说不要。古董贩子说不要没关系，先瞧瞧。结果我爸一瞧就瞧进去拔不出来了。古董贩子又说可以立字据，让我爸找行家随便鉴定，如假包退，我爸就立了字据，把这玩意儿给收了。"

"你爸的钱可真好赚，可都是我们的血汗钱啊！"

关良有些过意不去，说："他也是退休了，没事儿干，人老了不就图一乐嘛。"

乔劭旸把铜镜还给关良。

关良问："到底真假？"

"我不说了吗？像真的，但是真的应该在博物馆。还有一种可能，就是这铜镜一共有俩，不过这种可能性不大，所以真假你自己判断吧。"

关良瞅着铜镜犯难，小猫这时喵了一声。关良问："你把猫带来了？"

乔劭旸将藏好的航空箱拎出来，问她："你没闻着味儿吗？"

"什么味儿？"

"没什么。"

关良把小猫从航空箱里放出来，抱着，貌似真的挺喜欢。

"这猫叫啥？"她问。

乔劭旸这才想起还没给小猫起名。他看着小猫，慢悠悠地说："叫火柴。"

"哎哟，小火柴，瘦得真跟火柴棍儿似的，你个小可怜儿……"关良撸着猫，跟抱亲儿子似的。

乔劭旸问:"能替我养几天吗?"

"能啊,太能了!"关良两眼放光,"你不养了?"

"我出差,没人照顾它。"

"去哪儿?"

"保密。"

关良喊了一声,说:"还保密,我以为你们设计芯片多神秘呢,一人一台电脑,不跟网吧一样吗?"

"嗯,同样是电脑,有的干正事儿,有的不干正事儿。"

关良反应了一会儿才说:"你骂我不干正事儿?"

乔劭旸说:"我得忙正事儿了。"

"晚上一起吃饭呗?"

"我晚上加班。"

"加班就不吃饭了?"

"现在才几点?"

"没事儿,我等你。"

乔劭旸正不知怎么轰她走,关良突然叫了一声,火柴在她身上拉了。

关良的博柏利格子衬衫被洇湿好大一片,她赶紧将猫塞回航空箱,拎起湿淋淋的前片哎呀呀直叫。

乔劭旸急忙给她递纸巾。

关良蹭了几下说:"擦不干净,得洗!"

乔劭旸又递给她矿泉水。

"得脱了洗!"

"你脱啊,谁不让你脱啊?"

关良红着脸说:"你在屋里,我怎么脱?"

乔劭旸站起身说:"你不说你是24K纯爷们儿吗?"

"我不在你这儿洗,我去洗手间。"

"我领你去。"乔劭旸前面带路,关良后面紧跟,路过前台时,小姐姐又眉头一紧。

保洁大妈恰好从洗手间出来，见关良匆匆闯入，忙叫唤："小伙子，这是女厕所！"

"她就是女的。"乔劭旸憋着笑说。

四

乔劭旸有阵子没和邓肯一起出差了。临上飞机前，关良给他打了个电话，说火柴又拉了，她准备带着去宠物医院瞧瞧。乔劭旸说："去吧，回头医药费连干洗费一起给你。"

关良说："不用，我我你鉴定古董，你不也没收费吗？"

打完电话，邓肯凑过来问："你女朋友？"

乔劭旸说："我哥们儿。"

邓肯说："不可能，明明是女生，我都听见了。"

"女生也能当哥们儿。"

"那你哥们儿挺多的吧？"

映天科技的生产厂在市郊，和机场在对角线上。邓肯和乔劭旸穿行过大半座城市抵达时，人家已经快下班了。

在车上的时候，刘厂长给邓肯打了个电话，听声音是个北方汉子。一见面果然很有北方人的粗犷豪迈，比乔劭旸这"乔帮主"更像乔帮主。

刘厂长亲自陪他俩参观生产线，把自动化组装线、老化线、测试线、包装流水线和输送流水线看了个遍，然后去厂里的招待所吃晚饭。

刘厂长问喝啥酒。邓肯说我们都行。刘厂长说敢这么讲肯定很能喝。于是，他让人拿了五瓶白酒，连他仨还有一位总工以及刘厂长的助理五个人，人手一瓶。刘厂长说："这酒管够，喝完还有，自家小酒厂酿的52度纯粮酒，口感绝对不输茅台。"

这白酒连标都没有，但入口一尝便知绝对不是勾兑，而且绝对是好酒。按照规矩，刘厂长先张罗一起干了三杯，之后大家自由发挥。邓肯和乔劭旸默契配合，一个找刘厂长，一个找那位黄总工，开始分进合击。

之前参观生产线，邓肯讲自家产品，刘厂长都没怎么接茬儿，这会儿酒喝多了，话也跟着多了，就什么都和邓肯讲了。

邓肯介绍掌芯科技的 F28024 跟 TADI 的 F28024 相比优势在哪儿，刘厂长问怎么定价，邓肯说："因为我们用 RISC-V 架构，指令集比 TADI 指令集小不少，相应切出来的 die（裸片）就更多，再加上内核是自研的，所以单颗价格能做到 TADI 的七八成左右，如果量大肯定价格更低。"

刘厂长一边点头一边吃菜，时不时说一句"不错"，也不知他是说芯片不错，还是说嘴里的响油鳝丝或者小河虾不错。

等邓肯介绍完，刘厂长撂下筷子，说："我们现在正考虑两种方案，一种是国产替代，比如用你们，或者其他家，替换掉 TADI。还有一种方案是用 MCU。之所以用 MCU，一个原因是为了降本增效，另外，也是因为 MCU 接口资源比 DSP 更丰富。"

邓肯马上跟了一句："DSP 的算法和 ADC 比 MCU 还是有优势。"

黄总工这时问道："你们 024 用多大的 ADC？"

乔劭旸回答说："024 是 4 兆的 12 位 ADC，马上还有一个升级款，280060，用的是 8 兆的 12 位 ADC，目前在国内这应该算是顶配了。"

刘厂长和黄总工相视一笑。

黄总工说："我悄悄地告诉你们啊，艾希微马上要给我们送他们 0060 的样片了，他们的 0060 用的是 18 兆的 16 位 ADC。"

乔劭旸瞬间酒醒大半，但马上又感觉头更晕了。"艾希微的 280060 样片都出来了？艾希微的 280060 用的是 18 兆的 16 位 ADC？"他满脑子都是这两句话。

一旁的邓肯也一脸蒙，马上说："不可能！"

"我还骗你？"黄总工笑着拿起手机，"给你看，他们 CTO 亲自给我发的微信。"

乔劭旸也凑过去看。手机上两人的对话写得清清楚楚，明明白白，确实 F280060 要送样了。

邓肯也很失落，他和乔劭旸一样，一时说不出话来。

刘厂长此时又张罗道："咱们都把杯中酒干了，喝完换啤的。"

他让人拎来五箱啤酒，一人一箱，平均分配。

啤酒下肚，感觉心没那么塞了，乔劭旸问黄总工："艾希微的 ADC 用的谁家，您知道吗？"

"PXN（虚构的欧洲老牌芯片公司），艾希微的老板从前是 PXN 的，"刘厂长替黄总工回答说，"没这层关系，他也拿不到这 ADC。"

果然和乔劭旸猜想的一样。PXN 的底蕴相当深厚，有 PXN 背后支持，难怪艾希微追赶得这么快。

买国外的 ADC，当初也不是没考虑过，但是一要有门路，不是想买就能买到，而且价格不菲，另外任大任坚持掌芯科技的 DSP 必须做到全国产化，所以最终还是选择了国内的 IP 供应商。

邓肯当初也是力主找国内的 IP 供应商，他的理由是要抓紧时间窗口推出产品，这样就只能选择成熟的 IP、成熟的 ADC。所以，掌芯科技在 F280060 之前的 ADC 都比较小，直到 F280060 才下决心换大一点儿的 ADC。然而现在来看，8 兆的 ADC 也保守了，即使做出来，无论进度还是性能都已被艾希微落下一大截。

"那艾希微就开不了全国产证明了。"邓肯不服气地说。

"这个对我们不重要。"刘厂长说，"我们现在主要做海外市场。我七月跟黄总工去德国，参加光伏展。只要芯片不断供，用 DSP 还是 MCU，用国产还是进口，其实差别不大。现在 FRIT（虚构的欧洲著名微控制器芯片公司）也在和我们谈，用他们的 MCU。他们是欧洲厂商，供货相对有保障。当然，为了规避风险，我们也会做一套纯国产方案，所以不管是你们,还是艾希微,或者其他国产芯片公司,我们都双手欢迎!"

刘厂长的话让邓肯无话可说。也确实如此,怎么能强求人家只用掌芯科技一家呢?

乔劭旸却不甘心,说:"光伏逆变用不到那么大 ADC 吧?4 兆足够了。"

"精度和分辨率肯定还是越高越好。"黄总工说。

乔劭旸仍不死心,说:"既然咱们要做国产化方案防风险,那全国产化肯定是最稳妥的选择。我们的 ADC 全都按 TADI 的用法做过优化,目前 024 这个 4 兆的 ADC 保真率可以达到 12.5,这跟国内同行相比已经遥遥领先,遥遥领先!"

一桌人都被他逗笑了。

乔劭旸又讲了个笑话:"曾经有一家美国的 IP vendor(知识产权供应商)和我联系,我说我们需要一个 12 兆的 ADC,对方说他们没这么小的,有一颗 100 兆的可以给我们改改,说价格能便宜点儿,就收四十万美元,但是要接受美国技术管控。我说再见!"

满桌人顿时哄堂大笑。

乔劭旸说:"同样这颗 ADC,市场上也有盗版,准确说是阉割后的盗版,因为一看参数就看出来了,但是便宜,卖一百万人民币,据说还能讲价,我们也没要。后来我们自己搞了一个 12 兆的 ADC,单看纸面参数,这颗 ADC 已经追平 TADI,但是我们还是没用,因为来不及硅验证。目前我们用的这些 ADC,不管数值好不好看,都是经过硅验证的,起码在各种环境下不会有问题。有啥说啥,TADI 在模拟这块真是厉害,毕竟成立快八十年了,我记得我们第一次分析他们 12 兆的 ADC,看了结构都惊叹,结论是这个 ADC 像波音 747,我们国内这些跟人家比就像'老头乐'。最牛的是,TADI 当年能在 250 纳米工艺下实现 12 兆高精度 ADC,不管 12 位还是 16 位,而我们现在即便实现了,也是在 40 纳米下,本身条件就已经好很多。当然,TADI 这一系列 ADC 都是逐次逼近型的,这种 ADC 读取速度快,但是缺点是精度做不了太高。"

"任重道远啊！"刘厂长感叹，"不过有像乔总这样年轻有为的后起之秀，一定能迎头赶上。"

一箱啤酒喝光，刘厂长又让人上了一轮，还是人手一箱。乔劭旸和邓肯是带着任务来的，必须坚持到底。一斤白酒再加十几斤啤酒，乔劭旸毕业之后就再没这样喝过，此时他整个人都木了，嘴已经不是他的嘴，手也已经不是他的手，它们只是机械地互相配合，举杯，碰杯，再把杯里的酒倒出去，至于是倒进嘴里还是倒进脖子里，已无关紧要。

乔劭旸的裤子湿了一片，他隐约记得是啤酒洒身上了。他记忆里还残存着两个片段：一是酒桌上，邓肯蹾着酒杯对刘厂长说"不管他们0060多少钱，我们都比他们便宜一块钱"；另外就是出招待所等车的时候，邓肯又拉着黄总工胳膊反复说"抗静电，他们6000，我们8000"。至于怎么到的酒店、怎么上的楼、怎么进的房间，乔劭旸全都不记得了。

他半夜醒过一次，发现自己在地上，再醒已经在床上了。衣服全脱了，但是没盖被子，所以鼻子不通气，貌似感冒了。

醉酒加感冒又是叠buff（增益）的难受，好在酒确实不赖，第二天头没疼，就是手脚依然发木，并且是梧桐木，轻飘飘的，使不上劲。

手机里十好几条未读微信，有一半是谢雨霏发的，另一半来自关良。

乔劭旸回复谢雨霏说，昨晚喝多了，今天还得去映天。谢雨霏问他喝了多少，他说不记得了。她问干吗喝那么多，他说身不由己。

关良留言说医生给火柴开了药，很有效，中午吃了，晚上就不拉了，还讲她给火柴喂药，火柴跟她有多好。乔劭旸只回了一句"辛苦你了"。

邓肯昨晚吐了两回，早晨连饭都吃不进去。

他们打车去映天，到达之后，由黄总工带着去见负责测试F28024的工程师。邓肯问测得怎么样，有问题没有，叫小刘的工程师说，刚开始测，发现flash在线烧写速度慢。

"你看多巧，正好你来了。"邓肯笑哈哈地对乔劭旸说，又告诉黄总工和小刘，"公司FAE部门归乔总管，他现场办公来给解决。"

乔劭旸当即给韩颖川打电话，让他立即验证一下，看是什么问题。过了半个多小时，韩颖川来电话说，不是芯片问题，就是F28024的flash页面寄存器多导致的。他刚才和贺超一起试了一下，在线烧写大概需要一分钟。贺超告诉他，这是flash特性决定的，解决这个问题需要改动在线烧录器的软硬件结构，优化之后，预计可以将在线烧写时长缩短到十秒以内，但是这样做至少需要三个月时间。

乔劭旸不悦地问："没别的办法吗？"

韩颖川说有，用离线烧录器，几秒钟就能搞定。

乔劭旸挂了电话。他包里恰巧有离线烧录器。小刘又用离线烧录器试了一次，这次却烧写失败了。

乔劭旸皱起眉头。他亲自试了一次，还是烧写失败。

"有我们的核心板吗？"乔劭旸问。

小刘拿了块掌芯科技的核心板给他。他重新连接，还是烧写失败。

一直静静旁观的黄总工这时说："你们先弄，我还有事儿。"

邓肯送走黄总工，回来急切地问："怎么回事儿？"

乔劭旸脸色阴沉，说："前几天也有客户反映，韩颖川正在找原因。"

他又给韩颖川打电话，问离线烧录器烧不进程序的问题解决没有。韩颖川说他让客户试了，用老版本的烧录器可以，新版本的不行。

"要不您问一下贺超？"韩颖川说。

"如果是离线烧录器本身的问题，那就和FAE没关系了。"乔劭旸没好气地打电话给贺超，问他怎么新版本的离线烧录器烧不进程序？

贺超这两天也在感冒，声音闷闷的："是韩颖川说的那家吗？"

"不是，另一家。"

"用我们自己的核心板试了吗？"

"试了，也不行。"

"这我还是第一次碰见。"贺超说，"可能是新的离线烧录器需要匹配，您能带几片他们库里的芯片回来吗？"

乔劭旸瞥见小刘正竖着耳朵听,他便到办公室外面继续打电话:"他们库里的芯片和我们库里的芯片是一样的,库里的芯片不可能有问题,产品一致性是相当高的,有问题就应该全有问题。一致性如果有问题,那基础逻辑就不对了!"

"用老版本的烧录器试了吗?"贺超问。

"客户这儿没有老版本的烧录器,但是韩颖川说他让客户试过,用老版本的烧录器没问题,新版本的烧录器不行。而且,如果老版本有问题,那应该早就发现了,也等不到今天。"

"要不我新做一个固件试试?"

"新版本改动这么大吗?"

"没有太大改动。"贺超说,"可能是这一版的更新增加了一些逻辑,影响了时序,再重新做一下时序优化应该就能解决问题。"

"新版本谁做的?"

"付昊。"

听到这个名字,乔劭旸更是气不打一处来。眼下要给客户有所交代,于是他回去对小刘说:"离线烧录器会再更新一个版本,你们先用在线烧录器。在线烧录器的问题我们也会彻底解决。"

他想了想,又问小刘能不能把烧录失败的那颗芯片带走,小刘把芯片给了他。

飞机是下午三点多的。邓肯不和他一起回去,而是坐高铁去上海。

两人各自叫了车,都不太有精神,一起等车的时候话不多。

车上,乔劭旸给关良发微信说,他晚上七八点到家,问能不能把猫送过来。关良非要接机,乔劭旸便把航班号给了她。

关良又换了一辆新车,难怪迫不及待地要来显摆。火柴重新回到怀里,乔劭旸抱着它坐在副驾驶座儿,它使劲儿拿头蹭他。

乔劭旸轻抚火柴,望着前路发呆。

关良问:"怎么臊眉耷眼儿的?"

"喝了顿大酒，还没醒。"

"又骗我！你不是说你不会喝酒吗？"

乔劭旸没理她。

"借酒浇愁了吧？借酒浇愁愁更愁！"

乔劭旸还是没理她。

"哥们儿这车咋样？百米加速四秒一，你要不要试试？"

关良这没心没肺还有钱的生活令乔劭旸有些羡慕，他说："你一天天无所事事有意思吗？"

"你干你那玩意儿有意思吗？又卖不出去。"

"谁说卖不出去？"

"卖出去你不早发了？还租房子？"

乔劭旸再次沉默。

"你老板给你多少股份？"

"干吗？"

"咱俩合伙开公司吧？我投钱，股份一人一半。"

"开什么公司？"乔劭旸问。

"开文化公司，搞古董。"

"文化有限公司？"

"我文化有限，你不是博士吗？咱俩一平均，起码是个本科。"

乔劭旸白了她一眼。

"你别瞧不起我，你书读再好，不也是给人打工吗？"

"我有股份。"

"你有股份你说了算吗？不还得听人家的？将来赚了钱，也是人家吃肉你喝汤。"

"你烦不烦？"

"你有鉴定古董的本事，干吗不好好利用？也不用你辞职，公司的事儿我来弄，亏钱算我的，赚钱分你一半，你就当个副业，怎么样？"

"那也得跟股东和投资人汇报,人家该说我不务正业了。"

"行,成,你就务你的正业吧!"

天上掉起雨点,不大不小,噼噼啪啪落在车玻璃上,如指节轻击节拍。雨刷器平缓地左右摆动,像两根指挥棒,指挥着乔劭旸的呼吸,渐渐变得均匀……

许久才醒。车已经停了。关良正胳膊支在方向盘上呆呆地望着他。

乔劭旸揉揉眼睛,看了眼时间,都十点多了。他直起身,解开安全带,问道:"怎么不叫我?"

"你睡得跟猪一样。"关良说,"不对,是跟火柴一样,呼吸都一样。"

五

乔劭旸第二天很晚才到公司,在楼下碰见吕明正。

"抽一根儿吗,乔总?"吕明正给他递烟。

乔劭旸嗓子不舒服,他犹豫了一下,还是把烟接了过去。

"很少见你抽烟。"乔劭旸说。

"唉,楼下站会儿,透透气。"吕明正有些心不在"烟"。

乔劭旸问:"业务怎么样最近?"

"还行,接长不短来个小批,没下单的也基本都在测,就个别的,有点儿问题。"

"什么问题?"

"唉,没什么。"

乔劭旸便没再问。

吕明正却又主动说:"就是我深圳有个客户,说让咱们派个 FAE 过去帮他们调调,我就找深圳那边的 FAE。深圳的 FAE 跟我说得路总同意。我想也是,路总不是华南区的负责人嘛,那些 FAE 肯定得听他的,何况他们还是路总带过来的,我就找路总,结果找了好几次,路总都各种理由,一直没派人。"

"你不是负责华北吗,怎么还有深圳客户?"

"那不是当初公司就我一个销售嘛,所以不管哪儿的客户都和我联系。后来公司划分销售区域,我就把华东、华南都交出去了,但是有个别已经在我这儿下过单的我就继续跟了。有一回路总找我,说他想跟那个客户,我说我一直联系着呢,就没给他,我琢磨他可能是因为这个不乐意了。"

乔劭旸吸着烟,没有接话。

烟是薄荷的,到嗓子眼儿挺舒服。乔劭旸将最后一口烟吐向天空,掐灭烟头说:"FAE的事儿我来安排,不管华南、华北,都是公司的客户。"

一进公司就看见姚乐萌眼睛肿得桃儿似的,乔劭旸有些吃惊。姚乐萌见他来了,跟着进了他的办公室。

"帮主,宋琳琳要开除我和付昊。"姚乐萌哭丧着脸,嘴咧得像豁开一条大口子。

"为什么要开除你俩?"

姚乐萌有些支吾,说:"就因为我要涨工资……我找她了。"

"找她她就要开除你?"乔劭旸阴沉着脸,吓到了姚乐萌。

"我……我问她付昊是不是比我工资高?她说不是。我说你别骗我了,付昊给我看工资条了……"

"蠢不蠢啊你?"乔劭旸阴沉的脸上突然打了个响雷,"这事儿能往外说吗?这不脑袋伸过去让人砍吗?"

"我就觉得不公平,凭啥刚毕业的都比我工资高……"

"你自己啥水平,心里没点儿数吗?就知道跟人家比工资!你要把这劲头儿放工作上,公司能亏待你?我去跟公司提都硬气!"乔劭旸压住火儿说,"你出去,该干吗干吗,她要开你俩得先来找我!"

姚乐萌低着头走到门前,又回头说:"您可千万别让她开除我。"

乔劢旸不耐烦地使劲摆摆手。

他冷静了一下，起身去找任大任。不知道邓肯汇报没有。艾希微先拿出 F280060 的样片肯定会造成非常不利的影响，必须想好怎样应对。可怎样应对，乔劢旸到现在都没想好。

任大任正在敲键盘，心情似乎不错，见乔劢旸进门，还开玩笑地问："今天没带猫？"

"没有。"乔劢旸挤了个笑，坐到桌对面。

"怎么样？"任大任盯着电脑屏幕，继续敲键盘。

"挺好的，刘厂长和黄总工都见到了。映天确实有需求，024 也测上了，我们第二天又待了一上午，跟着一起测。"

"有问题吗？"

"刚开始测。"乔劢旸说，"我拉了个群，把韩颍川和贺超都加进去了，有问题他俩随时解决。"

任大任点点头，不说话了。

"还有个事儿，不知道肯哥说了没有。"

"什么事儿？"任大任警觉地抬起头。

乔劢旸说："黄总工透露，艾希微的 0060 已经出来了，准备给他们送样了。"

任大任的好心情肉眼可见地转眼不见，震惊、慌乱、失望、愤怒一瞬间闪现又一瞬间消失，他面无表情地问："确定吗？"

"确定，黄总工给我们看他和艾希微 CTO 的聊天记录了。"

"什么时候送？"

"那倒没说，应该很快吧。"

任大任靠到椅背上，和乔劢旸之间的距离一下子变远了。

"他们怎么这么快？去年年底还听说他们 024 研发不顺利。"

"他们背后有 PXN 支持，PXN 给了他们一个 18 兆的 ADC，肯定还有其他的。"

"怎么没人支持我们？"任大任的神情更加凝重，他失落地自嘲。

乔劭旸也暗暗叹息。想自主可控就无法伸手拿来，眼瞅着人家有便车搭，自己却只能靠两条腿，就算拼命地跑，就算跑得更快，可体力总有极限……

"没准儿有 bug 呢。"他安慰任大任。

"不能指望别人出问题，先得保证自己没问题。"任大任坐直身子，"你找人问问，看能不能搞到艾希微 0060 的样片。如果能，赶快测。"

乔劭旸用力点了点头。

任大任摆摆手，继续敲键盘。

乔劭旸回到办公室，刚坐稳，宋琳琳便笑嘻嘻地敲门进来了："刚才找您您不在。"

"找我干吗？"乔劭旸冷着脸。

宋琳琳笑容一僵，随即又恢复灵动，说："有事儿向您汇报呀。"于是，她绘声绘色地给乔劭旸讲了姚乐萌如何强横地找她谈工资，如何不守规矩地看了其他人的工资条，她指出她的不对，她还和她顶嘴，都快把她气哭了。

她的两只大耳环 bling-bling 的，摇摇欲坠。乔劭旸盯着她，一言不发。宋琳琳渐渐讲不下去了，将头发往耳后捋了捋。

"所以呢？"乔劭旸问。

在他的敌意面前，宋琳琳似乎怯阵了，但她仍说："按公司规定应该开除他俩。"

"哦。"乔劭旸轻轻应了一声，"开除他们，活儿谁干？"

宋琳琳愣了一下，说："可以再招。"

"再招俩实习生？"

"乔总，我知道您肯定不乐意，所以我来找您商量。"宋琳琳面露难色，"要是大家都私底下串工资，都跟那工资高的比，都找我涨工资，您说我怎么办？"

"按公司规定办啊，都开除。"乔劭旸乐呵呵地说。

宋琳琳一愣，她消化不良地说："您净逗我，怎么可能都开除？"

"别人不能开除,姚乐萌就能开除?"

"姚乐萌啥水平,您不比我清楚?去年犯了那么大错,让公司损失那么多钱,要不看在她是老员工的分儿上,当时就让她走人了。"

"谁让她走人了?我怎么不知道?"

宋琳琳做欲言又止状,仿佛在显示她知道什么乔劭旸不知道的内幕。她说:"像姚乐萌这样的,工作能力不怎么样,还整天这不满那不满,肯定会对其他同事造成不良影响,尤其刚毕业的,很容易被带坏。这次是她违反公司规定,处理她,一方面能够显示公司制度的严肃性,另一方面她的能力也达不到公司要求了,正好借这机会人员升级,用她和付昊空出来的工资额度再招一个水平更高、您更满意的人,不是一举两得吗?"

"谁说她达不到公司要求了?你比我还有发言权?公司不是说要给每一个人成长机会吗?姚乐萌虽然起点不高,但全公司属她最勤奋好学、进步最快。"

"但她确实能力不够啊,我不止听一个人这么说。"

"你消息源还挺多。"乔劭旸笑了一下,"要照你这么说,能力不够就'升级',如果将来公司真上市了,是不是也得找一个有上市公司工作经验的人管HR?"

宋琳琳的脸变得和口红一个色号了。她说:"您再考虑考虑。我是为公司好,也是为您好。"

"谢谢。我还有事儿。"乔劭旸下了逐客令。

宋琳琳走出办公室的时候,两只大耳环上下翻飞。

乔劭旸本想静下心工作,可满腔怒气在胸口奔突。他狠狠敲击键盘,在部门群里@所有人都去会议室开会,马上!

乔劭旸在会议室不间断地输出了四十多分钟,把姚乐萌和付昊骂得狗血淋头,俩人越分辩,他就骂得越凶,直骂到他俩不再言语,呆若木桩。

"以后谁再违反公司规定,立马给我滚!"乔劭旸怒目环视每一张脸,"我不养找事儿的人,也绝不允许任何人找你们事儿!你们全给我该干吗干吗！只要有我在，谁也动不了你们，也亏不了你们！"

骂人也是体力活儿，乔劭旸从会议室出来，直接去吃饭。

任大任问他在哪儿吃饭，他回了消息，又点了任大任常吃的套餐。

不一会儿，任大任坐到他对面，一边拆筷子一边问："你训宋琳琳了？"

"没有啊！"乔劭旸断然否认，"她说我训她了？"

"你是不是太护着姚乐萌了？"

"不是护着姚乐萌，是宋琳琳小题大做。多大个事儿，至于吗？本来就缺人，开除了活儿谁干？她能招来合适的人吗？就算招来了，光熟悉就得熟悉俩仨月，现在多忙，不耽误事儿吗？"乔劭旸说完意识到自己有些激动了，低头往嘴里扒饭。

"付昊可以不动，他毕竟刚工作，岁数小。"

"至于吗？不就看了眼工资条吗？"乔劭旸没按捺住，又激动起来。

从来都是任大任怎么说怎么是，头一回，他违抗了任大任的意志。

任大任有些惊讶，也有些生气，说："公司定了规章制度不执行，不成摆设了吗？以后谁还当回事儿？当初没开她已经网开一面，还不知足，你知道将来她再整出什么幺蛾子？"

"要说责任，去年那件事儿我也有责任。"乔劭旸说，"我是她领导，不管她犯什么错，我都有责任，而且我也确实没安排其他人复核，所以责任不能她一个人负，要处理她就连我一起处理！"

任大任的脸黑下来，乔劭旸仍然反问："宋琳琳凭什么揪住不放？芯片中心出 bug 她怎么不说？哪回不是一个'迭代'就过去了？哪次少让公司花钱了？谁追究了？"

"你吃枪药了？"任大任扔下筷子，"代码出错能和芯片迭代相提并论？TADI 出芯片还得迭代两三次呢！姚乐萌抛开能力不说，她态度首先就有问题。规章制度摆在那儿，是她自己往枪口上撞，宋琳琳也是照章办事。"

"她照章办事，"乔劭旸冷笑，"公司规定同事之间不许谈恋爱，她偷摸跟卫辰纲谈恋爱，照章办事了吗？"

"不吃了！"任大任猛然起身，椅子被带倒在地。他在众目睽睽之下，愤然而去。

乔劭旸看着两份套餐发呆。他不知道自己怎么了，怎么就这么大气、这么大火、这么怒不可遏。

他也吃不下了，沿着四环漫无目的地走。

任大任这时发来消息，让他马上到他办公室。乔劭旸立刻紧张起来。这是要来硬的吗？如果是，他要"硬碰硬"吗？如果不继续强硬，他又怎么面对姚乐萌，面对下属？

人来人往。车来车往。他却不知何去何从。天上有鸟飞过，灰灰的，不像鸽子。有翅膀就是好。他此刻插翅难逃。

乔劭旸终于打定主意。

不知不觉已经溜达到北大门口了，走回去得二十多分钟，骑车也得十来分钟。于是，他叫了辆车。

邓肯在任大任的办公室。俩人脸色都不好，邓肯要更不好一些。乔劭旸迟疑着坐下。任大任给邓肯使了个眼色，示意他说。

邓肯先"唉"了一声，又跟了句"他妈的"，然后说："杜杨离职了。"

乔劭旸啊了一声，瞪大眼睛。

邓肯说："之前一点儿风没透给我，昨天见着才跟我说马上要离职了，正在办交接。"

"交接给谁？"

"他部门的副手，估计就是以后的部门负责人。那小子特牛，跟我说你们芯片起码得经过一个完整的春夏秋冬才算验证完成。"

"什么意思？一竿子支到一年以后了？他一个消费电子至于这么严吗？"

"严不严就那么一说。杜杨私底下告诉我，迪威乐普今年的海外订单掉了不少，全球需求疲软，尤其欧美，对家电行业影响很大，所以一些项目也不着急推了。"

"他撤了更没人推了。"乔劭旸问，"他去哪儿了？"

"没说。说先不能讲,但是以后肯定还有合作机会。"

"这么搞谁还跟他合作?这不把咱给闪了吗?"

"我把那人微信推你,叫梁沐。"邓肯说,"你就和他联系,该怎么测还怎么测。"

乔劭旸不语。他对 F280040 这颗料寄予了很大希望,也盼着它真能如邓肯所言,不仅带动出货量,还能给其他客户打个样儿。可人一换,积极性肯定不如从前。从前是人家找着他测,往后就得他推着人家测。这样压力一下就转到他身上来了。一天测不完,项目就一天推进不下去,这责任他就得背负一天。何况,测完又怎样?签了订单又怎样?对方不提货,又能怎样?

"老纪知道吗?也得跟老纪说一声吧?我叫他?"乔劭旸问。

"别!先别告诉他,他聒噪得人心烦。"任大任说。

茶几上扔着半包饼干,估计是任大任的午饭。乔劭旸此刻有些内疚了。任大任虽然是师兄,但更是老板。不仅是他一个人的老板,更是公司上下这一百多号人的老板。让大家有饭吃,让公司活下去,是任大任睁开眼就得考虑、闭上眼也得琢磨的事情,所以,能不累吗?

还给他添堵。

乔劭旸等邓肯走了,对任大任说:"对不起,师哥,中午是我太冲动了,我……"

任大任打断他,疲惫地说:"行了,管好你的人吧……"

"我知道了。你休息吧。"

任大任在沙发里陷得更深。

乔劭旸回到办公室,把姚乐萌和付昊叫了进来。"你们安心工作吧,任总那儿已经说好了,不会再处理你们,但是下不为例。"他顿了一下又说,"我骂你们太狠了,向你们赔礼道歉,别往心里去。"

"是我们不对。"付昊赶忙说。

"我不要求涨工资了。"姚乐萌也跟着说。

"该是你们的肯定少不了。"乔劭旸也累了。

他给谢雨霏发微信,想和她聊几句,可她没有回复。乔劭旸忽然想起火柴还在家饿着,连忙穿上外套回去喂猫。

电梯里挤满人。乔劭旸最后一个走出电梯。外面亮亮的。此时阳光仍能透过玻璃照进大堂,在黑色大理石地面上打出一片白。

谢雨霏和一个男生站在白光里。

那男生很年轻,高高的,帅帅的,穿着很潮,显得很高贵,像是从天而降的王子,降临到平民面前。

他和谢雨霏很亲密,讲着乔劭旸听不到的话,还亲热地抱了谢雨霏。

乔劭旸定住了,却又在谢雨霏转身之前消失。

他的眼前仍然一片白。

六

乔劭旸早上在公司群里发了条消息,说最新发布的 v1.8.6 版本 IDE 已支持目前所有已流片版本芯片,月底前还会再发布 v2.1.1 版本 IDE,将支持所有已量产版本芯片。消息末尾,他还特意加了句"请销售及 FAE 团队相关人员注意"。

付昊第一个跳出来点赞,连发三个大拇哥。紧接着,邓肯也点了个赞,然后销售和 FAE 就陆续都跟着点赞或者撒花。

发完这条消息,乔劭旸把韩颖川叫到办公室,让他安排一名北京的 FAE 去趟深圳。

韩颖川惊讶地说:"深圳当地不是有 FAE 吗?"

乔劭旸扔了句:"他们搞不定。"

"哪家客户?"

"德泽电子。"

"这客户是吕明正的吧？"

乔劭旸没说话。

"从北京派不好吧？"韩颖川迟疑着说。

乔劭旸反问："什么好不好？"

韩颖川犹豫了一下，问："什么时候去？"

"尽快。"

"大家现在都在外面出差……"

"你不是在北京嘛，不行你去。"

韩颖川赶忙说："我明天也走，去济南。"他还想说什么，被进来的邓肯打断。

邓肯说："你们俩都在，正好。"

"什么指示？"乔劭旸笑呵呵地问。

"啥指示？请你帮忙！"邓肯说，"客户找我问 SPI（串行外设接口）数据偏移的问题，让我给解决。"

"邓总还干上 FAE 的活儿了？"

邓肯没理他，把客户问题复述一遍。

韩颖川听完说："我们给客户都是代码拷贝了就直接能用，不行就让客户把他们那段代码给我们，我们在北京给弄通。"

邓肯把脸转向乔劭旸。

乔劭旸说："SPI 是个特别简单的外设，基本上都是把 TADI 的拷过来直接用，只是我们这个有 CS 信号（片选信号）反转，不过不影响使用。让客户把代码发过来吧。"

"发过来转给你？"邓肯问韩颖川。

"要不您拉个群？"韩颖川说，"把我和乔总都拉进去。"

"不用拉我，你处理就行。"乔劭旸说。

邓肯走了。

韩颖川说："要不深圳让狄敬宇去？他离得最近，从郑州直接去。"

"可以。"乔劭旸说。

派 FAE 这事儿让他很不痛快。他原本答应吕明正从深圳派 FAE 去做客户支持,深圳那边也的确派了,却迟迟调试不通。吕明正说他找客户问了,客户说没那么难,所以调试不通大概另有原因。既然深圳的不好使,那就从北京派,乔劭旸倒要瞧瞧北京的是不是也不好使。

他正要下楼抽烟,邓肯又过来找他,说刚问了客户,客户说代码有,片选信号没有。

"没片选信号,这用法有点儿特别。"乔劭旸说,"我们之前测试过,像这么用的确有可能错位。或者让他们先改按键板电路试试?就按正常用法来。"

"改电路估计不行,他们有很多型号。"

"改按键板通讯程序呢?"

"我问问。"邓肯马上给客户发微信,客户秒回,说可以,还说最好找一下你们的芯片设计,看看时钟信号被干扰后怎么恢复正常,主要就是没法判断数据头,通讯两边搞个容错机制能改善,但是发现通讯不上就重新握手。

"要不找老纪碰一下?"邓肯提议。

"行啊,你去跟老纪说。"

"你去。"邓肯一脸谄笑。

"我去就我去。"

乔劭旸去找纪程远,看见他正在打理新买的苔藓球米竹,说宁可食无肉,不可居无竹。

"谁说不吃肉就难受来着?"乔劭旸取笑他。

纪程远说:"竹和肉我都要,成年人不做选择题。"

"那你应该养多肉。"

"找我什么事?"纪程远放下喷壶,又变得一本正经。

乔劭旸很腻味他这样,但有正事儿又不得不对他讲。

"他怎么不找我？"纪程远听完，拉长了脸。

"他怕你。"乔劭旸说完一笑。

"他不是怕我，是心虚！"纪程远吐槽邓肯，"之前我问他242客户有什么需求，我好提前订IP，结果他不说，等项目kick-off（开始）了，他又过来说需要USB 2.0（通用串行总线）。先不说这IP成本多高，单就使用方式就没法跟242原有的使用方式兼容，只能以IP实际给到为准。可烦了！每次都是他说怎么干就怎么干，被他牵着鼻子走，你师哥还回回偏向他，跟我说市场导向。我说市场导向可以，但是导向可不可以事前导，别事后导，这样研发总受干扰，进度能快吗？"

"你已经很快了。"乔劭旸安慰他。

"要这样我真没法干了，让你师哥趁早另请高明。"纪程远更加愤愤不平。

"别总你师哥你师哥，你俩不也同学吗？"

"我跟他能和你跟他比？你们是合伙人，我可不是！"

"你什么时候有空儿？"乔劭旸问。

"我没空儿！你找鲁彬华，他负责SPI。"

鲁彬华的工位紧挨谢雨霏，但此刻，乔劭旸目不斜视。

鲁彬华说SPI模块是徐立堃设计的，这个模块特别简单，到现在F28242也还是复用这个设计，因为没在客户端发现过问题，所以一直没动过。

乔劭旸说他主要感兴趣的是TADI为什么可以没有片选信号。

鲁彬华说："行，我分析完跟您说。"

"我让韩颖川找你。"乔劭旸说。

他下楼抽烟，又碰上吕明正。他说，已经安排狄敬宇去深圳了。

吕明正特别感激，忙说："给您添麻烦了，让您为难了。"

不一会儿，谢雨霏发来微信，问乔劭旸，又下楼抽烟了？

乔劭旸走开一点儿，回复说，你来吗？还剩一根。

谢雨霏给他发了个发怒的表情，问，刚才怎么不看我？

乔劭旸吸了口烟，回复说，我怕走神儿。

谢雨霏回了个可爱的表情，说，我明天不用加班，去你家？

乔劭旸回了个好。

谢雨霏不高兴了，问，怎么连表情都没有？不高兴吗？

高兴！乔劭旸连发六个鼓掌欢呼的表情。

这还差不多。谢雨霏的表情很满意。

"乔总，我先上去啦。"吕明正跟他打招呼。

乔劭旸点点头。他背过手去，手里握着手机，望着旁边的小区。谢雨霏就住在那个小区，那小区一平方米二十万。

乔劭旸第二天特意起了个早，准备把家里归置一下。火柴被他吵醒，慵懒地打了个哈欠。乔劭旸便先给它做早饭，它已经可以吃生鸡蛋拌肉糜了。

谢雨霏不到九点就来了，手里提着早点。

"我妈以为我加班。"她笑嘻嘻地说。

乔劭旸紧紧地抱着她。这一个多月，他一直把话憋在心里，而且越是亲近不到就越憋闷。谢雨霏说他回微信总冷冷的，不像从前有热情了。他嘴上不认，心里却不得不认。然而，每次只要一亲近，谢雨霏身上暖暖的香气便能将他心中的憋闷融化，她的身子也酥酥软软，抱紧就不愿松开。

"吃饭啦，我饿了。"谢雨霏拖长声音，撒娇地说。这是她最独特的地方，也最吸引乔劭旸，她能在独立与黏人这两种性情之间轻松切换，可咸可甜，每种味道又都恰到好处。

乔劭旸没有松开，作为对她的惩罚。

"你不饿吗？"谢雨霏问。

她脑后的发夹挽着青丝，像只闻香而来又恋恋不去的蝴蝶。乔劭旸伸手将发夹取下。

"讨厌，弄我头发……"谢雨霏在他怀里轻轻一推。

略带波浪的茶色发丝被晨光映照得更加多彩。乔劭旸轻抚着，在谢雨霁额顶吻了一下。

火柴像个不懂事的孩子，扒着乔劭旸裤腿直立起来，喵啊喵地求抱抱。谢雨霁笑得不能自已，将火柴抱起。火柴也喜欢她身上的香气。

皮蛋粥有些凉了，在微波炉里加热之后，屋子里又有了粥的香气。

"你喝粥没声音。"谢雨霁美美地说，"我不喜欢喝粥有声音的男生。"

"难怪咱俩第一次吃饭，你要喝海鲜粥呢。"乔劭旸问，"我要喝粥有声音，你是不是就不喜欢我了？"

"反正你喝粥没声音。"

"要有声音了呢？"

"有声音就有声音呗。"

"怎么听着有种嫁鸡随鸡嫁狗随狗的感觉？是想嫁给我了吗？"

"谁想嫁给你了？"

"你想嫁给我吗？"乔劭旸的表情忽然认真了，声音也认真了。

"你真求婚啊？"谢雨霁暂停了喝粥。

"真的。"

谢雨霁扑哧一笑，说："你这求婚太没诚意了。"

乔劭旸抿紧嘴唇。

"生气了？"谢雨霁问。

"没有啊，生什么气？"

"哦。"谢雨霁继续喝粥，沉默了一会儿又说，"小展告诉我，她前几天接到果动科技的面试邀请，想让她去面试。她因为好奇就去了，结果你猜她见着谁了？"

"谁？"

"杨淏洺、高力伸和徐立堃。"

"他们都去果动科技了？"

"肯定啊！小展说看见他们仨在楼下抽烟，她没跟他们打招呼，他们也没看见她。"

"她面试过了吗?"

"没有,她就没想着过,纯粹是去刷一拨儿经验值。"

"你也信?"

"她不可能去果动科技。"谢雨霏说,"她下半年要去北航读博,然后回来实习。她已经跟师兄说了,师兄也同意了。"

"你师兄人还怪好的呢。"

"你最近好像对他意见很大。"

"我没意见。"

谢雨霏又回到之前的话题:"杨淏洺最先走的,高力伸和徐立堃肯定也是他拉去的,我都怀疑他把咱们公司研发的联系方式都给了果动科技的HR,说不定其他人也收到邀请了。"

"哦。"乔劭旸显得漠不关心。

"你怎么一点儿都不当回事儿呢?公司你没份儿啊?"

"我说了又不算。再让宋琳琳招呗。"

"这事儿得让师兄知道吧?"

"你去和他说呗。"

"怎么了你?"

"没怎么。"

"大老远来陪你,你还这样。"谢雨霏把勺子放下。

"对不起——"乔劭旸拖着声音,晃着肩膀。谢雨霏又被他逗笑了,而他自己却没笑。

吃完饭,拉下投影幕布,准备放电影。乔劭旸抱着谢雨霏,谢雨霏抱着火柴。抱着的和被抱的都很舒服。

新置办的投影机是果动科技的。乔劭旸告诉谢雨霏,果动科技的生态做得确实不赖,但要造车、造芯就另当别论了。

投在幕布上的是 John Cusack 和 Kate Beckinsale 主演的《缘分天注定》。谢雨霏说,女主有种冰冷的美。

"所以女吸血鬼她演得特别好。"乔劭旸说。

"你要是变成吸血鬼，会咬我吗？"谢雨霏问。

"你愿意被我咬吗？"

"别总反问我。"

乔劭旸正准备回答，忽然有人敲门，他喊了声："放门口就行，谢谢！"

"放他妈什么门口？快开门！"门外的声音说明，不是送快递的。

谢雨霏疑惑地盯着乔劭旸。

他迟钝了一下说："我去看看。"

这货怎么来了？乔劭旸一边往门口走一边想。他隔着门问："什么事儿？"

对方不耐烦地说："什么什么事儿？快开门！"

"搞什么鬼你？"乔劭旸把门打开，一个没拦住，关良像狗一样噌的一下钻了进来。

房子玄关很小，进门就见床。关良被床上的谢雨霏惊住了。

谢雨霏站起身："你好。"她有点儿尴尬，却大方地和关良打招呼。

关良愣了两秒，才说："你好。"然后扭头看着乔劭旸："你女朋友？"

乔劭旸咳嗽了一下，赶紧给两人介绍。

"你来干吗？有事儿吗？"乔劭旸问。

关良有点儿磕巴："来看火柴，我给它，买了猫罐头。"她撂下猫罐头，溜得很快。

"这人有点儿怪。"谢雨霏说。

"我都见怪不怪了。"乔劭旸说。

"你俩很熟吗？"

"她是少房东。她跟谁都很熟。"

"她是女生吧？"

"她喜欢女生。"

七

关良没完没了地问了乔劲旸好几天，从哪儿找的这么漂亮的女朋友。

关良说："你这兔子太不懂规矩了，连窝边草都不放过。"

乔劲旸说："你找个正经班上，你也能找着对象。"

关良说："行。"然后她就没消息了。

等再有消息，是她来掌芯科技应聘当行政。

乔劲旸下巴都惊掉了，把她拉到楼梯间问："你搞什么？"

关良说："我没搞什么啊，不是你让我找个正经班上吗？"

"我让你上班没让你来我们这儿上班！"

"你们这班不正经吗？"

乔劲旸劝退不了她，便去找任大任，问怎么还招行政？

任大任说："原来的行政离职了，宋琳琳要再招一个。"

"能不招吗？"

任大任迷惑地看着他："为什么不招？"

乔劲旸想不出好的理由，就说："没必要吧？"

"那你找宋琳琳说去。"

关良入职的第一天，就来感谢乔劲旸："我妈听说我终于要上班了，还是个高科技公司，可把她给乐坏了。我爸听说是你给介绍的，非要请你去我们家吃饭。"

"怎么成我介绍的了？"

"不是你，我上哪儿知道这公司去？"关良迫不及待地问，"什么时候来我们家吃饭？"

"没空儿。"乔劲旸午饭都不想吃了。

"那我请你吃午饭？"

"我请你出去，别打扰我工作。"乔劲旸尽量心平气和，文明礼貌。

"行行行，你先忙。"关良一点儿也不生气。

乔劭旸以为，关良游手好闲惯了，让她准时上下班，她肯定坚持不了多久。但他失算了，关良一坚持就坚持了小俩月，还乐此不疲。她跟男生们混成了好哥儿们，女生里也俘获了小迷妹。而且，她跟宋琳琳总是宋姐姐长、宋姐姐短，比李逵管宋江叫哥哥还发自肺腑。

乔劭旸越瞅她越不顺眼，但也说不上来哪儿不顺眼，终于有一天找到了原因，他惊讶地问关良："你怎么留长头发了？"

"才看出来？好看吗？"

乔劭旸端详着说："你是怎么做到留短头发像娘们儿留长头发像爷们儿的？"

"喊。"关良扭头走出了他的办公室。这两个月，她有事儿没事儿就往他这儿跑。

谢雨霏好像吃了"溜溜梅"，说："我在公司还得假装跟你不熟，她怎么一点儿顾忌都没有？"

乔劭旸说："她顾忌什么？她就没把自己当女的。"

"我看她是看上你了。"谢雨霏脸红红的。

"你这说的都是哪儿跟哪儿啊。"

乔劭旸从前每周三下午六点之后，都和同事去中关村文化体育中心打羽毛球。这是公司给大家提供的福利，只要不加班，宋琳琳就号召大家尽量都去享受。

不过，应者寥寥，除了乔劭旸常带着软件中心的几个人，就没谁了。

自从关良来了之后，每周三她都在公司上上下下吆喝个遍，去打羽毛球的人因而渐渐多了起来。反倒是乔劭旸再也没去过，他怕谢雨霏不高兴。

任关良怎么吆喝他，乔劭旸都不为所动。后来，关良不吆喝他了，反倒把任大任给吆喝动了。任大任兴致勃勃地来招呼乔劭旸，乔劭旸便不好再扫人兴，何况一起的还有谢雨霏。

关良先他们一步出发，已经买好水，在场地边候着了。场地只有一块，来的人比从前多，所以就两两捉对，采用的也是乒乓球的比赛规则，每局11分，谁输谁下。

任大任跟谢雨霏一组，其他人都有自己的球搭子，乔劭旸的球搭子没来，他便落了单。

关良这时自告奋勇说："我陪你打。"

乔劭旸无奈地瞄了谢雨霏一眼，谢雨霏面无表情。宋琳琳坐到场边当记分员，任大任和乔劭旸这两组先打。

混双一般都是女队员守网前。关良弓着腰，斜举着球拍，姿势很专业。

任大任发了个后场球，乔劭旸给扣了回去。同样守在网前的谢雨霏赶忙反手挑球过网，被关良候个正着，她如同一只扑捉麻雀的狸猫，轻轻一跺脚，将来球扣杀在地。

1：0。

开场即得一分，场边响起叫好声，也有人"警告"关良，不许欺负霏姐。

关良嘿嘿笑着，连连拱手赔礼，再发球，她下手就轻多了，很多能得分的机会也被她打成了相持球。

乔劭旸在后场瞧得一清二楚，关良每每回给任大任的球都做得极舒服，像把饭喂到嘴边。

当然任大任也别想从她身上得分，谢雨霏更别想。

还是乔劭旸凭本事先得了11分，把对手给打了下去。可随即他就后悔了，任大任和谢雨霏下场之后坐在一起，有说有笑，任大任还给谢雨霏拧了瓶水。

这之后，乔劭旸变得心不在焉，眼神总往场边跑，恨不得也马上输球下场。反倒是关良来了斗志，前场后场，一个人当两个人使，生生把二打二变成了三打二，连换了三拨儿对手，都被她打了下去。

第四拨儿正准备上场之际，场边的任大任忽然大声招呼宋琳琳。记分员没了，乔劭旸借机休息，拎着球拍走过去。

羽毛球拍被任大任攥在手里，苍蝇拍一样乱挥。原来是果动科技疑似挖角的事儿被他知道了,这比打不着苍蝇还令他愤怒。

谢雨霏和乔劭旸对视一眼,目光中透着悔意。

任大任怒不可遏,说这是报复,因为他当初拒绝了果动科技的投资。

第二天上班,他气仍未消。他让乔劭旸喊纪程远来开会,把宋琳琳也叫上。会上,他严令纪程远和乔劭旸都盯紧下属,谁有什么动向要及时向他汇报,他说宋琳琳这方面就做得很好。乔劭旸和纪程远不约而同地看向宋琳琳。她略显尴尬,轻轻地咳嗽了一下。

任大任又给宋琳琳布置任务:让她找律师起草一份措辞严厉的声明,先不要点名,但是要强调保留追究法律责任的权利;同时去找能证明果动科技恶意挖角的证据,一旦找到证据,就起诉。

乔劭旸说:"发声明不合适吧?起码先拿到证据。"

"怎么不合适?拿不到证据就不发了?"任大任还像他昨晚上扣球一样,狠狠地说,"这个声明必须发,绝不能吃哑巴亏!"

"得让人知道咱们不好惹。"宋琳琳紧随任大任,对乔劭旸说,"这么恶劣的事儿,咱要连个态度都没有,不显得太好欺负了?"

乔劭旸好像没听见,他对任大任说:"这个声明发出去,外面的人未必会觉得这事儿有多恶劣,反倒会觉得你这儿留不住人,没准儿也过来挖人。所以,得从根子上解决,要不就算没人挖,也会有人走。"

"怎么从根子上解决?"任大任沉着脸。

乔劭旸说:"涨工资的事儿早就在公司传遍了,之前说是上轮融资以后,现在又说要等到接下来这轮融资之后。这么长时间没动静,大家难免有想法……"

任大任厉声打断:"现在说的是打官司,你提什么涨工资?"

"我觉得劭旸说得对。"纪程远也跟着说,"涨工资确实很重要,否则人心浮动,盯再紧也没用。"

调整工资体系是宋琳琳在负责,她为这还专门聘请了专业的人力资源顾问来给公司重新搭建薪资结构,此刻她赶忙说:"工资体系的调整工作一直在有序推进，也有了初步方案，正在完善。调整工资体系确实很重要，也正因为重要，我们才不能为了做而做，更不能大家一着急就赶快拿出来，而是要配合公司发展，根据公司安排，适时实行。"

这话说得漂亮。比她耳垂上的红玛瑙耳钉还漂亮。她那两只耳钉每只上面都点着八个金色小点，像两只瓢虫在啃肥厚的叶片。

联合创始人管不了创始人，就像小王管不上大王。声明还是像四个2一样扔了出去，把平时不怎么干预公司日常经营的股东们都炸了出来，挨个儿询问什么情况。

股东们没人支持和果动科技对簿公堂，连最支持任大任的老柴都不支持。老柴还专门来公司劝任大任别意气用事，他们争执了一下午，乔劭旸中途进去过一趟，见俩人都黑着脸。

任大任的脸色先和缓下来，他没争过老柴。于是，老柴当和事佬儿，做东请任大任和果动科技管人力资源的副总以及总监吃了个饭，加之宋琳琳也没找到证据，这事儿便雷声大雨点小，不了了之了。

乔劭旸终于松了一口气。

当他认为已经风平浪静的时候，却忽然听说工资体系的调整方案已经做好了，要立即实行。

宋琳琳把和乔劭旸相关的部分发了过来，他看了一眼，立刻站了起来。为什么方案里没有姚乐萌？

乔劭旸给宋琳琳发消息说，过来一下。

没有回复。等了十多分钟，宋琳琳才姗姗来迟。她进门就说："刚才跟任总聊工作来着。"

"薪资调整为什么没有姚乐萌？"乔劭旸没有接她的话茬。

宋琳琳笑吟吟地说："这方案是任总审过的，姚乐萌因为之前的表现，所以不在这次调整里。这样做也是对她的鞭策，希望她能吸取教训，好好表现，如果表现好，下次再给她调。"

"付昊为什么在里面？"

"这个嘛，主要是考虑小付年轻，刚毕业，而且水平不错，值得培养。"宋琳琳顿了顿说，"您要觉得不合适，也可以把他拿出来。"

乔劭旸忽然心平气和了，不冷不热地说："上次我也说了，评价一个人要看整体，不能揪住一两件事不放。具体到姚乐萌，我想公司上下没有人比我更了解她、更有资格评判她。"

"我知道您更了解她，也更有资格评判她。"宋琳琳重复了一遍乔劭旸的话，然后伶牙俐齿地说，"作为人事，我们只是从一个客观角度，按照公司规定来评定。规定是摆在明面上的，事儿也都是大家看得到的，所以我们只能就事论事，不能掺杂任何个人感情和好恶，要不大家该说我们不公平了，以后谁还信服我们，我们还拿什么服众？"

这番话听似句句都是在讲自己，却又含沙射影，句句都指向了乔劭旸。

乔劭旸点点头，说："只看人家没做好的地方，不看人家做得好的地方，这叫公平吗？做好了不奖，做不好就罚，这叫公平吗？"

"所以不奖不罚嘛。"

"你这是不奖不罚吗？大家都涨工资，就姚乐萌没涨，甚至付昊都涨了，你能对付昊网开一面，为什么不能对姚乐萌网开一面？"

"不是我网开一面……"

"这方案我不同意。"乔劭旸说完，多一句话都懒得再讲。

宋琳琳肯定会去向任大任汇报，他猜测着，但很多天过去了，任大任都没有跟他提过。

谢雨霏有天忽然跟他说："现在公司都传你为了姚乐萌，不同意新的工资调整方案，连累大家都跟着涨不了工资。"

乔劭旸差点儿骂出声来。原来在这儿等着我呢！宋琳琳是要拿全公司压我吗？

听到了风声的姚乐萌也来他办公室，苦着脸瘪着嘴说："谢谢帮主！帮主你对我太好了！我都不知道怎么报答你了……"

乔劭旸不耐烦地摆摆手。

随后，关良也溜进来，悄悄问他："用我给你当卧底不？"

乔劭旸被她逗笑了，说："你宋姐姐对你那么好，你还当叛徒？"

"我是身在曹营心在汉。"关良坐在桌角上说，"咱俩铁瓷，我肯定向着你啊。"

这时，任大任的电话打进来，他叫乔劭旸过去一趟。

关良从桌角溜下来，关切地看着他："不是要兴师问罪吧？"

乔劭旸没理她，径直走出办公室。

任大任正在擦他的高尔夫球杆，球杆都被他擦出了寒光。

"姚乐萌一个姑娘家，在北京漂着不容易，在钱上差了她就是逼她走呢。"乔劭旸始终皱着眉头。

任大任说："我没想逼她走。"

"我知道您没想，但是有人想。"

"你不要戴有色眼镜，宋琳琳也是为了公司。"

"是真为公司，还是公报私仇？"

任大任沉默了一会儿，将高尔夫球杆收起来，说："可以给姚乐萌涨工资，但是涨幅减半。"

乔劭旸却不同意："怎么还打五折啊？就不能一视同仁吗？"

任大任凝视着他。

"要不我不涨了，给姚乐萌涨上去。"

"你就添乱吧！"任大任重重地坐回椅子里。

目的达到了，乔劭旸却一点儿胜利的喜悦都没有。

姚乐萌虽然被加入了这次涨薪名单，但因为她被加入，据说影响了什么系数，所以方案还需要修改。

"爱怎么改怎么改，爱改多久改多久。"乔劭旸不想再理会。

烦心事一拨儿接一拨儿，像只永不落地的羽毛球。不多久，梁沐又打来电话，说测试微波泄露的过程中，有个比较器被触发事件了。

自从迪威乐普换了项目负责人，三天两头出问题。这个叫梁沐的横挑鼻子竖挑眼，时不时把电话直接打过来，语气也越来越不客气。

乔劭旸耐着性子问："没有微波泄露的情况下呢？"

"那没事儿，所有功能都正常。"梁沐意犹未尽地说，"杜杨当初为什么要搞这个？明明用外部比较器就能解决，价钱也不贵，而且有成熟方案，马上就能搞，不像这个，还得测。搭着时间，搭着成本，既耽误我们也耽误你们，最后就算测完能用，产品到时候说不定已经过时了，不是全白搞了吗？"

乔劭旸一时不知该如何接话。说到底，他也担心"白搞"。这半年多，市场忽然变得和去年甚至前年都不一样了，从前主动找上门来的客户不主动来了，销售找过去，对方要么很敷衍，要么连敷衍都不敷衍，直接说不缺货。

那些拿了样片做测试的客户也迟迟没有进展。这些还都是不大的客户，即使下单，也不会有多大的量。所以，像迪威乐普这种不仅大而且还是股东的客户，就成了必须完成的任务。

乔劭旸没有想到更好的解释，只能安抚说不会白搞，然后建议梁沐调整一下比较器，先往下测 ADC 和运算放大器。

放下电话，任大任又叫他马上过去。

他呆坐了两分钟才有动作，打开门，便听见姚乐萌又咯咯笑着，大声说："我知道你肯定在心里笑话我！"

"我妹（没）有啊，萌姐！"付昊矢口否认，也很大声。

乔劭旸冷着脸，目不斜视，大步从付昊和姚乐萌座位旁经过，吓得两人赶紧收声。

路过芯片中心的工区。谢雨霏不在工位上，乔劭旸才想起她下午请假了。

邓肯也在任大任那儿。俩人都坐在沙发里，茶几上摆着半瓶红酒，一人面前一个纸杯，邓肯的纸杯里还有酒，任大任的纸杯已经空了。

这酒是宋琳琳批量订购的进口红酒，一百二一瓶，用来招待客户。中午有投资人来，但现在回来还在接茬儿喝……

乔劭旸刚坐定，邓肯便准备给他倒酒，他拦住了邓肯的动作。

任大任捏着印堂穴，紧闭双目。乔劭旸轻轻咳嗽了一声。

任大任睁开眼，问道："映天测得怎么样了？"

乔劭旸说："上周发现PFC（功率因数校正）异常发波，电流波形也有毛刺，这周派人过去调。"

"新闻看了吗？"任大任又问。

"什么新闻？"乔劭旸不明所以。

"映天和FRIT签约了，在慕尼黑的光伏展上。"邓肯小声说。

乔劭旸瞟了一眼茶几上的红酒。他想起上次拜访，刘厂长提起过，要和黄总工去德国参加光伏展。"什么时候签的？"他问。

"昨天，新闻刚出来。"任大任烦躁地说。

邓肯把新闻转给乔劭旸。新闻里说，映天跟FRIT签署了战略合作协议，根据协议，映天将与FRIT在应用研发和产品规划等方面展开早期合作，不断优化产品，降低生产成本、缩短交付与上市周期，提升整个产业链的成本效益；同时双方还宣布建立联合实验室，一起为可再生能源领域的电源产品创新做持续努力。

"这是深度绑定了啊！"乔劭旸脱口而出。

任大任伸手够酒瓶，不小心将酒瓶碰倒，酒洒了出来。

乔劭旸连忙拿过纸巾盒，抽出几张纸巾递给任大任。一摞洁白的纸巾被酒洇红，像止不住血的纱布。任大任将洇透的纸巾捏成团，丢入垃圾桶，发出一记闷响。

"他们深度绑定，咱们就没机会了。"任大任喘了口粗气，仿佛这句话是压在他胸口的磨盘，被他费力推起。

乔劭旸也知道希望不大，但嘴上仍说："也不是完全没机会吧？"

"有什么机会？"任大任激动起来，"映天要做欧洲市场，肯定要跟

FRIT 这样的本土厂商深度绑定。欧洲芯片公司断供风险小多了，映天可以放心用 FRIT 替代 TADI，顶多再找个备胎。找备胎也不会给太大量。没量咱做什么？咱现在要的就是量！"

"我知道……"乔劭旸忽然很挫败。上次他在刘厂长和黄总工面前滔滔不绝，以为自己表现得有多好、人家多瞧得上，原来只是他不自知。

邓肯劝慰道："好歹咱的 0060 已经给映天测了，艾希微说这么长时间了也没拿出 0060 来，咱们至少在国内厂商里还是领先的。将来如果起量，就算量不大，映天这客户咱也算拿下了，就看将来有没有机会再做大。"

"对，先卡位，把位子先占住！"乔劭旸接过邓肯的话，也给任大任解宽心说，"咱们现在走的路，别人也得走，谁都绕不过去。咱们哪怕就快上一步，也能比别人先一步到终点！"

任大任自失地笑了，一口喝下半杯红酒，然后叹气说："我有时候在想，咱们当初是不是选错路了？是不是不干 DSP，干别的，能更容易点儿？是不是不搞 RISC-V，不自主可控，也找 ARM 买授权，也做 MCU，能更快点儿？现在 TADI 自己都被 ARM 压着，DSP 和 MCU 比也越来越没优势，咱们又何德何能，非走这别人没走过的路？非蹚这别人没蹚过的河？河水还越来越深，已经没过胸口，眼瞅就没过脖子了。"

他又喝掉剩下的那半杯红酒，一不小心把自己呛到了，像溺水一样剧烈地咳嗽，咳出了眼泪。

乔劭旸又连忙给任大任递纸巾。

任大任擦干眼泪，缓了缓，继续沙哑着嗓子说："本来要游过河去就心惊胆战，结果又一帮子人扑通扑通跳进来，在你身边瞎扑腾！我不是说就我能游，别人不能游，问题是 DSP 市场就这么大，从前是蓝海，现在人多了，也成红海了，和 MCU 还有什么区别？好歹 MCU 门槛没这么高，消费品也比工业品起量容易。人家谈个单子，没多久就签了，就供货了。哪像咱们，小批小批走，还得测，来回测，一测就半年一年，着急也没用，只能等，干等！有时候，人的信心、耐心就是这么等没的，耗光的。太折磨人了……都快喘不过气来了……"

下午三四点的阳光懒散地照射进来,像个无所事事的闲汉,扒着窗子窥视屋内。任大任胸膛起伏,心中一定还在翻江倒海。

乔劭旸说:"师哥,你也别着急,咱走 DSP、走 RISC-V 这条路肯定没错。咱们当初不走这条路,也不会走得这么顺、这么快。我觉得,就是因为之前走得太顺、太快了,现在遇着点儿困难才不适应。其实,有困难才正常。你说艾希微不着急吗?不着急他们就不会早早放出风来说搞定 0060 了。越着急越得沉住气。咱们踏踏实实把东西做出来,市场看得到,客户也看得到。中国这么大,DSP 市场再不如 MCU 大,也足够咱们容身了,何况国家工业实力越来越强,工业品市场肯定也水涨船高,咱们能做的领域、能做的客户肯定也会越来越多。"

"我急的是眼下。"任大任面容舒展了些,眉头却仍紧锁着,"投资人现在就看量。融资逻辑不一样了。没有量就没人投,投也要压估值。我听说有公司估值低了30%,但是这钱不拿吗?不拿公司就活不下去了!咱们现在但凡做成一家有点儿规模、有点儿量的客户,我都不这么焦虑。老柴也让我别焦虑,说捅破窗户纸就好了。但是我感觉我捅的不是窗户纸,是铁板!是水泥墙!怎么就捅不破呢?"

乔劭旸垂下头。鼓劲儿的话,他也讲不出来了。

纪程远这时推门进来,愣了一下,阴阳怪气地说:"什么好酒啊,还背着我喝?"

"屁好酒!"任大任不耐烦地说,"宋琳琳那儿有一箱呢,你要喝,我让她给你拿。"

"我才不喝呢。"纪程远把一份简历撂到茶几上,"面试完了,水平还可以,你看吧。"

乔劭旸瞥了眼简历,是做芯片设计的。什么时候也能给我配点儿顶事的人?他心想。

从任大任办公室出来,他本想回去把新算法的工程文件看完,可还没进办公室，就被一名新来的实习生叫住了。实习生怯怯地向他求助，说韩颖川提出来的问题自己复现不出来。

韩颖川在客户那儿出差。乔劭旸不得不跟随实习生来到示波器前。这实习生不太聪明，基础也不好，很多概念都不懂，乔劭旸还得先耐着性子把概念给他讲明白，才能指挥他接着往下干。

折腾了将近一个小时，看实习生能自己弄了，乔劭旸才走开。

不能再这么凑合了。乔劭旸想。

他回办公室拿烟。办公桌上居然摆着条中华。乔劭旸正琢磨是谁放的，姚乐萌给他发来消息：帮主，我给你买了条烟，谢谢你帮我！

乔劭旸把烟放回桌上。他坐到椅子上，待了一会儿。然后给姚乐萌回消息，叫她过来。

"拿回去，不用这样。"乔劭旸把烟推给姚乐萌。

姚乐萌又推了回来，恳求说："收下吧，帮主，我也不知道买啥，就是我的一点儿心意。"

"给我买什么烟啊？你好好干活儿，别再出错，我就心满意足了。"

"我肯定好好干，再也不出错了！"姚乐萌的脸跟那条中华烟一样红。

"别光嘴上说。"乔劭旸语气和缓下来，"什么都是事儿上见。给你安排的也不是多难的活儿，你要还干不好，就真说不过去了。说到底，咱们都是凭本事吃饭。老板为什么用我？公司为什么用你？如果咱们给公司做不了贡献，完成不了公司的工作，那咱们存在的意义是什么？就为了混口饭吃？是，可以混口饭，可也得对得起公司给的这口饭，是不是？"

"是，我知道了，帮主，我一定好好干……"姚乐萌嘴角向下坠，忽又向上拉，咯咯咯地笑了。

乔劭旸哭笑不得。"拿回去吧。"他又说。

"收下吧，帮主！我拿回去也不能退，又没人抽。"

"给你爸抽。"乔劭旸随口说。

姚乐萌咯咯咯地笑着说："我没爸，我从小就不知道我爸是谁……"

乔劭旸的心一下子沉下去了。"对不起，"他歉疚地拿过烟，努力朝姚乐萌笑了笑，"烟我收了，谢谢你！"

"谢谢帮主……不用谢我……"

姚乐萌从外面轻轻地把门带上。乔劭旸呆呆地坐了一会儿，撕开包装，取出一盒。

他有爸，但有和没有差不多。他从小跟母亲一起生活。长这么大，他和父亲从没一起抽过烟，更没一起喝过酒。父亲之于他，更像一个称谓、一个符号、一个妄想，而非一个人。

乔劭旸揣着烟下楼，在电梯口碰见关良从厕所出来。厕所里的警报器追着她广播："为了您和他人的安全，请不要在室内吸烟……"

"忒敏感了。"关良抱怨，然后问乔劭旸是不是要下楼抽烟。

乔劭旸点头。

关良说："一起。"

乔劭旸问："你不抽过了吗？"

关良说："才抽两口。忒闹心！"

外面还有点儿晒，他俩找了个背阴的地方。

乔劭旸掏出烟，关良说："可以啊，换华子了！"

乔劭旸给了她一支，自己也点上一支，然后深深嘬了一口，整个人才松弛下来。

"新的工资调整方案出来了，宋琳琳下午刚给老板送过去。"关良又向乔劭旸"泄露情报"。

乔劭旸无动于衷。

关良又说："公司人都夸你仗义，说你为了自己部门的人连老板都敢撑。要不是知道姚乐萌长什么模样儿，我真的以为你跟她有点儿啥。"

"有个屁！"乔劭旸骂了句。

"我真挺好奇的，你为什么那么护着她？就因为她是你手下？我看公司没谁待见她，尤其她一笑，全公司都听得到。"

"知道她为什么总笑吗?"乔劭旸弹弹烟,烟灰飘散。

关良摇头说:"不知道。"

"因为她有病。"

关良乐了:"我也觉得她有病。"

"她真有病。"乔劭旸微微皱眉,"她的笑不受控制,完全不由自主。我忘了医学上叫什么了,好像叫什么什么性癫痫。"

关良收起嬉皮笑脸,沉默了两口烟的工夫,忽然对乔劭旸说:"你真善良!"

这会儿路上已经有点儿堵了。停车场的收费口也被进出的车辆堵住。有只喜鹊从天而降,落在不远处一辆车的车顶上,还没迈开步,就被车主遥控开锁惊得飞起。不断有家长领着孩子进楼,都是来上辅导班的。关良又问乔劭旸什么时候去她家吃饭,说她爸又收了几件宝贝,让他给鉴鉴。

乔劭旸眼睛看着,耳朵听着,脑袋里却空荡荡的。

这时关良猛一推他,使劲指着远处。乔劭旸已经看到了,谢雨霏刚刚从一辆黑色豪车的后排下来,脸上带着怒气。很快,另一侧的车门也被推开,一个上了年纪的男人追下车。那男人伸手去扶谢雨霏的肩膀,像在解释,又像在恳求。谢雨霏似乎没那么生气了。不一会儿,男人从后备厢里取出大大小小好几个手提袋,塞进谢雨霏手里。

整个过程听不到对话,却伴随着关良的解说,比满屏弹幕还烦人。

乔劭旸好像忽然全明白了,狠狠地对关良说:"闭嘴!"

这一声可能惊动了谢雨霏,她向这边望了一眼。恰好,乔劭旸被他身前的火炬松挡住了。

八

临近下班,谢雨霏发来消息,问他晚上加班吗。

乔劭旸没有马上回，而是想了几分钟才回复说，加班。但很快他又将消息撤回，说不加，马上走。

谢雨霏问，怎么走这么早？

乔劭旸说，累了。

谢雨霏说，那我晚点儿去你家。

乔劭旸没再回复。

谢雨霏又问，晚上一起吃饭吗？

乔劭旸说，叫外卖了。

他收拾好东西，匆匆离开公司。回家要路过谢雨霏家的小区。这小区入口不是那种豪阔的大门，但一扇简洁、厚重又很有质感的黑色金属栅栏门，轻易便将小区内部的隐秘、幽深同门外的忙碌、嘈杂隔绝开。只有一名身着制服、身材挺拔的年轻保安守着这道门。刚刚谢雨霏就是在这道门前同那个上了年纪的男人分别，想必这名保安也目睹了吧？

那个男人望了谢雨霏好一会儿，才打开车门，乘车而去。乔劭旸忽然心跳加速，他迫切地想知道那是谁。还有那天那个英俊的年轻人。这两个人如同问号和叹号在他脑海里极速盘旋，搅动起旋涡，令他眩晕、恶心。

乔劭旸扫了一辆共享单车。最近他都是步行回家，但今天无论如何都走不动了，连蹬车都费劲。

他四脚朝天躺在床上，空调也没开。

火柴跳上床，和他头抵头。

乔劭旸昏昏沉沉地睡着了，突然又被耳边的电话铃声惊醒。竟然睡了快一个小时了，但感觉才刚刚闭上眼睛。

电话是谢雨霏打来的，她就在门外。她问乔劭旸干吗呢，怎么敲门都听不见？

乔劭旸起床开门。谢雨霏换了身衣裳，香香的，显然已经洗过澡，又变得清爽怡人。

"怎么不开灯？"她随手摁下开关。

火柴跑过来求抱抱，喵喵着向她撒娇。

新换的LED灯将屋内照亮。乔劭旸蓦然发现谢雨霏颈上戴了一条镶嵌着四叶草形状的白色贝母的项链。像新买的，从没见她戴过。几朵四叶草被金丝连缀，绕着白皙的脖颈，随锁骨起伏，每一朵都娇艳欲滴。

"也不开空调。"谢雨霏找到遥控器，将空调打开，把她拎来的手提袋递给乔劭旸，神秘而又得意地说，"送你的。"

手提袋很小巧，设计也很简洁，草绿色的袋子上只有一长串白色英文字母。这串英文字母超出了乔劭旸对于品牌的认知。他也没兴趣知道。在他眼前，只有那堆大大小小的手提袋。这也是其中之一吧？

"打开看看。"谢雨霏催促。

乔劭旸接过手提袋，拿出一个草绿色盒子。盒子里是一块黑皮表带的男士腕表。表身白金色，表盘镶着一圈亮闪闪的碎钻，四个大号罗马字母十字排列，看上去既高贵又典雅。

乔劭旸迟钝地将表戴到左手腕上，正合适。谢雨霏满脸欣喜，似乎在期待什么。可乔劭旸却木然地说："买它干吗？我有表。"

一丝失望划过谢雨霏的脸，留下隐隐的划痕，她说："我看师兄戴的是江诗丹顿，就也想送你块好表。"

"很贵吧？我戴不起。"乔劭旸将表摘下，放回盒子。

"怎么了？不高兴吗？"谢雨霏彻底失落，又不甘心。

"没有，就是有点儿累。"乔劭旸依然冷漠，扭头回到床边。

他靠在床头点了支烟。从前他俩在一起，他从不抽烟。

"不许抽烟！"谢雨霏皱起眉头，"你到底怎么了？我给你去买礼物，你对我还这种态度？"

乔劭旸讽刺地笑了。

他沉默着，内心却在翻腾。很久以来，他都很奇怪，谢雨霏平日的吃穿用度根本不是她的收入所能承受的，她更买不起她所住的房子。如果不是她的家庭给了她这些,那又是谁?今天的一幕似乎给出了解释,乔劭旸不愿相信,但又不得不信。

"说啊!怎么了到底?"谢雨霏越来越伤心、越来越焦急。

"说什么说?我没什么好说的!我什么都不想说!"

乔劭旸突如其来的咆哮把谢雨霏吓呆了。

"你为什么要这样对我?"乔劭旸看向她,他的理智仍然在失控的边缘。

"我怎么对你了?"谢雨霏忍着眼泪,一脸茫然。

乔劭旸又讽刺地笑了。

"我先走了,你有点儿不正常……"谢雨霏愣愣地看着他,然后慌张地转身。

乔劭旸一把拽住她:"告诉我,今天下午那个男人是谁!那天抱你的那个男生是谁!"

谢雨霏呆呆地望着他,然后疯了一样,不顾一切地拍打他:"放开我!让我走!"

乔劭旸仍然死死地拽着她。

火柴蹿上蹿下,却不敢靠近,终于贴在墙脚,似乎毛都竖起来了,严阵以待地看着他们。

谢雨霏忽然不哭了,也不叫了。屋子里静得可怕。

"我告诉你他们是谁,然后咱俩分手,同意吗?"她平静而又冰冷地说。

乔劭旸的心被狠狠地揪住了,他一个字也说不出来。

"好,我告诉你。"谢雨霏像在重新审视乔劭旸,又像在和他做最后的告别,"下午那个男人是我爸,那天那个男生是我弟,和我同父异母。"

乔劭旸的手松开了……是啊,谢雨霏从没提起过她的父亲,只说过她很小的时候父母就离婚了,母亲一个人带她,很辛苦,生活很拮据。近似的童年经历迅速拉近了两人的情感,几乎让他们心灵相通。可现在……

"怎么,怎么不早说……"乔劭旸无力地喃喃着。

谢雨霏盯着他，然后慢慢地，也讽刺地笑了一下。

"对不起，对不起……是我误会了，我……"乔劭旸的手不知道放在哪里，他试图去触碰她，但那只手愧疚而慌张地停顿在空气中。

谢雨霏下楼的脚步声像他的心脏在跳动。

乔劭旸靠在门上，虚弱得连呼吸都要铆足力气。

火柴像看懂了人类似的，蹭过来，安慰乔劭旸。乔劭旸抱起它。这世界，又只有他俩了。

微信被拉黑，电话被拉黑，在公司见到也形同路人。乔劭旸被谢雨霏彻底当成了陌生人。

关良问："你俩是不是分手了？"

乔劭旸拒绝回答。

他痛恨自己为什么那么冲动，他甚至反省了之前自己对任大任、宋琳琳的态度。难道都是别人错自己对吗？简直中邪了。

付昊要拍音频采样的应用示例视频，连好核心板和设备以后，就来请乔劭旸出镜，去弹电吉他。

乔劭旸有气无力地摆摆手。

付昊说："电吉他是我专门从我兄弟家背来公司的，您要不弹，不白借了吗？公司也没其他人会弹啊。"

"你借的你自己弹。"

"我哪会弹？我会弹棉花！"

"那你就弹棉花。"

付昊真去"弹棉花"了，声音震得整个公司不得安宁。

乔劭旸一推键盘，站起身。他来到隔壁会议室，叫停了"弹棉花"。

上一次弹吉他还是公司团建。当时围着篝火，烤着全羊，还有人抱着非洲鼓合拍。那时，谢雨霏注视他的目光，第一次不同以往。

乔劭旸把手按在琴弦上，久久没有拨动。付昊说已经开录了，可乔劭眄却无论如何都想不到一首他想弹的歌。

"您随便弹,赶紧的!"付昊催促。

乔劭眄索性来了一段即兴演奏。可是,弹着弹着,旋律却慢慢变成了他曾经弹过无数次的《一生所爱》。

不断有人来围观,会议室站不下,他们就挤在门口。

一曲弹罢,掌声此起彼伏。乔劭眄恍惚地抱着吉他,不知不觉中,弹了一遍、两遍、三遍……

"弹那么多遍是等谢雨霏呢吧?"乔劭眄回到办公室,关良紧随而至。

"你烦不烦?"

关良也不生气,说:"人家压根儿没动窝儿,我过来的时候瞧见,她正在座位上发呆呢。"

乔劭眄木然地盯着邓肯在他面前嘴巴一张一合。

邓肯终于闭上了嘴巴,乔劭眄问道:"你说什么?"

"怎么了这是,魂不守舍的?"

"昨晚没睡好。"

邓肯没再追问,又重复了一遍,说他要去达比特见一位技术负责人,让乔劭眄跟他一起出差。

"这人是个大拿,我怕我忽悠不住他。"邓肯说。

"还有你忽悠不住的人?"乔劭眄难得地笑了一下。

要见的这个人,邓肯从前不认识,他费了半天口舌人家才肯出来吃顿饭。

乔劭眄也不怎么说话,认真地闷头吃饭。

邓肯为了得到重视,特意提起达比特投资的情况。

对方问:"给你们投了多少钱?"

邓肯如实相告,对方笑了笑,没说什么。

快结束的时候,这位技术负责人才说:"我们OBC现在的一供是TADI,二供是芯传微,你们顶多是三供。"

三供基本上就是备胎了，甚至是备胎的备胎，除非一供、二供出问题，否则不会有量。乔劭旸的心凉了大半截。

邓肯的脸色也不太好看。映天和达比特都是他主抓的重点客户，又都是公司股东，如果拿不下，影响很大。

回到北京，所有人听到消息都很沮丧。

纪程远发牢骚说："我还以为达比特投了咱们就会用咱们的东西呢！"

邓肯一直沉默，终于说："就算三供咱也得继续做，新能源汽车无论如何都不能放弃，只要达比特做通了，再往后其他客户就全都能做了。"

他又对乔劭旸说："你俩不是加微信了吗？你就继续联系，追着让他测，只要测上，咱就还有希望；如果连测都没测上，那就一点儿希望都没有了。"

乔劭旸说："我继续联系肯定没问题，但我觉得达比特这样的公司不是搞定研发就行了，就像不是搞定投资就搞定研发一样。它们是不同的线，就算搞定研发，生产不用也白扯。而且，我觉得生产决定权更大。人家不是没别的料可用。人家现在有成熟、稳定的供应商，凭什么研发说要用新料就用新料？耽误了生产谁负责？生产肯定不负这责。所以仅仅搞定研发肯定不够，生产这条线也得想办法抓住，只有研发、生产都认可，咱们才能真正进入他们的供应链体系。"

任大任默默地听着，然后将脸转向邓肯。

邓肯面露难色，说："行，生产这边我也找找关系。"

开完会出来，乔劭旸看到谢雨霏正在工位上给绿植喷水。谢雨霏抬起头，恰巧与他的目光相遇，只有一瞬间，她的视线很自然地移开，继续跟小展说话，带着微笑。

这笑容曾经触手可及。

乔劭旸忽然感觉胸口很疼。

九

楼后的那排杨树上搬来一群知了,每天清晨,比楼下练拳的大爷起得还早。听得出都内力深厚。乔劭旸这时就会起来上个厕所,然后再回到床上一直躺到闹铃响。

最近两个月,公司竟然一笔新订单都没有,主营业务收入近乎为零。任大任又嘴角起泡了。虽然销售不归乔劭旸管,但他也跟着上火,尿贼黄。

今早一进卫生间,火柴就使劲儿朝他叫。猫砂盆在卫生间里,他以为火柴也是来上厕所的。火柴挪开小脚,一只挺大个儿的小强被它踩在脚下,已经嘎了。

连这小家伙儿都顶用了,乔劭旸欣慰地将火柴抱起,给它洗洗小脚,抱回床上。树上的知了和楼下的大爷遥相呼应,皆渐入佳境,越来越有穿透力。乔劭旸没等闹铃响便已躺不住,起来给火柴倒好猫粮,换了清水,洗脸刷牙出门。

公司还上着锁。他是第一个来的。昨晚也是最后一个走的,横插在门把手上的电子锁还是昨晚锁好时的样子。

这段时间他都是第一个来,最后一个走。乔劭旸把所有精力都用在了事业上。任大任对他的工作状态很满意。然而,只有他自己知道,自己到底有多失意。

乔劭旸在楼下吃完早点上楼,电梯门刚合上又立即打开。谢雨霏站在电梯外。

两个人的目光在空中短兵相接了一下,谢雨霏立即恢复了如常冷漠。电梯里人不少,她没等下一趟,而是径直步入电梯。

能够同处一个小小的空间,似乎都是一种小小的确幸。

刚在办公室坐定,市场部的人就来找他,说深圳电子展的主题论坛上,要对外发布最新研发的无感FOC算法,以及搭载这一算法的两款芯片。根据安排,算法由他来发布,芯片则由谢雨霏来发布……

后面的话，乔劢旸好像什么也没听见。

邓肯进来了，说任大任原本是想让乔劢旸一个人干这件事，但是他跟任大任说："你不能让软件中心的人干芯片中心的活儿，要不老纪肯定又得不乐意。"但是公司有芯片研发不对外的规定，所以纪程远不能出面，任大任又不可能亲自上，于是邓肯顺理成章地推荐了谢雨霏。

"抓住机会！"邓肯意有所指地对乔劢旸说。

原本美好的一天已然开始，却在梁沐的一通电话之后戛然而止。

通话很简短。梁沐在电话里告知，F280040将停止测试，因为整个项目已经被公司砍掉了。

乔劢旸震惊地问为什么，梁沐说："没什么为什么，公司不看好，就砍掉咯。"

说得轻松。这项目前期已经投入了大量成本，怎么能说砍掉就砍掉？它对迪威乐普而言也许不算什么，但对掌芯科技来说，却是"全村人的希望"，是无法承受之重。

乔劢旸消化着这个消息。

映天的工程师这时又在测试工作群里反映，F280060一上电就复位，问怎么回事。真是雪上加霜！但乔劢旸顾不上，他@了韩颖川，然后去隔壁找邓肯商量怎么处理迪威乐普的情况。

邓肯正在眉飞色舞地打电话，他示意稍等一会儿。

乔劢旸便回到办公室，韩颖川已经在群里回复，说反复复位的主要原因一般都是外部电源供电不足，让对方先检查一下自己电路里面是不是有需要大量供电的模块，如果有，就把这些模块分开供电，让每个模块都能得到所需要的电量。

乔劢旸补充了一句：如果不是供电问题，就检查一下是不是电机驱动出问题了，因为如果出现100%满占空比的情况，电池电压就会被拉低，这样也会间接导致输入电压不足而引起复位。

邓肯兴冲冲地走进来，说："聂长青还是挺给力的，242虽然没法全程

SHR（最急件处理等级）支持，但是有聂长青在厂内协调，联创半导体最终还是答应给提供间断性 SHR 支持和工程高等级支持。这样只比全程 SHR 慢十天，可以保证 242 按时下线，要不然至少延后俩月。"

"真棒。"乔劲旸顺嘴夸了一句，然后说了迪威乐普"撤梯子"的情况。

邓肯吓了一跳，问："这是搞啥呢？"

乔劲旸说："前些日子梁沐来过电话，吐槽 0040 没意义，说同样的需求，外部比较器就能满足，成本也不高。"

邓肯沉吟着说："肯定那时候就想砍了，拿 0040 说事儿就是找个借口。"

"协议都签了，他们说砍就砍？"

"不下单提货，有协议也没用。"

两人面面相觑，都不知该如何转圜。邓肯说他去向任大任汇报，不一会儿，任大任叫乔劲旸也过去。

乔劲旸一进门，任大任便责怪怎么当时没告诉他梁沐打电话吐槽？如果当时告诉他，他或许还能挽回，甚至去找厉永明。

乔劲旸看了邓肯一眼。不知道邓肯是怎么向任大任汇报的，他心里很憋屈。

当时任大任情绪那么低落，安慰还来不及，怎么可能再拿这种事儿给他添堵？再说，梁沐吐槽又不是一两次了，是不是每次都是伏笔，每次都要汇报？而且，从开始梁沐就说要"经过一个完整的四季"，是不是说梁沐那时就存了砍掉这个项目的念头？再退一步讲，梁沐要砍掉这个项目，和他乔劲旸有什么关系？F280040 不是他设计的，合同也不是他签的，他只是负责协助测试，怎么最后项目没成，锅倒让他背了？

乔劲旸用沉默表达着抗议。

邓肯赶忙说："不怪劲旸，主要还是迪威乐普今年海外订单掉了不少，日子难过。"

"我不是说要怪谁。"任大任皱着眉头，"为什么我们总是后知后觉，不能提前预警？映天是这样，达比特是这样，迪威乐普还是这样！这些公司不光是我们的客户,更是我们的股东。我们当初引入它们是为了什么?不就是想通过它们的产业链优势把我们拉起来吗?如果不能把它们的需求转化成我们的订单,我们引入它们还有多大意义?难道就为了让它们给我们投点儿钱?这不是我们的初衷啊!"

"消消气,消消气……"邓肯给任大任面前的空杯子倒上茶,用缓慢的语气说,"越是行业龙头,越不好搞定。它们投资进入咱们,跟咱们产品进入它们,是两条路,没必然联系。起码投资这条路,咱们走通了。不是所有企业,都能拿着这些公司的投资。产品这条路,咱们正在走,也更不好走,因为从这些公司手里,既能拿到投资又能拿到订单的企业,少之又少,凤毛麟角。"

"我不管别人,我就说咱们自己!"任大任猛地坐直身体,右手用力配合着他的话,"别人拿不到的钱,我们拿到了!别人拿不到的订单,我们也要拿到!"

"我知道呀。"邓肯赶快抢过话来,也拿手势配合着语言,"所以我才说,咱们正在走这条更不好走的路。起码 0060 就咱们有吧?映天也在测吧?而且已经测了有一阵子了,也没听说有啥问题。"

"映天那边刚刚反映,说 0060 一上电就复位,不知道什么原因。"乔劭旸忽然赌气似的抛出这句话。

任大任和邓肯同时瞪大了眼睛。

"怎么回事儿?"任大任大声问,又像在指责。

乔劭旸不慌不忙地说:"正在查,先看看是不是模块供电的问题,要是没问题,就再看看电机驱动。"

"谁在盯?"

"韩颖川。"

"你亲自盯!一定把问题解决。"

乔劭旸接受了这个命令。奇怪的是,他竟然一点儿压力都没有。再次经过芯片中心的工区,谢雨霏的工位。但这次他心无旁骛,或者说了无牵挂，反而感觉到谢雨霏的目光在跟随着他。

"怎么啦？被霜打了，还是让人煮了？"关良看出了他的不快，微信上问他。

乔劭旸忽然问："你爸喝酒吗？"

"喝啊。半斤起，两斤不醉！"

"啥时候去你家吃饭？"

关良回复得极快："今晚，就今晚，我让他们准备！"

关良家紧挨着地坛公园。很久之前，乔劭旸来这边踢过球，还在地坛散过步，当时他就很羡慕住在附近的人。

关良说，她从小在地坛体育场里面的东城区体校练羽毛球，一直练到初中，当时有个国家队教练都看上她了，想招她进集训队。

乔劭旸问："那你为啥不继续练了？"

关良说："跟腱断了，弹跳不行了，就不练了。"

乔劭旸挺替她惋惜，关良却一脸无所谓，说："正不想练呢，贼特么累。"

据关良说，地坛这边的房子是她家所有房子中最小、最老的一套，但她爸妈就是觉得住这儿舒服，要在这边养老。她说她家从前在美术馆后街还有个小院，是她爷爷奶奶的，当初如果不卖，现在得老值钱了。

虽然房子多，但关良现在还和爸妈住在一起。母亲不让她自己住，说什么时候结婚什么时候再搬出去。她也乐得和父母同住，既能相互照应，而且什么都有人伺候。唯一不方便的就是停车，有没有车位全靠抢，车位尺寸还不够，进出都得拧着方向盘使劲揉半天。

关良好不容易把车揉进去。有好几辆车常年在车位上停着，也不开，有的甚至车胎都瘪了，有的干脆苫了车罩。关良说她特想找叉车全给叉走。

路边有超市，乔劭旸说不能空手登门，买了西瓜和牛奶。他结账后，关良说："我妈糖尿病，我爸乳糖不耐受。"

乔劭旸一瞪眼："你怎么不早说？"

关良大咧咧地说:"可以孝敬我啊。"

关良的父母和乔劭旸想象中差不多,地道北京人,浓浓北京味儿。她爸个子不高,很敦实,连鬓络腮胡子,两道浓眉,嘴有点儿像他背心上的大勾子,一开口就乐呵呵的。她妈更敦实,脖子上戴着大金项链,指头上戴着大金戒指,说话、动作都极麻利,一看就是那种家里家外都很拿事,但是刀子嘴豆腐心的街坊大妈。

乔劭旸生出个疑问,私下里小声问关良:"你长得不像你爸妈啊?"

"像我姑妈。"关良很不忿。

大热天儿,关良父母亲自下厨。她爸洗完菜就被她妈赶了出来,然后她妈关上厨房门,一个人在里面,火星四溅,火苗乱窜。她爸则把乔劭旸拉到一间屋里,欣赏他的各路宝贝。

三室一厅,这个房间是专门用来"藏宝"的。宝贝各式各样,金、银、铜、铁、陶、瓷、玉、石、木、丝绸,什么材质都有,年代也从西周到上周跨度极大。最吸引乔劭旸的,是一顶丝绸"高帽",帽身带帽帘,连一起得有一米了,虽然已经暗褐色,如同半截烟囱,但是花纹仍很清晰,没有任何残破,一瞧就不是普通人戴的。

"这帽子哪儿来的?"乔劭旸问。

关良插嘴说:"我爸说他捡的,谁知道又是哪个'坑儿'里出来的?"

"这可不是'坑儿'里出来的。"乔劭旸笑呵呵地说,"这帽子一瞧就做过脱干工艺,一般个人收藏没有这样的保存技术,肯定是经过博物馆认证了,才给了个人收藏。"

关良爸一听,眼睛就亮了,忙问什么朝代的。

"应该是辽代的,士大夫的官帽。"乔劭旸说,"我在杭州丝绸博物馆见过一个跟这一样的藏品。这种馆藏级的藏品非常难得。像马王堆汉墓里辛追夫人那套蝉衣,仿了这么多年,克重还都没达到汉代的工艺水平,就说这东西得有多珍贵!叔叔能'捡'着这样的宝贝,真是太有眼光、出手太准了。"

这项"高帽"戴到关良爸头上,把老爷子美坏了,忙说:"这我可得保存好了,当传家宝,没准儿将来我们家也能出个大官儿伍的呢。"

"那您抓紧再生一儿子吧。"关良说。

"生什么儿子?你给我生个外孙子不行吗?"

"快得了吧您!别人家夸您两句您就飘了,您让人瞅瞅您收那破坛子。"关良从墙角把一个坛子拎了过来。这坛子还真破,缺了一大块,但釉色漂亮,器型圆润,内行一眼就能瞧出是"开门老"。

"这是将军罐,不是坛子。"乔劭旸说,"怎么破成这样了?"他有点儿心疼地问。

关良爸说:"这是我一藏友收回来的,结果被几个同行笑话,说这玩意儿连十块钱都不值,他一怄气就给砸了。我看这上面烧了好几个色的釉,工艺肯定不简单,就收过来了,虽然残了吧,但是也比当垃圾扔了强。"

"多少钱收的?"乔劭旸问。

"十块钱。"关良爸有点儿怯。

"人都说连十块钱都不值了,您还花十块钱。"关良挤对她爸。

"值,光瓷片就值。"乔劭旸说,"这是光绪粉彩的钟鼎插花。要是完整的,得一万多,就算砸了听个响儿,也还能值个十分之一,一千多块。"

"嘿!真特么缺心眼儿了!"关良爸骂他那藏友,"这么个宝贝让丫给糟践了!他要知道,得心疼死他。真特么天生穷命,不亏他老婆跟他离婚。"

乔劭旸往罐子里瞅瞅,问:"残片还都有呢?"

"有,还能拼起来,一块不差。"

"那您找人拼起来吧,起码能当个摆件。"

关良爸亲眼见识了乔劭旸的本事,兴奋地把全部家当都给他瞧了一遍。

乔劭旸从国宝级到地摊级给排了个序,这让关良爸更加佩服,说:"你们家这祖传本领不能断了,得发扬光大啊!"

乔劭旸说:"我姥爷就是想让它断掉,才不教给我。我都是耳濡目染,偷摸学的。"

关良爸感慨地说:"老人这样做也是为小辈儿好。就可惜了这本事了,你偷学都这么厉害,要好好教你,得厉害成什么样儿?"

关良崇拜地望着乔劭旸,对他说:"你以后多帮我爸把把关,他这些年没少糟践钱。"

她爸一听就急了。"我怎么是糟践钱呢?我淘换这些还不是想将来给你留着?等你有对象了,这屋里的随便挑,哪个值钱拿哪个,就当见面礼!"他说完瞅了瞅乔劭旸,又瞅瞅女儿。

关良返祖似的脸通红,忙说这屋真热。乔劭旸也尴尬地拾起一件上周的"宝贝"使劲瞧,好像又有啥新发现似的。

关良妈从外面招呼他们出来吃饭。她张罗了满满一桌菜,四凉八热荤素搭配。

乔劭旸忙说:"阿姨您受累了。"

老太太听了特熨帖,哪怕前胸后背都湿透了,也连说:"不累不累,你多吃点儿。"

乔劭旸很感动,已经很久没人这么大费周章地给他做饭吃了。

关良爸问他平时喝什么酒,说家里茅台、五粮液都有。

乔劭旸问:"您平时喝什么?"

关良爸说:"我就喝牛二,喝一辈子了。"

"那咱就喝牛二。"乔劭旸说。

关良拿来四个酒盅,她和她妈也都倒了酒。

关良爸说:"欢迎来家里。"

关良妈说:"以后常来!"

四个人碰杯,很像一家四口。

一瓶52度的白牛二很快见了底。关良又去拿来一瓶。她嫌五钱一个的酒盅不过瘾,给自己,还有她爸和乔劭旸,都换了二两一个的口杯。

老两口跟乔劭旸"我们家姑娘长,我们家姑娘短",强行把关良夸成了一朵花。她爸还跟乔劭旸"痛说革命家史",把自己家这一支,还有关良妈那一支,所有老辈子的事儿都翻箱倒柜就着酒给乔劭旸讲了。乔劭旸听得入迷,像听评书。想不到普普通通两个家族两百多年攒下的故事如此精彩,仿佛一部平民版《大宅门》在眼前上演。

乔劭旸很愿意听,却不愿意讲。每当被问起家里、父母,他就开始闪避,只言片语,一带而过。他不是没什么好讲,恰恰相反,光他姥爷就已足够传奇,他只是不愿提起父亲,回忆起不堪回首的往事。

他和父亲也没什么值得回忆的往事。印象最深的就是挨过父亲两顿打,以及每次父亲不顾母亲阻拦夺门而出,然后一年半载都见不着人影。乔劭旸很小就明白了大人之间的事儿,知道父亲是上门女婿,结婚纯粹是为了跟他姥爷学倒斗、摸金的本事,好出去赚钱、赌钱、找女人。这也是他姥爷不让他沾这行当的原因。他姥爷说干这行损阴丧德,迟早遭报应,而且是现世报。

乔劭旸忽然很伤感、很难过,他想姥爷了。而且,他跟父亲从没像今天这样喝过酒、说过话。他开始灌自己,从小口小口变成了两口一个,又从两口一个变成了"我干了,您随意"。

关良妈说自己喝多了,要回屋休息。不一会儿,她把老伴儿也叫了进去。桌上只剩关良和乔劭旸。

关良说:"他俩喝多了,哥们儿陪你喝。"

乔劭旸的目光有些迷离,冲着关良嘿嘿傻笑。他这才注意到,关良此刻的清凉装扮让她更像女人了,别的女人有的,她也全都有。

"给你看张照片。"关良从手机里翻出一张扫描的老照片,彩色的,照片中一个十一二岁的小姑娘,扎着马尾,穿着白衬衣和百褶裙,正拈着一朵小花,又萌又纯地望着镜头。

"漂亮吧?"

"谁啊?"

"我啊!"

乔劭旸愕然,瞧瞧照片,又瞅瞅关良:"这十多年究竟发生了什么,把你从这个样子,变成了这个样子?"

"滚!"关良不是个开不起玩笑的人,可这随口开的玩笑,却让她不笑了,"知道我为什么留短头发,跟假小子似的吗?"

乔劭旸摇摇头。

关良红了眼睛。"我小时候不这样,可爱美可爱穿裙子了,谁见我都夸我长得漂亮。"她用力睁了睁眼睛,想收回快要溢出的眼泪,"我大爷爷,就是我爷爷的大哥,没儿没女,就把他的房子都给我爸了,一套也没给我姑妈,说老关家的房子不能姓了外人姓。后来我爷爷奶奶没了,我姑妈跟我爸争房子,说你都有那么多房子了还不够?你房子再多将来也不是老关家的,也得姓外人姓!我当时特难受,因为从小我姑妈对我一直不错,所以这话特伤我,我就想,我是女孩怎么了?我哪儿比男孩差了?但是又觉得,我要是个男孩该多好,那样我姑妈就不会说出这种话来了……"

关良的眼泪还是掉了下来,像从屋檐上掉落的雨滴。

乔劭旸抽了两张纸巾给她,说:"不管你怎么样,人家都有话说,你就做你自己,不用管别人。"

关良怔怔地望着他,仿佛被他点醒,又仿佛更加痴迷。她的身体忽然往前探,出其不意地,吻了乔劭旸一下。

乔劭旸愣住了,猛然站起身,说:"太晚了,我得走了……"

关良呆呆地坐着,一动不动。乔劭旸摇晃着身体,慌慌张张逃了出去。夜已深,乘凉的人还很多。

乔劭旸失魂落魄,手脚冰凉。他骤然发现自己此刻已身在木偶剧院的近旁,却想不起这一路是如何走到这里来的。前面就是三环了,他叫了辆车。这是个差一点儿就完美的夜晚。

可怎么结束呢?

关良又给他发来消息,问他到家没有,让他到家了说一声。

十

乔劭旸没睡好，整晚都在做梦，乱七八糟的梦。

他今天到办公室比平日都晚。知了和大爷早上合力都没把他从床上弄起来，直到火柴饿得喵喵叫，喊他起来倒猫粮。

乔劭旸刚从办公室出来，准备去接水，就看见关良迎面朝这边走来。她今天居然破天荒地穿了裙子。他立刻退了回去。

可是关良已经来到门口："昨晚为什么关机？"

乔劭旸支吾了一下，说手机没电了。他嘴巴有些干，喉咙也干，嘴里连一丝可供吞咽的唾液都没有，舌头像条干涸的河床。

关良挑战似的问他："我这裙子漂亮吗？"

乔劭旸迅速瞟了一眼，冷着脸说："漂亮。"

"尊嘟假嘟（真的假的）？"

"我在工作，你也回去好好工作。"

"怎么了你？昨晚……"

"昨晚你喝多了！我也喝多了……"乔劭旸马上说。

"我没喝多。"

乔劭旸闭上嘴巴，想用沉默送走她。

关良却走进来，坐到椅子上："你和谢雨霏不是分手了吗？"

"关你什么事儿……谁说我们分手了……我们只是……"乔劭旸紧锁眉头，"你该干吗干吗去，我这儿一堆事儿呢。"

"好！"关良腾地站起来，"下班别走，我有话跟你说。"

乔劭旸惊恐地抬起头："有什么可说的？我今天很忙。"

"你哪天不忙？多忙我都等你。"

乔劭旸今天确实很忙。F280060一上电就复位的原因终于找到了，是一段代码写错了，要命的是这段代码是写在OTP（一次性编程）存储器里的，而OTP存储器一旦被写入，就再也无法擦除、无法更改。

更要命的是，这批写错代码的 F280060 一共有 500K，五十万颗，mask 加 wafer 合计花费四百多万元。如果不能使用，这些花费就全打水漂了，更别说销售收入上的损失。

乔劭旸让韩颖川想想办法，看能不能规避这个 bug。

韩颖川问："这代码谁写的？"

"姚乐萌。"乔劭旸说。

韩颖川爆了句粗口。

乔劭旸叮嘱他，先不要告诉任何人。

韩颖川说："任总问我好几回了，邓总也一直问我，我怎么说？"

"就说还没测完。"乔劭旸不容置疑地说。

但愿韩颖川能够找到规避的办法，乔劭旸暗自祈祷。他自己也要好好想想怎么解决。姚乐萌这作死小能手，同样的坑跳进去两次，不是真缺心眼儿吧？

她又在外面咯咯咯地笑。乔劭旸很想把她叫进来臭骂一顿，可骂她又有何用？是看她可怜兮兮地哭，还是听她可怜兮兮地笑？

可怜之人必有可恨之处啊！乔劭旸仰头叹息。出风口的挡板因为出风小又被摘了下来，黑漆漆的，像悬在他头顶上方的黑洞。

中午的时候，乔劭旸到韩颖川那儿转了转。韩颖川依然一筹莫展。

"先吃饭吧。"乔劭旸说。这种 OTP 里的 bug 很难从软件上修正，这一点他心知肚明，可他必须尝试，哪怕只有一线希望。

下午无感 FOC 方案测试，现场又出现了电机转速较低的时候存在转矩太小的问题。乔劭旸勃然大怒："马上就要对外公布展示了，在几十万人次的展览会上，你们是打算丢人现眼去吗？"

他负气地回到办公室，却看见任大任正背着手站在韩颖川身后，邓肯也在一旁。

乔劭旸不得不走到跟前。任大任脸色铁青，指着电脑屏幕问道："怎么解决这个？"

"正在想办法。"乔劭旸抬不起头。

"想什么办法？"此刻，任大任太阳穴的青筋如暴起的虬龙，"怎么又出这种问题？连个代码都写不对，还干什么干？"

办公室鸦雀无声，所有人都震惊地望着这一幕。除了韩颍川。他死死盯着电脑屏幕。

"去我办公室说。"乔劭旸低声请求。任大任大步流星，径直去了他办公室。邓肯无奈地看看乔劭旸，和他从后面跟上。

刚关上门，任大任就训斥道："早就说让你开了她，你不同意，横挡竖拦，给她求情说好话。现在可好，又来这一出，挖这么大一坑，这责任谁负？"

"我负。"乔劭旸果断地接过话。

"你负？你负得起吗？你以为就是几十万颗芯片、几百万元成本的事儿？不是！重要的是时间！时间成本你负得起吗？你是想把公司给耗死吗？"

邓肯赶紧劝慰，他自己却也忍不住埋怨："现在竞争对手追咱追得这么紧，正是要劲儿的时候，出这种自己掉链子的事儿，不是自毁长城吗？"

"师哥，您先别急。"乔劭旸恳求，"姚乐萌我一定会处理，我一定会给她教训。但是要说责任，也不能全怪她，我作为中心负责人肯定是第一责任人，所以我请公司也对我进行处罚。"

"你别跟着添乱！罚你有什么用？我现在要的是解决办法。"任大任迅速冷静下来，叫软件和FAE，还有芯片和生产运营一起，马上开个会。

任大任和邓肯刚走，姚乐萌就钻了进来，哭丧着脸说对不起。

"不会开除我吧？"姚乐萌战战兢兢地问。

"早干吗去了你？"乔劭旸哀其不幸又怒其不争地看着她，"这么害怕被开除，怎么工作不多用点儿心？非等出了事儿再找我哭来？"

"对不起，帮主，我一定好好工作……"

乔劭旸重重地叹了一口气。

任大任一点儿情面都没留，当着一众人等又把乔劭旸批评了一顿。乔乔劭旸低头不语，风雨过后，天还阴着。任大任下了死命令，要求必须想尽一切办法把问题解决，把损失降到最低。

乔劭旸垂头丧气地回到办公室。

这一天还没过完，他的气力却已用尽，然而脑子还保持着巨大的惯性，仍然在不停地转，胡乱地转。

脑子乱了，时间也随之破碎。就这样干耗了两个多小时，外面传来打卡下班的声音。

关良还在停车场等他，乔劭旸倒真希望他头顶上的出风口是个黑洞，吞噬掉这讨厌的一切，包括他自己。

停车场的 B3 层是人防工事，比 B2 层湿气重，也更阴凉。乔劭旸没来过这层，所以从电梯出来有点儿转向，绕了一大圈才找着关良那辆玛莎拉蒂 Ghibli。

乔劭旸坐到副驾驶座儿上。车里烟味呛人，他将车窗降到最低。关良又点燃一支烟，朝前风挡吐了个烟圈，烟圈被挡风玻璃撞得飘散开来。

"咱俩现在什么关系？"她不冷不热地问。

乔劭旸也点了支烟，吸上一口，吐到窗外，说："还跟从前一样。"

"不一样……我爱上你了！"关良猛然转过身来，面对着他。

乔劭旸吓了一跳，连忙将车窗升起。

"你是怕谢雨霏看见吗？你和她不是分手了吗？"

"你先冷静。我们不能像从前一样吗？我对你从来没有……我发誓……"

关良的眼圈立刻红了，激动地说："咱俩认识这么长时间，我对你有半点儿不好吗？我从来都是真心对你，虽然我朋友多，但让我这么真心的，就你一个……你就不能把我当个女人吗……你就不能对我……"

乔劭旸紧紧地闭着嘴巴。

关良默默地从扶手箱里取出一瓶白瓶"小扁二"，拧开金属瓶盖，将 52 度的液体径直倒入口中，一滴不剩。

"送我回家。"她攥着空酒瓶，命令乔劭旸。

"我给你叫代驾。"

十一

去深圳的航班因为天气原因，比原定时间推迟了两个多小时起飞。在登机口候机的旅客们等得都有些百无聊赖，不时有人起身活动腿脚，来回走动，还有人仰头睡着，打起了鼾。

谢雨霏来了之后，一直独自坐着。因为芯片中心这次就她一个人去深圳参加电子展，其他部门也没人过去找她聊天，更没人注意她。唯独乔劭旸，虽然隔得很远，却总不时悄悄望向她。

好容易登机了，大家急忙拉着行李箱去排队。谢雨霏却安坐不动，戴着蓝牙耳机，盯着膝上的笔记本电脑，不知是太入神了，还是不着急。

"嘿，霏姐，登机了！登机啦！"付昊这个大功率"嘴替"替乔劭旸喊了出来。

这趟执飞的航班是空客 A350-900 宽体客机，两个多小时以后，落地深圳宝安机场。

深圳同事安排的中巴将他们接到酒店。

酒店离展馆不远，步行就能到。

办好入住之后，乔劭旸独自一人去展馆走场，谢雨霏始终没有出现。任大任和邓肯因为傍晚才从上海出发，所以很晚才到。

电子展首日，上午是开幕式和主题峰会，发言的都是有关领导、知名院士以及峰会主赞助商，掌芯科技这些等级低一些的赞助商要到下午才能登场。

谢雨霏整个上午都没有出现，一打听才得知她早起发烧了。乔劭旸想问问她多少度、吃药没有、中午怎么吃饭，可现在……

下午三点多，还不见谢雨霏的身影。乔劭旸问任大任要不要换人，或者他替谢雨霏也行。任大任说谢雨霏刚发过微信，说她可以。

将近五点，谢雨霏终于现身，距离演讲时间不到十分钟。此时，乔劭旸已在台下候场，乍见她既熟悉又陌生的样貌，不禁又喜又悲。

许是妆化得好，谢雨霏一点儿都没显得憔悴，完全看不出发烧的样子。

这次主推的无感 FOC 解决方案，是乔劭旸带领团队拿出的最新成果，放眼业界也是唯二的存在——另一家有无感 FOC 解决方案的企业是 TADI。这一下又让掌芯科技追赶上 TADI 一大块，领先国内同行一大截，因此任大任非常开心，一定要在深圳这个行业内的盛会上好好宣示一下。

乔劭旸倒没想这么高调，不过他也非常开心。无感 FOC 解决方案是通过芯片 ROM 中内置的算法，帮助用户无须使用任何传感器即可实现对各类电机的有效控制。乔劭旸给 FAE 和销售们培训时说："你们不用跟客户解释那么详细，就告诉他们，使用咱们这个方案就用不着霍尔传感器了。从前传感器才能干的事儿，现在几行代码就能解决，客户最喜欢有人帮他们省钱了！"

五分钟时间很短，不够乔劭旸把方案和算法的众多优点、优势逐一道来，他只拣最主要的讲，然后就翻到下一页 PPT。但是，从台上他能够看到，观众们听得都非常认真，每当他翻 PPT，就有许多人举起手机，不停地拍呀拍呀拍。

乔劭旸还剩几句没讲，看见谢雨霏已经登台候场，于是他赶忙收尾。谢雨霏从他手里接过麦克风，前一秒还冰冷的面庞，立刻转为春日里的暖阳，普照向翘首以盼的芸芸观众。

乔劭旸走到台下，也当起了观众。他起初还替谢雨霏担心，生怕发烧影响她的发挥。然而，她一点儿生病的迹象都没有显露，气场更不像只是一名普通的研发工程师，而更像某家上市公司的 CTO，连总监级别都够不上她。

这么好的女人，怎么就失之交臂了呢？自作自受啊！乔劭旸抱着肩膀，狠狠地掐自己的肱二头肌。谢雨霏今天的妆容淡雅却不失颜色，在明亮的灯光下更加流光溢彩。拍她的观众比拍乔劭旸的多多了，不知这里面有多少醉翁之意不在 PPT 的。乔劭旸忽然意识到了这一点，也赶紧掏出手机，对准谢雨霏。

刚刚完成自动对焦，手机屏幕里的谢雨霏忽然停顿了一下，仿佛卡帧了一样。之后，她的表现难以隐藏地变得紧张，甚至有些激动，语速也明显加快。乔劭旸的心随之提到了嗓子眼儿——她一定是身体不适。

从台上下来，谢雨霏神色慌张，快步从乔劭旸面前经过。

乔劭旸立即追上去，急切地问道："不舒服吗？"

谢雨霏依然不理睬他，脚步更快。乔劭旸紧紧跟随，出了会场。

会场外的大厅里人还不少，有些在餐台边吃茶点，有些或坐或站，谈性正浓。谢雨霏直奔扶梯而去，迎面恰巧碰见从扶梯上来的任大任。

任大任诧异地问："你是讲完了吗，还是没讲呢？"

"讲完了。"谢雨霏掩饰着慌张。

"讲得怎么样？"任大任迫不及待地问。

"非常好！"一旁的乔劭旸适时地充当了"嘴替"，"雨霏气场特别足，特有范儿，一上台就 carry（掌控）全场，跟明星演唱会似的。"

"刚才有个媒体专访我，给耽误了，要不早过来了。"任大任很是惋惜。

"我听组委会说有录像，回头我把视频要来。"乔劭旸说。

"你们去哪儿？"任大任问。

"回酒店，我有点儿累了。"谢雨霏马上说。

"我也回酒店，展馆已经闭馆了。"乔劭旸说。

"那你们回去吧，"任大任说，"我晚上还有个晚宴。"

三人即将分开，忽然有个人一路小跑儿着奔向他们，远远地喊："雨霏小姐，先别走！"

是个很精干的年轻男子，西装革履，胸前挂着吊牌，手里提着公文包，偏分的发型剪得很短，跑步姿态很挺拔。

他眨眼就来到谢雨霏面前，说："颜总让您等他一下，他马上就到。"

谢雨霏脸色立变，说："我还有事儿，得马上走……"

那人下意识地挪了一步，用身体挡住她的去路，指了指会场方向说："颜总过来了，您稍等。"

一个西装笔挺的中年男人正阔步而来，脸上挂着笑意。即使上了年纪，他仍然丰姿不减，年轻时一定更加俊美。

乔劭旸一眼便认出了他。

要不是他，自己和谢雨霏也不会发生那么大误会。

乔劭旸正在发愣，忽然听到身旁的任大任惊诧地说："颜总……"

颜总先和任大任握了握手，然后扭头望着谢雨霏，说："你怎么见了爸爸还跑啊？"

"我没跑。"谢雨霏目光躲闪，脸从脖颈红到了耳根。

"您是……雨霏的父亲？"任大任错愕地问。

"对呀！"颜总大方地承认，并笑呵呵地问任大任，"她没告诉你吗？"

任大任缓缓摇头，难以置信地看看谢雨霏，又看看颜总，仿佛在寻找答案。

乔劭旸也在寻找。离得近才看得清，他发现谢雨霏和父亲长得真像，似乎只有嘴唇和耳朵略有差异。谢雨霏的嘴唇更薄一些，耳朵稍小但更圆，这些应该是随了母亲吧？她的姓应该也随了母亲，不然怎么父亲姓颜，她姓谢呢？

"师哥，我没想瞒你……"谢雨霏急切地想要解释，却嗫嚅着，千言万语淤塞在唇齿之间。

"没关系。"任大任仿佛忽然缓过神来，勉强笑了笑。可能是为了转移话题，他给乔劭旸和谢雨霏的父亲彼此介绍，"这位是芯传微电子的颜宗白董事长；这位是我们公司的联合创始人，也是我的师弟，乔劭旸。"

当听到颜宗白这个名字时，一切都有了答案。乔劭旸的震惊不亚于任大任。

颜宗白也在上午的演讲嘉宾名单里。掌芯科技和芯传微电子虽然还没有很强的竞争关系，但也已短兵相接，更何况 DSP 和 MCU 是有你没我、有我没你的"死敌"关系，并且 MCU 一直在蚕食市场，抢夺 DSP 生意。谢雨霏作为颜宗白的女儿，她来掌芯科技的目的是什么？难道真是当……卧底？

可如果是卧底，颜宗白为什么又当众"揭穿"他们之间的关系呢？

怀疑和否定撕扯着乔劭旸的脑神经，此刻，谢雨霏撂下一句"对不起，我不舒服，我先走了"，便落荒而逃。

"这孩子，从小就和我不亲。"颜宗白自嘲地说，然后问任大任，一会儿是不是去参加晚宴。

展馆外，许多展商和观众在等出租车。乔劭旸在人丛中搜寻。她正东挨西撞地穿过人丛，步履慌张，像一只逃避追逐的小鹿。

乔劭旸还是追上了她。

她冷着脸，一眼也不看他："我不想跟你解释。"

乔劭旸只是看着她，目光柔和。渐渐地，谢雨霏的敌意终于卸去，她叹了口气，怅然若失地说："我没骗你们……我没想骗你们，你相信吗？"

"相信。"乔劭旸的声音不大，但很坚定。

谢雨霏眼中有光亮一闪，又瞬间熄灭。她默默转过身去，对乔劭旸说："别跟着我。"

乔劭旸听话地呆立在原地，目光随她走远，直到她消失在目光里，如同那天。

谢雨霏没等展会结束，第二天便返回了北京。她回北京以后也没来上班，过了两天，就递交了辞职申请。

在深圳，任大任和邓肯、乔劭旸一起分析过，他们一致认为谢雨霏不是卧底，虽然她有意隐瞒了同颜宗白之间的父女关系。

可如果不是卧底，她为什么不当面解释，而是选择逃避呢？

"可能是觉得解释也没用吧？"任大任说，"再怎么解释，也改变不了她是颜宗白女儿的事实。"

"那她来咱们公司的目的是什么呢？"邓肯依然不解，瞟了一眼沉默的乔劭旸。

"她当初来，说的是想积累经验，以后自己开公司。难道她真是这样打算的？"任大任也在思索。

"她父亲那么厉害，她还开什么公司呢？去家族企业上班，然后等着接班不就得了？"邓肯说。

任大任沉吟着说："人各有志，富二代也不是全都靠父辈，也有想凭本事干出点儿事业来的。"

乔劭旸权且接受了这个说法，爱创业的富二代的确不少，他也认为谢雨霏是个有志气的姑娘。

谢雨霏用了一天时间完成交接，把所有工作资料移交给纪程远。事后，IT人员检查她的电脑日志，谢雨霏没有带走任何东西。

她当面向任大任告了别，感谢他这几年对她的栽培与爱护。

任大任说，她当时很坦然，主动讲起她和颜宗白的父女关系，她希望任大任相信她，她当初来公司绝对没有任何不良企图，就像她说的那样——只是为了累积经验。她也保证今后绝不会做有损公司、有损任大任的事。

任大任对她说："你可以不辞职，我相信你。"

谢雨霏摇摇头，说："怎么可能不辞职呢？我爸爸是颜宗白。"

她就这样离开了公司，没有向乔劭旸道别。

真的结束了吧？乔劭旸心里空落落的，他以为她会来见自己一面，可她没有。再也见不到了吧？这一别也许真的就是一生。

纪程远听说谢雨霏离职，大为震惊，只有任大任、乔劭旸和邓肯三人了解个中原委，但并没有告诉他。

而且，任大任要求乔劭旸和邓肯严守秘密，颜宗白女儿曾在掌芯科技工作这件事,无论如何不能传扬出去,尤其不能传到股东耳朵里。

纪程远说:"参加个展会,怎么回来就不干了呢?"

他到处打听原因,却一无所获。

谢雨霏的离开给乔劭旸带来了巨大的空虚,还有他始料未及的痛苦。

他有些萎靡不振,不断地自责,甚至对关良也心生愧疚。这种感觉在当时是完全没有的。那件事后,关良也很快离了职,当时乔劭旸只有终得解脱之后的轻松。但此刻,他开始责问自己,是不是太决绝,在关良心头留下的伤口是不是太长、太深?

乔劭旸将全部心思扑在工作上,希望忘记所有。可是,工作中更大的麻烦又摆在面前。

尽管想尽办法,F280060一上电就复位的bug也无法通过软件手段修复,晶圆厂更没办法打补丁。最终,这批F280060的芯片只能全部作废,重新ECO之后,再生产一批新的出来。

任大任给乔劭旸算了一笔账:"做ECO需要将近一百万;重新流片,包括mask和wafer要四五百万;如果加急,还得几十万;还有作废的那批芯片,生产成本也四五百万,潜在的销售收益又大几百万。这些加在一起,已经多少钱了?还有一直强调的时间成本,本来都领先竞争对手了,又平白给了人家一个追赶、撬行的机会!这损失怎么估量?"

乔劭旸不得不再一次低头认错,但他仍强调这一切主要是他的责任,恳请任大任网开一面,不要开除姚乐萌。

任大任盯着他,眼神复杂:"你要维护她到什么时候?非等她再犯一个更大的错误吗?"

乔劭旸诚心诚意地说:"我维护她也不全是为了她,也是为了公司好。芯片这行得能容错,不能一犯错就一棍子打死。如果将来芯片设计那边有人犯错,也是开除了之吗?招个人来不容易,如果芯片的人不舍得开,那软件的人就也得一碗水端平,不能三六九等,否则将来真要发生那种事,软件的人肯定有想法——不平等就难以服众。"

"不开除她，就能服众？哪儿有犯错不受罚的？"

"罚肯定要罚。扣她一个月工资，给她减薪，取消年终奖，再给她记个大过处分，让她在部门内深刻检讨。这样也能给其他人提个醒，都上紧发条。"

乔劭旸紧盯着任大任。任大任的脸仍然黑着，并没有同意这个提议。

两天后，宋琳琳敲门进来。她又换了一种唇膏颜色，显得更具侵略性。

乔劭旸很不耐烦地问："什么事儿？"

宋琳琳微微一笑，说："刚才任总找我商量，说要开除姚乐萌。"

"还需要找你商量吗？"乔劭旸皱着眉头说道，"他不是已经拿定主意，要开除姚乐萌吗？"

"任总是想开除姚乐萌，问我她这个岗位好不好招人，我说不难招，但是我建议他不要这样做。"

乔劭旸愣住了，怀疑自己是不是出现了幻听。

宋琳琳说："之前我也认为应该开除姚乐萌，但此一时彼一时。我跟任总说，这半年多公司人员流动太大，尤其谢雨霏忽然离职，大家私下里都在议论，有人说她是任总师妹，更了解实情，公司今年业绩不好，融资也困难，肯定是快撑不住了，所以她提前跑路了。我肯定不相信这个说法，但架不住其他人这么想。如果人心动荡起来，肯定会有连锁反应，所以这时候开除姚乐萌，更会刺激到其他人，让他们觉得公司无情无义，那大家对公司也不会再讲什么情义了。所以，我劝任总不如高抬贵手，让大家感觉到公司的人情味儿，最起码让员工觉得在咱们公司更有安全感，不像那些IT公司，钱给的虽然多，但是说裁人就裁人，说让你失业就让你失业。这也是任总当初对大家许诺的。"

乔劭旸看着那明媚的唇色在眼前翻飞，急切地问道："老板怎么说？"

"他同意了。"宋琳琳略显得意，耳环跟着晃了晃。

乔劭旸一下子松弛下来，眼前的宋琳琳也不那么讨厌了。

"我得谢谢你。"他说。

"不用谢！我们这些 HR 平时净得罪人了，其实这也不是我们的本心，可是没办法，这个职业就要求我们必须替公司唱白脸，当坏人。人不都说嘛，HR 就是 huài rén 的缩写。"

宋琳琳站起身，显得很轻松，仿佛完成了一件对她来说很重要的事情。

乔劭旸把她送到门口，宋琳琳回过头来说："我工作十几年了，也经历过好几家公司，但是我从没见过像您这样维护下属的领导。"

乔劭旸微微笑了一下。

不管出于什么目的，宋琳琳这次无疑当了回好人，毕竟 HR 也是 hǎo rén 的缩写。

过了一会儿，姚乐萌战战兢兢地进来了，战战兢兢地问是不是要开除她。

乔劭旸白了她一眼，说："是。"

姚乐萌霎时吓哭了，哀求道："我知道错了，帮主，求你别开除我……"

"不是我要开除你，是公司要开除你。"乔劭旸看着她的样子，懒得再吓唬她，"宋琳琳在任总那儿给你求情了，任总决定再给你最后一次机会。如果再犯错，记住，不用任总开口，我第一个就让你滚蛋！"

"我一定再也不犯错了！"姚乐萌立刻立正，对天发誓。

"别谢我，挨罚你肯定逃不掉的。"

"我认罚！怎么罚，我都认！"姚乐萌想了想说，"如果让客户改电路板设计，那批 0060 就不用作废了。"

"你是觉得你很聪明是吧？"乔劭旸反问，"改电路板是多大的工程，客户该你欠你听你使唤？怎么想出来这么个蠢主意！"他骂骂咧咧地把姚乐萌轰了出去。

公司对姚乐萌的处罚下来了，内容大致与乔劭旸那天对任大任所说的相同，只是力度有所加强，任大任还当面对姚乐萌进行了严厉的批评教育。

乔劭旸终于舒了一口气。可是，任大任却接到了一个不速之客打来的电话。

电话是映天科技的董事总经理段海亮打来的。

这位段总也是掌芯科技的董事会成员，之前邓肯和乔劭旸去拜访刘厂长就是他引见的。前几天，他听说F280060测试出了问题，便打电话给邓肯，询问解决的情况。邓肯说比较麻烦，得做ECO，然后重新流片。

无论对F280060这颗料还是对掌芯科技本身，段海亮都抱有很高的期待。可能是期待越高失望越大，所以言辞中流露出对掌芯科技研发能力的疑虑和不满。

邓肯当时为了打消他的疑虑和不满，就给他讲了原委，说芯片设计出来是没有问题的，是有人犯了低级错误才给搞砸了。

段海亮并未表示理解，而是反问了一句："这种员工你们不开除还等什么呢？"

邓肯忙说，他会转告任大任，研究处理。

"还研究什么？我给他打电话。"段海亮立刻说。

电话里，段海亮告诉任大任，这样的人绝对不能留。从前他们公司就有过类似的员工，还是跟着老板一起创业的老员工，工号比他都靠前，就因为犯了类似错误，给公司造成了重大损失，最终被老板挥泪斩马谡了。

他告诫任大任，要想成功就必须铁面无私，六亲不认，不能心存半点儿妇人之仁。

作为公司股东和董事，如此强势地隔空下指导棋，让任大任很反感，同时也很为难，毕竟已经处分过姚乐萌了。

可作为掌芯科技的负责人、实控人，公司今年无论业绩还是融资都表现得不如人意，现在已经快Q4了，即使到年底，也大概率不会有多少起色。如果这件事不给段海亮一个交代，万一他在董事会或者股东会上搞事情怎么办？任大任最担心的，就是被他质疑创业团队的业务能力，不仅是研发、经营，还有日常管理。

任大任急忙召集邓肯和乔劭旸一起商议。

乔劭旸见识过段海亮的强势。虽然他在掌芯科技所占股份不多，但因因为映天科技是光储行业的龙头一哥,段海亮在业内又颇有人脉和号召力,所以大家平日都敬(忌)他三分,没有人反驳过他的发言和提议。

但乔劭旸认为,公司董事此前从不干涉日常管理,如果这次让段海亮插手,那以后其他事务他也干涉怎么办?其他董事也干涉怎么办?

"你说严重了,他不会干涉的。"邓肯说,他坐在沙发里,显得有些疲惫。

"你能保证?"乔劭旸反问。

邓肯摆摆手,十分无奈。

任大任说:"他要求开除姚乐萌也不是没有道理,就算拿到董事会上,他也占理。"

"那就拿到董事会上讨论!实在不行就投票表决!"

"不要把这么件小事儿,变成管理团队和其他董事、股东之间的对抗!你敢担保姚乐萌以后不犯错吗?"

乔劭旸的倔脾气又上来了:"我绝对有办法保证她不再犯错!"

"你有什么办法?如果再犯错,连你都得受牵连。别以为你是联创、是董事,就拿你没办法,人家照样能把你从董事会踢出去,让你靠边站!"

"靠边站就靠边站,谁稀罕!"

"你犯什么浑?你以为你的董事身份只是你自己的吗?怎么还这么任性?一点儿都不成熟,不长进!"

任大任训斥起乔劭旸,长篇大论,密不透风,邓肯根本插不上话,只能在一旁看着。

回到家,乔劭旸再次将自己铺平在床上。

他心里堵得慌。挨骂在其次,主要还是没保住姚乐萌,让他深感歉疚。虽然是姚乐萌咎由自取,但他毕竟是她的"帮主",他能感到姚乐萌对他百分之百的信任和忠诚,他必须回馈。就像他姥爷当年,因为伙计犯错,坏了行规,他姥爷为了保住那个人,切掉自己右手的大拇指,然后退出了那个行当。

但现在的商业社会和从前不一样了,每个人都要为自己的错误买单。

乔劭旸努力想要说服自己，然而，姚乐萌这件事也并非仅仅买单那么简单。就像他跟任大任争论的，即使以商业社会的逻辑思维和判断，也不能轻易让其他人有机会踏足自己的地盘。

可这个机会又是谁给的呢？

乔劭旸狠狠给了自己一个耳光。这一巴掌扇下去，把火柴吓了一跳，连忙蹦上床，卧到乔劭旸身边。

火柴软软的，也暖暖的，被扇过的脸颊似乎很快便不疼了。

乔劭旸也变得冷静。段海亮可能早就想把手伸进来，即使不抓这个问题，也会抓其他问题。那就眼睁睁看着，却无能为力吗？他必须想想办法。

有人敲门，打断了他的思考。

他以为是快递，喊了一声："放门口吧！"

但敲门声并未停止。

"谁呀？"他烦躁地站起身，在门开的瞬间问道。

天已经黑了，楼道里没有灯。

一个熟悉的声音对他说："是我。"

十二

关良两手拎着外卖，笑嘻嘻的，如果套件黄色或者蓝色马甲，倒真像是外卖小哥。她的发型和衣着又恢复到从前假小子的模样，中间那段"变身"经历仿佛从未在她身上发生过一样。

"能进去吗？过来看看你，有阵子没见了。"她笑得怯生生的。

乔劭旸感觉恍惚，但他只稍微犹豫，便请关良进了门。

关良把外卖撂到餐桌上，有一包很沉，听声音是啤酒，另一包她说是烧烤和鸭货。

"现打的精酿，还冰着呢。"关良问，"吃饭了吗？我今儿跑了一下午，连口水都没喝,晚上就想找人喝个酒、撸个串儿。"

都八点多了,经关良一提醒,乔劭旸的肚子也叫了。

"你怎么来的?"乔劭旸问。

"开车来的。"

"喝完酒你怎么回去?"

"叫代驾呗。"关良麻利地把外卖摆到餐桌上,除了烤串和鸭货,还有花生、毛豆、炒蛏子、烤生蚝……

火柴这时凑了过来。关良一见,惊讶地说:"都长这么大了?快来让我抱抱!"

火柴被她抱进怀里,看上去多少有些不情愿。关良指着一桌吃食对火柴抱歉地说:"把你给忘了。这些全都是辣的,没法喂你。"

"怎么买这么多?"乔劭旸问。

"吃呗,饿坏我了!"关良又跟从前一样大咧咧地支使他说,"你去拿俩碗,有蒜再拿两头蒜。"

蒜还有,但都发了芽。干净碗已经没了,不干净的都泡在水池里,发出恶臭的味道。

最近太萎靡了。

他烧上热水,把碗挨个儿从水池里拎出来,刷干净,等水烧开,又全都烫了一遍。

关良已经倒好了酒。两大瓶精酿,炮弹一样,一人一瓶,一瓶三升。

乔劭旸说:"我喝不了一瓶。"

"你酒量都转饭量了?"关良嘲笑他略微凸起的小腹,"喝不了给我,度数又不高,跟喝水一样。"

乔劭旸注意到盛酒的杯子,是从前他和谢雨霏用过的。两只九谷烧的金花诘马克杯几乎一模一样,但因为是纯手工,乔劭旸还是能够分辨出它俩的不同。

趁关良去洗手间,他将两只杯子换了。

关良回来就吆喝:"开吃,开吃!"她先给乔劭旸挑了个最肥美的生蚝,说这个得趁热。

北京也有好吃的烤生蚝了,不比前几天在深圳吃到的差。火候掌握得也好,烤出来的蚝肉不腥不干,入口即有甜汁爆出,甘香四溢,浇灌到口腔中的每一朵味蕾,未等蚝肉咽下,便已心花怒放。

美好的食物的确能抚平不美好的心情,乔劭旸胸中的苦闷至少被中和掉一半。他连吃三只,和关良一起将半打生蚝瓜分殆尽。

还有半打,关良说她不吃了,让乔劭旸吃,她说她要吃烤串。

如果没有曾经那一出,关良真是一个相当不错的哥们儿——豪爽,仗义,不计较,还爱替对方着想。她的这些特性很容易使人忽略她的性别,即使她有个女人样儿,很多人大概也会把她当哥们儿处。收获友情易,而收获爱情难,这是她的幸运还是不幸?

两人碰了碰杯,马克杯发出并不清脆的声响。

"听说谢雨霏离职了?"聊了一堆无关痛痒的话题之后,关良似乎不经意地问。

乔劭旸心窝子被戳了一下,但他看上去仍淡淡的:"听谁说的?"

"你别管。"

"知道你还问。"

"因为什么呀?是因为你吗?"

乔劭旸低头喝了口酒,抬头看着关良,说:"跟我没关系。"

"不是因为你?"关良脸上写满不信。

"爱信不信。"

"是不是怀孕了?那老头儿的……"关良忽然脑洞大开。

"说什么呢!"乔劭旸瞪起眼睛。

"对不起对不起!"关良赶紧敬酒赔不是,"我瞎猜的,你别生气。"

乔劭旸又喝了口闷酒。这酒比刚才苦了。

关良撂下杯说:"我一直觉得谢雨霏挺神秘的。不光我这么觉得,很多人都这么觉得。宋琳琳说谢雨霏来公司的时候硕士还没毕业,看她平时穿的用的,还有她住的房子,根本不是她那点儿工资负担得起的。难不成她家里特有钱?她家里是不是特有钱?"

"我哪儿知道?"

"你和她搞对象,你不知道她家里有没有钱?"关良脸上又写满不信,写得比刚才更密了。

"我搞对象又不是搞背调。"

"她没跟你说过她家里?"

"没有。"

"你也没问过?"

"我为什么要问?"

"你还真是视金钱如粪土呢。"关良像盯着一只怪胎。

"你喜欢一个人,会因为他没钱就不喜欢他吗?"

"那不会!绝对不会!我爱人不爱钱!"关良回答得如同抡起青龙偃月刀砍瓜切菜一般干脆。

乔劭旸却仿佛没听见一样,自顾自地拣起根辣椒面撒得最多的烤板筋来。

板筋有点儿凉了,嚼起来像胶皮。

关良的福尔摩斯瘾还没过完,她接着分析说:"如果她家里特有钱,那她来掌芯科技这种小破公司干吗?她不至于就缺那点儿钱吧?可如果钱不是她家里给的,那又是从哪儿来的呢?啊?"

问题又抛给乔劭旸,但言下之意却很明确。

"你跟姚乐萌真没事儿吗?你为什么对她那么好啊?"乔劭旸的无动于衷终于让关良换了话题。

"我得多不挑食,我跟她有事儿?"乔劭旸被气笑了,"你脑子里整天是不是就男女那点儿破事儿?还有没有点儿正事儿了?"

"有啊!怎么没有?下午仨人看房,我开车跑了仨地儿,这不是正事儿？"

"行吧。"乔劭旸无话可说。

关良把他刚才扔下的那半串板筋吃了，一边嚼一边说："姚乐萌让公司亏那么多钱都能被你保下来，说明任总对你这位师弟挺够意思的。要换别的老板，管你说什么呢，早让姚乐萌滚蛋了！你为什么要死保姚乐萌？就因为她有病，你可怜她？"

看来关良的消息还没有更新到最新版本。乔劭旸无意给她更新，只是告诉她："姚乐萌跟你不一样。你有没有工作都有饭吃、有地儿住、有钱花，你不懂什么叫生存、什么叫压力。姚乐萌要是没了工作，可能就没饭吃了，就得离开这座城市。即使她有能力再找一份工作，甚至是更好的工作，我也希望是她主动要走的，而不是背对悬崖，没有退路。"

"你怎么对谁都比对我好呢？"关良忽然眼里有泪了，"你可真是个大善人。"

十三

醒了，房间里异常安静，连火柴的声音都没有。

昨晚吃剩的烧烤还在餐桌上，一片狼藉。

摸索着抓起手机，有好几条微信提示，点开关良的那一条：火柴我带走了。以后看见它，就像看见你。

请了几天年假，似乎浑浑噩噩地一直在睡觉。再次上班的时候，姚乐萌已经被开除了，并没有向他告别。

放在办公桌上的一支签字笔，因为用完没有回弹，好几天了，笔尖已经变干。乔劭旸没有丢掉它，而是找了张废纸来回划，直到它重新出油为止。

他漫不经心地在纸上划了两个字：搬家。

退租手续是和关良父亲办理的。

新住处离公司不远，沿中关村东路继续向南，走几步就能到三环，从阳台上可以望见三环那边的皂君庙路。

和搬家公司约好了时间，乔劭旸在办公室待到很晚才回去收拾东西。

猫爬柱还在角落里孤独地立着。它在乔劭旸的视线中一会儿模糊，一会儿清晰。还有洗手间的猫砂盆，还有饭盆和水盆，还有……

这些，乔劭旸不准备扔掉，也没准备带走，因为除了火柴，他这辈子不会再养其他的猫了。

忽然有人敲门，可能是搬家公司，时间差不多了。乔劭旸问了句："谁呀？"

门外迟疑了一下，轻声说："是我。"

乔劭旸腾地站起身，像被用力拍起的皮球。紧张和激动来回抽打他的脸，他的脸瞬间已经通红。

门外的谢雨霏默默地看着他，两人就这样一个门里、一个门外，纵然心中都是万顷波涛，但真正流淌出来的，却是无声的涓涓细流。

"我能进去吗？"终于，谢雨霏打破沉默。

乔劭旸赶忙闪身，将她让进屋内。

"已经收拾好了？"谢雨霏若无其事地问了一句。

"你怎么知道我要搬家……"

"搬哪儿去？"谢雨霏并没有回答他的问题。

"红民村。三环边儿上，沿着中关村东路往南走，路右边儿。"

谢雨霏哦了一声，"关良告诉我的，说你今天搬家。"

"你和她有联系？"乔劭旸诧异地问，"你不是讨厌她吗？"

"我更讨厌你！"

"讨厌我还来看我？"乔劭旸向她靠近。

谢雨霏推了他一下，没推动，又不解气地拧了他一下。

乔劭旸叫出声来。

"看你以后再敢花心，再敢拈花惹草！"谢雨霏威胁他。

"我没有！我拈什么花、惹什么草了？"乔劭旸忍着疼，为自己叫屈。

"你这种才最可恨！"谢雨霏又拧了他一下，给他加深记忆，"你是没主动，但你跟个小太阳似的，到处发光发热，温暖女人心啊！真等人家被你暖化了，对你动情了，你又装无辜。你说你可不可恨，可不可恨？"

乔劭旸笑着躲避，老实承认说："这确实是我为数不多的缺点之一，但我也不是故意的啊。"然后抓住谢雨霏的手，"咱们重归于好吧……"

"谁跟你重归于好……你别得意，我还没原谅你呢。你现在还在试用期，哪天再惹我不高兴，我……"

乔劭旸可怜兮兮地问："试用多久？"

"一辈子！"谢雨霏恶狠狠地说。

乔劭旸喜不自胜地抱住谢雨霏，将她高高举起，原地转了起来。

谢雨霏紧紧搂住他的头，又笑又叫。

待乔劭旸将她放下，她抻了抻衣服，整理好，忽然认真地说："你哪天有空儿？我爸要见你。"

乔劭旸一愣，然后说："是要面试我吗？"

"算是吧。"谢雨霏表情依然有些严肃，"还有他现在的老婆，我那个后妈。"

搬家公司的人到了，乔劭旸让他们把打好包的东西拎下楼。他准备锁门的时候，犹豫了一下，还是进屋把猫爬柱带上了。

见面的时间安排在周五晚上，景山后街一座号称有六百年历史的古刹内，一家著名的法餐厅。

谢雨霏说地方是她弟弟选的，因为离他的学校近，过来方便。而且，她继母极爱吃法餐，迷恋法国的一切，还称赞全北京最正宗的法餐就在那里，那里是北京法餐界的天花板。

乔劭旸望了一眼自己头顶的天花板。

那个出风口在修好之后已经重新安上了挡板。四方形的井字格挡板像下水道的篦子，与周围灰突突的天花板块拼接在一起，使人感到压抑。蜗居在这样一间狭小的办公室,却怀抱着打破人生天花板的梦想,是可笑,还是可敬?

乔劭旸专门学习了法餐的餐桌礼仪,甚至还试图学几句法语,以备不时之需。然而,法语他实在讲不利索,吐痰音怎么都发不出来,不得已还是放弃了。

谢雨霏翻遍了乔劭旸的所有衣服,没找到一件让她满意的。于是,她拉着乔劭旸去了趟国贸,从里到外、从上到下按照她的审美给他捯饬了一番。虽然不戴金丝眼镜,却也有了那么点儿"斯文败类"的气质。

谢雨霏还特意叮嘱,不管她爸有什么提议,都不要当面拒绝;不管她继母当面说什么,都不要往心里去。

乔劭旸领会了她的意思,说我知道。

他把所有衣物都挂了起来,生怕弄出一丝褶皱。从周一上班开始,就为周五的见面做准备。不仅控制食量,还每天坚持仰卧起坐和俯卧撑。最重要的是,要把心情调试到最佳,因为相由心生,心情好了,颜值似乎也会提升。

乔劭旸的精神状态短短几天就发生了显著变化,付昊问他,是有什么喜事儿吗?乔劭旸笑了笑,没有回答,但软件中心往日轻松、愉悦的气氛又回来了。

他给姚乐萌打了个电话。姚乐萌在电话里哭得稀里哗啦,说感谢帮主还惦记着她,说她已经回老家了,先住一阵子,等过了年再决定回不回北京。

唉,这一年过得可真快,再有两个来月,就又过完了。然而,这一年究竟收获了些什么呢?感情算是拨乱反正,重回正轨了,但事业却依然一筹莫展。已经量产的芯片卖不出去,还没量产的芯片一堆问题。

拿去 ECO 的 F280050 前两天回片了,初步测试下来,其他都 OK,但驱动默认使用的外部晶振在没有校准的情况下还有些问题。并且,其他给客户送样测试的芯片又反馈了"电摩驱动板 FOC 参数辨识不准"以及"IQMath 计算异常"的问题。

有问题就解决问题。乔劲旸的耐性倒是增长不少。他也从来不回避问题。搞芯片就得唯物主义，就得实事求是。行就是行，不行就改，一点儿唯心不得。

一天忙碌下来，不仅不能吃晚饭，回家还得继续仰卧起坐和俯卧撑。"8+16轻断食"的发明人一定也是个唯物主义者，因为确实只有能量输入小于输出才能减肥瘦身。

乔劲旸喝下一瓶矿泉水，安抚了饥饿的胃，还剩两组俯卧撑。

这时母亲给他打来电话，叫他回家看看父亲，说他父亲情况不太好，已经住院了。

上次打电话说起，乔劲旸就忍耐地握着手机，说："我爸这么多年都没管过咱们娘儿俩，生病了倒知道回来找你伺候了。"

母亲劝他，从前的事情不要提了，毕竟父亲只有一个，再不对也是骨肉血亲。

上周打电话还没住院，这次就已经住院了。要不是情况严重，母亲应该也不会催他回去。

可今天已经周四，明天就是周五，乔劲旸犹豫了一下说："我周六一早回去。"

"明天不能回来吗？"母亲问。

"回不去。"乔劲旸说。

一晚上没睡好，很多往事又浮上心头。他隐约记起小时候和父亲也曾有过几次美好经历，但一只手就数得过来。

乔劲旸比约定时间早到了不少，便四处逛了逛。这座古刹始建于明代，是刊印经书的所在，相当于现代的印刷厂。到清代的时候，又改建成寺院，用来讲经和进行其他宗教活动。新中国成立后，曾作为电视机厂，生产了北京市第一台黑白电视机。再后来，一群中外古建爱好者把这里租了下来，在不破坏原貌的前提下依旧修旧，将这里打造成了一座现代商务休闲场所和公共艺术空间。

夕阳下，红墙与灰砖的颜色对比异常强烈。这种极具冲击力的视觉反差瞬间激活了乔劭旸体内"古老"的基因。这基因令他对古老事物有一种与生俱来的敏感和热爱，这敏感和热爱又在他从小到大与古物的一次次接触中得到了强化和深化，完成了对他某一部分天性的塑造与熏陶。

正对着中式的拱门，一旁是西式的落地窗，东西方于同一时空交汇在乔劭旸面前，形成对照鲜明却又和谐统一的整体，仿佛色彩绚丽的油画，描绘了法国梧桐掩映下的中国古寺，旷远悠然。乔劭旸忽然明白了，北京为什么能够如此动人，如此吸引人，如此吸引他。

这座隐于古刹之中的法餐厅今晚还承接了其他活动，开始陆续有人来签到。

一个蓄着山羊胡的瘦小男人，在签到之后走过来和乔劭旸打招呼。乔劭旸认出来，此人姓尤，是某知名IC门户网站的主编，曾经采访过他。

于此处偶遇乔劭旸，似乎很让这位尤主编惊讶。

尤主编说，他今晚参加的是一家法国半导体材料公司的媒体活动，因为他们CEO来华访问，要跟中国的媒体朋友们增进一下感情。他说这家公司近两年在中国赚了不少钱，因为国内大规模扩充晶圆代工产能之后，对半导体材料的需求暴增。

乔劭旸说："是感觉代工产能没那么难拿了。"

尤主编趁机问掌芯科技现在怎么样。乔劭旸真假参半地告诉他，下单的挺多，但量都很小。

尤主编感叹："能有小批就不错了，多少初创公司都倒闭了，有小批就有希望，哪天景气好起来，你们肯定也能跟着起来。"

乔劭旸说："借您吉言。"

远远地看见，谢雨霏陪着她父亲和继母一起来了。谢雨霏已经在家族企业上班，三人是一起从公司来的。

尤主编当然也认识大名鼎鼎的芯传微创始人颜宗白，他看着眼前的一幕，顿时一头雾水。

今晚的聚会在包厢内举行。餐厅总经理亲自过来欢迎,并且带来了新聘请的行政主厨,一个脸上洋溢着法兰西浪漫风情的卷发男人。

总经理热情地介绍了这位大厨,说他在多家传奇米其林餐厅任过职,在五十多个国家的国宴上掌过勺。主厨随后也谦逊而幽默地讲了几句法语——这套欢迎语适用于所有贵宾。总经理作了翻译。

外人走后,颜宗白再次欢迎了乔劭旸,他的夫人温馨悦也很亲切,让人如沐春风。

这是一位十分优雅的女士,和乔劭旸想象的差不多,又差很多。她比颜宗白年轻不少,但跟颜宗白一起却相得益彰。她本人也比实际年龄年轻许多,岁月对有些人就是格外偏爱,不仅不拿走他们的容颜和芳华,还馈赠他们以丰饶的气质和神韵。

温馨悦就是这样一个被岁月和命运同时眷顾的女人,让她从昔日默默无闻的舞蹈演员,成为今日上市公司的执行董事。乔劭旸相信,她这一路走来,能立足,能上位,凭借的一定不仅仅是幸运,她一定还有另外一张面孔、另外一种性情,在她的妍丽和温婉之后,支撑着她。

谢雨霏说,她弟弟快到了。

他们虽然不是亲生姐弟,但她对继母的接受,很大程度上缘于弟弟。

几人正说着话,包厢的门打开了,一个俊逸的年轻人出现在门口。

乔劭旸不自然地咳嗽了一下,那天在公司楼下见到他的场景,似乎又回到眼前。

他在中戏读大一,比上一次见到时好像又帅了些许。他随父亲姓,叫颜瑞麒,母亲叫他 Richie。难怪连谢雨霏都那么喜欢他,因为他身上透着一种被保护得很好的善良,明闪闪的,像钻石一样清澈、透亮。

前菜、主菜都很精致,也很美味。温馨悦说这家餐厅的食材全部是从国外运来的,比如黑松露,就来自法国最好的黑松露产区普罗旺斯。

谢雨霏故意唱反调似的说:"也不一定,现在很多食材都国产替代了,就像半导体芯片一样。"

乔劭旸不知道这对名义上的母女之间又发生了什么，谢雨霏似乎是带着气来的。不过，她说的也是事实，他们刚刚吃过的这几道菜，都能从国内找到可以替代进口的食材。

温馨悦淡淡地说："国产的味道还是不如进口，进口的品质和口感都要更好一些。"

谢雨霏默默咀嚼一棵芦笋，有时候，不屑于争辩，才是更好的争辩。

颜宗白不动声色地清了清嗓子，他岔开话题，问乔劭旸："最近掌芯科技怎么样了？"

"爸，商业机密！"谢雨霏赶紧提醒。

颜宗白笑着说："劭旸又不傻，机密能往外讲吗？我也不可能问。"

其实，谁家什么情况，同行之间都有所了解，因为通过各种渠道都能打听到，从前就有代理商给邓肯发来过芯传微内部会议上展示的PPT照片。所以，乔劭旸坦率地说："现在产能爬坡遇到了困难，起量很难，不光是导入周期长，本身工业市场的量也没有民用市场大。"

"这很正常。"颜宗白颔首说，"哪家半导体公司一开始不得过几年苦日子？我当年都快给员工发不出来工资了。那时候哪儿像现在？现在，有投资人追着给你投钱，国家也重视，客户也乐意给机会。那时候，一听是国产半导体公司，正眼都不瞧你，都躲你远远的，那时候就是进口芯片的天下。"

"现在的市场份额大部分也还是进口芯片的，我们能二供就不错了。"剩下半句，乔劭旸憋在心里说了，"就这样，你的公司还横插一脚，把我们挤成了三供。"

颜宗白似乎看穿了他的心思，说："达比特对你们的评价还是不错的，要不然也不会投你们。不过，芯片这个行业就是'先入为主'，尤其是工业领域，谁先让客户导入了、用上了，客户就是谁的。"

乔劭旸笑了笑。三分熟的和牛对他来说太嫩了，五分熟应该刚刚好。

"你在公司工作得怎么样？顺心吗？"颜宗白忽然问。

"还可以。"乔劭旸抬头看着颜宗白,心想一定是谢雨霏和颜宗白说了什么,但他什么都不会讲,更不会抱怨,"平常也会遇到一些不顺心的事儿,我都当成对我的锻炼了,动心忍性,然后增益我所不能。所以,现在心态比从前好多了,有问题就解决问题,别的不多想。"

他的回答很老实、很坦诚,看不出颜宗白是否满意。

"你在公司负责软件研发,是吗?"

"是的。"乔劭旸说。

颜宗白专注地吃着饭,然后缓缓地说起,芯传微准备成立一个新的事业部,做基于 RISC-V 架构的 MCU,而且也要自己研发内核。他准备将这个部门交给谢雨霏,但是还想找一个信得过的人帮她。

乔劭旸愣住了,放下刀叉。谢雨霏正用期待的目光望着他。

"你们怎么一直说工作?听得我头都大了,聊点儿轻松的吧。"这时,温馨悦笑盈盈地插话,又转头问儿子,"下午剧组来你们学校选角选得怎么样?见着导演了吗?"

"导演哪儿会来选角?就见了个副导演。"颜瑞麒说。

"选上你了吗?"

"不知道,就让我回去等消息。"颜瑞麒抿了一口鲟鱼子酱。

乔劭旸说:"我认识一个导演,你要愿意,回头可以给你介绍。"

"谁呀?"颜瑞麒目光明亮地望着他。

"丛小帅,不知道你听说过没有。"

"丛小帅?"颜瑞麒的眼睛更亮了,"我看过他的片子,他特别会讲故事!"

"他是我表哥,亲表哥,我大姨的孩子。他老婆苏恬也是著名编剧。"

颜瑞麒兴奋极了,连忙跟乔劭旸加了微信,这对一个尚未崭露头角的年轻人来说,不啻天赐良机。

颜宗白露出了老父亲欣慰的笑容,温馨悦虽然也面带微笑,但那微笑中却看不到一丝欣喜。

此刻，颜宗白也放下了刀叉，笑吟吟地看着乔劭旸："我刚才说的，你是否有兴趣？"

乔劭旸沉默了。

"我知道。"颜宗白依然笑吟吟的，"你回去好好想想，不强求。我只是希望你和雨霏将来可以一起做事，这样公私兼顾，不会有冲突。"

皎洁的满月悬于宝顶之上，宛如一个凝润如脂的玉盘。一行人用餐完毕，离开古刹。

要走出胡同，才能到达停车的地方。颜宗白似乎有意放慢脚步，和乔劭旸走在后面。

"我知道你们前段时间闹过别扭，但雨霏真的很喜欢你……我从前让她受过伤，用了很长时间，才让她重新认了我这个爸爸……你千万不要让她失望，要保护好她。"胡同里灯光晦暗，颜宗白的脸时明时暗，"雨霏总想自己创业，但我更希望她将来能够接替我。干成一件事，需要两代人甚至三代人持续努力。这个过程会很艰辛，也会很孤独，这我深有体会，所以我希望永远能有人陪在我女儿身边，爱护她，帮助她，和她一直走下去。"

乔劭旸心里轻叹一口气。颜宗白的话，让他想起了自己的父亲，也许……

三人离开后，谢雨霏和乔劭旸沿着地安门大街散步。

谢雨霏偎着他，说："我后妈反对我爸做 RISC-V 架构的 MCU，名义上是因为 ARM 应用更广，比 RISC-V 功能更强，但实际就是不想让我一进公司就得到这么大权力。她不愿意让我爸培养我，我当初想自己创业、去掌芯科技学习，也是不愿意看她的脸色。但是后来我想通了，她越不愿意让我接班，我就越要接。凭什么她能把我宝贵的东西抢走，我就不能抢走她的？我妈抢不过她，不代表我也抢不过她！"

乔劭旸扑哧一笑："有宫斗剧那味儿了。"

"我就是赌一口气。"谢雨霏说，"我弟对接班一点儿兴趣都没有，至少现在没有。这让我后妈很生气，但她拧不过我弟，只能由着他，但资源上也不支持他,她肯定还盼着我弟哪天转念呢。所以,在我弟转念之前,她会千方百计阻止我爸把公司交给我。也许哪天我弟真转念了呢?"

"你弟怎么接班?他不是学表演的吗?"

"我后妈从前不也是跳舞的吗?"

乔劭旸将谢雨霏送回家,然后回到自己的住处。新租的这套两居室虽然已经住了些日子,却还有些陌生,还没有"家"的感觉。

不是自己的房子,又怎么会有家的感觉呢?

乔劭旸想有个家了,一个真正意义上的家,不仅是物理上的,也是心理上的。他估算了一下,如果这时候出掉手里的股份,他是能够在附近买一套像样的房子的。或者更往城里一些,当然面积也会减小。然而,不管怎样,只有先拥有一个物理上的空间,等某一天到来的时候,他才有资格对谢雨霏说,我想给你一个家。

他躺在床上又胡思乱想了一会儿,才起身去洗澡,准备睡觉。

等洗澡回来,他发现手机上已经多了十几个未接来电,电话和微信语音通话都有。

都是母亲打来的。

乔劭旸立即拨了回去,连打了几次,母亲才接,在嘈杂的背景音里,她颤抖着说:"快回来吧,你爸病危了……"

乔劭旸大脑宕机了几秒,才说:"我马上回去。"

赶往火车站的路上,他用手机订票的时候才发现,最早的一趟火车,也要早上六点以后了。

十四

乔劭旸在候车室枯坐了一夜,下午一点之前赶到老家的医院。母亲孤零零地坐在走廊的长椅上,脸上满是哀戚,也满是茫然。父亲已经走了。母亲在等他,带他去见父亲最后一面。

乔劭旸原以为不会有多强烈的感觉,但当白布掀起的一刹那,他的泪水便不受控制地奔涌出来,低吼声渐渐响起,在喉咙里打转,像头左冲右突的野兽。

他的胳膊支撑着身体,眼泪大滴大滴地掉落,却砸不醒已经长睡不起的人。和这个世界最重要的一部分联结已经断裂了,并且再也无法修复……

夜晚,母亲还在整理父亲的遗物。她将一张泛黄、卷边的黑白照片递给乔劭旸,说他父亲在最后的日子里一直看着它,攥着它。

照片是母亲拍的。乔劭旸那时候才三四岁,正在和父亲打牌。他还记得拍照的那个相机,日本货,那是父亲带给家里的最后一件礼物。之后,父亲因为同事盗窃厂里原材料而受到连累,被工厂开除了,从此性情大变,才走上了乔劭旸姥爷所说的"邪路"和"不归路"。

照片里的乔劭旸,手小小的,连牌都拿不稳。这张照片在那个拍照基本都是摆拍的年代很是稀奇,谁看了都说拍得好,也大都会再加上一句,说乔劭旸长得像爸爸。

已经没有了眼泪,只剩心里的痛。父亲的嘴角微微翘起,似笑非笑。这样的表情在乔劭旸脸上也时常浮现,有时是因为欢喜,有时是因为高傲,有时则是因为不屑一顾。而此刻,他能看出照片中的父亲是在享受父子之间的天伦之乐。但这之后呢?父亲还有过什么欢乐吗?在乔劭旸从小到大的印象里,父亲鲜少笑。

他将照片还给母亲。

母亲说:"你收着吧。"

乔劭旸凝视着母亲。他相信父母之间是爱过的,否则两个人也不会从开始到结束都守在一起,哪怕中间存在一大块空白。

母亲好像忽然想起什么,起身从破旧的挎包里掏出一副破旧的扑克牌:"这是你爸留给你的,让我一定交到你手里。"

这副牌的印刷风格一看就很久远，牌盒开口处也已经四面开裂，向外翻卷，一层层的，都磨毛了边儿。里面的牌不少也都翘角儿毛边儿了，牌的正面被圆珠笔画得乱七八糟，背面却赫然同照片里他和父亲玩的那副牌一模一样。

应该就是同一副牌。虽然那个年代不乱扔东西，连副扑克牌都显得金贵，但是这副牌能留到现在也可算是一个小小的奇迹，说明父亲真的在意它，在意他。

按照父亲的遗愿，也是母亲的意思，父亲的丧事从简。没有亲友，没有仪式，父亲就这样默默地来到这个世界，又默默地离开了这个世界。

乔劭旸想让母亲随他到北京住一段时间，散散心。可母亲说，她的告别还没有结束。

这些天，谢雨霏从北京赶来，一直陪伴着他。

他们又一起回到北京。

乔劭旸感到他再也离不开谢雨霏了，他也开始认真地评估离开掌芯科技的可能性。当完全抛开感情因素，只是从利益得失角度来考量这件事，其中蕴含的利益与风险无疑都是巨大的。

放弃掌芯科技的股权，或者叫作套现离场，乔劭旸将能获得一笔"巨款"。

也许这笔钱相对于公司上市之后所获得的收益来说，并不算数额巨大，也并不能让他真正实现财富自由，但对当下而言，已足够帮助他完成现阶段的几件人生大事了。况且，公司能否顺利上市还不一定，现在离场，也许正是最佳时机和最正确的选择。

然而，无论是从谢雨霏的话语里，还是依照他个人的判断，未来如果他加入芯传微，都不可能获得公司的任何股份，至多是一定数量的期权，虽然也能带来不小的利益回报，却无法提供足够的话语权。而且，他的话语权的来源也仅仅因为他是谢雨霏的男朋友，除非他们结婚生子，也就是与颜家缔结所谓的"血盟",否则连这样的话语权都无法保证。说到底,他不过是个打工者,是个随时可以被替换、被取代的外人。

乔劭旸抚摸着右臂。

这条胳膊曾被谢雨霏狠狠地拧过,那种疼,他心有余悸。谢雨霏看似柔弱,下手竟那么重、那么狠……还有她那么决绝地转身就走,没有丝毫留恋……如果去芯传微,万一哪天他们分手,他将如何自处?难道要看人脸色,仰人鼻息?那他要看的脸色可就太多了。

是不相信他们的爱情吗?乔劭旸深深地吸了一口气,不,只是他骨子里的傲气不允许他活得那么难受。这些想法或许都太极端,但他必须把所有风险都考虑到,都有所准备,至少是心理准备。

还有一点是他必须准备好的。进入芯传微之后,他将无可避免地需要面对温馨悦。据说,温馨悦在公司内部很有势力,虽然她不懂技术,但她很懂用人,并且以利益和情谊将那些人同她紧紧地捆绑在一起。

站在他和谢雨霏对面的就是这样一个利益共同体,他们人多势众,他们树大根深,纵使背后有颜宗白的支持,也不代表他和谢雨霏一定能够站稳脚跟。而一旦他们失利了,失败了,下场很可能就是被扫地出门。

如果他不离开掌芯科技,起码谢雨霏还有一条后路,一份保障。

但是,要让谢雨霏一个人去面对那样一群人,他心里更疼。

乔劭旸在办公室里来回地踱步。这些想法都是抛却感情因素不考虑。可怎么能不考虑感情因素呢?

任大任作为师兄,对他一直很照顾、提携,虽然有时也对他发脾气,暴风骤雨似的,让他感觉憋屈,但他了解任大任的为人,也理解任大任的处境和压力。创业,同样是只许成功,不许失败。

尤其目前公司正处于非常困难的时期,如果他离开,无异于撤梯子、跑路,无异于当叛徒。这样做,又将对公司造成怎样恶劣的影响?是雪上加霜,还是落井下石?他忍心这样对任大任,对他们一起亲手创立的掌芯科技吗?

这时，一个陌生号码打了进来。手机提示是骚扰电话，被十几个人标记过。乔劭旸按了拒绝，把号码拉黑了。

不一会儿，前台小姐姐来找他，说："乔总，门口有一个您的同城快递，需要您当面签收。"

一个风尘仆仆的快递小哥正在不耐烦地等着他，手里提着一个深蓝色的航空箱。

一声熟悉的猫叫，从航空箱里传出来。乔劭旸愣住了。

火柴在航空箱里，眼巴巴地望着他。

快递小哥一边摁电梯一边说："是一个小伙子发的闪送，姓关，关先生，没留名字。"

乔劭旸将航空箱抱回办公室，把迫不及待的火柴放了出来。火柴扑进他怀里的一刹那，仿佛也点亮了他的心。

火柴对新家感到陌生，有些胆怯。但当它重新见到猫爬柱后，马上撒欢儿似的认可了这里。也许在它心中，只要主人和玩具在，哪里都是它的家。

乔劭旸把父亲留给他的纪念也拿了出来。回北京后，这副扑克牌还没有打开过。他和这副牌不也是久别重逢吗？

每一张牌，都有父亲的指纹在上面。他一张牌一张牌地翻着，像拉住了父亲的手。没见到父亲最后一面，是他永远的痛。他每翻一张牌，这痛就加深一分。

他用这样的方式怀念着父亲，惩罚着自己。可翻着翻着，他却发现这副扑克牌有些奇怪。

牌正面的圆珠笔道道儿似乎不是胡乱画的。有些牌上画得简单，有些牌上画得很繁复，有些看上去则是规则的形状。乔劭旸将所有扑克牌正面朝上，在床上铺开。火柴也跳上床，看主人玩它从没见过的玩具。

乔劭旸渐渐看出了端倪，这些扑克牌上似乎画着什么，只是它们像拼图一样被打乱了，需要重新拼起。

他耐心地拼了起来。

手画的远不如印刷的容易辨认，他花了快一个小时才将拼图拼好。

一幅完整的画面呈现在眼前。在树木掩映、杂草丛生的山脚下，一个大人正领着一个小人儿朝一个山洞走去。

乔劭旸立刻就看懂了。

他去过那个山洞，他知道那个山洞在哪儿，而父亲真正留给他的，也一定就在那里。

乔劭旸久久没有动弹，火柴也乖乖地看着，没有捣乱。那个大人是父亲，那个小人儿是他吧？他的泪水再次夺眶而出，连挨父亲打都不掉一滴眼泪的他，原来竟如此不坚强。

乔劭旸将牌收了起来，又端详起陪伴父亲至生命最后一刻的那张照片。然后，像父亲一样，他手握着照片，睡着了。

梦里，他又回到了从前的那个家。那时的父母都还年轻，他们身旁的娃娃，小手也还握不稳牌。乔劭旸看不到自己，父母也看不到他。他焦急地大声喊着爸爸、妈妈，可耳边传来的却是清脆、稚嫩的童音——爸爸，轮到你出牌了！出呀，快出呀……

第四季
向自己致敬

一

束弘庚轻轻点了下鼠标，愉快地从公司全球会议系统下线了。

这次会议是新上任的 TADI 中国区总裁顾毓贤召集的，主要是为了宣示他要将 TADI 的中国区业务带上新高度的决心。当然还有新的布局和策略。

其中极为重要的一点，也是和束弘庚最密切相关的，就是 TADI 将全面调整中国区的产品价格策略。

前两年缺芯最严重的时候，一颗最普通的 TADI 芯片也能翻个十几二十倍的价格卖出，高端芯片的价格更是超过千元。虽说这两年价格早已回归了正常区间，但是比国产芯片还是要贵出不少。

从业这么多年的束弘庚，也经历过几次价格起落，每次起落都不影响下游厂商对 TADI 的 DSP 芯片趋之若鹜。然而，这次起落之后，束弘庚却明显感受到了不同。

很多国内客户都愿意给国产芯片厂商机会了，无论是将国产芯片作为原有产品项目的备选，还是新项目直接采用国产芯片，这股"国产替代"的劲头儿超出了所有人的预期。

站在销售一线直面客户的束弘庚，非常清晰地感受到了这股劲头儿带来的阻力——TADI 的 DSP 不好卖了，不是非你不可了。

他尽量以一己之力去抗衡这股阻力，要求销售和技术支持人员必须主动出击，不能再在办公室坐等客户上门。并且还要更加贴近客户，更关注客户诉求，而不是像从前一样自觉高人一等，甚至高高在上。

可是，这些努力在"国产替代"的大势面前却越来越力不从心。

束弘庚分析过，客户纷纷开始"国产替代"，一方面是由于国际大环境的因素，另一方面也是发现国产芯片真能用，还便宜。

每当有客户在他面前提起掌芯科技，束弘庚体内的肾上腺素就会飙升。没想到他那位老同学任大任的公司还真干起来了，这几年，几轮融资下来竟然成了国产 DSP 赛道的领头羊。

还有那讨厌的 RISC-V 架构。虽然依旧是 ARM 架构给 TADI 带来的压力更大，但 RISC-V 阵营不断壮大，总让束弘庚感到一种"小人得志"的意味。

楼下那棵白杨树在经历寒冬之后，又抽出了新的枝丫。他曾在那棵树下嘲讽过任大任，还给他起了个绰号叫"Mr. 树"。那棵树去年冬天曾被市政修剪过，砍掉了一些枝杈，但束弘庚仍嫌它碍眼，巴不得整棵树都被砍掉才解气。

开会之前，束弘庚正在阅读公司去年的财报。

TADI 管理层在财报中认为，由于中国通过政策与投资积极推动和重塑国内半导体产业，TADI 未来将会面临更加激烈的竞争。这些举措，再加上贸易紧张局势，将有可能限制 TADI 参与中国市场，或阻止有效竞争。

束弘庚不禁冷笑，这帮大洋对岸的"老爷们"现在才反应过来。这还多亏了他们当中终于有了一个真正的中国人。

顾毓贤的前任乔兵，也就是曾经的 TADI 中国区总裁，两个月前刚刚升任 TADI 全球销售与市场应用高级副总裁。这次中国区的价格调整，就是他给顾毓贤下达的指令。

指令很简短，也很明确：同型号的国产芯片多少钱给客户，TADI 就多少钱给客户——全跟！

束弘庚不由得心生佩服。还是中国人最了解中国人，了解中国市场。当年 TADI 中国区业务就是在乔兵的率领下取得了连年的大幅增长，销售额增长了近十一倍。乔兵也正是凭借这一点才雀屏中选，被拔擢到 TADI 公司的高位。而顾毓贤肯定也想复制乔兵的"奇迹"。

谁不想呢？

束弘庚也想，但他没想那么远。他现在只想换一间更大一些的办公室，比如中国区负责销售和应用的总经理。顾毓贤就是从这个位子升上去的。

如果再想远点儿，那就是有朝一日也能追随顾毓贤的脚步，到上海去，在上海那座新落成的 TADI 中国区总部大楼里工作。

束弘庚环顾这间已显狭小的办公室。他在这间办公室待得太久了，也该换一间更大的办公室了。他相信能够实现这个小目标。因为不久前，顾毓贤刚刚在朋友圈给他点过赞。这是顾毓贤升任中国区总裁之后第一次给人点赞，令束弘庚收获了许多艳羡。

这是他应得的，束弘庚认为，不管于公于私。因为他当年进入 TADI，面试他的人就是顾毓贤。

束弘庚来到窗边。窗台上又有新拉的鸟屎。人逢喜事精神爽，他不以为意。远处的东升大厦已显破旧。得意的微笑流过束弘庚的嘴角："价格战，你打得起吗？"

任大任直视着对面的祝一帆，思考着对方刚刚抛出的价码。

上午十点多的阳光和煦而温暖，祝一帆气定神闲地摇了摇大杯的摩卡星冰乐，惬意地喝下两口，目光悠然自得地飘向别处。

他看上去一点儿都不急于得到答复，甚至任大任能否满足他提出的条件都无所谓。

整个项目报价两千万，祝一帆将带领一支包括他在内的七人团队，在两年时间内完成两个系列共计七款 MCU 芯片的研发设计。当然，期权另算。这就是祝一帆向任大任提出的条件，有些狮子大开口，把任大任吓了一跳。

不过，他也的确有狮子大开口的资本。祝一帆北航硕士毕业，十五年以上的从业经验，先后在三家国际知名半导体公司工作过，在最后一家公司坐到了中国区产品线研发总监一级的职位。

单看履历就已经很漂亮了，更难得的是，他把 ARM 和 RISC-V 两种架构都吃得很透，这也是任大任最看重他的一点。在任大任的规划里，掌芯科技将来的 MCU 产品系列不光要有 RISC-V 架构，还要有 RISC-V+ARM 的新型双核架构。

这样的人才可遇而不可求，所以任大任早起专程开车到祝一帆家附近的星巴克和他见面。虽比不上三顾茅庐隆重，但也诚意满满。因此，祝一帆也开诚布公地告诉任大任，还有其他国内的芯片设计公司和他联系，开出的价码甚至比他的要价还优厚，规模也都比掌芯科技大。

任大任相信他讲这些不是为了抬价。像祝一帆这种咖位，如果不是老东家突然毫无预警地调整业务，解散了他所在的产品线部门，他也不会进入人力资源市场里流通。

一提起这个，祝一帆就气不打一处来。

他说，当天他们中国研发中心的领导给他们开了个会，宣布他们所在的这个产品线部门的研发工作将全部转移到印度。他们这些人总共十三个，可以有两种选择——要么去模拟产品线部门继续工作，要么拿着公司给的赔偿立马走人。

祝一帆说："其实这样就只有一种选择了，就是拿钱走人。"

因为从嵌入式到模拟跨度太大，先前的技术、经验完全用不上，去了也无事可做，早晚还是得离开。因此，大家都选择了离职。有些人自谋出路，找好了下家；另几个跟他关系铁的兄弟则愿多等他一阵子，如果有机会，大家还是乐意继续追随他，一起共事。

祝一帆指着窗外，说那条路上有家印度餐馆，从前他还觉得挺好吃，现在一看见就想吐。他说把研发转回美国都没这么让人窝火，去印度那种既缺电又缺路的地方搞集成电路算什么？这不是纯纯地侮辱人吗？

这个人还是挺有脾气的。这是任大任对祝一帆的判断。

牛人都有脾气，或者独特的个性。

纪程远个性就很独特，有时堪比"老嫂子"。所以准备引入祝一帆团队，任大任没让纪程远知道，只是提前跟邓肯、乔劭旸通了个气。他想先把生米煮成熟饭再说，就算纪程远到时候不同意，也改变不了什么。

未来，掌芯科技将 DSP 和 MCU 双管齐下，两条腿走路。DSP 市场还是太小，只做工业级产品起量太难。不管是从经营角度，还是从融资角度，扩大产品领域都势在必行。另外，他也想拿祝一帆平衡一下纪程远。鸡蛋不能都放在一只篮子里，也不能只有一只会下蛋的鸡。

然而，这么做就得下血本了。账上还有大几千万，虽然马上会有几笔融资款进账，可以勉强凑足一个亿，但是豪掷两千万还是需要不小的魄力与决心。而任大任在跟祝一帆会面之前，对对方开价如此之高一点儿心理准备都没有。

他必须当机立断，现场拍板。

他不可能对祝一帆说，他要回去考虑考虑，祝一帆也不可能给他考虑的时间。这么一说就表明没诚意，或者没实力。没实力谁还陪你玩儿？

好在这两千万不用一次性支付。虽然现在融资不易，公司也不赚钱，但在未来两年，再不济也还是会有其他钱进来，任大任坚信这一点。

他对祝一帆说："没问题，就按你说的。"

二

吕明正想不明白，一个他联系了很长时间，也一直联系得很好的客户，怎么就忽然对他变冷淡、变敷衍了呢？

这客户当初是主动找上门的，那会儿正缺芯缺得厉害。取得联系之后，吕明正给对方送了样片，对方测得很积极，经常主动询问一些问题。后来开始下单，走小批，虽然每个月就 1K~2K 的量，但一直很稳定，从没间断过。

春节之前，吕明正又给对方送了迭代之后的 F280036，对方当时答应得好好的，说过完春节一上班就测。可是等了快三个月，一直没有反馈测试结果。吕明正发微信询问，回复说还没测，活儿很多，实在忙不过来。

更重要的是，对方近两个月也没再下订单。

起初，吕明正以为是库存没用完，便没在意。可后面仍不见动静，他就觉出不对劲来了，于是和客户约拜访，约了几次，客户才同意见他。

这客户在保定，高铁半个多小时。吕明正一早出发，下高铁先吃了个早饭。高铁站附近的驴肉火烧不好吃，也不正宗，饼都不是圆的。

他九点左右到了客户那儿，赶上对方开会，开了一上午。

中午，吕明正请客户吃饭，吃的据说是正宗的直隶官府菜。

这家店颇气派，装修虽然有些过时，但用料扎实，很有老四星级酒店那感觉，菜也申请到了全国"非遗"，想必档次不输另一家入选了"轮胎榜单"的新式餐厅。

等上菜的工夫，吕明正问："孙工，你们最近怎么不下单了？是有什么变化吗？"

孙工是保定人，五十来岁，很直爽，他说："我们又用回TADI的方案了。TADI现在降价了，对标你们，你们啥价，他们啥价。我们领导说，那就还用TADI吧，客户也更愿意让我们用TADI。"

吕明正倒水的手没收住，柠檬水溢了出来。"什么时候降的价？"他惊讶地追问。

"就节后，没多久。"孙工说，"他们销售主动上门，还带着FAE，我们研发一把手亲自见的。"

剔透的玻璃水壶里青柠荡漾，吕明正呵呵一笑："你们不怕将来再断供吗？"

孙工也笑道："将来再说将来。实在不行，不是还有你们吗？"

吕明正笑不出来了。煮熟的客户都能整飞，TADI这手够绝。

"孙工，您看能不能我们和TADI两家的方案一起用？"

孙工摇头说："不可能俩方案，我们就这么大量，TADI现在不缺货，要用就全用TADI了，不可能再分一部分用你们。"

吕明正无望地点点头。

这时，孙工却讲起当初缺芯的时候，TADI是如何牛掰，如何不把他们当回事儿。讲到气处，那极具本地特色的脏话便从嘴里飘了出来。

"从前哪儿见得着 TADI 的 FAE 啊?"孙工又飙出一句脏话,"有问题都是让我们上官网论坛问,给我们在线解答。解答不了也不派人,让我们自己试。那意思就好像,能用就用,用不了是你们废物,跟他们无关!"

"都这么不把你们当人了,你们还用?"吕明正喝了一口水,讽刺地说。

"领导说让用,我们有啥辙?好在方案都是现成的,不用调。"孙工说,"论服务,TADI 确实不如你们。当初你带着 FAE 来,你们那 FAE 就坐那儿一行代码一行代码地过,调完软件调硬件,真是从来没见过像你们公司这么认真负责的。我当时就跟我们领导说,这家靠谱儿,将来肯定能成!"

上菜了,服务员先端来了"鸡里蹦"和"总督豆腐"。吕明正招呼孙工赶快动筷子。然而,"鸡里蹦"更像是面酱味儿更冲的"宫保鸡丁",还吃出了料酒味儿,"总督豆腐"虽然用的是日本豆腐但却一股子鱼豆腐味儿,吕明正不禁皱了皱眉。

孙工却没挑,还说这家菜味道不错,是老保定人的首选。

"TADI 能降价,还不是因为国产芯片起来了?要不是有你们,他们还想怎么卖就怎么卖呢!"孙工是个实在人,超出他能力的他做不到,但在他能力范围内的,他还是有自己的坚持的,"0036 我肯定会测,没问题我就做方案。别看现在又用 TADI 了,早晚还得换回来,还得用国产!"

这种口头保证意义不大,但吕明正还是满心感谢。

不一会儿,服务员又端来了"李鸿章大烩菜"。原来就是海鲜大乱炖,什么鲍鱼、海参、蹄筋、鳖,怪不得那么贵。

"这菜大补!"孙工笑着说。

吕明正夹了根蹄筋。蹄筋软烂入味儿,却不失嚼劲,这才让点了这道超标菜的他稍感慰藉。

服务员的服务也非常不错,甚至让吕明正有了要收服务费的错觉。最后上桌的"荷香泡饭"都没动筷子。吕明正让孙工打包。孙工没打,还抢着把账结了。

吕明正说这是招待费,他能报销。孙工说:"没事儿,我也能报。"

在高铁站，吕明正又买了半打不正宗的驴肉火烧带回北京。出这趟差，连吃到的驴肉都让他失望，唯一的收获就是获得了TADI开始打"价格战"的情报。

这非同小可。

孙工他们这种体量的客户要是都用回TADI，那些体量更大、出货量也更大的客户能不用吗？

吕明正急于向邓肯汇报，下了高铁，拎着驴肉火烧直奔公司。

正碰见邓肯下楼买咖啡，对他说："你去我办公室等我，我马上上来。"不一会儿，邓肯喝着一杯提着一杯回来了，他给吕明正带了焦糖拿铁。吕明正捧着咖啡，迅速地喝了一口，有点儿齁。

他迫不及待地汇报了在客户那儿听到的消息。

"华南和华东也降价了吗？"邓肯被这个消息呛到了。

"那不知道。"吕明正说，"要降应该全国都降吧？只华北降没意义。"

邓肯紧皱眉头，立即给路通和丁惠民打电话求证。两人都说没听说。邓肯让他们立刻去打听、确认。

"不管TADI降不降，咱们都该干吗还干吗。"邓肯给吕明正吃了定心丸，"咱们对标的虽然是TADI，但真正的竞争对手其实是像艾希微这样的国内厂商。当两个人都被狼追的时候，你不需要跑得比狼快，你只要跑得比另一个人快就行。"

乍一听，吕明正也觉得有道理。可他转念一想，如果狼追上第一个人之后又继续追第二个人，怎么办？他想问邓肯，但忍住了。

此刻，邓肯正满心焦躁。吕明正回来之前，他刚和投资人开完会。这家投资人的问题都比较刁钻，有些甚至不留情面。如果是从前，邓肯早就不好好搭理了。然而，今时不同往日。

上一轮融资虽然已经完成，但融资规模远不及预期，必须抓紧再融一轮，钱才够花。可现在的融资环境比遍地是钱的前两年差多了，不仅市场上钱少了，投资半导体赛道的人更少。所以，不管什么来路，只要是个投资人，就不能浪费，就得好好伺候。

邓肯的眉头越皱越紧，伺候了一下午投资人，吕明正又带来这样惊人的一个坏消息。

以他的判断，TADI 在华南和华东不降价的可能性几乎为零。他喂给吕明正的定心丸，对他自己来说是无效药，因为他知道，TADI 这匹狼不是在后面追，而是在前面堵，并且是堵在必经之路上。这时候，作为猎物，谁跑得快反而谁先遇见狼，要想活下去，就必须真刀真枪地跟狼干一仗。

他想好了说辞，才去找任大任。

而此刻，任大任也有一个坏消息要告诉他。

"祝一帆反悔了！"任大任气恼地说，"上次都谈好了，两千万加期权，来公司以后作为独立项目组直接对我负责。结果刚才打电话，又说不来了。"

"说原因了吗？"邓肯吃惊地问。

"说了，跟没说一样。肯定是去其他家了！"

"去哪儿？"

"我哪儿知道？"任大任没好气地说，"肯定是有人出价更高，把他半路截和了。"

"你不是说他不在乎钱吗？"邓肯随口一问，并没有嘲讽的意思。

任大任把手里的签字笔往桌上一拍，说："这种话你也信？只要钱够多，没人不在乎钱。"

"你不就信了嘛。"邓肯心里想着。嘴上安慰道："没来也好，省了两千万。要是纯靠砸钱，咱也砸不起，也没必要。"

"我以为 done deal（成交）了。当时他信誓旦旦地说，他更看重发展空间和成长性，还跟我讲了一大堆他来之后的设想、规划。"任大任还是很懊丧。

"当时肯定是想来。保不齐又是被哪个互联网大厂撬走了。"

"果动科技？"任大任 PTSD（创伤后应激障碍）似的脱口而出。

"嗯……有可能。"

"他妈的！"

邓肯对这个消息并没有那么失望。

虽然他也很想做MCU，但账上就那些钱，真的拍两千万出去，他也肉疼。何况后续各种流片还是一笔巨大的费用，在没有开源之前，他更倾向于节流。

"告诉你个更坏的消息吧，你可能就不那么生气了。"邓肯把吕明正带回来的"情报"一五一十地讲了。

任大任果然没心思生气了。

"要真那样……"他发起愁来，"要不咱们也降价？"

"TADI如果继续降呢？"

任大任不吭声了。

邓肯说："我们可以把利润空间让出去，不赚钱，甚至亏钱，但价格不是关键，因为工业领域的客户对价格不敏感，贵两块钱便宜两块钱对他们来说意义不大。主要还是现在不缺芯了，TADI又做了这么个'礼贤下士'的姿态，所以客户才都回头了。"

他又讲起下午和投资人的对话内容："他们已经不看重'国产替代'这个概念了，因为中低端市场已经替代得差不多了，高端市场讲'国产替代'也没用。客户不管你是不是国产，只看重你的产品性能和技术实力，所以咱们对外也不能再提'国产替代'，就强调性能，强调技术指标。"

任大任思量着，屏保上的画面不停地变换。他忽然说："老纪告诉我，说改版之后，242的ADC采样率和稳定性已经和TADI大致相当了。"

邓肯对这则"插播"的好消息无动于衷，而是继续说："这轮融资估计比上一轮更难。投资人说得很直白，市场现在正在洗牌，会有一大批芯片初创企业出局。看数据也是如此，去年破产和注销的企业数量已经上万了，想继续靠融资活下去，肯定越来越困难。"

"肯定是啊，连TADI的日子都不好过了。"任大任也感慨地说，"我看TADI的财报，他们去年连续三个季度营收下降都在10%以上，全年营收虽然比预期高,但是同比也降了 8%。"

"不光半导体,投资圈的日子也不好过,这是全球性的。"邓肯担忧地说,"现在 VC(风险投资)、PE(私募股权投资)整体募资困难,不少都开始回购退出了,为了给 LP 还钱。有的甚至干脆把募资款还给 LP,直接关门大吉。"

任大任表情凝重,他也在担心邓肯所担心的事情。

"所以,省下两千万,真不一定是坏事儿。"邓肯说。

"但是,两千万够干什么?"

纪程远正坐在办公室里生闷气。

前几天中午吃饭,他从鲁彬华口中得知一个惊人的消息:公司要从外部引入一支专门做 MCU 的研发团队,而且,这支团队虽然归属于芯片研发中心,但直接对任大任负责,不归纪程远管!

纪程远问他怎么知道的。

鲁彬华说,那个团队里有他的一个大学同学,找他打听公司情况。那个同学说,是任大任亲自谈的,整个团队打包价两千万,而且,团队里的每一个人都有期权。

鲁彬华很不平衡地说:"我都没有期权。"

纪程远虽然有期权,但心里更不平衡,凭什么给一个外人出价这么高?那个人比他还值钱吗?

他压了压怒火,先问了自己几个为什么:为什么要找新团队?难道只是为了研发吗?为什么不和自己商量,甚至都不提前告知一声?为什么任大任对他跟从前不一样了?是什么原因造成的?

好几次纪程远都发现,公司有什么事情都是任大任、邓肯、乔劭旸一起商量,似乎有意背着他。当然,这样做无可厚非,因为他们三个人是联创,是股东。可当初任大任找他来也曾许诺过,在适当的时候会给他股份,让他也成为股东。然而,等他来了之后,这话就不提了,即便他一问再问,任大任都一推再推。

纪程远感觉自己被欺骗了,任大任利用了他们之间的友谊和信任。二十多年的交情啊!

连着好几天生闷气,都快吃乌鸡白凤丸了。

今天,忽然又听说那个团队反悔了,不来了。这可把纪程远高兴坏了,狠狠打了个响嗝儿,将连日来的恶气全都吐了出来。

"为什么不来了?"他问鲁彬华。

鲁彬华也不清楚,说估计是有人出高价。下家他就更不知道了,他的同学说现在太敏感,过段时间再告诉他。

但这都无所谓,已经足够了。

鲁彬华也觉得很幸灾乐祸,所以在得到消息之后,才第一时间跑来向纪程远报喜。

这件事让纪程远更有底气——有底气爆发了。

"想两条腿走路?对不起,你现在只能靠我这一条腿蹦跶!"

最近刚刚改版了 F28242 的 ADC,不光把采样率和稳定性提升到了 TADI 的同等水平,还顺带修复了一个通道切换的 bug。

原本可以在纪程远的功劳簿上又记上一笔。可这一笔没记多久就被划掉了,因为旧 bug 虽然解决了,却又引入了新 bug。

"当 ADC 间歇工作的时候,result(结果)寄存器切换延迟,导致向错误的 result 寄存器中写入结果。"这是软件中心反馈的测试结果。

纪程远吃了一惊,立刻感到懊恼,火气重新高燃起来。

产品项目部召集会议讨论解决方案,纪程远也不派人参加,新来的产品项目经理找他也没用。

乔劭旸的部门只能自己想辙,通过使用一个 timer(定时器)和一个 SCON(串行口控制寄存器)让 ADC 一直工作的办法,才把这个 bug 规避掉。

任大任不得不专门来找纪程远。

"有事儿吗？我正忙着呢。"纪程远冷着脸，毫不客气地说。

"没事儿，就是过来看看。晚上有空儿一起吃饭吗？"

"我减肥，晚上不吃。"

"你也不肥啊。"任大任打量着他。

"你可肥了。"他也打量着任大任。

任大任尴尬地笑了笑，显然，"压力胖"的他被这句话戳到了。

"最近是不是有什么不痛快的事儿？看你火气挺大的。"

"是挺不痛快的，本来以为有人要来替我分担工作，结果又不来了。"纪程远靠到椅背上，似笑非笑地盯着任大任。

"嗯……"任大任的脸色似乎暗了一下。

纪程远穷追不舍地说："你不是想从外面找人做MCU吗？自带团队，两千万加期权，还直接向你负责。"

"你误会了。"任大任斟酌着说，"是有这么回事儿，但不是你想的那样。"

"那是什么样？"纪程远抱起手臂。

任大任酝酿了一下才说："公司一直有做MCU的规划，正好有猎头推荐，说有个人很合适，还有团队，所以让我先接触一下，聊聊看有没有机会合作。"

"那你怎么不提前说？"

"八字还没一撇呢，我提前说什么？"

"是想等八字有一撇呢，还是等生米煮成熟饭呢？邓肯和乔劭旸事先知道吗？你跟他俩说了吧？"

"肯定得和他俩商量啊。这么大一笔支出，必须得到董事会同意，所以我需要先和他俩达成一致。"

纪程远忽然坐直身体，盯着他的眼睛，说："好孩子都不会撒谎，你还跟小时候一样。"

三

春节一过，乔劭旸就开始连续出差。

任大任让他把全国的主要客户都跑一遍，听听每一家客户的诉求，想想怎样从技术支持角度促进销售。

乔劭旸很听话，从上海开始，老老实实地把华东、华中、华南、西南市场跑了个遍，之后又拜访了几家华北的重要客户。

刚回到北京，重庆一家客户又联系他，反映编译器不好使，想让他再去一趟。

乔劭旸答应下来，安排贺超替他去给客户优化编译器。

他疲惫地靠在椅背上，刷了几下抖音。情人节档期上映的新片《别离别》票房爆火，相关消息依然占领着短视频。

他退出抖音，给表哥丛小帅发了一条微信。

晚上，在北京饭店诺金作家酒吧，颜瑞麒终于见到了他仰慕已久的导演丛小帅。

"哥，你得减肥了。"乔劭旸对丛小帅说。

丛小帅的母亲年轻时嫁到了外地，所以兄弟俩不是一起长大，但寒暑假丛小帅总来姥姥、姥爷家过，乔劭旸也总被送去大姨家住，因此两人相当亲近。

"已婚男人的幸福你不懂。"丛小帅"敬爱"地看了一眼苏恬，对乔劭旸说，"每次我拍戏都得胖个二三十斤，因为你嫂子生怕我在外面吃不好、睡不好，所以隔三岔五来探班，把饮食起居给我安排得明明白白，比在家都规律。"

"你很委屈是吗？"苏恬拿起一块餐前面包，慢条斯理地抹着黄油。

丛小帅赶忙说："不委屈不委屈，很享受，要不然《别离别》能那么成功吗？"

谢雨霏眼中有些羡慕，有些失落。

丛小帅是导演，苏恬是编剧和制片人，举案齐眉、琴瑟和鸣在现实中看到了样子。

颜瑞麒虽然年纪不大，家世也很好，但一点儿富二代的毛病都没有，很快便颇得丛小帅和苏恬的喜欢。

丛小帅说，颜瑞麒跟他年轻时很像。

乔劭旸作证似的说："这话不假，我哥年轻的时候也是'美貌与智慧并重，英雄与侠义的化身'。"

"现在就剩'重'了。"丛小帅哈哈大笑，然后对颜瑞麒说，《别离别》还要拍第二部，计划明年情人节档期上映，里面有一个新角色比较适合他。

颜瑞麒立刻站起身，想要敬酒，虽然手里端的是一杯气泡水。

丛小帅又对乔劭旸说："前阵子有人给我推荐了一个小说，是写半导体芯片的，写得很好，但是专业知识我不了解，回头你帮忙参谋参谋。"

谢雨霏忽然说："发给我吧，哥，我帮你看。我也是专业人士。"

最后一笔融资款终于入账，宣告了上一轮融资正式结束。

财务要去做工商变更，拿着材料来找任大任签字、盖章。

听说紧接着还要再做一轮融资，财务大姐忍不住嘟囔了一句："那今年得工商变更两次了。"

任大任知道她是嫌麻烦，他也嫌麻烦。如果一次就能融来足够的资金，谁愿意费两回事？何况上一轮融资的最后一笔款拖了将近两个月才打过来，下一轮融资更没着落。

投资方虽然见了不少，但都是见了就见了，一个投钱的都没有。看来情况真像邓肯说的那样，不管VC还是PE都没钱了。即便有，钱包也捂得紧紧的，连跟投都怕栽跟头，更别说还像从前那样到处大撒币了。

好在还有一个坚定的支持者——老柴，柴火旺。

老柴的父母都是普通农民，因为算命先生说老柴五行缺火又喜火，于是给他起名叫柴火旺。小时候不觉得，等从大山里走出来，老柴才发觉自己的名字很土。所以工作以后，老柴更乐意别人叫他 Roth。

他曾经犹豫了很长一段时间，想要改名字。可渐渐地放弃了这个念头，甚至年纪越大越喜欢别人管他叫火旺，或者旺哥。因为名字改起来麻烦，另外，他的人生至今一直很顺，他怕改名之后坏了运势。

任大任的父母都是知识分子，没给他算过命，所以他不了解自己的五行、八字。但老柴跟他一定八字很合，五行也不相冲，当初他们一见如故，一直合作顺利，相处愉快。

老柴前段时间买了一辆会原地转圈的国产新能源汽车，这次开来了。

他让任大任试驾。任大任羡慕地摸着方向盘，将挡把推到了 D 挡。他把车开出去跑了一圈，然后尝试了一下传说中的原地掉头。

任大任也想像老柴那样，买车跟买玩具似的，但他还没赚到钱，更没给老柴赚到钱，甚至还需要老柴继续给他兜底投钱。

老柴这次来就是商量融资的。如果找不到合适的投资方，这轮就由他来领投，再发动几家现有的股东增资，甚至用他名下的其他投资主体跟投也行。不过，那样就太难看了，再往后融资肯定会更难。

老柴说："这只是万不得已的解决方案，为的是让你心里有底，把产能爬坡和融资不景气交织在一起的困难时期挺过去。"

任大任感动地说："公司这么难，你还不离不弃……"

老柴一挥手，说："我投的不只是公司，更是人。"

"我前阵子也想投资'人'来着，结果被放了鸽子。"任大任把联系祝一帆团队的事儿讲了一遍。

老柴认真地听着，问他："你知道祝一帆去哪儿了吗？"

"去哪儿了？"

"芯传微，颜宗白那儿。他们新成立了 RISC-V 业务部门，是他的女儿在负责。"

任大任呆住了。

他不是没想过祝一帆被颜宗白截走,只是当这种可能成为现实时,他有点儿接受不了。

尤其还是效力于谢雨霏,做的还是 RISC-V。

谁做 RISC-V,任大任都没意见,唯独芯传微。他甚至曾把谢雨霏当成了自己人。

"颜宗白的女儿,从前是不是在你这儿干过?"老柴打断了他的思绪。

"她是石老师的研究生,算我师妹,但是我一直都不知道她是颜宗白的女儿。"任大任无力地点点头。

"你没做背调吗?"

"做背调也查不出来。"

老柴叹了口气,说:"这不是养虎为患嘛,还放虎归山。现在人家掉过头来咬你了,你是不是准备以身饲虎啊?"

任大任沉默,许久才问:"你是怎么知道她是颜宗白女儿的?"

"那姑娘我从前在你这儿见过啊!前阵子我在一个酒会上见着她和她爸了。"

是的,谢雨霏的确有让人过目不忘的容颜。

任大任说:"核心的东西她接触不到,她也不敢把这边的技术拿到自家公司去用。"

"但是人家敢抢你的人啊!一点儿情面都不讲,对你这儿还一清二楚。"老柴流露出无奈的表情,"你了解人家的情况吗?信息不对称还怎么竞争?她要再干点儿别的,比如挖你几个人,你防得住吗?"

任大任忽然想起谢雨霏曾经向他保证,绝不做伤害他、伤害公司的事。如今看来,她言而无信了。

"我是真的太容易相信人了吗?"任大任难过地想。

乔劭旸也保证过,绝不会把公司今后的任何事告诉谢雨霏。但是,他真能做到吗?他真能一直做到吗?如果他们将来成为夫妻……他们才是更亲更近的人啊……

下午，任大任把乔劭旸叫到办公室。

乔劭旸先汇报了近期的工作。任大任安静地听完，然后问道："你跟雨霏最近怎么样？"

乔劭旸愣了一下，说："挺好的。平时都特忙，偶尔晚上见一面，或者周末，有时候一两个星期都见不到。"

"你知道她那儿招新人了吗？"

"不知道。招谁了？"

任大任盯着乔劭旸的眼睛："祝一帆。"

乔劭旸缓缓瞪大了双眸。

是发自内心的惊讶。如果乔劭旸能有这样的演技，那他能被评为奥斯卡影帝了。可谁敢保证，他不是奥斯卡级的影帝呢？

乔劭旸似乎意识到什么，忙说："雨霏没告诉过我，我真的不知道！她离开公司之后，我就没跟她讲过公司的任何事，她也不会和我讲芯传微的情况——这是我们之间的默契。"

"你们俩能永远这样吗？将来要是结婚了……"

终于，那无可回避的可能性硬邦邦地摆在了两人面前。

这多少有些令人尴尬，因为答案不言而喻。也正因为不言而喻，任大任一直刻意不去思考这个问题。

"你先忙去吧，回头再说。"任大任好像有点儿后悔，不再看他，拿起了手边的文件夹。

乔劭旸没有动，他抿着嘴唇，有些艰难地说："我还是退出吧。"

任大任的表情凝固了。

乔劭旸涨红了脸，说："我知道我和雨霏的关系让你为难了……芯传微现在也开始做 RISC-V，跟咱们的竞争关系越来越强。如果我和雨霏结婚，你肯定更难向其他董事和股东们交代。与其那样，不如我现在主动离开。这个时间点刚刚好。"

他像个做错事的孩子："其实，这个问题我已经考虑了很久，也纠结了很久，两边都是我放不下的……但是现在看来，是必须选择了。如果将来我和雨霏的关系跟公司发生更严重的利益冲突，我担心会连累你。现在这个时间点，刚刚好。"

任大任默默地放下手里的文件夹，不知该如何答复。

同意吗？乔劭旸如果退出，不仅会带来巨大的技术损失，还会使人心浮动。尤其在这融资的艰困时期，无论对员工，还是对股东和投资人，都不是一件容易解释的事。

不同意吗？既找不到两全其美的办法，又找不到更好的理由反驳。

任大任感到后脑勺一阵阵抽痛，他重复了一遍刚才的话："你先忙去吧，回头再说。"

站在楼下，点了几次烟都没点着，车来车往，乔劭旸空洞地望着。

他并没有感觉到丝毫解脱。决定是一瞬间做出的，但退出的想法已在他心中盘桓许久。

任大任会怎样考虑他退出的决定？会把他当成"跑路"的叛徒吗？公司正是艰难的时刻，此时退出，虽然有充分的理由，却也显得不够光彩。

但的确是任大任给了他开口的机会。如果让他主动，不知要等到什么时候。

也不得不离开了。在任大任问他祝一帆一事的那一刻，他就知道，任大任对他的信任已经不复存在。

乔劭旸深深地呼出一口气。

他问心无愧。谢雨霏遵守了他们之间的约定，没有将祝一帆的事告诉他。

但祝一帆究竟是不是被芯传微截和的？他需要知道。

乔劭旸从叮咚买菜上买了"无抗"黄牛肉、鲜活海鲈鱼和冰鲜海蛎子，还有黄瓜、菠菜、鸡毛菜和奶白菜。

谢雨霏最近说胃口不好，想吃他做的饭。

在谢雨霏到来之前,他准备好了四菜一汤:青瓜炒牛肉、清蒸海鲈鱼、素炒鸡毛菜、豆豉奶白菜,还有一个菠菜海蛎子汤。这些菜清淡可口,也是谢雨霏爱吃的。

但此刻,她对这些也没了胃口,怏怏地坐在餐桌前。

"是不是太累了?"乔劭旸问。

谢雨霏伸出双手,撒娇地让他抱一会儿。

"我后妈不是管财务嘛,她把我报的研发预算砍掉了三分之一。"

"什么理由?"

"说预算太高,项目分配也不合理。她就是想拿预算卡我,不给我支持,不让我把工作干成。"

"你爸怎么说?"

"他让我把预算再优化一下。"

难怪这么累,原来是没有得到父亲的支持。

乔劭旸没有进一步打听细节,而是问道:"你们最近是不是新招了一个研发团队?"

"你听谁说的?"

"师哥下午问我来着,问我知不知道。"

"你怎么说?"

"我当然说不知道了。我也确实不知道。"

谢雨霏连忙解释:"你不是说咱俩不谈公事嘛,所以我才没告诉你。"

乔劭旸沉吟了一下说:"祝一帆本来已经跟师哥谈好了,没想到又去了你那儿。"

谢雨霏惊讶地从他怀里抬起头:"这我不知道,我很早就和祝一帆在联系了。师哥是怀疑你?"

"可能吧。但我跟他说了,我和你之间不谈论两家公司的事。"

"他相信吗?"

乔劭旸没说话。

谢雨霏也沉默了。

"吃饭吧,都凉了。"乔劭旸说。

"我有件事……要告诉你。"谢雨霏脸上浮现出忧虑,但很快又被喜悦遮蔽,"我怀孕了……"

乔劭旸愣住了。

"发什么呆呀?我怀孕了!"

"是真的吗?"泪水一下子涌满了眼眶,乔劭旸竟然哽咽了。

"当然是真的!我测了两次!"

乔劭旸说不出话来,哭和笑争抢着他的脸。

谢雨霏抹去他眼角的泪,对他说:"这是天意……"

乔劭旸紧紧搂住她:"告诉你爸妈了吗?"

"还没有,我想让你第一个知道。"谢雨霏叹了口气,"我也没想好怎么和我爸说。咱俩还没结婚;另外,我刚进公司,才把新业务挑起来,什么都还没干呢,就怀孕了。我怕我后妈拿这当借口,不让我继续干了。"

"那怎么办?孩子不要了?"乔劭旸紧张地问。

"怎么可能!"谢雨霏瞬间激动起来,"那是我的孩子!我们的孩子!"

乔劭旸忍不住笑了,像个好丈夫一样,柔声对妻子说:"我也有件事,要告诉你。"

四

月末的营销会议上,各地的销售们都不约而同地抱怨起 TADI 的降价策略。

TADI 这么一降价,原本都快小批的客户又全都不急于"国产化"或者"国产替代"了。

路通和丁惠民作为华南和华东两地的区域负责人,吐槽得最厉害。

主要的客户群体都在华南和华东，所谓的大客户也基本都在这两地，他们身上背负的销售压力最大，TADI降价对他们影响也最大。

在TADI降价之前，这两个区域就已经步履维艰。倒不是销售们不努力，而是这两个区域的客户要么太实际、要么太挑剔，对国产芯片的接受度本来就不高，对掌芯科技这种成立还不满五年的新公司更不感冒，如果不是销售们不辞辛劳、软磨硬泡地拜访、送样，客户可能连测都不会测。所以，经常是开会的时候一说都有进展，但一问都没业绩，搞得这两地的销售也很郁闷。

相对而言，市场规模较小、资源配置也更少的华北区域反而一直总有出货。虽然规模不大，每笔订单都是每月几百几千片的量，但起码证明了公司的产品有人在用，而且能用。

吕明正作为华北市场唯一的销售人员，也应和了其他区域销售的说法。他说TADI降价的确杀伤力巨大，给他的工作也带来了不小的麻烦。

邓肯问他："为什么你这儿一直都能有订单？订单为什么一直都不断？"

吕明正很实诚地说："我的客户很多都是国企、央企，或者有国资背景，要么就是做政府项目的，所以对'国产化'有硬性要求，手里必须都得有全国产化的解决方案。"

他的回答很谦虚，只强调了客观的有利条件，故意忽略了他个人在其中起到的重要作用。

其实，北方市场也有北方市场的难处，难度并不比南方市场小。比如，北方市场使用的大多还是TADI很老的型号，有的型号使用了十几年还在用，不像南方市场更欢迎TADI新型号的产品。所以，在北方市场只能推广与TADI老型号相对应的产品，面对的客户也更保守，TADI的地位更难撼动。

虽然有"国产化"要求，但为了保证交期，也为了规避风险，很多北方客户还是优先使用TADI。所以，"国产化"只是吕明正的敲门砖，当他把门敲开之后，靠的就是真本事去搞定客户了。

他就是有这样的真本事。

总能跟客户聊到点子上,听客户讲三五句就能抓住痛点,给客户的感觉也很专业。客户都以为他是半导体相关专业毕业的,但实际上他大学读的是旅游管理。

吕明正的专业源于自学。一方面是读书本、看视频,另一方面是请教身边的技术人员,甚至请教客户。他从客户A学到的知识,可能会迅速转化成在客户B面前的专业展示。

曾经有一家客户,吕明正自己联系的"窗口"不太好沟通,他便通过代理联系上了这家公司的大老板。

当时,这家公司对TADI芯片高频时钟的高频干扰不太满意,正好上一家客户给吕明正讲起过这个,于是他便把听来的内容,连同掌芯科技对此所作的改进,给对方讲了一遍。那老板听后,对吕明正很信服,直接安排负责的人跟他对接。

后来,这家公司的采购主管说:"要不是我们老板压着,我是真不敢用你们家东西。说实话,你们公司成立时间太短,我都害怕今天用了你们,明天你们公司就不在了。"

这些事儿,吕明正没有对公司任何人讲过,所以很多人,包括任大任在内,都认为他有业绩纯粹是运气好。

尤其路通,从前跟吕明正抢客户有过不愉快,所以在会上听吕明正说这些,就嚷嚷着,自己的客户如果也这样他就不至于这么难了。

"要不你俩换换?你做华北,他做华南?"邓肯问路通。

路通不吭声了。

吕明正也并不否认自己运气好,因为很多客户确实是自己找上门的。他之前拜访过的一家青岛客户,这几天忽然来找他,问他下周有没有时间,说要带着技术总监来跟他谈一个重要项目。

他向邓肯汇报,问邓肯要不要见一下。邓肯说下周出差,让他去问乔劭旸有没有时间。

吕明正又去找乔劭旸。乔劭旸前阵子拜访北方客户,都是吕明正陪他去的,所以他们的关系比从前近了很多。

可这次,乔劭旸似乎不太热心,说要请示一下任总,看让不让他对接。

吕明正有些摸不着头脑。

而更让他惊奇的是,任大任居然要亲自见,而且,不带乔劭旸。

本来是不打算同意乔劭旸离开的。

不可控因素太多了。

即使执行竞业禁止条款,也难以阻止乔劭旸为芯传微效力。

而且,乔劭旸离开,肯定要变现他手里的股份。转股又得一大笔钱,如果没人接,那这笔钱就得从公司账上出。

任大任犹豫着。

一起白手起家的兄弟要另攀高枝,被背叛的酸楚多日来一直壅塞在他胸口……

会见的客户是国内点焊机行业的龙头。

对方听说能见到大老板,很是开心,说这个项目也是他们大老板亲自抓的。

最近几年,点焊机市场受到制造业和建筑业快速发展的拉动,加上国产点焊机本身的技术进步和品质提升,市场份额不断扩大。

任大任还是坚信,要想成为龙头,就必须跟龙头共舞。

对方的技术总监也说,他们为了降低成本、扩大销量,也在不断把核心零部件替换成国产。

但是,对方提出具体需求——不是采购现有型号,而是要定制一款符合他们要求的新产品。

这一下勾起了任大任的惨痛回忆。

当初,迪威乐普也是要搞定制,结果投入不少人力、财力、物力,到头来却竹篮打水一场空。从那之后,任大任对"客户定制"深恶痛绝。

他的态度也变得不那么热情了,问:"你们能要多大量?"

之前和吕明正联系的那名采购回答说:"初步规划是一年200K,如果市场接受度高,后续还会增产。"

技术总监看着任大任的脸色,说:"我们做这个项目,是为了替代生产线上的熟练工人,因为很多焊接工作,还在用人手完成。有些人手艺好,有些人手艺不好。手艺好的可能会离职,或者一些岁数大的老师傅退休了,手艺也跟着带走了。所以,我们老板就想,能不能用机器替代人。这个项目在他脑子里想了很多年,也搞了很多年,用过不少芯片,包括TADI,但都不行。后来听吕经理说,你们不光芯片是自主研发,连处理器核都是自研。国内自研处理器核的公司凤毛麟角。你们都能自研处理器核了,加几条指令,定制一下芯片,对你们来说肯定更不在话下!"

任大任沉吟着说:"其实,你们的想法还可以通过其他方式实现,比如在flash里划出来一块,放你们的IP;或者把你们的IP也做成单芯片,跟我们的芯片封装在一起。"

技术总监笑着点点头,但仍坚持道:"我们之所以想在die上面加入我们的IP,把它做成一颗芯片,主要是为了提高竞争对手抄袭我们的技术门槛,至少在一定时期内保证我们独家领先。而且,咱们两家这样绑定在一起,你们就是我们的长期供应商了,我们也不会再换其他家。"

公司现在急需订单,如果长期合作,出货量还是比较可观的。任大任不再坚持用软件或者封装的方式满足对方要求,而是提议,由对方先期提供研发费用来做这件事。

技术总监顿时为难了,他们还是倾向于把产品先做出来,然后再下单。

任大任有些不耐烦。

这时微信提示音响起来,他站起身,走出会议室。

纪程远正等在会议室门口,说又有芯片要ECO。

任大任顿时拧住了眉头:"怎么又ECO?光在ECO上花了多少钱了?"

纪程远淡淡地说:"原子操作有问题,能不ECO吗?你要说不ECO,那就不ECO,大不了出了问题给客户赔钱呗。"

"有问题不也是你设计的吗?"

"你傻了?016怎么是我设计的?"

任大任这才反应过来,F28016是邝斌设计的。

又是邝斌,那个讨厌的人!

纪程远忽然说:"我认识个投资人,你什么时候见下?"

任大任狐疑地望着他:"设计芯片还不够你忙活吗?怎么又掺和起融资来了?"

"你以为我愿意掺和?"纪程远不屑地说,"这人你也认识。"

许愿了好久说请正宗日料的纪程远,终于要破费一次,亲自做东请任大任和投资人吃饭了。

那个传说中的日料店在三元桥附近一条道路的把口处,出了路口向右拐,就是机场高速辅路。很隐蔽,没熟人带真不容易找到。

那位"必须见"的投资人一点儿时间观念都没有,任大任无聊地刷起手机。

一个半导体公众号给他推了条新闻,新闻配图赫然是智云科技上市敲钟的照片。照片里,焦鸿炼志得意满,紧挨着他的,竟然是迪威乐普酒会上见过的那个Ruby!

两个人真的在一起了,不知是以什么名分。果然有企图心的人成功率更高。任大任忽然对"正宗日料"没了胃口。

纪程远也看见了那条新闻,嘴巴张得比青蛙还大,不由得感叹:"邓肯当时就说这姑娘有手段,还真是!"

又过了十来分钟,纪程远收到微信,投资人告诉他路上堵车,再有五分钟就到了。

几声"空帮哇(晚上好)"里,一个风姿绰约的女子走进来。

任大任放下了手机。

杨晓寒……

一别二十余载，今日竟在这种场景下相见。

从前那个扎马尾、穿校服的花季少女不见了，眼前的杨晓寒，沉着、干练又不失性感。即使这么热的天，穿的也是胳膊腿儿都短一截的职业套装，及肩短发，发梢上卷，紧贴着她靥然而笑的脸。

杨晓寒毫不生疏地跟任大任打招呼，一点儿距离感都没有，仿佛他们昨天还坐在高中教室里上课。

她在两人对面坐定，抱歉地说让他们久等了，说她下午去国贸CBD公干，跟客户聊得比较久，路上又赶上了晚高峰。

纪程远大方地让两人点餐，任大任这才回过神来。

他们都对纪程远如此大方感到不适。

任大任说："还是你点吧，我下手没轻重。"

杨晓寒抿嘴一笑。

此时，那种前所未有的拘谨才离开任大任的身体。

高中毕业后，三人便分道扬镳了。杨晓寒到广州读大学，又去香港读研，毕业后就留港工作定居了。去年年底，她被公司外派到上海。

"钱随势走，人随钱走。"她如此解释自己的工作变动。

"那你老公、孩子呢？也去上海了吗？"任大任吃了一口海胆，并没有想象中的甜与鲜。

"她没老公，哪儿来的孩子？"纪程远吃完海胆，搛起旁边的素面。

杨晓寒大方一笑，说："我单身。"

"单身是什么意思？是有男朋友还是没男朋友啊？"纪程远刨根问底。

杨晓寒没说话。

芥末膏的形状有些怪异，纪程远浇上一点儿酱油，然后夹了片赤贝狠狠地蘸了下去。

才入口就被芥末钻了鼻子。纪程远两手死死把住桌案，使劲扬头，好半天才缓过劲儿来,鼻音浓重地吼了声"爽"。

从前他就爱出洋相逗大家笑,现在已经年近不惑,却丝毫不曾改变。

杨晓寒变了吗?短暂的接触还给不了答案。那我呢?还是曾经的样子吗?任大任咽了口清酒,像酒精兑水。

高中时,上晚自习之前,三人经常围在一张桌上吃饭。那时,纪程远和杨晓寒还处于暧昧期,上了大学才谈恋爱。现在看来,他俩已经从彼此的"初恋"进化成"闺密"了。

杨晓寒问起任大任公司的情况。

这可能才是这次相见的主要目的吧?任大任相信,纪程远已经把能透的底都透了,所以他直截了当地说,新一轮融资遇到了困难,还赶上一个联合创始人退出。

乔劭旸转股的资金还没有着落,他正在为这笔钱由谁出而发愁。

谁出钱,股份就归谁。乔劭旸的股份不低,最好是有新的投资人接手。

但现在融资这么困难,新一轮的投资方还没找到,又去哪儿找老股的"接盘侠"?

在这个时间点,转让老股和出让新股是矛盾的,如果有合适的投资方,任大任肯定更希望钱能进入公司账户。

还有一个办法,就是转股给既有股东,但任大任私下里问了个遍,没有一家股东愿意接手,包括柴火旺。

老柴说他拿不出更多资金,现有资金还得留着兜底。

他埋怨任大任,谢雨霏还是把掌芯科技的人带走了吧?这个时候,联合创始人退出,几乎无异于釜底抽薪。

任大任沮丧地说,人各有志,强扭的瓜不甜。

"那人是他师弟。"纪程远嘲笑道。

杨晓寒不置可否,而是问起公司目前估值多少,要转让的股份有多少。

"你能帮忙收了吗?"任大任开玩笑地说。

"如果合适的话。"杨晓寒嘴角现出梨涡,眼里也有波光闪动。

任大任愣了一下，说："你了解半导体芯片赛道吗？"

"我工作的这家 FA（财务顾问机构）在业内很有名，参与促成的许多融资交易在半导体芯片领域，还有新能源、新材料、高端制造等领域，都有不少成功案例。某些甚至还是轰动一时的 super deal（超级交易）。"

纪程远不断地插嘴、帮腔，推波助澜。杨晓寒也不打断他，两人仍如高中参加辩论赛时那样配合默契。

如果不讲普通话，这时的杨晓寒就是一个地道的"香港人"。

语言风格、思维逻辑、遣词造句，无一不体现这一点。甚至她说话时的辅助动作和表情管理，都时刻提醒任大任，不能仅把她当作"老同学"来看待。

"It's not personal, it's business."（这不是个人的事儿，这是生意。）任大任的耳畔响起《教父》中的一句台词。

杨晓寒继续说："不只转股，新一轮融资我也可以参与，包括未来去港股甚至其他国家上市，我都有资源帮忙搞定。"

如果那样……任大任还是情不自禁地憧憬起来。清酒虽然度数低，却比白酒更容易上头。这些天来的苦闷、为难、茫然、无助，仿佛忽然间得到了释放。

"你的格局要打开，不能太个人英雄主义。你得让晓寒帮你。在资本运作这方面，晓寒绝对比你专业，你那点儿人脉在她面前根本不算什么！要是有她帮你，你现在融资绝对不会这么难。看你一天天愁的，你不就怕资金链断了吗？找你做个 ECO 你都舍不得。让她帮你融资，你就有钱了，她肯定能帮你成功上市！"纪程远絮絮叨叨，像个"老嫂子"。清酒在他脸上的作用力更明显，两只眼周都红殷殷的。

"那是心疼钱的事儿吗？"任大任为自己辩解，"现在就一颗016能卖，要是也ECO去了，业绩从哪儿出？没业绩怎么做下一轮融资？"

他转头盯着杨晓寒，问："你能帮我找到投资吗？"

杨晓寒看着他俩，没有回答。

任大任接着说:"原子操作问题是偶发现象,又不是每一颗芯片、每一个客户都会遇到。"

"你不能有侥幸心理。用出问题了,客户不找你打官司?"

"我没说不解决,我已经让销售停止送样和发货了。"任大任依然嘴硬,但气势已弱。

纪程远露出胜利者的笑容,再次给自己斟满酒。

回到家里,任大任躺在床上,翻来覆去。忽然后悔在杨晓寒面前说得太多了,尤其不该让她知道公司正面临着出货少、出货难的窘境。

可这瞒得住吗?纪程远那张嘴……但原子操作的问题既然发现了,就不能不解决。

那就真连一颗能出货的芯片都没了……

"怎么魂不守舍的?"妻子也没睡着,小声地问。

"酒喝多了。"任大任在黑夜中怔怔地睁着双眼。

五

第二天,杨晓寒联系任大任,问他下午在不在,她要来公司看看。

任大任想了想,便回复说"欢迎"。

一般投资方都会要求到公司实地考察一番,目的是确认公司是不是真的在办公地点办公,另外也看一看公司人员的工作状态。那些见多识广的职业投资人一打眼,便能看透一家公司业务到底忙不忙,是真忙还是装忙。这方面,杨晓寒肯定也是行家。

今早酒醒,任大任又清醒地琢磨了一下杨晓寒昨晚画的饼。

依然很诱人。

杨晓寒说她回去会出一套整体的IPO方案,从接下来的每轮融资到最终上市，包括每一步具体如何走，以及都会引入和适配怎样的外部资源。

但代价是什么？任大任不禁问自己。杨晓寒的公司以及她个人肯定都要从中赚取不菲的佣金，她所代表的那些投资机构肯定也要从上市当中高额获利。这似乎是一个多赢、共赢的合作机会。

那纪程远呢？他这么热心，仅仅是因为他和杨晓寒的特殊关系吗，还是他真的心系公司发展？他又能从中得到什么呢？有乔劭旸的事情在前，任大任不得不多花些心思琢磨这些。

这让他对下午的会面保持了应有的警惕。

不知昨晚杨晓寒和纪程远是否又有其他交流。再次相见，杨晓寒显得更加自信。剪裁合体的莫兰迪粉色套装很衬她的肤色和气质，也令下午这趟拜访既显得正式，又不失愉快、轻松。

从来没有这么名媛味儿十足的投资人来公司拜访过，小伙子们的眼睛都快粘到杨晓寒身上了，不少女生也对她指手画脚、窃窃私语。并不是说从前的投资方不够高级，但就人员素质而言，确实没有过杨晓寒这么光鲜亮丽的。即便是 Inletam 的投资人员，当初也不过背个双肩包，一身户外装。

任大任亲自到门口迎接，将杨晓寒领入办公室。

他特意让人去找纪程远，但纪程远有事外出了。

杨晓寒掏出纤薄的苹果笔记本，让任大任坐到她身边来。高中时，都是任大任给她讲题，这回却换成她给任大任讲融资、讲上市。

有关上市的内容，他从前也听一些券商讲过，但都没有杨晓寒讲得细、讲得透，也没有她视野宽广、考虑周全。不愧是香港过来的，她的水准体现了老牌金融中心的水准。

不知不觉间，任大任对她越来越信服，也越来越渴望和她除了老同学之外，还能有伙伴关系。

"这份协议你找时间看一下。"杨晓寒将《融资财务顾问服务协议》的文档打开，告诉他，"如果没有问题，你签字、盖章之后快递给我就可以了。"

任大任简单过了一遍，说："你发给我，我现在就签。"

"不需要法务审核吗？"杨晓寒眸子里光芒一闪，略显惊讶。

"不需要。"任大任说。

不一会儿，行政人员就拿着打印好的协议走进来。

待一切处理完毕，任大任将协议交给杨晓寒。

杨晓寒装起协议，合上电脑。她并未起身，而是说："一直都在听我讲，你也讲讲自己吧。"

"我……"任大任竟然一时语塞，不知该从何讲起、讲些什么。

"随便讲嘛，"杨晓寒鼓励地望着他，"都二十年没见了，应该有许多可以讲的呀。"

昨天晚上其实已经讲过很多了。

但都是有关他们三人的，而此刻，只有他和杨晓寒两个人了。

任大任将思绪拉回到二十年前。

共同的记忆是从那时断掉的，就从那时接起吧。

他讲起考上清华以后，大学以来这一路的经历，尤其是创业这些年遭遇的种种。

杨晓寒始终静静地看着他，仿佛在他的人生经历和生命体验中寻找着什么，又好像是一个久久不愿离开游乐场的小姑娘。

"你家里人怎么样？"讲述告一段落，杨晓寒问道。

"都挺好。"任大任笑了笑，没有多说。

杨晓寒站起身，再次环顾了一下办公室，她忽然问："那天下午你为什么没来？"

终于还是问到了这个，仿佛回到了原点。

高考结束后不久的某一天，杨晓寒曾约任大任一起去福利院做义工，但任大任爽约了。事后，杨晓寒再也没有和他联系过，任大任原以为，她并不在意。

"当时，纪程远很在乎你……就我和你去，我觉得不太合适。"

良久，杨晓寒轻叹一声："也许当初我没去香港，现在就不会还是一个人了。"

虽然转股仍未最终敲定,但乔劭旸已经决定,从下周一开始就不来上班了。

并不是他对任大任有什么意见,而是为了避嫌。

毕竟,他很快就不是这个公司的人了,也免得再无意接触到一些不能被竞争对手得知的信息。

可上星期,他带着贺超熬夜加班、亲手搞出来的 IDE 又发现了新问题。据客户反映,IDE 的 OpenOCD(开源片上调试器)似乎有 bug,因为如果不用内部晶振而用外部晶振,就捕捉不到时序,进而给出错误数值。

乔劭旸不想在离开之前留下遗憾,这几天便一直盯着贺超抓紧解决这个问题。

今天上午,终于彻底解决。经客户确认 OK,乔劭旸才放下心来。

还剩一个下午就将彻底告别,他格外珍惜最后这半天时间,要站好最后一班岗。

公司毕竟也是他参与创立的,从最初的一个想法,到租了研究所里一间仓库开始软硬件研发。那时整个团队才七个人,但感觉却像一个人,真的是心往一处想、劲儿往一处使。再到后来从研究所里出来,租了写字楼,公司人数也一路从十几人到几十人再到上百人。不断有人来,也不断有人走,但乔劭旸无论如何都没想过,有朝一日,他也会成为这些"过客"当中的一个。

人很难决定自己的命运,总是身不由己,甚至心不由己。

如果不是谢雨霏,他大概率不会离开公司。可爱上她、和她在一起,不也是命中注定吗?

乔劭旸敲开任大任的办公室,向他告别。

任大任似乎客气了很多,也疏离了很多,他说:"转股还要再等等,还没谈定。"

"不着急,师哥。"乔劭旸赶忙说,生怕任大任误会自己是来催他的。

"东西都收拾好了？"

"收拾好了。这几天陆续在收拾，最后还有一点儿，我今天随身带走。"

任大任点点头，闭上了嘴巴。

乔劭旸本想说几句感谢的话，但终究什么也没说，气氛安静得令人尴尬。

"师哥，您忙吧，我走了。"

没有回应。

握住门把手，即将开门之际，任大任忽然在身后大声对他说："再见面就是对手了！"

乔劭旸回头。

有明亮的点滴正在任大任的眼中闪烁。

"不，您永远都是我师哥！"乔劭旸说。

任大任垂下头，点了点头，又摇了摇头。

"再见。"他终于又昂起头，对乔劭旸说。

谢雨霏的工位给了新来的一个小伙子，他是个"高达迷"，把工位布置得跟谢雨霏那时迥然相异。

一切终将物是人非，包括乔劭旸自己的办公室。

接下来，这个房间将会交给谁？又会变成什么样子？他打量四周，从前觉得小，此时却只有空。原来装了那么多东西，除去扔掉的、带走的，还剩几件要分别送人的，全部都是回忆。也全都将离他而去。

付昊这时来找他。

一见这空荡荡的屋子，付昊立刻咧嘴哭了。

前些天，他们已经一起醉过一场，也一起哭过一场了。乔劭旸请软件中心的兄弟姐妹吃饭，他挨个儿敬酒，每个人也都挨个儿敬了他。

这敬意是发自真心的，乔劭旸无论何时都相信。没有人舍得他离开。

虽然不少人挨过他责骂，但责之深与爱之切在这些人身上是成正比的。

所以他们对乔劭旸的依赖、依恋、依依不舍，全都浓缩在酒里，酒也变得更浓更醉人。

乔劭旸感觉自己值了。面对这些老部下，他没有透露自己今后的去向，他也暗暗发誓，不从公司带走任何人。但是，如果将来他混得不错，如果有兄弟姐妹走投无路，他还是愿意敞开大门，接纳他们。

当然，他并不希望那一天真的发生。

他希望公司和所有人都能有美好的明天。

"明天就见不到您啦？"付昊吸着鼻涕问。虽然明天是周六，但他还得来加班。

"你要来找我撸串儿就能见到。"乔劭旸微笑着安慰他。

付昊认真地想了一下，说："明晚上得给我女朋友过生日。以后吧，我有空儿就去骚扰您！"

这憨小子一点儿都不见外，这也是乔劭旸喜欢他的地方，所以将一个水晶球摆件送给他留作纪念。

付昊问："这水晶球有魔力吗？"

"有，想看啥就能看着啥。"

"那我回家偷偷看去。"付昊冲他挤挤眼，然后说也要给他看个东西。

付昊搜到一个抖音直播间，点了进去。

画面刚切入，一长串久违而又熟悉的咯咯大笑便响彻房间。

"惊不惊喜？意不意外？"付昊乐哈哈地问。

乔劭旸瞪大眼睛，盯着手机——姚乐萌正在直播间里卖烧饼！

她一边吃，一边播，刚刚烤制出来的香酥烧饼直接端上来，像她那极具特色的笑声一样干脆，引得网友们不断在公屏上刷"饿了，饿了"。

"您不知道，萌姐现在老火了！"付昊说，"我昨晚往我抖音号上传视频，抖音不知道咋的就推给我了。要不我都不知道她在干这个，真把我给惊着了，等她一下播我就赶紧给她打了电话。"

"她怎么样？"乔劭旸急切地问。虽已很长时间没有联系，但他对姚乐萌依然很关心。

"老好了！她现在在老家创业呢，卖他们村儿的特产烧饼，都已经有卖榨菜的上市公司找她带货了！"付昊充满艳羡，"她卖烧饼比咱卖芯片都赚钱！我将来要是没饭吃，就跟她一起做直播去！"

"你去吧，适合你。"乔劭旸笑着说，他的双眼并未离开手机屏幕。

有网友说，看她吃，听她笑，特别解压。乔劭旸忽然感到从未有过的释然。过去需要治愈的姚乐萌，如今也能治愈别人了，在离开公司前看到这些，他真的一点儿遗憾都没留下。

回到上海不久，杨晓寒就发来两份转股协议。

然而，这两份协议出价都比定价低很多。

任大任皱起了眉头，别说乔劭旸不会答应，连他都不会同意。如果接受以如此低的价格转股，不仅会影响新一轮融资的估值和规模，还会令老股东们感到不满。

杨晓寒承认，这两份协议确实不够好，但她说现在行情如此，一级市场普遍对投资半导体芯片非常谨慎，这已经是短时间内能够找到的最高出价。

也许对杨晓寒期待值过高了。任大任有些失望，可也没办法苛求，毕竟她做这些不仅仅是为了赚钱，也是为了帮忙。

"你别着急，还有一家对转股有意向，才刚刚接触，有进展我会第一时间告诉你。"杨晓寒又留下一线希望。

几天后，一份新的转股协议摆到任大任面前。这份协议比较前两份要丰厚很多很多，出价居然是定价的一点五倍！

但是，接受这份转股协议的同时，必须再签署一份对赌协议。

关键在于那份对赌协议。根据协议内容，出资方要求掌芯科技从协议签署之日起五年内必须完成二级市场IPO，如果IPO失败，掌芯科技则要对出资方进行补偿。

补偿方式有两种：一种是补偿现金，即掌芯科技以转股协议金额的三倍进行补偿；另一种是股权补偿，即掌芯科技将与转股协议同等份额的股权无偿转让给出资方。

任大任反复掂量着这份对赌协议，感觉又沉重又烫手。

因对赌失败而损失惨重甚至失去公司控制权的案例并不鲜见，好些叱咤风云的商界大佬都栽在了对赌协议上。

这份对赌协议当然无法与那些相提并论，但对掌芯科技这种级别的公司来说，挖的坑已经足够深、足够大，并且还是两个。

一旦对赌失败，如果选择以股权方式补偿，那么将会大幅降低任大任的持股比例，严重削弱他对公司的控制力。虽然可以通过投资关系、协议或者其他安排来继续成为公司的实际控制人，但任大任并没有信心说服其他股东配合他这样做。

而如果选择以现金方式进行补偿，那么无疑将使公司背上一笔巨额债务。届时如果IPO失败，想必公司资金状况也不会太好，这笔补偿款从哪儿来？到最后，可能还是要通过出让股权的方式来筹资，这样就又陷入以股权方式进行补偿的困境之中了。

实在是头疼，甚至连血压都升高了。

任大任到楼下药店量了量血压，高低压都已超过正常值。

他在路边站了一会儿，努力呼吸新鲜空气，放松精神，让缺氧的大脑和紧绷的神经解除警报，可警报依旧在响。

关键并不在于以哪种方式进行补偿，而在于五年之内能否成功上市。坦白讲，任大任没有信心，甚至说一点儿信心都没有。如果三年前问他这个问题，他一定回答得信心十足，因为那会儿正是他最春风得意的时候。

然而，随着市场大环境的急剧改变，尤其是芯片设计研发进入深水区，种种问题不断暴露、爆发，他的信心也正被一点点蚕食，曾经的豪情和锐气几乎消磨殆尽。

按电梯的时候，任大任收回了手，他缓慢地、一步一步地爬上楼。

邓肯握着对赌协议，犹豫了半天，斟酌着说："咱不能自己给自己挖坑。"

他的意思是，不能签对赌协议。

但坑似乎已经挖好了，从答应乔劭旸退出那一刻起。

如果不签这份对赌协议，短期内又没有其他合适的下家接盘，那就只能使用账上的资金来完成股权回购。但是，公司将因此失去一大笔钱，在前景充满不确定性的时刻，没有什么比现金流更重要。

任大任把对赌协议放回办公桌上，依然凝视着。

"劭旸要退出不是你能掌控的。"邓肯安慰他，"谢雨霏是颜宗白的女儿，这谁都没想到。她如果姓颜，当初她进公司时没准儿咱们还会怀疑。我回头又仔细观察了下，谢雨霏跟她爸长得真像，就是因为她不姓颜，大家才都没往那方面想。"

"她为什么不姓颜？"任大任无力地说，这个问题在他心里存了很久。

"这我还真问过，"邓肯说，"劭旸告诉我，谢雨霏父母在她很小的时候就离婚了，她随她妈姓。"

所以她不是故意的，任大任略感安慰地想。

"劭旸是什么时候和她好上的？是知道她是颜宗白女儿之前还是之后？"

"这我哪儿知道？"邓肯说，"但是他俩好了应该挺长时间了。很早之前我不就对你说，劭旸对谢雨霏有意思吗？"

一不小心聊跑偏了，邓肯赶紧扯回正题："我建议找老柴商量商量，听听他什么意见。其实，下轮融资如果能续上，就没太大问题。"

"万一续不上呢？"

"续不上，那咱就啥都别干了。"邓肯两手一摊。

老柴的意见也是不要签对赌协议，否则公司今后将承担巨大风险。

任大任直截了当地问："你是不是也认为公司很难在五年之内上市？"

"我从不做乐观的预期。"老柴说。

五年之内能上市都成乐观预期了……

任大任很受打击，不得不放弃那份赌注巨大的转股协议，也放弃了继续寻找"接盘侠"的努力。

只能靠自己了，这是无奈之举，也是"两害相权"后的理性选择。

理性吗？这难道不也是在赌吗？赌能继续融到资，赌账上的钱能撑到融资入账的那一天。

对于不接受那份转股协议，杨晓寒感到不可思议。

"五年内上市，都没有信心吗？"她问任大任。

任大任回答，他从不做乐观的预期。

然而，无论是作为老同学，还是作为一名职业FA，杨晓寒都建议他再等一等，先别急于完成转股。

可任大任等不下去了。

回购完乔劲旸的股权，公司账上少了一大笔钱，看着触目惊心，一想就心惊肉跳。

"找钱"的任务变得更加紧迫。从前找投资方，任大任总是精心挑选，后来没的挑没的选，他起码也要问一下对方有没有投资过半导体芯片。

可是现在，半导体赛道上的投资人一个个谨小慎微，找他们也融不到钱。与其继续求爷爷告奶奶，索性不找了。只要肯投钱，管他专不专业，没准儿不专业反而更好"忽悠"呢！

前两天，又有其他FA推荐来一家"不专业"的投资方，任大任立刻就同意见面了。

初次接触，原本不需要任大任出马，可对方说投资都是他们老板亲自谈，所以这边也得老板出面才对等。

对方从前是搞房地产的，据他自己说，更早之前还搞过煤、买过矿。他对自己的发家史十分得意，说他每一步都踩在了风口上。

任大任心想："这一步你踩晚了啊，半导体风口已经过了。"

这位佘姓老板肯定会"读心术",他接着说,虽然现在都认为半导体风口已经过了,但是他认为恰恰相反,真正的风口还没来。

佘老板操着浓重的冀东口音说:"你看近几年流行过的这些概念,什么 AR/VR、比特币、元宇宙,还有现在正流行的人工智能,哪个一出来不说自己是技术革命,是颠覆全人类的划时代技术?可到头来,一个个黄花菜凉了,只有它们背后卖芯片的一直在赚钱!"

关于这个问题,连任大任这个"内行人"都没仔细琢磨过,今天竟从一个比自己大二三十岁的"外行"嘴里说出来。甭管对不对,就冲这股通透劲儿,已令他顿开茅塞,心生服气,不敢再轻视对方。

佘老板大大咧咧地问:"你们芯片多少钱一颗啊?"

任大任很实在地说,贵的上百,便宜的两块。

"才两块钱?"佘老板惊讶地张大嘴,露出镶嵌在犬齿部位的金牙。

"量大还能更便宜。"任大任说。

他指的是当初给迪威乐普定制的那颗 F280040。虽然迪威乐普毁约了,但他还是让纪程远在原有基础上做了改版,尤其是加上了 USB 2.0 的接口,作为 MCU 去跟不断压榨"性价比"的同行们卷。

原以为"懂行"的佘老板会赞美他成本控制做得厉害,没想到对方兜头一盆冷水泼了过来:"你们这东西也不值钱啊!我也聊过其他做芯片的,人家一颗能卖到几百上千。"

任大任的脸腾地红了。

说他的芯片"不值钱",就是嫌他做的东西不高级、太低端——踩风口的脚竟然直接踩到了他脸上。

他克制住情绪,很有涵养地解释说:"行业不一样,有的芯片虽然贵,但不是所有领域都适合。我们做的工业和消费级市场,客户还是更看重性价比,因为用量都很大。"

"那你们出货量有多大?"佘老板马上问。

这个问题问得比竹竿子捅小肚子还让人难受,刚刚被狠狠 diss 的那一下还没缓过来呢。

任大任忍气吞声地说:"现在给客户主要还是送样,让客户测,有一些客户测完已经小批量试产了。但是整体上,我们的产能和出货都还在爬坡,还要等客户……"

佘老板直接打断他,问道:"你们上半年出了多少货?"

任大任咬咬牙,给出了一个令他自己都汗颜的数字。

"小批的客户有几家?"

"十家左右。"

"那也没多少啊!"佘老板忽然咧嘴笑了,"卖这么便宜还没人用,那不就是东西不行吗?"

任大任终于忍无可忍,正言厉色说:"我不认为我们的东西不行,更不认为我们的东西低端!芯片不能以价钱论高低,价钱高就好、价钱低就不好!我们一颗两块钱的 MCU 还能带 USB 2.0,老外做得到吗?做不到!你能说这两块钱的芯片不好吗?价格如果不卷这么低,国内那些做小商品的上哪儿找这么便宜、这么好用的芯片去?这不也相当于我们变相把中国制造的品质垫高了吗?所以我们的东西哪儿不行?你可以不投,但你不能侮辱我们!"

可以想象,屏幕后面每一张惊呆的脸,邓肯在一旁尴尬得都想切断视频连线了。

佘老板却一点儿也不生气,安抚道:"别生气别生气,这么激动干吗?我就那么一说,没别的意思,你误会啦!"

虽然对方表达了歉意,但会谈的良好气氛已经没有了,线上会议草草结束。

这时,吕明正敲门进来,看到任大任满脸黑煞,愣了一下。

在邓肯的示意下,他汇报了工作。但是任大任始终心不在焉,即便听说上次那位点焊机客户同意先交付研发费用了,他也没太大反应。

走出会议室，吕明正感觉很受伤。

他从未主动找任大任汇报过工作，这是头一回。

一方面是他想在老板面前好好表现一下，另一方面也是这件事儿的确让人高兴，已经失去希望的点焊机合作被他捞了回来，他几乎生出一种力挽狂澜的豪气。

上次任大任中途退出会议，对方技术总监很不痛快。吕明正一边替他找补，一边赔不是。技术总监终于答应回去跟老板汇报一下，但也明确表示，别抱太大希望。

几天后，技术总监给吕明正的答复也的确不乐观，对方老板认为先支付研发费用不靠谱——就是对掌芯科技的技术实力不信任，对这家成立才几年的新公司也不信任。

吕明正和其他销售不同的一点是，他从不轻易放弃客户，更不会单纯以"量"衡量客户。

如果单纯看"量"，这家点焊机客户的量并不算大，属于食之有些肉、弃之也不太可惜的那种。但吕明正看重的是，它在点焊机行业的龙头地位。

邓肯总说要跟龙头混，尤其是能"垄断"市场的龙头。除非这个行业本身不行了、消失了，否则只要龙头在，订单就会在，主打的就是一个稳定。

吕明正深以为然。

他专门跑了一趟青岛，把上次来京的采购和技术总监约出来喝酒，第二天又去公司拜访。

技术总监带他见到老板，吕明正凭借他的"真本事"说服了老板，同意先测一测芯片试试，再决定要不要继续合作。

对方要测的是 F280060。

吕明正回来一问，F280060 虽然流片已经完成，但是还没测试完。

他去找跟封测厂对接的同事协调，问能不能先回来一小批。但是封测厂说："你们每回都催，每回都加急，把我们的工作节奏都打乱了。我们整天就围着你们转，不做别的客户了是吧？"

吕明正只好去向邓肯求助。

生产运营已经不归邓肯管了,他思索片刻,还是亲自出面,让生产运营部门从封测厂快封回来二十颗 F280060。

吕明正充满感激,邓肯拍拍他的肩膀,说:"公司应该感谢你这样敬业的销售人员。"

他立刻安排发货,给客户送样。客户收到之后,以最快的速度测了,联系他说,需要派人过去指导。

吕明正又马不停蹄地去找韩颖川,请求他派 FAE 过去协助。然而韩颖川说,FAE 都在外出差,无人可派。

无奈,他只好又去向乔劭旸求助。

乔劭旸和邓肯一样,对他充满欣赏,立刻命令韩颖川临时从另一家客户那儿调来狄敬宇,协助他。

吕明正和狄敬宇一起在青岛待了一个星期,才把客户使用上的所有问题解决完毕。

很快,客户反馈说对 F280060 很满意,但他们还想测一下 F28242,因为 F28242 性能更强大。

吕明正说:"我们 242 还没回来呢。"

对方疑惑地问道:"那为什么官网挂出来了?"

吕明正上官网一看,F28242 赫然在列。他急忙去问市场部,市场部说,听说 F28242 下个月就能流完片,所以就先上网了,也是为了帮助公司融资,给投资人看。

吕明正跟客户解释了一番。客户表示很理解,说没关系,可以先处理商务问题,让他先报个价。

他找产品经理商议,产品经理专门成立了项目组,把芯片设计、生产运营的同事也拉进了群,一起开了好几次会,终于把报价定了下来。

吕明正将报价发给客户。过了几天,客户回复说,问题不大,但是要等 F28242 测完之后再签合同,因为他们想在 F28242 的基础上做改版。

一想到等合同签了，就是一笔两千多万的订单，吕明正很是欣慰。

这不仅给公司赚了钱，也给自己正了名——证明了华北市场和他吕明正的重要性。

邓肯让他向老板汇报一下，这个时候，任大任正需要这样的好消息。

可是，任大任的态度给他浇了一盆冷水。

吕明正站在会议室外，眼前像过电影一样回放着最近的忙碌。他长长地叹了一口气，既沮丧又彷徨。

会议室里，任大任依然无力地坐着。

他并没有轻视吕明正的付出，而是因为合同还没签，谁知道后面会不会有变数？万一 F28242 再有问题呢？

他被"坑"怕了，这么多芯片设计出来，哪个不是掉坑里又从坑里爬出来？

芯片设计这条路就是这样坑坑洼洼，想做出一款真正能够量产的芯片，何止是不容易，简直太难了。

六

在公司三季度的销售会议上，束弘庚成了最亮眼的明星。

他的部门对公司的降价策略执行得最彻底，业绩也最出众。从一季度末开始，直接拉了一根"大阳线"，在过去的两个季度中不仅屡屡收复失地，还不断攻城略地，依稀重现了 TADI 当年在中国市场势如破竹的风光景象。

束弘庚很得意，他就是要让所有人看看。不光公司里的竞争对手，还有任大任，你们不是觉得比我强吗？那咱就比一比！

会后，他被顶头上司叫到了办公室。

公司最近有传闻，说这位顶头上司很快就要升迁到上海去了，那他空出来的位子……束弘庚忍不住浮想联翩，所以一进上司办公室，他就不由得四下打量。

上司先是将他表扬了一番，让他再接再厉，争取四季度再来一拨儿大幅攀升，那今年的销售冠军就非他莫属了。然后……上司没说"然后"，但引人遐想。

束弘庚表忠心地说，他一定奋战到底，不给竞争对手任何喘息机会！

上司很满意，紧接着又给他布置了一项艰难的任务——裁员。

"因为你们部门业绩最好，所以在我的极力争取下，公司才同意你们部门只裁一个。一个都不裁也不行，这是总部下来的命令，全球都在裁，都得执行。"说到这儿，上司还像发奖励似的告诉束弘庚，"本来可以让HR直接来办，但是考虑到对你的尊重，还是决定交给你做，裁谁你来定，你看怎么样？"

"我看不怎么样！"束弘庚心里想。

这相当于扔给他一个烫手山芋，他还得捧着，并对这番"好意"千恩万谢。

束弘庚衔命而去之后，拖了一个星期都没定，直到HR来电话催他。

他有选择困难症，当年同时跟三个女生交往，他就一直纠结到底把谁扶正。他这一星期一直都在物色人选，但是看谁都舍不得，对谁都下不去手，直到最后不得不做决定了，他才挑出一个成本最低的准备动手。

那个叫小明的男孩进入公司也快三年了，但按资历排他是最浅的，所以裁起来最便宜。何况他的业绩也最少，这样的人放在任何公司都是裁员的首选。

但恰恰束弘庚又很喜欢这男孩，人长得体面，仪表堂堂，很有他年轻时的风姿。

跟他不同的是，小明很专一，上大学时谈了女朋友，到现在已经七年了，却一点儿都没"痒"，而且快要领证结婚了。

小明很爱跟束弘庚讲自己的事儿，俨然把他当成了大哥。

前几天，他还告诉束弘庚，他准备买房了。束弘庚问他在哪儿买。他说了一个束弘庚从未听说过的地名，但强调出了小区就是地铁站，上下班很方便。

现在要亲手裁掉小明，束弘庚真是于心不忍。

他并没有简单粗暴地直接通知，而是把小明叫到办公室，和颜悦色地聊了会儿天。

最近公司裁员裁得人心惶惶，其他部门都有人走了，只有束弘庚的部门还没动静。大家都在猜到底谁会遭殃，也有那胆子大的私下里找他打听，但他对外说的是——没接到通知。

小明一走进办公室，就显得很局促，任他怎么聊天，都缓解不了那种肉眼可见的紧张。

束弘庚暗暗叹了口气，终于说出裁员的消息，小明顿时一脸颓丧，说："我刚把首付交了……"

这样优秀的年轻人，即将展开美好生活的画卷，却遭到命运无情的打击。束弘庚很同情他，也为他感到难过。

然而，束弘庚并不后悔自己的决定。裁掉还没有结婚的员工，远比裁掉上有老下有小的员工要仁慈些。小明比其他人还有一个巨大的优势，就是年轻。这足以让他承受得起这次打击，因为他还来得及重新开始，甚至能够凭借在TADI三年的工作履历，再找到一份薪水更高的工作。

束弘庚也会帮他推荐，如果他需要的话。

所以，束弘庚心平气和地说："现在全球经济不景气，不光咱们这儿裁人，美国总部也裁人，整个半导体行业都在裁人，这就是现实。"

"为什么是我啊？"小明依然感到委屈，"把我裁了又省不了多少成本，起码用我比用其他人便宜。"

束弘庚无奈地笑了笑："裁谁不裁谁都是公司的决定，公司肯定有公司的考虑。别说是你，就算换成我，公司通知我离职，我也得无条件服从。我们都是打工人，没有跟公司讨价还价的资本，也没有讨价还价的余地。"

"那我就申请劳动仲裁！"小明很不服气地说。

"赌这种气,又何必呢?"束弘庚又叹了一口气,继续劝导他,"你可以申请劳动仲裁,但仲裁期间你拿不到任何赔偿,也没法找新工作,整套程序走下来,起码一年半载。这一年半载,公司撑得住,你撑得住吗?到底谁吃亏?"

小明不说话了。

他并没有被说服,他一定是在权衡利弊。

让他权衡吧,束弘庚并不着急。耐心是他对这孩子最后的仁慈,也不枉这孩子把他当大哥一场。

束弘庚无聊地扫视自己的办公室。有些东西该扔了,将来换新办公室,肯定要买新的。还有那不隔音的玻璃墙,讲话稍大点儿声,隔壁就能听到,他顶头上司那间办公室的墙就是水泥的……

这时,电话响了,给他的胡思乱想按下暂停键。

不是手机,是座机。

束弘庚略伸胳膊,拿起听筒,又靠回到椅背,用低沉而又极富磁性的声线讲了句:"Hello, Glenn speaking."(喂,我是格伦。)

是 HR 打来的。那姑娘挺漂亮,还单身,束弘庚一直对她有想法。

电话里,对方告诉他,他被裁员了,要他尽快去人力部门办理离职手续。

美妙的声音讲出如此无情的话,一瞬间,束弘庚竟回想起小时候妈妈带他去单位医务室打针。那护士也挺漂亮,总是笑眯眯的,每次都答应他轻一点儿,可每一针下去,还是疼得他哇哇大哭。

挂掉电话,面对小明充满疑惑的注视,他哑然失笑,不由自主地说:"我也被裁了。"

任大任接到小师姐卢苒的电话,让他周六晚上去家里吃饭。

他犹豫了片刻,推辞说有事儿,去不了。

卢苒说:"大周末的,有什么事儿?有事儿也推了,我爸妈想你了。"

很久没去导师家了,上次去似乎是一年之前。

公司现在这个样子，任大任觉得在授业恩师面前抬不起头来。到时候，小师姐夫汪广延如果再问这问那……想想都不像是去吃饭，而像是受审。

但……还是去吧。导师一年比一年岁数大了，何况当初公司产能有困难时，还得到过老人家的无私帮助。那个时候，他以为产能问题解决了，掌芯科技从此就会一飞冲天，可如今却仍在原地踏步，真是愧对恩师。

周六，又加了一天班。

乔劭旸离职后，他的工作由任大任暂时代管。

软件部门的人还是一如既往，至少表面上看，没有受到任何影响。任大任为此暗暗地舒了一口气。

新的软件中心负责人还在物色。公司正是缺钱的时候，他累是累了点儿，但能省下一笔钱，累似乎也值得。

傍晚，任大任从公司出发，步行去导师家，手里提着事先准备好的同仁堂花旗参。

导师家的老房子还是老样子，只是楼门旁多了个警示牌：电动自行车不得入楼入户。

慢吞吞地上了楼，看到导师家门两旁换了今年的春联，依然是老人家的墨宝——上联"载锡之光百禄是荷"，下联"则笃其庆万福攸同"，横批"福禄攸同"。

不知这副对联出自何处，但的确比那些现成的印刷品要雅致得多。

心有灵犀似的，还没等他敲门，门就开了。开门的是小师姐。

卢苒一见他，脸上的笑意就很明媚，说："我听脚步声像你，还真是！"

师母正在厨房忙活，听见声音，赶忙出来，打量亲儿子似的把任大任上下左右看了一圈，不禁感叹说："你都有白头发了！"

"能没有吗？一天天那么操心。"卢苒替他回答。

师母似乎也老了许多，背都有些驼了。任大任不禁想起自己的奶奶。人的衰老可能到了一定年龄就会步入加速期，像下坡路忽然变得陡峭。

陪师母闲聊了几句，他问："老师呢？"

"书房呢,我叫他。"卢苒到门边轻轻敲了敲,"大任来了!"

不一会儿,门开了。导师卢恩泰站在门里,也没说话,只微笑着朝任大任招招手,示意他进去。

书房里,一股墨香混杂着尼古丁的气味扑鼻而来。

难怪关着门,原来又猫在屋里抽烟。

导师将窗户打开一条缝,然后坐到单人沙发里,又点了支烟。"黄金叶",这烟抽得可有年头儿了。任大任坐到另一张单人沙发里,接过导师递给他的烟。

沙发的年代更久远,坐起来有些硬,款式还是任大任童年记忆中的那种,木框架裸露在外。但恰恰如此,也说明这沙发的质量确实很好,不仅木头没散,弹簧也没断,很像那个年代的人,坚实可靠。

"公司怎么样?"导师弹弹烟灰,问他。

任大任忽然感觉鼻子一酸,想隐瞒的话瞬间消失了,只剩下委屈。

他低下头,说:"不太好。"

"整个行业都不好,一年倒了上万家创业公司,大起大落,大浪淘沙。不过,"导师看着他,乐观地说,"'沧海横流方显英雄本色,风高浪急更见砥柱中流',在这一拨儿淘汰里要能活下来,就是真英雄,就会有拨云见日的一天。"

他心里似乎敞亮了片刻。

又点了一支烟,他忍不住抱怨说,这时候创业,正赶上全球经济下行,整个半导体行业也跟着不景气。现在公司正处在产品改版、产能爬坡,又急需融资输血续命的阶段。可眼下仿佛陷入了"死循环"——一方面融资要看业绩,看出货量,没有业绩和出货量就没人投资,但另一方面融不来资就没钱继续改版,就撑不到客户起量的那一天。真的不知该如何破解,才能从这"死循环"里面跳出来。

"我上你们公司官网看过,你们的产品太多了,产品线太长了。"导师将烟圈吐向窗缝,等烟圈消散,才说,"如果你们当初只做一两款产品,哪怕三四款，不要多，先把雪球滚起来，现在还用为融资发愁吗？"

任大任不禁黯然。他当初并不是没有这样计划过，但变化打乱了计划。

那时候风口乍起，放眼整条赛道，只有掌芯科技一家吃独食，骤然成了投资人眼中的香饽饽。不断有人跟他讲，得趁风口赶紧把产品线做齐全，一两颗芯片只能拿来卖，更多的产品系列才能给投资人讲故事，才能尽快融资上市。

于是，掌芯科技在最短时间内把对标 TADI 最赚钱的几个型号都做了出来，每个型号又好几种封装，现在整个产品矩阵已经达到了十个系列近四十款芯片的规模。

这样的规模跟 TADI 比不算什么，但在一众国内同行中，还是独领风骚的。

当然，之所以如此，也不全是听从了别人的建议，任大任打心底里也想这么干。因为他要向那些说他只会做"低端"的人证明实力，要证明他创立的企业真的有能力成为中国的 TADI。

然而，现在看来，当时确实有些意气用事，或者对前景盲目乐观，没有意识到风能起就能停，并且随时会停。

当风口翻脸变成风险之后，任大任也曾做过补救，所以他才要求纪程远"做一颗是一颗"，别总想着做出来有问题再改版。但此时，已经积重难返。

"当时就想着每一个热点行业都得有一款主打产品，这样产品线完整了，才有利于将来上市。"任大任解释道。

他此时也懊悔自己太急于求成。在资源有限、精力有限的条件下，与其同时做十件事，不如专心做一件事。

现在，每天他的头顶都盘踞着厚厚的乌云，不晓得何年何月才能将乌云驱散。

"不能总想着上市，你得回想一下你从所里出来，创业的初衷是什么。难道就是为了上市？"

对啊，初衷是什么？任大任都快忘了。

当初在研究所，日子过得也挺滋润，之所以鼓足勇气跨出舒适圈，只是为了不再继续那一眼就能望到头儿的平凡人生。

"可人家都上市了，就我上不了市，不显得我太失败了吗？"任大任情绪低落地说。

"谁说不上市就是失败了？有多少好企业都没上市。"导师耐心地开解他，"上市应该是一个水到渠成的结果，而不应该是你倾尽全力、刻意追求的目标。从一开始创业，你就没想明白。不要以为出来搞企业就找到捷径了。没有捷径可走，还是跟搞科研一样，甚至更难。你看现在哪一家做大的半导体企业不是成立了十年以上？想上市先练苦功，这个行业就这样，都得'板凳坐得十年冷'，没有十年冷板凳，怎么可能做出来真正过硬的产品？连产品都不过硬，又怎么在这个行业立足？又何谈上市？"

导师的话有点儿重，如一记棒喝，敲疼了任大任，也似乎敲醒了他。

可他也有他的难处。

"我也想把产品做好，但也不能不想着上市。毕竟那么多人投我，那么多人跟着我，为的就是将来上市好跟着我吃肉、喝汤，所以我现在已经没有回头路可走了。不上市就失败，不成功则成仁。"

"什么叫不上市就失败？什么时候上不上市成了衡量一家企业成功不成功的标准了？"任大任对于上市的执念让导师有些动气，"你做企业的目的到底是什么呀？难道就是为了上市？还是想真真正正把企业、把产品做好？"

任大任又给自己续了支烟，思索良久才说："我就是想证明自己，谁叫我爹妈给我起名叫'任大任'呢？"

导师叹了口气，惋惜地说："想担大任、做大事没有错，但是你的心态不对。"

他想起身，有些费力。因为腿脚不好，他这一年多已经很少抛头露面了。

任大任见状，赶忙将导师搀起。

导师来到写字台前。墨是研好的，笔仍未干，刚刚一定是在练字。他重新铺好宣纸,用镇纸压住,然后提笔蘸墨。

"再送你幅字。"他凝视着任大任的眼睛说。

"就写刚才那句吧,'沧海横流方显英雄本色,风高浪急更见砥柱中流'。"任大任笑着提议。

导师没作声,而是重重地入笔,先写了一个遒劲的"走"字。

任大任知道,导师的风格兼收苏子瞻的深厚朴茂与黄鲁直的峻拔英挺,所以"走"字之后的每一个字也都笔意飞扬却又平和笃实。

导师每写一字,任大任便默念一字。待书写完毕,他又出声念了一遍:"走寻常路,怀平常心,做非常事。"

任大任沉默了,表情也变得严肃。

"懂了吗?"导师问。

"懂了。"任大任似懂非懂地回答。

导师摇摇头,向他解释说:"即便走寻常路,也要怀平常心,坚持做非常事。"

任大任恍然大悟。

"记住了吗?"导师又问。

"记住了。"任大任这次用力地点了点头。

"好。"导师将毛笔放下,随即把写好的字揉成一团,丢进了废纸篓。

"您怎么扔了?"

"送你这幅字,不是让你挂到墙上,而是要你记在心里。"

汪广延带孩子取蛋糕回来了,任大任才知道今天是师母的生日。

"早知道就给您准备生日礼物了!"任大任感到十分歉疚。

"不用。"师母慈爱地说,"又不是逢五逢十的整数,就没告诉你。正好赶上周末了,想着你可能有空儿,所以叫你来家里吃个饭。你来了,我就已经很开心了。"

"本来想去外面吃,她不同意,非在家吃,还非得自己做。"卢苪向任大任抱怨起母亲。

师母和蔼地笑着："还能做饭给你们吃，是我的福气。你们都来沾沾我的福气，让我看看你们，我就享福、知足了。"

师母的话有些让人伤感。

卢苒催促大家赶快入座，点蜡烛，吃蛋糕。

蛋糕是好利来的，上面一颗粉嫩嫩的大寿桃被几颗同样粉嫩的小寿桃簇拥，还装点着祥云和福字，祝寿星长乐安康。

卢苒和汪广延的孩子又长高不少。小男孩告诉姥姥，蛋糕是他选的，问姥姥喜不喜欢。

"当然喜欢。"师母眉开眼笑。

人生最大的欢乐莫过于此吧？任大任心想。师母向来把他当亲儿子一样看待，只要他小有成绩，就会由衷地高兴。这样的老人叫人如何不依恋？

切完蛋糕，师母亲自做的菜肴被端上来。都是"私房菜"，在外面吃不到。

师母总能用最简单的食材做出最可口的饭菜。比如猪肉和白菜，都再寻常不过，也都不是任大任爱吃的，可这两样儿到了师母手里，就能做出一道鲜嫩可口、汤汁四溢的"粉蒸白菜卷"来，让他吃了还想吃。

都说家有一老，如有一宝，像师母这样既能讲高能物理、又能做美味佳肴的老人，得算是"无价宝"了吧？任大任向老人敬了杯酒，祝她"年年有今日，岁岁有今朝"。

汪广延最近倒是见过一次，只是当时他在台上讲，任大任坐在下面听，远远地望去，彼此的距离越来越遥远了。

"你这合伙人选得不行啊，哪能半路撂挑子？"汪广延吃掉一个白菜卷，开玩笑地说，"他为什么撤伙？是有什么事儿吗？"

"没事儿，人各有志，好合好散。"

这种官方答复显然无法令汪广延满意，他又问道："他是不是和你们公司一个姑娘谈恋爱了？那姑娘是芯传微电子颜宗白的女儿。听说她是先从你那儿走的，然后去了她爸公司，是不是她把你的合伙人乔劭旸带走的？"

"你听谁说的？"任大任对这种明知故问很不满。

"乔劭旸他老师。现在所里人都知道了，前两天还有外面的人找我打听来着。"见任大任没接话，汪广延"安慰"他说，"这种事儿，你也别往心里去，师兄没女朋友亲，这很正常。将来人家是两口子，一家人，你拿什么跟人家比？"

"你个大男人，怎么那么八卦？"卢苒忍不住数落了丈夫一句。

"这不碰上了嘛。大任又不是外人，有什么不能说的？"汪广延笑笑，撅起一根秋葵，接着问任大任，"当初你怎么能要颜宗白女儿呢？你不知道她是颜宗白女儿吗？"

"不知道。"任大任说。他给师母盛了一勺蟹粉豆腐，蟹黄和蟹肉都是师母亲手拆的，不是用鸭蛋黄炒出沙来代替的。

"你这人啊，总是识人不明。我当初就告诫过你，不能轻信任何人，否则早晚得吃亏。你瞧，被我说中了吧……"

这时，导师咳嗽了一声，让汪广延给他倒一杯水。

重新坐下来，他又看了看岳父的脸色，说："过阵子国科大要办一个创新创业大赛，让大任代表我们所参加吧？争取拿个冠军回来。"

导师不置可否地喝了一口水，给任大任搛了一块红烧肉，肉油汪汪红亮亮。

"什么时候？"任大任说。

"不知道，到时候会联系你，我已经把你报上了。"

"怎么不提前跟我说一声？"任大任瞪大了眼睛。

"怎么了？不就参加个大赛嘛。现在所里就老卞和你的公司适合参加，去年我让老卞去的，今年换你，不很正常吗？参加比赛，拿名次，不也是给所里拿荣誉吗？"

这的确再正常不过。但现在公司的形势，他还得站到人前，面对那些就爱刨根问底、戳人痛处的评委，这不是把他架到火上烤吗？为了免于难堪，他今年已经推掉好几个大赛的邀请了，年底了，竟然还有这么个比赛在等着他。

"必须创始人参加吗？"导师放下了筷子，问道。

七

束弘庚把装杂物的纸箱子放进后备厢里，合上后备厢盖。

"谢谢你！回去吧。"他转过身，跟为他送行的邝斌握手道别。

邝斌还真够意思，竟然不怕被人瞧见，一直陪他收拾完东西，送他到停车场。

"束总，有事儿您随时言语。"邝斌似乎有些不舍。

可能是唇亡齿寒、兔死狐悲吧。至少他没像那些人一样明哲保身，远远地躲着，也不枉当初为了招他来TADI，而把任大任得罪了。

邝斌还在车窗外朝他挥手。束弘庚没再回应，一脚油门朝地库出口方向驶去。

从地库里出来，车在路边停下，束弘庚望着TADI大厦巨大的金字招牌，恶狠狠地骂了句："去你妈的！"

没想到就这样被扫地出门了，束弘庚心中纵有万分不甘，却也无济于事。他去找顶头上司理论过，上司似乎早料到他会来兴师问罪，也不发怒，而是心平气和地告诉他——这是公司的决定。

骗鬼呢？谁信？束弘庚质问，公司为什么这样决定？理由是什么？

上司从办公桌后面绕过来，给他递了瓶矿泉水，说，这真是公司的决定，而且不是中国公司，是全球总部。

"总部要求对中国区的组织架构进行调整，把职能重复的部门优化重组。比如你的业务发展和产品市场事业部，在业务上跟汽车电子事业部、能源电子事业部、工业电子事业部、消费电子事业部都有重合，那公司就只能把你的部门分拆，把相关业务归拢到那些部门；人员也双向选择，有部门接收的可以留下，不想留下或者没有部门接收的，就只能拿赔偿走人。"

"这么说，我还是被优化重组下来没人要的，是吧？"

所谓的"优化重组"，不仅把他这棵树上的桃子摘光了，还把他这棵桃树给砍了。

他这个"业务发展和产品市场事业部"，当初是为了拓展中国区的新业务而设。那些成立时间更早的部门，由于有着稳定的业务收入，人都变得怠惰，丧失了进取心，不愿费力、冒险去拓展新业务领域。

比如汽车电子事业部，前些年是很瞧不上刚刚兴起的国产新能源汽车的，认为成不了气候，所以也懒得去做国产新能源汽车厂商的生意。是他束弘庚这些年任劳任怨、一刀一枪把国内几家主要的新能源汽车客户拼了下来，把业绩做了上去，营收规模甚至大有超越传统汽车电子业务之势。

他曾经豪情万丈，不仅在外要马踏连营，力抗 ARM 和 RISC-V 两大阵营的新老对手；在内，他也要凭借自己的勤奋努力和骄人业绩一马当先，把跟他同级别的所有竞争者都甩在身后，让那些曾经欺压在他头上的人都望尘莫及，追悔莫及！

可公司优化重组这一刀砍下来，不仅没砍到那些人浮于事、坐享其成的鼠辈，反而让他这个有功之臣成了刀下鬼。这何止是壮志未酬，这简直就是一腔热血喂了狗！

"这么大的公司，就没有我的容身之地吗？就算我没功劳，也有苦劳吧？"

上司充满同情地叹了口气，用一种近乎怜悯的神情看着他："你自己愿意屈尊去其他部门吗？公司也不可能因人设岗，你我都知道，外企不养闲人。"

外企不养闲人，束弘庚冷笑，但是外企可论资排辈呢！其他部门那几个负责人都比他资历深，这大概也是他们能躲过"优化重组"的重要原因吧。

他忽然很后悔来找这一趟，简直是自取其辱。

虽然坐在他对面的上司面相忠厚，但束弘庚此刻已看透他皮下那奸诈、狡猾的灵魂——架构调整这种事他肯定事先知道，那他是不是也事先知道我要被裁？却还让我傻瓜一样地去裁别人。

业务发展和产品市场事业部只有几个人走，其他人都被其他部门消化吸收了。部门没了，部门负责人自然也没用了。卸磨杀驴之后，其他那些部门就都有鲜嫩味美的"驴肉"可吃了。

在正式离职前，束弘庚又垂死挣扎了一下。

他给远在上海的顾毓贤发消息，希望顾毓贤能在上海给他安排个职位，哪怕比现在的职位低也行。

可顾毓贤隔了十二个小时才回复，说他远在美国出差，说他爱莫能助，因为中国区的"优化重组"计划已经向总部汇报了。

束弘庚愤怒地将手机摔进沙发里。

点赞算个屁？到关键时刻一点儿情面都不讲。束弘庚也知道裁他大概率是顾毓贤的决定，可他还心存幻想，这下连顾毓贤都看不起他了吧？

离职后的几天，束弘庚始终处于暴走状态，每天开车在外面转，就是不敢在家里待。

他甚至产生了跟现任女友结婚的冲动。但他很快打消了这个念头。老东家的忘恩负义让他感觉像被谈了十几年的初恋甩了，他从此再也不相信爱情了，他只想复仇。

要报复就要找一个最扎心的办法。TADI内部对于"国产替代"最忌惮，因为这是他们最无能为力的，否则也不会自降身价去跟那些"初出茅庐"的国产芯片厂商打"价格战"。

想到这儿，束弘庚解恨地笑了。对方越在意什么，就越要拿什么去伤害对方。这一手他很擅长。所以他决定去找老同学任大任。但他不是去低声下气地求任大任，而是要和任大任联手，去对付他们共同的敌人！

会面安排在任大任的办公室。

当束弘庚说要去公司找他时，任大任非常惊讶："你是要来刺探军情吗？"

"我离职了，不他妈在 TADI 干了。"

"为什么不干了？"任大任理所当然地问，"你不是还想将来当 TADI 的中国区总裁吗？"

"少讽刺我！"旧话重提，束弘庚听起来很刺耳，"我被'优化重组'了，人家拆了我的部门，把我给开了。"

"这么没人味儿吗？"

"就不是人，有什么人味儿？"

"那你找我干吗？是想来我这儿干吗？"任大任半开玩笑地问。

"是有这个想法，所以想找你聊聊。"

任大任的口吻认真起来："你哪天过来？"

"你哪天有空儿？我随时有时间。"

于是第二天，束弘庚就来到了掌芯科技。他终于打入了"假想敌"的内部。

任大任领他穿过工作区，还给他简单介绍了各职能部门。

乌合之众。束弘庚轻蔑地扫视任大任"拼凑"起来的这支队伍。不过没关系，谁说杂牌军就打不过正规军？

"咱俩有言在先，我不是走投无路来给你打工的，外面找我的猎头和公司有的是。我来是跟你谈合作，一起干倒 TADI ！"刚一落座，束弘庚立刻开门见山地说。

"你想怎么合作？"任大任审慎地望着他。

"你现在最缺什么？"束弘庚反问。

"啥都缺。"看到束弘庚盯着自己，任大任终于认真回答，"我现在最缺钱，但是更缺订单。"

"钱我帮不了你，但是订单可以。"束弘庚霸气十足地说。

昨晚，任大任翻来覆去睡不着，对于这个老同学，他从来没有信任过：能一起做事绝不是靠交情、友谊，而是互补的能力、互惠的利益，以及共同的目标。

但是……

"你想要什么？"任大任直截了当地问，"高薪我给不了你，我自己都准备降薪了。"

"少拿钱侮辱我，缺钱我就不来找你了。"束弘庚毫不客气地说，"我要股权，和联合创始人一样多的股权。"

顿时，任大任面露难色。

束弘庚跷起了二郎腿，拿出备好的说辞："你现在融资困难，最根本的原因还是没订单，没大企业跟你玩儿。知道为什么达比特那样的新能源汽车企业，你们当初没做进去吗？"

他找人打听过掌芯科技的现状，所以直指任大任的心病。

占据了上风的束弘庚感觉到一丝丝得意，不急不忙地说："从前缺芯的时候，都说不需要车规了，工规也能用，后来不缺了，就又要求车规了。但是，你以为车规仅仅做到 AEC-Q 100 就够了吗？差远了！所有车企现在要求都越来越高。芯传微的 MCU 当初之所以能上车，不光是因为比你们先通过了 AEC-Q 100，更是因为他们私底下承诺过达比特，后续的 MCU 会继续做 ISO 26262（《道路车辆功能安全》国际标准）的认证，现在芯片马上就要出来了。这些都是达比特的朋友告诉我的。"

任大任的惊讶溢于言表，显然他对此毫不知情。

束弘庚更加自信了，他话锋一转，安慰任大任，即使这样也没关系，因为芯传微的 ISO 26262 还只是 ASIL-B Ready 级（一种功能安全产品认证等级）。他能帮任大任做到最高的 ASIL-D 级（一种功能安全产品认证等级），顺利的话，甚至能帮掌芯科技实现弯道超车，抢走芯传微二供的地位。

"ISO 26262 比 AEC-Q 100 严格得多。ISO 26262 才是车规认证真正的'门票'，AEC-Q 100 只是'门槛'。"束弘庚继续卖弄他丰富的行业经验，"做 ISO 26262 认证，从芯片设计开始就得用支持 ISO 26262 认证的 EDA 工具，这个你没有吧？"

在获得肯定的答案后，束弘庚擘画道："我不光能帮你把整个汽车电子产品线建起来,还能把整个业务做起来!那么多新能源车企,哪一家能不给我面子?不是我,他们当年谁都没 TADI 可用。"

任大任信服了,思量着说,股权不是小事儿,最后也得董事会和股东会都通过才行。

束弘庚说,没问题,但是让他尽快答复。

然后,他又八卦地问:"听说你们这儿一联创被谢雨霏勾搭走了?我都不知道她是颜宗白的女儿,石老师没告诉过我。"

任大任皱起眉。

这一定是他的隐痛,于是,束弘庚接着说:"早知道你把谢雨霏让给我啊,白白浪费机会,这么长时间都没把她拿下,还被她拐走个'车马炮'。"

"你怎么就爱琢磨这些下三路的东西?"任大任没掩饰住鄙夷的神情。

"忘了,你喜欢上三路。不过,你敢说你对谢雨霏一点儿意思都没有吗?"

"我对她有什么意思?你别拿自己的想法琢磨别人!"任大任充满嫌恶地说。

"结婚了也可以离啊。去芯传微当驸马,不比你在这儿苦哈哈地创业强?"

"打住啊!再说就'道不同不相为谋'了!"任大任站起身。

束弘庚做了个 stop 的手势,却仍滔滔不绝地教育他:"你要学会做一个精致的利己主义者,不要被任何道德绑架、约束。"

"滚!"

邓肯花了一个周末的时间,终于想出一个"激励"一线销售和 FAE 共同推进业务的办法。

乔劭旸走后,FAE 部门重新归到了他名下。

他原本就认为销售和 FAE 应该是一体的,不能分属两个部门,但任大任有自己的想法。所以,在乔劭旸管理的那段时间,FAE 和销售多次发生过协同不紧密,甚至各自为战,耽误了销售进展的情况。为此,邓肯没少跟乔劻旸协调,乔劻旸也很给面子,可是一落实到底下,就变成了"既然你管不着我,我为什么非要听你的"。

现在终于拨乱反正了。上周跟任大任、宋琳琳一起开了个会,讨论要不要给员工降薪。宋琳琳认为,人员成本占了公司每月支出的一大块,降薪一方面可以节约成本,另一方面也能让大家产生危机感,工作上更加积极努力,与公司共渡难关。

这个建议有合理性,很多公司面对经营危机和财务紧张时也都是这么干的。但任大任坚决反对,说降薪就是逼人走,他当初跟大家承诺过,要给大家安全感,不会像互联网公司一样,一不赚钱就裁员。但是他说公司高层可以适当降薪,起到表率作用,毕竟公司没干好,他任大任是第一责任人。

这表态很局气,当场就把宋琳琳感动落泪了。邓肯也不反对给高层降薪,他能理解任大任这样做是怕人心散了,队伍不好带了。可重归他麾下的FAE要对销售起到更大的促进作用,就必须想办法让两个部门成为真正的利益共同体。

邓肯在反复思量之后决定,今后要把FAE和销售的工作业绩放在一起考核,FAE不是做完技术支持工作就结束了,还要帮助销售真正实现Design-in(客户接受)和Design-win(赢得订单)。Design-in和Design-win的结果跟收入挂钩,每个人都分配业绩指标,然后按季度考核,完成了就奖,没完成就罚。

邓肯自认为这是个好办法,他也分别跟路通、丁惠民以及韩颖川进行了沟通,他们都说行。

然而,邓肯却一点儿也感觉不到轻松,虽然不再为这件事儿伤脑筋了,但还有件更费思量的事儿在等着他。

吃晚饭的时候,妻子看出他有心事,邓肯犹豫再三,还是告诉了她。

任大任并没有背着他和束弘庚接触,而是第一时间就告诉了他,还征询了他的意见。

邓肯当时没表态，说先谈谈看，但心里还是很不舒服。束弘庚跟他的作用太像了，如果真来公司，以后对他能不产生威胁吗？

"那肯定啊，人家俩关系不比跟你近？"妻子的看法，也是邓肯的担忧。

但邓肯仍说："也不一定，老纪和他还是同学呢，也没见他多待见老纪。而且，他从前也说过这个束弘庚不少事儿，感觉他俩关系也不是太好。"

"关系不好还找他谈？就算关系不好，也是此一时彼一时。"妻子问他，"人家有TADI的资源，你有吗？利益面前，敌人都能握手言和，何况是认识了那么多年的老同学，你和他才认识几年？"

妻子的话很难反驳。

周一一早，任大任还没到公司，就接到邓肯的微信，说他周末想了一个考核FAE和销售部门的办法，要跟任大任讨论一下。

任大任回了个"好的"，不禁想道，要讨论直接来办公室找我不就得了，还发微信干吗？

上周五和束弘庚谈完，他没有马上找邓肯，是为了先好好地想一想。他花了一个周末的时间，仔细权衡了利弊，他倾向于让束弘庚进入公司。

虽然束弘庚有点儿狮子大开口，但比起他手里的客户资源，付出这样的代价也还是值得的。当然，并不是无条件接受，任大任也想了一些考核办法，来和束弘庚的要价对价。

想这些办法还相对容易，真正难的是如何让邓肯接受束弘庚，让这两个人和平共存，不说同心协力，起码也要相安无事，不能互相掣肘，甚至相互敌视。这才是这个周末思考的重点，任大任为此很费了一番思量，却仍无把握。

原本每周一上午的高层例会，在乔劭旸走后就不开了。"三缺一"让任大任心里很别扭，他不想自找不痛快。

而且，也没必要再开了，有重要的情况他和邓肯一商量就行了，如果再让纪程远掺和，没准儿还会添乱。

邓肯推门进来，面有倦色，显然他周末也没有休息好。

他给任大任带了杯咖啡，是新出的小黄油系列。

待咖啡喝完，邓肯讲了他想出来的考核办法。

任大任觉得很好，很赞成。

"但是每个人多少 Design-in、多少 Design-win 你得定好了，定多定少都不合适。"任大任提醒他。

邓肯说："我已经跟路通、丁惠民还有韩颍川都讲好了，让他们先自己报，结合今年的销售目标。等报上来给我，我再统一调整，多了先不减，但是少了一定得加。"

任大任点点头，然后，两个人忽然都沉默了。

终于，还是任大任先开了口。他说，和束弘庚谈得还可以，束弘庚手里确实有资源，对公司无论产品还是销售都会大有帮助。

邓肯转动着手里的咖啡杯，不置可否。

任大任不得不继续说，语气近乎讨好："老束这人呢，虽然有点儿花，我也挺看不上他这点，但是他搞业务确实是一把好手，来公司也能帮上你。你俩不冲突，各管各的，FAE 还归你管，他来了以后管产品项目部，因为他特了解客户，对产品定义把握得准；同时你俩'双剑合璧'，一起做客户，谁的客户谁做，提前分好了，有事儿咱仨一起商量。"

邓肯放下了咖啡杯："他要真那么厉害，TADI 为什么还把他裁了？"

"TADI 内部也很复杂，别以为外企就很单纯。老束原来那个部门跟别的部门都有利益冲突，他做得越好，别人肯定就越妒忌他。但是你放心，这种事儿绝不会发生在咱们这儿，因为咱们目标一致、利益一致，公司好了咱们都跟着获利，公司如果不好，对我们谁都没好处。"

邓肯想了几秒，又提出新的质疑："他跟你说的那些都能实现吗？别说得挺好，最后啥都没成。"

"这你放心，我也想好了。我不会一下把股权全给他，可以给他定阶段性目标，然后分步兑现股权，或者干脆签个对赌协议，他要完成了就给他股权，要完不成就让他走人。"

任大任期待地望着邓肯。他觉得他已经想得很周全了，毕竟在销售迟迟打不开局面的当口，正需要束弘庚这样的干将。

然而，邓肯却进一步质疑道："你确定他不是把平台当能力了？"

这次任大任被问倒了。他不确定，也不敢为束弘庚打包票。

束弘庚从没在其他平台上证明过自己，邓肯的"灵魂三问"一步步逼近这个核心问题，终于再度令任大任举棋不定。

八

最近，总有招聘信息从之前注册过的 BOSS 直聘里跳出来。

这个 App，吕明正自从到掌芯科技工作之后就再没登录过。平时，偶尔给他推一些无关紧要的信息，也被他直接删除了。

然而，从上个月开始，跳出来的就不再是无关紧要的信息，而是实打实的公司招聘。起初隔两三天就会有一条，后来频率渐高，每天至少会有两三条。吕明正一开始没太当回事儿，有推送他就点开来看看——都是芯片设计公司在招聘。推给他的是销售岗，其他岗也在招。

难道行业又要景气起来了？他不禁联想。

这些信息虽然看了，也确实很靠谱，有的条件甚至比现在还好，但吕明正一概没有回复。

他不是个喜欢跳来跳去的人。

另外，到了他这年纪，换工作要顾及的因素越来越多，轻易也没法折腾。

可是，上次给任大任汇报工作，任大任的反应让他寒了心，他感到自己很不受重视。

这是长久以来情绪的一次总爆发。他明明负责着整个华北地区的销售工作，有些华东、华南甚至西南、西北的客户也都是他在推进，但公司却始终只把他当作一名普通销售人员，没给他相应的、也是他应得的职位和地位。

也许公司真觉得华北不重要吧？如果按集成电路产业的分布和规模来看，的确华东和华南才是重点。但现在华北业绩最突出，每次有新型号出来都是华北的客户最先拿去测，很多型号要迭代也都是催着他管客户要测试结果。可怎么一到"论功行赏"的时候，他就不受重视了呢？

吕明正也想过，是不是由于自身原因才不招老板待见。可除了他是自己投简历来的公司之外，他想不出任何原因。

真的想不出。

索性不想了。

之后一些靠谱的招聘找过来，他不再拒绝。

总共聊了四五家，终于有一家真的让他心动了，他决定去对方公司面谈。

这家公司也很实在，虽然是通过 BOSS 直聘找到吕明正，但一面就是老板亲自见的。

联系吕明正的 HR 告诉他，他们老板是个利索人，如果老板相中他了，当时就能把事儿定下来，不用再"选妃"一样二面、三面。

吕明正挺喜欢这种风格。

但不巧的是，他面试那天 HR 请假了，所以薪资待遇没法当天定。HR 让他别担心，说她真是临时有事儿才请的假，不是故意忽悠他。吕明正选择相信。反正工作也不是非换不可，不成就拉倒。

那家公司的规模比掌芯科技大，成立十六年了，员工将近两百人，还有个封测厂在外地。这就不是 fabless（无晶圆厂）而是 fablite（轻晶圆厂）了。听老板说，他们也在谋求上市，前景比较乐观。

老板也姓吕，是个比吕明正稍长几岁的北京大哥。

吕老板一见面就说"咱俩是本家"，迅速拉近了跟吕明正之间的距离，吕明正对他一下子就生出了好感。

这家公司是做FPGA的，年销售额已经达到三个亿以上。但是，这么大的销售规模，从前竟连一个专职销售都没有。吕老板说销售都是他自己在干，但是现在实在是干不过来了，才想着找个人帮他。

"你没资源也不要紧，我也不用你带资源。"吕老板说，"我这儿客户都是固定的，你给我维护好就行。"

然后，他问了吕明正一个很关键的问题："兄弟，你能喝酒吗？"

吕明正说："能。"

"能喝多少？"

"不知道。"

吕老板眼睛亮了："我也不知道我能喝多少，哪天咱俩互相摸摸底！"两人哈哈大笑，感觉很畅快。

吕老板这时才问："生产那块的事儿你懂吗？"

吕明正认真起来："您想知道哪方面？"

"你就讲讲你们就行。"

吕明正从工艺讲起，包括芯片在哪儿代工、用多大的晶圆、每片晶圆能切多少颗芯片，然后又讲芯片在哪儿封装、封装形式是什么、有多少种封装、每种封装多少管脚，一直讲到温度范围以及环温和结温的区别。

吕老板一直默默地点头。

吕明正还主动讲起他对FPGA的了解，尤其是一些FPGA和DSP交叉的市场领域。他说，他有一些客户也能用FPGA，如果需要，他可以尝试去推动。

"有机会你就放心大胆去干，到时候我给你资源支持你！"吕老板很豪爽地赞成，很豪爽地鼓励。

吕明正不敢说老板对他多满意，但他应该已经过关了。他对这家公司也很满意，尤其是听说"不用打卡上班，有事儿跟着跑就行"，起码，让他感到自己被善待了。

那就……辞职？

任大任忽然接到石老师打来的电话，说要给他介绍个项目。石老师简单说了一下项目的具体要求，问他能不能做。

任大任说："没问题。"

石老师问他哪天有时间，要见面详谈。

任大任说："我都行，看您时间。"

石老师说："那就明晚，我让他们安排好，再告诉你见面地点。"

任大任一听还有其他人，立刻谨慎地问，还有谁？他还没给束弘庚回话，不希望要见的人里有束弘庚。

石老师说："就甲方的两个人，给你们引见一下，后续我就不管了。"

第二天傍晚，任大任如约赴会，来到离颐和园很近的一所古色古香的商务会馆。会面地点是甲方安排的。

三年多没见，石老师除了皱纹深了一些，基本没什么变化，见到任大任也是亲切如初，还在甲方面前把他这个得意门生好好地夸奖了一番。

甲方两位，一个姓贾，是总经理；另一个姓魏，是研发主管。他们有求于石老师，所以对任大任也放低了姿态，显得格外殷勤。

石老师先大致介绍了一下掌芯科技，然后让任大任自己细说。任大任便把公司的技术能力详细讲了一遍，尤其着重讲了对方感兴趣的方面。

贾总兴奋地对石老师说："这就是我们要找的！多亏有您推荐，要不我们还得大海捞针呢。"

石老师面露得色地说："你们自己找，肯定也能找到。但这行业能完全达到你们要求的，只此一家。"

贾总笑着反驳："那不还得找嘛，有您'仙人指路'，省了我们多少工夫？还是您的得意门生！您给我们居中调度，我们甭提多踏实了，这简直就是天作之合啊！"

石老师笑着摆手，说："我就牵根线，剩下就是你们之间的事啦。"

"那可不行！我们离不开您，您还得继续给我们指导工作。"

石老师哈哈大笑，让贾总给任大任具体讲一下项目。

贾总让魏总工来讲。魏总工是个粗壮的内蒙汉子，说起话来也很有大草原的气魄，单纯一个技术项目，被他讲出了大漠的雄浑壮美和长河的蜿蜒悠长，把石老师和任大任都听入迷了。

石老师调侃他说："你这口才，不像是理工男啊。"

魏总工豪迈大笑："您真是慧眼如炬。我自小就是学校里的文艺骨干，每年文艺汇演老师都找我当主持人，要不是我爸拿棒子赶着我，我高考就报播音主持专业了。"

"文理兼修更难得。"石老师夸赞道。

魏总工的讲述，的确既富文艺气息又逻辑严密、条理分明，把一个庞大项目讲得清清楚楚、明明白白。原来，找任大任做的这个项目只是整个项目的一个子项目，但四千万的项目资金对掌芯科技来说，已经极为庞大了。

据魏总工介绍，项目共分两期：一期以芯片设计为主，根据设计要求，掌芯科技要在规定时间内完成芯片的架构设计、RISC-V 处理器 IP 的前端设计、仿真验证以及芯片后端版图设计和 IDE 软件的定制开发，并向甲方交付 GDS 流片文件和配套的软件 IDE 编译环境与调试系统，且要通过一次 MPW 流片完成设计验证。二期则是以优化、封装为主，在一期通过甲方验收之后，对设计进行进一步优化、验证，使功能指标完全满足技术要求，再在规定时间节点前完成 NTO 流片和封装，然后通过实物测试和验收评审会的方式完成最后的验收工作。

魏总工还特意问了能不能陶瓷封装，任大任说可以。

这个项目真的很令人心驰神往，一旦完成，公司将获得一笔史无前例的巨大收入。然而，美中不足的是，这个项目要前期垫款，项目周期历时将近两年，虽然其间会结一次项，但回款时间拉得过长，远水解不了近渴。

可即便如此，也总归是件好事。毕竟有了这样一笔数额巨大的在手订单，就能到投资人面前继续"讲故事"了。

因为石老师不喝酒,所以会面没持续太长时间。

贾总要送他们,石老师说:"不用,我们俩住得都近,天气也不冷,正好散步回去。"

同庆街上的浓荫在夜晚显得更加厚重,令这条整饬一新的宽阔街道依然保持着百多年前皇家御道的静穆。走到颐和园路上,行人渐渐变得稀少。路旁的店铺明亮又慵懒,见多了观光客和 city walker(城市漫步者)的它们此刻兴许更乐得无人打扰。

再继续向东,到了清华西路上,行人又多了起来。这一路,石老师说得更多,任大任还是恭敬地听着,一如当年陪石老师在校园里散步,听他指教。

石老师让任大任放心做,说贾总他认识很多年了,将来还有很多事会有求于他,所以不会发生拖欠款项的事。

"有时间也常来我办公室坐坐,离这么近。"石老师似有嗔怪他的意思。

任大任赶忙说:"一定,平时实在是太忙了,总找不到时间,也怕打扰到老师。"

石老师说:"忙不是好借口。雨霏前些天就专程来看我了。"

"是吗?"任大任平淡地应了一句。

"她真是历练出来了,能独当一面了。没白在你那儿历练这么长时间。"石老师抬头望了望夜空。

今夜无云,繁星点点,点缀着人间。

他似在解释:"没想到她能在你那儿待那么久,我以为她积累一下经验就走了。我和她爸爸是至交,当初是她爸爸将她亲手交给了我,让我好好培养,私底下跟我说她弟弟指望不上,将来就指望她接班了。但是,我真没想到她居然在你那儿干了那么久,你的公司和她爸爸的公司还成了直接的竞争对手。雨霏跟我说,她并不是有意骗你,也从来没想从你那儿'偷'什么。可能真都是巧合吧,命运怎么安排,谁都左右不了。所以,你也别怪她,她还很惦念你这个师哥,跟我说你那儿现在情况不是太好,她想帮你又不知道怎么帮。"

"不需要她帮……"话刚出口,任大任立刻明白了石老师忽然给他介绍项目的用意。

他们都想用这种方式来表达歉意吧?

如同受人施舍,任大任顿时感觉这项目干起来也没什么意思了。

一直步行到中关村北大街的交叉路口,石老师便不让他再送了,让他早点儿回去休息。

任大任目送石老师走远,然后朝家的方向走去。言犹在耳,虽然他对石老师提供帮助的初衷耿耿于怀,但石老师毕竟也对他说了许多鼓励的话,他能感觉出那份帮助也是出自真心。

他仰望天际。夜空无限深沉,人在夜空下是那么渺小,又那么孤独。"人于浮世,独来独往,独生独死,苦乐自当,无有代者",周遭通明的灯火加重了这种孤独感,脚下的每一步路既清晰又模糊。

人生在世,不能意气用事,更不能不识好歹。

第二天,任大任把纪程远叫到办公室,准备把项目布置下去。

可都日上三竿了,纪程远的"起床气"却还没消散。没等任大任讲完,他就豪横地说干不了,没时间。

他这"经期紊乱"的毛病真让人受不了,但任大任还得耐着性子给他讲这个项目有多重要,能给公司带来多大收益。

"跟我有什么关系?"纪程远反问。

"怎么跟你没关系?"任大任也反问,"公司好,你不也跟着受益吗?"

纪程远冷笑着说:"好了我能受多大益?不还是该拿多少钱拿多少钱吗?"

"不是给你期权了吗?还有项目奖金,这些不是钱?全公司数你工资最高,比我都高,你还不满意?"

"你觉得你给我的钱很多是吗?我给你开的是'友情价',因为我觉得友情无价！你可好，拿个期权就想把我打发了！我稀罕你那期权？行权不也得等公司上市吗？公司还能上市吗？"

任大任被气得说不出话。这是吃枪药了，还是吃错药了？

"亏我一直这么帮你！你是怎么对我的？"纪程远药性大发，越说越气，"你找不着人的时候，我辞职回国来跟你干；你找不着钱的时候，我也想方设法帮你拉关系，晓寒到现在还在关心你。可你回报我什么了？当初咱俩说好的兑现了吗？"

又是因为股权。

纪程远几次三番为了股权跟他争执，可他当初并没有把股权许诺给纪程远，只是说，往后走着看。这就成了纪程远不断追讨、指责他忘恩负义的把柄了。

任大任腾地站起来："给不了你股权！不满意你就走！你现在辞职，我马上就批！"

纪程远被这突如其来的爆发吓了一跳，但他旋即稳住心神，以牙还牙："你想卸磨杀驴是吧？我凭什么走？你越让我走，我越不走！走也得是我自己想走，不能你赶我走！"

"你别倒打一耙行不行？我什么时候赶你走了？我是说，你要不满意，随时可以走，我绝不强留！"

纪程远没再纠缠走或留，而是质问道："你凭什么把股权给那个叫束弘庚的不给我？他给你干什么了？不就给你画了张饼吗？他是你同学，我不是吗？他是你大学同学，我还是你高中同学呢！我比他认识你的时间长，交情深。而且，他坑过你，当初他挖走过邝斌，我坑过你吗？你是嫌他坑你坑得还不够吗？"

任大任猛然被炸醒了："谁告诉你的？"

"你管谁告诉我的？就说有没有这回事儿吧？"

"没有。"任大任语气坚决。

"没有？束弘庚没找你？"纪程远满脸狐疑。

"他找我了，但是我没答应给他股权。"

顿时，纪程远的面色缓和许多，他迟疑地问："是不会答应，还是还没答应？"

"你烦不烦？"

纪程远看上去不那么烦了："最好是不会答应，要不然……"

"该干吗干吗去！"任大任心烦意乱地把他推走。

这一架把任大任吵醒了。

面试完第二天，吕明正就拿到了offer（录用通知书），不仅薪水上涨了一大截，头一年还没有业绩压力，如果有业绩，再单算提成。

这样的条件简直梦里才有。

然而，吕明正却为难了。

在收到offer之前半个小时，他刚接到一个"老客户"打来的电话。

说是老客户，其实一个订单也没给吕明正下过，但这客户测试掌芯科技的芯片测试了很长时间，也给出过不少有价值的反馈意见。原本他们测试完F280050就要下单了，可吕明正忽然告诉他们F280050要改版，让再等等。

老客户还真等了，隔段时间就问改版的F280050回来没有。这家客户的规模也不小，是给大车厂做配套的，TADI也能给它稳定供货，它完全没有必要再对一家名不见经传的小公司这么上心。

关键是，吕明正搞定了对方很重要的一名技术人员。这位姓耿的工程师人很耿直，年纪不大，职务也不高，但是技术能力超强，不仅敢直接对同样是技术出身的老板说不行，如果老板没完没了，他甚至敢直接对老板说"你不懂"。

有趣的是，被下属这么撑，老板不但不生气，反而对他格外看重。所以，耿工在公司内部拥有很高的话语权，他说掌芯科技可以，就没人敢说不行。

跟吕明正一起拜访过的同事都觉得不可思议，问他："这客户你是怎么搞定的？怎么忠诚度这么高？"

吕明正乐呵呵地说："忠诚度高说明咱东西好！"

改版后的 F280050 给耿工已经有段时间了，所以接到耿工的来电，吕明正以为是要跟他反馈测试结果。如果从掌芯科技离职，他肯定也要知会耿工一声，毕竟都在一个圈子，不管去哪儿都还能继续做朋友。

可耿工却给了他一个大大的意外之喜。

耿工说，他们做配套的那家南方大型车企忽然让他们出一个 OBC 方案，重点是不能再用 TADI，必须使用国产芯片！

对掌芯科技的重视再次印证了耿工的先见之明，所以他特别兴奋，说老板也很重视，让他赶快联系原厂，尽快拿出方案。

吕明正听到这个消息也很惊喜，毕竟一直没做进去的汽车行业终于乍现曙光，他果然没有白忙。可他马上要走了，这项目只能留给后来人做，免不了要落得白忙一场。

耿工听说他工作可能会有变动，立刻说："不行啊，兄弟，你不能走，这事儿全靠你了！别人我都不认，我就认你。要走你也得帮我把这事儿搞完再走。"

吕明正为难地说："你放心，我肯定不会给你撂地上。我先跟领导汇报一声。"

"我信你，兄弟！"

一边是期盼已久的契机，一边是梦寐以求的 offer，吕明正犹豫了，难以决定要不要向邓肯汇报。

其实，他不说也可以。如果不说，耿工也不会再找其他人，掌芯科技这条线就算是断了。但那样，他良心上过不去。而且，他也想看到曾经的努力付出能够开花结果。

可是，一旦汇报给邓肯，那他就不能马上走了，甚至能不能走都难说。他跟那边 HR 约定的到岗时间最长一个月。一个月能做完吗？也许可以，也许不行。

通常公司有事儿，吕明正都会找狄敬宇商量。他俩是在实际工作中建立起的革命友谊，几次吕明正有难，都是狄敬宇给他雪中送的炭，吕明正因此对狄敬宇非常信任。

而狄敬宇也擅谋断，是个心思缜密的人，遇事总能看出机巧，指出明路，所以吕明正经常半真半假地称呼他"狄大人"。

又出了两个礼拜差，"狄大人"昨天刚回来。只要在公司，他俩中午都一起到地下一层的美食广场吃饭。美食广场的美食不多，之所以一直去，是因为有一家东北快餐量大管饱还不贵。

掌芯科技的午休时间比楼里的其他公司早十五分钟，为的是让员工错峰下楼，少等电梯。他俩买饭的时候，美食广场还没几个人，也因为能早下楼，所以在这儿还有个专属座位。

那座位挨着出风口。美食广场没装空调，天热的时候全靠这出风口防暑降温。出风口呼呼地出风，声响不小，可这并不妨碍他俩边吃边聊。

狄敬宇今天难得地要了个鸡腿。他嫌腥气，所以平素很少吃肉，长得胖全是由于碳水摄入过量。

"妈的，没熟！"狄敬宇把咬了一口的鸡腿扔回餐盘里。鸡肉不光带着血丝，鸡皮上还有根沾了汤汁的鸡毛匍匐着。

狄敬宇扭头斜望了那东北快餐一眼。吕明正以为他要去找老板理论，可狄敬宇把怒气咽了下去。

他就着馒头吃了口土豆丝，又把恶心劲儿往下压了压，对吕明正说："这事儿你干成了也是给别人作嫁衣，提成又落不到你手里，除非你不走了。"

"你舍得不走吗？"他又问。

吕明正其实哪个都舍不得，所以回答不了这个问题。

"要是成了，对公司绝对是个大利好，公司可能因为这个项目就从此立住了，但是这个项目周期这么长，就算你能等到那时候，公司能等到吗？"狄敬宇指出了关键。

"你的意思是，我还是得走，是吗？"

"汤还行。"狄敬宇尝了一口,答非所问。

"耿工我也不能得罪啊。"吕明正又抛出了他的另一个难处。

"你要真想走,别把事儿给他撂地上不就行了?"狄敬宇说。

"怎么才能不撂地上?"吕明正犯起愁来,酸甜口的鱼香肉丝变得索然无味,"要不把客户给你?"

"我是FAE,我不做客户。"狄敬宇果断拒绝,虽然他跟耿工关系也不错,耿工对他也很认可。

刚来电的双眼又停电了,吕明正茫然地望着挤满人的美食广场,打了个嗝。

"别的事儿,我能给你出出主意,这事儿真没法替你决定。"狄敬宇忽又开口,"走与不走都是风险和收益并存,孰轻孰重,还得你自己拿主意。"

"我再想想吧。"吕明正叹了口气。

吃完饭,狄敬宇要上楼打游戏,吕明正说他晚点儿上去,先到外面抽根烟。

高大的写字楼在耀眼的阳光下投出了一小片阴影,吕明正在这片阴影里仔细盘算着,来回踱步。

只要在一个月之内让两方面对接上,项目能够往下推进,即使到时候他离开,应该也影响不大。何况,这个客户地处华南,他还可以做个顺水人情,把客户送给路通去跟,那时候路通都会希望他离开,邓肯就更不会阻拦了。

当断不断,反受其乱。他掐灭了烟,上楼陪"狄大人"连了几把《王者荣耀》。下午一上班,他就去邓肯办公室如实汇报了。

邓肯大喜过望,看他的目光都金灿灿的了,吕明正感觉心里有点儿暖。

这项目也的确值得大干一场。如果成功,不仅汽车行业从此就做进去了,客户的OBC方案每块板子需要四颗芯片,如此一举能够名利双收。但是,也有一个巨大的困难需要克服,因为改版后的F280050还没做车规认证,而客户的交付时间最迟不能超过三个月。

这把邓肯给难倒了,吕明正也不由得跟着犯难。

车规认证通常需要一年左右，而 F280050 因为迟迟没有定版，所以一直没有启动认证工作。邓肯后悔地说："早知如此，没定版也先把认证做了。"

眼瞅着到嘴边的肉要飞了，他十分不甘，带着吕明正去找任大任想办法。

任大任听后也是喜忧参半，自己消化了好一会儿，才赶忙召集各个相关部门的人到会议室商量对策。

"当时我就说，0050 从一开始设计就应该同步开始认证，你们不当回事儿，说先做出来再说，这下好了吧？不听我的！"纪程远讲起风凉话，还有点儿幸灾乐祸。

质量部门的经理出来救场，说认识个供应商，从前有过合作，AEC-Q 100 的认证最快四个月就能搞定。

"三个月不行吗？"任大任问。

质量经理说："四个月已经是极限了。"

还差一个月，只能靠吕明正去向客户争取。

邓肯提议成立一个专项小组，由吕明正任组长。通常，这种职务都是由产品经理担任，但这次任大任十分赞同交由吕明正，并且还要求大家全力配合，公司所有资源都向这个项目倾斜。

从来没有这么受过重用，开完会都有人管他叫吕总了。然而，吕明正却开心不起来，这"重用"来得太迟了……另外，担子压在肩上，就不是他想卸就能卸下来的了。

且战且退吧。吕明正给耿工打电话沟通时间，耿工没有为难他，埋怨几句之后就说："这么长时间都等了，一个月能不等？"果然任何 deadline（最后期限）都预先打出了提前量。

但耿工强调，宽限一个月要是再搞不出来，那这项目就彻底别搞了。

车规认证的工作很快启动。

下家的 HR 偏在这时开始催他到岗。还是把事儿想简单了。吕明正越来越矛盾，这时候提离职，大概率不会被接受，如果硬要走，肯定撕破脸。

他不想走得那么难看。可不提离职，那梦寐以求的新工作必定失之交臂……

让他更想不到的是，又有一家地处华东的客户给他打来电话。这家客户同样是给当地一家大型车企做配套的，同样是应车企要求要做新的 OBC 方案。方案要求跟之前那家一模一样，每块板子四颗芯片，必须国产，也必须在三个月之内完成交付。唯一不同的是，这家需求量更大。

吕明正解释说，F280050 正在车规认证，三个月交付不了，得四个月。

客户说，行。

难道行业真要回暖了？

这两家如果能做成，不仅掌芯科技从此在行业内就树立起来了，他吕明正跟着也能有一号。但谨慎起见，他没有再向邓肯汇报。反正要求都是一样的，成就都成，不成就都不成，没必要再往自己另一个肩膀上压重担。

F280050 忽然间受到追捧，完全是意料之外，但又在情理之中。

虽然当初邓肯将 F28024 的优先级排到了 F280050 之前，但新能源汽车 OBC 市场一直是他力主进入的重点领域。只是当初达比特被芯传微捷足先登，后续 TADI 又祭出了"价格战"这种损人不利己的竞争手段，F280050 才迟迟没有打开局面。

然而，局面反转得如此具有戏剧性。

大型车企点名要用国产芯片，配套的方案商主动找上门来，让灰头土脸的 F280050 瞬间重焕光彩，也用客观事实证明了邓肯对于市场判断的准确性，帮他恢复了威信和自信。

过去一段时间，邓肯承受着巨大的压力。虽然做哪些市场都是他和任大任的共识，但归根到底还是由他主导，市场打不进去、东西卖不出去，这锅也一定是由他来背。他规划的几个热点领域全都进展缓慢，无论在其他董事、股东还是在任大任面前，他都不再像从前那样硬气，丢了"信我准没错"的气魄。

他这两天也在反省，是不是一直以来对吕明正的支持都不够。如果多给吕明正一些支持,是不是就能更早地见到成效?他力主吕明正担任项目组长算是亡羊补牢。如果这次能成功,一定要把华北市场负责人的位子交给吕明正,让他有一个名正言顺、实至名归的身份。

任大任这几天心情都不太好,因为他"婉拒"了束弘庚,两人大概因此闹掰了。

上午来公司,为了停车位,他在地库又差点儿跟人吵起来。

由于昨晚到家太晚,没抢上小区里有限的几个充电桩。心想着今天上午来公司充电,但是公司停车场的充电桩也全都占满了。

车就剩不到10%的电了,他正犹豫要不要去附近的充电站把电充上,恰巧侧后方的一个停车位空了出来,车主拔掉充电枪,准备驾车离开。

但是那车刚走,一辆迎面逆行而来的电动汽车就从他车旁快速驶过,直接倒入停车位里。

车主是个男的,下车先点烟,再充电。

这也点着了任大任的火,他大喊:"兄弟,我等着往里停呢,你怎么停进去了?"

"这是你车位吗?"车主抬头看看,车位上挂着"临时车位"的牌子,于是便不再搭理任大任,从车内拿了手包就走。

换十年前,甚至三五年前,任大任肯定要下车和他理论理论。可这会儿他忍住了,因为妻子和母亲都反复叮嘱他,在外面吃点儿亏就吃点儿亏。

于是,任大任把车开到了附近的另一个停车场,距离公司不到两公里。

他扫了辆共享单车,骑上才发现车子没闸,铃铛也哑了。

电梯里又被人踩了两脚,新打了鞋油的鞋面上鞋印清晰可见。

到了公司,喝口矿泉水又把牙神经刺激到了,一阵阵抽搐地疼。

他捂着腮帮子窝在座椅里,生闷气。

电动汽车普及了,充电桩还不够普及。这块市场,任大任一直都想做进去,却一直不得其门而入。别的领域也没进展,公司就像他那辆亏电严重的电动汽车。

这时,邓肯却像哆啦A梦一样给他扛了个"门"来。

就在F280050的新项目刚刚立项后不久,聚源电子的刘庆春又带着一笔"大生意",专程从杭州坐高铁来找邓肯。

几年前,刘庆春在网上买到过一批掌芯科技的废片,虽然后来妥善解决了,但从此双方再也没有发生进一步的业务往来。

邓肯早把他的模样忘记了。时间过了这么久,刘庆春不仅还在聚源电子工作,而且已经是这家上市公司的采购主管。

那天,约的下午三点,邓肯满心期待地在办公室等着。刘庆春要来谈的这笔"大生意"是个充电桩项目,据说要用到F280050和F28024。

F28024又打了个翻身仗!

邓肯当时激动得快要落泪了。时间在美好的畅想中跑得飞快,眼瞅三点了,他才想起泡茶的紫砂壶还没有刷。

距离上次喝茶得过去一个半月了,这一个半月里邓肯一直很颓废,自然也没了泡茶的逸致闲情。

上次泡完的茶叶都忘了倒掉。邓肯忍着恶心,拿签字笔将发了毛的茶叶扒拉出来,攥着他这花了五千多的紫砂壶去洗手间冲洗。

楼道里,一个獐头鼠目的中年男人和他打了个照面。他径直走了过去,以为是上门回收二手电脑的,但那人叫住了他,略带喜悦地喊了声"邓总"。他这才重新把声音和人联系到一起。

"啊……刘总,好久不见!"他赶忙腾出手来和刘庆春握手。

居然这么准时。邓肯将刘庆春领进他的办公室稍候。然后快步来到洗手间,麻利地将茶壶冲洗干净。这么让人印象深刻的长相都没有记住,邓肯甩了甩茶壶里的水,对着镜子感叹岁月不饶人。

回到办公室,邓肯给刘庆春泡了一壶小青柑。简短的寒暄过后,刘庆春开始讲他这笔大生意。虽然电话里已经讲过一遍,但这次讲得更详细。

邓肯没有打断，直等他讲完，才问："现在 TADI 这么便宜，你们怎么不用 TADI？"

刘庆春说："我们要是还用 TADI，我们就比 TADI 还'便宜'了！当初缺芯那时候，TADI 可没少给我们脸色，谈好的供货说断就断。我们老板这回说了，坚决不用 TADI，找上门来也不用，再便宜也不用！"

刘庆春绘声绘色，把他老板的深恶痛绝模仿得惟妙惟肖。

这笔订单也的确能让他老板出一口恶气。一年 500K，差不多每月 40K，这对掌芯科技来说已经相当可观，何况还是方兴未艾的充电桩行业，未来的想象空间更加巨大。

刘庆春还给邓肯带来一个重要情报，他说，OBC 往后就不做在车里了，而是做到充电桩里。他们这个新项目就是这样设计的，并且光伏微逆和充电桩做到一起，所以才要同时用到掌芯科技的 F280050 和 F28024。

邓肯的内心又激动了一遍。

但他转念一想，OBC 如果下车，F280050 在车上不就没有用武之地了吗？那做车规认证还有多大意义？

这个问题很快就在刘庆春的话里找到了答案，他说："虽然 OBC 下车了，但是 DC-DC（直流-直流）还有机会。"

DC-DC 也要用 F280050！邓肯彻底放心了，刘庆春的声音此时对他来说，犹如天籁。他不得不对这其貌不扬的男人高看一眼。

天籁继续说着："充电桩现在真的大有可为。上路的电动汽车越多，需要的充电桩就越多。而且，以前安装的充电桩也要全面升级，一方面是主机要从风冷变成液冷；另一方面，现在充电桩的充电电压最高也就 800 伏，已经无法满足需求，将来都要换成额定电压不超过 1500 伏的直流高压充电桩。"

邓肯听得已经迫不及待，忙问："样片测试要多久？"

刘庆春估算了一下，说起码得一年，因为现在方案还没做好，等做好了再测试，一年能搞定就算高效了。他颇为遗憾地说："你们怎么不做方案呢？你们如果有现成方案，我们可以同步测，就用不了这么长时间了。"

邓肯也很遗憾，但这句话给他提了个醒……

"我们的坚持终于要有回报了！"任大任倍显激动，"电动汽车和充电桩这两个行业如果能做进去，谁还敢说我们这也不行、那也不行？至少我们这两样行！这就够了！"

趁着这股高兴劲儿，邓肯提议在上海设立一个公司的应用方案中心，利用上海领先的技术优势，给客户提供现成的解决方案。

任大任渐渐收拢起脸上的笑意，忽又轻笑一声，看着邓肯说："应用方案中心是要建，但不是建在上海，而要建在北京。"

好好捯饬了一番的束弘庚正准备出门。

他已和谢雨霏约好，晚上一起吃饭，他请客。

挺让人感慨的，曾经是他给谢雨霏实习机会，如今却要小师妹给他工作机会。

他不是非去芯传微不可，主动找他的人一大把。但他只想去芯传微，因为去了那里，他才能向那些对不起他的人讨回公道。

在他的"复仇"名单里，最新加上的名字是任大任，并且排在TADI诸公之前，位列第一。

任大任对他的伤害是无以言表的，一只脚踩碎了他的感情，另一只脚又踏破了他的尊严。

现在可好，不光TADI不要他了，连掌芯科技这种小破公司都胆敢看不上他！

束弘庚在腰间、颈后和手腕处狠狠地喷上迪奥"渣男香"。

香气浓烈，赐予他力量。

九

准备离职的当口，怎么找上门来的生意忽然又多起来了呢？还都是些从前爱答不理，甚至高攀不起的客户。

吕明正翻着从前跟这些客户的聊天记录，也很纳闷。

有两个很典型的例子。一个是从前联系过的振兴通讯，国内数一数二的大型服务器供应商，他曾经给这家送过 F28016 的样片。对方当时测得很积极，但提出 F28016 没有 CLA 的问题，希望掌芯科技能做一下改版，把 CLA 加进去提升算力。

为这个，邓肯还跟纪程远闹过不愉快。

纪程远最终做出妥协，放下手里的工作，优先给 F28016 做了改版。

然后流片、验证、测试，耗费了许多时间，结果被 TADI 乘虚而入，之后就再没有下文了。

那时候 TADI 还没开始降价，但振兴通讯这种生产大型服务器设备的公司，对价格本来就不敏感，每颗芯片贵几块便宜几块对它来说无所谓，重要的是有货，且能用。

这次振兴通讯主动联系吕明正，是因为这拨儿 AI（人工智能）带动起来的算力数据中心的巨大需求，对芯片"国产化"提出了严格要求。

所以，振兴通讯第一时间就想到了掌芯科技，并且第一时间找了过来。

吕明正说，现在有一颗 F280036 是 F28016 的升级产品，不仅有 CLA 还有 CLB（可配置逻辑块），很适合大型服务器上的数字电源产品。

振兴通讯的工程师立刻说："你给我送样吧，我马上测。"

"样片公司没有了，但是联大电子的在线商城还有货。"

对方说，没问题，马上下单去买。

还有一家北京本地做数字电源的客户，当初因为用另一家公司的国产 MCU 出了问题，赔了不少钱，发誓再也不用国产芯片了。吕明正跟了三年都没跟下来，已经被他归入"永无可能"的客户一栏。但这样"顽固不化"

的客户,也主动找上门来要样片。

吕明正同样推荐了 F280036,让他们自己去网上买。

不用三十年,三年就河东、河西了。

沉寂的市场需求重又活跃起来,吕明正的焦虑却愈发严重。和下家 HR 约定的"一月之期"马上就要到了,他却还没有向掌芯科技提离职申请。

HR 催了他好几次,甚至问他是不是改变主意了。吕明正只好说,遇到点儿困难,还没交接完。

还能交接完吗?

他也知道不现实了。

公司新定制了一批笔和本,打上了新设计的 logo,宋琳琳捧着,绕过别的部门,专程来到吕明正面前让他先挑。笔和本各有三种颜色,吕明正都挑了最低调的黑色。

作为老板身边的人,宋琳琳自然知道这段时间谁最受老板重视。这姗姗来迟的重视让吕明正五味杂陈。从前宋琳琳跟他打照面都不会说句话,如今却吕总长吕总短地来给他赔笑脸,还不是因为他如今成了全公司的指望?

如果这回没指望上,或者将来不指望了,笑脸会不会再度消失?答案是必然的。可脸都是自己争的。笔在指尖上被吕明正耍出了"棍花",令人眼花缭乱。他有信心给自己争脸。

趁着这股意气风发,他到楼道里去给下家的 HR 回了电话,很抱歉地说,他不得不爽约了。

HR 问他,是找到更合适的了吗?

他说并没有,只是目前情况不方便离职了。

"是给你加薪了吗?"HR 听上去不太愉快,似乎认为被吕明正利用了。

这时,吕明正看到任大任从公司里走出来,行色匆匆。

两人的目光碰撞在一起,随后,吕明正背转身去,回答说:"没给我加薪……"

挂了电话，吕明正回到座位上，心情有些激动。

窗外有鸟飞过，在两座写字楼之间起落。

他站起身，向下望。楼下的树枝上一片叶子都没有了，土冻成了干黄的颜色。

唉……电话又响了，是吕老板打来的。

吕明正又匆匆去楼道里接听。

他按下接听键，准备迎接一场兴师问罪。

"兄弟，听说你过不来了？"吕老板的语气，并没有责难。

吕明正连连道歉，诚实地说，这边忽然来了个大项目，交接不出去。而且公司现在正是困难时期，项目如果做成，就能帮助公司渡过难关，否则，他走了心里也会很不安。

吕老板默默地听着，对他说："兄弟，你做得对，做人是得讲义气。我公司从前也困难过，就是靠一笔大单子挺过来的，所以我理解你，也支持你这么做。"

吕明正呆住了，深为错过这样的好老板感到惋惜："我其实真的很想去您那儿……"

"我知道，兄弟，我也很想让你来。"吕老板爽朗地说，"咱不是加微信了吗？以后常联系。我现在在外地，等回北京我找你喝酒，我很想知道咱俩到底谁更能喝！"

电话挂断之后，吕老板的笑声仍在耳边回荡。

吕明正不知道自己的决定是对是错。有的决定是遵从内心，有的决定是为现实所迫。他算哪一种呢？还是两种都算？

去国科大的路上，风好像越来越大。

任大任摇上了车窗。

自从上次在导师家，汪广延提出让他代表所里参加创新创业大赛，他就多了一块心病。

从前，他参加过很多类似的比赛，知道评委们喜欢问什么。但那时候公司蒸蒸日上，即使遇到刁难，他也底气十足、信心满满。

而如今，掌芯科技正值多事之秋，营收、融资、产品都成了不便提及的软肋。可评委们的"乐趣"之一，就是哪儿软戳哪儿。他也不能"粉饰太平"，评委们或者是业内专家，或者是投资界的风云人物，个个火眼金睛。

如果乔劭旸还在就好了。比赛由他代劳，任大任就不用亲自受罪。任大任也想过让邓肯代劳，可邓肯既不是在校师生，也不是校友。

车窗外，熟悉的景物变幻着。任大任在心里又捋了一遍PPT的脉络。一张面孔浮现在他眼前，咧开嘴，犬齿旁的金牙闪闪发光。

如果说最近还有一丝安慰，那么应该是来自佘老板吧。前不久，他再次找到掌芯科技，说要投资两千万。任大任审慎地判断着他的诚意。

佘老板说："年轻人血气方刚很正常。我当年谈事儿，一言不合酒杯就摔地上了，气急了连桌子我都一把给掀了！"

任大任放下心来。虽然杯子没摔过，桌子也没掀过，但脾气和骨气他还是有的。

有了佘老板的两千万，再加上老柴的三千万，五千万一轮融资，虽然不多，却也不难看。够给那些尽调完又不投资的人好好看看了。

可是老柴……

任大任的后脑勺又疼起来，他仿佛再次看见血压仪上升高的数值。

就在大赛前两天，老柴对他说下轮融资只能跟投一千万，因为之前预留准备领投的资金已经被LP回收，这一千万还是他从别的项目上挪过来的。

这个消息沉重地打击了任大任刚从谷底攀爬上来的士气。

五千万变成了三千万，这三千万如果再看不住，就只能给人家看笑话了。

网约车停到了窄巷里。

南门不通，任大任从北门进入了久违的母校。北门不好停车，但离会场更近。

大赛的举办地点，就在任大任读研时上课的教学楼。

这栋楼分成南北两部分，内部有过道连通。南楼的实际楼层比北楼低，比如坐电梯去南楼 S401 教室，就不能摁四层，而要摁五层。任大任轻车熟路，自然不会走错楼层。这种感觉很特别，仿佛昨天才在这里上过课，今天，也是来上课的。

S401 是一间上大课的阶梯教室。

大赛已经在这里举行了大半天。

上午一开始是"创意组"，参赛选手是在校师生，参赛项目都是具有较好的创意和较为成型的产品原型或服务模式，只是尚未工商注册开始商业化运营；正在进行中的是"初创组"，参赛人员也以在校师生为主，只不过已经注册了公司，但注册时长未满三年，且最多只拿到过天使轮融资。

任大任要参加的是接下来的"成长组"。这个组别都是运营三年以上，产品相对成熟，研发投入和营业收入具备一定规模，并已完成多轮融资，但还没有真正长成的企业。

他是卡着点儿来的。前面还有三名选手，每名选手项目路演五分钟，加评委提问三分钟。

他没有按照座位号入座，而是在选手席随便找了个空位。

这座位被人坐过了，矿泉水也被拧开喝了几口。还有没人坐过的座位，但他懒得再换。

任大任环视全场，没有发现丁副校长的身影，便抱起胳膊，专心地听起路演项目。

刚刚，最后一个"初创组"的路演项目已经完结，即将登场的是"成长组"的第一个项目——《基于时空大数据技术平台：服务生态资源环境与安全应急监管》。

选手在台上滔滔不绝地讲述："这个项目基于对生态水文环境、大气环境、土壤环境及污染源的监管要求，依托生态环境大数据可视化分析，实现信息汇聚与共享、业务整合与协同、目标管控与决策、基础服务与支撑等功能。同时，系统从实际业务出发，通过管理手段不断促进业务与数据融合，精准掌握生态环境运行态势，以数字科学辅助决策，推动生态环境管理分析更准确、响应更迅速、协同更便捷。"

即使隔行如隔山，即使听不太懂，任大任也能知晓，这个项目既是一座整合了诸多前沿技术的"高山"，也是一座极具挖掘潜力的"矿山"。

果然，讲到企业经营状况时，选手提到，去年公司营收已经达到四亿元，未来两年则要突破十亿元。

任大任的脸热了起来。

有这样一个"高山仰止"的企业做标杆，待会儿他怎么讲？

如果"成长组"都是这种水平的公司，那掌芯科技真没资格待在"成长组"，而应该被分去"初创组"。

正自惭形秽时，一名工作人员微笑着走过来，低声和他打招呼。

任大任刚才看见她了，那会儿她正背对着选手席，专注地望着台上的路演人。这个叫凌雁秋的姑娘，跟乔劭旸同一届，毕业后留校了，所以也是任大任的师妹。她不算漂亮，但长相秀气，学术很好，能力也很强，气质有些清冷。

她说，丁副校长上午一直都在，下午临时有会离开了。

丁副校长特意叮嘱她，转告任大任，赛后要是有时间，就去他办公室坐会儿。

任大任说："好的，我知道了。"

这时，又有一名工作人员走过来，提醒要去候场了。

第二个路演项目因为分神没听到，等任大任从后排绕到候场区，第三名路演人已经上台。

这位仁兄实在不像"科技工作者"，留着"飞机头"，紧身西装，瘦长脸上没有一丝多余的肉，一口听不出是广东还是广西口音的普通话。

任大任不由得摸了摸昨天才理的头发——他似乎更像南方某个理发店

的Tony，国科大的毕业生可不是这样。

这位仁兄果真跟国科大没有丝毫关系，之所以能来参赛，是作为优质项目获得了国科大校友推荐。

任大任想不出推荐他的理由是什么。

他的路演项目是《高端电动刀剪国产化第一品牌》。大忽悠才满世界嚷嚷自己是"第一品牌"，一般都含蓄地说自己是领先品牌、领导品牌或者领军品牌。而且，电动刀剪是什么高科技吗？

原来大赛也掺水了。

任大任瞬间感到压力小了很多。

但是，当这位自报家门名叫庄志杰的仁兄往后翻PPT，他的压力又回来了。

高端电动刀剪在国内没名气，是因为主打海外市场。而且，越是欧美高端市场，就卖得越好、市场占有率也越高，甚至超过一众欧美本土品牌。

卖得最好的是电动智能剪毛器，一年出口五百多万套，每套价格都不便宜。庄志杰说，电动智能剪毛器是他进入父亲的公司之后，力推的一款产品，目前已经做到七个系列四十多种型号，还细分了专为男士设计和专为女士设计两大类。

他留学的时候，发现欧美人的体毛很重，但当地的剪毛器产品都不够人性化，样式也比较单一。他回国后，跟父亲一商量，就决定研发这个。起初，他家的剪毛器也不好卖，欧美人不相信中国人能设计制造出好用的剪毛器。于是，他背着样品胼手胝足把美国跑了个遍，见了许多当地的代理商、经销商，让他们亲自试用。试用后，这些人爱不释手，瞬间对他刮目相看。

美国市场打开后，庄志杰旋即将剪毛器向欧洲推广，并且借着"电商出海"的浪潮，很快也在欧洲打响了名头。现在，无论欧美的大型商超还是连锁便利店，包括电商平台，都能买到他家的电动智能剪毛器。

庄志杰说，为了这款产品，他每年有一半时间都在欧美。不仅仅是为了卖产品，还是为了推广理念。他要让欧美人更勤于剪毛，让他们明白不留体毛才是真正文明进步的标志。只有在理念上产生认同和共鸣，生意才能越来越好做，产品才会越来越好卖。

卖剪毛器的都能上升到文明高度，任大任想跟着其他人一起笑，却笑不出来。

到底是他太小看这位选手了。芯片自然比剪毛器高大上，但庄志杰能做到的，他却还未做到。

他摘掉有色眼镜，重新审视庄志杰。

庄志杰的路演，除了标题过于高调之外，内容都很实在，人也十分谦逊，完全没有他的外表带给人的浮夸之感。

他反复强调，自己能来参赛，非常荣幸，得不得奖不重要，学习才是目的。他虽然在欧美申请了不少专利，但是产品里用的还是欧美的芯片，所以叫"国产"有点儿名不副实。他想借这次大赛的机会，找到真正的国产芯片，将自己的产品做成真正的国货。

此时，任大任很动容。刚才庄志杰提到每年出口五百多万套的时候，他竟然毫无反应。是倨傲，让他对商机视而不见、充耳不闻。难道只有新能源汽车、光伏储能才叫生意，电动剪毛器就不是生意？

评委们的提问很友好，只是问他将来有没有上市打算、想在哪里上市，一个投资人评委对他的项目很感兴趣，问他能不能送个剪毛器试用……友好得不太认真，任大任知道，他们的倨傲也是刻在骨子里的。

任大任走上台去，与庄志杰擦肩而过。

演讲台上放着一瓶水，他拧开瓶盖喝了两口，滋润一下喉咙，也平定一下心神。

他居然感觉到了紧张。

仿佛这是他第一次路演，甚至是他第一次在众人的注视下说话。

任大任环顾全场，一双双眼睛都在紧盯着他。白亮亮的灯光锐化了观众们的目光，甚至锐化了他们的边缘，将他们从环境中抠离出来，仿佛这间教室里只有人，凝视他的人。

空气变得稀薄，任大任感觉到胸闷、缺氧。

他强自镇定地说，很高兴回到母校，回到熟悉的教室，如同回家一样温馨。随着他的开场白，PPT已经打开。是他精心修改过的，删除了一些不宜对外展示的内容，但大体脉络依然是从公司简介讲起，串联起融资历程、商业路径、核心技术、产品系列、市场领域、应用方案，等等。

这些内容他已经讲过无数次，给客户、投资人、员工、评委、领导讲，甚至给自己讲。以往，他能够将这套讲述控制得分毫不差，时长甚至精确到秒，但这次，他却没有掌握好时间。

之所以如此，是因为他在"产品系列"那部分延宕了太久。他从公司第一款芯片讲到最新一款芯片，每一款芯片都如数家珍，主要参数、对标型号、性能优势、生产状态、客户群体……事无巨细，巨细靡遗。他也不明白为什么，自己仿佛陷落在了那一颗颗芯片中。

完全没必要。

评委们不会关注得那么细致，观众们也不会沉浸其中。

似乎，只有仍旧坐在台下的庄志杰在认真地听着。

任大任的眼前模糊了片刻。每讲一款芯片，就像翻开一本日记，几乎每天都有故事发生，每个故事依然那么鲜活。他读完一个故事，忍不住去读下一个故事，读完一本日记，又忍不住去读下一本日记。

计时员提醒，三十秒倒计时开始。

慌乱突然涌进他的心里。市场领域、应用方案……还有那么多内容没有讲。所有打好的腹稿原本有序地排着队，静候脱口而出。然而，计时员的提醒一瞬间让这条蜿蜒的队伍炸了锅，排在前面的文字不断向前挤，排在后面的文字使劲往前拥，争先恐后，互不相让，顿时将喉咙这条狭窄的通道淤塞得密不透风。

前一秒还在争分夺秒的任大任，在下一秒，忽然哑然失声。

一部分眼见挤不进喉咙的腹稿掉转头去，又拥入他的脑袋，七嘴八舌地向大脑投诉、抱怨，吵作一团，乱作一团。一篇篇条理清晰的腹稿相互推搡着，散落成一个一个凌乱的字。

他仍旧一个字都讲不出来。

任大任眼神空洞地望着台下，右手机械地翻动 PPT。

剩余的 PPT 一页页向后，在寂静的赛场内如同自动播放。

一声尖锐的提示音刺破了尴尬的无声，时间已到。任大任这段没做任何解释的静默，终于可以结束了。

可是，还剩一页 PPT 没有翻完。

他最后一次按下翻页器。

最后一页 PPT 上，打着两个斗大的"谢"字。

他也说了声"谢谢"。终于能够发声了，声音如同从旱地里拔出最后一株枯苗，带出的土坷垃。

搞砸了。只有这三个字在他的脑袋里到处乱跑。

可他已变得无比平静。

他拿起那瓶矿泉水，灌了下去，旁若无人。然后，他将空瓶放回原处，心如止水地与所有人对视。

没有评委提问。

再一次的安静将尴尬再次放大。

终于有评委提问了，问芯片都在哪里生产、采用什么工艺。这部分内容相对敏感，因此 PPT 里没有。

任大任告诉这位救场的好心评委，掌芯科技跟联创半导体、同芯半导体这两家晶圆厂都有合作，也都开设了账户，除了少部分型号，大多数都在联创代工。不过，目前也在跟同芯探讨 28 纳米工艺合作，未来一些新型号可能都会导入这个工艺，进而增加在同芯半导体投片，这样，在两家晶圆厂的产能分布将更加均衡。

评委点点头。

一阵短暂的间歇之后，刚才那位想试用剪毛器的评委问，联合创始人的离开，会不会对公司运营造成重大影响？

不能说这个问题不怀好意。

任大任和善地告诉他，公司有稳定的组织架构和完善的内控制度，所以任何人离开都不会造成重大影响，包括两位联合创始人，也包括他自己。但是，并不是说一点儿影响都没有，毕竟联创这个级别的人离职，要支付的薪水和奖金肯定能少很多，这给公司省下了一大笔开支。

居然有观众被逗笑了。

这名评委马上又问："回购股权花了不少钱吧？你们至今都没有新的融资，营收还那么低，你现在难道没有资金压力吗？"

任大任瞄了眼矿泉水瓶，可惜不是玻璃的。

他笑了笑，说："资金压力什么时候都有，但公司的市场潜力更大。现在产品线已经非常齐全，覆盖的行业领域也很全面，我相信我们对投资方还是很有吸引力的，我们也正在和多家投资方谈。"

"我了解到的情况不像你说的这么乐观……"这名评委的话，被计时员及时打断。

"您如果还有问题，可以在下面和路演人继续沟通。"主持人微笑着说，然后熟练地向任大任致谢，并有请下一位路演人登场。

任大任回到原来的座位，拿起包。

凌雁秋快步走过来，小声说："师兄，您刚才没事儿吧？是不是哪里不舒服？"

任大任向她摆摆手："我去看看丁副校长在不在，先走了。"

凌雁秋把他送到门口。教室的门关上了，任大任长长地出了一口气。

这时，一个广普不分东西的声音响起来："任总，留步！"

是庄志杰。

"刚才一直在认真听，您的这个项目真的是太棒了！"庄志杰由衷地说，"咱们能不能加个微信，看看将来有没有合作机会？"

"您的项目做得太好了，给我很多启发，还有震撼。我得多向您学习。"任大任赶忙拿出手机。

"互相学习，互相学习。"庄志杰扫了他的二维码名片，问道，"您公司在哪里？是在北京吧？"

"就在中关村东路上，离这儿不远。"

"您明天有时间吗？我去贵司拜访，方便吗？"

"明天……"任大任犹豫了一下，"可以，您几点过来？"

"九点……或者，十点也可以。"

"九点半？"

"好的，那我们明天见。"

乘电梯来到一层。

走出教学楼，下台阶时，任大任才感觉到腿软，头也一阵阵发晕，一定是血压上来了。

他真想坐在台阶上休息一会儿。

向校园里走去，温煦的阳光一瞬间拥抱了他。

正是上课时间，校园里人不多。篮球场上不时传来呐喊，场边还有围观的女孩。任大任走到场边，站住了。年轻真好，能跑那么快、跳那么高，连续冲刺几个来回都不觉得累。

他当年也是这样，虽然学业压力很重，但是能吃能睡、能跑能跳，从来没有为将来的出路发过愁。从小学到大学，再到工作，一路走来，他只要做好了自己，似乎一切都顺理成章。

然而，自从离开研究所，舒适圈外原来那样不舒适。

很多时候，他认为自己已经做得足够好，得到的回答却仍然是还不够好、不怎么样。即使在最顺利的那段时期，这样的打击也如影随形。这是他从小到大未曾有过的体验，甚至动摇了他从小到大积累的自信。

他迈出创业这一步，正是因为自信。

自信能够踩中风口，自信能够乘风而起，扶摇直上九万里。

当初束弘庚嘲笑他，想做中国的 TADI 是痴人说梦，他十分不服气，可如今，他有时也嘲笑自己，把空调房里的想象当成了触手可及的真实。

真实的世界哪有恒温恒湿？雨雪风霜，才是世界的真实。

球场上一声怒吼，进攻球员的上篮被防守球员一记大帽狠狠扇了出去。

篮球向任大任飞来，三两下就弹到了面前。

他一把将球接住。本想直接扔回场上，但抬手的那一刹，他却临时改变了主意。

球被他高高举起，右手腕一抖，倾尽全部臂力，将球朝篮筐投去。

篮球飞离掌心，任大任目送它远去。

他此刻正站在中线的另一侧，距离篮筐有半个球场远。在球即将出手时，他曾有一丝退缩：直接把球还回去得了，这么大岁数还逞什么能？年轻时都没做到的事，已届中年还能做到吗？万一投不进，再来个"三不沾"，不是被眼前这些年少轻狂不知愁的后辈们嘲笑？

但嘲笑又怎样？投不进又怎样？

球在半空中达到最高点，在所有人的仰视下，愤怒地俯冲向篮筐。

唰的一声，隔了半个球场都清晰可闻。一记超远距离的三分，还是空心入篮！

"我去，三井寿！"有人朝他大喊，场边的女孩们也为他欢呼雀跃。

"世界が终るまでは 离れる事もない（陪你昂首直到世界尽头，渴望的心不要理由）……"这时，如果有这段背景音乐就更完美了。

任大任笑着挥挥手，转身而去，留下一个完美的背影。

转过身，脸上的笑容也随之而去。

这一记畅快淋漓的超大号三分，再度激起任大任心中的愤怒。

汪广延曾说："你代表所里去参赛，讲一讲PPT就好，说说你这些年都干了什么，就好。"

这些年，我都干了什么？

我拿到了五个亿的融资，我做出了四十多款芯片，我拉起了一支上百人的团队。我领导着一个成立还不到五年的公司,去跟一个成立了快一百年的公司PK!

这就是我干的,我也将继续这样干下去。

芯片有问题就继续改,芯片不好卖就继续卖!冬天都来了,春天还会远吗?这条路是我自己选的,我就要一直走到底!

任大任怒气冲冲,越走越快。他决定不去见丁副校长了,他要马上回到他的战场。

十

任大任刚刚走出校门,就接到杨晓寒的电话。她的声音既温柔又温暖,还透着动人心神的喜色。杨晓寒告诉他,有人要收购全部股份,买下掌芯科技。

在将近数九的寒天里,任大任倒吸了一口冷气。

自从上次转股失败后,两人之间便没再过多联络,只是偶尔朋友圈里给彼此点个赞。他以为杨晓寒的喜色,带来的是融资的进展,却没想到……

突如其来的"喜讯"并未给他带来喜悦,反而是彻骨的寒冷。

杨晓寒似乎察觉出他的异样,小心翼翼地问:"你不高兴吗?马上就有机会实现财务自由了!这是多少人梦寐以求却求之不得的,而你马上就能实现了!"

"什么公司?"任大任裹了裹衣领。

杨晓寒说是一家叫作耘艾资本的投资公司。这家公司专门全资收购或者控股一些有潜力的高科技企业,再把收购的企业做一系列包装,转卖给有需要的买家。比如为了满足上市条件或者为了推高估值的公司,这些公司对此类收购往往具有刚性需求,耘艾资本赚的,就是这部分倒手的费用。

"二道贩子?"任大任嗤笑了一声。

电话里沉默了片刻。

"什么叫二道贩子呀？耘艾资本很有实力的，之所以不出名，主要是因为低调。"杨晓寒原本的喜色也淡了许多，"现在行业这么不景气，有人收购你的公司，不正好给你解套吗？也省得你整天为了融资、营收发愁。先拿到一笔钱，好好休息，等将来行业景气了再入场，或者转型做VC。我认识的一些创业者，有的都卖掉两三家公司了，他们每天就看看项目，有合适的投一点儿，日子过得比神仙还滋润。"

"VC的日子也不好过吧。"任大任说。

"也可以不投资啊，放在银行吃利息，或者趁便宜买套大房子……"

任大任想起来，妻子经常念叨，喜欢住大平层……孩子越来越大了，父母也越来越苍老……

他说："有耘艾资本的资料吗？我先了解一下。"

"有，我发给你。"杨晓寒随即从微信上把资料发了过来。

才1.75兆的一个PDF文档。

任大任嫌冻手，没有马上点开，准备回办公室再看。

有那么一瞬间，他感觉到恍惚，不真实，矗立在人来人往的街头，仿佛来自另一个平行世界。

行走过无数遍的这条路忽然变得陌生，一张张陌生的面孔却都仿佛知道他是谁一样，刻意地装作和他不认识。

收购，如同半路杀出个程咬金。他刚刚的愤怒和豪情都消散了，如果能把公司卖了，那前一秒还步履维艰，下一秒就原地登天了。起码不用再过得这样辛苦，像他此刻顶着骤起的寒风向前走，每走一步都要使出很大力气，才能够不被吹到与他的目的地截然相反的方向去。

回到办公室，任大任给自己倒了一杯热水。

水有点儿烫，他虚捧着水杯暖手，用三分钟，就看完了杨晓寒发来的文件。

除了公司介绍，就是几个收购案例，如果不是中英文对照，连1.75兆都用不了。

耘艾资本的官网也很简约，怎么看都像个草台班子。

他把电话打给杨晓寒："你是怎么联系到这家公司的？"

杨晓寒说，她在香港工作的时候，就和耘艾资本的老板认识。这段时间，她一直在为掌芯科技物色投资方，但行情实在太差，投资方很不好找。刚好耘艾资本的老板来上海，约她见面，她就顺便把掌芯科技的资料拿给他看，没想到他一眼就看中了，请她当中间人促成交易。

"你和那个老板很熟吗？"

"还可以吧。"杨晓寒回答得有一丝犹豫。

"看上我们什么了？"任大任问道，"我们现在产品都还没打磨好，营收也才那么点儿钱，对耘艾资本能有多大价值？"

"这些都不重要。"杨晓寒给他解释，"如果你们是一家成熟的公司，已经很大规模，这对收购方来说未必是一个适合的收购对象。就是现在这种将起未起、将成未成的半成品状态才刚刚好，收购方不用花太多的钱，却能获得远超交易成本的收益。"

"他们准备出多少钱？"

"这要你们自己谈。但是，肯定够让你财务自由了。"

"不过，我现在不想卖公司，还没到那一步。"

"现在公司账上还有多少钱？你真想等到实在经营不下去再卖吗？到时候还有人买吗？"杨晓寒听上去有些焦急，"多少公司都融到了D轮，可说倒下就倒下。掌芯科技才B轮就这么难，你觉得能坚持到D轮吗？"

"这么不看好我吗？"

"不是的，而是帮你做出理性的选择。我不想你到头来竹篮打水一场空。"杨晓寒的话情真意切。

"我再想想吧……"任大任气馁地说。

吕明正从外面拜访客户回来，座位上摆着个顺丰的大纸箱子。如果不是这快递送到了,他从客户那儿就直接回家了。现在他外出拜访,企业微信填完申请,邓肯都是秒批,人事也不再找碴儿,要求他尽可能地回公司打卡再下班。

"箱子里是啥呀?"前台小姐姐过来打听,"刚才任总路过,还问我来着,我说我也不知道。"

"客户寄来的,UPS(不间断电源)的样机,用的咱们016的芯片。"

"您的客户吗?"

"不然呢?"吕明正笑着反问。

"您真厉害!"前台小姐姐笑靥如花地夸赞。

吕明正拆开纸箱,将包裹着样机的绝缘泡沫拆掉,又拆掉了自带的包装盒。样机工业设计得很显高档,黑色亚光表面,没有打 logo。

还怪沉的,吕明正抱着掂了掂。得拿给邓肯瞧瞧,公司其他销售还没收到过客户寄来的样机,他这回又独占了鳌头。

邓肯正在侍弄他新置办的荷花白瓷的羊脂玉茶具,开水浇在茶具上,仿佛羊脂要融化了一般绽放出油润的光泽。

"您泡茶呢?"吕明正乐呵呵地问。

"金骏眉,你等会儿尝尝。"

"行!"吕明正没客气,"您瞅这个。"他将怀抱着的 UPS 样机交到邓肯手里,"客户寄来的,用的咱们016的芯片!"

邓肯眼中迸出比羊脂还油润的光泽,稀罕地抚摸着样机问:"客户的用量大吗?"

"不算大,一个月一两千片,但是稳定,下单像 UPS 一样不间断。"

邓肯爽朗大笑:"有量就行,室内的用好了,将来室外的也能用。"

"我就是这么想的。"

邓肯又拿电磁炉烧了壶水,撕开一小包正山小种,全都倒入了白瓷茶壶。

"喝红茶不应该用陶瓷,应该用紫砂。"吕明正说。

"为啥?"邓肯问。

"因为陶瓷壶保温效果好,散热比较慢,容易把红茶泡出苦涩味儿。"

"正好新买的,我寻思开个壶,就没讲究那个。"邓肯瞥了眼冷落在一旁的紫砂壶,又问,"平常没见你喝茶啊,怎么懂这些?"

吕明正笑着说:"平时我们老家儿(北京话,父母)爱喝茶,所以我懂一点儿。"

邓肯沏了茶,没久泡,给吕明正倒上说:"一会儿把样机拿去给任总瞧瞧。"

吕明正将UPS的样机抱回座位。他并不愿意再拿去给任大任看,可坐下来冷静了一会儿,又站了起来。

任大任的办公室门紧紧闭着。也不管有没有人,吕明正用力敲了敲。

"请进。"里面沉闷地应声。

吕明正挺起胸膛,拧开门把手,推门而入。他也没先打招呼,而是径直来到任大任桌前,把样机往桌上一放,才说:"客户给寄的UPS样机,用的咱们016的芯片,拿来给您看看。"

斜靠在老板椅里的任大任坐直身子,将样机拉到近前,仔细端详。

"坐。"他招呼吕明正。

吕明正大咧咧坐下,这是他第一次和老板对面而坐。

"我就说,016能卖就先卖,不要总等着改版。"任大任和邓肯一样,都问了客户的用量大不大,也和邓肯一样,没嫌弃用量不大,而是说用上就好。

"一会儿给市场部送去,他们在那边办公室弄了个展示台,我正嫌展示的方案太少呢。"任大任说。

吕明正就要起身。

"别急,坐下聊会儿。"任大任将他叫住。

吕明正重新安放好屁股,审视着任大任。

任大任破天荒地头一回主动了解起他的客户进展,除了那些已经知道的,还问了许多不知道的。吕明正也言无不尽。他甚至比任大任期待知道的讲得还多。

任大任的目光从惊奇化为赞赏,甚至还有那么一丝心悦诚服。这是前所未有的,吕明正从任大任这儿获得的,从来都是他出卖劳动力的价值,而没获得过一丝一毫的情绪价值。

他需要的其实就是一句夸奖,哪怕一个眼神,证明他在公司被认可、被需要。

吕明正讲了不少他跑客户的故事,既是趣事,更是来自销售一线的实战经验。

任大任听得很认真,最后说:"哪天再拜访客户,带着我。"

吕明正暗暗叹了口气。任大任在他眼中忽然变得慈眉善目了许多,但也的确比他刚来公司时,那个意气风发、誓要将掌芯科技打造成中国TADI的任大任苍老了许多。

如果人真的会断崖式衰老,估计他已经来到了悬崖边上。吕明正对眼前这位老板有了一丝丝同情。

他向任大任告辞,抱起样机准备离开。

任大任忽然对他说:"辛苦你了!"

"应该的!"吕明正笑笑,感觉心又安顿了下来。

吕明正刚出去,宋琳琳就拿着文件走进来,是她做好的年终奖金方案。

"有好几个人问我,今年到底有没有年终奖。我回复的是,暂时没听说。"

任大任瞟了一眼方案,又得好几百万。这些天,他一直在琢磨年终奖该怎么发,发还是不发。其实,仅仅是十三薪而已,但就目前的财务状况而言,也是一笔很沉重的负担。

如果卖掉公司,这个决定就很容易做了。发足奖金,所有人带着感激离他而去,至少不会被骂。这样一想,先不论价格,被收购本身就已十分诱人。

以后不用再为发钱而发愁，没事儿还可以在家躺着数钱。这迷人的松弛感。

"要不然，今年还是别发了……"宋琳琳提议。

任大任抬头看着她，想知道她内心的真实想法。

什么真实想法……他忽然觉得自己很搞笑。有哪个人不希望发年终奖呢？连奖金都发不出来的公司，还有什么可期待的？这样的老板，还值得追随吗？

"先放这儿吧。"他将方案接过来。

宋琳琳点点头，神色有些失望。

最近，因为车规认证加速推进，也因为F280036客户测得很积极，很多反馈需要及时回应，公司各个部门都很忙，经常加班到很晚。

但是，大家普遍士气不高，许多人都是闷头苦干，不再像前两年那样打心底里干劲十足。

已经有风声说公司融资困难，年底的奖金也可能发不出。可能有人已经在为自己找后路了……任大任无法苛责任何人，只能尽可能地鼓舞士气，跟大家同甘共苦。

他每天都是最后一个下班，在公司里转一圈，确认没有人之后再锁门。

今天也不例外。

他关掉所有灯，只剩门口处的一盏。他又回望一眼黑漆漆、静悄悄的办公区，随即关掉最后一盏灯，迎宾墙上的公司名和公司logo一起消失不见。

灯又开了。

任大任仔细端详着这面迎宾墙。墙上的字是他亲自找人设计的字体，logo更是他亲手画的，灵感来自他案头的一块电路板。如果有一天他真的把公司卖掉，那他一定会把墙上的字和logo抠下来，都带走，当作收藏，留作纪念。

但这样的收藏有意义吗？这样的纪念，还不如不念。

回到家,孩子和父母都已经睡了,妻子还躺在床上刷手机。

平时晚上回来,如果从卧室里传出一声"老公回来啦",或者问一句"我给你弄点儿吃的吗",说明妻子心情不错。

如果没有声音,那妻子肯定心情不好,任大任就要多加小心了,蹑手蹑脚或者小心翼翼地。

今晚,卧室里静得出奇。

他从冰箱拿出一罐可乐,磨磨蹭蹭地喝掉。

走进卧室,妻子依旧不发一言,手机屏幕是亮的,她的脸是黑的。

任大任悄悄地换好睡衣,准备去洗漱。

"你一天天都忙什么呢?我让你问的事儿你问了吗?"妻子把手机拍到床上,噗的一声响,堪比惊堂木。

"问什么?"他茫然无措地回过头。

"问你儿子上学的事儿啊,明年就小升初了!"妻子攥紧手机,仿佛随时都有可能丢过来,那可是新买的 Mate 60 啊。

"哎呀,真忘了!"他不由得叫出声来。

"这么重要的事儿都能忘?"妻子坐起身,像弹了起来,"你不有那人微信吗?就问一句的事儿,有那么难吗?怎么就忘了呢?这么多天了!从小到大,孩子让你管过一天吗?这么重要的事儿,你怎么都不往心里去!"

任大任慌忙拿出手机:"我现在就问……"

"现在问什么问,都几点了?"

"那……我明天一早就……"

"别再忘了!"妻子又躺回到枕头上。

去年,他参加北京市举办的一个面向全球高层次科技人才的创业大赛,获得了二等奖。这个奖项不仅给他个人带来了一笔丰厚的奖金,组委会还承诺,可以帮助解决子女上学问题。只要是以房产所在地为圆心,学区内所有的学校,组委会都可以帮忙推荐入学,而他家的小区对口的恰好是全北京最好的中学。

那可是全北京最好的中学啊！

能上这所学校，就相当于给孩子拿到了一张通往更高阶梯的门票。也难怪妻子这么大火气，其实就是在微信上问一下组委会的那名工作人员，问她是不是过完年就可以办理、需要提供哪些资料。

他擦干脸上的水珠，看着镜子里皱纹加深的自己："你一天天忙忙碌碌，究竟是为了什么？"

客厅的灯亮了，妻子坐在沙发上，迷茫地望着前方。

"我明天一起床就问，你不要想了……另外，有一件事儿和你商量。"任大任坐到她身边。

妻子迷茫的目光转向他。

上次给自己降薪，他就是和妻子商量过后才做的。与其说是商量，不如说是事先取得原谅。那次，妻子没有丝毫抱怨。

"是好事儿。"任大任故作轻松地说，"有人要收购公司。"

妻子惊讶得张大嘴巴，愣愣地看了他半天，才问："谁买？多少钱？"

"还没见过面，是一家叫耘艾资本的公司。"

任大任隐去了杨晓寒的关系，将耘艾资本的情况简单地说了。

妻子一皱眉，她对这类公司向来没有好感。

"不会是骗子吧？"她警惕地问。

"那倒不至于，就是不知道能开什么价钱。要不我先谈谈？"

妻子依然皱着眉，想了想说："公司卖了，儿子上学怎么办？"

任大任恨不得抽自己一巴掌。对啊，马上就小升初了，现在如果把公司卖了，那个推荐名额就用不上了。

"你看我……那算了。"

"可以先谈谈……"妻子边想边说，在一笔潜在的巨大财富面前，她也变得犹豫不决了。

"其实，如果合适，卖了也可以。"任大任试探着说，"有钱就能让孩子上国际学校了，你不是很羡慕你那个什么同事吗？"

"我才不羡慕呢!"妻子矢口否认,"上国际学校就只有出国一条路了,你放心让孩子出去吗?"

他无力地靠在沙发上,当然不放心。

"你不是想买别墅吗?或者大平层……"他的声音很轻,像飘浮在梦里,"把公司卖了,你的梦想就能实现了。"

没有声音。

任大任转过头,妻子抱着抱枕,正在出神。

"你的梦想呢,只值一套别墅吗?"她喃喃地说。

他叹了口气。如果能给家人一个宽敞的家,让他们过上更好的生活,那他的梦想……放弃也不是不可以。

眼下,孩子和父母住在一个房间。但孩子一天天长大,将来肯定需要一个自己的房间,那父母住哪儿?回老家还是租房?都不是长久之计……

在梦里,他深夜回到家,父母妻儿都睡了,他自己也睡了。

儿子还没现在这么大,被子蹭在脚下,枕边塞着那张字迹歪歪扭扭的田字格纸。

任大任伸手摸了摸儿子的小脸,给他掖好被角。儿子的眼角有泪痕,嘴角有笑意,小小的掌心里,还露出一角镶着银边的黑。

嘀,这不是当初那颗在家里失而复得的芯片吗?那颗"掌芯科技"出品的第一款芯片。为了这枚芯片,他还和家人一起庆祝过一场,也把儿子狠狠教训了一顿。

任大任帮儿子把小拳头握紧。看着看着,他先是笑了,后来又哭了。

止不住地流泪。

"可不能再弄丢了。"他小声叮嘱儿子。

杨晓寒催促,尽快和耘艾资本见面。任大任同意了。

这一次,他没有让邓肯知道情况。在一切未有定论之前,越少人知道和参与,他掌握的主动权就越大。

见面地点安排在金宝街上的丽晶酒店。杨晓寒和耘艾资本的老板都入住于此。约好在酒店的大堂吧会面。任大任到得稍晚,远远的,就看见杨晓寒向他招手示意。

她身旁的沙发里,一袭浅灰色西装的高个儿男子正跷着二郎腿,仿佛一尊端坐着的大理石雕像。

起身握手的时候,他比一米八的任大任高出半头。男子很有风度,西装和衬衫都是灰颜色,面料既考究又舒适,灰得很有层次感。他身上的香气也很有层次,野性而又知性。

这的确是个很有魅力的男人,脸上的每一丝线条、身上的每一块肌肉都不可阻挡地显现出棱角,必定是日复一日精心雕琢和耐心打磨后的结果。

这身材不当模特可惜了。那张极具古典气质的脸虽然棱角分明,满头亚麻色的长发却柔和地打着卷儿,令他看上去不仅雕塑感十足,也更像是晒成了古铜色的古希腊或者古罗马美男子。

他叫项耘深,但杨晓寒没有称呼他项总,而是叫他 Euson。这是种很洋派的叫法,也显得两人关系亲密。

落座之后,项耘深又跷起二郎腿。他那条大长腿正对着任大任,皮鞋又长又尖,让任大任很不舒服。

如果不是这单生意,他跟项耘深这种从云端俯视众生的人也许永远都不会有交集。

项耘深并未客套,很快就进入了正题。

他嫌掌芯科技的营收太少,客户也不够多,技术人员都没几个有留洋背景。之前给杨晓寒的尽调资料,他一定也看过了。

然而,即使说的都是事实,这样喜欢贸然评判、一上来就贬低人的做派,也让他显得很没有教养,很讨人厌。

任大任毫不客气地说,芯片公司都得"板凳坐得十年冷",没有谁一上来就能爆发。客户现在的确不多,可股东里不乏行业龙头,有一些大客户虽然还没下单、还没起量,但是一直都在接触、在测试,因而未来不排除有大单的可能性。而且，留洋回来的也不一定顶用，公司就是靠着现有的这些"土枪"和"土炮"在行业内率先做出了RISC-V DSP，并且用短短几年时间，把产品线做得初具规模，相对齐全。

项耘深忽然笑着问："你怎么不刷订单呢？"

粗鲁的人，披着绅士的外衣！任大任被激怒了。

他知道这种玩法，也有人这样建议过，但他不齿于也不屑于弄虚作假，找代理商或者客户帮忙押货抑或下假订单。

气氛就这样毫无预兆地急转直下，任杨晓寒如何往回拉都无济于事。

项耘深似乎也不在意，他只是来谈生意，又不是来交朋友。而任大任这种档次的创业者，在他眼里也不算个人物，他此时一定只求速战速决，用钱把对方直接砸死，至少压得对方向他低头、向他弯腰。

按照掌芯科技的估值，他直接砍掉了一半出价。即便这个价格，任大任最后也能落下一两个"小目标"。拿这些钱，打发打发已经足够了。像任大任这种没见过什么大钱的小老百姓，在这笔巨款面前怎么可能不眉开眼笑、欣然接受呢？

任大任盯着他的眼睛，说："我拒绝。"

连讨价还价都没有。

项耘深显然愣了一下，他玩味地望着面前的人。

然后，他一口咬定，不再加价。并且继续挑掌芯科技的各种毛病，以印证他的报价合情合理、童叟无欺。

杨晓寒急忙劝说，先别拒绝，回去考虑考虑。

送任大任去停车场的路上，她说，她也会劝项耘深再把报价提高一些。

"不必了。"任大任一口回绝了她的好意。

"何必跟钱过不去呢？"

"道不同不相为谋。"

"你不需要跟他同道为谋啊！买卖成交就一拍两散了，好好谈生意，何必置气呢？"

"是我不想好好谈吗？你看他什么态度。"

杨晓寒耐心地劝解："他对谁都是这个态度，他就是靠这个方法压价。你想想，如果不诚心买，他会专程来北京吗？只有诚心买才会跟你砍价。不诚心买都是什么好听说什么，把你夸得像一朵花，有意义吗？"

坐在车里，任大任给妻子打电话，汇报了一下会面的过程和结果。

妻子厌恶地损了一句那个叫项耘深的，然后说："公司是你一手创办的，前途也该由你亲自决定，你遵从内心的真实想法就可以了。"

任大任将自己关在办公室里，似乎不吃午饭的饥饿感能让他更加清醒。

掌芯科技很可能是他这辈子唯一的一次创业机会，他很难像杨晓寒口中的那些人那样，重新开始。因为上一次"国产化"的风口过后，市场基本已划分完毕，各个细分领域拥入了足够多的竞争者，往后就是做减法，大浪淘沙，去芜存菁，不可能再有机会和空间留给任何更晚进入的公司。去年淘汰掉的上万家企业，就是很好的证明。

任大任踩中的这次风口是历史性的机遇。就算还会有下一次这种级别的风口出现，可他还有能力赶上和抓住吗？

掌芯科技现在虽然缺客户、缺订单，产品也不够尽善尽美，并且前有堵截、后有追兵，但它占据的是 RISC-V DSP 这条赛道的领先位置，它要走的路，其他公司也都要走。

做 IC 真的不像做 IT，可以迅速做大，快进快出。"板凳坐得十年冷"是行业常态，三年起量、五年上市的"神话"在这个行业不可能存在。然而，人又有几个十年去坐冷板凳呢？尤其是精力最旺盛、斗志最顽强的十年？

想来想去，又回到原点。

还是眼前的问题，还是以后的问题。

不管他以后还有没有精力和斗志再奋斗十年，眼前就能让父母住上他买的大房子，不必再等十年……

任大任决定听一听父母的意见。

他罕见地提前下班，回到家，开了个家庭会议。

父母听他讲完，互相看着对方。

在母亲的催促下，父亲率先发言，他说他没意见，儿子决定怎么干就怎么干。

母亲满眼心疼地看着儿子，态度明确地说："妈是希望你把公司卖了，回所里好好上班。但是妈不是想让你给我们买房子，我们以后回老家也能互相照顾，不用你操心。妈就是心疼你，不想你太累。你瞧瞧你这几年长了多少白头发，眼角皱纹都快跟妈一样深了……"

"还能回所里吗？"父亲问。

"回是肯定能回……"

父亲理解了他的后半句话，于是坚定地说："爸支持你，不卖，继续干！"

"瞎起什么哄？儿子累坏了怎么办？"

"你就不怕他心里憋屈坏了？"

"公司又不白卖，赚钱了憋屈啥？"

"是钱的事儿吗？你生的儿子你不了解？"

眼见就要吵起来的父母，忽然都沉默了。

妻子看看公婆，又看看丈夫，也垂下了头。

这时，儿子忽然打开卧室的门，在门口大声喊了一句："爸爸，你别卖公司！"

"去，写作业去。"妻子站起身，朝儿子走去。

孩子一动不动，紧紧地盯着任大任，脸上露出了小男子汉的神情。

任大任鼻子一酸，脸上却挤出了笑容，说："听你妈话，写作业去，爸爸不卖。"

晚上临睡觉，儿子怕他说话不算话，又找他确认："爸爸，你答应我了，不卖公司，是吗？"

任大任笑了笑，说："不卖。"

他又失眠了，卖与不卖还在他心中纠结。

这真不是一个好想的问题。究竟是现在放手还是坚持下去更理性？就好比自己有一辆心爱的限量款汽车，因为加不起油开不起了而不得不卖掉，可买家花大价钱买车的目的却是把车拆散当零件卖。

理性的选择肯定是钱货交割完毕，这车就和自己没关系了，自己可以拿着这笔钱去买辆新车，继续生活。但感性的人会心疼，甚至拒绝把车卖给这样的买家。掌芯科技的下场可能就如同这辆车一样，即使不被拆得七零八落，也可能被改头换面得面目全非。

任大任是个足够理性的人吗？那可是耗费了他多少心血、承载了他多少梦想的掌芯科技呀！何况，理性的选择就一定是最佳选择吗？

但如果不卖，会不会真的竹篮打水一场空呢……

家人都睡下了，他还坐在沙发上抽烟。家里是不允许抽烟的，任大任破例违反了家规。长长的一截烟灰被抖落在摊开的湿巾上，湿巾上还躺着好几个烟蒂。

他不由得想要咳嗽，才咳嗽了几声，便被强行抑制住了。他生怕搅扰了家人的清梦。可楼下不知谁家的电动车又被触发了警报，呜呜哇哇地在暗夜里不断回响，没轻没重。

终于肃静下来，又能远远听见车辆行驶的声音。任大任来到窗前，拉开窗，让屋里的烟味儿散去，他也跟着透一口气。

半夜的清冷打碎了他的困意。白天的浓云还没散去，依然遮掩着星光。明天也不会是晴天吧？任大任心想。

身后的门响了，不一会儿，父亲从卧室走出来，来到他身边，也默默地点燃了一支烟。

客厅里黑着灯，父子俩并排站着，谁都没说什么。

第二天，杨晓寒又约他下午到丽晶酒店。

任大任说，他和项耘深已经没什么好谈的了。

"不是和他谈,是和我。他已经走了。"杨晓寒说。

依然在大堂吧。

杨晓寒换了跟昨天完全不同的装扮,也没戴首饰,头发有些微凌乱,宽大如睡袍的羊绒大衣下,是一双曲线很美的小腿。

任大任以为她穿了光腿神器,仔细一瞧,才发现是丝袜。

"你不冷吗?"他关心地问。

杨晓寒白了他一眼,给他倒上玫瑰红茶。

茶汤殷红,像她指甲的颜色。

在杨晓寒的争取下,项耘深同意将报价提高到估值的三分之二,这样,任大任凭空又多出了一套别墅的钱。

她将这个好消息连同倒好的茶水一起捧给任大任,他的反应却很平淡。

杨晓寒默默地品着茶,面色舒缓。现场弹奏的古琴声悠远而切近,仿佛此刻只有她在,静候着久未谋面的知音。

玫瑰花解郁,古琴声凝神。任大任也试着静下心来,寻求内心与古琴的共鸣。

"我准备在上海定居了,正在看房子。"杨晓寒放下茶杯,也放下生意,聊起她的生活。

任大任哦了一声。他对她的私生活不甚了解,仅从纪程远那儿听到一些。

"可惜你不在上海,要不然我们能经常见面,像这样一起喝茶、聊天。"杨晓寒的话很不经意。

"为什么留在上海?不回香港了?"

"香港太远了,上海离家近。我准备把父母接来跟我一起住,一个人太孤单。"

"那你怎么不结婚呢?再生个娃。那样你就没空儿孤单了。"任大任开起了玩笑。

"结婚就不孤单了吗?"杨晓寒轻轻一笑,像在取笑他。

任大任仿佛没听见,问她:"你什么时候回上海?"

"还没订票。"杨晓寒看着他说。

"对不起，让你白跑了一趟。"任大任真心地为自己的"一意孤行"感到抱歉。如果这单生意做成了，那她买房子的预算岂不更充裕一些？

"我真的建议你好好斟酌斟酌，别意气用事，更别这么着急就做决定。"杨晓寒拿起茶杯，也重新拿起了生意。

"我知道你是好意，我也没意气用事。我认真考虑过了，还是想再坚持一下，因为我觉得还有希望。如果真坚持不下去再说。让我现在就放手，我实在是不甘心。"

"有什么不甘心的？"

任大任无奈地笑笑，没创过业的人可能真的无法理解。

"我接触过不少创业的人，也像你一样不甘心，有执念，可到头来除了满身伤痕，什么都没落下。"杨晓寒惋惜地望着他，"我不希望你也那样。一个人要是倒下了，就很难重新站起来。如果现在及时抽身，你就会获得成功的心理优势。别说把公司卖了不算成功，钱不是假的，是实实在在打到你名下的。有了这一次成功经历，如果将来再创业，即使失败了，也不可怕，因为你已经是个成功者。创业失败对你来说已经不算什么，对你的生活也不会造成巨大影响，你完全能够承受得住。"

这番话着实让任大任感动了。连他自己都没想到的这一层，杨晓寒却替他想到了。

杨晓寒又说："你成功卖掉过一家公司，也是你将来再创业的资本，投资人更喜欢投给有经验的人。而且，你也可以来上海创业，这边有实力、有经验的工程师非常多，我肯定也能帮你找到投资，说不定还能成为你的合伙人呢。"

"想不了那么长远，我只能尽力做好眼下的事。"

"我从前也不考虑长远，总想着多赚钱，好像有钱就什么都有了，结果把自己耽误了，最好的年华一直孤单一个人。现在想安定下来，却连个合适的人都找不到……"

这时，杨晓寒放在茶几上的手机忽然振动了一下。

她的手机处于锁屏状态，但信息却可以预览。

在她迅速拿起手机的前一秒，任大任还是看到了 Euson 发来的消息。

"他到了吗？"项耘深在微信上问。

古琴的声音依然在缥缈。

只在拿起手机的那一瞬，杨晓寒有过一丝慌乱。之后就一切如常，仿佛她收到的是一条无关紧要的垃圾信息。她处理之后，又将手机放回到茶几上，什么也没解释。她平静地看着任大任，似乎在等他对自己刚才那句话的回应。

她是项耘深留下来的说客吗？她的所有话，到底是站在谁的立场？难道一切都是设计好的，她只是在表演、在做戏？所有疑问碰撞在一起，琴弦化作一团乱麻，任大任几欲质问，但终于还是克制住了。

杨晓寒又为他添了茶，问他怎么不说话。

任大任悠悠地说："什么都没想，忽然恍惚了，好像刚才那一幕曾经发生过一样。"

"情景重现，我也有过。"杨晓寒笑了笑，"我还梦见过咱俩一起坐游艇出海呢。"

他站起身："我该走了，回去还有事儿。"

杨晓寒终于现出一丝失望，但也没有挽留："你回去再考虑考虑，我真的觉得这是一笔对双方都有利的好生意。"

"不用考虑，我已经决定了。我不会和我讨厌的人做生意，而且我做的也从来都不是生意，而是事业。"

"如果不谈生意，我们还能见面吗？"杨晓寒的脸色变了，似乎意识到自己的伪装和掩饰全部被识破了，因而表情痛苦。

任大任望着她，从前，每一次见到杨晓寒，她身上都闪着皎洁的光，翩然如月下的仙子。然而此刻，虽然她依旧光彩照人，投射在他眼中的却再也不是那片白月光。

纪程远歪靠在沙发上，看着杨晓寒用电吹风吹弄湿漉漉的头发。

一会儿，他要陪她下楼退房，然后去吃饭，再打车送她到高铁站回上海。他上午没去上班，故意连假都没请。

即使请假，对他来说都很不常见，因为他没有家小在身边，除了工作，很少需要私人时间。他这样做，是消极怠工给任大任看。如果任大任问他，他就说最近太忙太累了，早上没起来。

谁让任大任连奖金都不准备发了呢，之前还带头让公司中高层降薪。虽然降薪对他影响不大，但纪程远仍然认为，这样做很不公平，也很不道德。

你既然都把我当打工仔了，又凭什么要我跟你一起同甘共苦呢？他因此一直心存怨气，认为任大任过河拆桥、忘恩负义。他曾寄希望于杨晓寒，希望她的介入，能够改变自己的处境。但很显然，杨晓寒失败了。

"他不同意，那就算了？"

杨晓寒冷淡地说："要不然呢，你能拿枪去逼他吗？"

"拿枪也没用啊，他个榆木疙瘩脑袋，子弹都打不穿他。"

杨晓寒吹干一侧的头发，又开始吹另一侧。

"我还以为你能拿捏他呢，看来你魅力也不够啊。"从镜子里，能够看见她冷峻的脸。

那脸蛋儿依然明媚动人，哪怕蛾眉倒竖，粉面含怒，却一如高中时生气的样子。纪程远也像从前那样迷恋着这张小脸儿，甚至觉得有了岁月的加成，杨晓寒的美貌又获得了质的提升。

"他暗恋你那么久了，怎么会对你不为所动？"

杨晓寒猛地关掉吹风机。头发还没完全吹干。

她提着吹风机来到纪程远面前，那姿势真像是提着一把枪，随时都可能抬手射击，又或者像电影里演的那样，拿吹风机的电源线把对面的人勒死。

纪程远嬉皮笑脸地望着她。

忽然，杨晓寒不怒反笑："想得到就自己去争取啊，你为什么一定要活在别人的故事里呢？"

十一

还有一个月就过春节了。

HR 提醒，年假三月一日清零。

今年的年假又一天没休。原本今天准备在家休息一天，可昨晚的事情让邓肯今天不得不来上班。

邓肯将车开下地库，他停车的这一层车还不少，除了长租的车位不能停，临停的空车位没剩几个。

刚才拐弯的时候，他无意中瞥见了一辆火红色的宾利添越。不会是老柴的车吧？他寻思。宾利还选这么扎眼的颜色，全北京除了老柴可能都没第二个。

他停好车之后专门过去确认，那辆宾利添越挂的真是柴火旺那个不是"6"就是"8"的京A牌照。

老柴也是为昨晚的事儿来的？要不然这么一大早过来干吗？邓肯边等电梯边想。

昨晚，他居然接到了迪威乐普副总裁祁孝先的电话。

这位祁总掌管迪威乐普的投资业务，是厉永明的全权代表，但在那轮增资之后，除了召开股东会，他平时就没搭理过邓肯。

祁孝先问他，有没有意向出售手里的股份，迪威乐普愿意收购。

这突如其来的收购邀约，令邓肯瞠目结舌。

之前还对掌芯科技经营业绩表达过不满的迪威乐普，怎么忽然间又要进一步持有更多股份了呢？而且还不是增资的方式，而是收购已有股东的股份，并且都收购到他邓肯头上来了，这是要唱哪出？

祁孝先说："你手里的股份现在还有些价值，你也不想等到它变得一钱不值吧？"

邓肯审度地问道："您和大任联系过吗？"

祁孝先的笑声旋即从听筒中传来："需要请示他吗？"

这语气颇为不善，任大任是怎么得罪了他们吗？最近也没和他们打过交道。也许另有隐情？作为缓兵之计，邓肯说，要先好好考虑一下。

祁孝先虽然依旧傲慢，但他开出的价码却很诱人。邓肯约略一算，没一个亿也有大几千万。面对这笔巨款，不可能不动心，但冷静之后，他随即推导起事情的逻辑。

之前乔劭旸转股的时候，迪威乐普还没兴趣接盘，说明迪威乐普的兴趣是近期才有的。那又是什么促使迪威乐普忽然对增持掌芯科技股份产生兴趣了呢？经营状况这么差，上市又遥遥无期，甚至还面临资金链断裂、关门倒闭的风险，迪威乐普增持这样一家公司股份的动力是什么？目的是什么？而且，祁孝先既然都找到像他邓肯这样跟任大任关系如此紧密的股东了，其他股东能没找？

所以，刚才看见老柴的车，更印证了他昨晚的判断。

邓肯心事重重地从电梯里走出来，迎面撞见刚从另一个电梯里出来的纪程远。

"什么时候回日本过年？"邓肯随口问了一句，他其实并不关心。

"没拿到奖金没脸回啊！"纪程远阴阳怪气地回答。

他的声音很大，完全不顾忌楼道里还有其他人。

"有钱没钱，回家过年。"邓肯说完，随纪程远一起哈哈大笑。他想，多亏任大任没给纪程远股份，要不然第一个叛变的人，就是纪程远。

此时，任大任和柴火旺正在等着邓肯。

他俩已经商量了一早上。

老柴前天正在外地出差，忽然接到了祁孝先的电话，说要和他商讨收购他手里掌芯科技的股份。老柴跟祁孝先认识，但不熟，所以对这种突然之举大为诧异。跟祁孝先通完话，他立即给任大任打电话询问。

任大任震惊不已，并且第一时间就联想到项耘深，但他没有将项耘深之前找过他的事儿告诉老柴。

老柴说:"真不明白迪威乐普到底想干吗?如果想增加持股,完全可以在下一轮融资进行增资,没必要去收购其他股东手里的股份。这里面一定有名堂。"

老柴昨晚刚从外地返京,今早便来公司找任大任。他说他已经跟红石资本确认过了,夏总也接到了祁孝先的电话,要买红石资本手里的股份。

"这是奔着成为大股东去的。"老柴推测,祁孝先肯定不止联系了红石跟六合这两家,那些股份不多或者正寻机退出的股东,肯定都是他重点游说的对象,甚至包括邓肯。

如果邓肯临阵倒戈,那就更麻烦了。任大任越发忧心忡忡,他不愿再有联合创始人退出的事情发生。

两人把所有股东都捋了一遍,分析谁有可能就范。理论上谁都有可能,除了任大任和柴火旺。

任大任问道:"你不想卖吗?祁孝先给你开价多少?"

老柴没有告诉他具体数额,而是说:"出手还可以,不算小气,但还没达到能够收买我的地步。"

"要是给你加价呢?"

"加两三倍我会考虑。"

任大任知道那是不可能的,所以稍感安心。

但其他股东就说不准了,那些认为无利可图的股东大概率会被收买,另一些觉得食之无味的股东也可能被收买。这时就看迪威乐普要下多大本儿干成了。

如果真和项耘深有关,那迪威乐普扮演的,就是耘艾资本"白手套"的角色。迪威乐普肯给耘艾资本当"白手套",一定是得到了厉永明的同意,甚至是直接授意。连厉永明都甘心为项耘深所用,这个项耘深……得有多大来头,多深的背景?

任大任感到不寒而栗。犯得上吗,为了我这么一个小破公司?

"你俩要尽快把所有股东都联系一遍,如果有必要,就专程去一趟。"

老柴向任大任和邓肯提议。

邓肯一来就主动讲了祁孝先联系他的事儿，虽然已在意料之中，但还是令任大任和老柴神色凝重。

这更像是挑衅，或者下战书，邓肯认为。他对任大任说："祁孝先敢找我，就说明他不怕我告诉你。是不是他已经拿下了足够多的股东，才这么有底气？因为我跟你肯定是同进退，找到我头上，就相当于和咱们撕破脸。"

"真他妈不讲理啊，这种人！"

"这才哪儿到哪儿？"老柴见多识广，平静地说，"二级市场比这要刺激多了，直接放假消息砸股价，然后低价收购，那才叫欲哭无泪。"

"问题是，图什么？"邓肯又抛出了问题，"上市公司能圈钱，我们除了烧钱，还能干啥？他是有钱没处花了？还是忽然看好我们，觉得我们将来能给他赚大钱？"

如果仅仅是为了钱就好了。任大任思前想后，还是决定不把项耘深说出来。

老柴没留下来吃午饭，就回去了。

任大任和邓肯把股东分了一下，下午各自去联系。

任大任有午睡的习惯，即使再心烦，为了保持精力也要强迫自己尽量睡一会儿。

在他将要睡着的时候，杨晓寒打来了电话。

这是刺探军情还是动摇军心来了？自从上次丽晶酒店二次相见之后，他们就再没联系过。对杨晓寒，他早已抱持着极大的敌意。

不知道杨晓寒怎么想，他权当是一刀两断、老死不相往来了。他不能容忍别人利用他，更不能容忍别人背叛他。可是杨晓寒对他，算背叛吗？利用他又如何？人家本来就不和他一边，他也太把自己当回事儿了吧？

任大任决定不接电话，但也没挂断，而是摁成了静音。可电话响完一通又一通，似乎一定要打到任大任接为止。

他按了接听，不耐烦地问："有事儿吗？"

电话那头沉默了一下才说："对不起。"

"对不起什么？"

杨晓寒没有解释，而是说："有件事要告诉你。Euson 之所以盯上掌芯科技，是因为一家叫 AIRobot 的智能机器人公司。你登录一下这家公司的网站，就全明白了。"

"为什么告诉我这个？"顿时，他的睡意全无。

"我没想过骗你，我也没想过会变成这样。"杨晓寒停顿了一下，"我们以后还会再见面吗？"

"不知道。"

挂掉电话，他立即搜索，登录 AIRobot 的官网。

网站页面比掌芯科技高级多了，很有国际范儿，除了简体中文，还有繁体中文和英文两个版本。

任大任从"大事记"一栏里看到，这家公司已经完成 E 轮融资，并在"投资者关系"中找到了迪威乐普的名字。

果真如他猜测的那样，迪威乐普和耘艾资本、厉永明和项耘深是勾结在一起的。

虽然没有在"投资者关系"中找到耘艾资本的名字，但那一长串投资机构里，说不定哪一家就是耘艾资本用来掩人耳目的"马甲"。所以，究竟谁是谁的"白手套"还真不好说，也可能是互为表里，这样才方便里应外合，灵活出击。

他又搜索 AIRobot 的相关新闻，了解到这家公司计划在科创板和港股同时上市，所以收购掌芯科技大概率是为了充实资产包吧？把芯片研发的能力补齐，就能进一步将估值推高。

这家 AIRobot 公司由一支来自硅谷的创始团队建立，产品线已经非常丰富，从家用机器人到商用机器人再到工业机器人，天上、地下、海里无所不包。

任大任曾经很想打入智能机器人市场，但并不是以这种被强行收购的方式。身上虽然没有几两肉，却也不甘心就这样被一口吃掉。了解了敌人的真正目的之后，再面对敌人反而没那么可怕了。

迪威乐普和耘艾资本的联合狙杀，甚至激起了任大任的胜负欲。能跟这些资本大鳄一较短长，即使输了也不丢人，将来也够给子孙后代吹牛了。何况谁胜谁负还不一定，小白兔就一定跑不过大野狼吗？

任大任仍然没有将他所掌握的信息告诉邓肯，更没告诉老柴——越少人知道，横生枝节的可能性就越低，主动权就越大。

下午要联系的几家股东都是跟他关系比较近的，譬如同芯半导体，而那些跟邓肯交情深的，譬如达比特和映天科技，则由邓肯去做工作。

这当中不包括红石资本，因为红石资本由老柴亲自联系。到时候他再陪任大任一起去拜访，这样更稳妥。老柴说，红石资本至关重要，一定不能站到对手那边去。

然而，下午联系的结果并不理想。

无论任大任还是邓肯，他们联系的股东没有一个明确表态不会出售股份，倒是有两位明确表态，已经准备跟迪威乐普签订《股权转让协议》。

邓肯劝这两位股东不要签。联大电子的冷总因为跟邓肯有私交，说话还比较客气，说他也不想卖，但实在是资金压力太大，即使他不同意卖，联大的股东们也不会答应。而另一位就没那么客气了，甚至反问邓肯，出价合理，凭什么不签？

晚上，两人都有些垂头丧气，六瓶啤酒也没能重焕斗志。

他们心里明镜似的，甭说两位已经准备"投敌"的股东，就算那些没有明确表态的股东里，还有多少是已经打定主意，又有多少是"墙头草"在观望风向，哪边风强就往哪边倒？

两人一商量，到这时候，必须得抓重点、抓关键了。只要稳住几个重要股东，就不会翻天，顶多被迪威乐普拿到将近三分之一的股权，虽然那已经濒临极其危险的界限。

可拿什么稳住几个重要股东呢？

基于利益的联合才最稳固，但基于利益的联合也最现实。任大任越想越悲观，眼下没有任何能够回报股东的东西，甚至连能开的空头支票都极少，出售股份反倒成为股东们实现利益最大化的现实手段，起码能让他们及时止损。

"听天由命，尽力而为。"邓肯给他倒了杯酒，两人一饮而尽。

第二天，任大任直接联系了赵用心。

之前他联系的是同芯半导体法定代表人的授权代表，这次，他希望赵用心能从上层发挥影响力。

赵用心并没有明确表态，而是强调，同芯半导体对掌芯科技的支持是一贯的，所有决定也都会经过慎重考虑。

这段外交辞令让任大任十分失望，但他又能奢求什么？他从同芯半导体和赵用心那儿得到的支持还不够多吗？

下午，老柴给他发来消息，说夏总约好了，明天一早去红石资本。红石资本又会是什么态度？如果红石资本撤出，那些唯其马首是瞻的私募基金或者财务投资机构，大概率会有一大拨儿追随而去。果真如此，迪威乐普掌握的股权就将直逼任大任大股东的地位。

几乎一夜未眠。

红石资本在北京最贵的写字楼里办公。等候的时候，工作人员给任大任和老柴端来了现磨的哥伦比亚咖啡。

夏总刚从美国回来，晒黑的皮肤上还残留着西海岸的阳光。他给两人讲述他在美国的所见所闻，说美国人现在对 AI 都有点儿走火入魔了，言必称"大模型"，但是能生产力落地的场景其实还没国内多。

"这肯定跟两个国家的经济类型有关系。"夏总分析说，"你看咱们国家是以实体经济为主，发展制造业，所以 AI 更多应用在工厂、码头、矿山这些地方；美国不一样，美国是第三产业发达，所以 AI 更多地用在服务业上,比如办公、教育、金融、内容生成、陪成人聊天……"

夏总风趣幽默的开场白,一下子活跃了气氛,让任大任紧绷的神经稍微松弛下来。然而,他兜来转去,就是不肯切入正题,又让任大任干着急却无计可施。

最后,还是老柴直奔主题:"老夏,你到底是怎么想的?"

"你怎么想?"夏总反问他。

"我肯定不会卖啊!掌芯科技这笔投资可是我的'初恋',我肯定得坚持到最后。"

"你和你初恋坚持到最后了吗?"夏总笑着调侃。

老柴一摆手,用四川话说:"你扯我啥子事嘛,问你正事嘞!"

夏总像想起什么,忽然望向任大任,问道:"审计报告我还没看到,出来了吗?"

"出来了,我回头发给您。"任大任心里有点儿怵。

"怎么样啊去年?"夏总问的是公司上一年的经营状况。

任大任尴尬地笑笑,说:"不太好。"

"什么问题?"夏总的表情变得严肃。

"都有问题吧,产品迭代、客户导入、市场竞争,整个行业包括上下游也都不景气。"

"在手现金还有多少?"

任大任咽了口唾沫,讲出了一个他不愿提及的数字。

夏总不再问了,看不出他是在思考,还是不想再提问。

"现在普遍都困难,又不是他一家。当然,他肯定也有问题,要不然营收也不能就那么一点点。"老柴替任大任开脱了几句,又对夏总说,"我觉得你也得再坚持坚持。以我的经验,现在是黎明前的黑暗,没准儿明年就一下子起来了呢!"

"是今年。"任大任尴尬地提醒老柴。

"对,是今年!"老柴意识到元旦已过,赶忙改口,"他们现在有一个很大的充电桩项目正在做,我很看好。不光国内的充电桩设备要升级,国外也有很大需求,要不然那么多电动汽车卖出去,怎么充电啊?"

"是哪家公司?"夏总眼里闪烁了一下。

任大任告诉了他。

夏总点点头,但他没把后半句说出来——"问题是还能上市吗?"

任大任想了想,又说:"我认为国内这拨儿设备升级的机遇,掌芯科技一定能抓住,所以务必请您再耐心等等,不要这时候离场。"

"您也知道红石对我们多重要。红石对我们来说绝不是一般意义上的股东,而是'定盘星'和'风向标'。不管股东会内部还是整个行业,都非常看重红石对我们的态度。"任大任又送上了恭维的话。

"迪威乐普也是行业巨擘啊,增持你们的股份难道不好吗?"

"它为什么忽然增持股份?为这么一个小小的非上市公司,还非得收购其他股东的股份?"老柴再次提出他的疑问。

夏总讳莫如深地笑了笑,没有回答,而是问任大任:"现在经营这么困难,你就没想过把公司卖掉吗?"

任大任想了想,说:"想过,但就是想想,我不会卖。"

"为什么不卖?是想等行情好起来再卖,还是觉得公司将来还能有大发展?"

任大任不敢豪言壮语,更不敢吹牛,他说,之所以不卖,是因为他认为自己还能坚持,也还想坚持。

"坚持到最后?万一将来公司一钱不值了呢?"夏总说得很直白。

任大任语塞,不知该怎么回答才能让他满意。

"不需要坚持到最后,如果实在坚持不下去,再卖也来得及。"老柴替任大任把话说了。

"所以你才没跟你初恋坚持到最后?"夏总又拿老柴打趣。

"我会坚持到最后。"任大任终于下定决心,对夏总说,"我就是想看到个结果,不论好坏。"

"掌芯科技也是你的初恋哈？"夏总也拿他开起了玩笑。

"你别光开我们玩笑，你到底是怎么打算的？"老柴有些坐不住了。

夏总微微一笑："厉永明为这事儿亲自给我打过电话，但交情是交情，生意是生意。"

"那就是不卖了撒？"

"至少目前不会。"

"目前就够了！"老柴大笑起来。

任大任感到如释重负。

可是，从红石资本出来，他又忽然心里没底了，问老柴："夏总不会骗咱们，不会反悔吧？"

"应该不会。"老柴喘了口气，发动起他的宾利添越。

按照计划，邓肯这次拜访要连跑两个地方。

去深圳自然是拜访达比特。之所以将达比特作为首站，是因为他和任大任都认为达比特的态度至关重要，尤其是对那些产业方的股东。如果达比特表态支持，那再去说服其他股东就会更加容易；反之，如果达比特不支持，那遭受的打击也会更大。

邓肯第一次电话联系钟铭铨，钟铭铨还说公司尚未决定，待到第二次见面，钟铭铨的态度已然十分明确。

邓肯也担心送上门去会被达比特拿业绩发难，反而更不好转圜。但好在，达比特大人有大量，并不十分在意掌芯科技过去一年的营收表现。

对达比特这种量级的公司来说，给掌芯科技投那点儿钱就如同"毛毛雨"，目的也不是为了获取短期回报。所以，钟铭铨在表明公司支持现有管理层，不会出售掌芯科技股份的态度之后，又叮嘱邓肯一定要把产品打磨好，并告诉他，虽然掌芯科技目前仅是三供，但是未来不排除升格为二供的可能。

"真的吗？"邓肯两眼顿时亮了，立刻追问是一供还是二供出了问题。

钟铭铨说:"这个不是你现在应该关心的,你们做好自己就行了。"

邓肯没有见好就收,而是迫切地询问下一轮增资的可能性。

"到时候看。"钟铭铨无奈地笑了笑。

达比特之行竟然如此顺利,任大任在红石资本也取得了重要进展,两人顿时士气大振。

有了产业资本和财务资本这两方面的指标性股东做表率,其他股东做选择肯定会更慎重,对抗迪威乐普也就有了更大胜算。

邓肯乘胜追击,直奔映天科技。虽然第一次通电话时,段海亮没跟他说好听的,他约段海亮会面也一波三折,但他相信此一时彼一时,达比特都能"既往不咎",映天科技同样也能被他成功说服。

然而,此时此刻仍如彼时彼刻,即使见了面,段海亮依然没给邓肯好脸色。在达比特那儿都没受的气,在映天科技这儿全给他补上了。

段海亮一见面就把邓肯好好数落了一番。即便没有第三人在场,邓肯仍然感觉下不来台。可他只有老实听的份儿,因为段海亮根本不给他解释说明的机会,甚至连瓶矿泉水都没给他喝。

段海亮最不能容忍的就是掌芯科技极低的Design-win数量,他说看季报Design-in的数量也不少,怎么Design-win的转化率那么低?究竟是哪里出了问题?是因为客户产品进度慢,还是FAE整体支持力度不够?

邓肯想解释,又怕被撑回来,所以闭口不言。直到段海亮主动问,他才说,Design-win的转化率低确实跟客户产品进度慢有很大关系,因为客户大多都是拿掌芯科技的芯片做新项目,而新项目本身又受研发进度、试产进度以及市场接受度等一系列因素影响,这些都拉长了客户由Design-in到Design-win的周期,进而拉低了Design-win的转化率。

"你这么一说,就好像全都是客户的问题,跟你们毛关系也没有。"段海亮果然贴脸开撑,"你们给我们送的那颗28024,一上来就发现flash在线烧写速度慢,换离线烧录器也不好使,你们那个乔劭旸亲自出马都搞不定,还能说你们没问题?"

"我也没说我们没问题啊。"邓肯赶快赔上笑脸,"但是那的确跟 FAE 没关系,是离线烧录器升级固件出了问题。后来问题顺利解决了,用老版本的烧录器没问题,重新升级固件也没再发生同样问题。"

"烧录器是谁做的?不是你们吗?"

"是。"邓肯不得不承认。

"所以就别解释是不是 FAE 的问题,直接承认你们有问题就得了。"段海亮反问,"你们 FAE 就没问题吗?你们那个乔劭旸,刘厂长说他太能说,夸夸其谈,但是没一句说到点子上。不要让客户迁就你们。我找你是要你给我解决问题,不是让你给我上课,教我怎么做。我如果需要人教,就直接找那些大学老师了,你们能有那些大学老师教得好?"

邓肯默默点头。客户永远是对的,放屁也是给你富含氮气、氢气、氧气和甲烷的气体,所以永远不要嫌屁臭。

等段海亮教训完,邓肯告诉他,乔劭旸离职以后,FAE 部门重新归自己管了。他也对 FAE 和销售部门进行了调整,通过绩效考核将二者绑定得更紧,以后两个部门就是一损俱损、一荣俱荣,所以将来 Design-win 的数量一定会有大幅度的提升。

"怎么不早这样干?"段海亮想了想,忽然一笑,"乔劭旸走人,还间接帮了你了?"

"谈不上,我只是顺势而为。"邓肯赶忙说。

"听说那小子和颜宗白的女儿搞上了,难怪你们客户支持不行,他是不是把精力都花在谈恋爱上了?"

"这我没法说,这是人家的私事儿。"

"怎么是私事儿呢?你们公司没规定同事之间不许谈恋爱吗?"

"规定是规定……"

"任大任不管吗?感觉你们挺儿戏的,都能让竞争对手的女儿在你们公司当卧底。"段海亮连连摇头,"联合创始人还跟着人家跑路了,你们不做背调、不签《竞业禁止协议》吗?"

"背调都做，《竞业禁止协议》也签了，但是……"

"但是跟没做、没签一样。"段海亮讽刺道。

"他不也没入职嘛。"邓肯将被打断的话说完。

"谁？"

"乔劭旸。"

"那颜宗白女儿呢？没去她爸公司上班吗？上个月她还来我们公司了呢，我看都怀孕了。"

邓肯瞪大了眼睛。

"人家都成一家子了,入不入职还有区别吗？你们别自欺欺人行不行？"

"也不是自欺欺人……"如此能说会道的邓肯，都快要招架不住了。

终于，段海亮给了他一瓶矿泉水，没让他太难堪。

但段海亮始终都没承诺不会把股份卖给迪威乐普："你们这么搞下去，我们拿你们股份还有什么意义？"

唯一的好消息是，段海亮让 F280060 改版回来之后继续送样，继续测。邓肯和任大任分析这一举动是否暗含了什么积极意义。但是能有什么积极意义呢？不当股东，也还可以继续当客户啊！

就在他们四处出击拜访的同时，迪威乐普也马不停蹄地接连跟一些股东签订了《股权转让协议》，并且很快就出具了股权交割证明。好在都是些股份散碎的小股东，迪威乐普的股权占比才增长缓慢。

然而，没过几天，迪威乐普就出其不意地拿下了泰格电子，这让迪威乐普的持股比例一举突破 20%，成为仅次于任大任的第二大股东。

这谁能想到？邓肯以为拜访完就 OK 了，毕竟他跟泰格电子是老相识，股东加客户的双重关系又将两家公司绑得更紧，泰格电子也当面表示不会出售股份。可是，他却忽略了迪威乐普和泰格电子也有合作。

泰格电子作为迪威乐普的代工伙伴，跟迪威乐普是标准的乙方同甲方的关系。所以，厉永明给泰格电子老板的一个电话就将局势彻底扭转，虽然泰格电子仍说，这不影响他们继续跟掌芯科技进行合作。

如果这么看，映天科技也很有可能步泰格电子后尘。毕竟都在"包邮区"，迪威乐普即使表面和映天科技没有关系，但私底下呢？不说千丝万缕，连一丝一毫都没有吗？

任大任在紧张、焦虑、烦闷和懊恼中艰难度日，每一天都被强烈的无力感折磨着。大卫还能朝歌利亚扔石头，而他面对迪威乐普这头"哥斯拉"却毫无还手之力，甚至逃无可逃，避无可避。

何况，这头巨无霸的身后还有一只躲藏在阴暗处的同类，或者是一条更阴毒的"九头蛇"，正吐着芯子，随时准备扑上来狠咬九口。有时，任大任真希望它们赶快来，尽管来，不管咬几口，都给他个痛快。

邓肯安慰他，大可不必如此担忧，毕竟他俩股份加一起，再加上红石、六合以及达比特这些"坚定派"，股权比例已经超过七成，迪威乐普即便能掀起浪，也翻不了天。

任大任想，你不知道迪威乐普背后的耘艾资本，你当然不担心。迪威乐普这么大费周章，能简单只是为了收集股份而收集股份？那些所谓的"坚定派"，就真的那么坚定不移？

邓肯当然不必像他一样忧心，小股东的身份反倒令邓肯能够进退自如，大不了也跟乔劭旸一样，把公司股份一卖，一走了之。这些争斗、较量跟他还有什么关系？

"你不会把股份卖了吧？"任大任忽然疑神疑鬼地问他。

"想什么呢？"邓肯都有些生气了，"我肯定跟你同进退啊，这点你根本不用怀疑！"

任大任连忙说他在开玩笑。然而，即便不这么问，他也不得不这么想。要合作，就得弄明白对方的利益所在。眼下，卖出股份至少对邓肯没坏处。如果邓肯真如所说的那样与他同进退，那这兄弟还真讲义气，不见利忘义。

有那么一瞬，任大任真想把耘艾资本和项耘深的事儿都告诉邓肯。但他又担心说出来反而把邓肯吓跑了。谁知道邓肯会怎么想？人心是个很微妙又很精妙的装置，稍微加入点儿变量，就可能计算出新的结果。

任大任又度日如年地煎熬了近半个月，直到迪威乐普要求召开临时股东会，这一轮危机才宣告解除。

除了泰格电子，没有其他股东再将股份出售给迪威乐普。任大任稍微松了口气，但这口气又没敢松太多。他无法像邓肯那样乐观，以为迪威乐普增持完了就完了。

迪威乐普一拿到足够多的股权就要求召开临时股东会，目的是什么？

去年Q3/Q4的季度股东会就一直拖着没开，上一年度的股东大会，任大任也想尽量往后拖延，等他干出一两件能向股东们交代的战绩，再开也不迟。

所以，迪威乐普要求召开临时股东会的目的是什么？任大任、邓肯、柴火旺三个聪明脑袋凑在一起都百思不得其解，唯一能想到的就是，迪威乐普要利用第二大股东的身份，在临时股东会上向第一大股东和公司管理层施压，进而取得公司经营和业务方向上的更多话语权。

老柴复盘这次对迪威乐普的"反击战"，说最大失误就是没有及早清理掉那些零散的小股东，让迪威乐普很容易各个击破，几乎将它们全部收入囊中。

任大任也很后悔没有及早这样做，但他更有苦难言。账上就那么些钱，干了这个就不能干那个，研发、流片、员工工资已经花掉大部分预算，又出了乔劭旸那档子事儿，他哪还有闲钱和心思去琢磨清理小股东？

"也跟一级市场的现实环境有关系。"邓肯讲了句公道话，"这些零散的小股东都是财务投资机构，它们现在被LP逼得日子也很不好过，就算不把股份卖了，也很可能要求我们回购，然后退出。我们肯定是没钱干这个，到时候转股还得找其他股东。你能接它们的股份吗？"他问老柴。

老柴没答话，邓肯说："所以，保不齐最后还都是落到迪威乐普手里，跟现在没多大区别。"

"那你们到底忙活了个啥？"老柴略带嘲讽地说，"它想买就让它买呗，还横挡竖拦个啥子？"

"只能说厉永明是只老狐狸，太会把握时机出手了！"邓肯呵呵笑着说，"不过，老狐狸对咱们这么上心，不也说明咱们有价值吗？这对咱们也是好事儿，起码再融资，我就能说迪威乐普增持是因为看好咱们了。"

"悲观者永远正确，乐观者永远前行。"老柴说了一句话，不知褒贬。

眼下得决定临时股东会什么时候开了。因为一旦有代表十分之一以上表决权的股东要求召开临时股东会，就必须在两个月之内召开。

任大任不想年前开，但这两个月之内开又跟股东大会挨得太近，也没必要再开。

"要不咱就直接把股东大会的时间定了，不开临时股东会了。"邓肯提议。

任大任和老柴都表示同意。

可令他们没想到的是，召开股东大会的答复并没有使迪威乐普感到满意，迪威乐普又向监事会提出了召开临时股东会的申请。

任大任愤怒了，这是要显示二股东的权威吗？于是，他又让监事会驳回了召开临时股东会的申请。

过了没两天，任大任和邓肯忽然接到迪威乐普的通知，说临时股东会将在十五天之后举行，邀请他们届时参加。

两人面面相觑，都有点儿傻眼。

迪威乐普如此执着地一定要开临时股东会，到底是什么意图？更加被动的是，如果代表十分之一以上表决权的股东自行召集临时股东会，那么临时股东会也将由其主持。

地点安排在迪威乐普大厦，这就彻底成了人家的主场。

老柴也同样接到了临时股东会的邀请，他感觉到事态严重，匆忙来到掌芯科技。

"没想到来这手儿。"邓肯为自己的失策摇头不已。

任大任虽然不知道迪威乐普葫芦里卖的到底是什么药，但他确定无疑那肯定是一剂毒药，并且，耘艾资本和项耘深也一定参与了配制这剂毒药。

"开股东大会都不满足，说明这临时股东会和股东大会目的不同，一定是出于迪威乐普的特殊目的。"老柴给出了他的分析，却分析不出究竟"特殊"在何处。

任大任知道"特殊"在何处，但他却依然没说。

如果现在说，老柴和邓肯必定质问他，怎么这时候才说？这不利于团结。

而且，他这些天穷极想象，认为迪威乐普一系列操作的最大目的，应该就是把掌芯科技作为"优质资产"配置给即将 IPO 的 AIRobot 公司。

要完成这步操作，就必须取得除迪威乐普之外过半数股东的同意。然而，只要任大任不同意，迪威乐普就无论如何都拿不到这过半数的支持，在这件事上，任大任拥有"一票否决权"。

不过，迪威乐普给出的临时股东会议程中并没有这一项，这也是任大任既不担忧又感到担忧的地方。

"厉永明是资本运作的老手，更是高手中的高手，你永远想不到他会从什么角度攻击你，但他攻击的角度一定是你最薄弱的地方。"老柴提醒他，并给他和邓肯讲了厉永明的好几个"经典案例"。

邓肯听了直咋舌，说："这老爷子都那么有钱了，怎么还大小通吃、一个不剩啊？"

"乐趣。"老柴说，"以我对他的研究，他干的好多事，并不是为了得到多大利益，而是能够得到多少乐趣。越让人出其不意，越始料未及，他的乐趣就越多。我猜他是想用这些经典案例，给他身后留下传奇。那是另一种意义上的永生。他可能是希望再过几百年，甚至上千年，江湖上还能有他的传说，就像范蠡、吕不韦，或者罗斯柴尔德。"

任大任感觉到一阵不寒而栗。他和厉永明完全是在不同时空维度思考问题。

"太可怕了。"邓肯也大受震撼,"不过,好在咱们这一次股东都还比较团结,没让他占到太大便宜,就算他再有后招,咱们也不至于束手无策。"

"那可说不准。"老柴毫不乐观。

等待临时股东会的这两个星期,时间过得既迅速又漫长,任大任也感到既担忧又好奇。好奇甚至多于担忧,仿佛在等待谜底揭晓。有时心痒得都想给杨晓寒打电话一问究竟。但她能知道吗?即使知道,她还能透露底细吗?

再次来到迪威乐普大厦,也算是故地重游。任大任和邓肯、老柴乘同一趟高铁到达上海,不过老柴坐的是商务座,他俩坐的是二等座。

入住的酒店也是迪威乐普安排好的,还是上次那家上海中心的J酒店。虽然当晚睡得很晚,但任大任翌日很早便醒了,一直安静地坐在窗边,等待着日出外滩。

临时股东会的会场,也依然是上次拜访厉永明时的那间会议室。由于迪威乐普"清理"了不少小股东,剩下的股东刚好将这间不大不小的会议室填满。

这次股东会的主座摆的是迪威乐普的桌牌。如此摆放无可挑剔。任大任猜想,这样摆是为了提醒其他股东,来的都是"客"。

但任大任完全没有那次拜访时的"座上宾"之感,甚至感觉像"阶下囚"。因为他知道,自己今天就是那个"被审判者",即便从他的位子上,依然能够眺望到交相辉映的"外滩三高"。

当时能想到会有今天吗?如果时间是一根绳子,空间是穿在绳子上的纸片,将当时和今日这两张纸片拉近,贴合在一起,如同让两间屋子共用一面墙,那么,是不是出了今天这个门,就能进入当时那扇门?

如果回到当时,任大任无论如何都不会再接受厉永明的投资,不管后面发生什么事。但很可惜,人是绑在时间这根绳子上的蚂蚱,只能被时间往一个方向拉,却不能朝想跳的方向跳。

这次的会议由祁孝先主持，厉永明甚至都没露面。

作为厉永明最信任的人之一，祁孝先不苟言笑，面部平静得如一潭死水，讲起话来也像倒白开水，完全不似厉永明那既慈眉善目又心狠手辣的行事风格。

但任大任深知，无色无味的毒药才杀人于无形。

这次临时股东会为期一天，会议议程包括审议上一年度财报、股东质询、管理层应答、集体讨论等环节。会前，掌芯科技已应迪威乐普要求，向全体股东发送了上一年度的财务报表和审计报告，股东们来之前应该已对上面的数据有所了解，但祁孝先还是把"三张表"（资产负债表、利润表、现金流量表）上那些不尽如人意的数字挑了出来，并且附带了他的评论。

他对营业收入很不满，对过高的管理费用也提出质疑。他还认为存货水平不合理，要求任大任在接下来的质询环节，对相比上期金额增加了将近一倍的研发费用作出详细说明。

在质询环节，也是祁孝先代表迪威乐普率先发难。二股东一点儿情面都没给大股东留，不算研发费用那一条，单是基于掌芯科技事先提供的上一年度经营报告和本年度规划报告，就分门别类列举了五大问题要求任大任和邓肯作出澄清。

比如业务发展部分，祁孝先提出，截至去年的五千余万在手订单具体交付周期需要多长时间？又比如财务部分，上一年度的毛利率为什么环比出现大幅下降？再比如经营预测部分，本年度预设的主营业务收入和净利润目标是否经过了董事会审议？管理层又是否给自己制订了针对年度经营目标的整体绩效考核方案？还比如，公司在通过融资引入产业资本之后，为何订单增长仍远不及预期？部分客户存在"重新送样"和"等待迭代"的具体原因又是什么？

这些质询是一口气提出的，让任大任逐条回答。仿佛在宣读"罪行"。

任大任虽然对此早有准备，但对这些质询中暗含的咄咄逼人仍然不敢怠慢，生怕哪一句讲错，招来更多批评与指责。

他回答得谨小慎微，甚至有些卑微。

公司去年确实各方面都不如意，任大任没有回避问题，但他也指出了各种不利因素。这不是推卸责任，因为要实事求是就得把所有事实都摆出来。并且，他也负了他该负的责任，带头儿给管理层降了薪。在这点上，任大任问心无愧，他的年薪不仅不是全公司最高的，甚至连前三都排不进。

但祁孝先并未因他的态度好就饶过他，而是他每回答一个问题，立刻提出新的问题。给人的感觉就是，二股东非常不信任大股东，不信任管理层。

段海亮代表映天科技也指斥任大任不善经营，疏于管理，尤其把联合创始人退出的事儿拿出来大说特说。仿佛跟祁孝先提前商量好了似的，合起伙来修理任大任，故意让他难堪。

在整个质询过程中，邓肯也回答了不少问题，有时还替任大任解围，帮他补充。可有意思的是，不论邓肯说什么，祁孝先和段海亮都不为难他，甚至连疑问都没有，不知是有意放他一马，还是认为他不重要。

比如回答在手订单的质询时，邓肯先对一般性的订单作出了说明，说这些订单大部分都约定了交货时间，且交货周期都在一年之内，所以依照合同约定来走即可，供货方面也不存在问题；还有一小部分合同上没有明确交货时间的订单，则要视客户具体排产需求而定，只要客户提前四十五天提出需求，备货和供货就不会有问题出现。

其实，邓肯答询的这部分在手订单还是小头儿，大头儿是石老师介绍的那家客户。这笔订单他不甚了解，所以得由任大任亲自说明。任大任在说明这笔订单时，还满心期待着能够获得祁孝先的认可，毕竟这笔四千万的订单是他亲自谈下来的，无论对公司抑或他本人，都能上个大分。

然而，当他说明完毕，又立即招来了祁孝先的质疑。

祁孝先说："你们这笔订单不应该计入主营业务收入，这是特殊项目，不具有长期性。你们把它算到主营业务收入里，是不是为了让今年的主营业务收入更好看？"

虽然的确是为了这个目的，但那也是实打实卖芯片挣来的收入啊！

任大任还没来得及解释,又被段海亮打断:"你们这笔订单是预付合同款吗?"

"不是,"他说,"是分两次结项,然后再付款。"

"不是先付款,怎么能一次性把它全部计入今年的主营业务收入里呢?"

任大任像偷东西被抓了现行,即便他只是把自己明年的收入"偷"到了今年。但段海亮的质疑毫无问题,他只得红着脸说:"我回去调整。"

"不能想怎么弄就怎么弄,弄完也不给董事会看。"段海亮仍然不依不饶。

跟祁孝先和段海亮一比,其他股东更像是来走过场或者是看热闹。

整个上午,除了柴火旺和同芯半导体的代表替掺芯科技说过几次好话,其余股东都甚少发言,更别说掺和进大股东和二股东的是非里去。

中午,迪威乐普在J酒店安排了招待午宴,为了让股东们吃完饭之后都能尽快回房休息。

厉永明仍然没有出席。

祁孝先坐在主位,还有三位迪威乐普的人同桌作陪,任大任被安排在离主位很远的位置。

到了饭桌上,股东们就活跃了,这时反倒没有人再盯着任大任。他默默地吃饭,每一口都咀嚼很久,这样他就不必跟左右挨着的人没话找话。

下午的会两点半开始,回房间还能睡一个小时。他躺在柔软的床上,却浑身僵硬,无论如何都放松不下来。

"引入产业资本之后,为何订单增长仍远不及预期?"房间里越安静,他耳边就越回响起祁孝先质疑的话。为何不及预期,问问你们那儿的梁沐不就知道了?前期给 F280040 那么点儿投入我还没跟你们算呢,你还有脸来问我为什么增长不如预期?

上午还是太卑微了,任大任很后悔,他应该当时就把这话讲出来,把祁孝先顶回去。但他冷静一想,如果那样硬来,祁孝先肯定更得跟他来硬的,他未必承受得起。

唉,在人家地头儿上,该认怂还得认怂。任大任整个人瞬间软了下来,没设闹铃就迷糊着了。还是邓肯迟迟不见他下楼,给他打电话又不接,只好上楼敲了半天门才把他叫醒。

原来是手机调成了静音。都两点多了,任大任赶忙随邓肯下楼。

楼下摆渡车正等着他们。老柴和其他股东早已上车。任大任连连抱拳,向大家致歉。

下午是集体讨论环节。也许是为了早点儿散会,当天赶回去,大家的话题都不多,热情也不高,连段海亮都开始望着窗外发呆,不知是在犯困还是在冥想。

祁孝先也比上午温和许多,询问起掌芯科技下一轮融资的进展。任大任摸不清他的态度转变是出于什么目的、怀着什么心思,所以话讲得很慎重,每讲一句都恨不得深思熟虑一番,生怕又有什么小辫子被抓住。

融资进展缓慢本身就是一条"大辫子",祁孝先居然都没抓。可能他也不想再在此浪费时间了,便开始总结发言。他感谢了股东们拨冗前来,又说上午的"疾言厉色"是为了督促管理层把公司经营得更好。说到最后,大家都以为他要宣布散会,可他却忽然笑笑,说有个重要消息告诉大家。

不算中午,这是他整场会议头一次笑。

所有人都注视着他。

宣布好消息时,他脸上没有一丝喜色,仍如倒了一杯白开水,平淡地告诉大家:迪威乐普要将股份出售给耘艾资本。

说完,他平静地看着会场,似乎在观察大家的反应。

任大任忽然明白祁孝先为何要提"订单增长不及预期"了,原来是在铺垫。他的胸口仿佛遭受了一记重击,心脏剧烈地跳动,使劲呼吸也喘不上气来。

大家面面相觑,有些人没听说过耘艾资本,便开始交头接耳,窃窃私语。

上午和祁孝先一搭一唱的段海亮更是一脸惊讶。

祁孝先说:"因为不需要大家表决,所以没有将股权转让事项列在会议议程里，但是明天会把书面通知发送给大家，希望尽快答复，不要反对。"

邓肯悄声问任大任，有没有听说过耘艾资本。

任大任麻木地摇摇头，眼前尽是项耘深那高不可攀、盛气凌人的样子。

没再多做说明，祁孝先宣布散会。

会后，不少股东找祁孝先打听，他一边向股东们解释，一边不时地仿佛不经意地看向任大任。

任大任、邓肯正在和老柴说话。老柴来之前跟他俩约好一起回北京，此时又说不一起回了，他还有其他行程安排。

"回北京，我找你们。"老柴不愿在此处多说，让任大任保持淡定。

可是，如何淡定？迪威乐普要将股份卖给耘艾资本，就必须征得其他股东半数以上同意。任大任手里的股份虽然能够确保迪威乐普永远都拿不到这半数支持，但是如果反对，他就必须买下迪威乐普手里的股份，否则将被视为同意。

然而他哪有钱？20%多的股份价值好几个亿，不要说全部买下，就算十分之一、二十分之一，他都买不起。所以，要阻止迪威乐普和耘艾资本，依然得依靠邓肯口中那几个"坚定派"。

可是邓肯不理解，为什么还要阻止这笔交易，让迪威乐普退出不好吗？

"它要想退出，直接把股份卖了不就得了？干吗先买一圈儿股份再卖？事出反常必有妖。"

"也不尽然吧？也许是为了卖高价呢？"邓肯问任大任，耘艾资本是哪个yún哪个ài，他想拿手机查查。

任大任没好气地说："我哪知道？等书面协议来了再查吧！"

书面协议必须在一个月之内答复，所以等不起，他们必须在这期限内找到愿意出钱的股东。最有实力接盘的当属红石资本和达比特，但夏总跟钟铭铨都没有参加临时股东会，而是委派了其他人。

任大任想等老柴回来，跟他一起去找夏总，所以让邓肯先联系达比特，他联系同芯半导体。

但结果跟上次差不多，赵用心虽然没有再用外交辞令，却说对外投资要董事会批准，他是CEO，无权决定。而钟铭铨虽然没有说他无权决定，却也说要向老板请示，让邓肯耐心等。

任大任的心凉了半截。此时的局面比之前更加艰难。如果股东们都袖手旁观，放任项耘深长驱直入、直捣黄龙，姑且不论得逞之后作何打算，单单大股东和二股东矛盾不可调和这一点，就能让一家公司闹翻天。

他不允许掌芯科技被人毁掉，更不能让它被人夺走。

必须将耘艾资本挡在门外。

最后的指望只有红石资本，上次也是红石资本最先表态支持。

然而，老柴迟迟不露脸，不管任大任怎么催，他都说忙，没时间。

等了一个星期，眼瞅马上就要过年了，任大任实在等不及，直接去六合创投找老柴。

老柴的公司搬过一次家，新地址任大任只来过一次。前台的小姐姐问他有没有预约，他说："没有，我现在约。"

他给老柴直接拨电话，当着小姐姐的面说："我在前台，是我进去，还是你出来？"

不一会儿，前台小姐姐接了个电话，挂断之后，她对任大任说："您随我来。"

老柴在办公室里扔飞镖，仰靠在转椅里，一点儿忙的意思都看不出。

任大任火往上撞："你不是忙吗？为什么不见我？"

老柴将最后一支飞镖扎在靶心，随后递了支烟给他："你这些日子找着钱了吗？"

"找着钱我还来麻烦你？"任大任将烟拍在桌子上，没有抽。

老柴点着烟，抽了两口，才说："Euson你认识吗？"

任大任愣住了，定定地望着老柴。

难道他们认识？他的脑子飞转，如果认识，那老柴肯定全知道了，虽然没什么可愧疚的,但他确实一直在隐瞒。

"见过一次。"任大任点头承认,刚才积攒的火气瞬间不见。

"为什么不告诉我?"老柴的火气一下子蹿了上来。

"我觉得没必要,反正我都决定不把公司卖给他了。"任大任理直气壮地说。

"你决定,"老柴冷笑,"你能决定什么?你决定不把公司卖给人家,人家不照样有办法?"

"你和他很熟吗?"

"我跟他不熟,但是我知道他的为人。"老柴埋怨道,"你知道他什么来头吗?你知道耘艾资本什么背景吗?你怎么不跟我说一声他找过你呢?"

"跟你说了又能怎样?你能帮我摆脱他吗?"

"你不跟我说,你摆脱他了吗?"老柴眼睛瞪得像脐橙,"起码我能告诉你,怎么应付这种人,不得罪这种人。"

"你怕得罪他是吧?"任大任无比失望。

"为什么要得罪人呢?和气生财不好吗?"

"道不同不相为谋。"任大任灰心地说。

"咱俩也道不同是吧?"老柴也现出无尽的失望。

"如果你跟他是同路人。"任大任回答得很干脆。

老柴长叹一声,又靠回到椅背上。

"你总是这么一意孤行,怎么成事?"他盯着任大任,一副恨铁不成钢的表情。

任大任也靠到椅子上,点上了那支烟。

"夏总我已经找过了。但是,厉永明的面子他得给。"老柴疲惫地说。

"那你呢?"任大任好半天才问。

"我?我能干什么?"老柴自嘲地笑笑,闭上了眼睛。

十二

任大任过了他有生以来最难过的一个春节。

虽然带父母妻儿去了趟三亚,但是直到回北京,沙滩上的阳光与海风也没能将他心头的阴郁驱散。

家人都安慰他想开点儿,高兴点儿。任大任自己也想想开点儿,高兴点儿。可人在心窄的时候,即使面对广阔大海,也不会感觉到一丝心宽。

迪威乐普发来的书面通知还摆在办公桌上。

他有不同意的权利,却没有不同意的能力。

放假前,他又让邓肯联系了钟铭铨,达比特已经是他最后的指望。

钟铭铨有些不快,让邓肯别催,说老板拿几个亿出来考虑的不是钱的问题,而是做这件事有没有价值。

有没有价值,问不同的人会有不同的答案。掌芯科技对任大任来说是一整幅图画,而对另一些人而言只是一块小小的拼图。但拼图虽小就没有价值了吗?少了这一块,拼图永远都不会完整。

然而,人也不能只从自己的立场、利益出发。这个春节,任大任一直在自我反省,是不是他的个性真的不适合创业、开公司,他的所作所为是不是真像老柴说的那样,一意孤行。

是啊,和气生财不好吗?项耘深一找到他,他就应该痛痛快快把公司卖了。揣着巨款,今年春节也一定过得欢天喜地,其乐无穷。过完年再好好休息一段时间,什么时候想创业了,就去找杨晓寒,甚至求项耘深。

这样,不就也和他们搞到一起了吗?

如此简单,便能让自己完成阶层跃迁,为什么非得拧巴着,偏不那样做呢?

还是个性的问题。简单的事儿,任大任从来不屑干。他干的事情都必须得有挑战,否则就自己挑战自己。要不然事儿即使干成了,他也不会有成就感。

他想起导师题的那幅字："走寻常路，怀平常心，做非常事"。

有人说偏执狂才能成功，但不成功，偏执狂就只是一种病，而不是宝贵品质。人们也喜欢事后论英雄，所以不成功的人如果做了错事，就会被认定为一意孤行。

也许自己真的是一意孤行，也难逃被事后论英雄的命运。可是，不管他这一路走得寻常还是非常，从踏出第一步开始，难道不正是因为他的一意、因为他的孤行，才最终坚持到了今天吗？

今天，是春节假期的最后一天，不知邓肯在这个假期里都想了些什么。他是不是也认为自己一意孤行？任大任从没和邓肯讨论过这些，邓肯也从没表露过对他这样的看法。如果项耘深真的"破门而入"，那邓肯的立场和利益是不是也会随之发生改变？如果连邓肯都不再支持自己，那还会有谁站在自己身边？

其实，耘艾资本完全没必要强攻进来。公司账上的钱至多再撑半年，耘艾资本只要"围困"住这段时间，就可以等到掌芯科技弹尽粮绝、不攻自破的一天。

如此看来，不光是他任大任等不起，项耘深同样等不起。

所以，耘艾资本一旦进入，必定会极力推动最终目标尽快实现，而他任大任作为最大的绊脚石，也必定会被一脚踢开。

就算他是第一大股东，也无力对抗整个股东会。

任大任内心生出一股悲凉。他必须做好孤立无援、孤军奋战的准备，也必须竭尽一切可能、不惜一切代价将耘艾资本和项耘深抵挡在公司之外。

"你明天一上班就联系钟铭铨。"他给邓肯打电话。

"有必要这么着急吗？"邓肯问。

"有。"任大任强硬地回答。

第二天开完会，他又催邓肯赶快给钟铭铨打电话。

邓肯说好，却一整天都没动静。

傍晚，任大任去找他，问他打电话没有。邓肯说没有。

"怎么不打呢？"

"等几天再说。"

"等几天？还有几天可等？眼瞅着书面通知就要到期了！"

"除了等还能怎么办？"邓肯也变得情绪激动，"老钟已经对我不耐烦了，就算我催他，他能去催他的老板吗？那样不适得其反了吗？"

任大任很想再说什么，但他咽回去了："那就等几天。"

他也不知道要再等几天。

在苦等的这几天里，同芯半导体也同意了迪威乐普的出售计划，耘艾资本又向掌芯科技逼近一步。

"城门快失守了。"任大任对邓肯说。他像个守城的将军，在城头无力地望着敌人的攻城槌，却望不见援军驰来。

接下来，就是近身肉搏，城内没人能独善其身吧？

邓肯终于按捺不住，给钟铭铨打了电话。

钟铭铨告诉他，现在情况比较复杂，过几天要开会讨论。

"怎么复杂？"任大任问。

邓肯说，他也是这么问的，但钟铭铨什么都不肯讲。

任大任彻底灰心了，不再心存幻想。

一旦简单的事情变复杂，那么复杂的结果就只可能有一个，因为人都有畏难心理，没有谁会为了跟自己关系不大的事情而劳心费力。

距离最后期限还有四天，也许在达比特开会之前就到期了。任大任这时才想明白，感觉到很讽刺。在资本面前，他就像个不知天高地厚的跳梁小丑，以为蹬上房梁，向上就能摸着天，向下也能俯视地。然而，他不过是资本套利的工具，而非有血有肉的人。资本与资本之间才是天然的血肉联结，它们之间为了争权夺利可以打得血肉模糊，但只要有共同利益，又能够马上捐弃前嫌，沆瀣一气。

"准备欢迎新股东吧。"还剩两天的时候，任大任嘲讽地对邓肯说。

他这时又想明白了一件事，迪威乐普之所以坚持要求召开临时股东会，是因为要把股东大会留作项耘深登台亮相的机会。

也许这就是命，任大任终究还是要再次直面曾经蔑视他的项耘深。

那将会是怎样的一个场景？他是否还会倔强地高昂他高贵的头？

该低头就低头吧，如果那是命中注定。已逾不惑的任大任耐心地劝导自己，开始为那一刻的到来进行心理建设。

任大任穿着妻子给他新买的"大鹅"羽绒服来到公司。昨晚试穿的时候，儿子说他穿着像大鹅。

鹅虽然嘴不够尖，爪也不够利，但是看家护院的战斗力却不容小觑。这种攻击性源于它的天性，源于从野生大雁被驯化成家禽都未曾丢失的本能。

任大任也没丧失反抗的本能。这种抵抗精神也是骨子里的。他最近一改多日来的颓靡，每天都努力地精神焕发，着装也重新开始在意。即便城门洞开了，他也要全身披挂好铠甲，昂着头。

邓肯连续几天都没在公司出现，他说家里有事。兴许已经缴械投降了。

任大任不介意孤军奋战。

他在公司装作什么事都没有的样子，连宋琳琳都没察觉出任何反常。

吕明正最近总来汇报工作，任大任每次都耐心地听。也许听一次就少一次了呢？连这都得开始珍惜了。

"我和他们老板约好了，您出马，他们也得对等。"吕明正还真把他的话给落实了，帮他约好客户，要陪他一同拜访。

这样的员工怎么早没重用呢？任大任感到一丝后悔和自责。

"他们家去年拿了一个电网的项目……"吕明正给他讲起这家客户，算是帮他预习。

正说着，多日不见的邓肯忽然推门进来，脸比平日里红。

外面那么冷吗，脸都冻红了？还是几天没露面，觉得难为情？

吕明正识趣地退出办公室，给两位领导腾出了空间。

没等任大任开口，邓肯便迫不及待地告诉他，达比特在最后一刻，联合映天科技否决了迪威乐普的出售计划！

任大任呆坐在椅子里，消化着这压哨的喜讯。

原来，钟铭铨所说的"复杂"，也并非他所想象的那样"复杂"，而是两家公司要花时间和精力，协商各自的购买比例。

这一点同样在段海亮口中得到了确认，因为事成之后，他紧随钟铭铨，也给邓肯打了电话。

即便映天科技迟迟没有同意迪威乐普的收购计划，任大任和邓肯都没想过它会持反对意见。他们认为映天科技一直不表态，不过是想等到最后来显示其重要性，又或者是在跟迪威乐普讨价还价，以谋取更大利益。

因为这太符合段海亮一贯的手段了。但如今看来，他俩的确都是以小人之心度君子之腹了。甚至反对迪威乐普出售股份的提议都是段海亮提出来的，在获得自己老板同意之后，段海亮又立即联络了钟铭铨，开始跟达比特进行商议。

"段海亮说他就看不惯厉永明这种把人玩弄于股掌之间的人，他还反问我：'你看我像工具人吗？'"邓肯告诉任大任。

任大任感慨地叹了口气，又问为什么钟铭铨嘴也那么严。

邓肯说钟铭铨之所以没有将此事提前透露，是因为他不想让段海亮间接知晓达比特的真实态度。毕竟，钟铭铨在维护自己公司利益这方面，比起段海亮来，有过之而无不及。

所以，在任大任和邓肯被蒙在鼓里干着急的同时，段海亮和钟铭铨两个人也十分心急。最终，还是两家老板亲自出面，开了钟铭铨所说的那个"会"，双方才终于各让一步，将此事促成。

邓肯说这两家之所以能结成统一战线，是因为映天科技和达比特在充电桩上进行了合作，它们要把光伏微逆和充电桩做到一起。

这是段海亮透露给他的，也在钟铭铨那儿得到了印证。

"所以它们才不舍得对咱们放手。"任大任很享受这种被需要的感觉,备战的紧张神经终于放松下来。

在达比特、映天科技与迪威乐普三方完成股权交割之后,达比特将一跃成为掌芯科技的第二大股东,映天科技也将排在六合创投之后,成为公司第四大股东。

"还因祸得福了。"邓肯特意开了瓶红酒。

如果不是这番折腾,公司的股权结构也不会像现在这么合理。

不知厉永明和项耘深此刻做何感想。

他们可能从来都没想过,自己会从掌芯科技的敌人变成掌芯科技的贵人吧?尼采说得对:"凡是打不死你的,都将使你更强大。"

厉永明那些流传后世的传奇故事里,也终于有了一个失败案例。不知他会不会反省自己。难道和气生财不好吗?为什么一定要把人玩弄于股掌之中呢?

他们聊了一下午厉永明,复盘整个事件。红酒被任大任喝掉一多半。

空腹喝红酒本来就容易醉,任大任前两杯又是一口闷。但这九死一生之后才等来的庆功酒必须喝,痛快。

晚上回家,酒气还没消散。妻子嫌弃地说了句:"喝了多少啊,这么冲?"

任大任嘿嘿傻笑,一把将妻子搂住,狠狠地亲了一口。

妻子蹭着脸走开了,生怕被老人孩子瞧见。

儿子在写作业,也被任大任亲了一口。母亲去跳广场舞了,这会儿还没回来。任大任晃悠到客厅,陪老爷子看电视。

父亲指着他正在收看的一档经济栏目问:"这老头儿你见过吗?是你们股东吧?迪威乐普的董事长。"

任大任将迷离的醉眼使劲对焦于电视屏幕之上,一直深藏不露的厉永明正和主持人侃侃而谈。

节目不知是什么时候录的,厉永明神采依旧,纵论天下、指点江山的气魄也一点儿未减。

任大任认真听着,却一个字都没记住。厉永明回答完主持人的提问,导播给了他一个特写。隔着屏幕,任大任与厉永明对视,仿佛都要将目光探射进对方心底。

厉永明的眼中闪过了一丝不易察觉的落寞。这落寞转瞬即逝,他的目光移向别处。

任大任忽然感觉到浑身异常地轻松,语气也变得从容。他告诉父亲,厉永明已经不是掌芯科技的股东了。

又一个春暖花开的时节,任大任和他的掌芯科技仿佛获得了新生。

公司在股权转让完成之后,也很快进行了工商变更。

盯着新拿回来的营业执照,任大任感慨万千。他让宋琳琳将这份执照装进相框里,跟公司第一份营业执照并排摆在一起。

下午要去市经信局。

前阵子市经信局的中小企业处开展过一次面向全市中小企业的融资需求调查,从前主管中小企业处的廖处长虽然已经被提拔为副局长,但他还分管这部分工作,所以看到了掌芯科技填报的融资需求。

廖副局长跟任大任是老熟人了,自从几年前在市里的产业调研会上认识了任大任,他就一直对掌芯科技持续关注,时常关心。这次他直接打来电话,询问怎么融资还遇到了困难?

任大任没有为了面子而有所隐瞒,他必须珍惜每一根救命稻草,便把各种实际困难都告诉了他。

电话那边,廖副局长沉默了一会儿。他说,情况他都了解了,会帮忙想办法解决。

任大任认为,这只是领导表达一下关心,不会有实质帮助。然而,没过几天,廖副局长又打来电话,说已经约了燕京新能源主管投资的副总常鑫昌,让他到局里跟这位常总面谈。

曾经也有FA给任大任介绍过燕京新能源的投资部门,但是见到的人级别都没有常总高。

他吃过午饭就往市经信局赶,生怕路上堵车耽搁了。

停好车,远远就看见楼底下站着两个人,其中一位是廖副局长。

任大任连忙招手,几步小跑来到近前:"让两位领导久等了!"

廖副局长笑着和他握手,又给他引荐了一旁的常鑫昌,对他说:"我下来接常总,正好你说快到了,我们就顺便抽根烟等你。"

任大任左右看看,说:"这边环境真好。"

"我刚才也跟廖局这么说。"常鑫昌把最后一口烟抽完。

廖副局长将烟熄灭,带着两人上了楼。办公室还有些凌乱,他说刚搬过来,还没收拾好。

"你们看这些书,我还来不及归置呢,实在是没时间。"他把椅子上的一摞书挪到地上,拉过来给任大任坐。

那摞书里不乏《新中国工业经济史》《工业强基战略研究》这样的大部头,还有人工智能、生物医药和集成电路类的畅销书。

"让您百忙之中抽出宝贵时间,真是太过意不去了。"任大任由衷地感激。

廖副局长笑着说:"服务你们中小企业也是我的工作啊。"

他落座之后开始主持起这次会面,先对常鑫昌说:"感谢常总移驾过来……"

常鑫昌打断他:"您可别这么讲,我是随叫随到。"

廖副局长爽朗一笑,继续说道:"掌芯科技您肯定也有所耳闻,是RISC-V这条赛道上一家非常优秀的企业。他们公司主要做数字信号处理器,就是DSP,这个不论是你们的新能源汽车还是充电桩都能用到。"

"达比特和映天科技是不是投了你们,前一段还增持了你们的股份?"常鑫昌问任大任。

任大任笑着点头:"达比特现在是我们的第二大股东,映天科技是第四大股东，征日也是我们的股东，但是股份没映天多。"

"都是新能源口儿的优秀企业。"廖副局长顺势说，"所以我把两位请过来，用我这小小的办公室当回主场，让两位好好交流一下，看看有没有进一步合作的机会。"

他让任大任把公司情况详细介绍一下。

任大任事先打印了 BP，给了他们一人一份。他自己没有，因为那些 PPT 都已经印在他的脑海里了，随便讲哪页，他都能立刻调出来。

听他介绍完公司情况，廖副局长替他把困难讲了出来："他们现在融资不太顺利，投资机构惜投，整个行业又比较低迷，所以一直没找到合适的投资方。但是公司绝对是好公司，对标的是美国的 TADI。从他们公司刚成立，我就一直关注，对他们的情况还是比较了解的，咱北京有这样的好企业，能帮还是要帮一把。"

"那肯定。"常鑫昌点头附和，"我和达比特的老钟钟铭铨很熟，映天科技的段海亮跟我认识时间就更长了，他们重资投入的公司绝对错不了！"

"所以我请你来嘛。咱'北京孩子'遇到困难了，不能都指着外人给帮忙啊！"

两人仰面大笑，笑意也浮现在任大任的脸上。

他的笑发自内心，达比特和映天科技增持之后，的确像帮他打破了那堵他一个人无论如何都撞不破的南（难）墙，让他有机会领略到撞破南墙后的风景。

"之前也有'包邮区'的招商部门找过我，具体是哪个省、哪个市就不说了。"任大任讲起最近的融资经历，"从前他们招商都要求把公司迁过去，那肯定不行。现在又跟我说，他们当地出台了新政策，不用迁公司了，只要在当地成立子公司，把研发搞过去，就直接把八千万打到公司账上。"

"你看，都是人抢。"廖局对常总说，又嘱咐任大任，"你们研发可不能动啊，得留在北京。"

"说实话，不好动。"任大任说得很实在，"我们公司的研发，大部分都成家了，在北京有家有口，谁愿意去外地？在外地搞个新研发中心，我们又没那么多研发需求。这八千万给我们，花个一年半载就花完了，到时候也不能白养一群人不是？"

"言之有理。"常鑫昌表示认同，"为了拿补贴，也干不成正经事儿。"

他又详细询问了公司的一些情况，跟任大任聊了将近一个小时。最后，他表态说："特别感谢廖局能把我叫来。推进国产化是我们一项重要任务，集团也下达了指示，所以我们在国产芯片这一块，肯定是要布局的。"

他主动加了任大任的微信，约好下周去掌芯科技参观。

廖副局长送他们出门的时候说："你们接下来相向而行，我就静候佳音了……"

在无云也无风的春日下午，虽然春寒料峭，但新发的枝芽总能唤起盎然的生机。

公司"五周年庆"安排在这个周五。

年前的时候宋琳琳问起，任大任还不太想办，那时候风雨飘摇，总不能公司庆祝完五周年，就关门大吉吧？

虽然现在融资依然还没着落，账上钱也不宽裕，但总算现出曙光，为了鼓舞士气、保持稳定，这"五周年庆"也必须得办。

原计划要在下周一下发的年终奖金方案，他也让宋琳琳从财务那儿撤了回来，换成了更早之前的那个方案。

宋琳琳还以为奖金不发了，难掩失望之色。

"之前你不是建议今年不发了吗？"任大任微笑着望着她。

"是，我是觉得公司挺困难的……"

哪个打工人起早贪黑不是为了辛劳能有所回报？能有这样替他着想、跟他同甘共苦的员工，他很知足。

"发，按你第一版那个方案发。"他告诉宋琳琳。

第一版方案是全员都发，第二版改成了只给重要员工发。之前考虑这样做，一方面是为了节流，另一方面也是怕有员工拿了奖金就走。与其那样，还不如把钱省下来留给继续坚守的人。

任大任感觉自己又活过来了，他不再害怕有员工离开，他坚信大家还会继续跟他前行。

客户也会继续支持他。F280050 的车规认证一天不差，在整四个月的时候最终完成。

吕明正马上把样片给客户送了过去，客户也马上开始了测试验证。

任大任静候着佳音，此时吕明正又告诉他，还有一家给大型车企做配套的客户也要 F280050，做的同样是新的 OBC 方案，甚至连方案设计都一模一样。

唯一不同的是，这家量更大。

任大任真是对吕明正刮目相看，他不鸣则已，一鸣惊人，摸出来的还是个"双黄蛋"。

邓肯说："是我让吕明正来找你的。他怕直接向你汇报惹我不高兴。我有什么不高兴？我高兴得很！等这事儿干完了，咱得把华北区的销售经理给人家了，要不都对不起人家。"

任大任欣然地点点头。

他让邓肯先把消息透露给吕明正。

周五下午，任大任先去了趟国科大，小师姐卢莘安排了她从前的一个学生跟他见面。

这个名叫金明昊的小伙子，是国科大第一届本科生，毕业后去美国读硕士，之后进入 TADI 从事芯片研发。

如果不是 TADI 美国总部也开始裁员，他也不会回国。

金明昊说他已经接到不少 offer，但他不想在美国干了，因为美国现在氛围不好。

"绿卡不要了？"任大任问。

"没多大意义。"金明昊摇摇头说。

"成家了吗？"

"还没有。"

"女朋友有了吧？"

金明昊脸一红，说："还没谈。"

"他也没空儿谈。"卢苪替学生解释，"你有合适的吗？给他介绍一个。"

不知怎的，他想起了凌雁秋。

谈起专业，金明昊可比谈女朋友健谈多了。他事先已对掌芯科技有所了解，知道掌芯科技主打数字信号处理器，所以主动谈起如何用工艺制程来提升 DSP 性能。

像 CPU、GPU（图形处理器）或者手机芯片，目前都已使用到 3 纳米甚至 2 纳米工艺，而 DSP 和 MCU 却大都还徘徊在 40 纳米的成熟工艺。

之所以如此，是因为 DSP 和 MCU 被 eFlash "锁死"了使用先进制程的能力。

金明昊说，eFlash 代表先进生产力还是二十世纪九十年代的事儿，随着 FinFET（鳍式场效应晶体管）、FD-SOI（全耗尽型绝缘体上硅）这些技术的到来，eFlash 越来越跟不上时代节奏。即使业内利用浮栅、SONOS（硅－氧化物－氮化物－氧化物－硅的缩写）或 SG-MONOS（分离闸金属氧化氮氧化硅）技术开发出了许多代产品，但是在面对更高的性能功耗比、更高的存储密度和数字电路密度等复杂需求时，eFlash 已经越来越有"芯"无力。

"所以，28 纳米工艺肯定是 eFlash 最后一个经济高效的技术节点了。"他断言。

虽然掌芯科技正在和同芯半导体探讨 28 纳米制造工艺，但大部分产品使用的还是 40 纳米工艺。所以，任大任给他解释说，DSP 和 MCU 之所以没有动力使用 28 纳米以下制程，并不是 eFlash 使用不了先进工艺，而是因为制造 28 纳米的 eFlash 都已经需要十层掩模了，更先进工艺需要的掩模肯定更多，而 40 纳米工艺的 eFlash 只需要四层掩模。

"所以，不光是 28 纳米以下的 eFlash 用不起，而是 40 纳米的 eFlash 太有性价比。"任大任小改了一句流行语，又说 eFlash 采用更先进的工艺节点也会带来可靠性问题，而 eFlash 本身主打的正是极强的可靠性。

金明昊是个钢铁理工男，不认同，就直接反驳。他说，工艺落后只是 eFlash 的问题之一，现在 eFlash 已经很难和高 k 金属栅、FinFET、FD-SOI 这些先进逻辑工艺集成在一起了。除了提高制程，eFlash 本身在面对高算力时，优点也变成了缺点。比如 eFlash 一直是高密度、片上非易失性内存的一个常规和主要来源，但是对小型电池供电应用来说，eFlash 会占用太多的系统功耗预算。

任大任也知道 eFlash 存在各种局限性，尤其向 200 兆赫兹以上主频、低功耗和大容量存储方向发展，再加上多核异构需求，DSP 和 MCU 片上的大多数器件制程也需要压到 28 纳米以下，这就导致 eFlash 受到制程限制越来越明显，所以他才跟同芯半导体探讨新工艺的可能。此前也有不少厂商都尝试过 28 纳米以及更高制程，但都很难用在 DSP 和 MCU 上。

"所以要另辟蹊径。"金明昊说，国外厂商的解决办法是使用新型存储，目前市场主要有三条技术路线：一条是 FRIT 主推的 eRRAM（嵌入式阻变存储器），这条技术路线使用的是晶益电子的 28 纳米工艺；第二条是 PXN 主推的 eMRAM（嵌入式磁性随机存取存储器），使用的是晶益电子的 16 纳米工艺；还有一条就是 TADI 主推的 ePCM（嵌入式相变存储器），这条技术路线使用的是 TADI 自己的 16 纳米工艺。

这三条技术路线理论上都可以达到 5 纳米的工艺节点。他所在的部门从事的就是这方面的研究。

金明昊叹了口气，十分惋惜。

他说，TADI 已经放弃了这条技术路线，不准备再投入，因为 TADI 已经不再看重未来，一心只想把眼前的收益尽可能收割干净……

任大任渐渐听得入了神，在金明昊身上，他仿佛看到了公司的未来。

要不是宋琳琳电话催促，他还能和金明昊继续聊下去。

任大任意犹未尽地说，他晚上还有事，不得不走了。告辞前，他邀请金明昊下周到公司坐坐。

从国科大出来，他步行到辽宁大厦。公司的人都已经进入会场，宋琳琳正在签到台旁等他。

签到台旁立着大幅的背景板，紫色的背景上面大大地写着今晚"五周年庆"的主题——GIVE ME FIVE（击掌相庆）！

背景板上已经签满了名字，每一个名字旁边，还有一个金灿灿的手掌印。

中间空着的一块是给任大任留的，他笑着签上了自己的名字，又将手掌深深地按进金色的印泥，然后掌心紧紧贴住背景板，在他的名字旁边也留下了他的掌印。

任大任正准备入场，忽然又被宋琳琳叫住。

"任总，我给您拍个照。"宋琳琳教任大任摆了个很有范儿的 pose，照片拍满意了，才引导着他步入会场。

见任大任终于来了，所有人都为他鼓掌。

邓肯拉开居中的椅子，笑着招呼他就座。

没坐多久，任大任就被主持人邀请上台讲话。在热烈的掌声中，他站到了舞台中央。

从这个角度能够尽览宴会大厅的金碧辉煌，他心里忽然无比敞亮。这就是山重水复之后的豁然开朗吧？刚才还没感觉，现在却如此强烈。

任大任回顾了掌芯科技这五年来走过的道路，所有感触一齐涌上心头。他几乎哽咽，于是停顿下来，让自己平复。这五年中，他的脸上多了皱纹，头上多了白发，但这五年也给了他更多的阅历，令他由内到外都焕发出栉风沐雨后的淡定、从容。

"我可以负责任地告诉大家，命运已经牢牢攥在了我们自己手里！"任大任重新开始他的演讲，他希望在接下来的五年里，在座的所有人都能继续在一起,这也是今晚"GIVE ME FIVE"这个主题的意义。

他恳请大家都伸出手来,与左右的同仁们击掌庆祝。

而他,也要和在座的每一个人击掌相约,用掌心获取和传递给彼此继续前行的温暖和力量。

"我爱你们!"任大任对所有人说。

迎着伸向他的掌心,他感觉握住了命运,握住了未来。

书中术语、缩略语列表

ADC　模数转换器
ADCU　自动驾驶域控制器
ADE　模拟设计环境
AEC-Q 100　车用可靠性测试标准
AI　人工智能
ARM　目前最流行的精简指令集
ASIL-B Ready 级　一种功能安全产品认证等级
ASIL-D 级　一种功能安全产品认证等级
Bootloader　引导加载程序
BP　商业计划书
bug　错误
CAN　控制器局域网
CAN FD　具有灵活数据速率的控制器局域网
CEO　首席执行官
CLA　控制律加速器
CLB　可配置逻辑块
CMD 文件　链接器配置文件
COO　首席运营官
CPU　中央处理器
CRM　客户关系管理系统
CS 信号　片选信号
CTO　首席技术官
database　数据库
DC-DC　直流—直流
delay　延迟
Design-in　客户接受
Design-win　赢得订单
die　裸片
DRC　设计规则检查
DSP　数字信号处理器
ECO　工程改动要求
eFlash　嵌入式闪存
EMBA　高级管理人员工商管理硕士
EMC　电磁兼容
eMRAM　嵌入式磁性随机存取存储器
emRun　运行时库
EOS　过度电性应力
ePCM　嵌入式相变存储器

ER 错误
eRRAM 嵌入式阻变存储器
FA 财务顾问机构
fabless 无晶圆厂
fablite 轻晶圆厂
FAE 现场技术支持工程师
FD-SOI 全耗尽型绝缘体上硅
FinFET 鳍式场效应晶体管
flash 闪存
FOC 磁场定向控制
foundry 晶圆代工
FPGA 现场可编程门阵列
GDS 电路版图的一种文件格式
GPU 图形处理器
hot-run 加急
HR 人力资源
IC 集成电路
IDE 集成开发环境
inside sales 内勤销售
IP 知识产权
IP merge 知识产权模块合并
IP vendor 知识产权供应商
IPO 首次公开募股
IQMath 一种函数库
ISO 26262 《道路车辆功能安全》国际标准
IT 信息技术
kick-off （活动、项目等的）开始
Latch-up 闩锁效应
LED 发光二极管
logo 标志
LP 有限合伙人
LVS 版图对比电路原理图验证
mask 光罩
MCU 微控制器
MOS 金属氧化物半导体场效应晶体管 MOSFET 的缩写
MP 量产
MPW 多项目晶圆
NDA 保密协议

NTO 首次全掩膜工程产品流片
NVH 噪声、振动和声振粗糙度
OBC 车载充电机
OEM 代工生产
OpenOCD 开源片上调试器
OTP 一次性编程
paper 论文
PE 私募股权投资
PFC 功率因数校正
pin to pin 引脚对引脚
Pre-A 轮融资 A 轮融资之前的融资阶段
Pre-A+ 轮融资 Pre-A 轮之后、A 轮融资之前的融资阶段
Pre-A++ 轮融资 介于 Pre-A+ 轮和 A 轮融资之间的融资阶段
PTSD 创伤后应激障碍
RAM 随机存取存储器
RDL 重分布层
result 结果
RISC-V 一种新兴的精简指令集
RISC-V DSP 基于 RISC-V 架构的数字信号处理器
roadmap 路线图
RTL 寄存器转换级
Run 运行
SCI 串行通信接口
SCON 串行口控制寄存器
SG-MONOS 分离闸金属氧化氮氧化硅
SHR 最急件处理等级
sign-off 确认设计数据达到交付标准之后的签发
Simulation 仿真
SoC 系统级芯片
SONOS 硅－氧化物－氮化物－氧化物－硅的缩写
SPI 串行外设接口
Stop 停止
TCL 工具命令语言
timer 定时器
TS 投资意向书
unit 单元
UPS 不间断电源
USB 2.0 通用串行总线
VC 风险投资
wafer 晶圆